引　子

1

要不是那两个北京记者暗访曝光，外边人对陕北的天赐湾只知有其一，不知有其二。据说记者们临行前在网上查过方位，他们千里迢迢按图索骥，在毛乌素沙漠南缘山旮旯里，找到了毛主席当年转战陕北避过一劫的天赐湾。一路上油田的磕头机、钻井架碰到几处，却没发现所谓黑烟滚滚的污染企业，所谓的“村村点火，沟沟冒烟”情况更无踪影。

这两个京城记者行踪诡秘，打问事情拐弯抹角。哦（我）这哒（儿）地下只有油没有炭。京腔对方言一头雾水，老乡急了，还海（懂）不哈（下）?！哦（我）这哒（儿）只有油，没有炭。真是这样，匿名信的真伪值得怀疑，他们赶忙拨通总编电话，结果挨了一顿狠批：那么大的神府煤田没找到，却在没煤没矿的地方瞎窜，胡闹！二人面面相觑，无地自容。

高原冬日，日头红红的暖，北风凛凛的寒。犯了方向性错误的男女记者一时不知进退，找了个背风向阳的山洼暂且歇息，谋划下一步如何行动。临行前总编有交代：“暗访”就是出其不意抓“现行”。这两个记者越发小心谨慎，约法三章：不暴露记者身份，不透露采访意图，不接触地方官员，不住政府宾馆招待所。如此暗访，岂不是盲人骑瞎马？多日颠簸，累了困了，说着说着，男的靠在头顶鸟巢的椽头柳树睡着了。女的也打起了盹。不知不觉，日头压山，一对喜鹊瞅着巢下不速之客，半空中盘旋不敢进窝。朦胧中，喜鹊唧唧喳喳，一股热浪扑面而来。这一男一女睁开眼，面前燃起一堆篝火。一位身穿黄军大衣头扎白羊肚手巾的老汉正往火堆中加干柴棒。

你们从哪哒（儿）来？迷路了？还是成心黑旮旯里走？

记者们声称做煤炭生意的。老汉一边摇头，一边用柴棍棍指着他们的行囊，我咋看你们咋像是记者！

男记者暗自吃惊，不承认也没否认，反问老汉，大爷，天都快黑了，你在山上干什么？

老汉淡淡回答，放羊哩。尔格这天气，荒山野洼能冻死人哩！我生火给你们暖暖身子。

女记者问，老大爷，天黑了还不回家？

老汉说，封山禁牧了，天黑了才敢赶羊出来，黑咕隆咚没人罚款。

放羊老汉又说，你们在这哒（儿）转悠了一整天，到底是要找煤矿，还是要找天赐湾？

男记者忙给老汉递烟点火。

我们要找有煤炭的天赐湾，大爷你知道陕北有吗？

放羊老汉咧嘴笑着说，今儿你们找对人了。黄河边真有个叫天赐湾的地方，离这哒（儿）好几百里地，一般人不晓得。我年轻时赶牲灵，路过一回，那哒（儿）有的是炭，走路也能踢出炭疙瘩。哈（下）暴雨发洪水，大块炭冲进黄河，佳临人都哈（下）河捞炭哩！

男女记者喜出望外，不约而同蹿身而起，放羊老汉吓了一跳，连归巢的喜鹊也惊得噗噜噜飞走了。放羊老汉无异于他们绝处逢生的救星，天赐湾果然天赐良机。男女记者凑上去，围住老汉问个明白。临走时，掏出百元大钞表示谢意。老汉笑而拒收。只要舍得花钱，给我儿子打电话，他在县城里开出租车，价钱谈拢了送你们一程。说着，掏出他儿子的一张破旧名片。男记者立即拨通老汉儿子的手机。

2

后面的事情就简单多了。老汉领他们回家，吩咐家人做饭。二人刚放下碗，出租车就到了。早年经历的事过去大半辈子了，放羊老汉给儿子交代的只是大致方位。记者们坚持连夜起程。临上车，老汉开玩笑说，甭把哦（我）老汉黑天放羊的事捅出去。老汉儿子上车先发名片，说陕北再大，也大不过他的汽车轮子。后生高中毕业，开了几年出租车，见识广善言辞，路上侃侃而谈。说得最多的，是油老板煤老板一夜暴富，名车豪宅小蜜二奶的咸淡事。记者们只听不搭话，后生只侃不管听不听，反正车里车外漆黑一片，谁也看不见谁。

汽车大灯一晃一晃在黑暗中延伸。路上的车渐渐多起来，越来越多。都是超大吨位的加长货车，坐在后生旁边的男记者不明白，后生说都是运煤的车。进神府地盘了，这哒（儿）地哈（下）没有石油，全是炭，沟沟岔岔都有煤矿，比我们那哒（儿）红火多了。出租车在大货车队列的夹缝里挣扎前行，后生嘴里不干不净，斥责大车司机野蛮驾驶。果然，有沟岔的地方就有运煤大货车出进，司机们互不相让见缝插车，主干公路越堵越厉害，后来索性动不了了，一堵两个多小时。

后生等不及了上前面探路。男记者叫醒女同事照看行李，自己也下了车，一股说不出的味道直往鼻子钻，呛得他几近窒息。路边一帮司机围着一辆标着“流动餐馆”的小推车，他挤到跟前，手忙脚乱的餐车老板问记者想吃点甚？

男记者摇摇头问，半夜三更的还出来做生意？

旁边有司机开玩笑，狗日的一晚上不睡觉，就等着堵车挣黑心钱么！餐车老板不服气，我这是为你们排忧解难，送温暖么。

男记者转身走到几个司机跟前，一边给大家发烟，一边问什么味道这么呛人？

有个司机上下打量记者一眼，汽车冒烟人放屁，甚味道都有，看样子老板头一回闻着，还闻不惯哩！说完哈哈大笑。

另一个司机反唇相讥，你有多大个屁，能污染空气？随后正经地告诉记者，这是路边焦化厂排放的废气臭味道。尔格天黑看不见，天亮了，你甚都海（懂）哈（下）了。

两个记者是在天赐川镇山头上等到天亮看到这种情景的。

司机后生探路回来，兴冲冲告诉记者，我打听好了，前面十公里处，有去天赐川镇的便道。好不容易等到道路疏通，这十公里，挪一挪，停一停，又是一个多小时。便道是翻山越岭绕行的乡村公路，坑坑洼洼，路窄弯道多，好在来往车辆稀少。司机抓紧赶路，方向盘抡得潇洒自如。女记者受不了了，先是晕车，停下车就吐。上车没多久，实在憋不住的女记者又悄悄告诉同事，让他找地方行方便。于是，司机后生把车停在急转弯处，他和男记者分头把守两边，还说天黑地黑咕咚黑，安全得很。女记者躲在出租车外侧完事，两男人也顺便行了方便。黑夜是最好的屏蔽。从寒风野地钻进车里，感觉不是尴尬而是暖和。汽车爬上一座大山峁，路标显示距离天赐川镇只有一公里，山脚下灯光点点，肯定是目的地。记者顾不得寒冷与困倦，本能地进入状态，等到天亮再下山。司机一看表，已是凌晨五点。车上打个盹，旅馆费也省了，咋看你们咋像生意人，说完，便伏在方向盘上酣然大睡。天刚麻麻亮，记者下车居高临下，三面环山的天赐川镇一目了然。

准确地说，天赐川镇污染情景一目了然。十好几处高低烟囱黑烟黄烟冉冉上升参差合拢，弥漫整个天空，笼罩着黎明小镇，就像一张巨大的灰色天网，天地之间灰蒙蒙闷沉沉，片刻，连冒红的日头也黯然失色。离他们最近的山坡上，有一处简陋的厂房，院里人走动看得明白，机器的轰鸣听得清楚。突然间，厂房里火光闪烁，烟尘四起，瞬间一片乌烟瘴气。二人惊呆了，以为发生了意外。可仔细观察片刻，烟尘还在冒，机器还在响，毫无意外迹象，就像羊癫疯病人突然犯病。

寒风，烟尘。战栗，窒息。沉思，无语。千里暗访在此一举。记者叫醒司机，在天赐湾镇找下合适的小旅店，洗漱一番，大家吃了顿羊杂碎。司机后生走后，二人拿出匿名信的复印件，商量行动方案。

3

署名“陕北天赐湾群众”的匿名反映信这样写道：

尊敬的报社老总：

国家开发陕北煤炭资源，老百姓都拥护。可环境污染了，村村点火，沟沟冒烟，老百姓遭大罪了，咋哈就没人管？地方官员只讲发展，污染企业越办越多，环保干打雷不下雨。胡总书记叫老百姓吸新鲜空气，喝干净的水，可天赐湾山高皇帝远，老百姓投诉无门，斗胆求助媒体，天赐湾群众翘首以待。

陕北天赐湾群众

2004 年 10 月 20 日

事已至此，记者们对反映信的真实性确认无疑。他们入住的“鄂尔多斯大酒店”，其实是两层双面小楼旅馆。后院倒还宽敞，是停车场，再后面还有个小院。据服务员介绍，店老板住在里面。店里的事主要靠老板娘打理，老板在小院很少出门，整天喝得醉醺醺。

女记者上街买口罩去了，男记者买了瓶最贵的酒，直奔小后院。院里大狼狗恶狠狠地叫了两声，店老板探头出门。记者乐呵呵地举着酒瓶，北京来的客人，早上刚到，住在贵店，天冷呆不住，找老板大哥喝酒聊聊天。老板大哥一边呵斥狼狗，一边招呼客人进屋看座，沏茶倒水。记者猜准了，老板不是当地人。地道的蒙古族汉子，长相做派与腾格尔还真有点儿像。

开酒店有的是酒，咋哈（么）叫客人破费？老板大哥说着就要打开酒柜。记者拦住他，烟酒不分家。顺手开了自己的酒。老板拨通电话，片刻，服务员端着菜盘子来了。酒杯一来一往，两人一见如故。甭看男记者年纪轻轻，贼精贼精的京油子。借着酒劲绕着弯儿，把天赐川镇地理方位污染由来，探了个八九不离十。

天赐川镇门前的小河叫天赐河。在下游四里地的天赐湾村汇入黄河，对面是山西。黄河南北而行，素有晋陕大峡谷之称。沿晋陕大峡谷西侧向下五十里，便是管辖天赐川镇的新民县县城。天赐川镇西北二十里地，为神府煤田的核心区，再朝西北，就进了内蒙地盘了。

天赐川自古为晋陕蒙接壤地带的旱码头。上世纪八十年代国家、集体、个人一起上，神府煤田大开发，天赐川一夜之间红得发紫了！煤矿遍地，煤炭多得卖不出去，钱多的人建电厂，钱少的人烧兰炭，也就是土法炼焦。兰炭多了，电石、硅铁、硅钙、金属镁等行业随之兴起。老板大哥从内蒙乌海来到天赐川，开煤矿挣了钱，也红火过一阵子，煤炭生意萧条那阵把煤矿卖了。镇政府选新址盖了新楼，他买下闲置的镇政府大院，改造装修之后，做起酒店生意。

老板大哥酒喝大了口无遮掩，有问必答滔滔不绝。

土炼焦“村村点火，沟沟冒烟”，落下晋陕蒙“黑三角”的赖名誉。听说美国间谍卫星侦察到了，还以为发生森林大火，赶紧给中国通报。据说北京派侦察兵出动飞机连夜查明真相，上头下狠心治理，地方官员力保乌纱帽，土炼焦就这么被取缔了。

这么说，“村村点火，沟沟冒烟”已经见不到了？

能哩，能哩。土炼焦之后搞起小机焦，废气点天灯，好不到哪哒（儿）去。电石、硅铁、金属镁，这厂那厂的，越建越多，还不是一样的“村村点火，沟沟冒烟”！

这儿污染太严重了，让人受不了。山脚下路边那厂子，好端端的突然冒起烟尘，咋回事？

那是硅钙厂。平时没甚污染，出炉加料时排放烟尘，厉害得很。

污染这么严重，你们能受得了？老百姓咋生活呢？

那就看咋个活法。天赐川遍地黄金。老板们挣哈（下）大钱，哪哒（儿）舒服哪哒（儿）住；当地老乡打工机会多了，总比没钱花的穷日子强哩。不瞒你说，你老哥我若不是一念之差，卖了煤矿，早在西安三亚置豪宅买别墅了……

4

两天之后，两个记者退了房，告别了帮着叫出租车的老板大哥。二人打算先去天赐湾村，然后去新民县城。行至黄河岸边时，记者们再也受不了几天来刻意的压抑了。

那一年冬天特别冷，河冰结得厚实。天赐冰河连着黄河冰带。一条山梁缓缓降落，伸向黄河岸边。公路奔向黄河，汽车驶向黄河，给人顷刻间坠入黄河的错觉。一脚刹车接一个急转弯，绕过河之侧山之根惊险路段，眼前豁然开朗，大小两河交汇，山梁背后，藏着一湾平展展的滩地，藏着依山傍水的天赐湾村。

大峡谷顺川风大气流畅通，视野宽阔，记者们感觉空气好了一些。至少，闻不到刺鼻的呛味了，还有一股潮润的雾气。记者们背包下车，吩咐司机把车开到村口等候。二人下公路，直奔黄河边。大河冰封，寒凝霜冻，山峦对峙，峡谷空旷而萧瑟。顺川风呼呼作响，却听不到流水的声息。河边，干黄的芦苇枝条在凹凸不平的冰茬子上随风摇曳，一只破旧的渡船半截子冻在冰层里。抬头望去，巨石裸露又窄又陡的牛鼻梁山脊高处，翠柏红墙蓝瓦黄屋脊，大概就是老板大哥说的天赐庙了。记者们兴趣来了，索性把长镜头相机挂在脖子上。

天赐川镇这两天，老板大哥提供了信息，京城记者底气十足，以考察项目为名，把污染企业挨个跑了个遍。男记者见老板发假名片侃假话，换来一叠真名片，进车间看生产线，了解生产销售情况，有人陪同还热情相待。他们记者专用的长镜头大家伙，始终没敢拿出手，生怕一不留神坏了大事。口罩轻易不摘下的女记者，拿着小数码相机，名曰拍摄考察资料，实则录下不少污染场面。

记者们的母亲河情结，大都浓得化不开。在这“天高皇帝远”的黄河之滨，尤其如此。女记者一会儿在船上，一会儿在芦苇丛，摆各种姿势让男记者拍照。然后，两人沿牛鼻梁山脊拾阶而上。老板大哥说过，想在天赐川发财，天赐庙神非拜不可。记者们路过庙门，瞅见一个上香老者的背影。他们忘了老板大哥上一炷香的嘱咐，对拜神没多大兴趣，只顾登上天赐庙制高点，架起长镜头，拍了天赐川镇污染大场面，又掉转镜头，拍摄黄河峡谷村落旷野的冬日苍茫。

他们收拾家伙的时候，上香老者凑过来问，北京来的记者么？

两人惊异扭头，一位着装周正的老者站在身后，鼻梁上架着茶色石头镜，神情严肃得有些古板，很像个教私塾的老先生。

两人蒙了。难道碰上料事如神的高人？赶紧表白，我们是考察项目做生意的。

老者不理会，只管照实说。大老远的能来就不容易。镇上看了，再到县城看看，那哒（儿）污染更严重。一定要去县医院，找大夫、问病人、查病因。老百姓因为污染遭了大罪，上头有人管一管就好了。

敢问大爷贵姓大名？天赐湾村人？村干部？退休职工还是……

喝黄河水，靠黄河生，大字不识，谈何公干。村里边有人给娃过满月，县里来了有脸面的人物，人多嘴杂，不要去了。老者说完眨眼不见了。

好你个天赐湾！竟有这等蹊跷事。巧遇写匿名信的人了？至少与匿名信有某种联系。不愿暴露身份直奔话题，心照不宣，有点儿像传递情报的地下工作者。记者击掌称快，直呼天意，双双上香一炷。

京城记者们最后的行程锁定新民县城。县城的污染企业更多，天赐湾有的，县城周围都有，除此之外，还多了好些家小铁厂。污染更严重，环境更恶劣，男记者也不得不买了个口罩。

5

那天男记者在天赐川掏出京城印好的假名片，就让女同事为之一敬。这天进了新民县城，男记者要住环保局对门的宾馆，用心良苦，又令女同事刮目相看。

环保局招牌当街悬挂，实则在别的单位租几间房办公。男记者在楼上转了几趟，却不跟任何人搭腔，就像猎人在寻找猎物。更多时间，记者们马不停蹄找大夫问患者，又走访住家户和路人聊天。他们不拍摄不笔记只拉话闲聊，像是漫无边际，可污染之害，百姓心声，全都给问了出来。回宾馆后，他们再做整理。最后，环保为何“干打雷不下雨”不作为，成了最后要解开的谜底。

男记者胸有成竹，他在等待时机。周末傍晚，男记者的“猎物”进了一家大众舞厅，他叫上同事尾随而进，指了指舞池里一位蹦迪胖女子，看见了没有，戴玉，三十岁，大专文化，县环保局干部。什么时候把她搞定，什么时候打道回府。女记者心领神会。

戴玉并不漂亮，胖身材，大脸盘。可穿着时尚，尤其是脚上的红色高筒皮靴，据男记者观察，这是新民县城里的唯一。吸引男记者眼球的，正是这双红色高筒皮靴。戴玉走路快，下脚重，风风火火的像男人。单凭这一点，男记者就断定这是个心直口快的主儿。

记者们心有所图，步入舞池不时贴近“猎物”。戴玉只蹦迪，蹦得热烈而奔放。交际舞曲响起时，却独自落座歇息，分明是一个人来的。二记者凑上前坐在对面。

女记者搭讪说，大姐蹦得真不错。

戴玉看了他们一眼，哈（瞎）蹦跶，图开心为减肥。从哪哒（儿）来的？舞跳得很专业，一看就像是大城市人。

男记者赶紧接上话茬，大姐好眼力，我们从北京来，考察项目的，说着就递了张假名片。

说话间，女记者拎来三瓶饮料，戴玉不要。女记者劝说，大姐别客气，初来乍到，人生地不熟，交个朋友，请多关照。

喝了饮料，男记者邀请戴玉跳舞，她犹豫片刻，随之入池起舞。舞罢又一起蹦迪，男记者在京城都算蹦迪高手，又有两个异性舞伴不离左右，眉目传神，几下子蹦狂了，霎时间舞池里众星捧月，出尽风头。蹦累了，三人坐下聊天，陕北乡俗风情，北京胡同文化，海阔天空，唯独不提“环保”二字。

男记者见水到渠成，邀戴玉一起吃宵夜。三人打的到夜市，喝啤酒吃羊肉串啃羊棒骨拉闲话，毫无生疏之意。戴玉酒量虽大，却经不住劝酒，没几个回合，面色通红。

男记者故意问她，大姐做什么生意的？

戴玉摇头答，在环保局上班。

男记者故作恍然大悟状，原来大姐在环保局工作。污染这么严重，你们为啥不管一管，失职呀失职！要在北京，早该下岗了。

戴玉白了一眼不服，北京是甚，北京是首都，要像你们北京那么个管法，环保局长的饭碗早被人砸了。你没打听打听，在新民县机关单位中，环保局社会地位最低，办公条件最差，干事最不亢硬。

一提环保，戴玉牢骚满腹，顺口溜一套一套的。什么老板图挣钱，领导谋发展；什么发展是硬指标，越硬越好；环保好像“阳痿”，想硬也硬不起来。什么上班就是喝醉，工作就是收费，最大的失职，就是没有及时通风报信。

记者顺藤摸瓜，戴玉和盘托出。不通风报信是失职？记者不明白。戴玉说，知道“消息树”不？电影里的。鬼子要进村，放哨的人推倒“消息树”，环保局就是干这个的。二人惊喜不已，想要的东西，来得太顺利太完整了，反倒不知所措，频频举杯以表谢意。

戴玉喝得晕晕乎乎，似逢知己一吐为快。次日，她忙罢手头事，拨了女记者手机，对方关机；再拨男记者名片上的号码，是空号；跑到对门酒店一打听，客人早退房走了。戴玉满脸狐疑，感觉像是梦境里的邂逅，等她完全明白过来，已经两个月后了。

6

那天，记者们取道山西辗转返京。总编亲自接机，汽车直接开进一家四星级大酒店。老总一言九鼎，这里吃住安排好了，趁热打铁，一气呵成，完稿放假一周。作为国家级媒体《中华环境导报》的总编缉，凭着敏锐的政治与新闻嗅觉，对此次暗访“黑三角”期望甚高，他清楚“黑三角”的由来背景与深远影响，等看完了全部照片，听了详细汇报后拍案而起。

这么重大的题材！机会难得，一定要一鸣惊人，要有震撼力。写大文章，上头版头条，同时发内参。本着对人民高度负责的精神，写出环境保护的使命感、紧迫感和艰巨性。切记，曝光等于捅马蜂窝，内容一定要有根有据，忌讳不实之词；标题一定要醒目，打动人心，产生共鸣；主题要挖掘深刻，透过现象看本质，找准问题症结。

总编谆谆教诲，记者领会实质。报社新成立，报纸新面孔，亟待提高知名度影响力。文章见报那天，两个记者都在休假。男的在家陪夫人，女的在外会恋人。从早上开机到晚上关机，两人手机接得没完没了，都是圈内或周围的熟人见到报纸读了文章的反应。两人司空见惯，谁也没在意。倒是报社值班室打来电话，声称他们电话成了热线，几乎被打爆了，也有国家部门询问核实情况的。两位记者这才意识到辛苦一番，落地有声，暗自欣喜。

新创办的《中华环境导报》以文风犀利载誉京城，在新民县却订数为零。第一时间看到曝光文章的新民人叫阎香草，陕北有名的二人台演员民歌手。阎香草在北京演出结束，退房时把服务员送来的新报纸顺手塞进手提包。阎香草的娘家在天赐湾村，与新民老企业家尤乃生同村。二人先前约定，尤乃生给老父亲过寿，阎香草亮嗓子捧场。

阎香草取道山西回天赐湾。火车上拿出手提包的报纸消磨时间。头版头条大标题“灰色天空下的黑色愤怒”很醒目，压题照片更眼熟，仔细浏览一遍，她半天缓不过神来。原来天赐川镇连同新民县的污染，被媒体重重地曝光了。天赐镇大小污染企业，连同县城里婆家隔壁的县铁厂都上了报，尤乃生的硅钙厂、焦化厂自然也被点名了。阎香草觉得文章很解气，但碍于情面不想让人扫兴，没打算把消息透露给尤乃生。阎香草路过邻居文长贵家时，给长贵老汉送了几盒北京果脯，顺口说了镇上县里被曝光的事，顺手把报纸塞给她敬重的长贵大伯。

接过报纸嘴角微微一咧、甚也没说的文长贵，正是记者在天赐庙碰上的指路高人。文长贵并非大字不识，还上过私塾一肚子斯文；也并非无所公干，而是天赐川镇供销社的退休职工。

孤傲清高的文长贵，在村里，除了与阎香草娘家和郝家走动多外，很少与其他人交往，在县里倒有一帮谈古论今的老哥们儿。文长贵读完曝光文章，摘下老花镜，沉思片刻，把报纸折叠了收藏好，上天赐庙烧香去了。

给尤家老爷子过寿之后，阎香草在天赐湾小住几日，回到县城时，被曝光之事已经传得沸沸扬扬。有人在网上看到了，有人从网上下载了。据说最近政府大楼里有点儿乱，时而传言县上领导带人赴京欲摆平此事，时而传言公安暗里要查个水落石出。

鄂尔多斯大酒店老板本名孟青山。天赐川镇派出所民警领着县局人找上门来了解一男一女北京人的行踪时，才被告知那二人是暗访记者。老板大哥脑筋急转弯，只说住过店，叫过出租车，别的一口否认。结果，仍以未如实填写旅客登记表为由，被罚了款。据说县医院大夫、记者坐过的出租车司机也被谈过话。对此多有耳闻的阎香草，只字不提那份京报，一门心思忙春节演出闹元宵的事情。

不过，阎香草没想到的是，2005 年天赐川镇乃至新民县城，春节元宵节远不及往年热闹红火，过得冷冷清清。曝光风波迟迟不得平息，事态还在不断扩大，谁还有心思搞这些？中央机关某内参刊登的《中华环境导报》记者的暗访文章，多位国家领导人作了重要批示。元宵节过后不久，重大批示的公文终于到了县上。

各级领导的高度关切事出有因。上世纪八十年代末，晋陕蒙交界区域因环境污染严重，就有了“黑三角”一说，污染治理一波三折，路漫漫其修远兮。为解决这里的环境污染问题，早在一年前，国家环保局与“黑三角”三市四县（旗）达成共识签订协议：2003 年 11 月 30 日以前，依法取缔或关停现有生产能力、工艺落后以及“十五小”、“新五小”的污染企业。对符合国家产业政策，但超标排放的污染企业一律限期治理。

国家的法律法规产业政策，是一道不可逾越的红线，协议书白纸黑字，既是环境承诺书，也是治理军令状。遗憾的是，禁止审批的有禁无止，取缔淘汰的运行如旧，限期治理的无声无期。协议一纸空文，如此触犯“天条”，是可忍孰不可忍！领导人批示等于尚方宝剑。中省媒体闻风而动，明察暗访，跑遍晋陕蒙交界区域的沟沟岔岔，摄像、拍照、撰文曝光频频，“‘黑三角’二十年不见天日”，“我们咳出的痰都是黑的”，如此声泪控诉，无不引发国人关注同情，成为“两会”代表热门议题。媒体异口同声，“黑三角”那哒（儿）都是一样样的“黑”。

环保风暴席卷“黑三角”，地方环保部门首先成为众矢之的。戴玉看到报纸复印件，简直傻眼了。文章正气如虹，事实亦无出入，戴玉觉得这光曝得很过瘾。可身为文中“知情者”，戴玉有点儿惶惶不安，十分留意局里的动向。先是听说局长被县长臭骂一顿，心里有点发毛；后听说局长对县领导们誓言，环保局绝无一人接触暗访记者后，稍有安心。后来，中省领导批示精神传达后，形势大逆转，谁写匿名信，谁给记者反映情况，没人过问也没人追查了。

上级检查督察，媒体明察暗访，一波接一波来势凶猛，应付上级应对媒体，局长如履薄冰，下属疲于奔命，不及时给企业通风报信，还是最大的失职。

一想起北京男女记者，戴玉还是有点憋屈。除夕夜，戴玉收到两个北京发来的祝福短信，她懒得理。春节后，她收到北京寄的包裹，打开一看，女式真丝睡衣里夹着一封信。语气婉转歉意真诚，大姐叫得人心热乎乎的，落款李杰、赵娜。这一对鬼记者。戴玉气消了大半，“环保同仁”的称谓不无亲切，笑而自语，京油子，够哥们儿。

媒体人接踵而至，原来陕北有两个天赐湾，黄河边的天赐湾自此名声大振。村里人一口咬定，匿名信是黄河对面人干的好事。后来，婆家在天赐湾村的戴玉，发现了匿名信的蛛丝马迹。天赐湾人亢硬断言，戴玉守口如瓶，各有各的道理。不过，从北京记者开始，来过天赐湾的人们都隐隐触摸到一股神秘气息、神奇力量，冥冥之中，或寒或暖，或扬或抑，令人心灵震颤。

第一章

1

在晋陕蒙接壤黄河两岸，天赐湾村好风水颇有名气。“上有娘娘滩，下有天赐湾”，“好女不嫁娘娘滩，好男入赘天赐湾”。谁人不知哪个不晓?！这说道是黄河老人传下来的，是黄河艄公唱出来的。

娘娘滩在河曲县城北，是黄河上唯一住人家的河心小岛。相传西汉初年吕后专权，将薄太后及其子刘恒贬谪于此。后来刘恒称帝，在滩上建娘娘庙，故名娘娘滩。娘娘滩四面环水银波飘渺，家园田舍绿树浓荫，几户住家耕渔牧养，一派田园情趣。“天下黄河十八弯，传奇莫过娘娘滩”。原先河曲城里有户人家，欲嫁女到娘娘滩村，女儿相中黄河船夫后生，执意不从。船夫抛锚靠岸，“天下黄河十八弯，好女不嫁娘娘滩，隔河隔水进出难，想娘想爹泪涟涟”唱不绝口。这户人家听着有道理，寻思着改了主意，谁知天杀的女儿，却与船夫后生驾船私奔了……

娘娘滩有阴柔之美，天赐湾多阳刚之气，想必都是大自然的造化。传说很久以前，有游方道士路过，只见云雾峡谷，滔滔大河，青山滴翠，裸岩生辉，远望牛鼻梁山缓缓而落，酷似伸长脖子下河饮水的卧牛；再看两道山脊梁弯弯舒展，又像巨人长臂怀抱太极。道士惊呼奇哉妙哉！挥笔而就“天赐一湾风水宝地，地纳五福祥瑞九天”，赐予随行弟子，独自飘然而去。弟子得其真传，在牛鼻梁上建五福观一座，香火旺盛绵绵不断。五福观后被铁木真部属毁之一炬，新民县志一笔略过，仅有“古有五福观，香火绵延，后毁于战乱”的记载。

大河上下，十里不同俗。生性阳刚的天赐湾人，对那声低音细、走路慢腾腾、干活不起劲、做事肉乎乎的后生，一概训斥道，你个狗日的，娘娘滩生哈的？一言以蔽之，天赐湾人自古以阳刚之气为荣耀，是男子汉的天下。早年艄公船夫对此情有独钟，天赐湾码头有的装，有的卸，生意兴隆，天赐川镇有酒喝，有处玩，逍遥自在，其乐融融。即使当了天赐湾倒插门女婿，也过活得人模人样。传说有个落难秀才沦为船夫，后来就在天赐湾入赘，借一方风水，耕读传家，家业兴旺，后辈出过举人中过状元，故有“好男人赘天赐湾”的说法。不知何故，新民县志未曾提及，却有“河北五十里，两河交汇，乃晋陕蒙之水陆码头，神佑风水，地杰人灵，住户人家，多耕读传世”一段文字。

好风水有天神护佑。五福观被毁，后人在遗址上建了天赐庙，历朝历代多以民间筹款修缮。解放后，天赐庙道人没了踪影。庙宇在“文革”中被毁坏，残垣断壁，狼藉一片。如今的新庙宇，是天赐湾村民尤乃生办企业淘到第一桶金后，出资重新修缮的。

那是1991年的春天。尤乃生到镇供销社找文长贵商议修庙，文长贵说，这是善事，是好事么。

尤乃生想把天赐庙更名五福庙，觉得原先就有五福观。祖上当过天赐庙执事、读过初中的尤乃生十分看重“长寿、富贵、康宁、好德、善终”这五福。

文长贵却另有说道。五福、六福，还不都是老天爷给的？说着，从柜子取出祖传的，据说为游方道人所撰当年五福观大殿的楹联拓片，“天赐一湾风水宝地，地纳五福祥瑞九天”。

尤乃生大喜。道士的传说，楹联的典故，他打小就听老人们拉话听过多少遍，却从未目睹过真东西。赶紧说，还叫天赐庙。叫天赐庙，长贵叔，楹联能用这个？

文长贵点头说，能哩。一方水土养一方人，风水好，就是水土好、环境好。老天护佑，人也要知足。尤乃生连连称是。

自从重修天赐庙后，尤乃生办煤矿、办焦化厂、办铁合金厂一帆风顺，生意兴隆。他的“天源实业”一跃成了县上利税大户，县领导表扬说他有开拓精神，民间传说他修庙积下德了，天神保佑哩。此事越传越神，于是乎，选上项目、投资入股、做买卖谈生意，求财心切者纷沓而来，虔诚至极，天赐庙香火旺盛空前。

孟青山后悔当初没在天赐庙上香许愿，可前来买孟青山矿的艾高原不等天亮直奔天赐庙。牛鼻梁山脊小路崎岖，黑咕隆咚的，艾高原不小心摔了一跤。他乐了，嘴里念叨，好哦（我）个天神爷，你急甚哩，等哦买哈矿挣哈钱，先给你修路，修光光堂堂的好路。艾高原这话没有食言。

牛鼻梁山脊是后山花岗岩矿脉的延伸。艾高原从西安请来专家设计，就近取石材，请最好的石匠队施工。青石护栏，青石台阶，就像青云直上的天梯。煤炭市场低迷时，艾高原却接二连三地买矿。尤乃生企业成了气候，顾不了亏本的煤矿。艾高原在尤乃生的厂子转了一圈，对尤乃生说，哦没甚文化，干不了你这玩意，哦就会干煤矿，随即，把尤乃生的煤矿收入囊中。

煤炭市场终于走出低迷，煤炭涨价，煤矿升值，煤老板暴富，闷声发大财的艾高原果然青云直上了。

人们说尤乃生把财神请到家，艾高原把财路铺上天。这话文长贵不爱听。不爱听，也听不到。大半辈子在天赐川镇供销社的文长贵，携家带口住在镇上，全家是城镇户口。尤乃生修天赐庙的第二年，文长贵退休。县铁厂的儿子要接他们到县城，塞北市工作的女儿要他们去市里。文长贵说，我哪哒都不去，就回村里养老。

文长贵把旧宅子整修一新，搬回天赐湾，务花种菜，品茶咂酒，练字读报看电视，得空上山，天赐庙上一炷香，打扫打扫庙堂院子，日子过得清清淡淡。可村里人说长贵老汉越老越古怪，脾气犟得出奇。远的不说，北京记者来那天，尤乃生给侄孙过满月，尤乃生亲自来请，文长贵没给面子。不久，尤乃生给父亲过寿唱二人台，全村人都去凑热闹。

戴玉公公郝天仁满席一瞅，问尤乃生，咋哈不见长贵叔？

尤乃生说，长贵叔我怕是请不来。

郝天仁说，我去请。

结果，最爱听阎香草唱曲的文长贵，推说身体不舒服，没给面子。

在村里，唯有郝天仁的儿子、戴玉爱人郝翔敢跟文长贵开玩笑。尤家大摆宴席歌乐飘荡时，文长贵独自朝天赐庙上走去，郝翔正在山坡上整地建大棚。

他打趣说，长贵爷，新民两大老板，一个把财神请进家，一个把财路铺上天。你老汉整天守庙烧香敬神，图个甚，敬的甚？

文长贵没好气，我只敬天，只敬地，只图死了有干净地方埋我！说完扭头就走，郝翔一脸迷惑。

2

“五一”后，戴玉与两个男同事一起被派驻天赐川镇。戴玉个性十足，很少与女同事婆婆妈妈的，却与男同事有说有笑，跟谁都谈得拢。听说派驻天赐川镇，戴玉振臂高呼，这哈子解放了。

年后这几个月，戴玉憋屈极了。大部分人下基层严防死守去了，领导安排她守电话。守着局里唯一对外的座机，省市环保部门，县委、县政府来电多，都很重要，尤其处在非常时期。上级通知检查，她沿着检查路线一家一家地打电话。上了取缔关停黑名单的，通知下边人严防死守，不得生产；治理没眉眼的，逐个电话通知暂停生产避风头；有治污设施却习惯性偷排的，挨着电话嘱咐环保设施不准停。

“明察”易躲，“暗访”难防，下面一有动静，她赶紧给领导汇报，派人赶赴现场。戴玉对这种做法有意见，但“消息树”岗位特殊，责任重大，她值班守电话，小心翼翼，生怕有闪失，偏偏出差错。

有一回，“鑫兴煤焦电”私自关闭除尘设施，被省环境监察局逮住了。事后，二老板梁有岗却说没接到通知。戴玉挨了批评不服气，当着领导的面拨通了梁有岗电话，一顿臭骂。梁有岗是她中学同学，骂了还不解气，还要老同学当面道歉。

“鑫兴”二老板梁有岗上中学时追求戴玉不成，留下憾事不甘心，总找机会跟戴玉套近乎，总是热脸对着冷屁股。戴玉要他当面道歉，他乐意奉陪，周末晚在恒源大酒店订了豪华包间。

戴玉推门进来，嬉皮笑脸的梁有岗刚想说什么，环保局的六七个后生鱼贯而入，环境监察大队副大队长杜牧也在其中。梁有岗一看这阵势傻了眼。

酒过三巡礼数已到。戴玉端起摆了三杯酒的碟子，要梁有岗喝道歉酒，梁有岗不能不从。

随后，戴玉说，咱俩喝同学酒，只喝酒不叙旧。两人连碰三杯，梁有岗喝得很舒心。

接着，戴玉又要喝同桌酒，梁有岗没反应过来，

戴玉说，你跟郝翔同桌三年，三杯也不多，我替郝翔敬你的。

梁有岗连连摆手，郝翔不在场，不算不算。

戴玉振振有词，我是他婆姨，我代表他。咋的？不喝就是娘娘滩生哈的。

梁有岗急了，那你先告诉我，我哪哒比不上郝翔，你看上他？你图他甚？

戴玉乐了，真想知道？喝了我再说。梁有岗只好从命。

我家郝翔老实憨厚，不像你油腔滑调，靠不住。

梁有岗不屑一顾，老实能顶宝马车？

戴玉说，坐个破车狂甚？那是你哥有能耐，以为你小子有本事！老实人走正道，郝翔吃苦好学，总有比你强的一天，你等着。

杜牧队长见他们抬杠怕闹得不愉快，岔话问梁有岗，好端端的除尘设施关了，能省几个钱？这不像是你哥大老板的一贯作风。

梁有岗照实答，老大去了太原，我临时主持，一时犯浑。不料，罚了款，挨老大训，还得摆下酒席给人家道歉。

戴玉直言不讳，活该。

戴玉三招九杯，已经够猛了。杜牧他们挨个频频出击，有个后生端起酒杯，即兴发挥唱起酒曲，唱一曲，就得喝一杯。梁有岗唱曲应对，屡屡不占上风被灌蒙了。

服务员上菜的工夫，门缝有人探头，咋哈这红火？梁有岗晕乎乎就把来人拽进来。

来者何人？新民老牌企业家田生财大儿子田永福，田氏家族企业继承人。

杜队长招招手道，原来是田大老板，看得起环保局兄弟们，就一起红火么，说着端起酒碟子。

环保局这帮后生，瞅见牛逼烘烘的老板们就来气。原先只收排污费，想见田永福这种人难得很。如今环保风声紧，抓得严了，田永福从隔壁包间过来凑热闹，也算眼亮之人。

梁有岗平时把田永福贴得紧。抢先给田永福敬酒，一口一个田哥，不无谄媚之嫌，让戴玉不舒服。烧酒这玩意儿，能巴结人也能惩罚人。结果，杜牧打头，戴玉断后，灌得田永福落荒而逃，梁有岗酩酊大醉，趴在酒桌上口水直流，不省人事。

逃的逃了，醉的醉了。大家自饮自乐，喝了个清静畅快。座中杜牧最年长，他招呼两个后生和戴玉一起举杯说，明个儿就要去天赐川镇了，借此给你们送行。

酒罢，杜队长又说，原先领导动个嘴，弟兄们跑断腿。尔格上面改变战术，划片包干，严防死守。

戴玉摇摇头，这么折腾，甚时才是个头！这话题一开，大家七嘴八舌。

眼看大半年了，该关的，一家也没关；不该上的，有人偷偷摸摸还在上。黑名单上大小好几百家企业，哪一家关得了？

这是领导最头疼的，都取缔关停了，县财政垮了，多少人得喝西北风。“黑三角”这么大，又不是新民一家。

蓝天白云虽好，可咱唤不回来，明摆着，县上拖延周旋，以不变应万变哩。

只怕是难过这个坎。没事没事，我看，这半年也没甚动静。

杜队长摆摆手，没甚动静，怕是有大动静。我总觉要出大事，把咱事做好，别的甚也别管。戴玉，天赐川这片你负责。好在企业集中便于监管，只是缺少交通工具……

戴玉打断说，队长放心，郝翔小面包在那哒闲着哩。

杜牧给两后生交代，你们两个，把戴玉照顾好。

一后生说，戴姐花喜鹊归巢，轮不上我们心疼哩！

3

戴玉好久没来天赐湾了。郝翔过完年回天赐湾，忙他的蔬菜大棚，一直没回城里的小家。戴玉把儿子托付给娘家，为郝翔收拾好换季衣服，给文长贵拿上茶和酒，一大早就被杜牧找车送往天赐川。

郝翔常年在外奔波。家里全靠戴玉，把儿子一手带大，家务没人帮衬，可她无怨无悔，过得比谁都开心。郝翔不抽烟不喝酒，一门心思做自己的事，戴玉越来越觉得郝翔的男子汉气质在骨子里。

上中学的戴玉情窦初开，别的人没正眼看过，就相中老实巴交的郝翔。戴玉上大专，学的环境工程专业，毕业进了刚成立的县环保局。郝翔命运不济，上了市农校，回来没机会正式安排，没能改变农民身份。

这时候谈婚论嫁，县上当干部的父母坚决反对，戴玉却非郝翔不嫁。父母好面子，只在家里跟女儿较劲，家庭暗战硝烟四起。戴玉找亲戚说情，一片反对声。无奈之下，她想起天赐湾的长贵爷。戴玉父亲在天赐川供销社当主任时，与文长贵老汉交情甚深。戴玉记得父亲说过，他最敬重的人是文长贵。

戴玉找上门求援，说到最后，冷不丁冒出一句，好我的长贵爷哩，万一说不通，你就说娃都怀上了。

文长贵皱着眉紧张地说，这女子，咋哈这样?!

戴玉笑得朗朗的，没有的事，我是给你教方子么。

文长贵咋样说的不得而知，反正戴玉父母同意了，前提是郝翔在城里干事，在城里结婚。文长贵帮郝翔在县农技站找了个差事。两人租下房子。结婚时，文长贵来了，戴玉父亲十分不情愿地参加了婚礼。

戴玉结婚后，父亲从不登门，母亲暗里相助。儿子上幼儿园了，经文长贵劝说，退休的父亲这才开始了每天幼儿园接外孙的营生。

戴玉对郝翔说，长贵爷是咱大恩人。

郝翔早就在城里呆烦了。三十而立，一事无成，越来越感觉压力大。与丈人取和，无后顾之忧，郝翔辞了农技站差事，回天赐湾从头做起。戴玉没反对，还把仅有的积蓄全拿出来。郝翔是学农的，对开煤矿办企业跑运输做生意皆无兴趣，他要依着自己的专长喜好搞绿色种养殖，戴玉双手赞成。

郝翔回天赐湾，登高望远，青石攀道宛如青龙扶摇直上，与神庙、公路、田野、黄河、峡谷浑然一体，甚是壮观。郝翔瞅准家乡这片土地开发的潜在价值。他在自家滩地里挖了十亩鱼塘，十亩荷塘，栽上一圈柳树；靠山脚盖了五间平板房，前院务花种草栽树，后院饲养鸡鸭鹅；还说服父亲在村里配合他喂猪种菜。

郝翔闷头干了两年，养的鸡鸭鹅、黄河鲤鱼鲶鱼，种的白格生生的莲藕，样样有了产出。柳树长起来了，树荫连着树荫。荷花开了，亭亭玉立，一池涟漪，万般景象。

文长贵见郝翔一回，夸郝翔一遍。爷没看错你，好后生必有好前程，你给咱天赐湾撑脸面了。叫你丈人也来看看，看他还说甚。

国营煤矿电厂垂钓爱好者闻讯陆续赶来。郝翔把先前的五间房大为扩建，在公路边竖立“天赐绿家园”的招牌，农家乐开张，自产自销清一色的绿色食物，为垂钓者和香客所青睐。

戴玉父母来一看，嘴里没说，心里服了，对女婿郝翔刮目相看。

新民的阔老板富二代，嗅觉发达腿腿长，大酒店山珍海味吃腻了，驱车前往“天赐绿家园”者络绎不绝。郝翔一向对穿名牌开名车吃喝嫖赌者嗤之以鼻，不屑苟同。来的都是客，不亢不卑的郝翔无意弯腰恭迎。相反，他看不惯这帮人猜拳行令喝五吆六目空一切。

那天田永福带一帮人三喊六声，吼得天摇地动，烂醉如泥仍赖着不走。郝翔很生气。文长贵听说后，写下“居庙堂之下，怀虔诚之心，行文明之风，思天赐之恩”“天赐庙前，神圣肃静，猜拳行令大声喧哗者慎之”两条幅。

田永福一回来，郝翔指着条幅说，小声些，小心些，可不敢把天赐神惊扰了。田永福一生气再没来过，他婆姨胡晓燕却成了常客。

郝翔把在外打工的妹夫妹子召回来，由父亲郝天仁领着一起经营。父亲当过多年村干部，应酬管事有一套。他腾出来精力和时间，用在鱼塘越冬、莲藕追肥、家禽防疫之类的种养殖技术钻研上。“天赐绿家园”生意不温不火，陕北冬季又长又冷，农家乐关门歇业。郝翔闲不住，不满足。他把目光转向牛鼻梁山南麓背风向阳的一片荒坡。这里早前开荒种过庄稼，土层厚，土质好，可下面是花岗石，少雨干旱常常有种无收。学大寨时，郝天仁带领群众修了引天赐河水的灌溉渠，一湾滩地成了水浇田，也不缺这几十亩干巴巴的坡地，撂荒了。郝翔计划引水上山，在这里建蔬菜大棚。他找人做规划搞设计，去寿光学了三个月大棚蔬菜技术。春节后，郝翔雄心勃勃整地建大棚。

戴玉牵挂郝翔的新计划。可第一次当头儿带人执行任务，她感觉沉甸甸的。那天到天赐湾，她把带的东西搁在“天赐绿家园”，让送他们的车返回县城，他们开了郝翔的面包车到镇上，给两个后生安顿好住处，开车挨个在企业转了一遍，晚上后生们送她回天赐湾，早上后生们接她去天赐川。一周里，来来去去，相安无事，有点无聊。眨眼到了周末下午，戴玉电话请示了杜牧队长，两个后生把她捎到天赐湾，开车回县城度周末去了。

戴玉一看表，下午四点多，拉着郝翔提了茶酒去看望长贵爷。听说郝翔在天赐庙惹恼长贵爷，戴玉抱怨他不应该，要他去给老人家赔礼道歉。

郝翔笑了，开了个玩笑，没甚事。

文长贵家是独家庄，门外停着辆丰田越野车。长贵老汉大老远打招呼，给爷送甚好东西来了。

戴玉问，家里有客人？长贵老汉乐呵呵地说，外甥婆姨下乡，顺路来看看，没外人。

戴玉悄悄问，没听说过长贵爷还有外甥。

郝翔小声答，长贵爷原先在镇上住，搬回村这些年，好清静不走动，他家的事村里没人清楚。

文长贵家的几孔旧石窑洞，收拾得干净利索，院里花草蔬菜海红果树有红有绿。长贵爷的外甥婆姨笑着上前，衣着得体气质不俗，跟戴玉握手说，我叫马文慧，来看看舅父舅母。

随行有人补充，市煤炭局马总工程师，我们是马总部下。

戴玉自我介绍完，长贵爷指着郝翔说，小老板，好后生，大能人。说得郝翔不好意思低下头。

长贵婆忙前忙后，给市里的女儿准备了捎的东西，又张罗做饭，马文慧拦着不让。长贵婆不依，非让吃了饭再走。

戴玉见状使了个眼色，郝翔恍然领悟，长贵爷，今儿我请客，到我的农家乐去，说完打电话安排。

戴玉随声附和，难得有这个机会，让我两口孝敬孝敬您老人家，也给客人们敬几杯酒。

客人中有人说，马总来天赐湾，艾高原手下人要陪同，说这儿有个农家乐不错，我们马总拒绝了。马文慧没说话。

郝翔拉着长贵爷就朝外走。长贵婆不肯去，戴玉死缠着不松手。

这一顿饭，马文慧他们感觉出奇的好。鸡鱼肉蛋山野菜，清一色绿色食品，地道的农家烹饪法，色香味俱全。郝翔滴酒不沾，却敬酒诚恳。戴玉酒量好，嘴巴甜。长贵爷老两口乐得滋滋的，马文慧也很开心。

听说墙上的条幅出自文长贵之手，马文慧惊叹道，舅舅好功底，大地总提起小时跟你练毛笔字背古诗挨板子的事。转身对戴玉解释，我爱人，在开发区。

随行者补充，市开发区管委会一把手，刘大地主任。

马文慧在戴玉耳边嘀咕，外甥像舅舅，长得像，脾气也像。

席间，文长贵问戴玉，污染这么严重，电视报纸都批评了，咋甚动静也没有么？

戴玉回答，连我也派到天赐川镇来了，长贵爷，你看动静多大。

文长贵愤愤地说，烟囱黑天白日不停冒烟，守在跟前顶个甚？

戴玉调侃似的回答，严防死守，不叫上面明察暗访的抓住呀！

文长贵明白了，摇摇头，你们保护环境，咋个像是在保护当官的乌纱帽？戴玉苦笑着无言以对。

见舅舅不悦，马文慧说，陕北煤炭资源开发这些年，带来很多环境问题，已经到了非解决不可的地步。但是，解决问题需要勇气和魄力、资金和技术，也需要时间，各级政府越来越重视环境保护了，情况会好起来的。

戴玉想起杜牧“怕是有大动静”的话。便说，长贵爷，保护环境，晚辈义不容辞，阿姨都说了，情况会好起来的。

这女子，挑好听的给爷宽心，你记住，天意不可违！

文长贵一笑，大家一乐，话题转了向。

马文慧走后，戴玉到建大棚的山坡看个究竟。郝翔带人忙了几个月大有进展，生产便道修通了，车能开到地头。梯田修好了，共八层，每层建四座大棚，就剩下安装骨架，覆盖塑料薄膜。田间灌溉管网预埋好了，山脚下的机井打好了，只等铺设上山输水管道。

郝翔信心满满，指点江山，描绘未来。看到了没，这哒（儿）背风向阳，光照充足，最适合建日光温室。

两口子站在高处，脚下是刚建不久的蔬菜大棚，山下是鱼塘荷塘农家乐。夕阳余辉照在黄河对面山崖上，一片红彤彤，光灿灿。

眼看郝翔事业有成，戴玉心花怒放，忍不住搂着郝翔，甜甜亲了几口。郝翔难为情了，慌忙把她推开。

戴玉突然想起在长贵爷家无意瞄见盖有“赠阅”二字的《中华环境导报》，略有所思。这份报纸刚创刊，寄给各地环保部门，为征订做宣传打前站，她带回家看过。便问，你给过长贵爷咱家的报纸？

郝翔说，去年开春我拿来一叠当废纸，长贵爷要了几张回去看。

戴玉双手一拍，脱口而出，我海哈了。

4

阎香草一直不明白。那天尤乃生父亲过寿，文长贵为甚请不到？村里人都说文长贵古怪孤僻，可阎香草不觉得。梁有岗的汽车在门外按喇叭，阎香草还在想这件事，原先的情景历历在目。

每次回娘家，阎香草都带点东西到长贵大伯家走一走。每次长贵大伯总是问，甚时回村里唱几曲，大伯想听哩！可在天赐湾，在尤家唱曲儿，长贵大伯为甚不来？阎香草估摸是尤乃生的缘故。那天临走时，她去文家，文长贵不在屋，疑团依旧。

阎香草这么在乎文长贵，说来话长。她小时候，天赐川镇逢集会，母亲赶集卖鸡蛋，她跟上逛街。母女俩供销社门外摆摊，长贵大伯总是给母亲送杯水，给小香草塞几块糖，然后摸摸她的小辫子。阎香草的母亲唱山曲远近有名。有一回文长贵问她，这女子，长得俊，人又机灵，跟上你妈学几曲，哈回来唱给大伯听。

下回小香草果真唱了，听得街上行人驻足扭头。长贵大伯拍手叫好，这女子，有天赋，好好学，长大了唱红新民，唱到北京去。

与其说言中了阎香草前程，不如说文长贵给她支了奔前程的垫脚石。天赐庙重修竣工，尤乃生搭台子唱庙会，从县文化馆请来一帮人。尤乃生陪着文长贵坐在前排中央，香草坐在领她来的长贵大伯一侧。都说黄河水最养女子。十五岁的小香草，出脱成水灵灵的大姑娘，台上的二人台，她听得滋滋有味。

长贵大伯忽然问她，女子，敢不敢上台唱一曲？香草说不敢。

好嗓子是唱出来的，怕甚！长贵大伯说罢，拉着香草上后台，尤乃生起身跟在后边。他俩和后台的人一阵嘀咕，香草便被人带去化妆更衣。初次登台，台下黑压压一片，小香草的心怦怦直跳。

阎香草那次唱的是《走西口》，头一句出口，台下便响起掌声。

哥哥走西口，小妹妹也难留；
止不住那伤心泪蛋蛋，一道一道一道往下流。
正月里娶过门，二月里你西口外边行；

早知道你西口外边行，哪如咱们二人不成这一门亲。
坐船你要坐船舱，你不要坐那船头，
恐害怕那风摆浪打，摆浪摆浪，摆在哥哥河里头。
吃饭你要吃熟，生饭不美口，
出门在外你吃下头疼脑热不好治，该叫人家谁来伺候。
哥哥走口外，小妹妹挂心怀；
但愿你平安无事，挣钱早回来。

阎香草天生一副好嗓子。一曲原生态的《走西口》催人泪下，荡气回肠，台上台下掌声不断。

长贵大伯说，这女子，天赐湾恐怕盛不哈你了。

不久，县文化馆领走阎香草，后来，阎香草又得新民二人台民间老艺人真传，成了陕北有名的民歌手、二人台演员。阎香草这么走出天赐湾的，转眼就是二十多年。在阎香草的心目中，长贵大伯永远是儒气十足慈祥善良，可他为甚不进尤家门？阎香草从北京回来，把报纸递给文长贵那一瞬间，就应该有所察觉。老人没有丝毫的惊诧，微微一咧的嘴角，闪过一丝隐晦的笑。

混沌世界，浊者自浊，清者自清。自从尤乃生在天赐川办企业荣升利税大户，也被人戏称污染大户，文长贵对尤乃生由疏远逐渐转为反感。这一点，别说阎香草，就连尤家人也不知其然。凭借牛鼻梁山这道天然屏障，烟尘污染对天赐湾村危害并不算严重。不过，风向转来风力强时，村里人一样捂着鼻子骂娘。但是，诅咒天赐川污染企业，对尤乃生却毫无怨言，好像尤家的烟囱不冒黑烟似的。

再说新民县城。大气污染像个幽灵，无处不在，处处现形，像一剂毒药，侵蚀着人们日常生活的各个细胞；像一只无形的黑手，迫使人们为改变而改变。一年四季，新民人男的不穿白衬衣，女的不穿浅色衣裙。所以，戴玉的高筒红皮靴才格外扎眼。

据说土炼焦盛行时，一位新来的爱好晨练的县领导，晨练不过三日戛然而止，大会讲话有感而发，谁要想死得快，就到外头锻炼去。新民人不在户外锻炼。所以，戴玉减肥只能靠蹦迪。男人喝酒打麻将，下班关闭门窗，足不出户，以此为乐。女人就没这般潇洒这等闲情了，尤其像阎香草这样里外兼顾的女强人。

阎香草家与县铁厂一墙之隔。高烟囱时而冒红烟，时而冒黑烟。天长日久，婆婆得下肺气肿。丈夫在塞北市师范当音乐教师，她上班、演出、忙家务、管小孩上学，还要照顾患病的婆婆。她最大的愿望就是攒钱，攒钱在塞北市买房子，举家迁徙换环境。

两口子靠工资生活，凭阎香草演出攒钱。这种旧社会叫唱堂会，尔格称之走穴的演出活动，在晋陕蒙交界地区很普遍，婚丧嫁娶，满月过寿，生意开张，接待上级，宴请贵客，逢酒必演二人台唱山曲。酒文化么，就图个红火，场面亦大亦小。能唱几嗓子的就有人请，三五结伙搭班子，给人家捧场助兴。与那些业余歌手相比，阎香草名人名角堪称大腕，她若出场满堂生辉，算给足了面子，是主家莫大的荣耀。不过，阎香草有她做人原则，人要是不对路，给钱再多也不去。

这一天，“鑫兴煤焦电有限公司”董事长梁有恒请她去给职工演唱，还真有点儿特别。梁有恒打发弟弟梁有岗来接她。往常大老板接她，总是先到她婆婆炕边，嘘寒问暖拉几句。

二老板梁有岗车都不下，使劲按喇叭。阎香草上车懒得搭理，只吩咐他去接齐海红。

文化局长出身的县委书记杨斌上任后，重视挖掘民间文化资源，县上成立艺校，为“新民二人台”“新民山曲”申报成非物质文化遗产，指定阎香草收徒传艺。一帮艺校生中，阎香草最看好齐海红，有心栽培她，重要一点的演出活动都带上她。

梁有岗跟齐海红套近乎，得知齐海红是枣林湾人，耍贫嘴献殷勤，夸枣林湾的红枣好妹子俊。齐海红见老师无语，也没咋吭声。阎香草心里纳闷，一母同胞的，兄弟俩差别咋这么大?

梁有恒的“鑫兴”在县城西塞新公路旁大柳凹沟岔里。进去的路，像是夹在山缝里，里边却别有洞天。两边山矮坡缓，中间沟道宽阔，典型的小盆地地貌。阎香草第一次来，感觉很新鲜，梁有恒便陪她在厂区走了走。开口又问她，房钱攒够了没?哥给你掏点算了。阎香草还是一口回绝。

梁有恒五十出头，脸黑皮肤粗糙，其貌不扬。看穿戴，标准的农民企业家，听谈吐，俨然像个专家教授。梁有恒津津乐道的是他的几个第一。在新民第一个办民营煤矿，在晋陕蒙第一个把土炼焦变成小机焦，在全国第一个利用荒煤气和焦煤粉混合发电。这一切，都发生在这个叫大柳凹的沟沟里。从沟道里头办煤矿搞小机焦，到半山坡建电厂，企业滚雪球似的发展壮大，沟道之外却鲜为人知。

梁有恒边走边指指点点，焦化厂的荒煤气，人家点了天灯，我这哒回收了。兰炭生产中的焦煤粉，人家往沟里倒，我这哒也回收了。回收的荒煤气和焦煤粉，综合利用发电了。

阎香草大开眼界。梁有恒直言不讳，这叫废物变宝，有利可图，利己不损人。在这哒办企业二十多年，大柳凹老乡没说过我半个不是。前一阵子我们去山西，老二在家守摊子，把焦化厂的收尘设施停了，被环保上罚了款，丢人现眼。我回来狠狠收拾了老二一顿。

阎香草走了一圈，只见烟囱不冒烟，也闻不到刺鼻的味儿，感慨道，我家隔壁的铁厂，早就听说要关，就是关不了，把人祸害到甚时。

梁有恒开玩笑说，你可不能搬到塞北去，你要是走了，听曲儿还得到市里去接你。

阎香草喃喃地说，那还是没影的事。

厂部楼前大广场的小舞台上，撑起“鑫兴综合利用电厂项目投产一周年联欢自乐晚会”的大横幅。阎香草见状想起尤乃生父亲过寿时，有头有脸的人物都去了。便问，县上有谁来？

梁有恒摇摇头说，内部庆祝活动，谁也没请。中午职工会餐，晚上一场晚会，自娱自乐，自得其乐。今儿个我也上场，跟你唱《五哥放羊》，成么？阎香草满口答应。

阎香草登台对乐队伴奏很讲究，可她清楚“鑫兴”有个颇有实力的乐队，还有好几个业余歌手。晚会在晚饭后举行，齐海红第一次登台唱《方四姐》，阎香草反复叮嘱，要放得开、收得住，尽情发挥，齐海红点头称是。阎香草也是初次与业余歌手合作唱《挂红灯》，怕出差错，给那后生交代再交代。

身着工装的人们陆陆续续，整齐列队进场，坐在自带的小板凳上。阎香草忍不住对梁有恒说，看看你这企业，跟国营的没啥两样。

梁有恒也不谦让，说实话，新民的民办企业，论福利待遇工作环境，没有谁能跟“鑫兴”比。人家只图挣钱，咱把这当事业干。

阎香草触景生情，可不是，我邻居关老汉，给“永盛”看场子十几年，落下一身病，田永福却把人家白白打发了。

梁有恒一听田永福名字，顺口说了句“灰圪跑”。

阎香草又说，关老汉陪了老的陪小的，没心没肺的，把人一脚踹了，我就看不惯。田永福父亲要过七十大寿，昨天他来找，我没应承。

做得好！堂堂正正做人，对得起天地良心，梁有恒说罢，又唉了一声，也许咱这些人落后了，赶不上潮流了。

阎香草不以为然，企业都像你，新民会有甚污染！

梁有恒自嘲道，人家跟我不一样，我跟人家没法比，我能在新民翻起个甚浪？车行车道，马走马路。我跟当官的没甚交往，没工夫陪吃陪喝迎来送往，不瞒你大妹子，县上领导没几个进过大柳凹沟的。

此话一出口，阎香草有点诧异，难怪人家说你窝在大柳凹沟沟里，有怪才是怪人。

梁有恒抱屈地说，企业与外边打交道的事太多太烦，我叫老二负责。有人却挖苦我不食人间烟火，得道成仙了。唉，不说了，厂里人村里人都来了，等着看你演听你唱哩。头一回登台就跟妹子合作，心里头可紧张了。

5

在新民的老板们中，梁有恒独行特立，我行我素，很是另类。人们说他清高傲气，不近人情。梁有恒不赌不嫖无绯闻却是公认的，嗜赌好色的老板夫妻吵架，婆姨动辄以此说事，人家梁有恒有钱了咋就变不坏？干部圈内却对梁有恒多有微词。去“鑫兴”检查工作，梁有恒很少出面，在县里召开会议，梁有恒很少参加。没几个人愿意为他上天言好事。年终总结表彰，利税大户靠数据凭贡献，“鑫兴”上台领奖，回回都是二老板。有一回开会县领导问，你哥忙甚，咋哈见不上个面面？

梁有岗答，我哥在实验室忙哩。

领导有气借题发泄，哟呵，忙着炼丹吗？不食人间烟火？得道成仙了？众人哄堂大笑。二老板脸上挂不住，回来如实诉说，梁有恒却说，管屎他，爱说甚说甚。

梁有恒是个怪才。好钻研，爱动脑筋，从上学到办企业，迷上甚就钻研甚。土炼焦时，他突发奇想，画了张循环燃烧的立式铁炉子草图，拿到山西大同焦化研究所，出钱让人家研究设计。所谓焦炭，一种叫全焦，一种叫半焦。神府一带的侏罗纪煤只能炼半焦，半焦俗名兰炭。用于铁合金电石之类冶炼之用。梁有恒的炼兰炭的小机焦炉，从来没人搞过。土炼焦取缔后，梁有恒的小机焦炉为兰炭生产打开一条生路。晋陕蒙小机焦炉子遍地林立的时候，梁有恒又开始琢磨，点了天灯的荒煤气和生产兰炭剩下的焦煤粉，浪费了可惜，能不能混合在一起发电？梁有恒提着装荒煤气的旧篮球和煤焦粉袋子，找人化验出各自成分、燃烧值、发热大卡等数据，跑遍了半个中国。煤气发电的有，煤焦粉发电的也有，二者混合发电，专家们听都没听过。清华大学的教授看了相关数据，听了他的介绍，认为理论上可行。梁有恒兴奋地说，只要理论上能行，我掏钱，你们设计。最后，清华大学设计，太原锅炉厂制造，全国第一台煤气煤粉混合发电锅炉诞生了。属于综合利用的发电厂，审批一路绿灯。在晋陕蒙电厂建设热火朝天的时候，“鑫兴”发电厂独树一帜，另辟蹊径，可惜大柳凹山隔沟横，加之梁有恒做事低调，并没有引起人们足够的关注。梁有恒并不在意。他萌生更大的设想，却难以静下心来梳理思路。梁有恒最大的爱好，痴迷新民山曲二人台。因此，与阎香草交往颇多，无话不说。

春节前，弟弟梁有岗要在西安买房，闹得不可开交。梁有恒压根儿就没这打算。弟弟节外生枝，令他着实头痛了一阵子。梁有恒是王家峁村人。村庄与大柳凹紧邻，在沟道尽头山梁背后。梁有恒一直陪父亲住在乡下，从办煤矿开始，梁有恒修路架线引水安排就业，大柳凹王家峁人们都得了不少实惠，在村里口碑好，人缘好。他在村口盖了座两层小楼，下班回家图个清静舒坦。梁有岗结婚时，提出在城里买房安家，梁有恒便依了他。这回又要在西安买房，梁有恒坚决反对。

新民人异地购房是老板们掀起的一股热风。塞北、西安、北京、青岛、海南……哪儿好哪儿买。不看价不砍价，一把交清，扭头就走。田永福在三亚海滨有豪宅。尤乃生先在塞北、后在西安买了房，把父母安顿在西安，老人住不惯；又把老人安顿在塞北，还是住不惯；县城里，他嫌空气不好，就把天赐湾旧宅子推倒重建，转了一圈回到原点。新民没有异地购房的老板，就剩梁有恒，只有梁有恒。弟弟一提西安买房，梁有恒火冒三丈。

咋的？把你婆姨娃娃打发远远的，你在这哒成精呀！

梁有岗狡辩，不是这意思，去省城办事住着方便，往后增值了还能赚钱。

梁有恒说，把心思用在企业上，就能赚大钱。往后你出差，住总统套房我都认账。梁有岗情绪闹到春节，老父亲厉声训斥，梁有恒婆姨好言开导，总算平息了这场购房风波。

身为董事长的梁有恒在公司里抓大放小，分工明确。主抓生产经营的总经理是从国营企业“挖”来的人才。他婆姨马翠凤会计出身，分管财务的副总经理，堪称贤内助。人称梁有岗二老板，其实只是管涉外事务的副总经理。梁有岗三岁丧母，刚过门嫂子马翠凤一手把他拉扯大。兄长的话有时也当耳旁风，可对嫂子百依百从。梁有恒和总经理去山西商讨新项目可行性，仅仅让梁有岗临时管了几天，便捅下炉子。让梁有恒很没面子。要知道，在新民政府部门中，唯有环保局对他最信得过。这事换了别人，梁有恒决不轻饶，可手足至亲难免心慈手软。弟弟高中毕业就跟着自己鞍前马后，从打杂、开小车到搞外联，好歹也十几年了，也算元老级，再说了，还有老父亲的面子一堵墙，也只能发一通脾气臭骂一顿了事。

梁有恒好久没这么开心了。那天晚会上，职工们自演自乐，阎香草师徒唱了好几曲，师傅行腔优美，声如裂帛，高亢疏散。徒儿音色丰润，神态如花。听众如痴似醉，掌声不息。梁有恒与阎香草的《五哥放羊》最后出场，一下子把晚会推向高潮。

梁有恒嗓子好，唱起来字正腔圆，可刚上场心里紧张，动作有点笨拙，似乎踩不上鼓点。不过，很快就找到感觉，曲尽时，他索性挺胸甩臂摇头抖肩膀，就像扭秧歌撑伞头一样样，以得意洋洋的神情收场，惹得阎香草抿嘴想笑，台下又是鼓掌又是叫好。

有人高喊，董事长再来一个，于是台下吼声一片。

梁有恒拿过主持人的话筒，就会这一个，别的甚也唱不来，谢谢大家！说完鞠了个躬，又代替主持人宣布晚会结束。

梁有岗送阎香草她们回城。梁有恒两口子开车，与接来看演出的老父亲一块儿回了王家峁。梁有恒余兴未尽，要婆姨弄几碟小菜喝几口。梁有恒有这个雅兴，遇到顺心事就兴奋，就闹着要喝两口，还非得马翠凤陪着。马翠凤尊老爱幼，相夫教子，贤惠有名，典型的陕北婆姨。一儿一女都很优秀，双双上了名牌大学，马翠凤唯一乐趣，就是与丈夫形影相随，夫唱妻随多有担待，陪丈夫喝酒，自然乐在其中。

马翠凤一边给丈夫斟酒，一边说企业账务上的事。梁有恒眯着眼，似有几分醉意。

今晚上不说厂里事，喝酒，高兴。喝着说着便唱开了。

马翠凤笑骂传情，看把你乐的，又要闹到天亮？

你老汉唱得咋样？咱两口甚时也上台唱一回？梁有恒说完又摸酒瓶子。

马翠凤拿过丈夫的酒杯说，别喝了，还有事给你说，咱老二的事。

梁有恒问，这小子又有甚事？

他想换台好车，不好给你开口，让我给你说。

梁有恒一听，眼睛睁得圆溜溜的，忽然一声蹿起来，“灰圪跑”！昨儿要买房，今儿要买车，就知道显摆，为甚不让人消停！

梁有恒声大动作猛，院里的黄狗惊得叫了两声。马翠凤抱怨道，夜半三更大呼小叫的，作甚吗？梁有恒顺从坐下。

马翠凤又说，买车也是为公司撑门面，跟房子两码事，再说了，那辆尼桑车是你退哈来的，都旧成甚了。

梁有恒满脸狐疑，拿起手机拨电话。梁有岗手机不在服务区，家里说人没回来。他略有所思后对婆姨说，你没发觉，老二这两年变了，在外头跑野了，中谁的邪？

梁有恒猜得一点不假。老二在外边跑野了，中邪了，鬼迷心窍了。自从与田永福称兄道弟打得火热，想的，说的，做的，变了个人样似的，守在大柳凹沟的梁有恒明显有感觉。

接阎香草的时候，梁有岗接了田永福的电话。田永福说为父亲过寿想请阎香草唱曲要他帮忙。梁有岗对阎香草为甚拒绝并不知情。他心想跟阎香草很熟，大包大揽答应田永福去说服阎香草。

阎香草上车后，他叫香草姐人家没反应。趁着晚会没开始，他对阎香草说了田家的事，阎香草还是没答应。梁有岗不死心，瞄上了齐海红。他脑子一转，马上给田永福打电话，吹嘘齐海红不比师傅逊色。

晚会结束后，他先送阎香草回家后，掏出一千元钱塞给坐在旁边的齐海红。齐海红声称红包给过了，不要。

梁有岗说，公司给你的，没有给你师傅多，我过意不去。就凭你那腔调身段，哥咋哈也得给你添点。

齐海红收了钱。梁有岗郑重其事地说，找个茶秀坐一会儿，哥有事求你帮忙。齐海红没反对。二人在一家茶秀稍坐片刻，齐海红答应了，只说了句这事不能让师傅知道。

梁有岗大喜，送走齐海红给田永福打电话。人家一声召唤，他屁颠屁颠地赶去。梁有恒打电话时，他们正在包厢喝酒吹牛搂小姐哩！

第二章

1

“灰圪跑”是新民一带骂人的方言，不是好东西的意思。据说有个外地人初来乍到听不懂，便问“灰圪跑”是什么意思。当地人胡乱解释说，“灰圪跑”指的是大学生。外地人高兴地炫耀说，我家出了四个“灰圪跑”。结果被当地人传为笑话。梁有恒一气骂弟弟“灰圪跑”，主要是嫌他吊儿郎当不干正事。

不方便接手机的时候，梁有岗无须关机，打开后盖取出电池，呼叫方显示不在服务区。这一招是田永福教他的。田永福用这办法对付婆姨胡晓燕。梁有岗也用这一招来对付婆姨和大老板两口子。

俗话说，要想会跟师傅混。原先梁有岗好耍嘴皮子，但从没说过谎话。田永福外边拈花惹草是出了名的，在朋友圈子里毫不避讳，以此为荣耀。大约一年多前，田永福招待外地客商，把相好的带来陪酒。还一本正经地给朋友介绍，这是我二婆姨。

客商是个南方人，听不懂二婆姨是甚。田永福一解释，朋友恍然大悟，伏在田永福耳边嘀咕，田老板包二奶了。好姿色，艳福不浅嘛！

田永福哈哈大笑，我甚也不包，人家的承包地，我只管哈种子。说完，二人捧腹大笑，全桌人跟着莫名其妙地傻笑。

梁有岗借对方敬酒，把“二婆姨”看了个仔细。身段好，皮肤白，气质高雅，浓妆艳抹，装束不俗。

酒正喝到兴头上，田永福手机响了。谈生意，忙着哩，挂了。说完大拇指一歪，不屑一顾，大婆姨，查岗哩！喝酒喝酒！

过了一会儿，梁有岗电话也响了，他出来靠着楼层中央护栏接电话，一楼大厅尽收眼底。突然，胡晓燕通过旋转门进入大厅，他赶紧猫下腰给田永福电话通风报信。等他返回包厢时，“二婆姨”已不见踪影。他刚落座，胡晓燕推门而入，脸色怪怪的。

田永福有备无患，笑眯眯地迎上前去，把大婆姨安顿在“二婆姨”坐过的位子上，给客商介绍，这是我夫人——胡晓燕女士，我特意请她过来，给你敬几杯酒。说着，就把盛三杯酒的碟子塞给胡晓燕。

分明来闹场子的胡晓燕满脸无奈，只能踩着台阶下台阶。满席的惶恐与尴尬，竟被田永福弹指一挥烟消云散。事后，田永福告诉他，有人通风报信，那天胡晓燕就是来闹事的。

田永福感慨道，在西安，带个相好的逛三天，碰不见个熟人，在新民，稍有风吹草动，满城皆知。

梁有岗说，那是你大老板目标太大。

田永福摆摆手，是新民这地方太小了。

尽管出这事后在天赐湾胡晓燕有忠告，不长记性的梁有岗还是佩服田永福，佩服他真真假假，信手拈来，潇洒应对。

头一回进舞厅包厢，是田永福领着去的。小姐修长的玉腿，浑圆的臀部，丰腴的奶子勾魂似的晃动，梁有岗心猿意马，却惶恐不安，小姐过来撩乱他，他心里想的是婆姨的面孔，眼前晃的是婆姨的目光，不由头上冒汗，身子后退。

田永福见状，看你没出息的，关灯，说着走过去关灯时，就势把小姐推在他怀里。

电视机光线若明若暗，梁有岗紧紧地搂着小姐，渐入佳境，手若游龙戏凤，嘴也没闲着，那玩意也直挺挺地撑起来了。

后来小姐搂得多了，竟刻意把对方当成戴玉，当成田永福的“二婆姨”，占有欲征服感让他备感满足与欣慰。后来不在服务区的电话多了，婆姨兄嫂追问，也能一屁三谎应对自如。

梁有岗跟着田永福上了道，出门办事反倒顺畅了许多。原先跑几趟的事，一趟就搞定了，梁有岗很满意。只是原先请人吃顿饭，仅此而已，如今唱歌跳舞洗桑拿，花销大多了。

报销签字时，嫂子马翠凤总要多说几句。梁有岗对付这个带他长大的翠凤姐，一是嘴甜，二是硬缠。马翠凤很无奈，告诫他说，社会上时兴的那一套套，咱挡不住。不过，你常在河边走，可不能湿了鞋。婆姨是马翠凤的远房亲戚，在县城关小学当老师，梁有岗看上了非要娶她。

马翠凤便出面保媒。这一点，梁有岗比谁都清楚。每当嫂子警告他，他总是甜言蜜语，把马翠凤哄得团团转。跟上田永福享用五光十色的夜生活，梁有岗已经习以为常。可有一样东西——赌博没敢学。

说不清“东北人”是如何来新民来的，反正他出现后，新民豪赌成风。“东北人”专干一种营生，在赌场放高利贷。谁输光了需要赌资，一个电话就送钱来。“东北人”手下养着一帮人，专管送钱收账。晚上串场子送钱，白天上门来收账。被“东北人”盯住的赌场赌资大，参与者大都是老板。“东北人”与新民的老板们都很熟，据说与田永福关系不一般。那一天，田永福要他去赌几把，梁有岗糊里糊涂跟上去，去了一看就傻眼了。老板们一般玩麻将。和一把，进出都以万计。梁有岗没那本钱，田永福给他钱，要他上场，他说甚也不敢，只在一旁看热闹。半夜时分，田永福二十万输光了，若无其事地拨通了“东北人”的电话。二十分钟后，送钱的来了。

一男一女，女的竟是那天陪酒的“二婆姨”。

田永福说，派手下人嘛，还劳驾你两口子亲自来。

男的回答，田哥的事，我岂敢不来，说罢回头吩咐女的，我先走了，你留下陪田哥换换手气。

梁有岗这才明白，男的正是“东北人”。“二婆姨”原来是“东北人”的老婆。“二婆姨”身上香水味很重，给田永福换了一阵手气，果然柳暗花明，转败为胜。“二婆姨”说她困了，闹着要走。

田永福说，半夜三更的，打的哥不放心。

“二婆姨”指了指身边观看的梁有岗说，就让这位兄弟送送嘛。

田永福急着和牌，头没抬说，成哩，成哩。

梁有岗早就想走，顺势应诺，二人出门上车。

梁有岗问，把你送哪哒?

“二婆姨”答非所问，那天多亏小兄弟，田哥都说了，要我请你喝酒，可就是没合适机会，说着剥开口香糖，塞进梁有岗嘴里。纤纤小手，有意无意地从他胸前擦过，轻轻放在他的大腿上，异样的香味扑鼻而来，与小姐的天上人间，与婆姨的城乡有别。

别看梁有岗平常爱在女人面前犯贱，真来个投怀送抱的骚婆姨，他却不知如何是好。

那天一见，你长得好帅气。给你敬酒，你眼神直勾勾的……

没有，没有。梁有岗慌了，宁穿朋友衣，不戏朋友妻，再说……

“二婆姨”突然捂住他的嘴，他慌忙一脚刹车停在路边上。

那个也没有拜天地，你怕什么，开车走，大姐请你喝酒去。

梁有岗说，酒店早都关门了。

“二婆姨”却说，酒店打烊了，酒店的房间开着哩。

梁有岗心知肚明，不再犹豫。他一脚油门，汽车快速起步。“二婆姨”指路，停车、开房、上楼、关门。两人干柴烈火，抱得藤缠树，树缠藤，亲嘴亲得几近窒息。梁有岗急着上床，“二婆姨”把赤身裸体的他推进浴室，然后一丝不挂地跟进来，先伺候他从头到脚洗个遍，再自己沐浴一番，示意挤好牙膏的牙刷给他用。

梁有岗出来时，半敞睡衣的“二婆姨”伸长玉腿半卧在长沙发上。房间弥漫着浓浓的香味儿。茶几备好了两杯红酒，两人含情脉脉碰杯，梁有岗一饮而尽，猴急猴急的，伸手就要抱她上床，反被她轻轻揽在怀里，被她按下头伏于乳沟间。“二婆姨”把一只大奶子塞给他，轻轻抚摸着他的肩膀，他的脊背，他的全身。梁有岗如梦初醒，如饥似渴地吮咂起来。渐渐地，“二婆姨”手没劲了不动了，软瘫在沙发上，从牙缝里挤出“抱我上床”几个字。进房间“二婆姨”唯一这句话，顷刻间点燃了欲火的狂热，驱散了性爱的温柔，两条白格生生的光身子，在尖叫与呻吟中翻滚蠕动着，欢畅至极。等风平浪静时，二人相拥着进浴室，相拥着沐浴，然后倒酒，碰杯，开始新一轮的温柔抚摸，接吻纵情。

天快亮的时候，梁有岗还想要。“二婆姨”含情脉脉，别把身子累坏了，日子长着哩。她把他的头放在老地方，轻柔地梳理着他的头发。不知怎么的，梁有岗嘴里含着那东西，竟然呜呜哭出声来。“二婆姨”一言不发，舔着他一滴滴咸咸的泪水……

天亮分手，“二婆姨”只告诉她的手机和姓名。罗萍，长你两岁，姓名手机号码是真的，其他真真假假，你不必知道了。

梁有岗要一起走，罗萍躺着不动，你上班去，我要静静回味人生。

梁有岗从包里拿出一叠钱。

罗萍断然拒绝，把我当成什么人了，有你的身子就足够了。

分手之后，按罗萍吩咐，两人短信传情，姐弟相称，卿卿我我。半个月后，罗萍发短信：照此地点取东西。梁有岗取回打开，一套名牌西服，一条领带，一双名牌皮鞋，漂亮又合身，激动得热泪盈眶，发短信致谢。罗萍回短信，下回见面时穿上。可这下回迟迟未到，短信里说等机会，一等就是一年。无论如何，这一夜情让梁有岗经历了前所未有的生命体验，就像注射了一种流淌于血管操控全身细胞的激素，一想起它便浑身燥热，坐卧不宁。

有人说过，女人想得到男人的全部，男人想得到全部的女人。那晚一夜风流之后，在梁有岗心目中，所有女人却都变得索然无味了，他朝思暮想的是罗萍的全部，不是得到，而是想了解罗萍的全部。可他苦等一年，烦恼无边。“东北人”行踪不定，甚是神秘。连他的姓名住所都没人能说清，他的女人更是云里雾里。再说，“东北人”肆无忌惮，据说后台很硬。与他的女人有染，梁有岗只怕躲之不及。

也有人说“东北人”后台是田永福，他手下一帮喽啰是田永福帮着招募的。田永福手下企业与所在地背坳洼村民为污染发生矛盾，村民断路拦车，讨个说法。政府出面都没解决，结果一夜之间平息了。村里的几十条狗一晚上全部毙命，村民的门口洒满了狗血。据说“东北人”手下干的，洒狗血的同时，还放了个装钱的袋子。公安人员挨家调查，却没有一个家人承认有钱袋子，更没人站出来指认是谁干的，一场风波不了了之。

自从与田哥“相好的”相好了，梁有岗下意识地躲着田永福，不再主动联系，听到这些传言后，也有过与萍姐断了联系的念头，但是，每当田永福召唤，他又想去。与罗萍短信联系，拉话话容易见面面难。见田永福，兴许也能碰上罗萍，哪怕一句话不说，看一眼就好。事与愿违，田永福倒见过多次，罗萍却再也没闪面。小姐也搂过几回，却再也找不到兴奋点了，即使逢场作戏也索然无味。

赌场他决不涉足。罗萍短信嘱咐过，千万不能染指赌博。他心里比谁都清楚。他与田永福无法比，不具备一掷千金的实力。田永福从塞北直飞三亚过春节去了，胡晓燕没有随行。梁有岗心里忐忑不安，给萍姐发短信，很想知道她是否跟田永福同行，无回音；用公用电话拨了手机，手机关机了。梁有岗伤心透顶，食无味，寝难眠。

失落透顶的梁有岗提出西安买房子。因罗萍而起异地筑爱巢的想法，在他充斥美好幻想的脑海里回旋已久。可父兄一致反对，嫂子好言相劝，只好作罢。换汽车的想法早就有了。名车是身份的象征。新民大老板除了梁有恒，谁没有几辆名牌豪华车？

田永福动辄就换车，春节后，又换了最新款的宝马 M5，从北京直接开回来的，梁有岗看着眼馋。大老板退下给他的尼桑，跑了二十万公里，他不大喜欢。那天收到萍姐送的西服皮鞋，他便憧憬着，若有辆上档次的汽车，才能与之匹配，穿名牌开豪华车与萍姐幽会，那才叫气度非凡，派头十足。

汽车的事托给嫂子，迟迟无下文，梁有岗灰心丧气，哀怨自己只是“鑫兴”的高级伙计而已。梁有岗崇拜田永福的风流倜傥，也羡慕田氏家族家业兴隆。久而久之形成思维惯性，田永福和他的家业，无意间成了衡量哥哥与“鑫兴”的无形坐标。

2

其实，梁有岗崇拜田永福不无盲目。对田氏家族知之皮毛。在新民老民营企业家中，田生财曾经叱咤风云。第一个建水泥厂，第一个建电厂，第一个在开发房地产，建了县城的第一座高楼。他一手创办“永盛实业公司”家大业大，还有兰炭和铁合金冶炼行业，大小十几家遍布县境之内。

田生财胆子大、脑子活、关系多，村乡县市省，没有他进不了的门，没有他摆不平的事。田生财胆大心细，老谋深算，也表现在处理家事方面。田生财有两个儿子。田永福弟弟叫田永军。田永福高中毕业在企业给他当助手。田永军上完大学，被他安排在县上当干部。小儿子不乐意，想走自己的路，田生财深谋远虑，一锤定音。

这么大产业，场面上没自家人不成。好好干，奔前程，家里要甚有甚，日后花钱都要给你买个县长市长当当，权当光宗耀祖哩！

世纪之交那年腊月，田生财驱车省城给关系户们送年货，路上积雪结冰发生车祸，大面包车翻到宜君县南梁的深沟里，烟酒羊肉粉条红枣撒了满山坡，汽车报废了，司机死了。田生财捡了一条命，由于抢救不及时，治疗又出差错，断了一条腿五根肋骨，还损伤了大脑语言运动中枢，从此失语了。

田生财出车祸失语，在新民引起不小的震动。人们颇为关心田生财让哪个儿子接班管理“永盛”。外界认为田永军文化高，有魄力，为人正派，处事温和，在县上有不错的口碑。可没想到田生财把“永盛”交给了田永福。在众人眼里，田永福是个不务正业的浪荡公子。厌倦仕途却没接班的田永军闹着要辞职，田生财在纸上写了“按既定方针办”的领袖语录，田永军不予理睬，毅然辞去公职，办商店跑运输。田生财知道后，气得双手摇晃，嘴里支吾。两兄弟势不两立，家庭矛盾尖锐，田生财只好分家。田永福从中作梗，分给田永军两家兰炭企业和府兴贸易公司。田永军把兰炭企业承包给别人，关了不甚景气的贸易公司，远走宁夏发展去了。

有了老子的家业垫底，田永福执掌“永盛”后，胆子更大，出手更快。田永福酒肉朋友多，哪个道上都有。仗着人脉广，信息灵，艾高原买矿他也买矿，他买了又卖。前几年神府一带倒卖煤矿成风，卖的人不是经营不善，就是资金困难，急于出手；买的人手里攥着大把钞票，急于大展宏图。田永福抓住双方心理，这边压价，那边抬价，加上行情见涨，田永福做一单赚一单。三百万买了五百万卖，三千万买了五千万卖。有的买下压个三五个月才出手，有的今天买了明天卖。生意从新民做到鄂尔多斯，从煤矿做到铁合金厂子。有人说得更玄，在同一家酒店开两间房，跟这边签完协议，再与那边签，一顿小酒的工夫倒手赚几百万。有人估摸着田永福倒卖的十几单生意，赚了他老子半辈子的钱。

田永福心思和精力放在这方面，企业经营肯定受影响。田生财不高兴了。写下“投机倒把，不务正业，改邪归正，经营永盛”十六个大字，用指头点着教训田永福。倒卖生意不做了，可还是企业经营不善，管理漏洞百出。此时的田永福，更有了吃喝嫖赌的资本，像脱缰的野马，驰骋情场赌场，田生财难以驾驭了。

田永福婆姨胡晓燕原本是王家峁乡妇联主任，她对丈夫的为人，丈夫的不忠，忍无可忍，夫妻拌嘴时有发生，每次她都给公公告状，鼻涕一把泪一把地哭诉。田生财嘴里不能说，心里明白。终于有一天，他交给胡晓燕如此手谕：“办理辞职手续，任公司常务副总经理兼财务总监。”

田生财上过完小，当过村干部，肚里装不少掺杂政治词汇的墨水。见胡晓燕无反应，索性要过笔和纸，又写下这样的谆谆告诫：“工作上常辅助，财务上严把关，生活上多体贴，家和万事兴。”田生财手指着这一行字，眼巴巴地瞅着儿媳，纵有千言万语也只能以此为托。胡晓燕已无退路，只好从命。

田生财失语退居二线，足不出户，闭门养生。外界人并不清楚老田家的这些曲曲折折，反说知子莫过父，田生财把家族企业交给田永福，儿子强过老子，倒卖煤矿牟取暴利，杀狗洒血平村乱，儿子更精明手更硬，遗传基因决定一切。

田永福这样的老板们出入情场赌场，花天酒地。新民人只能感叹拜金炫富奢靡之风盛行，世风日下人心不古。田永福大把甩钱买开心，是他老子田生财和婆姨胡晓燕操心的家事，至少梁有岗这么认为。

胡晓燕嫁给暗恋自己的同学的哥哥，梁有岗早有耳闻。胡晓燕在王家峁乡政府时，梁有岗常去办事。胡晓燕一般守在机关，帮忙给他盖过公章，后来一些联系乡领导、协调村企之类的琐碎事，就去找胡晓燕帮忙。两人拉起话来，同为新民中学的学生，胡晓燕比他高三级。梁有岗嘴甜，改口叫胡姐。

那时梁有岗眼里的胡晓燕，举止端庄，做事认真，说话有分寸，待人和气，一副基层妇女干部的做派。与众不同的是，胡晓燕出入开着一辆红色本田车，结婚时公公田生财买的。在全县女干部中绝无仅有，令人羡慕。那时梁有岗与田永福尚无交往，跟学校刚毕业在经发局上班的田永军打过交道。

有一回，胡晓燕帮他办完事，梁有岗请她吃顿便饭，就在乡政府门前的小饭馆。梁有岗好喝两口，胡晓燕不惧白酒。二人边吃边拉话。

梁有岗说起自己追求戴玉的往事，顺话题问胡晓燕，人家说田永军一直暗恋你，这是真的？胡晓燕笑了笑，甚也不说。

梁有岗又问，同学几年有没有提说过？表白过？你是没觉察到，还是不愿意？胡晓燕甚也没答，笑也笑了，只是有点儿苦。

她略显不快地说，贫嘴，提这事作甚。

梁有岗喝了一杯酒，失言自罚。胡姐你说说，当初戴玉要跟我，日子过得肯定红火，可她偏要跟我那个同桌郝翔，有甚好？

胡晓燕认真地说，也许人家那才叫般配哩。

梁有岗忍不住又说，我看胡姐你跟田永军更般配，不过，话又说回来了，他兄弟俩，你跟上谁都差不多，都是荣华富贵的好光景。

他本想给人宽心，却惹得胡晓燕不高兴了。梁有岗赶紧调频转话题。后来见面再不提这事了。再后来，胡晓燕辞职进了“永盛”就再没见过。再再后来，梁有岗跟田永福混熟了，脚尖转了向，心态也变了，倒有点害怕见胡晓燕，远远瞅见人影，慌忙一溜了之。

梁有岗压根没想到，时隔几年后，在那种尴尬场合碰见胡晓燕。酒店里给田永福报信解围的第二天，县里召开企业负责人会议。梁有岗找了角落刚坐下，胡晓燕走进会场环视一圈，一眼就看见了他，一边跟他打招呼，一边过来在他旁边落座。梁有岗满脸堆笑热情有加，内心却深感愧疚，会上内容听不进去，只想会早点结束开溜。

胡晓燕凑过来说，姐有事找你，中午我请客，开完会一起走。

几年不见，从毫无商量的口气中，梁有岗隐隐感到胡晓燕身上多了一股难以违抗的气势。

散会后与胡晓燕相跟上出门，胡晓燕说，你不用开车，上我的车。

公公田生财原先的黑色大奔驰成了胡晓燕专车，旧是旧了点，被司机保养得明光锃亮。司机身高一米八，与黑色大奔以及女老板的气势搭配贴切，相互衬映。

胡晓燕要梁有岗一起坐在后座，梁有岗诚惶诚恐，唯命是从。汽车出县城，径直顺沿黄公路向北驶去。

梁有岗急忙问，这是要去哪哒？

胡晓燕平静地回答，天赐湾。

梁有岗惊惑不定，天赐湾？太远了。

几年不见了，难得有个机会。姐带你去个好地方，饭菜有特色，地方又清静，胡晓燕的口气不容置疑。

梁有岗心里有鬼，底气不足，不知说甚好。胡晓燕随意而主动地跟他拉起家常。先问他这几年过得咋样，孩子多大，是男是女。又问婆姨在哪哒上班。

听说梁有岗婆姨是城关小学的董芸，胡晓燕惊喜地说，董芸老师，我儿子班主任么！对我儿子很关照，我俩很熟的。哪天请你们两口吃饭。这么巧！董老师没说过，哦，是我没有问过人家。董老师人挺好，你后生好有福气。梁有岗无言以对。

你嫂子人也不错，我到“永盛”后，财务管理上的事向她讨教过多回，我们也很熟的。有一回拉话还提起你。嫂子一手把你带大？人说嫂娘如母，一点不假，胡晓燕滔滔不绝地说。

几年不见，胡晓燕竟如此谈吐，风采照人。梁有岗惊异之余，随口应付。他猜胡晓燕找他与田永福有关，一路上绞尽脑汁谋思对策。不知不觉，汽车开进了“天赐绿家园”院子。司机打开右车门，胡晓燕轻盈而出，郝翔迎上前来。

胡晓燕笑嘻嘻地说，郝翔兄弟，看看我把谁引来了。

说话间，司机打开左边车门，梁有岗从车里钻出，郝翔站在跟前。

老同学，欢迎欢迎，郝翔憨笑着伸出手来。

梁有岗愣了一下，赶忙握手寒暄。慌乱中，想起田永福说过天赐湾的不快之事，全然不知发生在昔日同桌兼情敌郝翔开的农家乐里。

他搭讪说，老同学，几年不见面，原来躲到这哒发财哩！

走进餐厅，他一眼瞅见挂在墙上的条幅，即刻记起田永福说的，去吃饭又不是去敬神，搞得像庙堂，白吃白喝都不去了。顿时脸色不无严肃，心里又紧张了。

郝翔为他们安排的包间窗户对着荷塘鱼塘。此时正是荷花绽放的季节，山风习习，柳枝依依，荷花飘香，好不赏心悦目。

胡晓燕说，这哒景致不错，看人家郝翔别出心裁，搞出名堂了。梁有岗点头称是。

这时，司机从车上拿酒烟来，一瓶陈年茅台，四条软中华。胡晓燕把烟分给梁有岗和郝翔，郝翔说不抽烟，死活不要。

胡晓燕坚持要给，你不抽，就送人。郝翔拗不过，收下烟忙去了，司机被安排在外面就餐，凉菜上齐后酒斟好，服务员也被打发走了，包间只有他和她。

胡晓燕提议，咱姐弟几年不见，昨天喝的不算，今儿个满斟满上。梁有岗无异议。三杯酒下肚，胡晓燕开门见山。

你咋跟田永福混在一起？昨天瞅见你，我就纳闷。你跟他一起多久了？梁有岗慌了，手有点抖。

不不，胡姐，我跟你家田总只是认识，没甚交往。昨晚客人跟“鑫兴”也有业务，我才去陪的。

这话，路上就想好了，可说出口真不容易。

昨晚田永福有没有带个女的？

梁有岗借倒酒避开对方目光说，没有见甚女的。我去得晚，只比你早去一会会儿。

胡晓燕若有所思，目光直视，不对，你肯定有事瞒着我。

没有，甚事也没有。梁有岗急了，一谎到底。

胡姐，昨儿咋哩？我看你跟胡总夫呼妻应，配合得怪好的。

胡晓燕举杯一饮而尽，昨儿个我俩在演戏，在演戏哩，你没看出来？梁有岗摇摇头，仰脖喝酒意在掩饰。

你真的没跟田永福交往？胡晓燕又追问。

真的没有，胡姐。

没有就好，兄弟，姐没把你当外人，千万别让田永福把你带坏了。不说了，咱姐弟俩喝酒。

二人一杯接一杯，半晌不再言语。这时候，郝翔进来敬酒，气氛有所缓和。郝翔只敬不喝，梁有岗不依。

胡晓燕摆手，这后生还没学坏哩。

梁有岗听着酸溜溜的不是滋味。他不敢贪杯，生怕酒后吐真言。胡晓燕借酒泄愤，出言亦假亦真。

田永福在外头吃喝嫖赌，回来骗我，我也骗自己。你知道，胡姐这几年多不容易。女人就相信预感。昨天田永福身边有女人香水味，还是高级香水。你来晚了没见上，前头肯定有别的女人，我有预感。再说了，我得到消息才去的。

胡晓燕说着，取出一张名片递给梁有岗，往后有消息给姐打电话。梁有岗羞愧不堪，无地自容。

胡姐，你喝多了，不要喝了。

胡晓燕不听，喝一杯酒，说一句话。我整天生活在谎言和欺骗里。你今儿没给姐演戏？梁有岗吓得连忙摇头否认，心跳加快了。

你看见外面墙上的条幅了？那是专门写给田永福那种人的。这哒他不来，我来。

胡晓燕把瓶中酒全倒在大玻璃杯里，像喝凉水一样咕咚咕咚倒进喉咙。没过几分钟，胡晓燕醉眼惺忪，酒性发作，舌根硬了。我喜欢……这里……真山真水……憨厚老实……郝翔……兄弟。

胡晓燕醉了，出门就吐。司机扶她躺在后座上，一路无语。

良心谴责短暂，心灵震颤长久。梁有岗再见胡晓燕，再来天赐湾，那是一年多后的事情了。

3

要不是罗萍的出现，还跟他有了那事，兴许胡晓燕天赐湾一顿旁敲侧击，真能叫梁有岗迷途知返有所觉悟。可苦口良药总归抵不住靓女美色诱惑。失去联系的罗萍一年后突然给他打电话，正好田生财七十寿辰，梁有岗在赶场子的路上，齐海红就坐在旁边。

这一年多，梁有岗与任何异性接近都勾起了他对罗萍的思念。过十字路口遇上红灯，梁有岗无意间多看了齐海红几眼。小姑娘圆圆的脸蛋，白里透红，上身穿着暗红色的短袖，嫩生生的大奶子半隐半露，显露着青春的活力，让他情不自禁地想起罗萍的奶子。

梁有岗打小对女人奶子特别迷恋。嫂子给侄儿喂奶，他心里隐隐作痛。结婚后有了儿子，时常在被窝里引发关于儿子的争执，也是董芸的奶子。他看上的几个女人戴玉、董芸和罗萍，都跟幼时眼里翠凤嫂子有共同之处，都有一对双手捂不住的大奶子。

说不清弗洛伊德的“恋母情结”能否说清这些，罗萍那晚塞给他的大奶子，确实诱发了他压抑已久的潜意识，流出幸福的泪水。

红绿灯转换了，后面汽车使劲按喇叭，梁有岗无动于衷。

齐海红推了一下他，你走神了？想甚？

梁有岗不好意思地笑了笑。与齐海红多次通话，两人已经熟了，小姑娘的心思他摸透了。他叮嘱她，田老爷子就好听曲，唱得越好，红包给得越多，往后请的人也就越多。

由于胡晓燕的缘故，他没打算参加祝寿宴会，只负责把齐海红送去，再随上贺寿礼就走。就在这时，手机响了，梁有岗一听是罗萍惊喜万分，浑身燥热，停车下车通完话，抓紧赶路办事。

田氏家族向来讲排场好红火，寿宴在新民最豪华的恒源大酒店举行。梁有岗看见田永军迎在旋转门外，事先约好接齐海红的后生也在。他匆匆与田永军打过招呼，把齐海红交给那后生，人群里，一个很像“东北人”的身影闪了一下不见了。

透过旋转门，瞅见胡晓燕正朝电梯间走去，他本能地停下来，目送她进电梯，直奔大厅贺礼登记处，送了千元红包，慌张逃离现场。

罗萍电话里说在黄河大桥山西一侧的桥头处等他。

这一天的梁有岗可谓双喜临门，刚接回一辆崭新的奥迪V6，等了一年的罗萍就出现了。

罗萍穿着面料轻柔的黑色连衣裙。河边风大，衣裙飘然欲去，身段肤色显露无遗。不等梁有岗开车门，罗萍自己钻进来卸下太阳镜，两人你看我，我看你。

梁有岗先开腔，让人家硬硬等了一年。

罗萍把手伸过来摸着他的脸说，我也想死你了。

梁有岗窜过身子要亲嘴，罗萍慌忙挡住，这地方不行，太危险。

到哪哒去？梁有岗急切切地问。

罗萍不假思索说，天赐湾。

梁有岗一听犹豫了，换个别的地方，天赐湾有甚好。

罗萍说，天赐湾偏远僻静安全，快些走。奥迪V6原地掉头，穿过黄河大桥上了沿河公路。梁有岗没穿罗姐买的衣服，有些遗憾。

大夏天谁穿西服？姐给你买了件T恤衫，到了就换。

梁有岗心里美滋滋的，汽车开得飞快，竟忍不住放声唱起来：

过了一回黄河没喝呀一口水，
交了一回朋友没呀没亲过嘴，
买了个席梦思，没和你睡呀，没和你睡，
你说那个后悔，不呀么不后悔。

罗萍咯咯笑了，没看出你嗓子这么好，陕北民歌唱得这么地道。

梁有岗说，这是在山梁梁沟凹凹荒野里瞎吼的酸曲。

罗萍问，上回咋没露一手？

梁有岗答，上回忙正事，甚也顾不上。

萍姐，咋想到天赐湾，你去过？

罗萍说，没去过，听人说有家农家乐，原汁原味的绿色食品。

梁有岗问，你听田哥说的？罗萍不回答。

梁有岗喃喃自语，我咋觉得没甚好的。

罗萍反问，你去过？跟谁去的？梁有岗也不回答。

二人沉默片刻，对视一笑，心有灵犀。

罗萍似嗔非嗔，哎哟，姐真想把你活吞了。

梁有岗似娇非娇，那我一辈子就在姐肚子里，生生死死不分离。

罗萍听得好不感动。梁有岗前后一看无车无人，把车停在路边，两人亲得死去活来，一不留神按响车喇叭，虚惊一场，忍不住都放声大笑起来。

二人来到“天赐绿家园”时，正好郝翔不在，梁有岗心里踏实多了。罗萍要找个僻静的地方，服务员一下把他们领到那个熟悉的包间。

梁有岗要换，罗萍不让，她被窗外满池荷花吸引住了。梁有岗依罗萍所嘱，换上米黄色的短袖T恤。她把他拉到窗前，帮他整好领子，啧啧称赞挺合身，很帅气。

梁有岗觉得惋惜，新民空气污染严重，太脏了，穿不了浅色衣服。

转身凝视窗外的罗萍却说，何止空气污染？这个社会太脏太龌龊了，容不了洁净之心。她指着远处碧水之上绿叶之间的荷花，问梁有岗说，它怎么就能“出淤泥而不染”呢！

联想原先胡晓燕在此说的话，梁有岗莫名其妙，为甚“田永福的”女人到了这里，都触景生情如此伤感？

那个胡姐爱恨分明倒也能理解，这位罗姐语出惊人，似有深仇大恨，深藏甚等私密？梁有岗百思不得其解。

见梁有岗脸色凝重，罗萍顷刻间换了副面孔，像哄娃一样把他拉到跟前，秀媚秋波，风情万种。乐于欢场偎红依翠的梁有岗面对红粉知己，很有一种惺惺相惜，相见恨晚的感觉。

这一顿饭没动酒，吃得很惬意。饭后，梁有岗陪着罗萍在鱼塘荷塘边溜达了一圈，有几位垂钓者目不转睛地盯着鱼漂儿，旁若无人。有几个娃娃在绕着池塘戏耍打闹，童趣纯真，无拘无束。罗萍接着要上天赐庙进香，梁有岗陪她拾阶而上。罗萍在天赐庙神前上香许愿，神情肃穆，长跪不起，梁有岗站在身后不知所措，罗萍扭头眼神示意，他有所悟双膝跪地。罗萍又伸手按他的头，他顺势磕了三个头。

下山路上，罗萍问他许愿没有，他照实说甚也没许。罗萍笑骂木头疙瘩。他反问，那你许的甚愿？罗萍说说出来不灵了。

梁有岗感觉居庙堂之下的天赐湾，有点邪，令人压抑，似乎有无形的约束力，满腔欲火烧不起来，浑身透心的凉。罗萍要去空旷的黄河边听他唱曲，梁有岗便来劲了。在黄河滩的废弃木船上，在朝思暮想的萍姐怀里，梁有岗野性奔放，扯开嗓子吼得惊天动地。

这么长的辫子，辫子哟，弹不上个天，
这么好的妹子，咋就见不上个面；
这么大的锅子，锅子哟，下不了几颗颗米，
这么旺的灶火，烧不热个你；
三个哒哒石头，石头哟，两个哒哒砖，
什么人叫我哎嗨，心呀么心烦乱……

梁有岗唱了一曲又一曲，兴致不减，闹着要在船上过夜。罗萍嫣然一笑，铺天盖地，与星月同眠，这么浪漫?！镇上孟老板是原先的客户，我帮过他的，他给咱提供方便，不会有事的。

二人在黄河滩厮守至黄昏时分，起身开车来到天赐川鄂尔多斯大酒店。孟青山对罗萍十分客气，趁她不注意多看了梁有岗几眼。

后院停了很多车，楼上住了很多客人，他们毫不在意。晚饭是在房间吃的，整整喝了一瓶红酒。服务员收走餐具后，罗萍挂上“请勿打扰”牌子，关好房门，拉上窗帘，在床头枕边洒了香水。梁有岗先去给浴池里放满水，等罗萍进来，抱她入池鸳鸯戏水，二人如胶似漆，靠着浴盆就先干了一回，床上的动静可想而知。一夜缠绵酣畅淋漓，筋疲力尽的梁有岗相拥而躺，双手捂着两只大奶子，歇息着也不安生。

罗萍要将她的全部告诉他。他也迫不及待地想知道她的一切。

罗萍说她是在万般绝望与无奈中走到这一步的。罗萍受过高等教育，原先是沈阳市某国有企业冶金工程师，丈夫是同一单位的车间主任，他除了无生育能力，仪表堂堂，身材魁伟，为人和善。罗萍小鸟依人，对丈夫百般体贴，呵护有加。丈夫嗜酒好赌，经常晚归，她并不十分反对。她以为男人在外面应酬多，只要对自己好，丈夫外边的事她全然不知。某天半夜，睡得迷迷糊糊的她，男人回来上床干那事也没清醒。等她睡醒了，才知道身边光溜溜的不是她的男人。罗萍歇斯底里哭闹厮打，抢着电话报警，陌生男人掏出一张字据和门钥匙，声称是她丈夫让来的。白纸黑字，丈夫欠下三十万赌资，过了归还期限，立下字据以房子和女人相抵。有丈夫熟悉的笔迹，罗萍不能不信。但罗萍绝不屈服。陌生男人说出自己姓名，罗萍绝望了瘫软在地。此人赫赫有名的黑帮老大，沈阳市沈河区一带无人不知，无人不惧，此人正是“东北人”。罗萍失身受辱，万念俱灭，她跳河自杀，被“东北人”手下救起。她想找出卖她的男人，手机成了空号，单位业已辞职不知去向。罗萍要报警，跑到派出所附近，被人拦截拖上车，软禁在郊外，白天有人守在门外，晚上“东北人”睡在身边。罗萍天生丽质，楚楚动人。单身闯江湖的“东北人”如获至宝，软硬兼施。罗萍老家在吉林农村，父母早逝，是哥哥供养上大学参加工作的。“东北人”带着怀有身孕的她去了趟老家吉林农村，自称她的朋友，给缺钱盖房的哥哥留下十万元。“东北人”让她过上住别墅乘豪车养尊处优的奢侈生活。然而，不甘沉沦的她杀他的心都有过。生下孩子后，罗萍心灰意冷，再也无力抗争了，坚持只同居不结婚，“东北人”满口答应。女儿三岁那年冬天，“东北人”犯了事，内线提早通风，“东北人”连夜把女儿托付给亲戚，带着罗萍和巨款逃离沈阳，辗转来到晋陕蒙接壤一带。朴实贤淑阳光进取的职业女性，变成珠光宝气娇贵荣华的富贵妇人，罗萍行走灯红酒绿，形同风尘女子，可良知未泯内心孤独。她思念骨肉，渴望性爱，灵魂挣扎，梦想有命运的转机。

罗萍坦言，她引诱梁有岗，不仅仅为了报复“东北人”。她对他重生恨意，因田永福而起。“东北人”来新民重操旧业靠的是田永福。田永福打罗萍的主意，“东北人”看在眼里，劝罗萍依了他。罗萍又气又恨。我命就这么贱，一辈子两个睡我的男人，都靠我卖身解困？“东北人”跪下苦苦哀求，甚至道出男人难以启齿的苦衷，罗萍不言语了。“东北人”犯事前一个月与小姐亲热赶上警察“扫黄”，云雨高潮时受严重惊吓，那玩意从此直不起来了。田永福占了罗萍的便宜，为“东北人”牵线找下更亢硬的靠山。

罗萍说她讨厌田永福满嘴异味，言语低俗，动作粗野，她与他只是逢场作戏，他对她只有性的施舍。罗萍说她需要性更渴望真诚爱抚，梁有岗这样待她，她感激不尽，受之有愧。罗萍说一年没见，一方面顾忌“东北人”和田永福，一方面不愿梁有岗陷得太深，可一年没见，她实在饥渴难熬了。

罗萍凄惨自述，梁有岗听得惊出一身冷汗，就像一瞬间从火炉子里掉进黄河冰窟窿似的，先前男欢女爱的快感顷刻烟消云散。他不相信朗朗乾坤竟有这等怪事，可他相信“东北人”、田永福就是这号人，他更相信身边这个女人的每一句话，每一个字都是真的。

罗萍说完泪如泉涌，他找不到恰当的安慰话，只好把她紧紧地搂着怀里。眼前过电影一般闪出他与田永福、与罗萍交往前前后后，他忽然觉得自己什么都不是，再一想，又觉得自己与田永福没甚区别。于是，连捂住奶子的勇气都没有了。就这样，一对灵魂各自挣扎，天快亮时累了困了双双渐入梦乡。走廊里嘈杂声打断了梁有岗的睡梦，他翻身起来，罗萍已不见踪影。留下字条这样写道：

有岗弟弟：你是我碰过的第三个男人，你的真诚热烈，唤醒了我的灵魂，掳走了我的心。你是好人，我却很龌龊。你不值得为我再做什么了。不要再联系了。我前头一片漆黑，你却有家庭和事业，好自为之，感谢你给我温暖。萍姐　即日

梁有岗蒙了，发疯似的冲出房间，差点儿撞倒了刚好路过楼道的戴玉。戴玉见他神色怪异，慌慌张张，奇怪地问，是你？你在这哒作甚？梁有岗招呼不打头也不回，一溜烟地跑下楼了。

戴玉直摇头，顾不上追问了，她碰上的也是火烧火燎的大事。

第三章

1

戴玉派驻天赐川镇三个月，头一回出现重大情况。北京又来了一拨带着照相机摄像机的记者。昨天从山西那边过来，下午六点赶到天赐川，分头在企业查访至傍晚八点，夜宿鄂尔多斯大酒店。

这消息是早晨八点杜牧副大队长告诉给戴玉的。戴玉闻则叫苦不迭，前一天恰好星期五，戴玉他们下午五点半离开天赐川镇，两个后生开郝翔的小面包回城度周末，她在天赐湾村外下的车。

杜牧要她迅速赶往镇上核实情况，公路上没有过往的出租车，班车等不及，她一路小跑赶往镇上，累得上气不接下气，杜牧一会儿一个电话地催，局长也来了电话问。

好不容易赶到的戴玉在酒店前台迅速查明情况，一共来了十五人，九男六女，开着三辆北京牌照的越野车，登记了八间房，有个年长一点的单独住一间。天亮后三辆车和八男六女出了门，留下年长的在房间。戴玉给杜牧和局长分别汇报后，本来想到楼上敲年长的房门，碰上梁有岗打了个岔，倒灵醒了。

贸然敲门进去有些唐突，万一是国家环保总局领导咋哈说？于是她转身下楼回到酒店门外，梁有岗从后院出来开车朝新民方向驶去，戴玉喊了两声，汽车加油提速了。

酒店老板孟青山站在身后问她，你认识这后生？戴玉心急如焚，甚也没回答。

孟老板又说，我给你说，这回怕是要出大事了。戴玉见他这么说，就问个明白。孟青山神经兮兮说，上回那个记者又来了，我认得。昨儿个在尤老板厂子被拦着没进大门，今早上要杀个回马枪。

戴玉听罢眼前一亮，当机立断，孟老板，开车去，送我去现场。孟青山犹豫不定，戴玉厉声道，快去呀，磨蹭甚！

戴玉与孟青山赶到尤乃生“天源实业”的硅钙厂时，记者们仍然被拦在门外。

记者声称中央媒体来查访，两个保安隔着电动门，指着墙上县政府颁发的“重点保护企业”的铜牌，没有县政府介绍信，没接到县政府电话通知，联合国来的也不准进。

厂里的大狼狗已经叫疯了，双方剑拔弩张，场面还被一位电视记者录了像。

孟青山指着一位身穿红T恤的男记者说，就是他，去年冬天来过，回去就曝光了。

戴玉没理会，径直下车走向人群。穿红T恤的李杰远远瞅见迎上前来，戴玉使了个眼色。李杰便佯装不认识，自我介绍说，我们是“中华环保世纪行”晋陕蒙采访队。

戴玉说，我是县环保局的，欢迎你们来新民企业采访。

保安们认识戴玉，慌忙赔着笑脸说，我们这哒炉子关了大半年没生产了，他们非要进去。

一位记者反驳，胡说，昨天下午还在生产。

戴玉朝门卫一挥手，既然没生产你怕甚？开门让人家进嘛，这是北京来的记者，市里省上都得罪不起哩。

一个保安开门，一个保安打电话。记者们刚进大门，尤乃生手下的厂长匆匆赶来招呼。

厂长陪着边走边解释说，停产半年了，没生产，真没生产，工人都放长假了。

扛摄像机的记者听烦了，当场把昨天的录像放给他看，厂长哑口无言。记者们进车间一摸，硅钙炉还是热的，炉膛里火星星依稀可见。戴玉现场请示杜牧副队长如何处置，杜副队长电话接不通。

当场罚个几千块没甚意思，戴玉一狠心，开出行政处罚事先告知书，厂长磨磨蹭蹭不情愿。

戴玉说，甚时了，还讨价还价？等上了中央电视台，炉子可就捅大了，看你们尤老板脸往哪哒盛？说完，出门上了孟青山的车。

戴玉一上车，孟青山就问，早上开新奥迪的后生你认识？

戴玉说，那是我同学，能不认识？梁有岗，“鑫兴”二老板。孟青山哦了一声。

戴玉反问，他昨晚上住在你这里？孟青山又哦了一声。

梁有岗在这哒作甚？

孟青山说，不晓得，便把话岔过去。北京穿红T恤的记者可会蒙人了，后生好酒量，上次还跟我喝酒拉话来着。后来公安找我，我都没敢说。看来这回怕要出大事了。北京记者曝光了，中央领导批示了，咱这哒动也不动弹，人家能不收拾你？我估摸迟早要出事的。

戴玉不再搭话，其实她心里也这么想。在车间时，她和李杰记者交谈过，掌握了新的信息，这次他们兴师动众，来者不善。带队的是国家环保总局污控司的戴巡视员。

杜牧他们只知其一，不知其二。另一拨记者昨天就在新民县城分散活动。小铁厂是重点，只在厂外摄像拍照取证后撤离。今天已转移到兰炭和铁合金企业集中的地方去了。晚上两拨人赶往内蒙古鄂尔多斯市会合。与以往不同，这次文字稿件现写现发，电视报道现做现传，即刻见报上电视。

李杰叮咛她，我说的这些要绝对保密。你在酒店等着，我们五点前回来，戴巡视想见见你。本来要给你打电话的，没想到碰上你了。

戴玉问起赵娜，李杰说，她这次没来，托我给你带了东西，让我代她向你问好哩。

李杰记者叮咛是多余的，戴玉压根就没想过，她以为曝光得越彻底越好。记者们在县长眼皮底下又是摄像又是拍照，居然没被察觉，这帮记者太厉害了。戴玉又想起杜牧说“怕是有大动静”的话，忍不住笑了。

天赐川这些日子里，戴玉越呆越觉得不是滋味。原先是通风报信的“消息树”，如今是严防死守的“看门狗”，长贵爷说这是“假环保”，一点没说错。工作不像个正常工作，净搞些没名堂的事。家也不像个家，上班守在天赐川，周末要帮郝翔忙大棚的事，儿子托付给父母，两人都照顾不上。儿子放暑假了，前一天父母带着来天赐湾，本来这个周末郝戴两家打算好好聚一聚，吃顿便饭，顺便庆祝郝翔大棚基地建成，偏偏又出了这样的大事情。

戴玉虽有遗憾，却开心至极。孟青山纳闷了，人家又要曝光了，你们环保局人高兴甚？该不是你今儿也上镜头了？

戴玉笑着答，我高兴，我家蔬菜大棚建成了，日子越过越红火了。

孟青山连忙问，你跟“天赐绿家园”郝老板……？

戴玉乐了，我是他婆姨，他是我老公，你不知道？

孟青山恍然大悟，你家郝老板，好后生，能行。抢了我不少生意，镇上接待都到他农家乐去了。不过，我跟郝老板也有合作。他给我供应鲜鱼鲜肉，往后又有了新鲜蔬菜。以后我也打绿色食品的招牌。

正说着，戴玉收到李杰短信，“戴巡视等你，208 房间”。她吆喝孟青山，别啰嗦了，快开车。

孟青山问，到哪哒？

戴玉说，回酒店。

208 房门半掩着。戴玉推开进去时，一位正在打电话头发花白的半老头儿示意让她先坐下。戴玉从没接触过什么领导，又是北京来的领导，见他脸色凝重，河南口音，说话声很大，显得有些拘束。白发老头儿一边冲着她点头一笑，又恢复先前的凝重。等了好大一会儿，电话打完了，老头儿脸带笑纹走过来和她握手。

你就是县局的戴玉同志？不好意思，接了个电话。我也姓戴，环保总局巡视员。小戴同志，五百年前咱是一家子，就叫我老戴好了，说完爽朗地笑了。

老戴一边给戴玉沏茶倒水，一边说，你知道不？咱们这个戴姓，起源于河南省东部商丘市一带，百家姓排行第五十四位，咱姓戴的祖先，对华夏文明可是有过贡献的。

接着，老戴便给戴玉讲起戴姓渊源，边说边在纸上写下一串历史人物。戴玉一下子放松了，倒觉得这老头不像大领导，倒像个知识渊博的学者教授。

按照戴巡视的说法，戴姓远古祖先为黄帝曾孙帝喾，帝喾的儿子名叫契。契为舜帝首领人物，被商族奉为始祖，是灭夏建商朝的商汤的先祖。商朝传至商纣王，残酷统治导致周武王克商。周之初分封时，把宋邑封给反纣王的殷商贵族微子，微子建立宋国，称为宋公。宋国传至第十一任国君，有功于民，深受万民爱戴，死后被周宣公赐谥曰戴，史称宋戴公。宋戴公的孙子以祖父谥号为戴氏，从此历代均有戴姓子孙。这一套关于戴姓的历史典故，戴玉听得认真，却似懂非懂。

老戴一转话题，上下五千年。一分为二嘛，不能净挑好的说，姓戴的现代史上有个跟随蒋介石的名人……

是戴笠！戴玉脱口而出。戴巡视点头，二人不约而同笑了。

戴玉觉得这位领导很和善，很特别。老戴问及她的家事，她一一回答，一点也不拘束了。老戴又问天赐湾的来历，戴玉说不出来，她想起长贵爷，话到嘴边又咽了下去。

老戴忽然说，你那个“消息树”的说法，既形象又恰当。基层环保同志们真的不容易，听说你被派到这里严防死守来了？你看看，没防守住吧？我们还不是一样的来了吗？

说完，老戴朗朗而笑，戴玉也难为情笑了。

老戴又说，这一次要一查到底，从根上解决新民问题。咱们是一家人，你协助一下我的工作，怎么样？

戴玉问，要我作甚？没问题。

老戴说，他们下午收拾一下就走了，我改变主意，打算留下多呆几天，又不想让地方上来干扰，你帮我在这里找个僻静的住处。

戴玉说，这没问题，就住这哒。

老戴摇头说，酒店目标大，再说，要给人造成我们都离开了的错觉，当然，你要为我们保密。

戴玉解释道，不是这哒，是后院，要不我陪你去看看？

戴玉说的是孟老板住的后院。老戴跟她去一看，果然十分清静，里面拴着狼狗，二人没敢靠近。小院有棵高过墙头的果树，枝繁叶茂果实累累。

戴玉介绍说，这是新民特有的海红果。又说，吃饭服务员送来，绝对僻静。老戴很满意。

戴玉让老戴先回房间休息，拨通了孟青山的电话。

在后院喝酒的孟青山边接电话边出门，拦狗接戴玉。戴玉说了来意，孟青山满口答应，要把贵客安顿在自己有卫生间的房子，他给前台打了电话，几个服务员即刻跑来打扫卫生，更换被褥。

戴玉郑重交代，此事绝对保密。

满嘴酒味的孟青山拍着胸膛说，我这人没甚本事，就是嘴牢，不该说的一个字谁也掏不出来。上次公安来调查，我就是不承认跟北京记者喝酒拉话。

戴玉说，好了好了，上次你为环保立功了，这次再立一回。

孟青山把戴玉拉到海红果树下，神秘兮兮说，你那个同学梁有岗，染上了不该染的女人。唉，女人是个好女人，可她男人……不好惹。你给他提个醒，赶紧收手。

戴玉明白了，梁有岗昨晚上带个女人住这里？

孟青山道，我可没这么说。

戴玉说，管他哩，赶紧把房子整理好，我去去就来。

戴玉回到酒店楼上时，李杰他们回来了。赵娜捎来刚推出的奥运会吉祥物，戴玉爱不释手，高兴得跳起来。对李杰说，我们这哒没甚好送人的，秋天给你俩寄些红枣，要不然，我心里过意不去。

就在这时候，杜牧来了电话，询问北京记者们走了没有，如果没走，局长陪县领导要赶过来看望慰问。戴玉灵机一动，我先去看看，一会儿给你回电话。说完，赶紧去找老戴。

老戴笑了，回电话，就说已经走了。

戴玉这边回话，老戴那边安排记者们收拾上路。戴玉与李杰握手惜别。记者们走后，老戴搬进了酒店的后院里，打发戴玉回天赐湾。戴玉刚出酒店门，一辆越野车停在面前，车上下来的是环境监察支队的副支队长江山，这下子让戴玉为难了。

2

这年夏天的这些日子，新民县城气温高达38℃，四面环山的新民，就像临时停靠在隧道里的闷罐车。包括黄河峡谷的几条川道里，连顺川风都无一例外地停滞了，污染空气凝结着，充斥着，弥漫在新民城区的旮旮旯旯。尤其在罕见的高温之下，人们情绪焦躁到了极限，情绪宣泄处在巅峰。叫苦不迭的人们抱怨污浊的空气刺鼻的气味，抱怨老天不刮风不下雨，一个劲地闷头暴晒，把人往绝路上逼。人们诅咒导致大气污染环境恶化的黑心老板，丢到黄河也洗不净的罪孽，斥责政绩至上利令智昏的当官的，当官不为民做主。就在这闷热焦躁中牢骚怨气不断的节骨眼上，新民被“中华环保世纪行”采访队在同一时间立体式曝光，上了中央电视台和数家国家级报纸。

与上次曝光效果截然不同。上次在京城反响强烈，新民人多为道途听说。这次新民人耳闻目睹眼见为实，一石激起千层浪。人们打电话发短信相互转告，消息传得很快。没看到电视播放的，在网上补着看，报纸单位上看了，拿回家亲戚朋友轮着看，电视播得有声有色有鼻子有眼，报纸登的有名有姓有时间有地点。这消息，无异于给了人们渴盼已久的顺川风、及时雨，人们因此而得到内心的平衡，尽管只是一时的心理满足。

东边日头西边雨。那些没被点名却被击到痛处的地方官员，如何心态咋样盘算暂且不说，被曝光企业老板们都有了压力。

“永盛”被点名曝光，胡晓燕压力大，打电话给在外地的田永福，田永福却满不在乎。

我在这哒电视上看了，权当给咱扬名打广告哩，天塌下来我顶着，你怕甚？再说了，谁见过天塌下来？

在被点了名的企业老板中，尤乃生反应最强烈，他不像田永福那样有恃无恐脸皮厚。尤乃生是场面上的人，最顾及面子，上回“天源”被曝光，他难受了好一阵子。这回不光上报纸，硅钙厂从保安厂长到大狼狗，从冒烟的烟囱到闪火星的炉子，一股脑上了央视新闻频道，被《经济日报》称之“污染企业跟我们玩起了‘捉迷藏’”。他感觉就像被人当街扒了裤子，感觉天要塌下来，情绪一落千丈，一直没有回城里的公司总部，围着天赐川的几家被点名的厂子转圈圈。尤乃生管企业以严厉著称。手下人被他骂怕了，只要尤老板黑着脸，连厂里的狼狗都不敢正眼看他。尤乃生手下有大小十二家企业，那年尤乃生心血来潮，一口气买回来十二条大狼狗。

他在董事会上宣布，县政府“重点保护企业”牌子挂上了，门卫都换成了保安，狼狗也配齐了。往后排除干扰，关门生产，没有县上通知，一律不得私自接待进入厂区。

尤乃生私下里给厂长们逐一交代过，环保设施能不开就不开，特殊情况下白天开，晚上关，要灵活掌握。水泥厂做得很到位，这次没被抓现行。给没有环保设施的随时有可能被关闭的小厂子，他特别交代过，要随机应变，能多生产一天，就多生产一天。对付环保上的检查，咱不占理，只能软来不准硬上。

就因为这一条，那天，尤乃生把硅钙厂厂长骂了个狗血喷头，把分管生产的副总经理、亲侄子尤喜来训得抬不起头。他把人训了，自己也后悔：后悔那天晚来一步，等他赶到鄂尔多斯大酒店时，记者们早走得没影了；后悔没有及时找市上省里的老关系摆平这事，没想到这回来得这么快这么猛。大意失荆州！

尤乃生从硅钙厂出来，吩咐司机回天赐湾。走到天赐庙的路口，他要司机把车开到村里，他上一趟天赐庙然后自己步行回家。

尤乃生有些日子没去天赐庙了。花甲之人上山爬台阶，步履刚健不减当年。艾高原修的这路，他说是锦上添花。言下之意，我修庙在先，有了庙请了神，才有你艾高原修路的由头。他卖煤矿给艾高原，煤炭涨价煤矿成了摇钱树，公开场合他从不言悔，但煤价飞涨原材料受制于人，他私下却追悔莫及。走在艾高原修的路上，忍不住又悔了两回。

后悔卖矿，也后悔修路。人家修的是财路，自己修的是犯忌的路。尤乃生忽然感觉自己老了，不是力不从心，而是落伍了，背时了。

以往在天赐庙上完香，都绕着庙墙转几圈，然后站在庙背后的高处，朝天赐川方向瞭望一番，那里最高的烟囱，最红火的厂子都姓尤，他心里美滋滋的，很有成就感。这回没了这闲情逸致，脑子里翻腾着修路犯忌的事，上完香就走。

尤乃生刚出庙门，远远瞅见村里后生郝翔的婆姨戴玉陪着两个陌生人拾阶而上，慌忙扭头拐向去村里的岔路，加快了脚步。这时候尤乃生最怕碰见熟人，尤其是领记者开罚单的戴玉，他最不想见。

不想见戴玉却偏偏碰上郝翔。尤乃生低下头只顾下坡赶路，听见有人叫尤叔，抬头见是郝翔，再停下来一看，尤乃生愣住了。几个月没回村，山坡撂荒地上竟然冒出一排排蔬菜大棚，白晃晃的棚顶刺人眼睛。郝翔拉着长管子给路边树浇水，显然，已经引水上山了。

尤乃生惊讶地问，这些都是你建的？水也引上来了？郝翔点头称是。尤乃生忍不住走进跟前的大棚瞧了一眼，心想后生可畏，嘴里赞不绝口。又问路边两行是甚树？

郝翔说海红果，将来挂果了，上农家乐的人们上山采摘也是一种乐趣。尤乃生这才想起了，山下农家乐和鱼塘荷塘都是郝翔干的。唉，人家后生守着天赐湾把事都干成了。尤乃生感慨不已，正要下山，被郝翔叫住了。甚事？尤乃生扭头问。

那天戴玉回来一说，我埋怨她了，乡里乡亲的，戴玉一根筋，就爱认死理讲原则，请尤叔谅解。

尤乃生还没明白。郝翔说，就是那天硅钙厂罚款的事。

尤乃生一听脸色便黑了，支吾说不算甚，没甚事，转身就走，步子乱了，差一点被路上的碎石子滑倒。

尤乃生甚时候这么狼狈过?！别说在小小的天赐湾，就是在新民在塞北，尤乃生也是个响当当的人物。县政协常委，市政协委员，至少一年一次与县长市长们同出同进，同起同坐。尤乃生不嫖不赌，贪杯不贪色，致富先修庙积德行善，被县领导称之挖掘保护地方文化遗产的义举。仅此几点，尤乃生就落下德高望重的好名誉。

尤乃生很在乎既有的名誉地位，他认为都是祖上积哈阴德，他津津乐道的是天赐湾风水好，他家风水更好。尤乃生迷信风水。企业奠基竣工投产，都请人打卦选日子。老人西安塞北住不惯，闹着要回天赐湾，他打算重建老宅子，从山西那边请了个风水先生。

风水先生拿着罗盘转了一大圈，对他说，还是老宅子这哒好，“宁换一房妻，不挪老宅基”，就地重建为上上策。尤乃生拆了旧宅子，建起三层别墅式小洋楼。小洋楼一改传统的旱厕，没下水道不行。为解决雨水污水退路，也为自己的汽车出入便捷，尤乃生费了好大的周折调换耕地，在新宅前旁修了条直达公路的出村大路，路边水沟成了他家下水道。他高兴，村里人更高兴，原先弯弯曲曲的土路成了笔直的水泥路，出行方便多了。尤乃生在别墅洋房给老人过寿感恩祖上阴德，给侄孙满月，为的是享受好风水的滋润。上回被曝光后，尤乃生心里犯了嘀咕，思前想后不对劲，又把风水先生请来。

风水先生没进门，左瞅瞅右看看说，好好的宅子，修甚路哩？风水讲究“喜回旋忌直冲”，瞧你这路修得直通通的，犯了大忌了。

尤乃生听罢惊得出了一身冷汗，有甚法子补救？

风水先生说，我得回去琢磨琢磨。

尤乃生追悔莫及。这便是他自认为做的最愚蠢的一件事。

尤乃生躲在家里闭门思过。郝翔大棚基地迎来了稀客。戴玉陪着老戴还有市局的江山，一起去过天赐庙，顺便来到这里。这些天，风声一紧，天赐川的污染企业全停了，大气环境明显好转，太阳照在蔬菜大棚上，山坡一片金光灿灿。

老戴该办的事都办完了，下午要直接返回北京，情绪非常好，他饶有兴趣地看了大棚，听了郝翔的介绍，连声称好。

节水灌溉，日光保温，绿色种植，典型的生态农业模式，看来陕北这地方发展生态农业很有前景啊。

戴玉心里甜丝丝的，嘴里说，把他夸上天了，他就不知姓甚了。

老戴是个有心人，北京出发前约见了李杰和赵娜，他就打定主意一要见戴玉，二要找到天赐庙上指路的神秘老者。依照戴玉的描述，他觉得文长贵老汉有点像，就想见他一面。郝翔先到“天赐绿家园”准备饭菜去了。戴玉陪老戴在前，江山跟在后，一路下坡，朝文长贵老汉的院子走来。

江山早上才和老戴正面接触的，彼此印象不错。早上，戴玉接到老戴的电话赶到酒店。老戴说，事情办完了，我今天打算离开。

戴玉赶紧说，那就让我们市局领导见见你，也好为你送送行。

戴玉进而说明缘由，老戴愣了片刻才说，好啊，你们保密工作做得不错嘛。搞了半天，我身边还有卧底的，说完哈哈大笑。

戴玉娇嗔一笑，甚是卧底，人家江支队是在暗中保护你的，你在这里的事，江支队可一个字也没透露出去。

原来，那天戴玉碰上闻讯赶来的江山。两人见过几面不是很熟，戴玉觉得江支队值得信赖。戴玉照实一说，江山也为难了，走也不是，守也不是。在塞北市环保局，江山的作风干练处事周全是出了名的。江山考虑再三决定留下。他只给局里汇报说记者们已经走了，这里还有些事情要办，然后就在酒店里登记房间住下来。江山是这么考虑的，领导这么决定自有他的道理，作为基层同志，也要对上面来的领导负责。领导是老同志，人生地不熟的，身边没个人不行。

戴玉负责与孟老板联系搞好伙食，大肉羊肉土鸡土鸡蛋山野菜，由郝翔的农家乐供应。戴玉守着大厨，电话与老戴沟通，顿顿改变花样，俭而可口。

老戴饭后出门散步，江山远远跟着，从不打照面。记者离开第三天，央视台一曝光，江山心里有底了。原来老头儿在这哒坐镇指挥哩。酒店看不到报纸，他让支队的人随时收集信息，及时反馈。

连续曝光三天后的一个上午，江山惊奇地发现，省环保局的高局长意外地在酒店后院现身。江山以为看走眼了，隔着酒店的窗户定睛辨认，千真万确就是高局长，连车牌号都对上了。

老戴接他进了酒店的后院，两小时后，二人车前握手告别，高局长上车离去。江山顿生强烈预感，新民的事情有大动作了。高局长露面不几日，戴巡视要走了。戴玉要把他介绍给戴巡视。

戴巡视爽快地说，你来得正好，咱们先去天赐湾村，下午能不能送我去鄂尔多斯机场？江山满口答应。

大家一路走来，老戴与他和戴玉拉话闲聊，环保上的事一句也没提，江山觉得老戴很特别。在文长贵家，老戴也是问寒嘘暖拉家常。

等到“天赐绿家园”酒桌上三巡已过，老戴举起酒杯对鼻梁上架着茶色石头镜的文长贵说，我先敬文老先生一杯，与您老人家首次接触，却有一见如故的感觉，感谢您对环保的关注与支持，我先喝为敬。老戴说完，一饮而尽。

文长贵不露声色地说，我甚也没做，惭愧惭愧。

戴玉笑嘻嘻说，长贵爷，我们环保总局领导的酒，你一定要喝的。您老不是批评我们是“假环保”么？您看，这回来真的了。长贵爷，我陪您喝。文长贵亦无言论，坦然把酒喝了。

老戴又举杯对戴玉和江山说，感谢你俩几天的帮助和关照，看来，新民老百姓对我们寄予厚望。转身对文老先生说，请您老相信，“黑三角”环境问题一定会得到解决的。

三个环保人喝完酒，老戴又要给郝翔敬酒，戴玉赶紧拦住，我家郝翔滴酒不沾，他的酒我代了，说完自己喝了杯酒。

随后，江山又是致歉又是致敬，陪着老戴一连喝了几杯，还为老戴唱了段酒曲儿助兴。最后，江山提议，戴巡视下午要赶路去机场，他们为他喝一杯送行酒，然后吃饭。

江山左右逢源，十分得体。老戴高兴地说，我还要来的。

老戴临走小声告诉戴玉，李记者他们见的神秘老者，就是文老先生。上车告诉江山，这个文老先生，很有气场，深藏不露，很不一般。

戴巡视员走后不久，新民发生了惊天动地的大事情。因落实国务院领导批示不力，县长被免职了，环保、煤炭、经发等部门和有关乡镇长共十一人被免职了。新民县环境治理，被国家环保总局等六部委挂牌督办：限期取缔或关停现有的生产能力、工艺落后以及“十五小”、“新五小”的污染企业；限期治理超标排放的污染企业。

江山与戴玉也先后从有关文件上得知，戴巡视名叫戴秉承，他的新头衔是国家环保总局驻“晋陕蒙接壤地区”环境督察特派员。

3

艾高原最近事不顺心有点烦。手里煤矿数目不少，但都是年产十万吨上下的小矿。人工开采，设施落后，产能低下。艾高原心里装着这样的宏伟蓝图：原先尤乃生和孟青山的两个矿采掘同一块煤田，他要合二为一，上综采设备，建年产百万吨的现代化矿井，综采是煤矿综合机械化采煤的简称。上了综采，机械化率达到95%以上，意味着艾高原“天府煤业”产业升级将迈出历史性的第一步。

艾高原风风火火，半年来奔走西安塞北之间，委托省煤炭设计院搞设计方案，省环境科学院做环评报告。偏偏上报项目的时候，县上没了县长，部门没了局长，他皮包夹着项目可行性报告，在政府楼上一天一趟地兜圈子，就是没人受理，上不了会盖不了公章。

艾高原是个急性子，找了副县长潘劲，潘劲说，尔格正青黄不接，你急甚，好事多磨么。

艾高原又找县委书记杨斌，杨书记说，你急，我比你更急，新民的事情压着动不了，只能等新县长来了再说。

艾高原无奈地摇摇头，出门便嘟嘟哝哝，屎，走个红脸来个黑脸，婆姨难产，县长还难产哩。

出了县委大院上了车，司机问，去哪哒？

艾高原手一摆，上塞北。

在新民，在塞北，艾高原堪称最富有传奇色彩的“煤老板”。早先家境贫寒，艾高原只上到小学三年级便辍学当了放羊娃。艾高原家住鲁家庄乡艾家塆。一沟之隔是神水县李家圪梁。艾高原放羊常常去沟那边山坡。艾高原天性乐观，没事好唱几句，坐在山坡坡就唱上了。

对面面那圪梁梁上哪是一个呀谁，
那就是我那要命的二妹妹；
一个在那圪梁梁上，一个在那沟，
拉不上话话招一招手。

家住沟畔畔的神水县老乡听惯了。有一天，老乡没听见这放羊娃唱曲，出门瞭望，只见羊群不见人，跑下坡一看，放羊娃饿昏过去了，赶紧回家拿了两个馍馍端了一碗水。

艾高原对此铭记在心，滴水之恩当涌泉相报。他发迹后，重谢送馍送水的老乡，还给李家圪梁架了电修了路。鲁家庄乡位于黄河边的黄土沟壑区，地下没煤炭资源，土地贫瘠，干旱少雨。家里少吃缺穿的日子紧紧巴巴，艾高原二十大几了，还没钱娶婆姨。那一年，他打工挣钱从黄河滩往半山拉石头，拉着架子车下坡，再唱“对面面那圪梁梁上”，与小时候放羊唱的心境截然不同了。

一起拉石头的人里，有个老汉腿脚不好使，拉车上坡实在吃力。艾高原心地好又勤快，自己上了坡撂下车子，下来帮老汉推车。下坡时他把两辆车套在一起，让老汉坐上，自己驾辕下山。没过几日，老汉相中这位憨厚善良能吃苦好后生，主动提亲要把女子嫁给艾高原。

定下亲，没钱娶，为他辍学而惋惜的小学班主任听说了，主动送来七百元钱。后来老师给儿子在城里买房，发达了的艾高原听说了，给老师送三十万，老师说甚也不收。

艾高原憨笑说，这是当年你借给哦娶婆姨的钱。

老师说，那钱早还了。

艾高原又憨憨地说，这是老师的钱生哈的钱么。

老师说，我又不是放高利贷的。

艾高原说，学生跟你要笑哩！一日为师，终身为父，就算儿子孝敬老子，还不成？老师没辙了。

艾高原知恩图报，乐善好施，糊里糊涂出了名。天赐庙竣工那天，进香看热闹的人络绎不绝，有个老婆子一边磕头上香还愿，一边喃喃自语，好天赐神么，你保佑女子雷静考上大学，我给你多磕几个头，可娃没钱报名，你说这咋办哩。

艾高原无意中碰上听见了，跟着老婆子出了庙门，上前拦住张口便问，你女子上大学缺钱报名？

老婆子满眼疑惑，艾高原掏出一叠百元大钞数了数，说，五千够不够？不等老婆子回话，他又说，不够给你七千。

老婆子颤巍巍接过钱问，你咋知道我这难处？

艾高原说，天赐神给哦说的。

老婆子大惊，心想今儿遇上真神了，连忙下跪。

艾高原慌忙把老婆子扶起来。给你耍笑哩，哦不是神，等娃娃学成了，挣哈钱了，你到庙里还愿去。

艾高原说罢疾步离去，老婆子惊喜交加，没顾上问人家姓名。路人告诉她，他就是给天赐神修路的艾高原艾老板。这事一传十，十传百，在新民摇了铃儿。又有人拿着娃娃的入学通知书上门求助，艾高原钱掏得一样爽快。久而久之，习惯成自然，新民贫困生家长拿着入学通知书求助，艾高原来者不拒。资助给谁了，艾高原从不问，资助了多少学生，艾高原也没个数。记者们慕名要采访，都被他一口回绝。人家有难处，我帮人一把，人之常情么，这算个甚？后来，有记者绕过他专门采访受惠的家长们，写了文章登在省报上。

艾高原的忠厚朴实是出了名的。排实力，艾高原在新民、在塞北数一数二，身家不菲。看长相，他貌不惊人，平平常常，加上穿戴没讲究，言行随意，好开个玩笑，没有也不会扎个甚大老板的架势。论品行，艾高原生活简朴，待人诚恳，出手大方，好交朋友，好名声远扬，所以在“老板圈”里显得很另类。

钱是苦挣哈的，朋友是拿心换哈的。整天念叨这话的艾高原，无论在县里到市里进省里，有事没事，都到朋友办公室绕一绕，然后吃饭喝酒拉话。艾高原喜酒好豪饮。每次喝高了就念叨，喝酒是享受，喝醉了难受。艾高原肚里没墨水，开腔却是顺口溜一串串。婆姨生头胎痛苦得声嘶力竭，艾高原在场急得满头冒汗。事后跟婆姨耍笑，跟哈哦享受，生娃娃你难受。

这天，艾高原先来到市政府某朋友办公室，进门便发牢骚。

婆姨难产，县长还难产哩，甚事也办不成，找你喝酒来了。

朋友跟他寒暄一阵，悄悄告诉他，新民县长有人选了。

艾高原急忙问是谁。朋友一说，艾高原坐不住了。今儿个不请你喝酒了，改天哦给你补上。临出门撇下两条软中华，急急火火奔市煤炭局去了。

艾高原走进煤炭局总工办公室时，马文慧正看写艾高原资助贫困大学生的报道。“煤老板”与煤炭局车马不离桥。艾高原最熟悉的，要数马文慧总工程师了。也许少年辍学心愿难却的缘故，艾高原对读书人有与生俱来的敬慕感。知识分子当中，他对戴眼镜的女性倍加敬慕。他平常大大咧咧，却羡慕人家说话文雅。再者，他觉得女同志不抽烟，不喝酒，好接待，好打发，不像男人，当了官有了权就摆架子。他认为当官摆架子是男人的本性，是骨子里带来的。

艾高原对知识女性的敬慕感，就是从结识马文慧开始的。这些年，马文慧没少在技术上给艾高原帮忙，上综采的项目也是马文慧给他建议的，却从来不收任何红包之类的好处。

头一回与马文慧打交道，艾高原脱口就叫马大姐。

马文慧说，我怕你把我叫老了。

后来他摸清人家年龄小，便改口叫马工。再后来干脆叫妹子，马文慧也不反对。

这天艾高原刚进门，马文慧便问他，艾老板，甚时摇身一变，成慈善家了？你看看，资助了上百个贫困大学生，挺感动人的，说着就把报纸递给他。

艾高原扫了一眼放在桌上，鬼记者，写这作甚，没尿事干了。

马文慧以为他项目上有甚事，艾高原却说，哥给你报喜来了。

马文慧问，我有甚喜？

艾高原说，这些年，哦从来没问过你，原来你家那位叫刘大地？在市开发区当主任？

是么，你找他有甚事？

你家刘主任要当新民县长了，艾高原一字一板地说。

马文慧不相信。艾高原说，消息准得很，听说想当这官的人多，都争破头了。可他们不顶甚，市上一把手亲自点的你家刘主任。

马文慧唉了一声，要是真有这事，还是不去的好，开发区就够忙了，那么远的去当县长，责任更大，担子更重，也更忙得顾不上家了。

艾高原附和说，可不是，原先的县长跟书记尿不到一个壶里，哦看他两人都难受。新民污染严重，媒体不断曝光，中央省上盯住不放，谁去了也头疼。

一提这茬，马文慧想起那天与舅父戴玉他们的对话，忍不住皱起了眉头，有些坐不住了。

马文慧书柜里摆着一家三口合影相框，艾高原走过去仔细瞅了瞅。刘大地脸色黝黑，脸盘大方，印堂明润，面相不俗。艾高原一向心直口快，马文慧的消极反应让他意外，转身又改口说，哦看刘主任貌相排场，气度不俗，天生哈当县长的架势，眼下新民急着要个能人县长哩！妹子，你千万别拖后腿，别的哦管不上，哦上项目的事，都等不及了，说罢匆匆告辞了。

艾高原一走，马文慧就给刘大地打电话，手机关机，单位没人。她心里乱糟糟的，没等到下班时间就提前回家。她打开家门，屋里烟雾腾腾，刘大地坐在沙发上叼根烟，烟灰缸塞得满满的。

马文慧抱怨道，抽了这么多烟，不要命么，也不开窗户，边说边开客厅窗户。

刘大地仍然一言不发，马文慧又说，手机也关了，早早回家抽闷烟，有甚事？

刘大地站起来一伸懒腰说，没甚事。

明明是有事，不想让我知道吧，听说要你去新民，当县长。

刘大地愣了一下，闷声闷气地问，你咋知道的？

马文慧笑了笑，尔格人事安排干部提拔，没有不透风的墙。组织上定了？刘大地点点头，两人沉默了一会儿。

马文慧问，是不是你不想去？刘大地又点点头。

不想去就给组织说么。刘大地摇摇头，又是一时沉默。

那……推不掉，就服从组织去算了，犯甚愁哩！

刘大地突然抬高了嗓门，我甚时犯过愁？你见过我是遇事犯愁的人？这事来得太突然了，我得静下心想一想。说完他一看表，对准备下厨的马文慧说，不做饭了，学校快放学了，你给欣欣发个短信，直接到“榆河人家”，咱们下馆子去。说完就打电话订了小包间。

欣欣是他们女儿，暑假前才考上塞北中学。刘大地说，欣欣上了重点高中重点班，全家小聚，给女儿鼓鼓劲，也给你舒舒心，我要一走，不能天天见女儿，家里全靠你了。

4

这是陕北高原乡间最美最具活力的季节。瓦蓝瓦蓝的天，雪白雪白的云，轻爽轻爽的风。山原沟峁河滩川道，有树有草有庄稼的地方，一片片活生生的绿。包谷墨绿发亮，橡头柳绿里泛黄，地畔田间露出一行一片的向日葵，金黄灿烂令人神往。

这一天是周末。汽车前往佳临的路上，刘大地夫妇都坐后排，马文慧偎依在丈夫宽厚的肩膀上，一会儿凝视窗外的景色，一会儿看一眼丈夫黑里透红的脸庞。刘大地闭眼想心事，一副凝重的神情，减速转弯时睁眼瞅一瞅，又闭上眼。

这事的确太突然了。组织部王部长叫刘大地去，开门见山说，市委决定要你担任新民县长，你有甚想法？

刘大地沉思片刻，能不能不去？

部长问，为甚？

开发区建设正在引项目上台阶，左右权衡，我更适合开发区。

部长说，开发区这边适合你，新民那边更需要你。新民情况你也知道，经济发展了，环境污染严重，头顶“黑三角”帽子，市上压力很大，你有开发区的历练，是最合适的人选。再说，杨斌书记搞文化出身，需要个懂经济的搭档，尔格不是去不去，而是去了如何打开局面的问题，韩书记在办公室等你，领导面前不要再提“不去”了。

刘大地敲门进去时，市委韩书记正在接电话。

定了定了，他人刚进我办公室，好的，再见。

韩书记放下电话，给他递了支烟说，刚才是省环保局高局长，大家都关心新民县长人选。一个县长人选，主管省长过问，省环保局长关注，这说明什么？说明新民环境问题，到了非下狠心解决不可的地步；说明新民环境污染，既有思想认识上的问题，也有干部自身的问题。由于治理污染不力处理干部，我是头一回遇上，恐怕在全省也绝无仅有。这就是新民问题的特殊性，这也是新民主要矛盾的关键所在。

韩书记说着走过来坐在他旁边，拍拍他肩膀，推心置腹地说，大地啊，说心里话，派谁去？我费脑子了，既要对经济工作很内行，又要有很强的环境意识，还要有很强的驾驭大局协调各方的能力。人选倒提了几个，都不合适。那天管环保的副省长来视察，提及新民人选的事，建议一定要选一个既懂经济又懂环保的人。我一琢磨，你还真是个不错的人选。开发区从无到有，走循环经济之路，跨越式发展，你作了很大贡献，这个我在常委会上也给他们讲了。在新民问题上，省市党委政府的认识是一致的，步调是统一的，决心是坚定不移的。新民污染一定要从根本上解决，否则，死路一条，无法给老百姓交代，无法给上级交代。新民那么好的资源优势，不可能不发展，不发展也死路一条。咋样走出“只污染不治理”、“边治理边污染”的怪圈，杀出一条血路，绝处逢生，实现真正意义上的科学发展？你担子很重啊！可以说，你这是受命于危难之时，大地同志。

那天刘大地回家，窝在沙发上，抽了整整一包烟。给领导咋样表的态忘了，却把韩书记的话一字不落地刻在脑子里，一字不落地反复琢磨。杀出一条血路，绝处逢生？谈何容易！这意味着新民的产业升级结构调整，将是一场多么惨烈的鏖战！一想到这，心里没底，有点发毛。他把开发区和新民一比，前者像下象棋，好歹就那么几个棋子，后者却像下围棋，黑黑白白的棋子一大把。他越琢磨，脑子里越是模糊一片，感到压力空前，责任巨大。

那天在“榆河人家”，欣欣吃完饭上晚自习去了，马文慧陪着丈夫坐到天黑，刘大地喝了很多啤酒。这些年，与新民工作上没甚联系，春节去看舅父，都从佳临县老家走沿河公路，绕过新民县城来来往往。记忆中的新民，只有天赐湾村和舅父家历历在目，其他的一片空白。

马文慧想明白了态度变了，开导丈夫说，家里有我，放心去吧，这兴许是你人生一次大转折。

转折也是挑战，背水一战，成败未卜，刘大地说道。

马文慧讲了那次路过看望舅父的详细经过，感慨说，新民环境问题成了老百姓心病，舅父这么大年纪了，都十分关注。

刘大地听得很仔细，甚至记住了农家乐的后生和他的在环保局上班的婆姨。他受了启发，很想上任之前多掌握一些真实情况。之后，他接到越来越多询问、祝贺的电话。其中，新民常务副县长潘劲的电话，令他多了紧迫感。

开发区之前，他在孤川县当副县长，潘劲是县委办公室主任，他当常务时，潘劲提拔成副县长，二人对脾气谈得来，工作配合默契，私交也不错。

潘劲说，新民人民望眼欲穿，盼着来个好县长，市委领导知人善任派你来，杨斌书记说很高兴跟你搭班子，我心里更踏实，周末我去塞北，跟你老兄拉拉心里话。

刘大地说，等我去了也不迟。

上任前是好哥们，上任后成了上下级，角色转换了，恐怕那时候言不由衷了，潘劲说得振振有辞。

刘大地说，那就到任前，我去找你吧。

莫非你要来新民？

刘大地笑了笑，这你就别管了，等我电话。

刘大地的行程安排很特别。与其说看望老人们，不如说提前上任。他先去佳临，再去新民天赐湾。马文慧带车回塞北，他留在舅父家。他与市组织部长约定下周二在新民会面，然后走马上任。

去佳临县的路弯多坡多，刘大地索性睁着眼，路边的椽头柳让他怦然心动。刘大地对椽头柳情有独钟。

开发区搞规划设计时，他建议园区行道树选用椽头柳。陕北的柳树长到一定高度砍去树头，来年春天树桩上长出一簇茂密嫩枝条，嫩枝条再修剪，保留若干枝条，几年后，一般笔直粗细的枝干砍伐了盖房做椽子。椽头柳砍了又长，长了又砍，像割韭草一样，主干越砍越粗壮，椽子越长越欢实。

刘大地独特的"柳树观"，只有马文慧听说过。兴庆湖畔的垂柳过于柔弱，只配点缀风景供人观赏。关中平原的老粗柳树，浑身的树结疙瘩，一副历尽沧桑的扭曲状。陕北的椽头柳树身挺拔健壮，树冠郁郁葱葱。更有高原的性格，象征着这方山水生生不息的生命力。

刘大地的"黄河情结"更是血浓于水的生命感悟。这一点，马文慧比谁都了解自己的丈夫。在刘大地的精神世界里，黄河神圣而崇高，博大而永恒，象征着一种自强不息勇往直前的精神。

刘大地家住葭芦河与黄河交汇处的芦花村，父亲刘老大原先是黄河船夫。刘大地生在芦花村，长在黄河畔，黄河水的滋养，流淌于血液，沉淀于秉性，刚韧相济，大智若愚。刘大地父母年事已高，他要把他们接到身边安度晚年，生性乐观的刘老大说甚都不肯。

刘老大说，听着黄河水声，睡觉踏实，瞅着黄河水流，吃甚都香。

马文慧的父母原先在佳临县工作，后来调到市里退休住在塞北。丈夫在开发区忙得顾不上，她每隔两三月回一趟佳临，给公公婆婆洗洗晒晒。每一次回芦花村触景生情，想起他们相识相爱的往事，幸福不由写在脸上。她和他是中学同班同学，算不上青梅竹马，却也是同窗知己。刘大地黝黑，马文慧白皙，月下老仿佛为了色彩搭配才成就这段姻缘的。事实是，她得知他小名叫炭娃，出于好奇才接近他的。马文慧以为皮肤黑才取名炭娃，被刘大地一口否定。他说母亲生他时黄河里发大水，父亲下河捞炭回来，顺口给他起的乳名。

跟父亲一样，刘大地一年三季泡在河里，练就一身好水性。黄河发大水时，村里人吆喝着神府的炭哈来了，朝河边跑去下河捞炭，懵懂少年心性狂野，刘大地也挤在捞炭的人群中。父亲对此放手不管，可远在新民天赐川的舅父坚决反对。

马文慧第一回跟刘大地去芦花村，二人坐在黄河边椽头柳的阴凉下，刘大地讲下河捞炭的事。他告诉马文慧，儿时狂野心性，硬是舅父给调教过来的。听说我下河捞炭，舅父很生气。要父亲放暑假把我送到天赐川镇交给他管教。下河机会少了，跟上舅父读读写写收了心。马文慧对下黄河游泳有点儿好奇。刘大地说着说着脱去外衣，一个猛子扎下河里，几下扑通就远离河岸。刘大地搏水击浪神态自如，马文慧却吓坏了，赶忙叫喊着把他拉上岸。

高中毕业时，神府煤田开发如火如荼。刘大地要报考西安矿业学院，马文慧毅然跟进，形影相随又是四年。大学毕业回到陕北，工作结婚生孩子，夫妻恩恩爱爱。马文慧对刘大地一往情深，只是怀孕后心里忐忑不安，担心生个女儿皮肤黑。

刘大地知道后，开玩笑说，那就生个儿子。黑是黑，是本色，出个“铁面包公”，当纪检书记。结果，女儿欣欣出生皆大欢喜，皮肤像马文慧一般白皙细腻，脸色白里透红，眉清目秀，楚楚动人。刘老大父子对欣欣要命地爱。刘大地最爱女儿聪颖上进，听话懂事；刘老大三个儿子没有女儿，孙子辈里欣欣是唯一的女孩儿，刘老大疼爱有加，却难得见一面。这天，没见宝贝孙女回来，刘老大有点儿失望。

马文慧解释，欣欣上高中了，周末学校也有课。

刘大地陪父母拉了会儿家常话，工作变动一句没提。急于赶路，他们在家吃了饭便驱车北上。

自从修通了沿河公路，黄河上下航运渐渐衰落了，消失了。只剩下偶或摆渡秦晋的小木船。刘老大和他的徒弟们只能在言语与记忆中找回当年的感觉。每回行走沿河公路，刘大地却看一路想一路。

佳临到新民的沿河公路，有一大截走山西境内，大河两岸，秦晋之好，乡俗略同。这一路车少人稀，清清静静，一群群觅食的黄河石鸡横在公路边，汽车到跟前了才怏怏飞去。奔流不息的黄河始终不离视线，远看水雾茫茫，近瞅白浪滔滔。

要是往常，呼吸着黄河边湿润清新的空气，回味着原先坐父亲机动船行走芦花村与天赐湾之间的那些趣事。这天，刘大地上车闭目酣睡。马文慧心疼丈夫几天都没休息好，颠颠簸簸几个小时，汽车进了新民才把他叫醒。刘大地扫了一眼新民街景，睡眼惺忪地叮咛，再睡一觉，到了天赐湾叫醒我。

5

刘大地完全清醒了。他无论如何也没料到，揭开新民污染黑盖子的，竟然是舅父文长贵，一个退隐山村的耄耋老人。刘大地印象中的舅父，识文断字却不谙政事，已是含饴弄孙颐养天年的岁数，咋有可能做出这种仗义而血性的事情？

刘大地是太阳压山时赶到天赐湾的。文长贵老汉正在门外张望等着外甥。女儿与表哥家联系颇多，表嫂说去天赐湾，有甚要捎的东西，女儿顺便给父亲打了电话。

不逢年不过节的外甥要来，还要小住几日，文长贵觉得意外。他把院里院外齐齐打扫了一遍，让老伴把隔壁窑洞的铺盖全换成新的。文长贵喜欢这个外甥胜过儿子文天佑。文天佑比刘大地大五岁，从小多病，三天两头看大夫打针请病假，学习肯定不会好。他只求儿子身体好，一生平平安安，他不指望他有多大出息。对外甥刘大地却不一样，文长贵充满着无限的期待。“玉不琢，不成器。人不学，不知义”。调教这个小小年纪竟敢下河捞炭的野小子，文长贵费尽心思，教他练毛笔字磨性子；教他“站如松，坐如钟，行如风”；教他背《三字经》诵古诗，逐字逐句讲解，让他明白“幼而学，壮而行”之类贤文古训励志真谛。外甥记性好悟性好却时而贪玩要，文长贵更加上心，先是暑假来，后来寒假也让来，学习不用功时，也让外甥挨过板子。刘大地出息了，出息得敏而好学，不耻下问。有一次，他问舅父，甚样的人是有用之才。

文长贵毫不犹疑朗朗脱口，照毛主席说的“一个高尚的人，一个纯粹的人，一个有道德的人，一个脱离了低级趣味的人，一个有益于人民的人”就是有用之才。

上了大学的刘大地，想起这事，仍是好奇。

文长贵解释说，“文革”时供销社职工学习《老三篇》，领导安排他给大家念，念得遍数多了，觉得毛主席说得好，就信口拈来。

外甥学业有成，事业有成，文长贵倍感欣慰。舅甥二人见面无话不谈。这一回，文长贵毫无顾忌，说出了自己隐藏已久的心里话，尤其是写匿名信的前前后后。

晚饭后，司机被打发到天赐川镇去住酒店。像往常来这里一样，马文慧在隔壁窑洞里陪舅母，刘大地陪舅父坐在这边窑洞的炕上，天南海北地拉了一阵，便扯到新民污染的话题上。这事原先舅甥也谈过，但是这一次，舅父说得头头是道有根有据，连《政府工作报告》中“让人民群众喝上干净的水，呼吸清新的空气，有更好的工作和生活环境”原话，也一字不落说出来，让刘大地大吃一惊。

组织上找他谈话的第二天，刘大地就把有关新民曝光的报道，以及相关的批示都搜集齐了，反复看了，从字里行间，深感新民污染问题的严重性。他没有告诉舅父上任的事。他想从舅父开始，设身处地听听老百姓的心声。

他问舅父，事情起因是一封署名天赐湾群众的反映信，依你所见，是天赐湾村的人写的？还是天赐川镇上的人所为？

文长贵直言不讳，我写的。

刘大地摇头不信，您老开甚玩笑哩。

文长贵加重了语气，情绪略显激动。我说的真话，就是我写的么。你不信？

刘大地暗吃一惊，却不露声色。

按说，舅舅这把年纪，早该消停了。况且，舅舅原本就不是好事之徒。你天佑哥一家在新民城里，舅舅镇上不呆，县里不住，塞北不去，我选在天赐湾度晚年，也难以幸免。天赐湾从古到今都是好风水好地方，如今也不得消停了。不刮风强一些，只要一刮风，烟尘都过来了，跟镇上县里情况没甚区别。我的老伙伴中，两个都得哈不治之症，一个已经去了。一个苟延残喘，他告诉我，县医院大夫说，新民人的肺是黑的。大家都是受害者。环境是大家的，少数人发财，多少人跟着遭殃？这不公平。舅甥息息相通，刘大地心灵震撼。

文长贵有点动情，眼眶湿润了。他长长地叹了口气，接着对外甥说，不要笑话舅舅老夫聊发少年狂，事出有因，实属无奈，写了，寄出去了，也后悔，也担心。担心泥牛入海无消息，也担心一把老骨头了被人指指戳戳，日子过不安宁。那些日子，天天在村口，在天赐庙前张望，终于等来记者，看到报纸的揭露文章，心里头好受了，却还是提心吊胆，直到戴巡视员来了，心里头才轻松一些。

文长贵说到这里，刘大地心情平静了些许，问，哪个戴巡视员？

文长贵说，北京来的，环保总局的，听戴玉说，戴巡视员已经常驻这哒督阵了。

刘大地笑了，没想到舅舅这哒信息灵得很，连国家环保总局的领导都见过。听文慧说，戴玉在环保局工作，舅舅说人家是假环保，有这事么？

环保局不管环境治理，专给污染企业通风报信，应付上边检查的，你说，这不是假环保是甚？听说上面派哈新县长快来了，要是不换药，光换汤，甚事也不顶，舅舅的心还是悬在半空里。

刘大地不露声色说，看样子舅舅很在乎新县长是谁，对新县长很有期待。

我能有甚期待？舅舅老朽愚钝，要说期待，就是我早先给郝翔后生说的那句气话，只要死后有干净地方埋我，就死而无憾了。

文长贵一席话，让刘大地百味杂陈，感慨万千。刘大地没有理由不相信舅父说的就是老百姓的心声。他感慨的是，假若换成别人，他一定把这位仗义执言、可亲可敬的老人请到台上，让全县的干部企业家听一听老百姓发自肺腑的声音。

刘大地朝舅父跟前挪了挪身子，为舅父点上一支烟，下炕在窑内走了一圈，郑重对舅父说，不必再为反映信提心吊胆了，你做得没错，往后外甥给你壮胆，给你做挡箭牌。

文长贵不以为然，你把舅父当成甚了？这么多年，我对你的事我守口如瓶，从镇上到村里，没人知道你在市里大小也是个当官的。

刘大地笑着说，这下子恐怕瞒不住了，外甥是来新民工作的，我就是新来的县长。

文长贵一下愣住了，瞪大眼问，这是真的？

刘大地答，真的。

这么说，我一封信把你推到火坑里了？文长贵心一下沉了下来。

刘大地不无自嘲地说，推到风口浪尖上。

文长贵一阵木然，哑口无言。他做梦也想不到，他的一封匿名信导致县长下台，而即将收拾新民这一摊子烂事的新任县长，竟然是自己的外甥刘大地。

文长贵一时不知道说甚好，沉默寡言，闷头吸烟，心乱如麻。命运为甚这样捉弄人？他对政府的期待，眨眼间变成了对外甥的期待，像烦乱家事一般令人难以梳理。天道民意？福兮祸兮？一方面他对写反映信的初衷抱着很大期待，一方面又怕重任在肩，难为了外甥。刘大地有意换了轻松话题，文长贵也轻松不起来。老汉一夜没睡踏实，天亮上天赐庙烧香去了。刘大地几乎也一夜未眠。旁边的舅父辗转反侧，让他倍生怜惜，隐隐心疼，脑海里不时浮现老人迎风而立的佝偻身影，老人满怀期望却不肯显露的复杂表情。

这一生，对他的影响两个男人，一个是父亲刘老大，父亲的遗传基因和影响，给了他强健的体质，豁达而无畏的性格；一个是舅父文长贵，舅舅精心调教，言传身教，给了他厚重的文化底蕴，让他懂得了许多做人乃至为官的道理。这一点，刘大地受益匪浅，刻骨铭心。

“为官一任，造福一方”之类的话，舅父早在他初任孤川副县长时就说过了。眼下，舅父的厚望就是新民人民厚望，刘大地更愿意把天赐湾访亲看做体察民情。

次日一大早，他送马文慧和司机上路，仍不见舅父回来，按舅母的指点上天赐庙。文长贵刚出庙门，刘大地迎面走来。

刘大地见舅父情绪好多了，面带笑容步履轻松，便开玩笑说，舅舅上一炷香，心情就好了，还是神仙威力大。

文长贵说，舅舅不迷信，只敬天只敬地，为天赐湾为新民祈福哩。说着转身又走进庙里，刘大地紧随其后。

文长贵问，要不要上一炷香？

刘大地笑着说，舅舅上过了，我的心意也都有了。

舅甥走到庙院后面的高坡上，山坳里天赐川镇清晰可见。刘大地指着远处高烟囱问，那个水泥厂是谁的？

文长贵点点头，尤乃生家的，他在天赐川有好几处企业。

好像是你们村人？听说这庙也是他重修的？

文长贵又点点头，人家财大气粗，在西安有房，塞北有房，县城更不用说。他家老人哪哒都住不惯，就要回来，人家在村里为老人盖洋楼。可呼吸的还不一样是污染空气？人家只图挣钱把环境破坏了没人管不说，还当了利税大户，上电视上主席台，被有头有脸的人吹着捧着，给名誉给地位。社会人心世故，咋都叫金钱给搞颠倒了？自古“人为财死，鸟为食亡”，这可不是个好兆头！这样下去，如何了得？舅父忧患良多，刘大地感悟尤深。

路过蔬菜大棚，刘大地要进去看看。文长贵唠叨说，上回戴巡视员也看过，夸郝翔这后生搞的是甚生态农业，前途无量。君子爱财，取之有道。人家后生也挣钱，挣的是干净钱。说完拉起嗓门喊郝翔。

正给雇工们讲大棚蔬菜管理技术的郝翔应声正要出大棚，刘大地已走进来，跟在后边的文长贵介绍说，这是我外甥刘大地。

刘大地笑着握手说，你就是郝翔。

郝翔点头道，听说过你，你是开发区的刘主任。

文长贵说，郝翔你陪着大地叔看一看，我先回去了。

郝翔说，放心么，长贵爷你慢走。

刘大地边看边问，看完大棚基地，又一起下山，来到鱼塘荷塘边。刘大地看得认真，问得仔细，诸如投资、产出、效益、市场，包括生产技术雇工工资都问到了，郝翔逐一回答。

刘大地问，既然日光温室绿色种养殖很有前景，为甚只有你搞？

郝翔如实相告，比起搞煤矿搞工业，种植业养殖业毕竟挣钱慢，来钱少，付出多。人家谁能看上？新民这地方，人心浮躁，都想着当老板一夜暴富哩！

天赐川一带大气环境污染，对你的大棚有没有影响？

郝翔睁大眼睛说，影响可大了，大棚刚建成那阵，风向顺时，一晚上塑料薄膜落下一层灰，污染空气人都呛得受不了，庄稼也是生命，一样遭罪。地里庄稼池塘鱼，和人一样，都要呼吸新鲜空气，都要干净水滋润。

刘大地笑了，这么说，你婆姨工作搞不好，你也就是受害者。

郝翔喃喃说，他们也是有看法，没办法。刘大地问及戴玉，郝翔告诉说，局长被免职，局里群龙无首，戴玉也撤离天赐川镇好几天了。

刘大地对这后生印象不错，鼓励他好好干，往后有甚困难就找他。

郝翔以为是客套话，没有在意。

临了，刘大地说，在你的农家乐安排个僻静地方，我会个朋友谈点事。郝翔即刻落实。刘大地随后拨通潘劲的电话。

6

外甥刘大地走后这些日子，文长贵发生了微妙的变化。原先只看中央电视台新闻，现在尔格新民电视新闻每天必看；原先电话都是老伴接，现在尔格电话铃一响，老汉跑得最快。原先没订过报纸，尔格最想看县报，要郝翔帮着订了后几个月的《新民县报》。县报每周二四六出报，镇上邮递员送到公路边的农家乐，文长贵隔一天取一回。

这样一来，新民大小事情，包括外甥刘大地的公务活动，文长贵比村里任何人都清楚。他只是关心，只看不说，外甥当县长的事情，对任何人都没提说过。阎香草回来看望他，尤乃生路上碰见他，戴巡视员路过来找他，都说过新县长如何如何，他只听不接话茬，就像新县长跟他没有任何关系似的。

天赐湾最早知道这层关系的是郝翔。那天安排刘大地在“天赐绿家园”会朋友，郝翔一眼就认出来人是常务副县长潘劲。郝翔是个明白人，他们在包厢喝酒拉话，呆了几个小时，他不露面，还要服务员上了菜备好茶水，尽量少干扰。

这时候，戴玉打来电话，告诉他新县长是长贵爷的外甥刘大地，郝翔愣住了，差一点说出新县长远在天边近在眼前。

郝翔对戴玉没透露一个字，回头却跟文长贵开玩笑，长贵爷，大地叔当了咱县长，你老人家遮着盖着，怕我走你的后门？

文长贵语气很严肃，你知道就成了，不要给村里人说了，当甚都是公家的事，都是我外甥的事，与我这当舅父的没甚关系。

郝翔不以为然，长贵爷，我看你又看报纸又看电视的，操甚心哩？

文长贵唉了一声，北京的戴巡视你见过，住在这哒督阵了，我外甥因环境污染而来，当舅舅的操心也是人之常情。郝翔觉得也是。

他随后给戴玉叮咛，不要对外人讲刘县长是长贵爷的外甥了。

转眼又是一个月。这个秋风凉爽的周末，文长贵家一连来了几拨人。阎香草是第一个，她头天傍晚回天赐湾的，最近为徒弟齐海红的事闹心。

齐海红给田生财献艺祝寿后，与田永福关系有点儿暧昧，县城里传得是是非非，艺校里无人不晓，忙着出自己演唱专辑的阎香草偏偏最后一个知道。尽管阎香草很生气，找她谈话时，仍然苦口婆心，齐海红死不承认外出演唱，声称与田永福毫无瓜葛。第二天，阎香草还要找齐海红谈谈，负责学员管理的老师说她留下一张假条回家了。阎香草要了馆里汽车，赶到枣林湾村，家人说她没回来。阎香草很郁闷，让司机直接送她回了天赐湾，在娘家住了一宿，想明白了。

齐海红是个二人台的好苗子，可是，这一代人称80后的年轻人自我意识强，追求物质欲望高，要走甚路，谁也拦不住，只能顺其自然，正面引导。她出了娘家直奔文长贵家，带着自己的演唱专辑磁带，还有为长贵大伯买的随身听，让老汉没事了听着消遣。文长贵把洋玩意戴在耳朵上一听，乐得合不拢嘴，问这问那的话也多了。

阎香草高兴地说，来了个新县长，县城周围小铁厂全停了，闻不到呛人的气味，婆婆也能在院子里走一走了。

文长贵默默地听着，阎香草又说，那天还见到新县长了。

文长贵问，他去文化馆了？

阎香草说，没有，是在我们邻居关老汉的丧事现场碰见的。

文长贵追问究竟，阎香草一五一十地说了，说得她自己激动不已。

事情的经过是这样的。邻居关老汉去世了，阎香草去为丧礼唱曲。关家在院里搭起过丧事的大棚子，灵堂设在中央。关家亲朋好友来了满满一院子，气氛肃穆而忧伤。关老汉得下不治之症，关家子女亲属一直认为田生财的“永盛”难脱干系，为此与田家闹得不可开交。关老汉过世，关家有意给“永盛”公司报丧。田永福派人送来五百元钱，关家儿女拒收，把钱甩得撒在地上，拦着送钱人不准出门，非要田永福到场三鞠躬不可，双方争执不休，搅乱了丧事仪式。院里院外，挤满了奔丧行礼的、理事帮忙的、围观看热闹的人们。关家子女声泪俱下痛诉事由，围观者一个个听得义愤填膺。

于是，有人高声喊，找政府找县长，告他去！

有人大声骂，老子出了车祸，小子没准也得出车祸，报应！

这时，人群中挤出一位气宇轩昂的陌生汉子，走到灵堂上香鞠躬，掏出五百元钱给关家子女，说了句让逝者安息，先办丧事，摆手告辞。

人群中有人认出来，刚才的黑脸大汉就是新县长。这一切，阎香草看在眼里。她感慨新县长对普通百姓的过逝表达哀思，是体察民情、同情弱者、明示公道。她愤慨田永福暴殄天物、挥霍无度，却对为他们卖命二十年的关老伯视若草芥，真是为富不仁丧尽天良。现场群众同样愤慨至极，骂声一片，送钱人进退不得电话求援，一帮鲁莽后生气势汹汹赶来的同时，公安干警也急火火赶到现场，一触即发的冲突被及时制止了。阎香草触景生情，想起与关老汉同样污染成疾的婆婆心绪难平，一股前所未有的冲动油然而生。

阎香草说她当时萌生这样的念头，编新山曲二人台，唱出新民人渴望蓝天白云的心声，唤醒人们环保觉悟。文长贵拍手叫好。

阎香草难为情地说，长贵大伯，我想是想，《方四姐》的曲子倒是合适，可惜书读得少了，填甚新词，心有余而力不足，我先试着写一写，然后请您老帮忙。

这时，门外有人喊长贵爷在家吗？

文长贵笑着说，给你帮忙的人来了。

这边话音未落，那边戴玉脚步咚咚地进了院子。戴玉进窑洞门双手一拱，长贵爷，给您道喜了。

站在阎香草背后的文长贵边摆手示意闭嘴边说，戴玉来得正好，你香草姐要编新词宣传环保，正愁没人帮忙哩。

女人们见面嘻嘻哈哈，一阵有说有笑后转到正题上。阎香草说完，急着回城里就告辞了。

戴玉这才问，长贵爷，为甚不让给您道喜呀？

文长贵说，这女子，爷怕把你大地叔的事张扬出去，香草刚才说了半天，我都没提一个字。爷觉得外甥当甚，都跟舅舅没关系。

戴玉反驳道，人家大地叔一上任，“真环保”来了，今后上面检查记者采访，一律不准给企业通风报信，今后谁给污染企业通风报信，以违反纪律论处，要追究责任。这是大地叔在大会上宣布的。长贵爷，您说，这和您有没有关系？

长贵老汉还硬说没关系。戴玉说，长贵爷，您心口不一，其实我早都看出您那点事了。看出我甚事？那封匿名信是您写的。文长贵大吃一惊。

那天在您家看见《中华环境导报》我就猜得八九不离十，这报纸那时只有环保局有几张，我都拿回家了，郝翔又都拿到这哒。您家报纸是从郝翔那儿拿的。对不对？也就是说，知道报社通讯地址的几个人当中，您写反映信的嫌疑最大，而且署名是“天赐湾群众”。上次北京记者李杰又跟着戴巡视来过，他说起天赐庙的指路老者，我一听，就知道是您。人家戴巡视跟您见面一拉话，甚都清楚了。您老写信反映新民环境问题，形势朝好的方面发展，不正是您想看到的？能和您老没关系？

文长贵支吾说，这女子，鬼精鬼精的。

戴玉开怀地笑了。长贵爷，其实咱俩是“同犯”，曝光提到的“知情者”就是我。我被两个京油子骗得甚都说了。后来县上追查这事，您在这哒神不知鬼不晓的，安安生生，却把我吓得够呛。尔格大地叔当了县长，咱俩都不用怕了。往后新民环境治理好了，咱俩还是功臣，说不定要披红戴花上台领奖哩！

文长贵说，这事还是装在心里好，听说铁厂都停了？

小铁厂关闭是迟早的。戴玉没正性，又跟老汉开玩笑说，长贵爷，看您这一封反映信弄的，把外甥弄成了县长，却眼看把儿子饭碗砸了。

文长贵苦笑道，谁说不是呢？福兮祸兮，祸兮福兮。你天佑叔打电话了，说今儿个回来，他回来肯定有事。

戴玉解释说，天佑叔在县铁厂，地方国营企业，没准县上会想办法安置人的。

文长贵说，这个我倒不担心，尔格这社会，只要肯下苦，挣钱门路多得很，再说他婆姨开小商店，日子过得去。我是怕他拿捏不住，给你大地叔惹是生非。

果然不出所料，文天佑兴冲冲回来，就是求父亲给表弟说话的。文天佑高中毕业参军当了五年炮兵，复员回来安排在县铁厂，凭着共产党员复员军人的自身条件，当过厂办主任、车间主任，也曾人模人样过一阵子。小时病恹恹的文天佑，十七八岁后长得人高马大，腰圆膀粗，天生当兵的坯子，部队上养成军人直来直去有甚说甚的脾气，认死理不会绕弯子，背后人称他“炮筒子”。渐渐地，“炮筒子”吃不开背时了落架了，自愿当电工图个轻松自由。售货员出身的婆姨开了小商店，他帮忙白天进货晚上看店，两口子挣钱供儿子上了大学。开商店缠人，文天佑两口很少回父母家。与父母的亲情全凭儿子铁蛋维系传递着。文长贵也是隔代亲。像对外甥刘大地那样，对孙子铁蛋从小到大疼爱有加，百般调教，却对儿子不冷不热的。父子俩秀才遇见兵，脾气不对路且不说，想的说的相去甚远。父子俩在一起顶顶撞撞，老伴习以为常，总说不是冤家不聚头。那天厂里通知文天佑开会，他理都没理。事后，与一起进厂的战友财务科科长韦利喝酒。

韦利说，新县长来厂里调研与职工代表座谈，领导想借你这“炮筒子”，你为甚不去？

文天佑玩世不恭，吃喝嫖赌时咋没想起我？提意见就想起我了？我没尿事干了。

韦利说，新县长来解决铁厂关闭职工安置问题，你也有份。

不思进取的文天佑对甚都稀里糊涂，县长换了？甚时换的？

韦利笑骂道，你整天钻在婆姨裤裆里，这么大的事都不清楚。新来的县长叫刘大地，听说人可能行。

文天佑一愣，等等，你说新县长叫甚？

韦利再说了一遍。文天佑喜出望外，一拍大腿，哈哈，刘大地是我表弟，我表弟来新民当县长？兴奋之余又疑惑说，不会重名重姓？

韦利说，看看新民报纸电视不就清楚了？

文天佑很快搞清楚了。他去县政府找过表弟，办公室工作人员不是说刘县长下乡了，就是说去市里开会了。文天佑按捺不住，便回到天赐湾村。文天佑想得很简单，让表弟找个单位把他调离县铁厂。他预料父亲不会痛快应承，但也不会拒绝，却没想到父亲态度如此亢硬。

文长贵对儿子说，满地的庄稼受旱了，谁能只去救一棵苗？这话我绝对不说，你也不要去找他说，就当炭娃没来新民。不要对人说县长是你表弟，炭娃这县长难当得很，你要体谅他。原先咱咋过，往后还咋过，铁蛋上学的费用，你出不了，往后我出，就算是你两口把日子过烂了，也不要给炭娃张口。

一瓢冷水从头浇到脚，文天佑听罢脸色发青，起身就走，他妈在后头追着喊他叫他，他头也不回径直而去。

第四章

1

这是刘大地作为县委副书记、代县长第二次参加常委会。一个多月下来，刘大地觉得与杨斌搭班子共事很舒心，他相信杨斌书记也会有同感。

大概是心有灵犀一点通，也就在一个多月前，初次见面握手那一瞬间，杨斌就有一种特别的感觉，这位新搭档手掌很厚、很有力，有着磁石般的吸力。他心里不免嘀咕，正如潘劲所言，刘大地脸色黝黑，肩膀很宽，目光炯炯，显得定力十足。那一刻，刘大地也在想着潘劲的话，这个杨斌书记慈眉善目，文绉绉的，果真一副书生做派。两人握手互致问候，站在一旁的组织部长也把手伸过来，搭在他们的手上，仨人会意地点头微笑。

要说第一次常委会无实质性议程。市委组织部长宣布任命，刘大地作表态性发言，他开门见山说，大家都知道，环保把我推到县长位子上，受命于危难之时，我这个县长不能不从环保做起，把环保作为政府工作的抓手，我有决心，有信心，从根本上解决新民的大气污染问题，走出“只污染不治理”“边治理边污染”的怪圈，实现良性有序的科学发展，在我的任内给上级领导，给新民百姓交出一份满意的答卷。

刘大地一板一眼，恳切而实在，还是招致诸多困惑而质疑的目光。

有人不阴不阳地说，冰冻三尺非一日之寒，新民污染是历史上形成的，指望着一年半载地解决问题？怕是没那么容易。

有人忧心忡忡地说，那么多污染企业都要关闭，老板们群起而攻之，局面一哈子乱了，咋哈收拾哩?!

有人皱着眉头说，县上的经济一夜之间垮了，干部职工工资都成了问题，牵一发而动全身，同样事关稳定大局。

……

刘大地耐心听完，底气十足地说，大家的心思我都理解，可是，新民眼下当紧的是污染治理，关键的是原先的路子走到尽头了，山穷水尽了。接着，他加重了语气说，其实，我刚才也是把韩书记的原话透露给大家，也算转达省市领导对解决新民环境问题的指示精神。我想，大家也想一想，前车之鉴，该关闭的不关闭，该治理的不治理，我这县长还能当下去？

刘大地有意停顿片刻，注意到了某些表情的细微变化，不紧不慢地说，此路不通，路在何处？恐怕大家也得跟我一起，共担待同进退。这样吧，我先提个建议，咱立个新规矩，今后，上面检查记者采访，一律不准给企业通风报信，咱实事求是，坦诚以对，这一点没问题吧？大家有什么意见？他目光横扫挨个停顿，所到之处，点头者居多。

刘大地讲话的时候，杨斌书记一边用余光打量着周围人的细微变化，一边正目注视这位黑脸宽肩、坐姿稳健、挥手有力的新搭档，对这位陕北汉子的好感油然而生。他仔细嚼着刘大地的一字一句，深感真切实在，刚柔相济，落地有声，顿时欣然释怀，心里踏实无比。

等到新搭档目光有意无意向他投来时，杨斌立刻心领神会，大声回应说，刘县长这个建议好，我看大家没问题。

在这种关键且重要的场合，别说重要人物的眼神表情，瞬间默契，也足以翻江倒海，更何况重要人物的关键话一句定乾坤，就是明示。刘大地释然地说，我这么建议，既表明新的县委县政府班子向污染宣战的态度，也传递出新民污染治理拉开序幕的新信息，再说了，实事求是，我党的优良传统，咱瞒上欺下，弄虚作假，终归上不了台面子。

新县长的表态和建议，杨斌书记首先肯定，潘劲副县长接着表示赞许，列席会议的人大主任、政协主席表示支持，有几个常委随即争相发言，神情变化明显者抢在最先。会后的欢迎宴会，气氛融洽多了，众人频频举杯把酒言欢，围着新任县长和组织部长两个主角转圈圈，会上阴晴有变见风使舵者酒桌上大显身手，仿佛要弥补什么过失，至于大个子潘劲，穿梭席间十分活跃，有点儿扬眉吐气的味道。这种场面，刘大地见得多了，见怪不怪。君子素其位而行，不愿乎其外，他以真诚和善意应酬每一个人。尽管他无揣摩人心思的偏好，却也有意无意地端倪可察，心有所思。

那天“天赐绿家园”小包间里，潘劲一见他就大吐苦水，倒是让刘大地对新民前领导层有了更多了解。

刘大地的前任四年陪了一任书记，四年间 GDP 大幅攀升，书记因此被提拔了。前任原以为稳坐头把交椅，没料杨斌来当了书记。起初两人相敬如宾，客客气气，时间一长，矛盾凸显，貌合神离。前任在新民经营数年人脉广，占尽天时地利人和，有恃无恐刚硬无比。杨斌书记身单力薄，柔难克刚，以“忍”为上。他上任主张治理污染改善环境，可惜被搭档的刚硬，被传统思维的惯性，冲垮了，夭折了。与杨斌同时到任的潘劲，支持杨书记调整发展思路，却被视为站错队跟错人而遭受冷落，身为县委常委、常务副县长，分管了一些不痛不痒的部门。他最恼火的是，政府开会除了聆听就是表态，说话还不及局长们顶用；县委开会多数人以县长脸色行事，他只是少数沉默者。

大个子潘劲亦是陕北汉子，生性刚直，几次忍无可忍，发泄一通。杨斌书记却给他泼冷水，小不忍则乱大谋，给外界留下新民班子不团结的坏印象，首先挨板子的是我，不是你。

第一次媒体曝光后，县公安局被授意追查写匿名信的人。潘劲在天赐川镇听说孟青山被调查罚款后，回来给杨斌书记汇报，杨书记拿起电话即刻召见公安局长。

杨斌不软不硬地说，曝光文章你们看了吗？

局长说，看了。

那你觉得记者反映污染是否属实？

局长说，我看没甚问题。

既然如此，既是查到了，又能怎么样？把人关起来吗？有什么法律依据呢？局长哑而无语。

杨斌加重语气说，群众正常向媒体反映环境问题，记者正常报道环境问题，可都是受法律保护的。让记者们以压制言论自由、抵制舆论监督再曝光一次，就乱上添乱，给我帮倒忙了，孰轻孰重，你们自己掂量吧。结果，追查行动悄然而止。

潘劲原先为杨斌书记“马善被人骑，人善被人欺”而愤愤不平，看到杨书记绵里藏针的一面后，反倒觉得自己城府不深，尚需修炼。

天赐湾的酒桌上，潘劲说，杨斌书记对你的期待比我还强烈，他问及咱在孤川共事的经历，其实想了解你的为人性格，我也没甚隐瞒。依我所见，你们俩搭班子，可谓黄金搭档，新民的事情一定能办好。

刘大地不露声色说，我先熟悉情况，把县情吃透了，咱从长计议。

宣布任命第二天，刘大地在全县干部大会上立下新规矩，在新民污染问题上，“坦诚接受媒体监督，接受上级检查督察，为企业通风报信者，以违纪论处”。台下干部听之惊愕，窃窃私议，看样子，来了个不同凡响的新县长，可能不能行得通，谁也心里没底。

刘大地坦然以告，语重心长，“黑三角”名声在外多年了，是遮不住捂不严的。通风报信，玩捉迷藏，就是弄虚作假，自欺欺人，客观上助长了企业肆意排污的恶劣行为。眼下被国家六部委挂牌督办，新民没有退路了，打响治理污染重大战役是迟早的事。从现在开始，新民要树正气，压邪气，以治污为荣，以排污为耻。台下众人为之一振，可新县长真能扭转乾坤，带来新景象？有人仍然抱怀疑态度。

刘大地在开发区几年历练，对企业达标排放、污染治理并不陌生。会后，他把环保局主持工作的副局长叫到办公室，明确交代当前环保工作重点是完善提升治污设施，提高企业治污能力；严格执法，加大监管力度，杜绝非法偷排和超标排放。他送环保局副局长出门时，又拍着他肩膀说，回去给大家讲，“消息树”扳倒了，不让你们“通风报信”了，轻装上阵，振作精神，一心一意抓环保，没有设施的上设施，未达标的抓治理，回头我要去你们那里调研的。

在多年的工作实践中，刘大地习惯于决策前搞调查研究，对于脑子里形同一张白纸、亟待重大决策的新民，更是如此。他打算通过调查研究摸清县情，用一个多月时间把新民主要乡镇和企业集中地区跑个透透。政府办公室汪主任请示，要不要搞个调研提纲？他说不需要。汪主任又问哪些局长随行？他也说不需要，办公室去两人就行了。

第三天一大早，刘大地出发开始下乡调研之行，警车鸣着警笛前面开道，他发现后有点恼火，随行人员解释说路上堵车严重，他说，上面三令五申不准这么做，把他们打发回去。结果，在路上堵了几个小时，让他见识了新民因堵车而兴起的“流动餐厅”，忍不住眉头紧皱。怪事怪事，新民堵车还催生了新的第三产业？

刘大地搞调研很有个性，他不大喜欢听照本宣科的汇报，想了解的东西都在脑子里装着，他的提问式调研更像记者采访，感兴趣的话题打破沙锅问到底。谈得深入的话题，不顾忌时间长短。看现场是必须的，在企业看设施运行看生产环境，在乡镇看关乎民生的基础设施，看群众反映环境问题突出的现场。这样调研起来很辛苦，往返路上堵车又严重，每天早出晚归，回到县城，他还要晚上带着问题约见部门领导，行程安排得紧紧张张。随行的副主任和王秘书有点不适应吃不消，下面人心里没谱，慌了手脚。

从拒绝警车开始，“来了个不一样的县长”的消息不胫而走，平地起波澜。去过的地方见过的人，成了后面要去的地方要见的人的参照物。书记镇长电话串联不断，刘县长都问些甚？刘县长甚都问。副主任与王秘书手机成了热线，两人仔细琢磨了前面的调研记录，总结出“结合实际谈环境、民生、经济、发展”作为回复，这些私下的小动作，刘大地并不知道，他的心思全在调研上。他对新民的感性认识，首先从污染和堵车开始。

那天宴会结束后，他赶紧把白衬衣换了，从开会到宴会，唯有他穿着白衬衣，自以为很扎眼才换的，脱下发现衣领黑了，这才想起马文慧叮咛他回塞北开会时再穿上。

晚上杨斌书记来住处看望，问他身体有什么感觉？

刘大地直言，鼻孔都是黑的，呼吸不畅，有点窒息。

杨书记放声笑了，这些天环保局抓得紧了，县城周围企业大都停了，要是往常，比这更厉害，我被呛了快两年，已经麻木了。哈哈，这下我们可是同一战壕硝烟弥漫出生入死的战友了。

无论回城还是下乡，一连多日处在烟尘弥漫之中，刘大地真有点受不了了。他嗓子难受，开始咳嗽，支气管发炎了，烟不抽了也照样咳嗽难受。那天下乡回来没有约部门领导见面，直接去县医院挂了吊瓶。从医院出来，让王秘书陪他走街串巷，熟悉城区环境，正巧碰上县铁厂附近的住户家过丧事，于是发生了阎香草所说的那一幕。

刘大地以一个普通路人的身份表达了哀思与慰问，心情反倒更沉重了。便问起“永盛实业”，王秘书一一介绍完，他警觉有些不对劲，马上让王秘书给公安局长打电话。等他回到住处，公安局长打电话汇报说，干警及时制止了一场群体斗殴事件。

这天晚上，刘大地辗转反侧，思绪万千。满院子的花圈挽联，亲属声泪俱下的控诉，逝者生前看守大门饱受污染痛苦不堪，因病被企业辞退无奈无助，一幕幕像过电影一样，令他备受煎熬。他想，无序而粗放式的经济发展，造成环境严重污染危及生命安全，甚至酿就社会仇富心理，加重贫富对立情绪，隐藏着深层社会矛盾？答案，似乎写在逝者亲属围观群众愤慨的脸上，发泄于人们歇斯底里的诅咒中。

整整一夜，刘大地心事缠绕，越睡越清醒，天快亮时索性起床穿衣了，反而感觉头昏脑涨，心里乱作一团。他独自出了政府大院，穿过静静的街巷，向黄河边走去。他穿过黄河大桥，伫立在河对岸山西那边的地界上，远远地望着黎明时分阴霾笼罩的新民县城。

河边风大，卷着潮湿略带寒意。凉风洗面，潮气润目，刘大地清醒了许多，他呼吸着也许从天赐湾方向来的，也许掠过两岸山原而来的与流水涛声息息相通的大河气息，目光由远及近，停留在大桥桥墩处。湍急的水流受阻于桥墩，形成一连串的漩涡，漩涡里泛起一团团白色的泡沫，在水流的作用下，泡沫又绽开一朵朵白色的浪花，随大河奔流而去。刘大地心潮澎湃，他万万没想到，新民的污染如此之严重，他也万万没想到，新民的县情如此之复杂！新民的现实问题已经不是“污染”二字所能概括的了。他自知已经置身大是大非的漩涡了，他一次次自我嘲弄，人家上任先谋咋样发展，我上任先关污染企业？他一次次扪心自问，我若是不关污染企业，又能做些什么？我不就是因此而被派来的吗？他在河边徘徊了一阵，原路返回。

一连几日，要么起个大早，要么夜深人静，刘大地到大桥上散步，在河边听涛。桥墩、漩涡、泡沫、浪花？相互作用，推波助澜，然而，奔流是永恒不息的，力量无穷的。

刘大地终于走出彷徨不安的内心漩涡，攒足勇气，下定决心。这天没到上班，他就把潘劲叫到办公室。

这些日子潘劲主持政府日常事务，市里要求一把手参加的会议都委托潘劲代劳。潘劲有点忙，进门便问，领导有甚吩咐。刘大地正要开口又咳嗽起来，只好摆手让座。

潘劲关切地说，咳得这么厉害，到医院看看嘛。

刘大地说，正打吊针，支气管发炎了。

潘劲说，肯定是下乡劳累过度了。

没那么娇情，这几天连续失眠，没休息好。

刘大地讲述了这几天的连续思考，潘劲感同身受。刘大地说，我还要打吊针，这几天不下乡了。你把手头的事放一放，咱们一起去铁厂调研，大小铁厂挨着过。

新民大小共二十二家铁厂，均在环保总局明码电传的限期关闭名单上，上级要求关闭的期限早已过了。刘大地上任之前，戴巡视员已经找杨斌书记谈过了。刘大地一来杨斌就说了，这事实在不能再拖了。

潘劲半开玩笑半认真地问，哎哟，看样子领导要烧头一把火了？

刘大地感慨道，人家上任先谋咋样发展，我上任先关污染企业，咋想心里头都不是滋味。

潘劲说，这也是大势所趋，民心所向，不得不为之。

刘大地长叹一声，话是这么说，一旦动起来，开弓没有回头箭。上任前，给市上领导立下军令状了，一上任，豪言壮语也说出去了，可是，情况远远超出了我的预料，这么多的污染企业，关的关，停的停，万一产业结构调整跟不上，新的产能形不成，到时候上头拿 GDP 考量县长工作实绩，纵然摘了“黑三角”的帽子，也是如此。

潘劲故意开玩笑问，老板打退堂鼓了？

刘大地较真地反问，我是那种人？咱压根就没有退路了，只剩下破釜沉舟，背水一战了。

潘劲笑着说，我还不了解你的执着劲儿，你那黑脸一沉，大手一挥，能不在新民闹出个惊天动地来?！潘劲记忆犹新，在孤川时，刘大地黑脸一沉，大手一挥，声威惊人，以一身正气、处事果敢而出名。

刘大地苦笑着说，惊天动地谈不上，可无论如何，都得先动起来，小铁厂都在县城周围，多少双眼睛盯着哩！

潘劲说，我马上安排铁厂调研的事。

刘大地说，咱们调研之后，你负责搞个实施方案，先上县长碰头会讨论，再在政府常务会上议定，然后提交县委常委会。实施之前，召开全县干部企业家大会，动员宣传造势。

潘劲站起来说，领导发话了，我就打头阵，不过，我还是提醒你，要蹚浑水就得探水有多深……

你只记着我的黑脸，却没见识过我的水性，我可是黄河里泡大的，刘大地笑着打断，你想说啥我明白，干部队伍中不少人在企业参股入伙，关系复杂，县上几大班子里也有这种情况，下乡这些天，我已经掌握了一些，咱小铁厂调研注意了解这方面信息，也好对症下药。

潘劲竖起大拇指，还是领导高明，又问，你有何高招？

刘大地答，先从政府班子里着手，解铃还须系铃人。

小铁厂调研后，县长碰头会、政府常务会之前，按照掌握的情况，花了一定的时间，刘大地找与小铁厂瓜葛牵连的副手或部门领导，逐一面谈。他以诚相待，开门见山，这些人无一例外地一口否认了，都说那是亲戚的厂厂，自己没有参与。

刘大地和颜悦色，郑重其事地说，过去的事谁是谁非，我不感兴趣。有无参与，并不重要，眼下重要的是关闭拆除，是亲戚的，你就做亲戚的思想工作，服从大局，配合行动，这个任务交给你了。被约谈者无一例外地满口答应了。

小铁厂关闭拆除实施方案在县长碰头会、政府常务会顺利通过。政府常务会结束时，刘大地黑着脸严正警告大家，该说的话都说了，作为党员领导干部，服从组织是必须的，带头是应该的。小铁厂如此，后面的小兰炭同样如此，为环境污染问题埋单，污染企业应该做出牺牲，付出代价。

出席会议的人们头回见识刘县长黑脸宽肩，声威并举。被约谈过的倒还不要紧，未被约谈者不由心惊胆战，就连个别自身清白的部门领导也偷偷伸舌头，没看出，刘县长黑脸一沉，怪吓人的么。

潘劲会后不无兴奋地问，各个击破，软硬兼施，领导的清障工作做得不错嘛。

刘大地把工作做在前面，这天的县委常委会开得也算顺利。尽管有人还是忧心不已，意见相左，不过，刘代县长一言九鼎。杨书记表态支持刘县长，书记县长步调一致，一正压百邪。常委会风向变了，风气改了，关闭小铁厂的实施意见和方案顺利通过了。会后，杨斌邀刘大地到他办公室坐一坐。

杨斌沏了壶龙井，二人边品茶边拉话，海阔天空。

杨斌问，你来这些天，觉得新民山峁峁最缺什么？

缺少树，缺少绿色植被。刘大地脱口而出，他们说新民降雨量少，树栽不活。我看是没栽树的习惯。

杨斌说，我当初来他们也这么说，咱们也得把植树造林抓一抓。

刘大地说，好么，一手治污，一手植绿。结合制定“十一五”规划，咋样使环境与发展和谐，还需深入调研布局，想法还不很成熟。不过，县域经济发展战略，我首先想提“环境立县”。

杨斌略有所思，击掌称好，这个提得好，随后咱俩再议，说着，他一看表，兴冲冲地说，不早了，今天我请你，找个地方吃鱼去，叫上潘劲一起去。

刘大地说，吃鱼咱去天赐湾。杨斌愣住了。

刘大地说，算是如实告知组织，我舅父家在天赐湾，县铁厂关闭，表哥也得下岗，我与新民就这么点关系。

杨斌恍然大悟，他取出几盒茶叶说，你拿着。

刘大地接过来说，给我舅父带上，他好品茶。

2

就在县委县政府痛下决心关闭小铁厂，拉开治污序幕的时候，距县城二十多里的孤川村外羊肠山路上发现一具男尸。死者四十多岁，身材魁伟，西装革履一副老板派头，表情木然无痛苦状。

公安局刑警大队勘察现场，找到了死者的身份证，经过验尸，判断死于凌晨一点左右，被人从后面用钝器连击头后部当场毙命的。经公安网络查询，籍贯辽宁沈阳姓名魏涛的身份证是伪造的。刑警大队在电视和报纸上公布死者遗照，希望有人认领尸体，提供破案线索。认出死者身份的人不少，可让公安局找上门的又是孟青山。

那天孟青山到镇政府办事，看到《新民县报》上的照片，顺口说了一句，哎哟！“东北人”死了？“东北人”咋死的？

这话说在镇政府人面前，刑警队的人随即拿着照片来找他辨认。孟青山说，这就是赌场放高利贷的老板“东北人”。

再问他详细情况，他脑筋转得快，一问三不知，甚也不愿说。警察三盘六问，把孟青山逼急了，他气哼哼地答，新民认识“东北人”人多了，为甚不问田永福，偏要找我？警察只好作罢。

“东北人”遇害的消息传开了。田永福听说后，先给罗萍，后给“东北人”的喽啰打了一圈电话，不是空号就是无法接通。自从迷上齐海红，田永福早把罗萍忘得一干二净。

田永福与“东北人”有关系是公开的秘密，可不知为甚，警察始终没找过田永福。后来上级领导发话，身份证都是假的，又无人领尸，按无头案处理结了案。其实“东北人”遇害不是没有线索，梁有岗就知道，告诉他的人自然是罗萍了。

一个人的人生影响另一个人的人生是常有的，可像梁有岗这样的并不多见。自从罗萍在鄂尔多斯大酒店不辞而别，电话打不通，短信没回应，梁有岗再也没见过她。见又见不上，忘又忘不了，梁有岗做甚都打不起精神。与田永福断了联系，对外面的红火兴趣全无。甚至为把齐海红介绍给田永福，羊入狼口而深感愧疚。晚上不出门，得空陪儿子打游戏。想喝酒了，就叫婆姨弄个小菜，自斟自饮一醉方休。节假日偶或也开上车，举家出游下馆子。睡得迷迷糊糊想干那事了，把婆姨拉在怀里，百般抚摸亲昵有加。梁有岗变得沉默寡言，看似心事重重，却对谁都不倾诉，幽灵似的在面前晃悠，这样一来，董芸反倒不习惯了，感觉不正常。她与表姐马翠凤电话聊过，梁有岗两口子都认为老二深沉持重了，成熟了。马翠凤当面这样夸过梁有岗，梁有岗苦笑一声甚也没说。痴心痴情随罗萍而去，突然听说了“东北人”遇害的消息，他立马紧张了，无数次地拨打那个拨不通的手机，拨得人焦躁不安心烦意乱。

“东北人”出事第五天，县里召开全县干部暨企业家大会，二老板梁有岗出门时，大老板叮咛说，听说来了个不一样的县长，去了认真听，仔细记，看看人家都说些甚，把精神带回来。

梁有岗应承得很爽，可是赶到县城进会场时，来了手机短信。他一看“天赐川酒店老房间，罗萍”的字样，顿时热血激荡，瞬间双眼放光，匆匆关了手机转身出来，驾上车风驰电掣，直向天赐川。

不一样的县长不一样的弄法。这一次，所有参会企业都须签名报到。开会前逐一核实，发现少了“鑫兴”，主持会议的潘劲副县长拨通了大老板梁有恒手机。

梁有恒打包票说，人去了。

潘劲纠正说，人来又走了。

梁有恒急忙说，我打电话落实。

潘劲恳切道，还是你来一趟，这次会议很重要，我把你的情况介绍给新来的刘县长了，刘县长还想见见你。

极少在大庭广众露脸的梁有恒赶到会场。他的临会而逃的弟弟却在鄂尔多斯大酒店房间里。

梁有岗与罗萍相拥而坐，亲也亲了，哭也哭了，毕竟出了大事，谁也没卿卿我我的心情。罗萍脸色憔悴，人瘦了许多。她说她走投无路，万般无奈下才找梁有岗的。“东北人”死在债主手里几乎是肯定的，至于咋死的，已经不重要了。罗萍说他在老家有案在身，在这里干的又是见不得人的营生，她和他不是明媒正娶的夫妻，自己不能也不愿去认领尸体。树倒猢狲散，“东北人”手下一帮人怕受牵连都跑光了。在新民除了梁有岗，只有田永福清楚她和“东北人”的关系，罗萍说自从田永福与个叫齐海红的女孩认识后，就再也没跟她联系。

梁有岗从罗萍嘴里得知，“东北人”搞的这一套很严密，他与手下人是松散式雇佣关系，他和罗萍的住所行踪，他们搞不清楚。相反，他们食宿交往“东北人”也不过问，不及田永福了解得多。他与他们电话单线联系，送钱收账，听他调遣只跟他打交道，罗萍不认识、也没见过这帮人。“东北人”带着罗萍在一河之隔晋陕两城频频换住所，流动资金装在两个密码箱子里，其余的以罗萍身份证办卡，存入两城多家银行。箱子和银行卡的密码，罗萍却一概不知。

梁有岗撬开两只密码箱，银行卡和上百万元现金都在里面，卡里有多少钱，罗萍也不清楚。

“东北人”一死，罗萍彻底解脱了。

毁了自己前半生的人留给自己后半生花不完的钞票，可满脸惆怅的罗萍怎么也开心不起来。“东北人”在老家黑道白道上关系错综复杂，别说回沈阳住别墅开豪车，罗萍连露一面也都充满麻烦与危险，肯定是回不去了，更何况，那里有多少伤痛的记忆?!

罗萍说，吉林老家回去又能如何？你说我该何去何从？说着，忍不住又凄然泪下，泣不成声，哭成个泪人儿，一下子软瘫在梁有岗的怀里。

梁有岗最怕女人流眼泪。别看平时巧舌如簧，一见女人痛哭流涕，他就乱了阵脚没词了。他紧紧地搂着罗萍，想着她不幸遭遇，心沉似铅，沉默了好久，满腔热血终于沸腾起来。

他硬骨铮铮地说，萍姐，不要再伤心了，你叫兄弟作甚，兄弟就作甚，跳黄河也心甘情愿。说心里话，我舍不得你走。你要是走了，见不上了，我都不知道咋哈过哩。

罗萍哽咽着问，有岗兄弟，姐该咋办吗？

梁有岗说，回不去了，就做不回的打算，愿意在这哒安身在这哒发展，兄弟我鼎力相助。

唉，这都是命！罗萍长长叹了一口气，心情总算平静下来了，我想先回东北一趟，把孩子托付好，可那是非之地，我孑身一人不敢去。

梁有岗毫不犹疑，我陪萍姐去沈阳。

你真愿意陪我走一趟?

姐的事就是我的事，要去今儿就动身，梁有岗说得斩钉截铁。

罗萍由衷地说，在这里能干点事也好，我就是想清清白白做人。

梁有岗说，那咱就堂堂正正地做事，买厂子，办企业，你是冶金工程师，又在国有大企业干过，这哒正是你用武之地。你要乐意，咱从长计议，我从我哥那哒出来，咱姐弟俩合伙干。你主内，抓技术抓管理，我主外，抓销售抓外联。

可我不想再见到田永福了，罗萍忧心地说。

梁有岗安慰道，不想见就不见他，大路朝天，各走一边，田永福也不是个好东西。他正要说齐海红的遭遇，房间电话响了。罗萍让梁有岗去接。是孟青山打来的，问方便的话他要来，梁有岗捂着话筒说。

罗萍说，让他来吧。罗萍把密码箱收起来说，孟青山借过那人赌资，钱还晚了，那人不依不饶，带我上门讨债。我看孟青山是个实在人，也做得不容易，就劝说那人放他一马，孟青山记着我的好。

正说着孟青山敲门进来，罗萍招呼他坐下，给他介绍说，我的好朋友，好兄弟，梁有岗。

孟青山顺口说，这我知道，“鑫兴”的二老板。

梁有岗有点不自然地笑了。孟青山指着罗萍说，大妹子心地善良，是个大好人。

孟青山对梁有岗说完，又对罗萍说，救人一命胜造七级浮屠，大妹子，那次你帮我美言，替我解套，我一辈子都忘不了，从那以后，我都金盆洗手了。

罗萍没反应，孟青山又说，你家里出了事，我听说了，我备下酒菜，给大妹子压压惊，你要节哀顺变。罗萍似笑非笑，表情漠然。

上次公安来找我辨认，我可甚也没说。听派出所讲，案子没线索不查了，不查才好，咳嗽带出伤寒，麻烦就大了。

孟老板这人就是话多。罗萍却不觉得烦，认为这人仗义，够朋友。

听说他们俩要去沈阳，孟青山要了两人身份证号码，当场就给鄂尔多斯的朋友打电话帮着订下机票，他叫梁有岗把汽车存放在酒店后院。酒桌上，孟青山没多喝酒，下午他要送他们去机场。

饭后，梁有岗与罗萍商定，沈阳回来暂时在天赐川镇安身，两人去镇上银行营业所把钱存了。梁有岗打开手机给哥哥发了“朋友有急事需帮忙，请假五天”短信，即刻关机一心上路。

梁有恒的手机也关着。他匆忙赶到会场，签到处有人叮咛关了手机。他找到标明“鑫兴”的位置坐下关了手机，这才发现偌大的政府礼堂座无虚席。坐在左边的“天源”尤乃生见他便开玩笑，哎哟梁总，日头从西边出来了。梁有恒一笑了之。

右边是个女的，一股香味飘来，他却没留意，还是人家主动跟他打招呼，有岗为甚没来，大老板亲自来了？

梁有恒扭头一看面熟，却不知是谁。还是人家自我介绍说，我是胡晓燕，原先在你们乡政府干过。

梁有恒这才想起来，是田生财大儿媳妇，代表“永盛”来的，便点头回答，通知说是今儿个会议重要，非得要我来哩。

梁有恒朝主席台上扫了一眼，没有几个认识的，再环视一周，陌生面孔者居多，倒是“天府”的艾高原向他挥挥手，恍然间一声叹息，洞中方一日，世间已千年。等到会议开始，梁有恒很快又是另一种感觉。原来开的是“大气污染治理动员大会”，台上书记县长们慷慨激昂，誓言要治理污染，摘掉“黑三角”帽子，保护环境，建设绿色家园，提出“环境立县”的口号，赢得台下一阵阵的鼓掌声。

梁有恒很振奋，第一感觉是，新民这哈子有希望了。

梁有恒有记录的习惯，边听边记。左边的尤乃生用胳膊肘碰了碰他小声说，新民风向变了，天要变了。

刚说完，县铁厂厂长上台表态发言，尤乃生又小声嘀咕，新官上任三把火，看样子先拿铁厂开刀了。

梁有恒仔细瞅了瞅台上新县长模样，典型的陕北黑脸大汉。他小声对尤乃生说，新县长讲话很有水平么，你瞅瞅他么，坐如磐石，声威天下，活脱脱的包文正在世，就看这一铡刀哈去咋样，这把火烧红火了，新民就有希望了。

尤乃生不吭声了，表情有点怪。梁有恒朝右边看一眼，胡晓燕也阴下脸色，似有心事。他恍然大悟，毫无愧疚的污染大户们，坐不住了，压力来了。管尿他，咱心里踏实，腰板挺直，专心开会。散会后，潘劲副县长老远地喊他过去，介绍他跟刘县长认识。

刘大地说，我抽空去你们“鑫兴”看看。

梁有恒仔细一看，新县长果然相貌不俗，连连说，好哩，好哩。县长一席话，胜读十年书，今儿你讲到人心里去了。

刘大地笑着说，你搞清洁生产，摸索循环经济的路子，我都听说了，很不错嘛。

新县长十分和蔼，不摆架子。梁有恒激动地说，欢迎，欢迎刘县长指导工作。

很少进城的梁有恒总是以乡下人自嘲。偶尔进城，少不了找朋友喝酒红火。偶尔开回会，心情出奇得好。与新县长短短几句寒暄，梁有恒心里热乎乎的，走出会场便给阎香草拨电话，把弟弟为甚没开会的事丢到脑后去了。

阎香草说她跟环保局戴玉在一起。梁有恒说，叫上一起来，你嫂子也在城里办事，今儿我高兴，招待女同胞。这顿饭，梁有恒开心极了。开始，他拿着日记本说会上的事，就像是给下属传达会议精神。他说了自己对新县长印象，提议为新县长改变新民污染环境的承诺，连干三杯，三个女人随声附和。

接着，戴玉端起酒杯对梁有恒说，我们很敬重你，要是新民老板们都能像你，就不会有污染了，不过上次出了点意外，罚了你们款，我向梁总道歉。

梁有恒说，你们依法办事有甚错？应该是我道歉才对。于是大家又喝了致歉酒。

三个女人陪着喝酒，服务小姐站着服务，梁有恒有点儿得意忘形，声称皇帝也不过如此，今儿个我是皇帝。

马翠凤笑骂道，张狂甚。

梁有恒说，今儿个大家高兴，大妹子，要么唱一曲，要么喝一杯。

出于保护嗓子，阎香草很少喝酒。戴玉挺身而出说，香草姐正创作环保题材的二人台，到时候你们先睹为快，再说，就咱几个人，没伴奏没气氛的唱甚呀，酒我代她喝了，说完端起酒杯一饮而尽。

梁有恒问搞甚新曲目？

阎香草说，就是老曲子，填新词，才写个初稿，正让戴玉帮忙修改。新县长我见过，我给你说过的，给“永盛”看大门的关老汉过世了，他家与田家为丧事闹得不可开交，新县长碰巧路过，上香鞠躬，行礼致哀，让人好不感动。

戴玉见阎香草不知情，话到嘴边时，想起长贵爷有交代，又咽了回去。梁有恒挠挠头接上话茬，哎哟，我想起来了，刘县长提及这事，很动感情，田永福婆姨当时脸色变得很难看。

一提田永福，阎香草气不打一处来，提这“灰圪跑”让人扫兴。戴玉，你陪梁兄多喝几杯。

酒场上戴玉敢挑战，能迎战，与梁有恒飙上劲了。你来我往，两人都有点高了。戴玉酒后真言，我跟你家有岗是同班同学，他跟我老公是同桌，那时他两人都追我。

马翠凤开玩笑说，为甚不跟我家老二？

戴玉说，没看上。

梁有恒这才想起老二，拿起手机便看到短信，气得脸色变了，叫他开会跑得没影了，他把手机递给婆姨，你说老二变好了，好个屁么。

马翠凤也一脸疑惑，给甚朋友帮甚忙，还请五天假？

梁有恒拿过手机拨电话，梁有岗关机。

梁有恒气哼哼地说，这浑汉关机了，钻哪哒去了？

3

这样的环保会议在新民前所未有。进来时人们心态各异，百味杂陈；出去时人们心灵震颤，混沌初开。效果如此显著，谁也始料未及。

神府煤田开发，改变了当地人自古以来一贫如洗的命运。上下一口腔，发展才是硬道理，突然之间又是紧刹车，又是急转弯的，说这是以牺牲环境为代价的无序发展，既得利益者从感情上接受不了；思维惯性的人们从心理上承受不了。对于头脑如此膨胀的人们来说，最好的切入点就是设身处地。

这天会上，刘大地代县长的动员报告令人耳目一新。一不讲官话套话，二没有太多大道理，他抑扬顿挫，拿捏有度，围绕两个老人的故事，以小见大，动之以情，晓之以理，唤起人们的良知，几乎打动了在场的所有人，自然也包括尤乃生和胡晓燕。

刘大地饱含情感地说，我认识新民两位古稀老人，一位是已经不在人世的老者，生前给污染企业看了十几年大门，落下不治之症，只为讨个公道，却心愿未了含恨而去。另一个健在的老人，难以面对污染，忧心忡忡，活得不开心，奢望着死后有一片干净的地方安息。活着的，我们还来得及满足他的心愿。可对于这位含恨而去的逝者，我们拿甚补偿呢？我初来乍到，很不习惯，气管发炎咳嗽不止，打吊针吃药。大家身在其中，比我感受更深。老人不治之症与企业污染有无关系？长年累月守在高烟囱底下，黑烟滚滚气味呛人，说没有关系那是骗人鬼话，说有直接因果关系，那是医学专家们的事。我在企业调研时，与车间一线看守门房的人们谈过，他们污染受害的程度，远远大于常人，这是不容置疑的事实。干了十几年得了病被解雇了，关老汉去世过丧事，我碰上了听清缘由，为表达个人心意，行五百元的礼都觉得拿不出手。据说老板一掷千金，挥霍无度，却给人家送来五百元？这是对生命的漠视，对人的尊严的漠视。我拿这一桩劳资纠纷个案举例，没别的意思，只是想由此引出社会道德层面上话题。我要说的是，假如企业还有点社会责任，假如老板们还有点道德良知，就应该认识到，只图挣钱，污染环境，这是对生命的漠视，这是对新民父老乡亲生存与尊严的漠视，这是对我们赖以生存的生态环境的漠视。

刘大地讲到这里，一改慷慨陈词，语重心长地说，我这里提醒大家，生命、尊严和家园受到伤害的，也包括在座的各位老板，以及你们的亲朋好友。你的厂子你能不经常去？就算你隔三岔五去，给你搞经营搞管理搞财务的，哪个不是与你关系密切的人？我问过了，就连看门房的很多都跟老板沾亲带故。这些人受污染伤害的程度，比普通工人好不到哪儿去。一句话，排污企业害人害己，不治理、不关闭，违背民意，天理难容。也许有人想着挣了钱一走了之，我也知道，新民在外地置业买房的不在少数。不过，就算你全家人走了，你能把沾亲带故的都带走？你能把祖坟都迁走？据我所知，有人把家人搬走又搬回来，离乡背井的，老人不习惯，婆姨不放心。为甚？你的根在新民，割不断的是乡情，听着亲的是乡音。说心里话，人家当县长上任谋发展，我当县长上任先关污染企业，我心里很沉重，背负压力大。可是，新民的情况大家比我清楚，这是不得已而为之，现实逼迫我们必须要为环境污染的历史欠账买单。为此，我们县委县政府提出“环境立县”的发展战略，确定了“一年打基础，两年见成效，三年变面貌”治污目标，我们的承诺是：建设蓝天再现、青山永驻、绿水长流的绿色家园。我希望大家与我们同心同德，风雨同舟，一起打拼，谋求可持续的科学发展。

刘大地庄重承诺，引来一片掌声。他接下来的话，更是字字千钧。新民这方山水，煤炭资源得天独厚，民营企业林立，对在座的各位老板来说，既有养育之情，更有成就之恩。我恳请各位，为养育你、成就你的这块土地、这片天空，付出牺牲、作出贡献的时候到了，就看你们能否真心实意地付出和努力了。

刘大地代县长动员报告一结束，杨斌书记起身带头鼓掌，走过来向刘县长握手致意，台上台下掌声如雷，经久不息。无论从哪个方面看，这次“新民县大气污染治理动员大会”，无异于直面社会心态触及灵魂唤醒良知的定向爆破，树起了回归良性发展的风向标。

会场上感叹“风向变了天要变”的尤乃生，眼瞅新县长与梁有恒握手交谈那一瞬间，不由得想起原先在这座礼堂，作为利税大户他多少次披红戴花上台领奖的无限风光，可眼下物是人非，今不如昔，不由人萌生隐含哀伤的失落感。散会后，尤乃生也打电话约人吃饭。山雨欲来风满楼，他急于了解更多信息。与他关系非常的县长免了，可与新县长还没搭上话。常言道备席容易请客难。他约政府办主任，人家说借故推辞。他请经发局、煤炭局的副局长，人家都说有事。只好给原来天赐川侯镇长等几个免职的打电话，总算凑齐一桌人。这帮人一见面，惺惺惜惺惺，互相打趣抬杠开玩笑，也免不了拿尤乃生开涮，都说难得尤老板记着我们哈台干部。

听起来好像虎落平阳满腹牢骚，可一上酒桌状态俱佳，借着尤乃生备的好酒好菜，一边觥筹交错，行拳猜令，一边交谈会议感受，议论接替他们的人事安排。好像会议换了个地方还在继续讨论似的。

尤乃生穿梭席间尽做东之谊，却也留意他们的谈话内容。

尤乃生很是疑惑。这帮人谈笑风生，神采风扬，看不出半点失意失落，相反，你一言我一句，称赞新县长讲话高屋建瓴，论理透彻，切入点恰到好处，叫人感受尤甚。言语中，他们对新县长佩服之至，对接替他们的人事安排也无微词，并自我调侃说，他们为发展和污染同样作出贡献，功过相抵等于零。

尤乃生愤愤不平，心里抱怨，官场人脑子也转得太快了。

大家吃着喝着说着，扯到限期关闭小铁厂话题上，酒足饭饱，不再举杯，围着酒桌七嘴八舌，热议起全县的小铁厂，哪个关闭容易，任务好完成，哪个老板难缠，工作难度大。尤乃生丈二和尚摸不着头脑，却插不上话。

这时，侯镇长端起酒杯说，刘县长说得好，从哪哒跌倒从哪哒爬起来，为咱们进驻小铁厂戴罪立功干杯。

尤乃生稀里糊涂跟着干了，急忙问侯镇长这是干甚？

侯镇长哈哈大笑，尤老板，好歹你也是政协常委，这么大的事，你都不知道，不关心？

尤乃生摇着头问，你们到底要干甚？

侯镇长仔细一说，尤乃生明白了。原来县上成立了小铁厂关闭拆除指挥部，潘劲副县长挂帅。除原环保局长免职调走以外，剩下被免职科级领导干部，都作为指挥部成员，分别担任工作组组长，分头进驻二十二家铁厂。每人负责几家实行包干。县铁厂涉及人员的安置，情况复杂，由潘劲副县长亲自任工作组长。这一帮不甘寂寞的下台干部又有营生了，归潘劲副县长调遣，明天就要走马上任。

尤乃生一数，九个组长被他请了六个。除了潘副县长，就差三人不到场。他苦笑一声，早知这样，还不如把你们都约来，一起红火哩，说完端起酒杯，为你们东山再起戴罪立功干一杯。

这杯酒喝完，好开玩笑的侯镇长又把矛头对准他。刘县长说把家搬走又搬回来，老人住不惯，婆姨不放心，好像就是说你哩。

尤乃生狡辩，在外买房的人多了，又不是我一个。

侯镇长大笑，老人闹着要回来，婆姨怕你包二奶。不是你是谁？

大家听了哄堂大笑，尤乃生面带难堪。

我这辈子走得端行得正，哪哒像包二奶的人？

侯镇长穷追不舍，那是你有贼心没贼胆，别人不知底，我还不知道，那年你婆姨追到厂里脸都被挠破了，有这事吗？

尤乃生红着脸说，都是婆姨小心眼捕风捉影，你呀，哪壶不开提哪壶。大家笑得前仰后合。

侯镇长说，笑归笑，说归说，尤老板，今儿会上你全听了，有甚感触？尤乃生一脸茫然。你应该感触深。环境立县，和谐发展，恐怕你这纳税大户风光不再了。污染大户也是治理大户，识时务者为俊杰，你掂量掂量。尤乃生只点头半晌无语。

当天晚上，尤乃生翻腾了一夜，终于想明白了。他决定做两件事：召开公司董事会转达县上会议精神，统一思想认识，研究企业污染治理方案；按照风水先生说的，在天赐湾小洋楼大门前修一道砖雕照壁，以避风水之大忌。

第五章

1

替丈夫承受了道德良心公开谴责的胡晓燕，压根就没想到，刘县长拿关老汉例子说事，她猛一听，连蒙带晕脸色变了，仿佛会场人都盯着她，场内的灯光全照着她，众目睽睽之下，满脸羞愧地低下头。散会后谁也不搭理，低头匆忙逃离现场，关上车门就给该死的田永福打电话。该死的手机无法接通，她急得眼泪都出来了。

关老汉这件事，胡晓燕不知情，只是那天田永福打电话派人送钱时，她在旁边听了几句。刘县长这么一说，她觉得老田家人做得太过分、太丢人了。饭也没顾上吃的胡晓燕赶回公司，把给关家送钱的办公室贾主任叫来，问清了事情原原本本，又找老员工把关老汉情况摸得一清二楚。

关老汉在"永盛"干了十三年，田生财看他认真负责，兢兢业业，安排他一个人看大门，吃住在门房，长年累月守着厂子。田永福接手不久，关老汉查出患有肺气肿，家属声称是污染造成的职业病，要求企业解决医疗费，田永福不但不答应，还把人家解雇了。后来关老汉的肺气肿恶化成肺癌，家属多次找企业交涉，田永福一概免谈，拒之门外。关老汉过世后，家属给企业报丧，意在讨回公道。田永福却不露面，引起冲突了，竟然还要大打出手。

胡晓燕搞清真相，越发觉得田永福缺德无人性。她悔恨交加，此刻当面臭骂田永福一顿也不解气，那个该死的电话依旧不通。气急之下，她又把贾主任叫来训斥一通，要找不到田永福，卷铺盖走人。她正准备召开总经理办公会，下属水泥厂和铁合金企业汇报，环保局派人下达了限期整顿通知。很快，杜牧副队长就打电话约她去现场。

胡晓燕心想，早上开了会，中午就进了企业，环保局行动真够快的。她匆匆赶到，杜牧领着她在“永盛”要求治理的厂厂跑了一圈。水泥厂限期更换大布袋除尘，铁合金企业一律拆除主烟道，逼着限期完善收尘设施。杜牧当面叮咛，限期整顿就是停产治理，企业抓得越紧，损失越少。胡晓燕与杜牧很熟，有心留他吃饭，杜牧说要去别的企业。临分手，杜牧诡秘地补了一句，事情急，任务紧，大老板出了远门，只好找你哩。明知话中有话，胡晓燕只能装哑巴，返回公司召开总经理会议。

胡晓燕简明扼要说了会议精神，讲了刘县长不点名批评自己的感受，要商量补救办法，还关老汉个公道，为“永盛”挽回名誉，另外下属企业被限期整顿，大势所趋，也迫在眉睫。田永福不正干，几个包括田永福的本家叔父在内的副总，有看法没办法，私下里劝过胡晓燕多主事，多操心。可她主持会议时，这些人都装傻。胡晓燕知道为甚。田永福有一帮沆瀣一气的铁哥们儿，包括一位陈姓副总和贾主任。

平时窝着火的胡晓燕今天又在气头上，当场给贾主任打电话追问交办的事。不一会儿，贾主任带着田永福的司机推门进来。

胡晓燕当众问，田总去哪哒了？

贾主任和司机你看我，我看你，都不吭声。

胡晓燕盯着司机厉声问，出远门了？你送机场的？

司机沉默之后点头。外边人知道，公司人知道，瞒我一个？

她转身高声问贾主任，田永福去哪哒了？

贾主任低头支吾，我不清楚。

她转问司机，谁订的机票？

司机偷偷看了看主任仍不说话。

你订的机票？去哪哒的机票？贾主任一句不吭。

胡晓燕一拍桌子怒不可遏，你两个被解雇了，立马走人。

两人目瞪口呆，脸色刷的一下变白了。

把汽车钥匙交出来。

司机乖乖把钥匙放在桌上。

胡晓燕当场通知财务部结清工资，把副主任叫进来当面安排交接手续。司机走了，贾主任不走。

赶我走也得等田总回来。

我是常务副总，老田总给我的权力。

贾主任说，那总得有甚说法。

胡晓燕冷冷地说，你给田永福包哈的二奶齐某租房子送票子，为甚不给我个说法？想让我把你们又嫖又赌的事都抖出来？兔子逼急了都咬人哩，我早都忍无可忍了，还不快走！

贾主任灰溜溜走了，胡晓燕派一位副总监督交接送出大门。女人发威，敲山震虎，四座皆惊。要商量的两件事，很快就达成共识，胡晓燕当众拨了一遍田永福手机，还是关机。

胡晓燕气哼哼地说，田永福人间蒸发了，治理的事，我给老田总汇报后实施。副总们走了，胡晓燕拨通了海南三亚的长途电话。

女人被逼急了甚事都做得出来。自从田生财寿辰之后，田永福言行举止波诡云谲，来去如风，连谎也懒得给她撒了。公司的繁杂事推给胡晓燕打理。凭着女人的直觉，胡晓燕断定这冤家又有新情况了。

别看胡晓燕出入“大奔”亮眼，场面上风光照人，在新民算身价不菲的女人。可是在众人心目中、在背地里，却是个被人议论备受同情的不幸者。田永福黏上了齐海红，关系再好的风闻者，也只是旁敲侧击提个醒。要不是约见梁有岗，她连齐海红名字都没听过。

“东北人”出事的前一天，胡晓燕打电话找梁有岗。

梁有岗答应很爽快，好久没见胡姐了，我请客，还是老地方？

胡晓燕赶到老地方，梁有岗已经点好菜备好酒等她。岁月熬人，好久不见，两人都显得持重而老练。

梁有岗说在这里与胡姐谈心后，再没见过田永福，田永福跟他只联系过一次，是托他找阎香草的，于是，才有齐海红的出现。

梁有岗敞开心扉，言语中不无悔恨之意。他说把齐海红介绍给田永福，只是为了给田家老爷子过寿助兴，没想到他们会搞到一起。梁有岗觉得齐海红很单纯，年龄又小，外边风言风语他不大相信，很想知道究竟。

梁有岗说，有一回酒桌上我遇到贾主任，便试探着问起，贾主任以为我跟田永福仍是酒肉朋友，酒后敞口，甚都说了。当天晚上我索性当了一回侦探，看见田永福和齐海红从车上下来，亲热地进了他们租的房子，司机把车开走了，我肺都气炸了。我对不住胡姐，也愧对香草姐。是我背着香草姐，把她的徒弟推给田永福的。齐海红小小年纪毁了人生前程，后来我打电话想劝她，可齐海红手机成了空号。我真的很后悔，把羊送进狼嘴里了。胡姐你不找我，我也寻思给你透风，说心里话，我不想让这“灰圪跑”再伤害你了。

这天的胡晓燕，出奇的冷静。梁有岗说完，她端起酒杯对梁有岗说，兄弟，你帮了姐的大忙，这哈子姐知道该作甚了。

二人换了话题，边吃边拉话。饭后，胡晓燕问了齐海红小区单元楼层房号便告辞了。第二天开始，胡晓燕派人晚上监视齐海红住所。胡晓燕不知为何，其实是“东北人”出事的缘故，田永福这些天再晚都回家住。监视的那边亦无异常，县上开会前一天早上，田永福说去塞北回不来让她去开会。胡晓燕有所警觉，这天晚上，那边房子灯黑了一夜。胡晓燕的不祥预感终于得到证实。不过，她心中有数，断定田永福去了海南三亚。田永福在亚龙湾买的别墅，带胡晓燕只去过一次，那时两人关系还算正常。后来，胡晓燕带着孩子去度假，无意中发现了丈夫出轨的蛛丝马迹。田永福带情人当夫人招摇过市，小区物业办主任错把胡晓燕夫人当情人，后来明了真相，出于同情，主动给胡晓燕留了手机号，心甘情愿为胡晓燕充当“千里眼”。

胡晓燕早已忍无可忍了。就像抓住了狐狸尾巴的猎人，她当机立断，誓言致命一击，把田永福扫地出门。此时非彼时，经过“永盛”几年历练的胡晓燕，不光忧虑个人婚姻家庭的存亡，她站出来要维护的是田氏家族的家业。这一点，让公公田生财甚是感动。

这天晚上，胡晓燕给公公汇报，颇有策略，开始没提田永福一个字，她把总经理办公会两项决议及其背景逐一阐明，刘县长的话更是和盘托出。胡晓燕说得情理相通，头头是道，处处为“永盛”兴衰为田家声誉着想，可谓字字千钧，声声有情，田生财不能不为之折服，对平日不显山露水儿媳刮目相看了。

田生财情绪甚好，要来笔和纸，颤巍巍地写下“声誉第一，环保兴企，决策得当，处理及时。甚好”。又把给关家补偿金的“5”前面添上“1”，变成十五万元，手指在“1”上点了点，又指了指自己。

胡晓燕理解意思是要她转告关家人，十万元是老田总特意加上的，公公点头确认。

胡晓燕拿了手谕，拉了个小木凳坐在公公身边，声称还有更重要的事，这才从头到尾，声泪俱下，诉说田永福种种不是。与以往告状又哭又诉闹离婚不同，这一次，胡晓燕显然是经过深思熟虑的。虽然伤心之处以泪洗面，却并无情绪化，她把田永福的胡作非为归纳为三：一曰拈花惹草，养情妇包二奶，造成家庭危机，丢人丧德，败坏家族声誉。胡晓燕说她查清楚了，齐海红房子是买的不是租的，在齐海红名下。二曰公司不正干，任人唯亲，一手遮天，导致管理混乱，经营不善，领导层怨气大，职工没干劲，公司运作受影响，事业前程堪忧。胡晓燕说了贾主任和司机等臭气相投的人没起好作用。三曰豪赌涉黑，出入赌场一掷千金，与黑社会有交往，动辄大打出手，无视法律，若东窗事发，恐有牢狱之灾。胡晓燕说了从公司打条子拿巨款做赌资，杀狗洒血平村乱，关家丧事欲棒棍相加三件事。

胡晓燕哭诉之余也留意着公公神情变化，尽量缓和语气，避免过激言辞，以防老人受不了刺激发生意外。不过，饱经风霜的田生财自始至终都在认真听，只是坐卧不宁，神色多变。起初，老汉低着头沉着脸，坐在太师椅上一动不动。后来，老汉起身转着圈儿捣拐杖，胡晓燕上前扶着他。再后来，田生财两腿乏力站不住了，靠着太师椅阴脸紧绷，嘴唇颤抖，抖着抖着，老泪纵横，浑身哆嗦起来。胡晓燕赶紧端上热茶，一边给公公捶背舒胸，一边给老汉说消气的话。

胡晓燕说的田生财原先闻所未闻，仅仅“杀狗洒血平村乱”，就让老汉心惊胆战一阵子。倘若不是失语，老汉肯定歇斯底里大发作，骂他个狗血喷头。

等到公公情绪平静下来，胡晓燕唉了一声说，我先把眼前这两件事办好，他的两个亲信被我打发了，他浪回来，免不了兴风作浪和我过不去，我还是拿他没甚办法。家业败落，我无回天之力，他要是把你孙子带坏了，影响了学业，我哈辈子就遭罪了。实在支撑不住，我就带着孩子到西安去，远离是非之地，专心供娃上学念书，至少培养你孙子成才走正道么。

胡晓燕以退为进，说完扭身就要走，田生财着急了，“哇哇”叫着连连摆手。胡晓燕转过身，田生财示意要她坐下，先在纸片上写了“重振永盛，非你莫属”给她看。

她看了却一言不发。田生财示意要她拿来两张大纸，沉思了一阵，提笔写就两道手谕。

一张是给胡晓燕的：“即日起出任公司代总经理，全面主持工作，行使财务管理、人事任免、企业经营、发展规划之权力，并代我在董事会宣布。——田生财”。

一张是给田永福的：“停职反省一年，在家陪父尽孝，回新民即刻见我。父嘱。”

2

这一年新民的秋天，真可谓“多事之秋”。小铁厂关闭拆除的日子步步临近，矛盾阻力日趋凸显。副县长潘劲信心满满，拿下众矢之的的县铁厂后，其他几十家小厂子就不在话下，谁知誓言冲锋在前打头阵的县铁厂，却成了整个小铁厂关闭拆除进展的绊脚石。

原因很简单，县上给每家一百万至二百万元补偿政策一出台，属于地方国有企业的县铁厂不在补偿之列。先前把工作重心放在安置上的县铁厂，一下子炸了锅，工人把杨厂长围着要集资款，厂里把问题推到县上，工人又到政府门前闹事，县上这才知道还有集资这一档子事。潘劲亲自出面做说服工作，劝散了群众，把杨厂长叫到办公室臭骂一顿，立即给刘县长电话汇报。

这些日子，刘大地一直在下乡调研，几乎把新民乡镇跑遍了。他电话里说，咱多次去调研，他们为什么一字不提集资？看来事情没那么简单，从查账封账入手，把来龙去脉查清楚再说。潘劲电话里顺便提及当天发生的另一桩新鲜事。

刘大地电话里也纳闷，立竿见影？转弯这么快？为什么？

潘劲笑着说，都说“永盛”发生政变，田生财儿媳掌权理事了。

潘副县长说的事的确很新鲜。“永盛”代总经理胡晓燕率领公司高层抬着大花圈，大清早来到关老汉灵堂前。新民这地方有个特别的乡俗，逝者下葬，必须在风水先生看好的日子进行，短则十数八天，长至三五个月后下葬。关老汉葬期未到，灵堂遗像前祭品满桌，香烛缭绕。胡晓燕他们上香，三鞠躬致哀，表情肃穆。深感意外的关家人冷眼以对，满脸狐疑。公司的新办公室主任恳切说明来由，“永盛”代总经理胡晓燕把十五万元慰问金递到家属手里，代表老掌柜田生财真诚道歉。

胡晓燕歉疚地说，我们来得太晚了，下葬时提前告诉公司一声，我们要送关老伯最后一程，说着忍不住热泪盈眶。

忽然云开雾散，关家人如梦初醒，一时半会儿，恍若天上人间。主事的大儿子突然扑向灵堂，双膝下跪嚎啕着说，大呀，这哈子你老人家安心上路！

亲属们齐跪倒哭声一片，胡晓燕随之上前久久默哀，泪流满面。场面甚是感人，消息也传得很快。

关家人传出田生财大儿媳当了“永盛”代总经理，“永盛”却有人说“宫廷政变，娘娘登基”。胡晓燕这一招真够绝的。闪电式地接管“永盛”，干净利索，不留后患。晚上拿了手谕，次日上班后，先召集走得近合得来的公司高层私下里吹风，这些人旗帜鲜明地站在胡晓燕一边。胡晓燕对公司情况早已了如指掌，从高层分工到中层调整，她一夜未眠深思熟虑，胸有成竹。随后召开的董事会上，胡晓燕宣读“手谕”后，即刻宣布新的人事安排，跟上田永福不正干的混混们，一个个全从重要位子上换下来。

这一切来得太突然了，董事们惊诧万分，反对的人找不到理由，拥护的人不知如何说好，有人鼓掌，大家跟着鼓掌。倒是胡晓燕的讲话，赢来满堂喝彩。别看那天开会胡晓燕难堪至极，可刘县长讲话套路与内容她都记着。踌躇满志的胡晓燕如法炮制，先拿关老汉说事。

她将心比心说，企业排污职工是最大的受害者。她反问大家，有谁愿意关老汉的今天，就是自己的明天？她通报了关老汉善后处理意见，声称我们这么做，对外挽回声誉，对内换回人心。

胡晓燕提出“振兴永盛，科学发展，环保兴企，声誉第一”的十六字发展方针；号召员工们“踏踏实实做事，堂堂正正做人”；誓言要带领“永盛实业”成为“对社会有贡献，对环境有责任，对员工有爱心”的现代民营企业。胡晓燕慷慨陈词，大家热烈鼓掌。

有人竖起大拇指，有人窃窃私语。女中豪杰，当县长都绰绰有余。这两口子，天差地别。老田总也是，早作甚去了？

董事会顺利结束，有人帮胡晓燕搬进总经理室，有人忙着更换总经理印鉴。陈姓副总躲在楼道尽头，急着拨打田永福电话，被胡晓燕瞅见。她冷冷一笑，佯装没看见，“玩失踪”的田永福电话一直关机。胡晓燕却掌握田永福行踪，台风“达维”即将登陆海南她也清楚，大刀阔斧整顿公司，有的是时间。她处理完关老汉家善后之事，换了与田永福小家房门的锁子，找到了田永福房间保险柜的钥匙密码。

等胡晓燕稳稳当当坐在总经理老板椅上的时候，玩够了开机了，准备打道回府的田永福沮丧至极，连跳海的心都有了。窗外暴雨倾盆，远处海浪滔天，天空黑压压沉甸甸，好像随时要塌下来似的，台风狂扫建筑物周围的椰林竹园，发出鬼嚎般的呜呜叫声。田永福龟缩在亚龙湾别墅里，心情糟糕透了。一连串的坏消息犹如晴天霹雳，令他追悔莫及，悔之晚矣。“达维”台风偏偏与他作对，飞机停飞渡轮停渡，想回也回不去。贾主任喊冤，陈副总告急，接二连三的电话，连同他拨出去的电话，都验证陈姓副总“宫廷政变，娘娘登基”“停职反省一年，在家陪父尽孝，回新民即刻见我。田生财”短信千真万确，回去也无济于事。风流潇洒快活的田永福情绪一落千丈。他独自坐在一楼客厅里生闷气，想心事。

公司里一夜之间天翻地覆，总经理沦落天涯有家难归，这些齐海红一概不知。齐海红戴着 MP3 耳机，把脸贴在三楼阳台的落地玻璃窗上，一边扭着高翘的屁股听音乐，一边欣赏着台风中天摇地动的景色，快乐得像一只从内陆飞到大海，对甚都充满好奇的小山雀。见田永福在电话里大发雷霆，齐海红问他出了甚事，他以生意上的事搪塞掩饰。他刻意隐瞒真相，也怕把坏心情带给齐海红，眼下只剩哈这个名叫齐海红的小妹子还属于他了。他也不得不质疑，真要一无所有了，这只小山雀，还能不能跟着他游荡江湖任逍遥？齐海红带来的并非唯有快乐，还有高昂的代价，田永福隐隐作痛，却不后悔。

田永福睡过多少女人他记不清数数。不过，他最上心感觉最值的只有齐海红，唯有齐海红。田永福对女人贪得无厌，那天一听齐海红名字便动了花心，见第一面就色迷迷的失态了。在父亲寿辰庆典上唱的甚，他一句没听哈，齐海红白嫩的脸蛋，藏在短衫里随音乐抖动的大奶子却过目难忘，本能的反应写在脸上，不把这女子睡了枉活一世。假如胡晓燕稍加留意，不难发觉花心老公那日亲自给齐海红发红包，亲自送齐海红回家的异常，可惜胡晓燕没那么多的心眼。

田永福第二天便约齐海红吃饭，齐海红要带合伙租房的同学小芹一起来，田永福满口答应。饭桌上两个小姑娘都不喝酒，都说要减肥，对吃没甚兴趣，唧唧喳喳的说个没完没了。年龄与代沟的尴尬，田永福毫不在意，笑脸奉陪认真倾听，果然听出了门道。齐海红最羡慕《星光大道》一举成名的阿宝，最大的愿望是上“星光大道”。饭后，他要送齐海红礼物，又是MP3随身听又是化妆品，声称曲唱得好老爷子很高兴，以此表示感谢。齐海红说红包给过了，说甚都不要。田永福只好满足小姑娘乘豪车的新奇感，在沿河公路狂奔兜风一阵了事。隔了两天，田永福又约齐海红被谢绝了，方知只能温火慢炖。过了几天，黄三娃乡下的内弟结婚找人唱曲儿。那年他倒卖厂子，把富民铁厂买哈卖给手下的混混黄三娃。黄三娃欠他二百万一时拿不出，他看铁厂生意好，索性把欠款算成股份。这天，他以富民铁厂股东的身份亲自驾车带上齐海红赶场子，黄三娃受宠若惊，岂不知田永福醉翁之意不在酒。回来路上，田永福从后备厢取出上次的礼物坚持要送给齐海红。

听说化妆品是进口名牌，值好几千块，齐海红仍然有些犹豫，这么贵的东西，我没用过，我不敢要。

田永福浪浪一笑，憨妹子，这年代只听说便宜货没人要，没听说过值钱的好东西没人要。

齐海红问，田总，你为甚要送我？

田永福说，我把你当亲妹子哩，我家两兄弟没有姐妹，就想要个亲妹子。

齐海红不解，又不是一母所生的，咋哈做亲妹子？

田永福乐了，那就做比亲妹子还亲的干妹子。

齐海红喃喃地说，我才不做甚干妹子，论年龄，叫你叔还差不多。

那就叫叔，这是叔给你的见面礼。

齐海红收下礼物，田永福暗自欢喜，认哈我这老板叔，送你上《星光大道》。

真的么？齐海红一脸的问号。

憨妹子，哪个明星后面没有老板做后盾？

齐海红有点信了，羞涩一笑低下头，甚是可爱。

田永福打问齐海红家庭个人情况：父母是农民，收入少家里穷，电视都买不起。小学在本村初中到镇上，最爱的是唱山曲，最熟悉的是枣树枣树林黄河黄河滩。上艺校前没来过县城，也就没坐过小汽车没进过酒店。上艺校后见了些世面，体验了城里人的生活，可骨子里的东西丝毫没变。齐海红清纯透彻，天真无邪，田永福却觉得这个小村姑土得掉渣，傻得冒烟，就像尚未上色变红露出枣叶的青枣，需要一点一点地启蒙，补上“物质文明”这一课。

田永福开导说，想上《星光大道》，就要好好包装，我先买几身好衣服几双好鞋，从头到脚把你武装起来，再找人托关系，咱上大场子参加歌手比赛去。

齐海红问，你这么做图个甚？

田永福哈哈大笑，我能图个甚？你出了名当了大歌星，我也跟着沾光，我有钱却没名气，也想出名么，再说了，谁让我认哈干妹子哩。

齐海红脸一下变得红扑扑，头低得更下了。

人是衣裳马是鞍。齐海红从头到脚换了行头，果然亭亭玉立，楚楚动人。齐海红皮肤白嫩，乳臀丰满，天生美人坯子，配上时髦衣裙高跟鞋，用上高档化妆品，女人味一下子蹦出来了。

田永福馋得流口水，恨不得立马把她压在床上，嘴里却啧啧赞美，憨妹子，这哈子才像个未来的大歌星。

田永福带着齐海红，新民下馆子塞北逛商场，KTV 去过一回，那天借跳舞他把她搂在怀里还亲了她，后来再邀她 KTV，小姑娘不去了。田永福便知火候还不到，他费尽心机四处撒网，为齐海红寻找参加歌手参赛机会，他把宝押在送齐海红上《星光大道》的路途中。与新民接壤的准格尔旗举行“国华杯”民歌手大奖赛，田永福托当地朋友替齐海红报了名，阎香草找齐海红谈话第二天，齐海红满怀希望，跟着田永福上了路。

人生转折往往在一瞬间。预赛成绩小组取得第一的齐海红欢天喜地，回宾馆一下扑在田永福怀里。田永福摸着脸蛋要亲嘴，齐海红欣然接受，搂着田永福脖子，两人长吻意犹未尽，田永福乘时要摸奶子，齐海红面带羞涩拒绝了，并不生气。

北京来的评委田教授看好齐海红，告诉“哥哥”田永福，你妹妹很有音乐天赋和音乐潜质，你要好好培养，一定会有前途。

田永福夸下海口，苦于无门路，遇到业内高人绝不放过，想方设法与田教授套近乎，又是设宴招待又是送礼，直到教授答应帮忙为止。田永福这么精心操作，齐海红很感动，决赛虽没拿到名次，却感觉前途一片光明。最后这天，不该发生的还是发生了。田永福开了两间房，两人各一间。这晚上齐海红房间电话不断响，她拿起电话，有个陌生男人怪声怪气说，妹子开门，我来陪陪你。

齐海红吓得赶紧挂断了。电话一会儿一响，她坚持不接，电话不响了，又传来敲门声。

原先跟田永福去塞北都是当天返回，出门住宾馆还是头一回。她哪知道都是田永福玩的鬼把戏，钻在被窝给田永福打电话求救。田永福把穿着睡衣的齐海红接到他住的豪华房间，搂着她好言安慰。

有哥哥在跟前，甚也不用怕。看我憨妹子多能成，头回出手就一鸣惊人，连北京专家都看好你，说你前途无量，到时候成名了，可不敢把哥哥忘了。有北京教授的指点，哥哥知道后面路该咋哈走了。说着打开一瓶红酒。

憨妹子，为这一行成功跟哥哥喝一杯，祝贺祝贺，也压压惊。

齐海红从不沾酒，直摇头。

田永福说，想当歌星，就得学会喝酒应酬么。

阎老师讲过，喝酒伤害嗓子，齐海红怯怯地接了酒杯。

田永福说，喝一杯怕甚？

齐海红一杯酒下去有点晕乎。田永福兴致不减，连连举酒杯，净说好听的。齐海红勉强再喝了一杯就迷糊了。

我困了，我要睡了，你在哪哈睡？

田永福色迷迷地说，哥哥搂着你哄着你睡。

齐海红闭着眼四肢不听使唤，田永福把她抱到床上搂在怀里，顺手关了灯，亲亲乖乖地喊着，亲她摸她揣她翻来滚去使尽手段。齐海红似醒非醒色乱情迷，就像一堆枝叶翠绿的新柴火，硬是被田永福的贪色欲火烘干了点着了。

田永福一觉醒来开灯起身，最先发现雪白床单上的血迹，心明如镜，暗自窃喜，如愿以偿。再一看，齐海红坐在床上小声抽泣着，他伸手拉她被一把推开，他使劲把她揽在怀里替她擦眼泪。

齐海红挣脱下床，站到墙角双手捂脸，任凭田永福好说歹劝，低头一言不发。

田永福突然发火了，一副死猪不怕烫的无赖相，急得直结巴。

你哭甚？不就是哥哥……把你睡了么，那……干柴……烈火……两厢……情愿，你反悔了？你想咋办?!

见齐海红没言语，田永福坦然了，说得振振有辞。

哥哥我有的是钱，在新民跟谁睡谁都乐意，一群小姑娘跟在屁股后头骚情哩。远的不说，上次跟你一起来吃饭的小芹，背过你给我打电话，我理都没理。哥哥就喜欢你，看上你了才跟你睡哩。事情这样了，你说，你要甚哥哥都给你，你要星星要月亮，哥哥上天给你摘哩。

田永福一来横的，齐海红却火了。我……我甚……也不要。

那你哭甚？

齐海红委屈回答，我……我也不知道。

田永福过去又把她抱在怀里，这儿摸摸那儿揣揣，就像是哄着小猫小狗。

齐海红平静了，顺从了，突然抬头问，小芹真的给你打电话了？

我骗你作甚，你看看，手机上是不是她的号码？

齐海红看了一眼，喃喃地说，她说她想傍大款，我可没那么想。这要让老师同学家里人知道了，我该咋办么？我去你家唱曲，你送我东西，没准是小芹说出去的。

齐海红忧心忡忡。田永福许愿说，憨妹子，回去搬家，你单独住。

搬到哪哒去？齐海红问。

房子现成的，过户到你名下。要车给你买车，要甚给你买甚，小菜一碟，上《星光大道》才是头等大事，不靠哥哥能成甚？

田永福说得天花乱坠，骗得齐海红阴天转晴，田永福拉着重新钻进被窝，清纯少女人生就这么一夜之间转了弯。

飞到海南住进别墅，阳光、海浪，鸳鸯戏水这会儿，从物质、精神到肉体，齐海红上了道，离不开她的田哥哥了，心安理得地成了田永福如影随形的附属物。她享受她快乐她感觉前途灿烂似锦，可田永福的前头突然变得黑灯瞎火，她还不知道。

3

“达维”肆虐海南，遥不可及的陕北高原一如既往地秋高气爽，风和日丽。田永福滞留三亚，知情人屈指可数。新民人的聚焦点仍是铁厂如期关闭的问题。

潘劲副县长派人迅雷不及掩耳，把县铁厂财务账本封了拉到政府招待所，闻讯赶来的杨厂长慌了手脚，急忙赶到潘劲办公室，一再申辩说账上没甚问题，有关部门已审计核查过了。

潘劲说，经营方面不是重点，重点查集资。

杨厂长说，集资我就能说清楚。

能说清为甚藏着掖着，一直缄口不提？工人不闹事的话，你打算瞒到甚时候？杨厂长哑口无语，满头虚汗。

账还是要查的，有无问题，一查不就清楚了？你回去如实写个说明材料，如果与查的结果不符，你是要负责的。

潘劲住进招待所坐镇，一帮人关着门忙了三天三夜，理清了集资款来龙去脉。2002年县铁厂货款回笼跟不上，资金周转不开，厂里号召职工集资，多数人拿不出钱来，连同厂领导在内，参与者百十人集资三百多万，杨厂长在外边筹资一百万，年终按约定的办法分红。这些看起来无可非议，不过，外边这笔筹资年终分红，从来都是杨厂长签字代领。

新民被“中华环保世纪行”重磅曝光后不久，这笔钱突然转走了退出了。这件事，厂领导层口径一致，竭力隐瞒。县铁厂不享受政策性奖励补偿的消息传出后，有人突然透风出去，引发工人们闹事。

事情原本不复杂，这笔钱出出进进，只有领导层知道，杨厂长材料也写清了。钱从哪儿来？是谁的钱？只有厂长知晓，老成胆小的杨厂长却死都不透口。潘劲和他谈了几次，无济于事。工作组根据账面记录通过银行查到疑点，转进来的账号属“永盛实业”，出去转在“富民铁厂”账号上。

工作组派人找了“富民”的黄三娃，黄三娃声称这是给朋友帮忙的，转来当天就提现拿走了。问他谁来提的现，黄三娃不耐烦了，谁的钱谁提。黄三娃厂子面临关闭窝着火，再追问他，他变了脸，你想知道我就不告诉你。咋的？关我厂子还想关我人？工作组的人碰了钉子，直接赶到“永盛”，胡晓燕了解后说，她来之前这个账号都作废了，只有田永福能说清楚。工作组的人怏怏而归。

潘劲听完汇报越发蹊跷，索性把杨厂长叫来，语气十分严肃。

外边这一百万，从头到尾你知情。钱从哪儿来到哪儿去，我也查清了。且问哪路神仙？你如此精心打理守口如瓶？

杨厂长愁眉不展，苦苦哀求，好我的潘县长哩，人家这钱给厂子顾了紧，帮了忙，都按协约办着哩，我又没装在自个兜兜里。人家让保密，我敢说？你就高抬贵手，放我一马。

潘劲问，你真不能说？

我要说了，我还是人？你就是算我贪污了把我判刑了，我宁愿坐牢都不敢说。

潘劲没辙了，又问杨厂长，其他集资款，你们打算咋哈处理？

杨厂长更愁了，摇头说，我有甚办法？我带的头，我拿了二十万都在里头陷着，早先听说县上给补偿，厂里打算拿这笔钱把窟窿补上，后来文件一出台，没有我们的份儿，领导班子里也在闹腾，我猪八戒照镜子——里外不是人。这窟窿填不上，关闭拆除真的难弄哈去。

潘劲皱眉头说，这事我给刘县长汇报了再说。

潘劲给刘大地汇报时，刘大地头天下乡才回来，显得有些疲惫。

潘劲说完，刘大地笑着说，你这边一响动，那边有人比厂长还着急，上头有人给我打电话叫关照，厂长还找过我表哥要说情，这里头没有猫腻才怪。

刘大地皱着眉头想了想说，县铁厂原先也是惨淡经营，又停了几个月，人心都散了，账上没钱了，集资款这烂账，县上认了算了，落实资金补窟窿，双向选择分流人员，抓紧实施，稳定人心。

二人谈罢工作，拉起闲话。潘劲问，把新民乡镇都跑完了？

刘大地点头说完了。

这下子休息几天，明天市上的会我不代劳了，你顺便回家看看么。

刘大地说，我正计划去一趟塞北，还有个当紧的事要办。

潘劲问，家里的事？

刘大地摇头说，家里没事，环境立县，环保当先，眼下缺个人……

潘劲脱口而出，环保局长？

你猜对了，我去市环保局给咱点将去。

谁不知道环保局人事在市上，你有合适人选了？

刘大地答非所问地说，别的局我都去过了，就剩下环保局没去。环保局长缺位，直接影响当前的工作进展。

潘劲说，看来领导把新民情况摸透了。

刘大地说，我把新民这“一亩三分地”跑了一遍，尽管走马观花，但也有了总体的感性的认识，感触也很深。你说的“永盛”，真是换人如换刀，那个胡晓燕真不错，企业发展思路一套一套的，对环保认识到位，觉悟得彻底，行动快，力度大。我跟杨书记电话沟通过，让县报宣传一下，给“永盛”的觉醒与转变鼓鼓劲，也给胡晓燕打打气。

潘劲笑了，上次吃鱼去了趟天赐湾，杨书记发现“新大陆”了，最近去了天赐湾，搞调研，要抓生态建设，推动绿色文明！

刘大地有感而发，好么，当前就是要抓典型树正气，单从这一点看，环保局长的角色就很重要，选个好局长，咱俩就省心多了。

说说你选谁了？潘劲追着问。

刘大地卖关子说，天机不可泄露。

潘劲问，梁有恒说你去他那儿了？

刘大地点点头说，我在王家峁乡时去了，很有启发，“鑫兴”因地制宜的“循环经济，清洁生产”，是个好典型，值得总结推广。

那天，在梁有恒兄弟闹别扭的节骨眼上，刘县长突然要来大柳凹考察，让情绪焦躁的梁有恒意外而为难。

王家峁乡李乡长在电话里告知此行程，梁有恒愣了一下，婉转回话，能不能改天么，我没在厂子，再说有点突然，县长大驾光临，咋哈（样）我也得准备准备。

李乡长快人快语，少整没用的，我们正在路上，你在哪哒？

梁有恒照实说，家里有点私事，今儿个没去上班。

李乡长说，我们马上到你家门口，到了到了，我看见你汽车了，先让刘县长参观一哈子老板乡间别墅，快出来迎接。

对方挂断电话，院里狼狗叫了。梁有恒叫马翠凤快些收拾屋子，赶紧穿外套出门，两辆汽车已停在兄弟俩的汽车旁边，乡长书记一起陪着刘县长来了，梁有恒慌忙迎上前握手，有些手忙脚乱。

梁有恒说，刘县长亲临寒舍，蓬荜生辉，你看看，我激动成甚了。

梁有恒父亲拄拐杖站在院中央，笑脸相迎，喜鹊叫，贵人到，刘县长，我在电视上见过你，说着，老汉伸脖子探头眯眼一番打量，惊喜不已，哟呵，刘县长双目明亮，伏犀贯顶，果然吉人天相，一看就是清官么。

刘大地摇头憨笑，您老人家说笑了，咋能以貌取人哩。

梁有恒赶紧说，我父亲爱给人看个面相甚的，不听他胡说。

刘大地他们进屋落座，马翠凤端上茶水果盘瓜子糖，又去忙了。

刘大地开玩笑说，梁总深藏不露，县上没听说多少，可在乡间口碑不错嘛。

梁有恒有些不好意思，我这人比较低调，不善张扬。

乡长书记一人一句，都夸“鑫兴”没少给地方上办实事。梁有恒连连说，都是小事，不值一提。

刘大地瞅见墙上“全家福”，过去仔细看了眼说，还听说你教子有方，把儿女都供成了。

梁有恒回答，主要是从小给他们灌输，长大自食其力，凭本事吃饭的思想。

大家喝了会儿茶，拉了会儿话，刘大地起身道，咱们走吧，去企业看看。

梁有恒急了，一边拉县长坐下，一边说，婆姨正好炖了锅羊肉，咱们喝几盅，吃了饭去也不迟，说着给梁有岗使个眼色，梁有岗会意出门了。

梁有恒激动地说，刘县长，你进我家去我厂子，我高兴得很。我在大柳凹十几年，头一回来个县长。我能不高兴?！你在开发区搞现代企业，企业管理是行家，今个儿好好把我武装一哈子。那天听了你的报告，环境立县，感受颇深，很有启发，我还有些新想法，我马上结合“鑫兴”给你汇报，吃了饭再去现场指导。

刘大地笑了笑，在家里汇报？

那有甚？我们开董事会常在这哒开，二楼有个小会议室！

刘大地同意了，又问，家事处理完了？

没甚大事，我那个弟弟，翅膀硬了，盛不哈了，闹着要自己干。树大分枝，任他闯去。

梁有岗开车直奔厂部小餐厅，一支烟的工夫就拉上大厨，带着半成品肉和新鲜蔬菜回来了。大厨进了厨房，他把嫂子叫出来说，我有急事，我先走一步。马翠凤说，该说的都说了，爸跟你哥也同意了，你放心，我和你哥不会亏待你的，忙你正事去。

梁有岗上车先拨胡晓燕电话约她见面，胡晓燕说在办公室等他。梁有岗从沈阳回来得到信息，田永军承包给别人经营的焦化厂找买家出手，梁有岗想要，找胡晓燕撮合。

“永盛”办公楼梁有岗原先也进过，这次来感觉氛围大不一样。

大厅两侧竖着玻璃牌匾，一边刻着“振兴永盛，科学发展，环保兴企，声誉第一”企业发展战略，一边刻着“对社会有贡献，对环境有责任，对员工有爱心”企业精神，别致醒目，颇有气势。正面上方悬挂着“踏踏实实做事，堂堂正正做人”红底白字的横幅，很是提神。

梁有岗走进胡晓燕办公室，杜牧队长坐在老板桌对面，便逗趣说，哟呵，杜队长在这哒，“环保”进“永盛”了？

杜牧笑着应声，胡总执政，改天换地，“环保”进永盛，企业展新颜，连你二老板也穿得像新女婿似的，洗心革面，寻思着也要“踏踏实实做事，堂堂正正做人”？

二人一来一往，一语双关，不无讥讽，逗得胡晓燕咯咯直笑。

杜牧说笑罢告辞了。胡晓燕关切地问，急急火火找姐有甚事？

梁有岗一说，胡晓燕又问，不跟你哥干了？

梁有岗点头说，胡姐都当老板了，我也想闯一闯。

胡晓燕二话没说，直接给田永军打电话，两分钟不到就搞定了。

梁有岗表示感谢，胡晓燕说，姐帮你的是小事，你帮姐的是大事。没有你，姐咋哈扬眉吐气？

“永盛”之变，梁有岗沈阳回来听孟青山绘声绘色说了。他关切地问，胡姐，你真把田永福扫地出门了？

胡晓燕嗤之以鼻，那是他自作自受，海南浪回来，他只把汽车开走了。家里门锁子换了，想回进不去；跟他不正干的人开的开，辞的辞，公司也没他坐的板凳；老掌柜召见，他不敢见，想找我，我不见；只剩下跟那小妖精鬼混了。

梁有岗叹一口气，甚小妖精，其实齐海红也是受害者。

胡晓燕不服气，白着眼说，咋哈怜香惜玉，动恻隐之心了？

梁有岗赶紧说，我只是觉得惋惜，也有些自责。

话不投机半句多，梁有岗隐隐约约觉得这个胡姐怪厉害的。事情说妥了，他不愿久留，起身要走，胡晓燕送出门叮咛说，兄弟，走正道，交好人，谋正事，记住姐的话。

梁有岗挥手嘴里说记住了，心里却装着别的。此刻的罗萍正在天赐川酒店等着他。

梁有岗兴冲冲回酒店房间时，罗萍又在翻看她的小箱子。从东北回来，罗萍心情十分好，形象大变样。

罗萍盘起长发，略施粉黛，口红换成珊瑚红，深色职业套装配浅色衬衣，标准的城市白领相，显得成熟且庄重。同样，由她精心拾掇的梁有岗，着装颜色协调，款式时尚得体，把男人气质穿出来了。二人面目一新，机场接他们的孟青山差点没认出来。

走出机场那一刻起，这一对缠绵不休的男女摇身一变，要在新民这地方换个活法，成就事业了。

在东北那些日子，罗萍与梁有岗朝夕相处，形影不离，彼此有了更深的了解更多的依赖。罗萍有属于自己的回忆，回忆这里曾经给予她的美好与幸福、羞辱与愤怒、伤痛与苦涩的印记。梁有岗更多的是认识，认识自己心爱女人曾经的命运轨迹。

他们一到沈阳，直奔远郊“东北人”亲戚家看望罗萍的女儿。那家人胆小怕事，见了罗萍连忙诉苦，说是公安来过，不三不四的人也来过，都在打听“东北人”下落，让罗萍把孩子带走，怕出了事连累他们。两人一商量，决定先把孩子送到吉林老家。于是当天动身赶到吉林农村，罗萍声称去西北做一阵生意，把女儿托付哥嫂，留下一笔钱。分手时，女儿哭着要跟罗萍走，罗萍实在哄不下，拍了一巴掌扭头就走，顷刻泪如泉涌。梁有岗发现罗萍对孩子感情很复杂，自己身上掉的肉，偏偏是孽种，分明是爱恨交织。不见了想见，见了心烦，分离却又断肠愁。

梁有岗安慰说，骨肉是亲的，娃是无辜的，等把事情摆顺了再把娃接到身边。两人从吉林返回沈阳，是为了罗萍另一个心愿。

“东北人”的事情并未平息，二人昼伏夜出，瞅机会潜回罗萍原单位家属区，从罗萍家拎回一个小箱子。回宾馆后，罗萍打开箱子心潮难已，对梁有岗说，这就是我的前半生。两本影册里装着罗萍从童年到工作的照片，一叠学位、职称、荣誉证书，还有大学的专业书籍。罗萍就是带着这箱“前半生”回到天赐川的。

罗萍合上箱子笑眯眯说，看你满面春风，有好消息了？

梁有岗连声说，成了，成了。我哥同意了，厂子也找哈了，说着把罗萍抱起转了好几圈，亲个没完没了。

梁有岗进来时忘了闭门，正好这时孟青山探头进来，弄得大家很尴尬。孟青山跟他们都成了朋友，梁有岗细说情况，罗萍大喜，孟青山也很兴奋。

梁有岗和罗萍去田永军的焦化厂现场考察，孟青山说，我也一起去，我也入一股？

罗萍满口答应，患难知己结伴行，有岗，你说呢？
有甚不成的，成么，梁有岗说得很干脆。
孟青山乐了，一起走，先到天赐庙烧一炷香。

第六章

1

俗话说好事多磨，新民环境治理终于取得实质性进展。这天清早，县铁厂拆除现场一片繁忙，大吊车长臂移动不止，电切割弧光闪闪烁烁，铁厂核心设备炼铁炉一个接一个地倒下了。周边居民围观看热闹，群众一片叫好声，有人还噼里啪啦地燃放鞭炮。

县电视台记者现场采访，副县长潘劲对着摄像机宣布，县铁厂依法关闭拆除，既是环境治理的始发点，也是新民科学发展的转折点。

这一幕，文长贵在电视上看到了。老汉喃喃自语，动了动了，真动起来，就快了，好了。第二天是天赐湾村好日子。这晚上看了电视新闻，文长贵有点激动，神清气爽，睡得很晚，脑子里想着明天的事情，还寻思外甥会不会来。

天赐湾“双喜临门”，都是大好事。县上要开生态建设绿色文明现场会，又赶上这天是天赐湾的“团圆节”，热闹红火是肯定的。

“团圆节”这天是新民一带特有的乡俗节庆活动。每个村每年都有这么一天，全村人一起拜神庙、敬祖先、吃团聚饭，还要唱山曲演二人台助兴。到了这天，在外边干公事、做生意、打零工的人们都要赶回来相聚，亲戚朋友都要前来祝贺。这一天，不分姓氏家族，不计恩怨情仇，不论贫富贵贱，举村团聚乐及亲友。从这个意义上讲，“团圆节”是新民村庄最热闹红火，最具乡情人情的时刻。

新民人习惯把某村过“团圆节”，称之为某村“好日子”。“好日子”是上辈人传下来的，各个村庄都不一样。天赐湾村“团圆节”是农历的九月十八，显然因天赐庙的缘故，农历九月十八也是天赐庙的重要庙会之一。天赐湾“好日子”“文革”期间中断了，后来村支书郝天仁热心张罗，又恢复过“好日子”习俗，尽管文长贵家在镇上，可每年都不误回村过节团聚。那阵子天赐庙残墙断壁，香火萧条。后来尤乃生重修了庙堂，庙会越来越红火，天赐湾的“好日子”却断线了。原因只有一个，尤乃生舍得掏钱却舍不得时间，忙得“好日子”也顾不上露面，这样一来，尤氏家族的人们也就不当回事了。“好日子”就讲究家家参与人人到场，少了村里大户尤家，就像是光有身子没有头，变得残缺不全，主事的郝天仁也就心凉了懒得管了。

杨斌书记在天赐湾考察期间，尤乃生突然登门拜访文长贵，重提“好日子”，让长贵老汉感到意外。

尤乃生嘘寒问暖拉了几句家常，态度诚恳地说，一直想到长贵叔家坐一坐，拉拉话，总是忙，也不知道忙些甚。县上来了个新县长，前阵子县上开会，听了新县长的讲话，几天睡不着，翻来覆去，回顾自己办厂子走过的路，钱是挣哈了，却把环境污染了。新县长说，厂子职工也是受害者，说得有道理，往深处一想，我的厂子也在污染我的村子，乡里乡亲跟上了遭殃，实在内心有愧。还是长贵叔先知先觉。

尤乃生思想转弯，厂子停产治理，文长贵已有耳闻。人家上门拉掏心窝子话，文长贵客客气气，诚心以待。尤乃生说甚先知先觉，文长贵不爱听。我又不是圣人佛祖，有甚先知先觉？

尤乃生解释道，你忘了？那年修庙时，你说过风水好，就是水土好，环境好，老天护佑，人也要知足。

文长贵笑了，这话你还记得？

是我想起来的，尤乃生回答得谦卑而诚实。

文长贵被他感动了，直言相告说，这些年，天赐川企业污染老板挣黑心钱，村里人不是没怨气，是有气没处出。黑烟罩顶，气味呛人，我也闹心发牢骚哩。今儿话说到这份上，看来你是想明白了，想明白了就好。

尤乃生接着说，这些年净忙公司，村里事情关心不够，邻里关系有些生疏，“团圆节”过不哈去，我想了又想，我是有责任的。今年我打算张罗“好日子”，长贵叔说咋办就咋办。

文长贵乐了，这是好事，你只管张罗，份子钱我带头出。

尤乃生急忙摆手，咋能收大伙儿钱，我都包了。

文长贵说，叫香草回来唱几曲，红火红火，听说她还编了个宣传环保的新二人台。

尤乃生说，这有甚说的，就让她先给村里人唱一唱环保二人台，提高大家的环保觉悟，也让我受受教育。

尤乃生从文长贵家出来，心里顿时轻松坦然了。满怀诚意找文长贵，却不点破文长贵与刘县长的亲戚关系，一副毫不知情的样子，不想让人觉得他是势利眼，这就是尤乃生的精明之处。

侄孙满月父亲过寿，文长贵屡请不到，不管是嫉妒仇富心理所致，还是清高自傲性情的原因，长贵老汉对尤家心存过节，这一点，尤乃生深信无疑，得以证实。尔格形势变了，人也得跟着变。避风水大忌的砖雕照壁正在施工，企业污染治理方案定下了正在实施，尤乃生心里还是不踏实，两个没想到搅得他心烦意乱。

尤乃生一没想到郝家后生搞的种养殖，居然能吸引县委杨书记亲自搞调研。尤乃生二没想到因心结而慢待的长贵老汉，竟然是新县长的亲舅舅。

向来好面子的尤乃生，既看重在县里风光无限的名誉地位，也在乎在村里高人一等的名分。别墅建了老人享受着，日后落叶归根也少不了在这里尽享天年。尤乃生认真反思与邻里乡亲交往，深感以往做得有所欠缺和闪失。尤其是几年没过“好日子”，乡亲们肯定有看法有议论。密切与村民的关系，他首先想到恢复“好日子”。县铁厂杨厂长透露刘县长是文长贵外甥后，尤乃生立马坐不住了，匆忙赶回天赐湾找文长贵小坐，话语投机如释重负，回家就给工头交代，加班赶活儿，农历九月十八之前把照壁修起来，“好日子”撑个好门面。

尤乃生点拨本家侄子进东家出西家张罗“团圆节”时，杨斌书记又来到天赐湾村，亲自部署筹备现场会。一晃两个多月，书记县长默契配合左右逢源，上下合力工作顺畅，杨斌书记心情自然不错。杨斌在汉江长大，对河流鱼虾荷花垂柳之类的自然生态，有着特殊的情结。那天他跟刘大地在天赐湾吃完鱼，顺便看了蔬菜大棚，尽管来去匆匆，郝翔的绿色种养殖却给他留下深刻印象。没过多久，杨斌觉得天赐湾有文章可做，把手头紧事处理了，带人去天赐湾村调研。

天赐川镇的干部们“天赐绿家园”饭菜没少吃，可对郝翔搞的这一套都没当回事儿。镇党委折书记原先是团县委书记，下基层任职刚两年，吴镇长是这次才任命的，来了一个多月。二人奉命赶来陪同杨书记调研，对领导意图不甚明了，稀里糊涂跟着走进蔬菜大棚，满目生机映入眼帘。书记镇长惊呆了，大棚里采光十足明明亮亮，黄瓜西红柿辣椒豆角，红红绿绿要甚有甚，样样长得水灵灵嫩格生生，招人眼馋嘴馋。领着一帮人正在采摘西红柿辣椒的郝翔，瞅见杨斌书记他们，迎来热情招呼，又吩咐人将现摘西红柿黄瓜洗了，让领导们尝尝鲜。

按照杨书记要求，郝翔陪着领导们从蔬菜大棚开始，把整个项目仔细看了，领大家在荷塘边柳荫下的石凳上落座休息，吩咐农家乐服务员端来茶水，摆上西红柿黄瓜和水果，他从起初的构想到项目实施过程，从目前效益到发展愿景，都给杨书记详细汇报。

杨斌书记听得很认真，先问村里有多少人跟着他干，又问每亩鱼塘荷塘与栽枣树种庄稼的产出差别多大，郝翔一一回答。杨书记还询问了道路绿化及成活率等问题，郝翔回答，海红果是乡土树种，适宜这里土壤气候环境，栽下都活了，长得很欢实。绿化了美化了，挂果后也有效益，还能结合大棚蔬菜自摘自采，搞绿色产业观光，为农家乐招揽顾客。

郝翔汇报完安排饭去了。杨斌合上笔记本问，你们感觉咋样？

正低头嚼着黄瓜的折书记顺口说，绿色天然，味道不错。

杨斌看了他一眼，不高兴地说，我说的是项目。

折书记抬头脸红了连忙说，项目很好，这后生干得不错。

杨斌又问，你在天赐川镇两年，郝翔的绿色种植你应该清楚，镇政府扶持了没有？

折书记面红耳赤，困窘回答，对不起，杨书记，我今儿才知道。

杨斌见他们难堪，便说，你们也不必太自责，其实我也是刘县长领着来过才知道的。

他站起来踱了几步，略有所思地说，过去，大家都把精力放在挖煤炼焦办企业上，都想挣大钱，可是暴发户毕竟是极少数，还把环境破坏了。神府煤田的消费市场大得很，搞节水灌溉的日光温室，因地制宜发展绿色养殖业，不失为带动更多的农民脱贫致富，促进农业经济发展的新路子。

在农家乐吃过饭，杨斌带着大家下了黄河滩，又爬到天赐庙背后的山顶上，居高临下，山水环抱的天赐湾村尽收眼底。村里鸡鸣犬吠，池边悠悠垂钓，大河滔滔远去，青阶扶摇直上。最亮丽的要数蔬菜大棚，棚顶银光粼粼，棚下生机盎然。

杨斌感慨万千，母亲河滋润原生态的山村，绿色产业孕育着美好的未来，等把天赐川污染治理好了，把荒山都绿化了，蓝天白云下的天赐湾，美不胜收！

书记大发感慨，手下深受感染，随声附和却有点过火。

杨书记说，好了好了，行动是最好的响应。我打算在天赐湾村开个生态建设和绿色文明现场会，你们俩一个是团干出身，一个是林校毕业，发挥一下各自特长和专业。看见了没有？

杨斌指指点点。沿河边公路边栽陕北椽头柳，村庄道路栽行道树，村里村外能栽树的地方都栽上树，把村容村貌整一整，给你们半个月咋样？书记镇长双双表态坚决完成。

杨斌接着说，现场会既务实更务虚，会议宗旨是呼唤家园意识，倡导绿色文明。重点看郝翔的绿色产业，重要的是现场感受，实地感悟，就像你们今天跟上我感受的一样。天赐湾村既有代表性，更有直观性，难得的新民缩影。到时候设计个参观路线，选点讲解，启发引导，让参会者亲身感受绿色和谐，感受母亲河的恩惠，感悟污染与治理两重天，感悟人与自然共生共荣的关系。

杨书记语重心长立意高远，书记镇长茅塞顿开，欣然领悟，劲头上来了。

为了这别出心裁的现场会，半个月后，杨斌书记又带着宣传部、农工部一行人来了。检查了镇上的任务完成情况，他让随行人们都先去镇上等着，自己叫了郝翔引路，直奔文长贵家而来。杨斌天赐湾来过几次，都没见县长舅舅，这回有意看望文长贵。

郝翔在门外喊，长贵爷在家么？杨书记看您来了。

文长贵在屋里纳闷了，世事把人变糊涂了，哪哒的书记，找我做甚？正要出窑洞，郝翔揭开门帘，杨斌便迈步进来。

郝翔介绍，这是县委杨书记。

我是杨斌，跟大地同志一起共事，顺便看看您老人家。

文长贵谦让道，你们都是大忙人，看我老汉作甚，这不耽搁你们工作？文长贵心里琢磨，书记县长搭班子共事，书记能来看他，意味着他清楚自己是刘县长的舅父，也表明他与外甥关系处得好，而且，这位县委书记也很会做人来事。

文长贵让座倒茶，彬彬有礼，言谈举止中，感觉杨书记人不错。听说要在村里开生态建设现场会，郝翔要唱主角，老汉来了兴致。

说着说着，文长贵告诉杨书记，村里要过“团圆节”，阎香草要回来唱曲，还编了宣传环保的二人台山曲儿还要演哩。

杨斌来新民后，力推新民二人台申遗，与阎香草自然很熟，对阎香草的民间艺术推陈出新更感兴趣。长贵老汉这么一说，杨斌眼前一亮，要是把现场会跟村里“好日子”放在同一天进行，大造保护环境声势，相得益彰，岂不效果更好?!

他一算农历九月十八，正好是县铁厂拆除的第二天，出门与刘县长电话沟通，刘大地干脆利落地说，这主意不错，环境立县，一破一立，双管齐下。不过按行程，我还在西安办事，回不来，潘劲盯住拆除小铁厂，政府这边我另安排人去，顺便说一下，环保局长人选定了。

杨斌说声好，挂了电话，赶往镇政府主持现场会的筹备会。

这些日子，尤乃生又红火了。河滩场地是他出动推土机平整的，戏台子是他派人搭的，二人台和晋剧戏班子是他请的。为一时背运而懊恼的尤乃生，仿佛一下子又找回了曾经的风光。他惊叹，人生时来运转竟在眨眼之间。那天杨斌书记回到镇上，主持开会定下现场会的时间，即刻召见主事“团圆节”的尤乃生。正好在天赐川的尤乃生即刻赶到镇政府会议室，见了杨书记他们，听了现场会的时间安排，领了协助办会的任务，不由得喜上眉梢，欣然释怀。尤其是杨书记不叫尤老板称他尤常委，这种称谓上的抬举，等同于不是“路过西华门”而是“步入中南海”。

领导布置的两件事，尤乃生答应很爽快，能哩，都能哩。尤乃生原本打算把戏台子搭在自家新照壁前面，村里热闹，自家更红火。领导们一说，他提议在河滩推场地搭台子，大家觉得合适。现场会是郝翔唱主角，还需要个天赐川镇企业代表发言。尤乃生的企业既是镇上污染大户，他又是本镇本村人，折书记觉得他最合适，但又了解他的秉性，怕他好面子不愿意，所以话说得很婉转，没料到尤乃生答应得很爽快。

我办厂子污染了天赐川，也污染了天赐湾，毁了自己的家园，愧对父老乡亲，这道理我想明白了。你知道我为甚张罗“团圆节”？就是想给乡亲邻里表达歉意赔个不是。让我上台发言，现身说法，我把我对环保的新认识，把我心里话倒出来，让大家对我、对我们“天源”有个新认识，这不是领导抬举我，是甚？我求之不得哩。

折书记竖起大拇指称赞说，常委就是常委，不一般的水平，了不起的觉悟。

尤乃生心里乐滋滋，拉着书记镇长勘察现场确定会址去了。

2

人逢喜事人精神，天赐佳日天开眼。这一天秋高气爽，阳光明媚。天赐川污染企业消停了多日，天赐湾空气质量好得出奇。前来祝贺天赐湾村“好日子”的亲戚朋友，开汽车摩托的坐农用三轮的乘班车的步行的，陆陆续续进村，都先在村口鸣放鞭炮以示庆贺，再进各自主家屋里报到上贺礼，然后男女老少三五结群，汇入赶庙会的人流里。于是乎，通往天赐庙的青石台阶上下人头攒动，庙里的热闹可想而知。进了香的人们径直来到临时搭建的戏台下看热闹。

热闹就是人看人，人越多场面越大越热闹。与赶来过“好日子”的人们不同，前来开会的部门乡镇领导企业老板都是自带车辆，主席台一侧临时停车场上停满了小汽车。“团圆节”的戏台子，也是开现场会的主席台，选在天赐庙青石台阶下方公路外侧的黄河滩上。

秋风裹着大河的水气，清凉怡人，赏心悦目。会场上喇叭大清早就开唱了，一会儿原汁原味的陕北民歌，一会儿歌颂祖国大好河山的经典歌曲，一曲接一曲的悠扬歌声，与大河涛声山谷回声，交相呼应，天人同乐，意味悠长。这不正是新民人唱给母亲河唱给自己家园的由衷祝福么？

至少，江山和戴巡视员到了现场，身临其境，不约而同地发出这样的感慨。这一天，陪同戴巡视员坐在主席台的江山副支队长，已经反客为主，调任新民县环保局长了。

前一日，戴巡视员守在县铁厂拆除现场，看到的是希望。

前一日，江山在新民上任的路上，感受的却是责任。进入新民地界，江山便进入了状态，边走边数着公路沿线企业的冒烟点，数得心沉如铅。

来天赐湾的路上，戴巡视员对江山说，昨天铁厂拆除首战告捷，今天现场会又为环保造势，看来你这环保局长大有可为。

江山笑了笑，没说甚。

新民环保局长缺位，市环保局物色的人选，被本人以各种理由回绝了。也有人要去，组织上又觉得不甚满意。新民离塞北远顾不了家不说，眼下新民正处在风口浪尖上，关闭拆除任务重，工作难度大，责任更重大，谁去都得出几身水脱一层皮，何况出力未必能讨好。局长找江山谈话要他去新民，江山也说要考虑考虑。

局长说，没甚考虑的，刘大地县长点名要你去，组织上觉得你最合适，你能胜任，我已经答应人家了，还有甚犹豫的。

江山觉得意外，便给刘大地打了个电话。刘大地说，我人就在塞北，等着见你哩。江山一听便知没有退路了。

江山是在开发区认识刘大地的。两人工作上配合得好，彼此印象好，私交也不错。刘大地赏识江山的干练敬业，精通业务，一丝不苟。江山敬重刘大地的人品，佩服他大手笔大气魄，仅仅“环境立县”的决策，就让江山热血满腔，跃跃欲试。

那天江山跟刘大地在“榆河人家”见的面。酒逢知己千杯少，两人都喝多了。

刘大地说，新民要打开局面，没个得力环保局长，我心里不踏实。

士为知己者死。江山说，你老兄点名要我去，我全力以赴。不过，环境保护说到底，领导意志是决定性的。新民污染要刨根，病重下猛药，轻则伤筋骨，重则挫元气，领导支持了，环保人才能放开手脚。

刘大地说，环境立县大方向已定，新民衰也环境，兴也环境，别无出路。县情调研之后，我有很多想法，你抓紧移交工作，尽快到任，去了咱们从长计议。

江山就这样义无反顾地来了，上任先在天赐湾现场会上亮相。

穿着一件大红色短款风衣的戴玉在人群里很亮眼，满台上台下人群里头，谁也比不上戴玉开心。戴玉提前好几天就来了，局里派她作为工作人员参与筹备现场会。忙了领导安排的具体事儿，还要忙郝翔这边的准备，忙得不亦乐乎。来之前，戴玉跑遍新民服装专卖店左挑右选，最后一咬牙，两千多元给郝翔买了身名牌西装，一千多元给自己买了红风衣，见面先让郝翔试衣服。

平时花钱精打细算，穿戴不甚讲究的郝翔穿上西服，果真提精神显气质，看上去仪表堂堂，可一听价钱，却嘟囔说，太贵了，结婚衣服都没花这多钱。

戴玉瞪了一眼，怪嗔道，天底下人人都结婚，那算个甚。全县领导赶来给你开会，这样的人新民有几个？这才是人生风光大事。

戴玉说着穿上红风衣，站到郝翔身边对着大镜子说，咋样？叫你婆姨也跟你扬眉吐气风光一回。

郝翔憨憨地笑了。面对领导们的赞誉现场会的宣扬，郝翔不像戴玉那样兴奋不已。他抱着不冷不热的平常心坦然应对。倒是大棚蔬菜销路好效益多供不应求，借人家的钱能如数俸还，他如释重负欣喜自在。

“天赐绿家园”离会场最近，成了领导休息、演员化妆的场所。这一天，戴玉在这里专门负责接待。因为参观引导词的事，杨斌书记记住了环保局泼辣大方的戴玉，还知道她是郝翔的婆姨。

戴玉听说了江山是新局长，没想到是他陪着戴巡视来了。迎上前的杨斌书记不认识江山，只顾给戴巡视介绍戴玉，戴巡视抿嘴微笑并不言语。江山也不认识杨斌书记，在旁边若无其事。

戴玉见状，赶紧一左一右介绍说，杨书记，这是我们新来的江山江局长。江局长，这是县委杨书记。

杨斌跟江山顿时都愣了，连连握手为歉。

江山说，不好意思，没见过杨书记。

杨斌说，彼此彼此，知道你今天来，来得正是时候。

戴巡视也笑着说，原来你们还不认识，误会误会。

杨斌书记与大家寒暄几句，忙别的去了。戴巡视与戴玉和江山约定，会议结束，一起去看望文长贵。

领导们去了会场，准备化妆的阎香草跑出来找见戴玉说，快去接长贵叔呀。戴玉朗朗应了一声，红风衣转眼旋风似的不见影了。

文天佑两口子回来过节了，正陪父母亲拉话。戴玉进门打过招呼，拉着文长贵直往会场，在会议代表们后排找了位置坐下。

文长贵扶着石头眼镜瞅主席台，戴玉小声打趣道，长贵爷，人家刘县长没来，你老汉瞅也没用。

文长贵说，这女子，净瞎说。我咋瞅见那个像北京的戴巡视？

戴巡视来了，戴巡视旁边的你也认识，市环保局的江支队，尔格是我们局长，昨个儿上任的。他们开完会要去看你哩。

文长贵说，他尔格是局长？

戴玉笑着说，那他也归你外甥领导。

文长贵笑骂道，这女子，说这作甚？拿我老汉开心么。

谁叫你老汉光盯着当官的，我家郝翔人模人样的在台上，你咋就看不上？

这时，郝翔走上发言席介绍经验。文长贵扶起眼镜瞅了又瞅，反过来打趣戴玉说，你把郝翔后生打扮得像新女婿，我老汉咋认得出来。

爷孙俩你一言我一语斗嘴的工夫，发言席上已经换成尤乃生，文长贵示意戴玉不要吭声。老汉用心听完尤乃生发言，脸上露出舒心的笑容，感慨万端地说，台上两个发言的，一个唱曲的，都是咱村里人，好日子，人气旺，好兆头，这哈子天赐湾又时来运转了。

现场会在议程安排上完全体现杨斌书记的初衷。在天赐湾村特定小环境里刻意制造大氛围，以小见大，虚实相间，在推介绿色产业、提倡植树绿化环境的同时，呼唤家园意识，倡导绿色文明。领导讲了话，代表发完言，主持人随即宣布下面的议程，先由阎香草演出一段新编二人台，接着与会代表现场参观，参观结束原地就座，即兴上台，谈感受谈体会谈认识，然后小结散会。

主持人宣布后，代表们疑惑不解，这种别出心裁的会议形式头一回碰上，大家交头接耳想弄个明白。

坐在文长贵前面的艾高原说怪话了。开会就是听，参观就是看。听哦认真听，看哦仔细看，即兴发言不敢，哦没那个胆。肚里没喝哈墨水，哦上台台满嘴喷粪，把台哈人都熏倒了，把天赐湾驴都吓跑了。

艾高原脱口而出，诙谐逗趣，惹得周围人笑口大开。文长贵也笑了，觉得这人有意思，却不认得。

戴玉悄悄说，他就是给天赐庙修路，资助大学生的艾高原大老板。

主席台席位被挪在戏台两侧，台上的伴奏乐器随之响了起来，赶庙会的走亲戚的群众闻声集拢上前，与会代表被团团围在中间，场上气氛瞬间活跃起来。

对阎香草演唱曲目，新民人耳熟能详，一听曲调便知是流行于晋陕蒙接壤地区二人台传统戏《方四姐》。阎香草演唱的《方四姐》，塑造了一位贤淑良女形象。曲词这样写道："并非四姐不想娘，只因于家营生忙，一年四季无闲空，外甥女暗地自悲伤。三月里忙又是忙，每日织布在机房，营生忙得顾不上。说给我的娘。九月里忙，还是个忙，九月里腌菜顾不上。一不思来．二不想，说给我的娘。十二月忙更是忙，家家户户过年忙。营生忙得顾不上，说给我的娘不要把我想。”

阎香草她们新编的二人台山曲儿《四姐五盼》，赋予方四姐这一传统形象新内涵，道出了“黑三角”人民饱受污染的哀怨，期盼蓝天绿水青山好光景的心声。

方四姐呀心烦乱，说给我的娘诉心酸，
千不该，万不愿，把女子嫁到新民县。
四季污染灰暗暗，见不了日头和蓝天，
到处烟囱冒黑烟，出门营生呼吸难，在家也是难。
公公咳，婆婆喘，长年药罐罐，女儿难不难？
穿不得红，戴不得鲜，人前灰塌塌，女儿冤不冤？
并非四姐不想娘，只因日子过得实熬煎。
怨不了地，怨不了天，只怨黑心厂子冒黑烟，
你办厂子你挣钱，为甚把大家的环境来作践？
方四姐盼呀盼，一盼烟囱不冒烟，二盼空气新鲜鲜，
三盼新民现蓝天，四盼环境好又好，五盼光景过舒坦，
穿着红，戴着鲜，再去把娘看，娘你莫挂牵。

阎香草的演唱，声情并茂，如泣如诉，台下人无不为之动情，报以热烈鼓掌。台上杨斌书记和戴巡视与阎香草握手致意。主持人宣布出发参观，场上继续演出。

文长贵觉着很过瘾也很自豪，便问戴玉，你们两个写的？这两个女子了不起么。

戴玉说，你没听出来？歌词就有香草姐的影子。婆婆卧病不起，香草姐有感而发。她先写了初稿，我俩改了不少遍。

文长贵赞不绝口，戴玉洋洋得意。

长贵爷，再告诉你，这次参观引导词也是我写的。我费了好大的心思，宣传部给润了润色。参观时由镇中学几位老师负责解说，有激情，很煽情，有鼓动性，效果应该不错，杨书记都表扬我了。

这女子越说越能哩，文长贵打量戴玉一番，像不认识似的，看得戴

玉怪不好意思的。

戴玉说得一点不夸张。领导交代，参观引导词是实地感悟的关键。接受任务动笔之前，戴玉去参观点走了一圈，自己先感受一番。与香草姐一起修改完《四姐五盼》，回想新民环保的风风雨雨，环保工作的磕磕绊绊，戴玉觉得还有好多话要说。那天戴玉独自上山，静静地站在杨斌书记大发感慨的地方，苦思冥想。这里，既是参观路线的终点，也是启蒙家园情怀的高潮点。开始，戴玉觉得远远近近，平平常常，看不出甚特别之处。渐渐地，戴玉看出门道，找到了感觉。

戴玉看着远去的黄河，忽然想起“一条大河波浪宽，风吹稻花香两岸，我家就在岸上住，听惯了艄公的号子，看惯了船上的白帆……”脍炙人口的歌词，她本能地把目光移向天赐湾村。

大棚区一帮人在给小货车整筐整筐地装蔬菜；在荷塘边散步的好像是长贵爷，还在垂钓者背后逗留片刻；放学归来的孩子一路打闹嬉戏；谁家的后生在包谷地里吼起信天游，嗓门洪亮震响山川。一股从未有过的冲动涌上心头，这就是我的家园！我的家在黄河岸边。假若没有环境污染，蓝天，白云，安详，自然，和谐，美满。何其美哉！何乐不有？

戴玉目光扫过尤乃生的小楼，向天赐川镇方向望去。她想象着天赐川镇企业排污，浓烟漫过牛鼻梁山脊肆虐天赐湾的情景；想象着公公郝天仁一边咳嗽，一边骂骂咧咧的神情；想象着长贵爷怀揣反映信走进邮局一瞬间。戴玉蓦然心血来潮，兴奋不已，脑子里词句打转转，满肚子花蝴蝶要放飞，莫非这就是作家们说的来了灵感？这天晚上，戴玉伏案灯下，参观引导词一气呵成，改了又改，这才入睡。

大清早郝翔起床先睹为快。哟呵，一晚上变成诗人作家了。

戴玉嘴不饶人。咋哈门缝瞅人，以为你婆姨就会做饭生娃收排污费？专科白上了？郝翔憨然一笑。

戴玉估计得一点不错。参观队伍回来后，演出暂告一段落。戴玉一直陪着长贵爷看二人台，梁有恒路过拍一下她肩膀。

戴玉回头见是梁有恒，哟呵，大老板又亲自来了，二老板呢？

他另立门户了，梁有恒说完岔开话题，你们的二人台歌词写得不错，香草妹子演唱得也很感人，真是高台教化，寓教于乐。

见戴玉胸前戴着会议工作人员牌子，梁有恒又说，这会办得别出心裁，大家反响热烈，都说很有启发，很受教育，待会儿即兴发言，我也要说几句。正说着，即兴发言开始了，主持人要求发言不超过十分钟。无绳话筒在代表中传来传去，大家发言踊跃，一个比一个说得实在，说得到位。

艾高原站起来抢过话筒，咳了咳清理沙哑的嗓子，大家说哦也说，抢得慢格没话说。为甚？好话叫你们都说完了。抢哈了，还是没话说，没喝哈几滴滴墨水么，今儿哦感受越深，越不知道说甚。哦就表个态，哦听刘县长说了，哈一步整治县城环境，要栽树要绿化，哦捐一千万给县城生态建设。哦人是在新民生哈的，钱是在新民挣哈的，掏点钱理所应当，哦心甘情愿。

艾高原话音未落，台上台下掌声如雷，戴玉把手掌都拍麻了。

3

天赐湾现场会圆满成功。县城一天拆除三家小铁厂。杨斌书记他们满载而归，潘劲副县长这边收兵回营。江山陪戴巡视员看望了文长贵老汉，被尤乃生他们挽留下与村民一起“团圆节”聚餐的时候，刘大地正在从塞北机场回新民的路上。一路上手机响个不停。

马文慧问晚饭想吃甚饭，他说他直接回新民，就把电话挂了。

潘劲汇报小铁厂拆除第二天的进展，计划当日拆除的三家，县领导亲戚带头拆，其他两家也比较配合，没费多大周折。刘大地吩咐说，晚上开个县长碰头会，你先休息休息。

分管农业副县长和县政府办主任电话通报现场会情况，大概是感受多触动大，两人都说得太过具体。刘大地认真听人家把话说完，这才吩咐办公室主任通知晚上的县长碰头会。

艾高原在天赐湾会上出人意料的举动，让他好不感动，急着打算给艾高原打电话，可不停有电话打进来。

艾高原的名字，刘大地听马文慧唠叨过，报纸上看过，第一次见面是他上任第二天。艾高原拿着综采项目找他，项目本身没问题，县上班子调整，给人家拖了时间，刘大地二话没说，马上批示相关部门限期办理。艾高原留下两条软中华，他追上去还给他。短暂交谈，话题深入，刘大地提及县城绿化美化的事，没想到艾高原记在心里了。后来，艾高原电话反馈过项目进展情况。他下乡路过施工现场，还专门看了看，那天艾高原不在。仅凭一面之识，电话往来，刘大地就感觉艾高原为人实在，处事大气，在老板们中显得鹤立鸡群与众不同。

艾高原在现场会如此表态，刘大地不能不动情。新民煤老板企业老板多的是，可人家一张口捐千万元支持生态建设，这气魄这精神，恐怕别人想都不敢想。电话终于拨通了，刘大地寒暄几句，代表县委县政府表示由衷的感谢。

艾高原在电话里朗朗笑了，刘县长，你谢甚？哦是新民人，钱是在新民挣哈的，给新民掏点钱应该的么。

刘大地这边感慨道，什么时候企业老板们都像你这境界，新民的事情就好办多了。

艾高原那边恳切地说，政府和企业就是鱼和水，你们扶持哦发展，哦支持你们办实事么。哦瞅上你刘县长人品好水平高，办事亢硬，公平正气，肯定能给新民谋好发展，办大实事，哦不支持谁支持么？

艾高原一席话，说得刘大地心里热乎乎的，又一股无形的力量在鼓舞催促着他，他沉思片刻，又拨通江山的电话。那天刘大地塞北市见过江山后去了省城，江山到任了，他急着要给他压担子。

几个月来，刘大地急于熟悉情况摸透县情，马不停蹄下基层，没顾上见环保总局的戴巡视员，觉得有点失礼。江山说他陪戴巡视员在天赐湾，刘大地脑筋急转，吩咐江山说，明早上我去环保局看望大家，顺便开个座谈会，中午宴请戴巡视，也算给你接风。他之所以这么做，也有去省城见过高局长的缘故。

他与高局长是在开发区结识的。塞北市开发区起步不久，时任省发改委副主任的高局长去调研。刘大地那时胸怀宏图，信心十足，他的循环经济清洁生产的理念，高局长甚为赞赏，两人话题投缘，所见略同，彼此留下不错的印象。

因环保上任，到任第一趟进省城，刘大地盘算着这次得见高局长。

那天接到他的电话，高局长专门在办公室等着。见了面握着手就问，听说新民小铁厂关闭紧锣密鼓了？

刘大地愣了一下说，哦，这两天开始动手，局长消息这么灵通？

高局长又问，环保局长的人选你物色的？

刘大地点点头。这个局长选得好，人很精干，又不是本县人，正好放开手脚辅助你哩，高局长赞许说。

刘大地又愣住了，看样子高局长对这位下属很了解，便说，是啊，眼下新民要打一场环保硬仗，非得有个得力的环保局长。

高局长拉着他一起坐在沙发上，江山我认识，他这环保局长再精干，也比不上你这环保县长顶用么。

刘大地打趣问，高局长有卧底的？我的行踪一清二楚？

高局长大笑，还需要我卧底？国家总局的戴巡视员不是就在你们晋陕蒙接壤一带吗？说完，起身出去给办公室吩咐，接待重要客人，再来人一概谢绝，回来把门关上接着说，不过，实话实说，新民被媒体曝光后，我们监察局的人去了十几次，简直跟打游击战一样，你去之前，县上搞的那一套，净给我玩“猫逮老鼠”，你到任了，我们人也就去的少了。

刘大地不无诙谐地说，哟呵，敢情高局长看人下菜，对我网开一面，该不是欲擒故纵吧？

高局长浩然大笑。大地同志，听说你去当县长，我的第一反应就是，新民终于有希望了。你一去就提出“环境立县”，扳倒了“消息树”，小铁厂关闭在即，好消息接踵而来，我心里一块石头落了地，肯定要看人下菜么。现在你和我在一条船上，“黑三角”问题不解决，说实在的，你睡不踏实，我也睡不着，你说是不是？

这话一点不假，刘大地点头称是，船靠码头车靠站，这不，我上任头一回到西安就先投奔你，拜码头取真经来了。

高局长感觉十分默契，关切地说，同舟共济，不分彼此，怎么样？听说你一直下乡搞调研，新民情况摸得咋样了？有什么规划设想，有什么问题难处，你只管说，我们环保部门给你做后盾。

访客被拒之门外，高局长的手机座机一会儿一响，此起彼伏，谈话时断时续，他依然饶有兴趣地听着，话题渐渐深入了。

刘大地袒露心声说，小铁厂拆除很快就见分晓，下一步小兰炭关闭也没问题，关键是再下一步，我的想法是走工业园区化，搞几个工业小区，彻底改变过去的无序布局，企业满山沟的局面，尤其是下一步的兰炭产业，这样才有利于发展循环经济，实行清洁生产。不过，搞几个园区？搞多大规模？放在哪儿搞？环境容量多大？这些，我心里没底，我想搞个区域环评，给县域经济发展以科学指导作用……

好啊，好！高局长喜出望外打断说，从前把项目环评都不当回事的新民，现在竟然要先做区域环评，再走园区化道路，质的飞跃么！好你个刘县长，你这想法气壮山河！搞区域环评，指导县域经济，我从发改委过来的底子清，这在全省尚属第一家，我们全力支持，说着打电话把办公室主任召来。

下午饭安排好了？主任点点头。高局长吩咐道，给环科院通知，把院长也叫来参加。主任走后，高局长解释说，晚上我安排宴请你，通知了一些人作陪，你这么一说，干脆把环科院专家也请来，一起给你出谋划策。

刘大地深受感动，赶紧说，谢谢高局长，你设宴，我埋单。

高局长摆摆手一口回绝了，老朋友到西安了，我尽地主之谊，主要想介绍你们认识，监察、环评、污控、生态几个处长，分管他们的副局长都请了，大地同志，一会儿酒桌上，还要给你唠叨心里话哩。

酒桌上，高局长始终兴致不减，掌控着节奏气氛和话题，酒随意喝，话敞开说，围绕“黑三角”，大家说了很多话。

刘大地酒没多喝，收获很大，结识了省环保局一帮副局长处长们，听取了行家们不少好的建议，还把区域环评的事也落实了。更重要的是，他弄清楚了高局长对新民问题如此重视，如此上心的缘由与苦衷。

早在上世纪八十年代末，高局长在省计委当处长时，就参加过国务委员宋健主持国务院环委会召开的晋陕蒙“黑三角”现场会。2002 年，国家环保总局与晋陕蒙“黑三角”三市四县（旗）签订“十五小”关闭污染治理协定，他又代表省发改委参加了。两年之后，高局长刚从发改委副主任调任省环保局长，就赶上新民被北京媒体曝光，一上任就被环保总局领导紧急召见。

高局长感慨道，过去没搞环保，对“黑三角”污染印象深刻，十分关注。刚上任搞环保，又是被曝光，又是被召见，“黑三角”治理落在自己头上，我感觉千钧重担，压力空前，说着他指了指在座的几位，从北京回来，我带他们几个取道山西去新民暗访，县城里一片乌烟瘴气，有一股刺鼻的硫黄味，所见所闻，触目惊心。

跟着高局长去过一个人说，那次没给县上市上打招呼，头天晚上住在黄河对面山西那边，第二天一早直接下企业检查，去了好几家厂子，县局局长闻讯赶来，陪同我们看了一天。高局长批评他们监管不力，县局同志有畏难情绪，晚上县长也赶来见面，一提污染治理，同样一副畏难模样。

另一个说，高局长提出跟企业家们面对面地开个会，他们说老板们对立情绪大，担心收不了场，不情愿，高局长坚持要开，县上才召集来了七八十个企业老板，起初老板们情绪不高，高局长以理服人，循循善诱，后来气氛活跃，会开得成功。

高局长接着说，我告诫他们，原始积累完成了，要有社会责任，丢掉幻想，淘汰落后产能，产业提升才是唯一出路，通过解决环境问题谋求科学发展。

还有一个人也说，老板们心服口服，都说受益匪浅，县领导话也说得冠冕堂皇，可行动挂在嘴上，我们的人一趟趟督察检查，只要出现在第一个现场，就有人通风报信，后面的就没戏了。

高局长说，我一下看透透了，问题关键出在领导班子，某些人热衷谋大发展，压根就转不过弯，上有政策，下有对策，逼得我不得不调整策略，侧面迂回，借助“中华环保世纪行”媒体曝光，借着落实国家领导人的批示精神，中省联手出重拳、动大手术……

高局长说到这里，一直默默地听着刘大地端起酒杯，郑重地说，难得高局长一片苦心，你与“黑三角”的渊源，你去新民暗访的事，我今天还是头一回听说，深为震动，新民的事情办不好，我愧对各位。

高局长站起来，一片期待地望着刘大地说，就大气污染而言，“黑三角”既是省内污染之最，也受到全国上下关注，成了我最大的心病，我最想打开局面的突破口，如今有你这环保县长横刀立马，我们上下合力，大家都端起酒杯，一起为“黑三角”美好未来干杯……

回新民路上堵车是常事。汽车走走停停，刘大地心事不断，与高局长一晤，增添了信心，也增加了压力。江山电话回话说，宴请戴巡视的事，已经说好了，他们还在天赐湾“团圆节”聚餐。刘大地自然想到舅父跟戴巡视在一起，想到表兄文天佑的事。县铁厂拆除职工安置告一段落，可刘大地总想不明白，表兄文天佑为什么突然放弃安置，自谋职业？

来新民后他与表哥见过一回，是在文天佑开的小商店里。早前办公室人说，有个自称刘县长表兄来过几次，还留下电话，可刘大地没时间顾不上。县铁厂冒出集资的事，潘劲主持查账正在进行。

那天刘大地下乡回来，独自找到表兄小商店。文天佑婆姨原先在天赐川镇供销社，文天佑复员进铁厂后不久，婆姨下海办的这家小商店。儿子铁蛋上大学走后，夫妇俩很少回家，吃住都在店里。文天佑听说他要来，赶回来在店里等着。表兄弟原先也就逢年过节见一面，见面却很亲，见面都非得喝几盅酒。两人血缘亲情，童年友情，交织缠绕，情深意长。文天佑长刘大地五岁。刘大地记得从小就跟在表哥屁股后头的那些往事，文天佑在家对他吃喝相让，呵护有加，出门不容别人动他一手指头。他上高三那年过春节，文天佑部队回来探亲结婚。表哥戎装裹身，高大魁伟，精神抖擞，令他很是羡慕。

那时的刘大地还不会喝酒，表哥非要他学着喝，说甚不会喝酒的男人不算男人。他平生第一口酒，就是这样在表哥婚宴上给劝的。那次还去镇照相馆拍了全家福，刘大地与表哥并肩站在舅父身后。刘大地记得，舅父看着照片说“文韬武略，男儿真本色”时满脸都是期待。第二年春节时，刘大地上了大学，表兄刚复员尚未安置。表兄结婚后恋家思亲，打了退堂鼓，放弃提干的机会回来了。乐见儿子在部队干出名堂的舅父很失望也很无奈。

刘大地工作后，与表兄见面机会少了，印象中，表兄在铁厂起初还不错，后来混得不如意，心灰意冷，心思在生意上，挣了些钱，供了个大学生，日子过得马马虎虎。在住宿做饭又堆放货物的商店里间，文天佑取出从部队带回珍藏多年的青稞酒，叫婆姨从隔壁饭馆端来几盘凉菜，雇员提前下班，商店关门歇业，表兄表弟喝酒叙旧拉话。刘大地发现文天佑酒量见涨，军人脾气一点没变。尽量让他少喝，可文天佑高兴，喝酒更爽更猛，越喝话越多。

刘大地问，你去政府楼上找过我几回，有急事？

文天佑连连摆手，没甚事，没甚事，听说你来了，去看看。

文天佑绝口不提自己工作的事，一提铁厂大发牢骚，满口粗话，把厂领导们挨个儿数落一遍。

婆姨在一旁听不下去了，抱怨道，表弟难得来一回，看你都说些甚？炮筒筒脾气敞口口嘴，一辈子就吃了这个亏。

文天佑不服，冲着婆姨喊，去去去，男人说话，有婆姨甚事。

婆姨也不服，反驳说，你要听我的，厂长都当上了。

文天佑反唇相讥，我要不听你的，在部队当团长了，咋能复员返乡虎落平阳。

婆姨好言相劝说，表弟尔格是县长，你说领导坏话，就是告状哩。

文天佑火了，告状咋的？集资户们上访闹事，还得跑到政府去，尔格咱表弟是县长，我不出门就把状告了，有甚不好？

看文天佑一副得意模样，刘大地笑着对表嫂说，没事没事，我兄弟俩拉闲话，又不是外人，有啥说啥。

文天佑不耐烦地摆手说，你不是要去办事吗，该干甚干甚去。

婆姨撅着嘴走后，文天佑说，我就想给你说一说集资，这里头肯定有问题。

刘大地不露声色地问，有什么问题，你说说看。

文天佑打开话匣子数核桃倒枣，刘大地听得很认真。文天佑说完后，刘大地皱着眉头连喝几杯酒，接着问了商店经营情况，家庭生活状况，然后话题一转。

铁厂职工安置方案你也清楚，超过年龄界限的，愿意自谋职业的，政府缴纳三金，发基本生活费给一定补偿，到退休年龄后，办理正式手续。符合安置条件愿意被安置的人，城建部门的环卫绿化，去的是绝大多数，你有什么打算？

文天佑痛快地回答，按政策，随大流，我干甚都成，好歹还有个商店，比上不足，比下有余，小酒天天有，我日子舒坦着哩。

那就好，那就好，刘大地释怀之余，坦诚告诫说，我舅父在天赐湾，我表哥在铁厂，我在新民沾亲带故的，仅此而已。这层关系，我对组织上讲明了，外人早晚会知情。在小小的新民县里，县长也算个公众人物，一举一动备受关注。能办的谁都给办，不能办的谁也不行。这是我做人做事的原则。

文天佑听明白了，借着酒劲拍胸膛表态，我海哈了，虽然干得没情景，把干部当成工人了，可我也是党员，组织原则我懂。你放心，不该说的我不说，不该做的我不做，表哥不给你脖子底哈支砖头。

表兄弟俩人开诚布公，把盏言欢，不知不觉把一瓶酒喝光了。刘大地把文天佑手机号码存起来，临出门叮咛再三，集资那些话很敏感，你也只是听说的，到此为止，权当耳边风，往后有甚事给我打手机。

那天刘大地走出文天佑商店，脸色便凝重起来。

出于对铁厂领导的成见与不满，文天佑没参与集资。他对如何处理集资感兴趣，或许有点幸灾乐祸心理。不过，一百万集资款来得神秘，走得蹊跷，据说是某个领导的钱。这是集资户闹事后，财务科韦利科长亲口告诉文天佑的。这两人是战友酒友加哥们儿。韦科长动员文天佑集资无果，自己投进去十万。原先口风严是因为厂长有言在先，谁走漏消息饭碗就砸了。此时韦利已清楚了新县长与文天佑的关系，给他透风显然另有用意，与后来厂长找文天佑给县长说情殊途同归。一是把退还集资款落到实处，把自己的钱抽出来；二是对百万集资款的事情高抬贵手，千万不要追查了。

炮筒子文天佑不动脑子只管放炮，刘大地却察觉到个中端倪。那天文天佑电话说厂长上门托他说情，他却对刘大地说，该查就查么，查个水落石出，揪一窝贪官出来有甚不好。

刘大地又好气又好笑，把话岔开，先说说你的去向定了吗？

按政策随大流，干甚都成，文天佑还是那句话。

刘大地快刀斩乱麻，小铁厂拆除打开了局面，可表兄文天佑突然改变主意。为什么？他想来想去，以为他要专心经营商店，哪知道这老兄正在与韦利科长几个战友谋划着干一番惊天动地的大事情！

平时主干线堵车，向前挪着熬着时间也就到了。这一天却堵得死死的，寸步难行。眼看天色已黑，那边开会的人都到了，这边唱主角的直急动不了。刘大地心里装着大事，急得火烧火燎，自个儿下车看究竟，向前走了几里地仍看不到被堵车队的头，随行的政府办副主任赶紧给交警大队长打电话求救。队长说管公安的副县长已经打了电话了，他亲自带人正赶过来。交警们一时半会儿疏导不通，队长干脆请县长坐上警车，鸣着警笛逆道而行这才进了县城。

副主任问，刘县长去哪哒吃点甚？

刘大地回答直接回办公室。

几个副职在小会议室等着，刘大地进门跟大家握手寒暄，副主任随后端来泡好方便面。大家见状都抱怨县长太难为自己。

刘大地乐呵呵地说，市里省里转了一大圈，天天吃好的，换个口味，抬头左右一瞅，潘县长呢？他话音未落，潘劲沉着脸进来了。

刘大地打趣说，一天拆除两家厂子，咋还拉个脸？

给我玩横的，你后生还嫩了点，潘劲气哼哼嘟囔着，把公文包重重丢在桌上。大家问出了甚事。

潘劲说，没事没事。

还有人在追问，潘劲叹了口气露出笑脸，没看见刘县长满面红光浑身喜气，晚上赶回来召集大家，肯定有重要事，我不扫大家兴了。

这天刘大地的确气色不错，情绪甚佳。他把方便面盒子推到一边说，大家不要为难潘县长了，他不说让他憋屈着，我急着回来召集大家，确实有重要事情。

目光扫过，见大家齐刷刷瞅着他，刘大地言归正传，环境立县大方向确定了，可新的路咋走？新的发展是什么？这就是我几个月来持续调研的原因。治理污染全面推进，污染企业关的关，停的停，旧坛坛罐罐都打碎了，破了旧的就得立新的。构思新的，规划新的，发展新的，挑战就是机遇，机不可失，时不我待。

潘劲心急地说，新的是什么，你快说么。

刘大地说，所谓新，我想，就是按照环境立县的发展思路，统筹兼顾，发挥煤炭资源优势，能源优势，高起点发展资源综合利用、循环经济的现代新型工业。就产业本身而言，借助淘汰落后产能，调整产业结构，加快产业技术装备升级。站在县域经济的角度，还有个优化布局的问题，过去无序发展、遍地开花的局面，必须从根本上改变。再者，谋求新的发展，要经济与环境统筹兼顾，比如脆弱的生态环境如何恢复改善？还有“三农”问题如何应对？城乡如何协调发展？所有这些，决策者需要一改传统思维与视角，首先要树立绿色家园意识。发展必须以人为本，必须尊重人们享受良好的生存环境的权利。不仅不以牺牲环境为代价，而且，强县的目的是富民惠民，让老百姓得到经济发展、社会文明的实惠，所以，发展必须以保护和优化生态环境为出发点，以群众安居乐业、社会和谐为归宿点。

刘大地一口气说完，停下喝口水点支烟。

潘劲说，看样子，刘县长胸有成竹了。

刘大地接着说，我写了个材料，去打印了，一会儿发给大家。具体的讲，首先，结合制定“十一五”规划，先做个区域环评，通过对新民环境资源承载能力的分析，对资源的开发与配置、煤电、煤化工业的布局等，进行更合理的战略安排。其次，按照区域环评进行合理布局，规划几个工业区，做好规划环评，实行工业园区化，按照产业特点合理配置，形成资源综合利用的产业链，推行循环经济和清洁生产。再者，县城要好好规划一下，加快道路、排水、绿化、环卫、文化等基础设施建设，启动包括公园建设的城市生态建设工程，下一步还要建污水处理厂、垃圾处理厂。县电厂改成热力公司集中供热。这还远远不够，还要利用过境天然气管道，建设城市天然气工程，推广清洁能源，改变家家燃煤、户户冒烟的习惯。为了缓解堵车减少扬尘，主干公路要拓宽改造上等级，结合工业园区规划建设，县乡公路建设要加快。总而言之，只有大气污染治理好了，县城脏乱差整治好了，生态环境优化了，家园像个家园的样子，老百姓才能安居乐业，经济才能可持续大发展，社会才能和谐美满。

副主任把打印好的材料发给大家，刘大地挥着材料说，作为制定“十一五”规划的思路与构想，还需要集思广益，大家多发表意见。当务之急落实三件事，一是做区域环评，为制定“十一五”规划提供科学依据，我在西安见过省环保局高局长了，他协助把环评机构和专家咨询班子落实了；二是抓紧做好县城规划、河滨公园设计和天然气项目洽谈工作；三是小铁厂拆除和全面污染整治，明天我就去咱环保局，给他们布置任务压担子。我说得太多了，轮到大家畅所欲言了。

说实在的，刘大地县长构想的这一套，在副县长们眼里既新鲜又陌生，仅仅一个区域环评、环境资源承载能力的解释，就让人茅塞顿开，眼前豁然开朗。

副县长们惊诧之余，佩服不已，大家兴致高涨，各抒己见，对走园区化道路的话题辩得概念清晰了，困惑少了，共识多了，对新民未来充满绿色的希望。

这天碰头会一直开到凌晨一点，每个人肩上都落下具体任务，刘大地很满意，看看手表，宣布散会。

第七章

1

这一夜，刘大地翻来覆去，彻夜未眠。纵然胸怀大略，信心百倍，可事情干起来难免磕磕绊绊，哪有一帆风顺的？潘劲怒冲冲进来，不顺心的事写在脸上，他便明白了七八分。

潘劲走出会议室，这才告诉刘大地说，有人给他打匿名恐吓电话。

有人电话里警告，不要把炉子拆完，留下几个火种种么。潘劲问他你是谁，对方说，管我是谁，拆我炉子小心着。

潘劲劝他，你到我办公室来，面对面论理，不要在外头打电话了。对方不吃软，威胁恐吓口气更硬。潘劲火冒三丈，跟我玩你还嫩点，你后生有种，拆除现场上见。

潘劲一学说，刘大地笑了，往后这样的事情少不了，要多留心。

潘劲说，我不怕，我怕什么。我想了想，这后生八成是黄三娃。他有短处在我手上，张狂啥哩？

算是被潘劲县长猜着了，打匿名电话的正是“富民铁厂”黄三娃。甭看黄三娃电话里梆梆嘴硬，可撂下电话便泄气了。这些日子，铁厂老板们内心煎熬，反复无常，工作组反复做工作。三家私营铁厂一天内变得废墟一片，剩下厂子的老板们自知大局已定，唯独黄三娃不死心。黄三娃狗急跳墙铤而走险，背后有田永福撑着逼着。

县长们开碰头会时，黄三娃正和田永福在一起，喝闷酒，想对策。两人同病相怜，就像拴在一根绳子上的两只蚂蚱。按说黄三娃没这个胆给县长打匿名电话的，可不跟田永福顶风而上，他就彻底破产了。他哪惹得起田永福？买厂子欠田永福二百万，明明说转成了股份，可田永福听说要铁厂拆除，改口说是欠款，还美其名曰，免了利息只要本金。黄三娃哪里能拗过田永福？要是拆除补偿款进田永福腰包，他黄三娃就一无所有了。

从海南回来的田永福，整天关手机轻易不露面。他给胡晓燕发短信要见面谈一谈，胡晓燕一口回绝，只派人把汽车还给他。老掌柜那里他不敢闪面，“永盛”公司他不好登门，齐海红住所他夜深人静进门，要么一整天不下楼，要么早出晚归，关键是怕碰见熟人。

公子落难无亲朋，从前的狐朋狗友亲信喽啰，一个个像躲瘟神一样，电话里好言搪塞就是不肯见面，气得他合上手机日娘骂老子。婆姨胡晓燕和公司那边消息很闭塞，有一次在电视里看见胡晓燕，他猛地兴奋一下，醒悟之余倍感沮丧。

胡晓燕釜底抽薪，置他于绝地，田永福伤到心窝里恨在骨头里。他想着有一日杀回“永盛”，先把这个歹婆姨赶出家门。可他摸不透想不透，歹婆姨这出戏要唱多久，目的何在？是只为报复他，教训他？还是真要离婚？田永福无计可施，却绝不回头，惶惶不可终日，行踪嗜好全都走样了，原先时常出没的酒店 KTV 洗浴中心不再涉足了。一来没那么多狂钱，二来没有潇洒快活的心境，三来齐海红盯他盯得很紧，不是不放心而是离不开他。

没有他陪着搂着，这女子竟然吃不下饭睡不着觉。公司的重大变故，他转着弯对齐海红说了，这女子对钱与权无知得近乎麻木，竟然没甚反应。田永福哭笑不得，却也暗自欣慰。齐海红只关心甚时能上《星光大道》，只在乎田永福陪在身边。面对她的唯一愿望和要求，田永福没有理由不迁就她，满足她。

搁在原先，“富民铁厂”这点钱不算钱。可尔格的田永福，别说几百万，一块钱也是钱。身上几张银行卡越刷越少，还指望这二百万蛰居渡难关，图谋东山再起哩！田永福让黄三娃硬扛着，他想办法挽救摆平。倘若无力挽回，拆除补偿款他吃定了。

田永福他们喝酒的小饭馆专卖羊棒骨，在河滨路小巷子里，很偏僻。黄三娃紧皱着眉头，有些胆怯后怕，生怕公安找上门寻事。田永福使劲给他打气，这后生闷着头只喝酒。

田永福嘴里不干不净，看你没出息的熊样，肚里也就装着三个核桃两个枣，天塌哈来我顶着，就算破产又怕甚？患难兄弟嘛，等我回了“永盛”，聘你当副总，保你大翻身，说着捅了黄三娃一拳头，你信不信？

黄三娃连忙说，我信我信，脸上愁云散了许多。

田永福当面一连拨了几个电话，市里朋友答应给县里领导说说话，省里记者朋友答应尽快赶来给他们呼吁，维护民营企业的权益。田永福长舒一口气，端起酒杯说，几个电话搞定了，没甚事了，安心喝酒吃肉。

齐海红坐出租赶来时，两人都喝高了，满桌子骨头残羹剩菜。只要田永福没按时回家，齐海红都会打电话问清去处来接他。不过，这回不是时间问题，而是齐海红有重要事要说。

山西偏关县举行晋陕蒙接壤区二人台青年歌手大奖赛，北京那位田教授又去当评委，打电话希望她能参加。田教授说报名早已截止，大奖赛两天后举行，他给举办方说好了，可以特殊对待。齐海红一听乐开了花，当即表态参赛，答应明天就赶过去。她兴冲冲赶来，见田永福喝得醉眼蒙眬，娇嗔地撅着嘴，拉田永福要回家，还从田永福衣兜里掏出汽车钥匙，让酒店老板找人送他们。

这时，身着工装的一男一女说笑着推门进来，朝田永福这边扫了一眼，匆匆扭头转身出了门。齐海红愣住了，女的没看清面孔，男的她认出是梁有岗。

田永福也愣了神。他瞅见与梁有岗一起的是“东北人”婆姨。急忙起身，打个趔趄追出来，高声喊，等一哈，有岗，梁有岗。

梁有岗他们佯装没听见，加快了脚步，上车一溜烟跑了。

田永福急忙拨打梁有岗手机，拒绝接听，气得他直跺脚，酒醉醒了一大半，喃喃自问，这女人咋哈还在新民？咋跟梁有岗在一起？他一下走了神，神情恍然。

齐海红身后唤他，愣是没听见，被人家拽着胳膊拉上车。

这是梁有岗二回拒接田永福电话了。梁有岗与罗萍忙奔了一天，饿得饥肠辘辘，打算啃羊骨吸骨髓美餐一顿，却偏偏碰上最不愿碰上的人。两人连叹晦气晦气，罗萍更是郁郁寡欢兴致全无。梁有岗拉上罗萍一阵狂奔，把车开到孟青山小院前一脚刹车，按响喇叭，惊动狼狗，孟青山迎出门来。

此刻的这三人捆绑在一起，成立了新股份公司，梁有岗是董事长，罗萍是总经理，孟青山是副总经理，锵锵三人行。

那天去天赐庙进香，一游方道人在庙中算卦抽签。三人皆抽得上上签，个个欣喜不已，便向道人问卦。道人抬头一瞥，脱口而出，两山一水，山青水长，好自为之。三人面面相觑，个个惊出一身汗来，惊呼太玄了，太神了。罗萍闭目合掌，孟青山连磕响头，梁有岗又给道士掏出一叠人民币，被如数笑纳。买下焦化厂后，三人一拍即合，给新股份有限公司取名“天意”。

孟青山迎二人进屋，开玩笑问，咋哈又要开房？

梁有岗说，吃饭，快弄点吃的么，把人饿扁了。

孟青山给前台打完电话，又开怀笑了。在哪哒黑旮旯钻着，男欢女爱的，饭也顾不上吃？

梁有岗说，正事都忙不过来，哪有撒欢的工夫。本来要吃羊棒骨，碰见田永福那“灰圪跑”，我俩扭头就走，搅得饭也没吃成。

孟青山说，那有甚，又不是碰上鬼了。

梁有岗摇摇头，我看见田永福眼神里，有一股凉冰冰的阴气冷光。

罗萍那股情绪还没缓过来，不无郁闷地说，可不就是碰上鬼了。

孟青山又问，正事办得咋样？

梁有岗不耐烦说，事办成了，饭快些，吃了饭再说。

孟青山说声好，直接催饭去了。罗萍仍然心事重重，她情绪如此低落是有原因的。

买下田永军的焦化厂位于天赐川西北陕蒙交界处。他们接手后，梁有岗跟罗萍从早到晚守在厂里，抓管理搞技改促生产，大有起色。孟青山外边朋友多，负责销售，得心应手。三个人齐心协力，很快把里里外外都摆顺了，把个“天意煤化”打理得井井有条。罗萍学的冶金专业，又是国有大企业工程师出身，焦化小兰炭对她来说就是小菜一碟，玩得滴溜溜转，工艺流程不合适的地方，上手就改。荒煤气点天灯既污染又浪费资源，她一直寻思如何把它利用起来。要是放在大企业，装台燃气锅炉供热采暖、带个锻造汽锤什么的都没问题，可这里远离城镇山荒地野的，难以综合利用，再说要上个像梁有恒煤气发电之类的新项目，还得办手续搞建设，梁有岗有这种冲动，可罗萍认为小兰炭产业政策前景不明朗，不能轻举妄动。

孟青山人地两熟信息多，从内蒙回来听了罗萍想法，挠挠头说，新民有家金属镁厂改烧荒煤气了，人家先有金属镁，后上小兰炭，利用煤气给金属镁还原车间供热。咱厂山塆背后有家镁厂，停产两年了。

这些天忙得没顾上熟悉周边环境，梁有岗和罗萍闻讯喜出望外，急忙去看了究竟。厂子大门紧闭，死气沉沉，看门人告知，这里两年前发生意外事故，死了两个人。生意不好又出意外，家属漫天要价，老板赔得一塌糊涂，不想干了却盘不出去。买家一听死过人都嫌风水不好。三人进厂区转了一圈，荒草丛生，废渣遍地，只是厂房设备倒也完好。孟青山认为，跟从前承包田永军厂子的老板一样，主要是经营不善，加上地方偏僻，道路太差，生意影响大。

对导致死人的风水之说，罗萍不以为然，认为还是管理的问题。

梁有岗不信邪，活人还怕死人？

孟青山说，找风水先生治一治，没甚事。

两家厂子直线距离不足千米，绕过山塆也不到两公里。罗萍说架设煤气管道投资并不大，三人当即拍板，按照看门人提供的电话，第二天他们就找着镁厂老板。几番讨价还价，速战速决，盘下了这厂子。

孟青山果真找来风水先生，移动了厂子大门位置及朝向，放鞭炮挂红绸驱邪气烘场子，还把天赐川镇折书记、吴镇长请到现场，比比画画，一番好说道。治理污染，综合利用，又能使关闭的镁厂起死回生，镇领导大力支持，毫不含糊。一连多日，罗萍一头扎进资料堆，挑灯夜战，钻研镁冶炼工艺技术，还亲自动手搞设计画草图。

这一天，梁有岗和罗萍起了个大早。恰好定做的工装送来了，罗萍执意穿工装上路。他们一连考察了好几家镁厂，看人家工艺流程，煤气锅炉型号生产厂家，中途还专门去了“鑫兴”，罗萍有意看看梁有恒的煤气锅炉，还复印了一份煤气成分化验报告单，说是有用。

听说弟弟合伙人是冶金工程师，梁有恒亲自陪同去现场。这一天，穿着新工装的罗萍，风姿撩人，神采飞扬。与梁有恒边走边看边交流切磋，谈吐举止，知识女性的气质显露无余。梁有岗不由得联想她一路而来的多变身段，他感慨这又是她真实的另一面；更感慨都是命运所致，若不是落难佳人，焉能与他有这等缘分？

对这位堪称同行的女工程师，梁有恒佩服有加，深信不疑，送出大门还说，往后有甚请你帮忙，常来“鑫兴”走走。倒是马翠凤人走后念叨，老二从哪哒挖来的技术人才？还是个女工程师？

梁有恒答，管他男的女的，只要老二走正路，能把事干好就成。

忘记过去意味着背叛？罗萍就想忘记那段撕心裂肺的过去，尽管刻骨铭心，难以忘怀。罗萍希望以崭新的身份，开始新的生活。“女工程师”的头衔最合适不过了。这段时间忙忙碌碌，罗萍进入充实而向上的新状态，绣着红色“天意煤化”的蓝色新工装便是信心与希望的象征。罗萍头一回在新民正大光明地现身大庭广众。每到一处，梁有岗都郑重介绍，冶金工程师，“天意煤化”总经理，换来一束束敬重而仰慕的眼光。这一天的奔波，罗萍现场了解了镁业生产的各个环节，为完善自己的设计提供了依据。

感受阳光，潜心事业，罗萍心情好极了。梁有恒留他们吃午饭，两人推说行程紧谢绝了。午饭没吃，从最后去的一家镁厂出来，两人都饿得四肢乏力，无精打采。一路上梁有岗说羊棒骨好吃，饥饿烧心的罗萍垂涎欲滴，可瞅见田永福那一刻，兴致高昂的罗萍傻眼了，顿时食欲全无，潜藏内心的自卑自责自哀一股脑涌上心来。在她的揪心往事里，田永福扮演极不光彩的角色。在新民，唯有田永福能揭开她尘封的过去，掐着她的软肋。

声誉是女人的脸面，罗萍要在新民立足，不能不顾忌声誉，尤其是终于开始新生活，回归自我的时候。罗萍的心事只有梁有岗和孟青山清楚理解。尤其是邂逅知己梁有岗，了解了罗萍全部，对田永福的敌视与戒备，比她有过之而无不及。这晚上，饭菜端来后，梁有岗跟孟青山使尽浑身解数，为罗萍宽心解闷，三人喝得酣畅尽致。孟青山一高兴，说出自己的小秘密。

原来这老兄在乌海有婆姨有子女。整日穿梭酒店打理生意的窈窕女子，却是他的相好乌云其格。罗萍一脸惊愕，原来是这样？

孟青山醉醺醺说，人生就是这，男男女女，吃吃睡睡，是是非非，你说还能有甚？今晚不回厂里了，房间准备好了，让有岗兄弟安抚安抚你，大妹子。

一整夜，罗萍赤裸裸蜷缩在梁有岗怀里，云雨之后听着鼾声，彻夜未眠。

两天之后，孟青山带着爆炸性新闻，急火火赶到厂里。

田永福死了，出车祸了，在山西那边。

罗萍不信，孟青山拍胸说，真的，不骗你。

梁有岗说，我说那天感觉这“灰圪跑”的脸阴得吓人。

你没听说？人死之前有先兆，孟青山深沉地说。

2

齐海红台上角逐二人台青年歌手冠军，坐在评委席的阎香草心里藏着噩耗，瞅一眼台上就忍不住要掉眼泪。

齐海红傍大款一时满城风雨，艺校考虑给予处分。馆长也就是校长不知从哪儿得到消息，齐海红在准格尔“国华杯”民歌手大奖赛取得好名次，校长觉得艺校出了人才，也算成绩。加之阎香草惜才如金多番周旋，慢慢的事情淡化了，处分一事不了了之。阎香草发现，这孩子学艺更用功了，很有长进，只是见她躲躲闪闪，师徒心结未解。

那天阎香草应邀来到偏关县，这边的文化馆长便告诉她，新民有个齐海红参赛，还是北京田教授极力推荐的。阎香草并不知道齐海红报名参赛，急切切地等待着齐海红的到来，又不愿与指定会送她的田永福碰面，以免难堪，所以特别留神。

那天傍晚，她在酒店大院散步，一辆灰色宝马驶进来，齐海红走下车，田永福从后备厢取出皮箱后，站在车旁接电话，接的时间很久，齐海红一直站在旁边。后来田永福对齐海红说了什么，上车扬长而去。齐海红孤单一人走进酒店大厅，阎香草在暗处目睹一切，记下了田永福车牌号，问到齐海红房间号，直接敲门进去。

齐海红惊出声，阎老师，你咋在这里？脸刷一下红了。

阎香草心平气和地说，我是来当评委的，来了才听说你也参加，齐海红支支吾吾，说不出话来，脸更红了。

好事么，既来之则安之。收拾一下，一起去看望田教授。

田教授跟阎香草有过交往，见面才知二人的师徒关系。他笑呵呵问，这回你哥没来吗？跟老师一块儿来的？齐海红顿时羞愧难言，阎香草赶紧打圆场。

田教授夸齐海红天赋潜质都不错，师傅带徒弟，临阵再磨刀，争取拿好名次。当晚，阎香草让齐海红搬到自己房间住，帮她选好参赛曲目，商定如进入决赛，就唱新编的《四妞五盼》。

阎香草叮咛再三话里有话，关掉手机，放下一切思想顾虑，甚也不想，就想比赛一件事。齐海红心存内疚很是感激，想对老师说声对不起，却鼓不起开口的勇气。

第二天中午，文化馆长无意间告诉阎香草，新民一辆宝马车发生车祸，车上仅驾驶员一人，车毁人亡。阎香草连忙要文化馆长打听出事车号帮忙核实事故后，惊得心怦怦直跳，她知道田永福出事了，却不知如何是好。一连三天，阎香草忐忑不安，只字不提赛事之外的事。

齐海红用心专一，状态不错，一路过关斩将闯入决赛。一曲《四姐五盼》声情并佳，技压群芳，又是时代感强的环保内容，博得评委一致好评，高分拿下第一名。齐海红欣喜若狂，师徒拥抱一团，一股暖流全身，热泪盈眶地说，老师谢谢你，老师对不起，对不起。

阎香草紧紧搂着她，顷刻凄然泪下。

齐海红回到房间，一遍一遍拨电话，拨不通，急得坐卧不宁。

阎香草不露声色说，收拾东西，跟老师一起回。馆里车已经到了。

齐海红摇头，还是老师你先走，怏怏说罢，在楼道尽头继续打电话去了。

齐海红在外边焦躁不安，拨了再拨，足足一个小时。阎香草一直呆在房间。她深知躲不过乐极生悲这个坎了，想好咋样说，走到齐海红身后，拍了拍她肩膀说，不要再打了，跟我走么，先回去再说。

齐海红头也不回地说，老师你先走么。

阎香草稍有犹豫，直截了当说，他不会来了。

齐海红猛地转身，瞬间惊愕，双目茫然。

那天送你回去路上出了车祸，人不在了，阎香草低声说。

田永福？死了？

阎香草点点头。

齐海红脑子里嗡的一声，眼前发黑昏倒在地，不省人事。

齐海红醒来，方知自己躺在偏关县医院病床上，心如刀割，悲痛欲绝。一阵嚎啕大哭，哭得声嘶力竭，这才哽咽说，怨我，我害了他。

阎香草好言相劝，齐海红情绪慢慢平静了。病房只有她师徒二人。阎香草抚摸着齐海红的额头疼爱有加，语重心长慈母心肠，齐海红起先遮遮掩掩，见老师推心置腹，还是敞开了心扉，连做过一次刮宫手术都说了。

阎香草听完，感慨而严肃地说，傻女子，是他害了你，毁了你。

齐海红喃喃而语，他不送我，就不会出事的。阎香草叹息这女子，陷得太深了。老师，这哈我该咋办哩？齐海红忧郁迷茫，语调悲怆。

阎香草果断地说，还是忘了他，忘了这一段事，记住，他送你来偏关的事，只有你知我知，千万不要对谁说么。

齐海红无奈地点点头，可与田永福最后的那个晚上，那个白天，历历在目挥之不去。

不敢说田永福死前有甚先兆，可他最后时刻举动反常，却是真的。那天从小饭馆回家，参赛的事三两句就说妥了，田永福答应明天送齐海红去偏关，还要见一见田教授当面致谢。齐海红困了想睡觉，可田永福借着酒劲，贴在齐海红耳边絮絮叨叨，说了很多话。先是大侃过五关斩六将曾经的风光，接着挨个报怨离他而去的势利小人，然后骂梁有岗朋友的女人都敢睡。

齐海红就势问，跟梁有岗一起那女的你认识？

田永福慌忙矢口否认，出于本能，把齐海红越搂越紧，一口一个“你是哥的唯一”。

田永福说得冲动了，动手动脚硬要快活一回。

齐海红把他推到一边，才刮宫几天，你不知道？

田永福扫兴至极，又报怨齐海红不该瞒他做手术。

齐海红委屈地反驳，尔格都够丢人了，还想叫我抱娃上艺校？

田永福自知理亏，哑口无语。齐海红似乎睡着了，他神志焦虑，思绪跳跃，忽然想起上小学的儿子了，几个月没见，长成甚了？想到儿子自然又想到老父亲，他琢磨不透老掌柜那么精明的人，叫胡晓燕个女人家哄得团团转，虎毒不食子，不是老糊涂了才怪。父亲不敢见，儿子一定要见。田永福越想越睡不着，坐在沙发上抽烟，一根接一根。抽得口干舌燥了，打开一瓶酒自斟自饮。人都说有钱人会享受，可有钱人没了钱的难受，谁人可知？黄三娃那边看样子凶多吉少，就算补偿几百万也是杯水车薪。想到钱，自然又想到“东北人”的婆姨。把人睡了连姓甚名谁都没问，当初只想玩玩而已。这女人气质高贵，做派咄咄逼人，令他自卑有压力，床上感觉不甚畅快，有了齐海红便断了跟这女人的联系。“东北人”出事后，联系不上这女人，也就没当回事。想到这些，田永福后悔不迭。

“东北人”的钱和女人，难道让梁有岗占了大便宜？回头一定要找到这女人，一定要收拾这占财占色的混尿小子……

第二天一早，田永福又急急火火去找黄三娃了。省里小报记者当天赶到新民，他本身不打算抛头露面，又要送齐海红去偏关，把接待记者的事全推给黄三娃，声称自己有事出外，明天才回来。下午，齐海红催着上路，田永福却把汽车开到城关小学对面停下，他说周末放学早，他想见儿子一面再走，齐海红也不说甚，两人在车里干等着。

田永福接连打哈欠，齐海红心疼不已，明知要出门还折腾一夜，上路犯困咋哈开车？趁这会儿没放学，先合眼打个盹么。

田永福乖乖合上眼，齐海红每一点每一滴的细微关爱，都令他感动，让他动情。可此刻田永福心乱如麻，想儿心切，越犯困越没有睡意。放学铃声打断了田永福的杂乱心绪，他眼巴巴盯着校门，看见有小学生排队朝外走，正准备下车时，那辆熟悉的黑色大奔驶入眼帘，缓缓停在校门一侧，大高个司机下车径直站在校门口，分明是胡晓燕的车和司机。田永福心里一凉，呆若木鸡，透过车窗眼看着司机迎上前，拉起自己儿子的小手向大奔走去，最使他揪心的一幕发生了，儿子似乎认出了他的车，朝他车这边指了指，那司机也朝这边看了看，两人却若无其事地走近大奔。

田永福喊也喊不成，动也动不了，胡晓燕没准在车里，大妻小妾的短兵相接，辱骂厮打被人围观，这是他最没勇气看到的。大奔消失得无影无踪，田永福万念俱灰，眼眶湿了，真想痛哭一场。

齐海红漫不经心摆弄随身听，甚也没看见，还一个劲低头催他，快下去，快去呀。

田永福怏怏开车驶离现场。齐海红问，不见你儿子了？

田永福冷冷说，被人家接走了。

田永福路上果然时不时犯困，走走停停，宝马开得暮气沉沉。路过河曲地界，齐海红想去娘娘滩看看，田永福也想找地方歇一歇，二人决定在娘娘滩吃了饭再赶路。两人坐小船上岛，绕着沿河林阴道走了半圈，在圣母祠前看了片刻，就在旁边的餐馆里找地方歇息。按说娘娘滩是个诗情画意的浪漫之地，可田永福把坏心情传染给齐海红，两人都觉索然无味，与三亚海滩上的境况天壤之别。田永福闷闷不乐，还在想大个子司机的事。一路上，他把大个子司机骂得狗血喷头。

大个子本名陈涛当过特种兵，胡晓燕来公司前，陈涛复员回来在下属厂子开车。田永福原先就看陈涛不顺眼。这小子自从调进公司给胡晓燕开上大奔，把人和车收拾得一尘不染，容光焕发。尔格男司机女老板朝夕一起，左右不离，胡晓燕再正经也是女人，况且有色有钱，干柴烈火，焉有不着之理？他总觉得这两人有故事。

田永福为别人的故事愤愤不平，坐在对面的齐海红瞅着无精打采的田永福起了疑心，田永福与梁有岗一起的女人有故事，要不，为甚从昨晚开始田永福变得焦虑不安，神神道道？

齐海红挑起话题追问不止，田永福百般辩解好话说尽，可齐海红仍然半信半疑。田永福被逼得急红眼了，从皮包取出钱夹子朝桌上一甩说，哥说过一千遍了，你是哥的唯一，尔格哥就剩哈你跟这钱包了。这些银行卡，我只留一张，其余都由你保管，你当家，田永福说着把几张卡递过来。

齐海红不要。你拿着，你放心，我跟胡晓燕学的，她断我财路，你断我钱路么，男人没钱了，就没猴耍了。田永福实话以告，齐海红更不要了。

田永福一脸的忧郁，又说，娘娘滩上娘娘做主，你当家理财。密码都是哥的生日，你知道，在哥眼里是小钱，对你来说，省吃俭用一辈子，海吃猛花也红火一阵子。

齐海红总觉这话味道不对劲，却不知说甚。田永福替她把卡装好，亲亲她脸蛋说，你把哥逼得跳黄河不成？齐海红不再闹了。

躺在病床上挂吊瓶的齐海红回味那段话，田永福简直像是在安排后事，觉得很晦气，心里冷飕飕的悲凄。田永福说好住一宿的，接了个电话，立即改变主意，急着要返回新民去。齐海红在旁边看得清楚，田永福接电话时态度谦卑，赔着笑脸，连连称是，对方分明是个惹不起的人物。

齐海红听得含含糊糊，好像是为甚钱纠缠不休，田永福最后几句话拉大了嗓门，请领导放心，黄三娃甚也不知道，我决不是过河拆桥的人，我马上回新民，把记者打发走，把事摆平。田永福合上手机，给她交代几句就匆匆走了。

病床上齐海红胡思乱想，她忽然觉得，这个哄着自己上床的男人很陌生，她不了解的事情太多了。不过，齐海红坚持认为，那个打神秘电话的人把田永福送上不归之路。

病床边阎香草也在想。她想起邻居关老汉过世群众诅咒的话，冷不丁惊出一身汗来，人咒人，咒死人？世间真有这等玄奥之事?!

3

夜晚漆黑死寂。宝马撞在一辆路边抛锚的大吨位货车上，半截子塞在大家伙底盘之下。由于冲力巨大，小车车身挤扁撕裂了，连安全气囊也被大车后保险杠剐得扯了个大口子。田永福死得很惨，惨不忍睹。宝马没有刹车印痕，可见田永福对前方障碍毫无觉察，而且车速太快。大车司机在驾驶室突然一声巨响浑身颤抖，还以为地震了，跳下车逃命，可下来才知道有车追尾了。

田永福死了，手机里“喂喂”时断时有，一直响到偏关县交警赶到事故现场。交警勘察完现场了解罢情况，就知道死者边打电话边开车，对面会车大灯造成炫目才发生追尾的。

交警拿起手机没好气地训斥，别喂了，死人还能接电话？看你这电话打的，出车祸了。挨训斥的人是黄三娃。

黄三娃正在和田永福通话才说了两句，只听“妈呀”一声惨叫，轰隆一声巨响，就再无声无息了。

黄三娃很机灵，先是不停呼叫，后来间断呼叫，让两部手机始终保持通话状态，直到获得结果他才挂断了电话，而且直接关机。

黄三娃是最后一个与田永福通话、第一个得知田永福车祸身亡的人，黄三娃因祸得福，却不是唯一的受益者。田永福把一连串具有杀伤力的秘密带到阴曹地府去了。

县公安局只花了一个上午便查清打匿名电话的人是黄三娃。潘劲副县长决定会一会这不识时务的浑后生。公安干警等到傍晚才在恒源大酒店大厅找到黄三娃。

黄三娃刚从塞北机场接记者回来，警察们等着他把记者安顿好，就把他请走了。黄三娃用十字路口的公用电话打的，这里刚好装着治安摄像头。黄三娃不承认打匿名电话恐吓县领导，警察拿出确凿证据，黄三娃认栽了。会黄三娃时，潘劲也掌握了他请来记者的新情况。潘劲一字不提匿名恐吓，咬着追问县铁厂一百万去向。而且，他事先故意把这事叫得响响的，玩的是“打黑牛惊黄牛”，目的还是为拆除排除障碍。

潘劲这边一动作，那边果真有人担心“咳嗽引起伤寒”着急了，跳出来阻止田永福他们抗拒小铁厂拆除，于是有了那个令齐海红耿耿于怀的催命电话。

田永福返程路上给黄三娃打过电话，可当着潘劲的面没敢接。黄三娃真不清楚那一百万是谁的钱，却把匿名恐吓记者曝光的幕后操纵是田永福，连同田永福与他的债务纠葛都一五一十说了。

潘劲问，“富民铁厂”能不能如期拆除？

黄三娃哭丧着脸答，我甚意见都没有了，就怕田永福不愿意。潘劲说，田永福的工作你去做，那是你们内部的事，记者既然来了，明天我们也做做文章。

黄三娃出门就给田永福打电话，于是发生了前面的那一幕。黄三娃为田永福最后的尖叫而恐惧、战栗、难受，但他关掉手机一夜酣睡，也有内心踏实的道理。

大清早潘劲上班，黄三娃圪蹴在办公室门外等他。潘劲开玩笑说，哟呵，真是不打不成交，有甚事这么早？

黄三娃说，我想通了，今个儿拆除都没问题。黄三娃把记者撇下不管了来找县长，心里怀着小九九。赶在田永福的坏消息传回新民之前表明态度，顺水推舟好好表现，争取政府多给些补偿款。

潘劲问，你们商量通了？

黄三娃假惺惺说，联系不上他，算了，我的厂子我做主。

这浑后生，为啥来个原地调头？潘劲疑惑地问，你真想通了？

好我的潘县长，你大人不计小人过，打电话的事，我给你赔不是。

潘劲大喜，那好，下午就拆你的炉子，按最高标准补偿你。往后要做啥项目，只要是符合产业环保政策的，我会全力支持你的。

黄三娃很感激，连连鞠躬说，我立马回厂里安排，下午等你们去。

黄三娃出门又把手机关了。邀请他们来的人一个一个电话都打不通，消失得无影无踪，两记者有气也没处出，正收拾撤退，推门进来的政府工作人员开门见山，听说你们来采访小铁厂关闭拆除，欢迎媒体舆论监督，主管的潘县长在办公室恭候，他亲自给你们介绍情况，然后现场走一走。

记者稀里糊涂跟着走了，县上好吃好喝好招待，行程安排扎扎实实，两记者应付完事匆匆告退。黄三娃几台炉子倒地之时，传来田永福出车祸。众人皆惊，黄三娃麻木。

铁厂拆除后，黄三娃如愿拿到奖励补偿款，可是田永福丧事场面上看不见他的影子。不过，田永福好几次显身他梦里逼着他要账。据说他屋里还闹过鬼，他还得了一场病，新民都不愿呆了，这是题外话。

田永福车祸身亡的消息，好像一场突如其来的沙尘暴，飞沙走石掠过新民。引发了人们添盐加醋的街谈巷议，与为期半个月的小铁厂拆除消息掺和一起，成了人们茶余饭后的调味品。小铁厂拆得一个不剩，田家人车祸的话题也化作青烟随风而去。不过，身为“永盛”掌门人、田永福的遗孀胡晓燕依然深陷复杂而难堪的痛苦中难以自拔。

田永福的丧事谈不上红火，却很排场。这种惊天地泣鬼神的伤悲场合，有人重在告慰亡灵，有人重在安慰鼓励活着的人好好活着。田永福的身后事，前来吊唁的人基本上属于后者。说准确一些，大都是奔着胡晓燕和田永军，尤其是胡晓燕来的。田永福的名字与遗像，仅成了场面上必不可少的符号或象征。灵堂前只有田氏本家的几个孩子陪着田永福儿子披麻戴孝跪着，还打闹玩耍着瞧热闹，看不出有多悲伤。吊唁的人们有的礼节性上一炷香，更多的，诸如梁有岗兄弟戴玉夫妇这些人，见一见胡晓燕他们，随上礼说些安慰话就走了。

刘县长跟潘副县长他们也来吊唁，让胡晓燕跟田永军感到意外，受宠若惊。田永福离去，悲伤的亲人心里流泪，背着人流泪，却在灵堂前没掉半滴眼泪，这就是胡晓燕和公公田生财。

偏关噩耗传来，胡晓燕呆若木鸡，脸色蜡白，嘴唇颤抖，第一个念头便是儿子没爸了。她半晌说不出话，眼泪啪嗒啪嗒往下滴，却哭不出声，浑身瘫软在老板椅上，进而手脚冰凉，抽搐着晕厥过去。几个副总赶紧把她送到县医院里，另一拨人直奔偏关处理事故。

胡晓燕睁开眼看了看围在床边的一圈人，有气无力地说，我没事，快给永军打电话。之后，胡晓燕腿软得几天下不了床，整个丧事由田永军一手操办。

胡晓燕是个很传统的人，这样的家庭变故，她绝对没想到。她想要的最好的结局，不外乎田永福浪子回头，给儿子完整的家幸福的童年。在她的固有理念中，离婚是下下策，是不得已而为之。她一怒之下把田永福赶出家门，却把离异的人生之路，视若一条福祸难料的黑胡同。正因为此，她曾设想过带儿子远离新民，眼不见为净，相夫不成，教子有责，维系这千疮百孔的婚姻家庭，为了儿子的成长，儿子的前程，她情愿做出牺牲担待一切。胡晓燕之所以没有这么做，因为她心里除了儿子，还得装着“永盛”这个庞然大物。她横下心接管了“永盛”，倒也无意把田永福撇在悬崖边上。海南回来的田永福发短信，要见面要谈一谈，她十分冷静，一口回绝，并不是怨恨尤深意气用事，而是田永福连老子都不去见，仍然跟齐海红混在一起，缺乏诚意，毫无悔过，她觉得还没把田永福凉透透，还不到促膝长谈的火候，她不后悔。要说后悔，胡晓燕只后悔一件事。

田永福出事那天中午，胡晓燕外出办完事顺便去接儿子，远远看见田永福的灰色宝马停在马路边，心里扑通几下怒火复燃，怨气再起。往常自己下车自己去接，这天吩咐司机陈涛去了，儿子上车告诉她那边好像是爸爸的车，胡晓燕没吭声，摆手叫陈涛开车，一念之差，酿就终生悔怨。胡晓燕后悔没有让这父子见面，后悔没有给田永福回温骨肉亲情的机会。她把噩耗告诉儿子，看着儿子天真无助的哭丧相，骤然以泪洗面，眼泪为儿子而流，悔怨为自己而生。所以，胡晓燕的痛苦是复杂而难堪的，这辈子她欠儿子的，一次父子相聚的机会，一份无法挽回的亲情。

人生三大之不幸，“幼年丧父、中年丧妻、老年丧子”，一世风云饱经沧桑的田生财老汉全都遇上了。

胡晓燕和田永军突然一起出现在他面前，悲伤写在脸上却故作镇静，迟迟不开口。田生财便猜出七八分，他示意让他们有话就说。

两个人你看我，我看你，眼泪急出来了，还是没敢说。

田生财拿起一张纸递给他们，上面写着“生死有命，富贵在天”。

两人一看，更不忍心张口。田生财瞅了瞅他们，要过笔和纸写道，他不在了？二人大惊，慌忙点头。

田生财又写道，“那晚梦见他，满脸是血，跪下求我，我对他说，你不争气，我又奈何？”

田永军如实哭诉，田生财仰天凝空，形若木雕。

田永军跟胡晓燕竭力宽心相劝，田生财又写下“低调，厚葬”四个字，挥手打发他们快走。

目送二人出门，可怜的田生财老汉，顷刻老泪流干，泣而无声了。

田永军陪着胡晓燕，走了很长一段路，两人无语。

胡晓燕突然问，你说真有托梦这种事?

田永军摇摇头，怕是很久没见，老爷子思念操心太多所致。为甚那么有模有样，那么玄?胡晓燕忧心忡忡，又问。

田永军茫然道，说不清，反正生死有命，富贵在天。嫂子，你不必想得太多，节哀自重。

胡晓燕生冷地说，往后直呼名字，胡晓燕。

田永军像猛地被针扎了似的，钻心的疼，钻心的悔。

如果说人生有甚缺憾，田永军这辈子最大的缺憾，就是没能娶胡晓燕为妻。胡田两家原先住得近，且两家长辈多有交往。两个人从小学到高中同窗十几年，可谓青梅竹马，两小无猜。上初中后，青春萌动，田永军暗恋上胡晓燕。初中生男女之间界限分明，他暗暗地关注着她的一举一动，却并无丝毫举动。胡晓燕父母亲都在银行工作，家庭条件优越，胡晓燕从小学习出色，听话懂事，同学喜欢老师爱。田永军自觉相形见绌不如人，暗暗地发奋学习，努力表现，冒出一股“欲与天公试比高”的劲头，考上了本科院校。胡晓燕临场发挥不佳，却只上了大专。

人说暗恋是一种没有回报的爱。田永军把一切藏得很深，又不在同一座城市上大学，见面机会少了。有过表白的机会，田永军却没能把握住。对此，胡晓燕毫无察觉，与他始终保持着单纯同学关系。

胡晓燕早一年毕业回新民上班了。田永军大学毕业，毅然放弃留在大城市发展的机会，明里是遵从父命，暗里却是奔着胡晓燕回了新民。单位报过到上班之前，田永军先到王家峁乡政府看望胡晓燕，急于倾诉压抑已久的爱慕深情。老同学久别重逢，田永军感觉胡晓燕格外热情。两人在镇上小酒馆把酒叙旧，其乐融融。

田永军鼓足勇气坦言表白，谁知胡晓燕惊诧无比一下愣住了，双眼死死盯着他，半晌才冒出一句话来，迟了，你早作甚去了?

田永军脸色变了，这么说，你心有所属?

胡晓燕唉了一声，你有这心事，早干甚去了，哪怕写张字条，发个短信，都不至于有今天，尔格我是你未过门的嫂子，你甚也不知道?

田永军顿时没神了，浑身上下透心的凉。透过只言片语，田永军揣摩出胡晓燕对自己的些许期待。可阴差阳错，坐失良机，悔之晚矣!

问题出在这一年里，田永福追得紧攻势猛，两家老人也竭力撮合，可自己败在兄长手下败于自己醒得早，起身晚。悔而思悔，且不说自己莽撞扑空，单从胡晓燕的终生幸福着想，他对哥哥为人处世再熟悉不过了，他愤慨，这不等于一窝白菜让猪给拱了?！田永军早就看透兄长的放纵狡诈与贪婪，他不相信哥哥田永福能带给暗恋的心上人终生幸福。尽管手足之情，却志趣背驰，兄弟俩难免分道扬镳，这种情绪一直持续到哥嫂步入洞房，筹办婚礼的田永军精神彻底崩溃了。

与胡晓燕低头不见抬头见，与哥哥貌合神离，进而矛盾激化，田永军万不得已，远走他乡。虽说娶妻生子事业有成，但心灵的煎熬尚难休止，尤其是兄长的绯闻烂事不时传来，搅得他心烦意乱的时候。尔格祸从天降，兄嫂姻缘已了，可侄儿年幼，心上人年纪轻轻守寡，更何况她一个妇道人家身单力薄，还要支撑老田家庞大家业。田永军焉能袖手旁观？他面临人生路上的新抉择。

那天，田永军忙着处理丧事，一出闹剧令他难堪不已。有个美貌妖艳女子突然扑到灵堂前长跪不起，田哥长田哥短，嚎啕大哭。众人不知所云，拉她起身问个明白，女子一把鼻涕一把泪，声称是田永福情人，家住鄂尔多斯市，与田永福交往五年有余，生有一女，田哥一走丢下孤儿寡母，无依无靠，要老田家给个说法。

女子语出惊人，现场一片哗然，田永军颜面丢尽，又气又恼，捺着性子把她叫到一边。女子拿出与田永福在海南三亚别墅的亲密照。田永军看都没看说，这些甚也不能证明。你想要钱分家产，上法院告状么；你若是输了，我反告你诬陷诈骗；你要在这里胡搅蛮缠，我立马把你扭送到派出所去，你信不信?

女子索性倒在地上，又哭又闹耍无赖。

司机陈涛气哼哼过来，田总，这事不劳你大驾，我送她去，说着老鹰抓小鸡似的，一只手把女子提得离地三尺。女子四肢腾空，手抓脚踢，叫喊不停。

围观者跟着起哄，有个愣后生竟喊，水格灵灵的，送派出所怪可惜的，送到我家里去么，我要了，说着，真的出门给陈涛带路。

陈涛边走边说，你要这烂货作甚，还是送派出所去。

众人相拥尾随看热闹说怪话，女子挣脱夺路而逃。

当晚，田永军拿着那女人撇下的照片来胡晓燕家里。胡晓燕扫一眼，便解开海南亚龙湾疑团。

田永军发牢骚说，可把人丢尽了。胡晓燕苦笑道，这有甚，我都见怪不怪了。胡晓燕麻木不仁，田永军愤慨难平，我看他……唉，作孽多了天理难容。晓燕，真海不晗这些年你咋过的？一句话，点到胡晓燕的伤痛处。

胡晓燕敞开心怀，把田永福所作所为，把不幸的婚姻经历，把内心的委屈无奈愤怒，全倒了出来，几度哽咽嘘唏欲绝，等到言终语止，她已经力竭声嘶，眼泪都哭干了。田永军心疼不已，为她擦完眼泪伸手过去，头一回把她揽在怀里。

第八章

1

江山上任两个礼拜，小铁厂拆除告捷，环保局快速搬家。他们新租下一处独家小院，有座两层小楼。从前是商业系统物资站，单位撤了房子空着。他们租下后，里里外外整修一新，办公用品也都换成了新的，搬家那天，两辆新车也买回来了。同志们个个喜气洋洋，楼上楼下蹿了个欢，戴玉闹着要放鞭炮。江山说，乔迁之喜，也是新民环保局新的开始，买去，买去，买最大的最响的。

鞭炮放得震天响，附近的“永盛”闻声而动，派人送来花篮。

原先来新民，江山从没进过环保局机关，吃住办事都在宾馆。不是不去，是人家不让去，说去了连坐的地方都没有。那天陪刘县长一起走进环保局，把仅有的几间办公室转了转。听说过这里办公条件最差，却没想到会差成这样子。最大一间办公室十几个人挤在一起，三个人合用一张桌子。江山忍不住直摇头，刘县长也皱起眉头。刘县长要和大家座谈，人到齐了有一多半人站着，令人难堪。刘县长先把新局长江山介绍给大家，接着表明他主要来听大家意见的。

戴玉快人快语，连珠炮似的打头阵：原先在新民，环保局地位最低是公认的，办公条件最差是出名的，干事最不亢硬是有原因的。

刘大地心平气和地说，有甚原因，但说无妨，只管说。

领导不重视环保，心里也就没环保人，弄得我们可怜巴巴的低人一等，像是后妈生的。尔格环境立县，总不能像原先一样，上班练站功，下乡靠腿功，监测凭眼功。先把我们武装一哈子，好马配好鞍，也好叫我们冲锋陷阵干一场。

戴玉话音未落，挤作一团的人群里响起掌声。

刘县长有点尴尬，笑了笑，我没猜错的话，你就是戴玉。戴玉同志说得好，批评得很中肯，情况我都看到了，没想到这么差，真的很震惊，大家畅所欲言，有啥说啥，我洗耳恭听。

杜牧副队长接着说，环保局成立以来，县长亲自来局里看望大家，这是头一回，我们打心眼里高兴。戴玉说得虽然直白，但却是事实。咱省上环保部门市以哈垂直管理，经费市里按人头哈拨，放在没有资源优势没甚企业的农业县，凑凑合合，可新民的企业多，尤其是民营企业近千家，往后要加强监管，经费杯水车薪。人财物虽然在市上，干的都是新民的事，县上给予财力支持也是应该的。

刘大地点点头，说得好，体制的情况我知道，接着说。

大家见刘县长平易近人，七嘴八舌毫不顾忌，座谈会气氛融洽，话题广泛而深入。一向士气低迷的新民环保人，转眼之间来了精神。特别是刘大地县长最后的表态，犹如春风拂面，的确鼓舞人心。

刘大地是这么说的。不管谁家主管，环保局都是新民的环保局，一家人不说两家话。实施环境立县战略，就要打破条块分割的体制束缚，市县合力壮大环保队伍。这样吧，第一步，县财政拿钱先给大家改善办公条件，马上另租房子，更换办公用品添置车辆，办公经费县上给予必要补贴。第二步，多方筹措资金，两年之内修一座环保大楼，建成全省一流的县环境监测站，把环保局变成新民“环境立县”的窗口单位。大家闻声而起，掌声格外热烈。

不过，我这里有言在先。刘大地清了清嗓子说，戴玉说好马配好鞍，我这是用“好鞍换好马”，县委县政府下决心三年内摘掉“黑三角”帽子，为治理污染不惜打破盆盆罐罐，不怕伤筋动骨，这下子你们可以放开手脚了。还有，破了旧的谋求新的发展，环保上要做的工作更多、更细。所有这些，都要看你们的能耐了。

刘县长说完，大家拼命地鼓掌。初来乍到的江山内心有的些许顾虑一扫而光。座谈会开完，刘县长先走一步，江山接着开了个短会，把同志们挨个认了一遍，借刘县长的话给大家加油打气，然后布置一项特殊任务，全体出动找房子，尽快找到合适办公场所，先把窝收拾好。

那天中午，刘县长宴请戴巡视他们之前，江山陪同刘大地与潘劲一起看望戴巡视，在酒店房间，刘大地顺势把污染治理进展打算，“环境立县”的整体思路，作了详实汇报，戴巡视很满意，情绪不错。酒桌上只剩下喝酒聊天，副县长们都来了，既能喝酒又能唱酒曲。陕北汉子，高原酒文化，粗犷豪气，咄咄逼人，戴巡视操着浓浓河南口音，一会儿“中”，一会儿“不中”，频频应付，有点儿招架不住。江山赶紧护驾打圆场。

趁着江山替他喝酒的工夫，戴巡视小声说，我看刘县长像一个人。

江山问像谁？天赐湾的文老先生，戴巡视说。

席间，戴巡视称天赐湾现场会开得好，也说起他结识的忘年之交文长贵老汉，可刘县长应酬自如，不露声色。江山也佯装不知，甚也没说，可心里感慨这外甥像舅舅，是骨子里头的像，简直像神了。

其实江山很快就知道刘县长是文长贵外甥了。那天现场会后，他和戴玉陪同戴巡视一起去看文长贵，路上戴玉悄悄告诉他的。

戴巡视走南闯北，是个善交朋友的义气之人，上次见文长贵练书法，这次就给文长贵带来了一块老坑端砚。

文长贵惊喜不已，连连说，太贵重了，受之有愧，受不起么。

戴巡视吟道，端溪古砚天下奇，紫花夜半吐虹霓，这块老坑端砚，细腻娇嫩，滋润得足以“呵气研墨”，是我托广东朋友专门为你带的。

文长贵看了再看，爱不释手，却深感受之有愧，忽然想起一件东西，急乎乎要老伴赶紧从衣柜底下翻出来个红布包袱，他当下打开，原来是件做工精美、皮草上乘、镶着一排银铃小纽扣的羔羊皮坎肩。

文长贵说，东西是老古董，有些过时，可还有些来历。当年有个帮助马占山抗日的蒙古王爷落难，我父亲救了他，王爷送给父亲以此做纪念的。父亲没舍得穿，我也没穿过，年年夏天都要拿出来晾一晾。我看你穿最适合，晋陕蒙交界这哒，冬天风大，冷得很，贴身穿上好御风寒，说着非要戴巡视试一试。

戴巡视推推挪挪的，不得不从命，一试正合身。文长贵乐了，情不自禁朗朗吟曰：“羔裘如濡，洵直且侯。”

戴巡视猛一愣说，文老先生说的像是《诗经》里的句子？

文长贵答曰，这是《诗经·郑风·羔裘》里的头两句。这首诗借助衣着皮袍的描写，表现人的品质德行，赞美了一位正直勇敢、不渝操守的官员。

戴巡视大喜，这礼物我收下了，不过，还得求文老先生一幅《羔裘》的墨宝。上次在郝翔那里看你写的条幅，便有这念头了。

文长贵难为情了，犹犹豫豫说，我只是爱好练字，写得不成样子，拿不出手。

江山和戴玉一旁使劲吆喝，文长贵只得找了《诗经》翻开看了看，这才摊开笔墨，洒脱行书写道，“羔裘如濡，洵直且侯。彼其之子，舍命不渝。羔裘豹饰，孔武有力。彼其之子，邦之司直。羔裘晏兮，三英粲兮。彼其之子，邦之彦兮”。

戴玉看不懂，文长贵一句一句解释。

江山忍不住说，我只知道《诗经》里有很多反映爱情的诗，比如脍炙人口的“关关雎鸠，在河之洲。窈窕淑女，君子好逑”，没想到原来也有赞美官吏操守的诗。

文长贵笑道，老百姓对你们当官的多有期待，有褒有贬，自古到今，情理如一。各个朝代都有清官好官，自然有歌颂他们的文章诗篇。

四尺整张的《羔裘》，如行云流水，洋洋洒洒，戴巡视赞不绝口。江山也开口求字，文长贵只好满足。戴玉想要却张不开口。

文长贵要给江山写“关关雎鸠”那四句，江山只要前两句。

戴玉便开玩笑说，我们江局长婚姻美满，家庭幸福，再好的淑女也无所求了。

江山笑了笑，“雎鸠和鸣于河之洲上”，我感觉很有生态意境，挂在案头，足以自勉。

文长贵执意挽留，戴巡视答应在文家窑洞住一宿，二人切磋切磋书法。刚说到兴致处，刘县长电话来了。

江山接完，给戴巡视说了刘县长要宴请他，戴巡视连说免了。

江山说，盛情难却，怕是推不掉。

当文长贵面与戴巡视商量调整行程，几次提到刘县长，可文长贵老汉神色自若，似乎与刘县长毫不相干似的。目睹文长贵平静的表情，江山猛然想起老戴说过“文老先生很有气场，深藏不露”的话，对这位县长舅舅更加肃然起敬了。

搬进新办公室后，江山便把文长贵给他写的“关关雎鸠，在河之洲”裱糊装框，挂在墙上。

文长贵这幅字写得苍劲有力，用笔老到。内行人见了赞口不绝，追问笔者何人，江山只说是个朋友，一句带过。

江山琢磨透了，刘县长跟文长贵老汉对舅甥关系三缄其口，拿捏得滴水不漏，肯定是顾及外甥工作怕节外生枝。这一点，从戴玉那里得到证实。那天座谈会上，刘县长能猜出戴玉，说明戴玉与文长贵家关系不一般，他觉得有必要跟戴玉聊一聊。原先他欣赏戴玉的泼辣性格，适合干环保，没想到这女子现场会上笔头子一露蛮出彩，着实令人刮目。他看好了戴玉是个干将。

江山的为人处世，干练周全又精明。他无论做甚事，都要摸透相关错综复杂的人际关系。并非他恪守官场潜规则，他这是有备无患，始终让自己站在明亮的高处。从这个意义上讲，在江山心目中，新民既是一张正好作画的白纸，又像一团带根的乱麻。

刘县长来环保局的当天下午，局里人就找到闲置的物资站，人家主管上级部门不愿出租，刘县长一个电话搞定了。急需添置车辆办公设备的报告，整修新办公房子的计划，次日早上，刘县长大笔一挥“特事特办，从速落实”。刘县长一诺千金，立竿见影，环保局同志看在眼里，喜在心里，个个扬眉吐气，走起路腰板也直了。

江山不仅没了顾虑，反倒感觉压力空前。上任第三天，他主持局领导班子开会统一了思想认识，又召开全局干部职工动员大会。江山的开场白慷慨陈词，县委县政府新班子决策“环境立县”，刘县长力挺环保，要钱给钱要车给车，全力支持咱环保部门依法监管和治理，我和大家一样备受鼓舞，山重水复疑无路，柳暗花明又一村，新民环保事业拨乱反治的时刻来了，用实际行动重塑新民环保新形象，老百姓指责的“假环保”一去不复返了，摩拳擦掌冲锋陷阵的时候到了。

他话没说完，戴玉杜牧他们抢着表态。江山深受鼓舞，告诫大家说，大家充满信心，我更有信心，过去不亢硬有原因，现在若不亢硬，那就是咱们自身的问题。

会上，江山调兵遣将，退二线的老局长带两个人，负责新办公场所的整修办公家具设备的采购。书记和副局长带人分两路去省内兄弟单位考察，前者侧重考察机关内部事务管理，后者主要考察县级监测站的业务技术仪器设备。剩下的人全部归他指挥，兵分几路，对除小铁厂外的每个污染企业的生产设备、环保设施是否健全、运行是否正常、各项排污指数是否符合规定，有无挂牌督办？是否属国家淘汰的落后产能？对每家企业的法人代表、经营厂长、隶属公司、厂址所在地，以及立项建设环评手续、排污费收缴情况等，也进行全面大排查，逐个建立详细台账，再按行业分类对全县的煤炭、发电、水泥、建材，兰炭、焦化、电石铁合金等进行归类造册。

按照江山说法，先把污染底子摸透，做到全局自上而下，人人心中有数。三拨人三项任务，半个月内务必完成。江山已经派人订了饭店，会后全局大会餐，说是给大家壮行，也有点“开张”的味道。

江山举杯发话，今儿自己的酒，能喝的放开喝，不过，从明天开始，咱们约法三章，污染企业的酒，业务单位的酒，一律不沾口，免得吃了人的嘴软，“工作就是喝醉”那是原先，尔格工作就是工作。想酒下班喝，喝自己的，工作搞上去了，我请大家。

江山带局班子成员挨着桌子转，又是敬又是碰，大家开怀畅饮，酒曲不断声声高，豪情满屋尽兴至极。第二天，其他两拨人行动了，江山他们加班干了两天，按照现有资料和掌握情况，搞出了台账表册的草表。江山安排租来几辆车辆，他和监察大队的正副队长分别带队分片包干，下企业进车间现场核实，带着草表逐项对照，不清的搞清，不实的核实，漏网的入网。

江山再三叮嘱，咱这次是拉网式调研，力求扎实、准确、高效。

戴玉分在江山这一组，走的是天赐川镇这条路线。几个月里几番接触，江山在局里与戴玉最熟了。一路上，两人无话不说。比如，戴玉两口与文长贵老汉的特殊关系，文长贵不愿意张扬外甥是县长的初衷，他都弄清了。最要紧的是，戴玉把文长贵写匿名信，天赐庙给记者指点迷津，自己与记者邂逅吐实情，戴巡视顺藤摸瓜寻找文长贵等等，毫无隐瞒，和盘托出。

江山不听不知道，一听吓一跳。舅舅反映信把外甥推到“环保县长”位子上，第一锤子下去先砸了表兄的饭碗，连自己“捎带”来了，真是天下之事无奇不有，他感慨命运有时倒也灰色幽默。他估摸刘县长对匿名信的事已经知情，他们承受着不能承受的生命之轻？对文长贵老汉，对刘县长，江山从内心深处产生一股难以言表的敬重。

戴玉问，咱为甚花这么大气力抓污染企业排查调研？

江山简明而言，没有多说。戴巡视告诉他另一个内情，新民环境问题曝光之后，省环保局暗里做了不少工作，派人秘密调查取证，给国家环保总局专题反映情况，高局长赴京与总局领导达成默契，还赶到天赐川镇密会戴巡视商讨对策，中省环保部门联手行动，这才彻底揭开黑盖子，扭转了被动局面。江山由此判断，刘县长没退路了，他也没退路，他们被系在同一辆只有前进挡的战车上。

从戴玉他们那里，江山对新民大企业背景有了更多的了解。当然了，赶上田永福车祸身亡，一路上说得最多的还是“永盛”那些被人演绎过的事。围绕田永福的故事跌宕起伏，情节扑朔迷离，江山听得饶有滋味，却也云里雾里的，咋哈也想象不出田永福是个甚人。

“天源实业”不少企业在天赐川。江山他们每到一处厂子，尤乃生都亲自迎候陪同，从直接的间接的信息中，江山捕捉到尤乃生思想嬗变的微妙。江山习惯这样，进厂子问老板情况，碰见老板问厂子情况。在天赐川镇，有家小硅铁厂老板无意间提到新组建的“天意煤化”开局红火，还说那里来了个漂亮能干的女总经理。

江山不大熟悉情况，可天赐川镇冒出来个新煤化企业，还有个漂亮的女老总，连戴玉也纳闷好奇，她特意问了厂子大概位置。调查摸底的最后一站，戴玉带路，大家颠颠簸簸奔那里而去，赶到一看，原来是“永盛”名下的焦化厂易主换了门庭。戴玉告诉江山，这地方靠近内蒙地界，名叫石板台，蒙语是“雨后泥泞的胶泥地”的意思。

这厂子戴玉来得多了，从没有尔格这阵势。厂门换成电动的，门卫换成着保安装的。听说是环保局来检查，保安拨了电话，有个文绉绉的后生气喘吁吁跑来迎接。耳目一新的感觉告诉戴玉，这地方盛哈能人了。

江山环顾四周，员工清一色蓝工装，办公区种了花草树木，环境卫生也搞得整整洁洁，要不是煤气点天灯有煞风景，还真像那么回事。接待的后生自称临时负责办公室，倒水递烟彬彬有礼。

戴玉直截了当问，你们老总是女的？

后生点头称是。

带我们江局长去见她。

后生答，罗总在施工现场忙着，打过电话了，她说一会儿就回来，请你们先喝水休息。

戴玉问，施工作甚？

后生答，往山峁背后镁厂架设煤气管道，对这边兰炭车间的煤气综合利用。

戴玉手中的摸底草表上，这家镁厂已被一笔勾销不见名目，连忙问，你们老板把那家停产几年的镁厂买哈了？后生点头称是。

半晌没吭声的江山站起来说，咱们到现场去看看。后生前面带路，厂里有人碰面称呼后生“于老师”。

江山一问，后生姓于名强，原先是小学的代课老师，工资太低，转正无望，辞职来的。原先每月三百多元，尔格年薪三万多元。

江山开玩笑说，树挪死，人挪活，你这是一夜脱贫了。

与罗萍握手那一刻戴玉愣住了，有一点似曾相识的感觉。一口东北味的普通话，与北京记者赵娜像极了，言谈举止十分得体，有着女人难得的高雅质地，令人望而敬畏，戴玉不由暗生醋意。

罗萍对煤气利用项目介绍得很专业。江山很惊讶，便多问了几句。一听是从大国有企业出来、科班出身的冶金工程师，他没多想，只是觉得这样的专业人才搁在这么个小厂厂，有点儿屈才。

江山问及这两家厂子的前身情况，罗萍答不上来，不亢不卑地说，等梁总回来，他能说清。

戴玉问，哪个梁总？罗萍说，我们董事长，梁有岗。

戴玉一听差点蹦起来，梁有岗，这浑汉，我同学，给他打电话，就说戴玉来了。

戴玉言罢，于强便出门打电话了。戴玉把罗萍仔细打量一番，心里画着个不大不小的问号……

2

假如有人问，天底下有一本男人读不懂的书，答案百分之百——女人的心。难懂莫过女人心。至少，在不同地点的同一时间，郝翔与梁有岗这一对昔日同桌，都发出这样的疑惑与感叹。

结束摸底调查行程，从天赐川回来那天，江山他们擦黑进城，汽车把戴玉送到她娘家楼下走了。戴玉上楼接了儿子回自己家。母亲塞给她半条羊腿，戴玉进门先把羊腿炖在锅里，又忙着收拾屋子，郝翔回来过，脱下一堆衣服，戴玉又把脏衣服塞进洗衣机。

往常戴玉打开电视机调在娱乐频道，一边哼着小曲扭着屁股干家务，乐滋滋的是一种享受。可这天享受的感觉全无，戴玉心里头乱糟糟的，连自己也说不清理不顺。一连多日乡下奔波累了？戴玉精力充沛，浑身有使不完的劲，甚时感觉困过累过？工作上单位上遇上烦心事？环保局形势大好一片阳光，陪同新局长下乡一路顺当，任务完成了，领导对她又有了更多了解，高兴还来不及哩。

与梁有岗一起的女工程师女老总的模样又在眼前晃了晃，戴玉心想，梁有岗跟谁在一起关我屁事。戴玉眼巴巴等着郝翔回来。两人多日没有肌肤之亲了，戴玉很想让郝翔在被窝里搂着幸福幸福，然后把有关梁有岗的新发现说给爱人听。

郝翔迟迟不见踪影。羊肉早炖好了，儿子要上学习惯早睡，她先给他弄着吃了，让他洗漱送他上床。然后把洗好的衣服晾上，自己独自吃饭，却味若嚼蜡，原本想要郝翔陪她喝几口红酒的。戴玉有点失落，不过，戴玉没有电话追踪的习惯。说好的今晚回城三口团聚，没回来，自然有没回来的理由，这一点，戴玉对郝翔百分之百的信任。

戴玉吃罢收拾完厨房，郝翔仍没回来。戴玉翻出赵娜记者送的一直舍不得穿的真丝睡衣，痛痛快快洗了个热水澡，站在梳妆台前拍拍抹抹一阵装扮，而后，还把那特别的香水拿出来给枕边喷了喷，这才钻进被窝里。

这香水是赵娜有意放在睡衣口袋里的，粗心的戴玉竟一直没有发现。有一日独守空房，浴后拿来试衣，发现衣兜里的小秘密，惊得她一声尖叫，悔骂自己笨死个人，第二天就给赵娜打电话致谢。

戴玉与北京两个记者联系密切，起初电话互致问候，后来在 QQ 上聊天，对方在线，都热热乎乎聊几句。她给他们寄过红枣之类的土特产，还说定了赵娜结婚，她去北京参加婚礼。赵娜送的香水搞得满屋飘香，戴玉想起赵娜，自然又想到那个叫罗萍的女人，又是一阵心烦意乱，偏偏这时候房门开锁一响，郝翔回来了。

戴玉把头扭过去，假装睡着了。郝翔洗浴完毕，脱得光溜溜的直往被窝里钻。戴玉忽地闻到酒味，猛地翻身起来问，你喝酒了？

郝翔说，镇上折书记他们来找我，非要喝几杯。

戴玉没好气地说，好么，事业有成了，今儿沾酒，明儿沾色，跟梁有岗没甚两样。

郝翔说了句这被窝香死个人，便一把把戴玉搂在怀里，顺手关了床头台灯，不一会儿，两口子翻江倒海激情荡漾。折腾完事，郝翔搂着戴玉，两人都说有重要事要说。

郝翔说，你先说。戴玉说，你先说。

郝翔便说，折书记和吴镇长今儿找我谈话了。

戴玉不由得爬起来问，找你作甚？

郝翔老老实实地说，想让我当天赐湾的村主任。

戴玉一听气不打一处来，咱回村是为了搞事业，咋哈把村上婆姨生娃浑汉跳墙的烂事都推给你？！不干不干。

郝翔为难地说，怕是难推托么。

戴玉窝着火不说话，扭过身子蒙住头。

郝翔伸手要扳她过来，她不耐烦地喝斥道，睡觉睡觉，明儿赶紧回天赐湾当村主任去。

郝翔被婆姨这从未有过的举动弄蒙了，快快穿上衣服，躲到客厅看电视去了。

第二天一早，戴玉赌气没搭理睡沙发的郝翔，先送儿子后上班走了。梁有岗和那个罗萍的事闷在心里，好像总有一股无名火没处发泄似的。回了天赐湾的郝翔给她打电话她不接，给她发短信她不看，别扭闹到局里乔迁那天。张罗着放完鞭炮，戴玉被江局长叫到办公室。

江山开门见山说，杜牧同志被派到市委党校学习两个月，你给咱代行一段时间的副大队长职责。

戴玉听罢直摇头，我不成，我就干具体事，领导指到哪哒我打到哪哒，我可不是当官的料。

江山笑了，组织决定了，你也不必推辞了，先代理两个月，能力欠佳表现不好了，你想干也不让你干哩。

戴玉问，这么说，非干不可？

江山不软不硬地说，是的。戴玉突然朗朗笑了。

你笑甚？戴玉说，我笑人要是走官运了，躲都躲不过，我家俩人一哈子都要当官了。

江山奇怪地问，郝翔要当甚？

镇领导非要叫他当村主任哩，戴玉说着打开手机查看短信。郝翔发的有好几个，最后一次写道“长贵爷觉得我干了村主任，利大于弊”，戴玉苦笑着看完，对江山说，看样子我家真要出个村官了。

江山也笑道，你两口子正好比翼双飞。

戴玉不无忧虑地说，都挑上了公家的担子，谁顾家呀？

江山摆摆手说，行了行了，那天刘县长面前说得斩钉截铁，头头是道，今儿这话，哪像你戴玉的刚烈火辣的性格。下午你就参加部门领导会，我可要分任务压担子了。戴玉不再说甚。

那天以后，搬进新办公楼的环保局一派新气象。人员有所调整，充实了监察大队力量，各部门建章立制提速运转，上下职责分明，人人提起精神，忙忙碌碌，一团火热，显得人气旺多了。监察大队分工建污染企业详细台账，老队长交给戴玉具体负责。

由于角色转换，重任在肩，一向争胜好强的戴玉显得更忙。早出晚归加班加点，一忙起来，家顾不上了，梁有岗的事、郝翔的事统统顾不得想了，满脑子都是污染企业的资料数据。等到把详细台账整出来，再按行业分类把全县的煤炭、发电、水泥、建材，兰炭、电石、铁合金等归类造册完成了，戴玉心里头装了一幅新民企业污染治理的“活地图”。江山自然也心中有数了，眼前一片豁亮。从前环保局处在那种非常状况里，对新民污染“家底”知之皮毛，无论是领导宏观的全局的把握，还是具体监管的工作人员对企业详尽了解，没有人能说清说透，尤其是动态信息掌握不够。现在，有了提供量化分析的“活地图”，就有了污染治理的方略图和进程表。江山亲自给县政府起草全面污染治理的实施意见。情况熟底子透，知此知彼，江山形成清晰思路，依照环保法律法规和产业政策，按行业分类实施污染治理。分类治理整顿，分批关闭拆除。而且，根据污染指数量化分析，结合国家挂牌督办企业名单。名列新民污染之首的小兰炭焦化行业，成了继小铁厂之后，又一场关闭拆除的重头戏。

近百家小兰炭焦化厂分三批关闭：第一批集中关闭县城、干线公路边的三十四家兰炭企业；第二批集中关闭紧邻的乡镇、村庄、河流的三十二家兰炭企业；第三批收官之战，关闭最后的二十八家兰炭焦化厂。小兰炭焦化厂关闭拆除名单，是江山跟戴玉一起整理出来的。

江山叮咛再三，刘县长有指示，县上召开兰炭企业关闭拆除动员大会之前，这名单要绝对保密，不得外泄。咱局里只有你知我知，县政府常务会研究之前，锁在我抽屉里。说完真的收起来锁在抽屉里。

戴玉亢硬地回答，你放心，你那边锁抽屉，我这边把嘴就锁上了。

江山笑道，咱两个彼此彼此。

梁有岗厂子不在关闭之列，戴玉心里头反而酸不溜秋的，不舒坦。她愤愤不平地说，没想到这回让梁有岗占了个便宜，逃过一劫，

江山似有疑惑，看着戴玉解释道，那是你老同学眼睛亮，赶在关闭拆除大势头之前上了综合利用项目，也算是好事情。戴玉无语。

戴玉出色完成任务，老队长很满意，江山大会小会地表扬她，女同事们对她另眼相看，男同事都吵着要她请客。戴玉慷慨允诺，我家开着农家乐，还怕没酒喝？忙过这阵子，选个周末在天赐湾招待大家。

最近一段时间，戴玉深感扬眉吐气，精神状态佳，心情也不错。单位被重用，个人才干发挥是其一，天赐湾现场会让郝翔扬名新民是其二。嫁了个农民身份的郝翔，成了她潜在的精神负担。女同事们在一起，说得最多的是我老公我娃我家，女人爱攀比好虚荣在所难免，可遇到这种场合，原先戴玉总觉得无可炫耀，底气不足。除了性格因素外，这也是她不愿朝女人堆扎，喜欢和男同事说说笑笑的原因之一。

尔格她要用郝翔的成功，证明了她当初的明智选择。在她内心深处，郝翔的成功就像是她的“定海神针”。她尤其想要梁有岗看到，想要梁有岗认识到，郝翔比他梁有岗强。于是乎，潜意识里，梁有岗与郝翔这一对同桌永远捆绑在一起，梁有岗的一举一动，戴玉若明若暗不无关注。好久没见也没有梁有岗消息了，那天在“天意煤化”所见所闻令戴玉大为意外。她一是感觉梁有岗变了，脱胎换骨的变，没有了乍乍乎乎的毛糙，不见了喜好撩乱女性的轻浮，变得深沉持重，慎言慎行。二是梁有岗的事业有个美貌智慧的女人，令她惊诧不已。

戴玉百思不得其解。她隐隐约约感到，梁有岗身边的神秘女人绝非等闲之辈。妒忌是女人的天性，戴玉莫名其妙地把自己与毫不相干的女人摆在同一个天平上，连自己也觉得莫名其妙。孟青山亲口说过梁有岗染上不该染的女人。会不会就是她？这个，孟青山应该知情，上次调查回来路过酒店，还停了一下，进去没找到这家伙。后来打过一次电话，手机不在服务区。明知与自己毫无干系，可她就想弄个菠菜豆腐，一清（青）二白。想归想，说归说。戴玉一忙起来却把这段隐隐心事都抛到脑后了。

这几天环保局好事连连。市环保局支持新民大打环境治理翻身仗，下拨政府采购指标，两辆新车很快就接了回来。县上掏钱，买回“便携式综合气体分析仪”，县环境监测站立马派人去市站培训仪器操作。最

重要的是，县政府常务会通过了环保局的“按行业分类治理整顿，分批关闭拆除”的新民污染治理实施方案。

这次以环境综合治理为专题的政府常务会，环保、供电、煤炭等部门领导都列席了。刘大地总结了小铁厂关闭拆除的经验教训，明确指出：分类治理整顿，先动起来，以达标排放为目标。我看环保局的意见可行，就这么办。

刘大地说到这里，目光巡视一周，大手一挥，语气更亢硬了，国家产业政策是一堵墙，凡是不符合产业政策的小电石、小硅铁、小水泥、小火电等坚决拆除，主管部门和乡镇做好企业说服疏导工作，成熟一家，拆除一家，工商部门注销经营证照，电力部门切断电源，煤炭企业断了原煤供应，绝不姑息。对符合国家产业政策，但不能达标排放的污染企业，法律和行政手段双管齐下，迫使企业彻底治理。具体的“限期整改”，由环保局发通知书。整改无效果，实行“停产整改”，以县政府名义发出通知书。停产先停电，由县政府给电力部门出具断电通知。今后凡是环保上的此类重大事情，政府办理不过夜。

供电局长站起来表态，我们接到政府通知，保证在十二小时之内拉闸断电。其他部门领导也纷纷表态，全力执行政府的决策。

会后，刘大地把江山叫到办公室说，下一步关闭拆除污染企业，兰炭小机焦数量最多，牵扯面大，一定要稳妥，绝不打无准备之仗。咱们先要把退路找好，你也知道，兰炭是咱这里土生土长的，一直没能进入国家产业准入名录，一方面按上边要求参照焦炭产业的准入标准，上综合利用项目，还需要进一步研讨；另一方面，兰炭产业不仅不能自生自灭，还要做大做强，当作新民经济支柱产业、环保亮点产业来从长计议。这样，新的大兰炭项目要工业园区前提。潘副县长正在主持搞区域环评及工业园区规划，我也让专家们给兰炭项目把把脉，咱把退路想好踏实，立马实施关闭。江山点头说，按照刘县长指示办理。

参加完政府常务会的江山回到局里，立即开会传达部署落实任务。第一批“限期整改”通知文件印好了，发给下乡的各小组。次日，局里新车旧车倾巢出动，各小组两天之内全部送达。戴玉仍负责天赐川这条线，这次江山跟了别的组去别的地方。临出门，江山拿出一份请柬交给戴玉，要她顺道代表环保局出席“天意煤化”综合利用技改项目的点火仪式，还把最好的新车派给她，以壮环保声势。戴玉欣然领命，暗自盘算，见一见梁有岗，把心里的疙瘩解开。那天她给梁有岗摆脸色弄难堪，有点失态。

路上想着心事，戴玉一反常态，神情严肃。随行小后生戴大队戴大队的，叫得她心里别扭。这浑汉甚时来过？把请柬直接送给局长了？那天在“天意”，梁有岗赶回来见个面寒暄了几句，非要留他们吃饭，被江山婉拒。他与江局长仅此一面之交，绕着门过去找领导，是不把老同学不放在眼里？还是心怀鬼胎有意躲闪？

路过鄂尔多斯大酒店，戴玉让司机把车开到后院。孟青山的小院门锁着，她返回酒店大厅，老板娘乌云其格告诉她，孟青山多日没回来了。戴玉不再多问，匆匆赶路，沿路挨家送达文件。

新车的感觉真不错，春风得意马蹄疾，办事效率高，人也阳火风光。每到一家企业，小后生都特别介绍戴玉的副大队的新身份，而且有意把代理去掉了。戴玉要他实事求是，小后生就是不听，戴玉不得不谦虚补充“临时代理”几个字。

戴玉记着请柬上的时间，送了不到十家，便吩咐先去“天意”。快到时，梁有岗电话来了，问他们甚时能赶到。

戴玉没好气地说，你咋知道我来？梁有岗不回答，只追问甚时到。

戴玉不耐烦地说，快到了，你急甚，说完就把电话挂了。

戴玉赶到“天意”时，梁有岗、罗萍、于强，还有孟青山，四个人一字排开站在大门外。戴玉他们下车，四人迎至车前。

没等小后生介绍，梁有岗直呼戴大队，诚恳地恭维，几天不见，当上大队长了，恭喜恭喜。

戴玉反唇相讥，你才是士别三日，当刮目相看，躲在山沟沟里，美女彪汉左右相伴，混得人模狗样了，说完有意识瞥了孟青山一眼。

于强见状说，这是我们孟副总。

戴玉说了句我认得，便挖苦道，人家梁有岗二老板升成大老板，你却把老总降成副老总，看你混得背成甚了。

孟青山憨憨笑道，我是大树底哈好乘凉。

戴玉叮咛说，一会儿有事找你。

天赐川的折书记吴镇长已经到了。梁有岗郑重介绍，这是县环保局监察大队的戴玉，戴大队长，我们是老同学。

折书记哈哈大笑，我们认识，一起筹备过现场会，只是不知道人家的队长头衔。戴大队，你来得正好，我跟吴镇长原本打算进城找你哩。

戴玉明知故问，找我作甚？

折书记说，不急，一会儿再说。

戴玉不依不饶，挑明了说，不就是当村主任的事。

折书记只好说，听说你有意见，想上门做做你的工作。

戴玉心里没气了，嘴上依然不饶人。我家郝翔回天赐湾为的是搞绿色企业，咋哈非要让他当村主任，打狗支桌子吆鸡关后门看客人娃拉屎，伺候村里人？

折书记苦笑道，我跟吴镇长岂敢拿大梁当椽使，这都是县委杨书记的想法，现场会后，杨书记把天赐湾定为他农村工作的联系点，一心打造绿色示范村庄，推动全县的生态建设，可老村主任在煤矿上有营生，常年不回来顾不上料理村务，杨书记觉得你们郝翔是个合适人选。

戴玉问，此话当真？

吴镇长在一旁回答，千真万确。戴玉不吭声了。

"天意"点火试产，没有请县上领导，县上部门只请了环保局，全凭镇领导撑场面唱主角。这一带偏僻，村稀人少，山川旷野，几近荒凉，锣鼓敲鞭炮响，却没来几个看热闹的老乡，仪式显得低调而冷清。点火试机一次成功，兰炭厂的荒煤气变废为宝，小山峁背后的镁厂起死回生，而且，兰炭厂和镁厂车间都安装了收尘设施，生产环境大为改善。这一切，都是身着工装忙前忙后女工程师罗萍的功劳。罗萍场面上不善应酬，陪同着大家现场边走边介绍，把专业知识深入浅出，讲得头头是道。她还特别说，下一步还要建个污水处理厂，把两边厂子的废水回收处理，实现生产用水的循环使用。

戴玉刀子嘴豆腐心，向来公私分明情理两清。面对这令人欣慰的清洁生产雏形，聆听这位女工程师讲解，戴玉不得不打心底服了。趁着人不注意时，戴玉把罗萍打量了又打量，忽然羡慕起她的苗条身段、她的白皙皮肤、还有她东北味普通话的腔调来了。

之前，戴玉问孟青山，罗总就是你说的梁有岗结识的女人？

孟青山坚决一口否认，不是不是，你想哪哒去了。

孟青山话说得硬气，说罢却直冒虚汗，只是粗心的戴玉没觉察到罢了。

仪式结束后，梁有岗在职工食堂小餐厅招待大家。席间，戴玉身份特殊成了众矢之的。

梁有岗端着酒杯，语气恳切地说，戴玉老同学，原先多有冒犯，我自罚三杯，说完连喝三下。往后还想干点事情，请老同学多关照，我再敬你三杯酒。

戴玉撇着嘴说，酒可以喝，先说说你后生咋哈一夜间修炼出道的。

梁有岗回答，你家郝翔把事干成了，有名有利，我自然有压力嘛。

戴玉端着酒杯说，我家郝翔关你屁事，我看你是浪子回头。

梁有岗说，你说是就是，浪子回头金不换，反正我算是活明白了，喝酒喝酒。

戴玉吃软不吃硬，一连喝了三杯。折书记和吴镇长也拿郝翔说事，戴玉又喝了六杯。接着孟青山过来敬酒，提起接待北京记者和戴巡视，声称他对新民环保作过贡献的。

戴玉想想也是，接过酒杯，冷不丁又问了一句，今儿你没说假话？

孟青山拍胸脯答，我拿脑袋担保。

戴玉没辙了，再喝三杯。接连迎战，来得太猛，戴玉有点高了。她端起酒杯对罗萍酸溜溜地说，罗总，我算是看明白了，没有你，他梁有岗能把事办成？冲着这一条，我敬你三杯酒。

罗萍推说不会喝酒，戴玉不依，罗萍只好从命。戴玉喝上劲头，不让小后生代酒，还频频出击，结果，饭后席散她醉了。

等她清醒过来，发现自己躺在罗萍寝室的大床上。

3

新民人勇者无惧的秉性中，除了陕北高原与生俱来的粗犷强悍，还掺杂着晋商的精打细算、蒙古人的奔放无缰。

新民经济是从乡镇企业起家的。从上世纪那个如火如荼的年代开始，“办个厂厂挣大钱”是几代人的梦想与追求。有了得天独厚兰炭产业，就有了以兰炭为原材料的电石硅铁硅锰硅钙。有了硅铁，又有了以硅铁为原材料的金属镁。新民人敢说敢干，兰炭、电石、铁合金产业遍地开花，燃烧各异，污染有别，治理难度，可见一斑。

两天之内，众多污染企业老板收到“限期整改”通知书。继小铁厂关闭拆除之后，新一股白毛毛旋风终于刮到自己头上，老板们坐不住了。特别是列入第一批整改的电石铁合金的小老板们更是如坐针毡。环保局送通知的人讲得明白，这一波若不达标排放，下一波县政府下达“限期停产整顿”。他们心知肚明，自己比不得尤乃生胡晓燕这帮大老板回旋有余地，真要断电停产，他们可就惨了。在这个节骨眼上，环保局通知，组织企业老板赴内蒙宁夏考察烟尘治理，企业自愿参加。企业报名踊跃，江山亲自带队。

这是江山的主意，与田永军有直接关系。

老父亲深陷丧子之痛，胡晓燕情绪低沉，田永军处理完兄长丧事，陪着他们在新民呆了些日子。为答谢县上领导对老田家的关切，也为给胡晓燕积累些人脉关系，临走前宴请刘县长。

那天，他在“永盛”公司拟名单发请柬，忽然外面鞭炮齐鸣。胡晓燕进来说，县环保局搬到商业物资站院子。田永军吩咐以“永盛”名义给环保局送花篮过去，以贺乔迁之喜。胡晓燕二话没说即刻派人办理。他又问清名字，顺手给宴请名单添了江山局长。

江山收到花篮又接到请柬，对遭遇横祸的“永盛”印象加深了，可没打算赴宴。临到时间，潘副县长打电话来，说是他去，刘县长也去，要他赶过来。刘县长他们能赴约，算是给足田永军面子。江山去了才知道，主要是冲着田永军这个人。

田永军年纪轻轻，阅历丰富，思维超前，这些年漂泊他乡几经历练，不仅生意做大了，在宁夏地区小有名气，而且对现代企业，从理念到经营理解独到，技高一筹。席间，田永军谈吐不俗左右逢源，态度谦和彬彬有礼，学识素养尽在言谈之中，举手之间。江山也是头一回见到胡晓燕。相比之下，传言中叱咤“永盛”的胡晓燕倒显得有些逊色，像个稳重文弱的贵妇人。

江山注意听刘大地跟田永军拉话。原来刘县长与田永军，早在几年前北京的一次煤化工清洁生产研讨会上就认识了。

酒喝到兴头上，刘大地对田永军说，还是回来发展吧，给家乡作作贡献么。你嫂子很能干，最近把“永盛”打理得上了正道，可毕竟是女人，不容易，家里出了这大的事，听说你老父亲年迈，身体又不好，“永盛”这边真的缺个顶梁柱。

田永军点头说，刘县长言之有理，父亲也是这意思，我也有这方面考虑，只是宁夏那边一时半会儿还离不开，先两面兼顾着来回跑，家里这边有重要事，我就赶回来帮忙。

田永军对江山十分客气，时不时借着敬酒拉几句。田永军告诉江山，电石铁合金之类的高耗能企业的粉尘治理，宁夏和内蒙那边有企业做得不错。江山便萌生带企业考察学习的想法。

田永军说，没问题。他这方面掌握的信息多，可以帮忙联系。

潘劲在一旁鼓劲说，让老板们出去开阔视野，这是好事，抓紧落实，尽快成行么。

众人把酒畅叙，唯有胡晓燕有点儿强打精神，状况不佳，行走席间，淡淡的笑容遮不住内心的郁郁与悲苍。大家从头到尾没提起田永福一个字，江山联想到外界传言，不便多言语，只对送花篮表示感谢。酒席过半，胡晓燕身体欠佳，支撑不住，提前致歉告辞了。瞅着她怏怏而去的身影，江山越发同情起胡晓燕来了。江山回到机关，正在单位加班的戴玉有事还在等他。一看他脸色涨红，戴玉问跟谁喝酒了。江山照实说，免不了提及胡晓燕。

戴玉顿时愤愤不平，男人寻欢作乐，为甚受伤的总是女人？

江山疑惑不解，戴玉讲了田永福身后一件事，江山恍然大悟。

这事为阎香草亲历亲为。正是阎香草的及时解围与陈情，才解开了胡晓燕对齐海红的怨恨心结。

从偏关回来的齐海红，一直住在阎香草家，比赛获奖的荣耀全无，白天郁郁寡言，晚上噩梦不断，做人流后身体本来就很虚弱，偏关赛事铆足劲硬撑着，加上受了精神打击，整日神志恍惚，不思茶饭，脸蛋小了一圈，气色也少了往日的红润与光泽。围绕田永福横祸与丧事，外面满城风雨，阎香草怕她再受刺激，不让她出门，要她呆在屋里静养身子，白天给她做好吃的，晚上陪她睡在一起。几次齐海红从睡梦中惊醒，泪流满面唏嘘不已，阎香草揪心的难受。该劝的都劝了，齐海红仍走不出阴影。阎香草清楚，时间是最好的良药。田永福死后不久，外边闲话少了。有一日，阎香草爱人从塞北回来了，齐海红要回自己住所。阎香草拦不住，只好亲自送她上楼进屋，嘱咐她有事打电话。

齐海红走了两天没音信，阎香草不放心，下午下班便打电话过去，手机开着没人接。阎香草径直去了齐海红住所，敲了半天，门才打开了。齐海红显然是从被窝里爬起来的，披头散发，脸色苍白，走路踉踉跄跄。阎香草上前一摸浑身滚烫，这孩子发烧了，一问才知，她两天水米未进。

阎香草一边心疼地抱怨，一边扶她起身去医院。医生说她身体虚弱，感冒重了，开了药挂上吊针。阎香草扶着回到住所安顿好，下楼买东西给齐海红做点吃的。热腾腾的鸡汤端到床前，齐海红默默流泪，哽咽着喝不下去。阎香草眼眶湿了。天色渐黑，阎香草看着吊针一点一点滴着，任由齐海红紧紧握着自己的手。一阵重重敲门声传来，阎香草犹豫片刻，走过去打开房门。胡晓燕站在门外，身后站着大高个魁伟后生。

胡晓燕一愣问道，你咋在这里？

阎香草知道麻烦来了，冷冷地说，进来么，扭身回到床前。

胡晓燕跟进来，四周环顾着走进卧室，双眼直盯着齐海红。

齐海红有气无力地问，你找谁呀？

胡晓燕见打吊针的齐海红病恹恹的怪可怜，满肚子气话硬话卡在喉咙，我就找你，我是胡晓燕。

齐海红愣了愣，淡淡地说，你来要房子？等两天病好了，我收拾了就搬走，成不？胡晓燕便又不知该说甚了。

三个女人阴脸冷面对峙数分钟。阎香草开口说话，不要为难海红，她还是个孩子，够可怜的了。我本来想去找你的。你要愿意，先稍坐，吊针完了，咱两个拉拉话。

胡晓燕没言语，转身出卧室，她一摆手，司机陈涛先下楼了。

吊针滴完，阎香草拔了针头，给齐海红盖好被子，出来对胡晓燕说，到外边找个地方坐一坐。

胡晓燕说了声，成么，跟着阎香草一起出门。

新民两个女名人的交谈，在茶秀的小包间里进行。陈涛点好茶果，看着服务员端上桌沏好茶，出门到车里去了。

阎香草原先对老田家有成见，后来听说胡晓燕对关老汉丧事善后处理颇得人心，对她看法有所改变。两人仅仅认识，没打过甚交道。

阎香草说，你也是知书达理有身份之人，咱开门见山，都是女人，我能理解你对海红的怨气。你是受害者，可海红何尝不是？

胡晓燕冷冰冰地反问，你这是要跟我论理么？

阎香草摇头冷冷地说，我只是想告诉你真相。

这些天，阎香草把田永福对齐海红从认识引诱到阴谋得逞全摸透了。田永福利用齐海红单纯无知歌星梦想蓄谋设局，齐海红不知不觉落入圈套，她断定那晚电话骚扰恐吓的人不是别人。

此刻，面对有点盛气凌人的胡晓燕，阎香草越发理直气壮。

齐海红是我的学生，她还不到十八岁，我有义务保护她。要论理不找你，我找公安，找法院，可惜知道晚了，再说人也不在了，要不然，我会从保护学生出发，告他诱奸的。

胡晓燕听着不舒服，正要说甚，阎香草摆手制止，先让我把话说完，你也看见了，海红房子都要退还你，她个未涉世事的农村傻姑娘，清纯得像一张白纸，所以才被人骗被人给毁了。

胡晓燕想起奔丧哭灵堂女人的恶作剧，态度有点释缓，喃喃而语，你说，我听着。

阎香草从头到尾细说端详，却有意省略了偏关这一段，她不愿让齐海红再为田永福之死背上包袱。就这，对田永福泡妞伎俩有耳闻却不知底的胡晓燕，听得目瞪口呆，脸色骤变，骂了句该死的畜生，红着眼眶长叹一声，羞愧不已，半晌不知说甚好。

阎香草也唉了一声，恳切而动情地说，我比你年长，就叫你晓燕妹子，听姐一声劝，事情过去了，就叫它过去。都是命运，怨谁也没用。事已至此，我也有责任，对“永盛”解雇关老汉的事我有看法，你家老爷子过寿唱曲，我不愿意去。假如我应承了，梁有岗也就不会推荐海红。海红在艺校学生中是拔尖的好苗子，可这孩子有想法要出名，我们不知情，倒被别人利用了。你也清楚。县上办的艺校，管理跟不上，咋说我们也有责任。

胡晓燕对田永福在外拈花惹草，都是道听途说，似有真凭实据的，唯有齐海红。听了齐海红确确实实被诱骗，胡晓燕自然辨得明谁是谁非。

面对阎香草一片诚恳，她自我圆场说，其实我也就是想见见这姑娘长甚样，也没要房撵人的意思，真没想到事情会是这样。都是那死鬼作的孽。香草姐，对不起，孩子做了人流，身体虚弱，你给她带些钱去，买些营养品补一补，说着掏钱夹取出一张银行卡。阎香草死活不收。

你有这心就成了，我会转告她的。唉，一个含苞待放的小姑娘糊里糊涂毁了身子，造成多大的心灵创伤？用钱，用房子，用甚都换不回来了。男人寻欢作乐，为甚受伤害的总是女人？到此为止，恩怨一风吹。胡晓燕点头称是，难堪而辞。

胡晓燕回来对田永军说了。田永军又惊又气，脸色很难看，沉默片刻说，这种事情已经过去了，你压根就不该去。既然甚都知道了，还是买些东西派人去看看人家姑娘。

第二天，胡晓燕派司机陈涛去了，门一直叫不开，晚上灯一直黑着，一连去了几次都如此。胡晓燕只好作罢。那天宴请了刘县长他们，田永军便回了宁夏。走之前给胡晓燕请了两个得力帮手。上面要求民营企业成立党组织，田永军三顾茅庐把刚退休的农行韩行长请到“永盛”任专职书记，分管人力资源和办公室，协助胡晓燕抓机关建设，把守人事关。

韩行长对企业管理很在行，又特别敬业，来了按照现代企业理念建章立制，开展员工培训学习，把公司内务打理得井井有条。企业污染治理势在必行，有几家厂子也被“限期整顿”，好在田永军把宁夏手下的一位工程师调过来，协助“永盛”完善治理方案组织实施，胡晓燕授权他专司此职。

这样一来，胡晓燕轻松多了。田永军走前嘱咐，公司的事少操些心，最好出去旅游散散心，先把心情调整好。

田永军一走，胡晓燕心里空荡荡的。胡晓燕没心情，怕出远门，照常上下班，只是懒得下厂子。白天在公司忙忙碌碌不觉得，晚上实实难熬。黑暗中，她想起那回被田永军抱着的异样感觉，由不得浑身燥热呼吸短促，闭目于虚幻之中游荡一回；睁眼之时，又见一片漆黑一团冰冷。胡晓燕辗转难眠，情爱的渴望异性的期待折磨着她，苦熬到天亮。

谁不知道偎依在男人怀抱里，是女人最幸福的时刻？可这幸福，胡晓燕久违了，说严重些，跟上田永福这“灰圪跑”，甚时感受过？田永军安慰疼爱的一抱，像是冥冥中无意间打开了潘多拉魔盒，胡晓燕受不了了。睡梦中总与男人苟且交欢，一会儿像是田永军，一会儿像是梁有岗，甚至还有司机陈涛……醒来羞愧不堪，次日见陈涛很难为情。

有天上班事不多，她靠着老板椅犯困，就打了个盹。醒来心烦意乱，忽然想起梁有岗。齐海红是梁有岗牵的线，搁在原先，她免不了臭骂他一顿，尔格她对谁都恨不起来，她只想见他跟他喝喝酒，倾诉心中郁闷。电话拨通，梁有岗说要赶到城里见她。

胡晓燕说，我去你那哒，挂断电话，叫了陈涛便出发。

司机陈涛原先就在卖给梁有岗的焦化厂开车，家又在附近农村，轻车熟路。只是沿天赐河逆流而上，越走路况越差，路面被大车压得坑坑洼洼，过往车辆尘土飞扬，赶到“天意”时，油光铮亮的大奔神气全无。

从灰头灰脸的大奔里出来，瞅见梁有岗西装革履神气十足，还带个着工装的漂亮女人迎上来，胡晓燕心里酸溜溜的，揶揄地说，哟呵，多日不见，女秘书都配上了。

梁有岗脸刷一下红了，赶紧介绍说，这是我的合伙人、我们总经理罗萍。

罗萍大大方方伸出手，梁有岗介绍说，这位是“永盛”总经理胡晓燕。罗萍心里扑通一下想到田永福，握手时神色很不自然。梁有岗陪着胡晓燕在前，她跟在后头，隐隐约约听见他们对话。

该不会是金屋藏娇么？

看你说的，胡姐，人家是冶金工程师，专业技术人才。

罗萍很纳闷，梁有岗熟悉的女人咋都用异样眼神审视她？让她感觉不舒服。不过，上次环保局的戴玉临走，倒也姐妹相称，互留电话亲热告别。这几天，污染治理风声紧了，企业纷纷寻找出路，前来“天意”考察学经验者接二连三。三个人走进办公室刚刚落座，又有家兰炭厂来人考察，罗萍趁机给梁有岗打了声招呼，便忙去了，赶胡晓燕走都没露面。

在胡晓燕记忆中，梁有岗是唯一跟她谈过田永军暗恋之情，靠近她情感世界的男性。她很想倾诉，于是把他选做唯一的男性倾听者。

胡晓燕说车上的两瓶酒两条烟，打发陈涛拎上回家看看。她跟梁有岗独处了一下午，起初在兰炭厂这边办公室，后来溜达到镁厂那边。梁有岗镁厂的办公室有套间，兼做寝室。

胡晓燕看了看里边大床，忍不住又问，美女老总住哪哒？

梁有岗笑着回答说，胡姐你又多心了，人家胡总是我生意上的伙伴。

胡晓燕不无狐疑地说，只是生意上的伙伴？我看不见得。

梁有岗也很纳闷，为甚胡晓燕跟戴玉都吃罗萍的醋？

戴玉头一回来见罗萍后，热嘲冷讽不留情面，弄得他很尴尬。

齐海红的话题早已经谈过了。梁有岗当时义愤填膺，他说把齐海红介绍给田永福，是这辈子做的最后悔的事。胡晓燕对此深信不疑，却又拿罗萍说事，梁有岗立马扭转了话题。他一边摆弄着功夫茶，一边关切地说，胡姐，还是说说你自己，我看你状态不好，还没缓过来？

田永福过丧事时，梁有岗看望过胡晓燕。

这次胡晓燕明显憔悴了许多，回答说，我没事，好着哩。

梁有岗又问，永军哥会不会回来干？他有甚打算？

胡晓燕说，我也不知道。

他要能回来就好了，说不定你们……

胡晓燕板着脸打断说，胡说些甚？人家两口子恩恩爱爱的，再说了，你胡姐是横刀夺爱的人么？我宁可一辈子守寡，也决不做那号缺德事。

梁有岗向来怜香惜玉，对胡晓燕也是如此，忍不住劝道，胡姐，叫我说，你总不能一辈子守空房，找哈有合适的，何不考虑改嫁？

胡晓燕喝了一口茶，唉声叹气道，要在普通人家，我难免走这一步。可胡姐背着沉甸甸的“永盛”包袱，只要老公公健在，我敢找谁？谁能娶我？再说了，为了儿子，我也不能轻言放弃走那一步。

梁有岗想了想说，唉，这倒也是。

胡晓燕一看表说，不说了，烦死人。喝酒去，姐想喝酒了。

梁有岗说，哎呀，只顾说话，早到饭时了。我安顿好了，找几个人陪你？

胡晓燕断然拒绝，就咱俩。

二人翻过小山峁，胡晓燕站在高处朝两边厂子看了看，夸奖说，真没看出来，你后生干得不错么。

梁有岗回答，多亏人家罗总，从国有大企业出来的，懂技术会管理，我干得很省心。

胡晓燕醋意十足地说，你后生，命带桃花。

办公楼传来一阵奇妙的乐器声。胡晓燕问，这是甚？

梁有岗答，厂办主任于强是学音乐的，在吹萨克斯。

胡晓燕说了声怪好听的。梁有岗便说，一会儿喝酒，喊他来给胡姐吹几曲助兴。

越是借酒浇愁的人越容易醉。与梁有岗在小餐厅你来我往，没几回合，胡晓燕就有点语无伦次，闹着要听甚萨克斯。梁有岗把于强喊来，胡晓燕非要跟于强喝三杯酒。酒罢要听山曲，于强吹了《五哥放羊》。

胡晓燕满喝了满杯酒，又点了《蓝花花》，于强一吹，酒性发作的胡晓燕竟跟着唱起来，“五谷子那个田苗子，数上高粱高，一十三省的女儿，就数上蓝花花好……”

悠扬哀伤的《蓝花花》，硬是把胡晓燕听醉了唱醉了喝醉了。梁有岗见状要扶她去歇息。胡晓燕硬撑着不肯，嘴里嘟嘟囔囔，我……不在……这哒……丢人……现……眼。

司机陈涛就在车前等着。胡晓燕摆手喊，扶……我……上车。

目送胡晓燕酒醉而去，梁有岗站在院子愣神。

罗萍送两个陌生人出来，看见他过来打招呼。

两人一高一低，低个子自我介绍说，韦利，原先县铁厂的财务科长，他是文天佑，是……

高个子抢过来接着说，文天佑，我们一起的。

梁有岗问，尔格在哪个厂厂？

韦利答，哪哒都不在，考察项目来了。

客人走后，二人相拥着直接回镁厂那边。

罗萍说，今天又吹又唱的，好潇洒嘛。

梁有岗笑道，咋哈（么）罗姐也学会吃醋了，说着要抱罗萍。

罗萍怨嗔妩媚地推开他，先洗澡去嘛，把你洗干净。

第九章

1

跟着江山他们考察回来，尤乃生心里亮堂多了。

新民大都是开放式电石炉，烟尘随意排放。看了人家采用的半封闭式电石炉，和硅铁一样都是采取大布袋收尘。至于硅钙，自己仍用的是比小布袋还落后的水除尘，有的连水除尘都没有，人家采用反吸风除尘技术，多管道回收散烟，除烟效果相当不错。

前一阵子，尤乃生已经把下属水泥厂的小布袋除尘换成大布袋。这次他们“限期整改”的主要是电石、硅铁和硅钙。他亲自带人考察学习，一行中他年龄最长。江山开玩笑说，老帅出马，一个顶俩。一路上江山对他关照有加。两人谈得投机，交了朋友。

尤乃生有备而去，比江山他们晚回来几天，他签了技术转让合同，连设计施工的人都找好带回来了。

电石铁合金行业的除尘设施，大都是非标准部件，都要现场设计、现场加工。尤乃生心中有数，不惜代价，豁出去了，一咬牙投资五百万。他不放心做事拖泥带水的侄子尤喜来，天天跑现场、盯现场。毕竟过了岁数，外出一路劳累多有风寒，回来马不停蹄体力不支。尤乃生病倒了住进县医院，施工合同和工程预付款，都是在病床上签的字。

“限期整顿”企业的治理进展状况，环保局皆在掌控之中。尤乃生的“天源实业”动静大进展快，戴玉都看在眼里。下企业检查时，得知尤乃生劳累过度住进医院，她便给江山汇报了。江山闻讯，当下跟戴玉买了鲜花水果，一起去看望尤乃生，让尤乃生很过意不去。

尤乃生两女一儿都不在身边，大女儿在塞北市检察院，二女儿厦门大学毕业留校了，小儿子在西安读研。虽说侄儿外甥好几个，可包括尤喜来在内，没有一个能挑大梁给他鼓上劲的。他凡事必亲躬，所以干得很辛苦。这苦水，外出期间他给江山倾吐过。

江山正在整理企业污染治理典型事例，梁有恒、胡晓燕、梁有岗等都在其中。江山特别把尤乃生的事也加上，一并给县委政府领导作了汇报，建议县报和县电视台予以报道宣传，典型引领，推动全县污染治理工作。

这一下尤乃生病房热火了。杨斌书记得知后来医院看望，记者赶到病床前采访，电视上出镜报纸上有名。这些，文长贵老汉都看到了。

有一日，文长贵硬塞给郝翔几百元钱，委托代他看望尤乃生。于是，戴玉陪着郝翔拎着两份礼物，又去了趟医院。文长贵打发郝翔来看望，尤乃生感动得差点掉眼泪。他吩咐跟前的尤喜来即刻去准备一份厚礼，让郝翔带给文长贵以谢关怀。趁这工夫，尤乃生跟郝翔夫妇多拉了几句。

污染大户排名原先有“永盛”垫底，听说田永军派人主持“永盛”的环保设施更新，尤乃生更呆不住了。医生忠言相告，要他去大医院好好查一查身体，尤乃生嘴里答应，却没当回事，操心着厂子的整顿治理，他急急火火出院，又守在现场忙起来。

尤乃生大女婿李兵是部队副团职干部，正面临要么转业、要么自主择业的选择，回家探亲找出路要呆些日子。请假陪床的大女儿担心父亲身体吃不消，让李兵来新民给尤乃生帮帮忙。李兵在部队十好几年，处事有素，精力充沛。带兵出身管人有一套，又好钻研，他很容易就进入角色。部队上时间长了，对地方上尤其是企业，既陌生又新鲜，李兵给老丈人帮忙干了一阵子，倒觉得干企业自由自在，比进机关谋个一官半职更充实更有意义。

李兵萌生此意，尤乃生更有这心。尤乃生深感自己上了年纪，体力不支，正愁后继无人，他问清楚了转业与自主择业政策，连夜给回了塞北的大女儿打电话商量。大女儿既为丈夫找不到合适单位接收而犯愁，也为父亲这么大年龄了日夜操劳而忧心忡忡，听说两人都有这意思，第二天就赶回新民。三人当面锣对面鼓，就把事定下了。军转干部一般都可以请长假联系工作，李兵一个电话把部队那边搞定了。尤乃生即刻召开公司董事会，任命李兵为总经理，并作为书记人选负责筹备成立公司党组织。

只留下“天源”董事长头衔的尤乃生，卸下重担浑身舒舒坦坦，带着女婿李兵早出晚归，一边抓紧环保设施的安装调试，一边下企业、跑部门，让李兵熟悉生产经营，帮李兵联络人脉关系，扶上马送一程。

“天源”公司“限期整顿”企业提前验收通过，正好与天赐湾村选举郝翔当村主任是同一天。尤乃生提前得到消息，县委杨书记要参加选举大会，验收时江山局长也要来。尤乃生有意把李兵介绍给他们认识，于是找郝翔商量，在“天赐绿家园”宴请杨书记和江山局长。

郝翔说，杨书记怕请不来。

尤乃生便说，以咱叔侄名义设宴，你只管准备饭菜，领导我出面请，钱由我来掏。

郝翔说，那成，人你请，钱就免了。

你才创业，叔咋哈也比你腰粗，你争甚。

跟郝翔谈妥，尤乃生先直接找杨斌书记。

杨书记善解人意，听说尤乃生把公司交给女婿打理，女婿是即将退役的副团长，满口答应，只叮嘱说，不要大张旗鼓，不要铺张浪费，便宴就好，放在下午六点。

尤乃生满心欢喜，出了县委直奔环保局。

见了江山，尤乃生再三强调，验收归验收，吃饭归吃饭，这是两码事，主要想介绍女婿跟你们认识哩。

江山钦佩尤乃生的觉悟与表现，又听说杨书记要去，自然爽快应承了。

天赐湾村民给郝翔投出信任票的时候，戴玉正在“天源”电石厂里。原先监测凭眼功，尔格监测用仪器。尤乃生申请限期整改的厂子试产验收，对“天源”整顿了如指掌的戴玉，给江山拍胸膛打包票。“便携式综合气体分析仪”拿到现场，戴玉忐忑不安，监测专门选在开炉时刻，仪器上显示 CO_2、SO_2 等污染指数达标排放。至于污染最严重的粉尘，由于换成了大风机、大布袋、多管道收尘，解决了散烟回收难题，即使开炉出料加料，也烟尘几无，治理效果十分明显。

戴玉心中一块石头落了地，高兴得跳起来。

江山也很满意，扭头对身边的尤乃生说，验收通过没问题，不过，环保设施与生产设备必须同步运行。私自偷停除尘设备，偷排污染，一旦发现，可是要重罚的。

尤乃生对左右的女婿李兵侄儿尤喜来交代，江局长的话听见了么，我再重申一遍，往后生产与环保设施同步运行，同时检修，谁关了谁负责。

戴玉验收完先行一步。临走又转身喊道，尤叔，过一会儿酒桌上好好给你敬酒。

戴玉操心村里选举。从反对转为支持，并不全因为是杨斌书记推荐的、长贵爷也赞同。真正打动戴玉的，是郝翔那一套旨在带领乡亲们致富奔小康的宏伟设想。

天赐湾好滩地五六百亩，郝翔家只有几十亩，群众种庄稼不划算，没积极性。像郝翔建大棚的山坡荒地，天赐湾还有不少。郝翔一开发，村里也有人心动了。郝翔想扩大规模，受土地制约；群众也有想试一试的，却苦于没资金技术。郝翔打算利用示范引领、技术指导、土地租用、入股开发等形式，把天赐湾绿色种养殖产业做大做强，郝翔还有更大的设想，他瞅准了建大棚苗圃，发展绿化种苗产业；开发黄河古渡景点，发展生态山水、宗教文化、绿色餐饮为一体的天赐湾旅游产业。

郝翔专门找人做了整体规划，山上全面绿化，宜林则林，宜草则草。村前村后植枣树海红果，河堤两侧插椽头柳，把天赐湾建成新民的后花园，为人们提供踏青赏绿、乡游乡餐、黄河摆渡、垂钓采摘、登山逛庙会听山曲的好去处。

两口子闹了别扭，多日不见，戴玉气早消了。那天郝翔替长贵爷看望尤乃生，顺便取回来托人设计的规划草图。从医院回家，郝翔把图纸摊开，给戴玉讲述自己的宏伟蓝图。

戴玉想了想说，这倒是个绿色环保项目。

郝翔满怀信心答，谁说不是？

戴玉说，设想规划好是好，可你咋哈实现呀？

郝翔胸有成竹，这你就不懂了，县委书记下乡抓点，农林水畜，哪个部门要不来项目？哪个项目没有资金？比咱当初借钱搞大棚容易多了。

戴玉说，这倒也是实话。不过，都说村民交道难打，人家的地村主任说种甚就种甚？村主任想占谁家地就能占？人家愿意？

郝翔说，农村现状你不熟。尔格村里剩的人大都上了五十岁，年轻人上学的参军的打工的都走了，没几个愿意回来，村里的老弱病残幼，没甚奢望，而且国家有惠农政策，不收粮不纳税，还给各种补贴，事情并不复杂。咱把这些人带起来，能作甚作甚，也算是不错的营生。再说了，都是乡里乡亲的，咱以诚相待，一不想占便宜，二不怕吃亏，谁想搞大棚鱼池荷塘的咱帮他搞，愿意跟咱合作的，土地入股也成，出租也成，规模做大了，市场占有份额大了，大家都受益哩。按照这个思路搞起来了，在外的人少不了回来谋营生，天赐湾不就成了远近闻名的富庶之村了。

戴玉本是性情中人，那天郝翔一席话，煽惑得她热血沸腾。这天她急急忙忙回到天赐湾，本无悬念的选举结果已经出来，郝翔全票当选，村里响起鞭炮，还有村民给郝翔披红戴花。

戴玉不想去凑热闹，直奔文长贵家。

戴巡视赠送端砚，阎香草在西安买回耀州青瓷笔洗和宣纸，有了一套书家的新行头，文长贵老汉练字上了瘾。此刻神情专注，挥笔忘我，戴玉进门连叫了几声都没听见。

戴玉走到跟前，文长贵这才猛地抬起头来。啊呀，你来得正好，你家郝翔讨要一幅字，还说在这哒下乡抓点的杨斌书记也要一幅，逼着我老汉出丑。你看这两幅字，哪个适合给郝翔？

刚写的一幅字是："勤耕耘天赐一湾沃土，广播撒福祉万点绿色"，放在旁边的一幅是："绿家园绿色满目青翠滴滴，天赐湾天人合一其乐融融"。

戴玉看了又看，我看两幅都合适，我们都要。

这女子说得轻松，赶哈鸭子上鸡架，就这两段段话，苦得我老汉琢磨了好几天。还是刚写的这个给郝翔合适，文长贵乐滋滋地说着，补上"郝翔方家指正"等上下款，也给另一幅落款用印。

文长贵把两幅字收起来给戴玉，叫她转交郝翔，这才说，这女子，赶回来助选？害怕选不上？你放心，天赐湾再挑不出郝翔这样的好后生。

戴玉故意埋怨道，长贵爷，都怪你给他壮胆，这哈子把我家郝翔拴在村里了。

尔格这世道，愿意为大家服务的人少，越少也就越金贵。爷孙俩正说着，门外传来汽车声，尤乃生带着女婿李兵拎着包进来。戴玉借故告辞。

尤乃生说，没事没事，等会儿一起走。

不了，咱酒桌上见，戴玉说罢先走了。

整顿验收过关，尤乃生长出一口气。尤其是李兵已经熟悉了公司上下内外，当团长的人驾驭“天源”绰绰有余，这让尤乃生十分满意。

病未痊愈急忙出院又一阵劳累，尤乃生总有说不出的不适感。大女儿要他去西安好好查查身体，这回他没说甚，答应很快就去。

他带着李兵来看望文长贵，有意让李兵认哈这位县长舅舅。尤乃生给女婿交代得一清二楚，却仍不在文长贵当面捅破。文长贵死活不收拎的东西，还有点生气。

李兵恳切地说，长贵爷，头一回来认门，我一点心意。

尤乃生帮腔，往后公司靠他挑大梁，你老还要多指教哩。

文长贵不再推辞。尤乃生请文长贵跟杨书记一起坐一坐。文长贵摇头拒绝，不去不去，工作上的事，我个村野闲人掺和甚。

尤乃生不再勉强，寒暄片刻便告辞。他出门先给尤喜来打手机，关机了。通知侄儿也来作陪，可“天赐绿家园”也不见人影子，尤乃生隐约感觉是个不好的迹象，心里不畅快。

他走进包间，杨书记已经入座，他们正在欣赏文长贵的书法。

尤乃生凑上前，认出落款是“村野闲翁”很耳熟，蓦地想起文长贵方才自称“村野闲人”，不由一脸疑惑。

郝翔告诉他说，这是长贵爷给杨书记写的。

尤乃生恍然大悟。

杨斌书记笑着说，文老先生的书法早有耳闻，有意所求。“绿家园绿色满目青翠滴滴，天赐湾天人合一其乐融融”，这字写得好，内容更有意境。

江山随声道，蕴含生态文明的理念，道出了人们保护绿色家园的心愿，看得出文老先生的文化造诣很深。

尤乃生听话听音有所悟，杨书记跟文长贵老汉很熟，八成清楚他是刘县长的舅父。

他走了神，镇上折书记拿他开涮，尤老板，尤常委，杨书记亲自这哈等你，主人咋哈姗姗来迟？

尤乃生反应迟钝，身后的李兵赶紧赔礼道歉，对不起，公司临时有事耽搁了。

尤乃生这才缓过神，给杨斌书记介绍道，这就是公司新总经理，我女婿李兵。扭头又介绍说这位是咱们父母官，县委杨书记。

身着无肩章军装的李兵“跨”一声立正，满脸严肃行了很气势的标准军礼，然后露出笑容说，杨书记好，大家好，陆军上校李兵，向各位致敬。我即将退役，选择了自主择业安置，在“天源”公司为地方经济服务，请杨书记和各位多多指教。

李兵与江山见过面了，尤乃生把在场的折书记、吴镇长、郝翔一一作了介绍。杨斌书记招呼李兵坐在自己身旁。

李兵上手就抓酒壶端酒杯杯，岳父身体不适，我主陪，说罢开始敬酒，酒壶一直把在他手里。

李兵喝酒豪爽利索，敬酒叫真有术，军人气质淋漓尽致。

戴玉有点不服气，这不显得郝翔窝囊？她巾帼不让须眉，终于抢过酒壶，掌控酒桌主动权，一会儿代表郝翔一会儿代表江山局长，又敬又碰频频出手。

折书记吴镇长招架不住，甘拜下风。戴玉报了“天意”点火时酒醉之仇。女中豪杰快人快语好酒量，连李兵也不得不服。

这晚上，杨书记对新村长、新总经理两人讲了许多勉励的话，吃得可口，聊得开心，大家都尽兴而归。

散席后，尤乃生一连打了好几个电话。手下亲信果然有人透露，尤喜来曾对外放话，扬言他迟早要接叔父班的。

尤乃生气哼哼自言自语，我甚时说要把公司交给他？不自量力，狂妄至极。

尤乃生动身去西安。临走给李兵交代，看样子你喜来兄弟闹情绪了。公司里大小事你都要看住盯死，他若使哈哈（瞎瞎）心眼，给我打电话。

果然不出所料，尤乃生走后，尤喜来跟姐夫李兵杠上了。两个月后还真闹出大动静来。

2

这两个月里，新民县城接连有好消息传来。河滨公园、文化广场、集中供热、道路绿化等城建项目紧锣密鼓，有的已经开工，有的正在做前期；继小铁厂拆除之后，县城周边污染企业纷纷治理就范；第一批“限期整改”的企业验收后，剩下的电石铁合金企业都动起来了，同行之间交流走动频密，老板们不想被“限期整顿”争取主动，采用成熟的除尘技术，更换添置除尘设施，形成新一轮污染治理热潮。

人们盼望已久的好天气、好环境一步一步靠近了。冬季到来，家家户户生炉子取暖，城区小烟囱如林，空气质量又下降了。这时候，利用输京天然气过境管道供应天然气的项目提前开工建设，无疑又是利好消息带给人们新的期待。

集中供热、引进天然气的项目，都需要时间有个过程。而量大面宽的污染治理，更需要时间，需要耐心。尽管政府强势主导一步一个脚印，可受污染危害已久的新民人急不可待了，巴不得明儿就是个蓝天白云的艳阳天。环保局公布环保投诉热线电话——“12369”之后，老百姓感觉政府站在群众一边，拨打了立竿见影，投诉电话越来越多。

江山局长要求每个投诉电话，都要现场调查取证，依法处理，落地有声。整天奔波忙碌，有人吃不消露怨言。此时，局里班子调整，老队长退二线，协助老局长筹建环保大楼；杜牧学习回来，被任命为副局长兼监察大队队长；戴玉提拔为副大队长；科室负责人也有所变动。

江山找发牢骚的人谈话后，趁开会宣布新班子，给大家加油紧螺丝。他语重心长地说，群众觉悟了，环保意识增强了，这是好事么。原先靠咱自己几十号人，尔格从领导到群众都动起来了，成千上万双眼睛监督企业排污，何乐而不为？今后凡实名投诉举报污染行为，情况属实者，给予奖励当时兑现。大家一定要有使命感，要感到幸运。据我所知，像新民县领导这么大力支持环保部门、倾力环保事业，全省挑不出第二家，咱没理由不朝前冲。为摘掉“黑三角”帽子出力流汗，受苦受累，才开了个头。非常时期大家辛苦，我明白，县领导也看在眼里。局里申请经费补贴的报告，县上已经批了。原先经费短缺，该给大家的给不了。尔格下乡补贴、加班费按有关规定报销，干得多报酬多。各部门严格考勤，作为工作实绩，为年终考核评比奖励提供参考。

会后，按照江山安排的，各部门接着开会小结前一段工作，以改变工作作风为话题，敞开了谈认识表态度，意在统一思想鼓足干劲。

监察大队换成新班底，杜牧信心满满，戴玉跃跃欲试，二人一拍即合，决意带出一支作风过硬的基层环境监察队伍来。

大队开会之后，利用周末在“天赐绿家园”聚会煮酒论英雄。戴玉兑现承诺宴请大家。

酒桌上，大家围绕加强监管献计献策。有人还提出找一些就像公安局的“线人”那样的污染企业监督员。杜牧琢磨琢磨，觉得可行。要大家做得隐蔽稳妥，在各自管辖区找个人，先试一试。

杜牧分析说，从群众举报情况看，企业排污由明转暗，节假日和晚上关闭收尘设施非法偷排的居多。必要时组织夜查夜袭。

戴玉说，成哩，晚上只要接到举报，直接去抓个现行。

席间，有个中队长担心晚上拍照取证不方便。不以为然的戴玉一激动撂下狠话，会开了，态表了，酒也喝了，谁要扑不哈身子，就是娘娘滩生哈的。

杜牧赶紧打圆场，戴大队喝高了，大家别在意，扭头埋怨道，戴玉瞎说甚，当领导了，说话要有分寸。

一直跟戴玉下乡的小后生则说，没事，戴玉姐话丑理端，用的是激将法。

戴玉朗朗而笑，话没说好，我自罚一杯。

监察大队这帮后生抱团儿敢说敢干，有一股冲劲儿。杜牧组织过几次夜查，果然有所收获。有一天，接到内线举报电话，尤乃生“天源硅钙厂”收尘设施昼开夜关违法偷排。戴玉不大相信，亲自带人晚上出动。

临近农历十五，夜空月光明亮，又刚赶上开炉出料，远远就瞅见厂房上空浓烟滚滚一片秽浊，玷污了皎洁的月色。戴玉一边痛斥尤乃生心口不一，本性难移，一边带人破门而入直奔电控室，拍下收尘设施电源切断的证据。

他们赶到车间，正加料的工人都惊呆了。有人悄悄告诉戴玉，老板为省电费关设备，工人却跟着遭殃了。厂长闻讯从被窝爬出来，狡辩说设备坏了。戴玉不信，非要工人开启除尘设备，果然运转正常。她打电话给杜牧汇报后，当场写了行政处罚事先告知书，塞给厂长撤离现场。

厂长气急败坏，在他们身后撇风凉话，环保局人疯了，咋哈成夜猫子？黑了都不瞌睡么？

戴玉听见了，忍不住回头顶了一句，你们黑心企业蠢蠢欲动，环保局人能睡得着?

大清早一上班，戴玉给江山汇报了此事。江山也很纳闷，叮咛戴玉说，罚单开了，看看“天源”人甚举动。

两人等了一天，无声无息。戴玉沉不住气，拨通李兵座机。

李兵直截了当说，硅钙厂已经不属于“天源”了，详情电话里不便说，回头有机会当面说，说完挂了电话。

戴玉一头雾水，把情况反馈给江山。江山立即拨通尤乃生手机，电话里尤乃生十分客气，声称自己在外地，污染之事依法处理，该咋办咋办，别的等他回来再说。江山听了也莫名其妙。

最后，杜牧通过举报人弄清了内幕，副总经理尤喜来肆意闹事，“天源”内部闹矛盾，尤乃生免了尤喜来副总，让他带着硅钙厂资产脱离了天源实业公司。

这两个月尤乃生一直呆在西安。大女儿陪着他进省城，到省人民医院住院检查身体，所有项目都做了，先进仪器都用了，可就是查不清是甚病，大夫建议观察治疗。刚住进省医院，头昏胸闷气短、四肢乏力的不适反倒加重了。省医院的塞北老乡热心张罗，请来多家医院的多位专家会诊。专家们意见分歧，尤乃生到底是甚病，还是没个定论。观察治疗只打针服药缓释症状。住了些日子病情有所减轻，大女儿回了塞北，读研的儿子一天往医院跑几趟，尤乃生看着心疼。自己能吃能走，在医院活受罪还拖累儿子，拗着出院回西安家里呆着。塞北老乡是女婿家亲戚，仍为尤乃生疑难病确诊奔走联系专家看病，尤乃生只能等待。

尤乃生最不放心侄儿会在公司里闹出甚动静来，他与李兵保持热线联系。他前脚走，侄儿后脚就请假了，他得知后叮咛李兵静观其变。没过几天，硅钙厂厂长在厂长生产汇报会上突然向李兵发难，声称新环保设施加大了运行成本，一要给厂子减任务，二要给他涨工资。否则他没法干了。

厂长是尤喜来内弟，此刻存心闹事，醉翁之意不在酒。李兵偏不吃这一套。话说得亢硬不留余地，厂长工资是董事长说了算，任务是董事会定哈的，总经理没这权。要干你就干，不干你走人，这事我能做主。

厂长说声不干了，扭头就走。李兵一个箭步上前拦住去路。走也不能这么走，想好了再走。

厂长说，想好了。

李兵说，那就写辞职报告，说着吩咐人拿来笔和纸。厂长们都在场，有胆量了，你就写，没胆量闹甚事？回座位乖乖坐着去。

厂长压根没想到遭遇克星，众目睽睽之下已无退路，只好写了。他要走，李兵依然不让。

交清手续再走不迟，李兵当即说罢，给办公室、财务部、经营部打了电话叫来一帮人。

李兵当众宣布说，硅钙厂长一职，暂时由经营部长兼任。你马上办理交接手续，各位厂长一起去监督交接，随后在硅钙厂继续开会，再添一项议程，调研硅钙厂环保设施成本问题。从现在开始，大家一律关了手机。

公司大轿车停在楼下。辞职厂长挤在众人当中，怏怏不乐上了车，李兵板着威严脸孔坐在司机旁，大家心神不定一路沉默。到了硅钙厂，李兵调兵遣将快刀斩乱麻，封账本点实物造册签字，收缴小车办公室钥匙。交接完，李兵安排办公室人乘坐大轿车送辞职厂长回城里，其他人继续原地开会。

李兵快手狠招，闷头一棒，尤喜来内弟被打蒙了，他拎着私人物品沮丧出门不见踪影。

办公室人找不见他给李兵汇报。李兵说，不管他，你们回去，把交的小车开进车库封存起来，下班前让车接我们。

李兵把人打发走，厂长们个个神色严肃。他面带笑容地说，大家放松情绪，他这是自找的，跟你们没关系。下班我请客，给大家压压惊。调研运行成本是说给他听的。环保设备安装我在场，回收的硅钙粉细度更高，变废为宝比硅钙还值钱，设施运行能花几个电费钱？更重要的是，保护环境企业有责任有义务。明摆着，找茬闹事，可惜不是对手，说完哈哈大笑。大家也跟着笑了。

会后大轿车直达恒源大酒店，李兵恩威并施，热情招呼厂长们开怀畅饮，厂长们一下放开了，对他的军人作风应变谋略敬佩得很，李兵一笑了之。席散回住所，这才给岳父电话详细汇报。

尤乃生听了女婿汇报，对李兵的强悍果敢大加赞赏。

李兵坦诚抱歉，情况太突然，不得不临时应变，先斩后奏。

尤乃生回答，做得对，做得好，这才能压住阵脚。

电话里，李兵提出这样的观点：家族企业更忌讳任人唯亲。尤乃生深有体会表示赞同，对这个厂长他早就不满意，看侄儿面子将就着。他告诫李兵说，你是总经理，往后用人你说了就算。喜来这浑汉，肯定不会消停，你就看着处理么。

李兵敲山震虎，无形中在“天源”树立起权威，也把幕后的尤喜来给镇住了。原本没甚能耐的尤喜来软也不会，硬也不会，一直没露脸。终于有一天，他阴着脸推门进来，把一份辞职报告丢给李兵，二话不说转身就走。

这回李兵没有先斩后奏，他立马给尤乃生电话汇报了。

尤乃生沉默片刻说，等我回来处理。

病情诊断仍无结果，这让尤乃生心里有了负担，情绪很是低沉。他悄悄返回到新民，只待了三天。他关上门把侄儿一顿臭骂。

你在外边放话，公司迟早是你的，我甚时说过叫你接班来着，盼我死么？我一时半会儿还死不了。论能力水平学识魄力，你拿甚跟你当团长的姐夫摽劲儿？你有甚不服气的？真不自量力。

尤喜来红脸低头，羞愧难言。辞职报告交了，覆水难收。

尤乃生说，念你跟我多年，给你些钱，另谋营生去。

尤喜来一听，头低得更下了。尤乃生看见他那窝囊劲，气不打一处来，追问道，听哈没有？说话呀。

尤喜来底气全无，喉咙眼里支吾说，我……不要……钱。

尤乃生火冒三丈，那你要甚？要我命不成？不管要甚，先去给你姐夫赔礼道歉，立马就去。

灰溜溜地站在李兵面前，尤喜来一把鼻涕一把泪，痛斥自己狂妄自大不是人。李兵海量不计前嫌。费了一番周折才问清了，尤喜来不要钱，想从叔父名下要个厂厂自己干。尤乃生闻讯说甚也不依。

李兵从中周旋劝岳父说，兄弟骨肉情亲，生熟都在自家锅里，硅钙厂规模不大，喜来内弟经营上也熟，给他算了。

尤乃生不表态，尤喜来求李兵也没用，他给他点窍说，你找个能说上话的。

尤喜来这回一点就通，搬来老爷子。

老父亲一出面，尤乃生表态才答应了。他召开董事会一锤定音，吩咐公司上下，家丑不可外扬。

小女儿来电话说在厦门联系好台湾名医，要他尽快赶去。尤乃生把交接善后托付给李兵，匆匆上路直飞厦门。他走后第三天，刚接手的硅钙厂便出事了，尤喜来交罚款写检查自认倒霉。

罚款通报媒体报道，一时间沸沸扬扬。尤乃生遮遮掩掩的家事公开了。“天源”内讧，叔侄反目，女婿掌门，老板隐身，成了继田永福之后人们闲暇时的新话题。

3

一进入农历腊月，搅在新一股寒流里卷着沙尘的年关气息不紧不慢地来了。企业陆续放假，老板忙着收账。紧张小半年的环保局人总算有喘息的空闲。这天，戴玉上街走到半道上，忽然接到罗萍电话。

戴玉连忙问，罗姐你在哪哒？

罗萍回答，我在你们环保局院子里。

戴玉说了声，你等着，匆匆折了回来。

跟梁有岗东北回来，开始了新事业新生活，罗萍第一次从容地现身在新民大街。这天，梁有岗父亲过八十大寿。她跟着梁有岗、孟青山和于强一起进城，他们把她送到环保局大院，再接齐海红去了王家峁村。

梁有岗早就说父亲过寿，要她一定去。罗萍犹豫了很久，按理该去给老爷子祝寿，可总觉得像有短处似的，心里别扭。

她跟梁有岗的暗情，唯有孟青山知晓。孟青山劝她说，你是总经理合伙人，名正言顺，大大方方去，你不去，反而让人多想。

罗萍白了他一眼，说得轻巧，有些东西是装不出来的，我看还是不去的好。

胡晓燕去“天意”那个晚上，好久没一起缠绵的罗萍搂着梁有岗直至天亮。两人被窝里窃窃私语，梁有岗说得很多，把他与异性所有交往和盘托出。小时候对嫂子马翠凤的依恋；上中学追求戴玉未果，对戴玉恋情难却；嫌婆姨董芸性冷淡，两人关系不冷不热；与胡晓燕私交颇好，形同姐弟；为田永福毁了齐海红而后悔歉疚，内心牵挂着齐海红的命运；也包括跟上田永福鬼混过懊悔过。

了解了梁有岗全部，面对他的坦诚憨实与善良，罗萍越发舍不得离开他了。她视他为生命的组成部分，精神上的依托支柱，但让她隐隐作痛的是，两人之间有一堵难以逾越的高墙。

两人睡在一起的时候并不多。就这，罗萍已经很满足了，她没有更多的奢望。搬进厂里之后，罗萍坚持独居一处。

那天酒醉醒来的戴玉没在她床上嗅到男人气味，梁有岗没上过她的这张床。罗萍小寝室的温馨里，藏着她以往的诸多隐秘。戴玉拿起她相框看了半天，那是她大学毕业穿硕士服的照片。有了镁厂后，梁有岗，搬到那边去办公住宿。两人有意识拉开距离。梁有岗每次进城，罗萍都叮咛他回家住一宿，看看儿子婆姨。这由衷的关心之中，掺杂着难堪与歉疚、寻求心理平衡的复杂成分。

那日在“天意”，戴玉酸溜溜的满目狐疑，罗萍断定她跟梁有岗曾有过什么，却并不在意。罗萍只身异乡很孤独，很想在新民有位亲若姊妹的朋友。梁有岗袒露心迹后，她更想结识心上人梦寐以求的女人。

罗萍欣赏戴玉毫无掩饰的率真，就喜欢交结这种大大咧咧假小子。相反，她对一面之交的胡晓燕印象一般。她看得出来，那天临走，戴玉对她成见全无颇具好感，主动提出互留电话多联系。

这天环保局院里，戴玉老远地跑过来，亲亲叫着罗姐，来个热情拥抱还亲了她的脸蛋，让难为情的她感动得几乎落泪，心里好不热乎。两人径直说笑着结伴上街。戴玉给郝翔父子俩买过年的衣服，罗萍陪着挑挑选选。她儿子的衣服罗萍抢先付了款。

戴玉死活不肯，罗萍埋怨说，就算是大姨送没见面侄儿的见面礼物，还不成吗？戴玉不再坚持。

商店出来，戴玉挎着罗萍胳膊说，办公室人多事杂，咱去茶馆，中午我请罗姐吃饭。

两人找了家茶秀，喝茶畅聊。戴玉问，罗姐进城办甚事？

罗萍答，厂里计划上污水处理设施，想让你帮忙找人搞规划设计。

戴玉说，这事好办，我们江局长市上有熟人，回头咱俩去见他，又问，罗姐甚时回老家过年？

罗萍面带忧郁地说，还没有决定。

醉酒那天，戴玉对罗萍身世略知一二。丈夫去世，女儿在东北老家。原企业破产，内蒙的煤老板亲戚与梁有岗合作，请她代表亲戚一方做总经理。她同情罗萍的处境，建议说，要不把娃接来，在我家过年。

罗萍苦淡一笑，不置可否。正说着，罗萍手机响了，是梁有恒打的。梁有恒的大嗓门，戴玉在一旁听得清清楚楚。

罗工么，人都到城里了，为甚不来？找你还有事请教哩。你在哪哒，已经派车去接你了。

罗萍不知所措，喃喃回话说，在环保局办点事，正跟戴玉妹子在一起。

梁有恒说，你叫戴大队接电话。

戴玉接过电话说，梁老板有甚大事，非要罗姐去？

梁有恒回答，老父亲好日子，对外没声张，给你实话说了，你就得来。老哥也想跟你喝酒，跟罗工一起来，一起红火，我叫车直接去环保局，说完挂断了。

罗萍这才照实告诉戴玉，梁有岗他们接了齐海红去唱曲儿，原本没打算去，没想到梁有恒亲自出面邀请，简直盛情难却。

戴玉说，去么去么，我陪你去，有岗他哥人不错，刚好今儿局里没事，我给杜大队打声招呼，给人家买点东西，咱们走。

罗萍答应了。戴玉站起又问，咋哈请了齐海红？

罗萍摇摇头，不大清楚，好像是她师傅没空，让她去的。

香草姐？戴玉问。

好像是，罗萍说。

罗萍她们在赶往王家峁村路上，梁有岗守在化妆的齐海红身边。董芸喊过去帮忙，他只答应不动弹。

趁着没人的空隙，他终于向齐海红表达了内心的歉疚。

齐海红惨惨一笑，过去的事，提它作甚。

小姑娘情绪调整得缓过神了，眼神活泛，脸色红润，就是话不多，显得有些少年老成。梁有岗放心多了。田永福出事后，只要进城办事，梁有岗都去齐海红住所上楼敲门，尤其是胡晓燕去“天意”之后，每次都怀着希望，却都没见人。

梁有恒给老父亲过寿，阎香草答应要来的，可到跟前与省里临时通知会议时间冲突，阎香草便打发齐海红来。要不是这，梁有岗还见不上齐海红。而且听说罗萍又要来，也令他兴奋不已。老父亲要过好日子，梁有岗尽力说服罗萍借此来自己家走一趟，可罗萍犹犹豫豫，还是拒绝了。他没想到哥哥叫来罗萍，而且，把戴玉也拽上了。

想到这辈子跟自己有瓜葛的女人们汇聚一堂，梁有岗忍不住心里美滋滋的乐开了花。他跟齐海红商量，合演一段二人台，于强吹萨克斯管伴奏，这是唱给老父亲的，也是献给罗萍的。

罗萍到了梁有恒家后，与齐海红打了个照面。那次碰见田永福时，两人远远地也打过照面，她担心齐海红认出她，结果发现齐海红见她一脸陌生，这才放心了。

梁有恒当初盖房子就为二楼设计了大阳台，谋划着过大事唱曲做舞台，这回真用上了。大院子撑起彩灯闪烁的帆布大棚，摆着几十张桌子，四周架起火炉子。寒冬腊月的梁家大院，温暖如春，宾朋满座，热闹非凡。

罗萍从没到过陕北农村农家，喜庆红火的气氛扑面而来，让她感到新鲜好奇。梁有恒亲自迎接她们安排入座。嘴里念叨，就等你两个稀客贵宾，来了好开席。

梁有恒低调办事，来的都是亲邻好友和“鑫兴”公司的人。罗萍戴玉被安排在主席佳座的老寿星旁边，一左一右，挨着梁有恒，孟青山也在同桌，罗萍心里踏实多了。

身着唐装的老寿星被主事人请到阳台下门厅前的太师椅上。梁有恒致词后，率领梁有岗父子、梁氏本家儿孙一起给老寿星叩头祝寿。之后，两个儿子相拥着父亲再回到酒桌前，众人依次举杯敬酒，阳台上齐海红他们开始唱曲。

梁有岗叩头敬酒完毕，便上二楼招呼他们演出去了。这时，马翠凤与董芸一起给公公敬酒贺寿后，举杯走到罗萍和戴玉跟前。梁有恒一一介绍，董芸眼光从她脸上掠过，罗萍心怦怦直跳，不知如何是好，多亏戴玉一句玩笑帮她解了围。

哟呵，早听说城关小学董老师如花似玉，今儿一见果真名不虚传，难怪梁有岗人前趾高气扬，说得董芸脸蛋泛红，不好意思。

戴玉接着说，我跟有岗是老同学你知道吗？初次见面，我敬你三杯。董芸连说不会喝酒，应付一下溜了，罗萍这才松了口气。

真正给罗萍解围的是梁有恒。老父亲八十高龄早已不胜酒力，兴趣全在听曲上。梁有恒拿出“鑫兴”的循环经济项目规划书，要罗萍先收起来，随后看了多提意见。两人尽聊些冶金技术上的事。梁有恒兴致来了，侃侃而谈，声言他的新项目把上游废料作为下游原料，把煤炭资源“吃干榨净”，戴玉也听得饶有兴趣，这让罗萍坦然多了。

相比之下，梁有岗倒显得十分活跃风头出尽。梁有岗与齐海红合演《五哥放羊》，于强胸前挂个萨克斯站在一旁伴奏。

老爷子看不懂，问罗萍，后生吹的是甚。

罗萍说是萨克斯，老爷子听不清问，马克思？罗萍乐了。

梁有恒在父亲耳边一嘀咕，老爷子也乐了，洋玩意比唢呐还好听。

梁有岗唱到得意处，朝罗萍这边瞅了几眼，罗萍有意扭头避开。山曲二人台一曲接一曲，客人们边吃喝边听曲掌声不断。压轴唱《四姐五盼》是梁有恒亲自点的。萨克斯管柔和优美，委婉动听，与陕北山曲很对味儿，梁有恒灵机一动把梁有岗叫来，《四姐五盼》不用别的，就吹萨克斯伴奏。

齐海红跟于强一个唱，一个吹，情真意切，别有滋味。

戴玉突发奇想问罗萍，你们于主任有对象吗？成家了没？

罗萍回答，我也不清楚。

戴玉说，这两人怪般配的。

酒足饭饱，曲终席散。罗萍惦记找江山局长办事，孟青山说要等着于强吃罢饭才能动身，梁有岗派车送罗萍和戴玉先走。戴玉没忘给董芸打招呼告别，董芸面带微笑把她俩送上车，挥手告别。这让罗萍连回头瞅的勇气也没有了。她羞愧不已，想着自己夹缝一般的困境，茫然凄凉，一阵心酸。

戴玉给江局长打完电话，转身见罗萍眼眶湿润，感觉奇怪。罗姐咋哈不开心？想孩子了？

没有的事，罗萍双手捂脸拭泪，佯装无事。

我跟江局联系好了，咱先去局里。我问过有岗，他明早回厂里。今晚上你住我家，咱姐妹好好拉话。我还有事要问你。

罗萍猛一紧张，什么事？

戴玉乐呵呵答，晚上睡在被窝里再说。不知为甚，我就喜欢跟大城市来的人打交道。北京有两个记者，尔格跟我成好朋友了。我感觉罗姐人挺好的，值得深交。

罗萍淡然一笑岔开话，要赶不上孟总的车，我就去登记宾馆，住在你家不方便。

戴玉说，有甚不方便的，郝翔在天赐湾忙着，今晚肯定不回来，就这么定了。

戴玉打电话时，江山县政府刚开完会。这天刘大地主持部门领导会议，主要就工业园区和大兰炭产业的规划听取各方意见。指导全县经济布局的区域环评评审通过了，工业园区正在规划中。关“小兰炭”上“大兰炭”，发改委要求参照执行焦炭产业准入政策，有人持不同意见，认为兰炭毕竟不是焦炭，但是对于“没户口”的兰炭产业来说，也算是不得不为的唯一出路。

会上江山建议说，天赐川规划的兰炭园区应远离村镇，放在村落稀少的石板台一带，那里道路路况差，只要把路修好，距离煤矿区近，很适合摆放兰炭产业园。

刘大地表态说，园区规划那儿，公路修到那儿。

交通局长赶紧附和，这条路大修拓宽的规划早就有了，原先石板台一带企业少，要建工业园区，明年开春就动工修路。

江山顺便介绍了“天意”的情况。他说，企业主动搞综合利用，解了自身小兰炭关闭之危，还把一家镁厂起死回生。他们还打算建污水设施，谋求长远发展，像这样有环保意识的企业，如果有意上大兰炭项目做大做强，政府更要大力扶助。

刘大地十分赞同，他说，年产六十万吨的大兰炭项目实行综合利用是肯定的，“天意”的路子没错。大兰炭投资大，动辄过亿元，他们如果有意向，政府当然全力支持，另外，小兰炭老板关了小的，合伙入股上大兰炭，政府同样也竭力扶助。

江山会上推崇“天意”上大项目只是假设，意在凸显大兰炭产业的环保元素。会后听戴玉说“天意”罗萍总经理来了，心想来得正好。他与罗萍虽一面之识，可印象深刻。原先惋惜罗萍在小厂厂屈才，眼下倒觉得罗萍成了“天意”决策上大兰炭项目的人才优势。罗萍找人设计污水处理厂，他即刻就给省环科院同学打了电话，嘱咐对方春节前派人先看现场。罗萍很感激。

江山说，企业自觉上环保设施是好事么，我们理应全力支持，将来建成验收之后，县环保局要向上级申请污染治理经费，给予一定的补贴。

江山清楚县上兰炭产业的发展规划，却又不便明说，拐弯抹角问，你们“天意”还有甚大设想？

罗萍回答，这要看国家政策导向、市场前景了。不过，目前规模太小，像小作坊，比如说，没有污水设施，工厂不成其为工厂，可是上污水处理设施，不能物尽其用也是浪费。

江山又问，假如政策上倡导上大的生产线，实现综合利用清洁生产，你们有没有兴趣？

罗萍回答，那要看多大的规模，多大的投资。从个人意愿说，我当然希望建成真正意义上的现代冶金企业，今天听了“鑫兴”梁总的“吃干榨净”一说，很受启发。现在“天意”生产兰炭和金属镁，还有副产品煤焦油，真要上了大项目，产业链还能延伸，产品也增加了，这样，既保护了环境，又增加企业效益。如果条件具备，我们肯定想做大做强。

罗萍一番话，江山心领神会，要请罗萍吃饭。戴玉说，罗姐交给我，吃住我包干了。

江山一愣，戴玉笑道，罗姐是我才认哈的干姊妹。

罗萍看见文长贵写的那幅字，不解地问，咋就写了前两句？

戴玉开玩笑说，我们江局怕婆姨哩。

江山红着脸白了戴玉一眼，戴玉吐舌头做鬼脸，拉着罗萍起身回家了。

戴玉特意做了顿陕北风味烩三鲜，两人还喝了红酒，罗萍吃得很香。饭后，戴玉硬拉上罗萍去蹦迪。回来两人洗了个热水澡。

临上床，戴玉突然说，罗姐，看你天生丽质的，让人妒忌，真羡慕你的皮肤，你的身材，下辈子我要是男人，非娶你不可。

罗萍乐了，故作正经地说，那我就嫁给你。

二人被窝里一会儿纵情开怀笑咯咯，一会儿附耳细语轻柔柔，嘀嘀咕咕没完没了，聊得口干舌燥。

罗萍突然问，你不是有事要问我，什么事？

戴玉困迷糊了，喃喃自语，我就不明白，梁有岗咋哈变了个人样似的。

罗萍小心翼翼地问，你说我们梁总变坏了？

戴玉说，才不是，变好变出息了，看着顺眼了。原先我烦他。

罗萍松了口气，他从前是啥样，说给我听。

不说了，说他作甚，我困了。

戴玉转身睡觉，随之响起鼾声。罗萍睡不着，想这想那，她、董芸、戴玉，分别与梁有岗叠出叠入，还有齐海红与于强……天大亮睡梦正香被戴玉摇醒，睁开眼，戴玉穿戴整齐站在床边。

罗姐，早点在厨房热着，你多睡一会儿。有个兰炭企业发生氨水污染事故，我急着赶去现场，我给梁有岗打过电话了，他九点钟来接你。

第十章

1

年关逼近之时，也是县上忙于筹备“两会”的时候。与往年不同的是，春节后召开人代会选举县长，县委、人大、政协和政府几大家分工部署头绪多，所以显得更忙。

刘大地上任半年，县长的前头一直挂个“代”字。这次人代会不光给他“转正”，他的政府工作报告承前启后，总结“十五”的经验教训，体现“十一五”规划的指导思想和战略意图，为今后五年新民经济社会确定发展方向、目标和各项指标。

换句话说，代表新一届班子推出诠释“环境立县”，实施可持续发展，建设美好家园的施政方略来。

所以，政府工作报告举足轻重，几易其稿，最终把中央重要会议新近提出的“建设环境友好型、资源节约型社会”作为报告主线。县委常委会上讨论了三回，力求把握时代脉搏，与中央保持一致，顺应民意诉求。

刘大地从省城赶回来参加最近一次常委会，讨论通过政府工作报告，确定了召开人代会的具体日子。临散会，杨斌书记分别给县人大主任和政协主席叮嘱一番，跟刘大地一起出会议室。

杨斌打趣说，你这代县长一“代”半年，够长的了。

刘大地憨然一笑，来得早不如赶得巧，不赶趟么。

杨斌说，谁说不赶趟？赶上环境污染被挂牌督办，又赶上“十一五”谋划运筹，这半年马不停蹄的，班子里你最辛苦，过春节你不要值班了，好好歇几天，放松放松，明年可是咱走出困境最关键的一年。

刘大地感慨道，可不是，“十一五”开局之年，新民兰炭产业的关小上大，任务艰巨，事关全局，咱俩都输不起。

正说着到了杨斌办公室门口，杨斌说，进来坐会儿喝杯茶。刘大地随之而入，舅父写的那幅字挂在墙上，目睹熟悉的笔迹，内心不无感触。人还没坐定，手机响了，艾高原来了在等他，他便告辞回了办公室。

等在门外的艾高原是他开会前打电话约的。

瞅见刘县长过来，艾高原上前握着手说笑话，年关好比鬼门关，县长电话召哦，想要钱？

刘大地笑着招呼他进门，你以为找你都是要钱？

艾高原鬼脸一笑，尔格哦（我）穷得就剩哈钱了。

你金山银山的，是哭穷还是炫富？刘大地回敬说。

艾高原不理睬，仍耍贫嘴说，挣钱是享受，分配是难受，上次给县城生态建设一千万可是冲着你的，咋哈钱没到账？

刘大地说，你开口不离“钱”字，俗不俗？打电话叫你，我从省城给你捎东西了。

艾高原不解道，哪个吃豹子胆了，敢把县长当捎脚的使唤。

县长本来就是个跑腿的，不光捎东西，还捎信了。艾高原连忙问，甚东西？

刘大地说，省发改委有个女硕士叫雷静，你认识？

艾高原摇头说，不认得。

刘大地笑了笑，这女子是新民人，跟你有点关系。

艾高原听了一口否认，哦大字不识几个，哦跟知识分子，是扛着口袋撵骆驼——撵上搭不上，何况还是个女的，哦更不敢撵不敢往上搭哩。

刘大地说，你不认得人家，可人家对你刻骨铭心。我问你，那年天赐庙前给求神的老婆子掏钱资助她女子上大学，可有这事？

艾高原想不起来，哦给钱的贫困大学生多了，一个也没记哈。

刘大地一边取东西一边郑重地说，天赐庙前给人家母亲慷慨解囊，那可是你资助的第一个大学生，不信你没记下。

艾高原振振有辞，哦记那作甚？人家雷锋做好事都不留名。

刘大地把个小包裹递给艾高原，你没记下人家，人家却知恩图报，记着你的好处，你资助的第一位大学生雷静姑娘给你的，专门在国外买的礼物。

艾高原打开一看，国际名牌皮带、钱夹和领带三件套，附着一封信。便说，这东西哦多得很，信哦拿哈，东西给你留哈。

刘大地没好气地说，开玩笑，人家姑娘对你的心意，我凭啥要？快拿走。艾高原不吭声了。

刘大地介绍道，雷静在西北大学读本科北京大学读研，其间去国外交流学习了一年，今年才毕业进了省发改委。我们去发改委谈大兰炭项目，她听说是新民县的，热情得很，楼上楼下跑着帮我们找人牵线。她说她一直在关注你的动向、关注你的“天府煤业”发展，春节回来想见你一面。我自作主张，把你手机号给她了，她会跟你联系的。

艾高原说，小事一桩，早过去了，有甚好联系的。

刘大地说，你不是正在筹划大项目吗？有这么个关系，指不定能帮上忙。

这倒也是，可关键是个女子，哦一满（概）不跟年轻的漂亮的女子打交道。

艾高原净说大实话。刘大地批评道，干大事的人求贤若渴，还分甚男女？你听说了么，梁有恒弟弟的“天意”公司，聘请的总经理就是女工程师，听说搞得很不错么。这要搁给你，怕是行不通。雷静这条线你给我牵上，县上后边少不了麻烦人家。艾高原红着脸点头称是。

二人换了话题刚闲聊几句，办公室主任敲门进来通报，宣传部长和老高庙乡长有急事，刘大地一点头，两人进来，表情紧张。

刘大地问，还是氨水池泄漏那事？部长点点头。

刘大地顿时沉下黑脸。艾高原见状起身，拿了包裹告辞。艾高原一走，刘大地严肃地问，那事不是已经平息了吗？乡长语塞不敢抬头。

部长把新华分社记者采访的事汇报后，刘大地气得脸色黑里发青更难看，冲着乡长大发脾气，我在电话里给你咋交代的？善后处理工作，要做细致，做到家。掉以轻心，工作不做细，能不出乱子？马上去现场，亡羊补牢为时不晚。

那天老高庙乡发生兰炭企业氨水池泄漏污染，环保局最先得知，江山他们一边赶路，一边给政府电话通报，第一个赶到现场。

在焦化行业，煤气烟尘污染是慢性伤害，而湿法工艺熄焦用的氨水含有剧性有害物质，一旦泄漏，污染之处，草木不生庄稼绝收，土壤几乎丧失耕作之能。

这家兰炭厂氨水池，前一阵环保局检查时状态完好。不过，因烟尘治理不力，厂子停产整顿，工人放了假。处于氨水池上方山坡的高位水塔管道冻裂了，大水冲下来漫过氨水池，冲垮了池子一角，顺着排洪沟流出厂区一泻而下，进入沟底淤坝地里。淤坝地背风向阳的低洼地带，一处简易大棚菜地首遭其害，遭殃了。好在水塔里存水不多，只淹了棚里待收获的大白菜，就地渗漏光了。棚主村民大清早发现棚里异味刺鼻，白菜焉头耷脑奄奄一息，惊得发呆，不知如何是好。上高二的儿子提醒糊涂老子，白菜地被兰炭厂污水污染毁坏了，快拨“12369”。

事发后，在省城的刘大地闻讯立即指示成立县乡联合应急处置领导小组，由分管工业的副县长任组长带队赶往现场。听说环保局已在现场勘察污染状况，刘县长又给江山打电话。

江山如实汇报说，这是一起氨水泄漏污染事故，只有一片大棚菜地直接受污染，涉及一家农户，等应急小组和厂方人到后，我们现场研究制定治理方案。

刘大地听罢松了口气，又给工业副县长打电话。

江山派戴玉赶到厂里，留守人对水管冻裂氨水池冲毁毫不知情，气得戴玉一顿臭骂，打电话责成老板火速赶到现场。

这家兰炭厂与紧邻村庄关系不和。老板赶到一看傻了眼，灰溜溜的连连赔不是，围观村民一片指责叫骂声。应急处置小组看了现场，也有人认为问题不算严重，受害老乡急着还想收白菜。

江山断然拒绝，严肃地说，别说白菜，就连污染的土壤也得清理深埋。他说了氨水污染严重危害，大家目瞪口呆，这才意识到问题的严重性。

这起污染事故的应急处置措施得力。环保局对兰炭厂依法进行了处罚。污染物处理及时彻底，凡是浸水污染过的地皮土壤，连同毒白菜全部收集深埋。善后赔偿协议签署了，老板称企业困难，容他几日筹钱，受害的这家老乡也比较满意。刘大地从省城回来，事情业已平息。工业副县长私下把兑现赔偿的善后事托付给了老高庙乡乡长，悄悄贱卖掉挂在亲戚名下、也在老高庙地盘上的兰炭厂，闪电式地调离新民，去省上某单位上任履新去了。

刘大地感觉奇怪，也没说什么。

过了协议规定的赔偿时间老乡拿不到钱，老乡找乡长，乡长找老板。老板却打不通电话找不见人，失去联系，牵头领导已远走高飞，乡长后生干瞪眼没办法，只好用躲过初一躲不过十五的话搪塞。农户本是老实憨厚人，对乡领导给他的说法深信不疑，可高中生儿子小小年纪有主见，他为拿不到赔偿款乡政府却一再推诿而恼怒，在网吧通过互联网投书媒体。省里某小报记者采访了老乡父子，以“兰炭厂污染毁家园高中生维权讨说法”为题撰稿见报。

小报小文章的，新民几乎没人看到，在省城也少有关注，可醒目的标题却让新华社大记者找到感觉。他们深入新民乡间，明察暗访，咬住挂牌督办的小兰炭迟迟未关闭死不松口，把氨水污染事件作为切入点，要写大文章发内参，批评新民污染治理避重就轻，小兰炭关闭拆除按兵不动，“黑三角”治污形势严峻。

部长他们找刘大地时，记者已经离开新民。宣传部长听说下面有记者活动，追踪去看了记者证，货真价实。他好话说尽把记者们请回县城设宴招待，本想先稳住人“退火”，可记者们住一宿不辞而别。部长自觉失职，建议像往常一样，要去省里“灭火”，刘大地不同意。

毡铺上了，床尿下了，怪只能怪咱自己工作没做好，花钱托人情换平安的事，往后还是少做，刘大地说完，带着乡长直奔老高庙乡，亲自登门给受害农户父子赔情道歉。

刘大地走路快，乡长在屁股后头连说，都怪我，都是我的错。

刘大地当面厉声吩咐乡长，你们乡政府筹钱，先给人家兑现么，马上办，今天就办妥。

乡长后生满嘴应承，唯唯诺诺的。刘大地实在看不惯，临走批评他，堂堂一乡之长，让个高中生拨得团团转？忙里添乱，让人家借题发挥大做文章。

刘大地责怪乡长后生，只是有气没处撒。突然调走的工业副县长是土生土长新民人，在新民一步一步深耕当上副县长，关系网、利益圈盘根错节。刘大地来之前，这位副县长颇有呼风唤雨左右局面之势，自然与潘劲面和心不合。小铁厂关闭之役，刘大地专门找他谈过，他亲戚的小铁厂为民营铁厂带了头。外界传言他亲戚都是挂名的，除了铁厂还有兰炭厂和煤矿。也说他明官暗商，很识时务。

这些，刘大地一来就听说了，潘劲也在他跟前唠叨过。他啥也没说，只适时调整了副职们分工，让潘劲管了该管的部门。刘大地留意观察过他，分工调整后依然处事坦然，不露声色。可潘劲却说，大势已去，人家钱挣够了见好就收，快要走人了。

刘大地起初不信。前不久的政府常务会上，刘大地为兰炭产业“关小上大”拍板定调，告诫大家做好打一场硬仗的思想准备。工业副县长一言不发，略显郁闷。这一细微举动，刘大地看在眼里，萌发一种预感，潘劲的话不可不信。兰炭厂氨水泄漏事件，刘大地有意让他带队应急处置。从西安回来，刘大地叫他汇报处置情况。别看他说得入耳中听，却言之无物，似有心不在焉之嫌。刘大地断定他已是要走之人，却没料到这么快。他后悔不该让他去应急处置，留下尾巴惹来事端。

一向做事稳健的刘大地，这一次低估了氨水泄漏事件的连锁反应。六部委挂牌督办各有招数。监察部的督办事务由省监察厅负责。新华分社送阅件批评新民污染治理不力，省领导作了批示，省监察厅闻风而动。腊月二十三，传统习俗敬灶火爷这天，代县长刘大地被省监察厅派来的人召见，不无严肃地“诫勉谈话”。

作为党内监督管理制度手段之一，“诫勉谈话”形同处分，毕竟不是甚光彩事，而且来得太突然，刘大地毫无思想准备。他没精打采回到办公室，心情郁闷，一口气抽了半包烟。

身为党员领导干部，刘大地无条件接受组织的决定，可身为代县长为新民环境污染治理的事鞍马劳顿呕心沥血的大半年，说他不委屈不窝火，也不真实。

杨斌书记推门进来说，烟雾腾腾的，你不怕呛？

刘大地苦笑着起身打开窗户，两人相对而坐，只字不提“诫勉谈话”，聊了一会儿人事上的事。

潘劲第二个推门进来，面带怒色愤愤不平，这是啥事么？拉屎的溜之大吉，擦屁股的却挨板子，分明是鞭打快牛么。

刘大地瞪了他一眼，乍乎什么，发啥牢骚哩？坐下。

潘劲一屁股坐在沙发上。三人片刻无语，半晌气氛怪怪的。

潘劲左右一瞅，书记县长神色怪异，索性笑嘻嘻问，刘县长，这会儿你最想做什么？

刘大地闷声闷气顺口说，喝酒。

杨斌书记兴致骤起，好啊！我陪你，我请客。

2

大年初一，踌躇满志的文天佑驱车百十里地，兴冲冲赶往佳临芦花村姑姑家拜年，一门心思把表弟逮个正着。大门外汽车一响，姑父老两口都以为是儿子刘大地回来了。

出来见是侄儿文天佑，姑姑又喜又惊，咋哈大年初一来了？

文天佑憨然回话，来给姑父姑姑拜年么。

姑姑迎他两口子进门，边走边问，咋哈汽车也开上了？

姑父刘老大跟在后头，笑眼眯眯地说，尔格人家天佑生意做大了，开汽车算个甚。

文天佑进屋转一圈，没想到刘大地没回家陪过年，姑父也不知他甚时回来，令他大失所望。

文天佑正陪姑父小斟几盅，刘大地的中学老师领儿子突然登门，姑父一家感到意外。这父子嘴上说来拜年，其实也是因事奔刘大地而来，怀着与文天佑一样的心思，一样的无果而归。

文天佑返回路上，对婆姨说，海哈了没有，人家表弟当县长就是不一样，初一也有人找上门，可惜也扑了个空。

婆姨嘟囔说，大过年的，你事先也不打个电话。

文天佑瞪眼训斥，女人家懂个甚？过年串亲戚还打甚招呼？

此时此刻，开着旧式小汽车串亲戚的文天佑自我感觉良好。他跟几个战友果真做起惊天动地的大事了。

文天佑摇身一变，成了“天佑煤化”董事长。精明过人股份最多的韦利屈就总经理一职。按股份、论能力，文天佑都当不了，可战友们非要把他抬出来，公司以他的名字命名，明摆着是利用他与县长的特殊关系，让他做挡箭牌。

文天佑明知如此，却半推半就，只因在破铁厂憋屈得太久了，潜意识里就想过一把当大老板的瘾。他们几个战友谋划了很久，四处考察项目。那天韦利跟文天佑去过梁有岗那里，一听人家才买的兰炭厂效益很不错，韦利回来信心十足，侃侃而论。

他们的公司叫“天意煤化”，咱有现成的名字，就叫“天佑煤化”，老天保佑咱哥们儿搏一把么。

韦利使劲煽惑，文天佑随声附和，硬是把其他人煽热乎了。几个人战友酒友狗皮袜子没反正，见面发牢骚抬杠，酒后头脑发热，盘算着挣大钱当老板，你半斤他八两的，心理失衡目光短浅，看不清污染治理的大趋势，选了一步买兰炭厂的险棋。

新民的兰炭厂老板们明知大势已去，都说要卖，却都不打算立马出手，趁着没关闭，一边与环保局周旋一边加紧生产，挣一把是一把，最后的疯狂。

文天佑几个人主意已决，猴急猴急的。就在这时，听说工业副县长亲戚老高庙的兰炭厂急于出手，喜出望外，一谈价，两台炉子的厂子四百万人家不让价，心里都有点毛。四个人撑死能凑个百十万，文天佑心最热，钱不够就民间借贷。

韦利满有把握地说，不急不急，煮熟的鸭子飞不了。你们有所不知，这厂子其实是这个副县长的，亲戚只是挂名。好好个厂子突然转让，肯定是领导有甚难处，或有甚情况。卖家比买家急，咱们沉住气以静制动。

果然没过几天，副县长亲戚三番五次地找上门。韦利只出一百万，声称还有卖家等着谈，亲戚出去打电话请示后，最终以一百八十万成交，连厂长的坐骑也盘下了。他们速战速决，东借西凑，又民间借贷八十万，当天一手付款一手交接，副县长暗里帮忙，过户手续办理得很顺利。文天佑他们刚一接手，副县长就调走了。

韦利得意地说，看咋样？我猜得没错哩。

这家兰炭厂地处老高庙乡的偏僻沟道里，原先上头有人，权势罩着，很少有单位来查这查那，连环保局也是如此。文天佑他们乘势而为，不分昼夜地守在老高庙厂厂里，一不换招牌二不换人马，开足马力生产，春节也不放假，越干越来劲。

这事文天佑拿捏得很严实，婆姨只知拿走家里全部三十万积蓄，却不清楚拿钱作甚。大年三十，一家三口回了一趟天赐湾，把儿子铁蛋留下来陪爷爷奶奶，文天佑推说生意离不开，当晚上就带着婆姨回城里，为去姑姑家拜年精心准备。这事到底给表弟刘大地提还是不提？文天佑咋哈都拿不准。

文天佑去时想了一路，都没想明白。要是挑明说白，厂子已经买了，表弟若要反对，咋哈下台？有心闷住不吭气，万一日后有个三长两短的，咋哈收场场？拜年喝酒叙旧文天佑能成，可要说随机应变提这事，他不会脑筋急转弯。行伍出身的文天佑，绝非工于心计之人，他越思越想脑子越乱。心想管尿它，车到山前必有路。反正他不信，不就是买了个厂厂，不偷不抢的劳动致富，能给县长表弟脖子底哈支个甚砖头？

大年初一没见上表弟刘大地，文天佑有些失望，回来路上再仔细一琢磨，既然说也不是，不说也不是，没见上人，反倒如释重负，一心坦然。文天佑做梦也想不到，这回真的给表弟脖子底哈支砖头了。

按习俗走亲戚拜年从正月初二才开始。这一对表兄弟行程都有点儿反常。文天佑去了佳临芦花村，刘大地一家三口来到新民天赐湾。表兄表弟，大道朝天，各走一边。杨斌书记回陕南了，刘大地安排自己年三十值班。潘劲忙完河滨公园和城市文化广场设计评审会，除夕中午才回塞北。刘大地让送他的车把马文慧欣欣母女接到新民过除夕，初一先去舅父家，然后再一起回佳临。

刘大地之所以没给父母亲说甚时回家，就怕大过年的有人跟踪登门，拎一大堆东西，提个办又办不了不办就得罪人的要求，搅乱了节假日休息放松的心情。

节前，他中学时的班主任突然打电话，问他春节甚时回佳临，说想见他一面。

刘大地照实说，手头事情太多，还定不下来。

这老先生十多年没联系了，竟然找到他的手机号。向老师问候之余，刘大地感叹如今通讯发达，拉话话容易见面面难。乍一想，他又直摇头。老师突然要见面，必定有事相求。自从当上县长，经常有人找上门，马文慧没少让陌生人吃闭门羹。

“诫勉谈话”之后，刘大地本来就烦，春节又是人情世故交往高潮，他索性剑走偏锋，把马文慧母女接到新民来躲清闲。

马文慧一走，揣摩着擦黑进城的艾高原如意算盘落了空。艾高原敲不开门，便拨通马文慧电话。听说马文慧人在新民，艾高原不信。

马文慧叫真了，我甚时骗过人？连我的话都不信？信不信由你。艾高原恍然大悟。

大年初一，喜庆吉祥。外甥一家三口登门拜年，文长贵老汉乐得合不拢嘴。

郝翔两口子每年过年都回天赐湾，都少不了来长贵爷家串门子拜年。铁蛋领着郝翔的儿子在院里放鞭炮，噼里啪啦响得满院红火，戴玉在厨房给长贵婆帮忙。

长贵爷把客人们迎进门，郝翔第二次见刘县长，有些拘谨。

刘大地开玩笑问，郝翔，听说你村主任干得不错。

郝翔难为情地回答，甚不错，马槽里没马——拿驴支差么。

刘大地笑了，看你说的，年轻人，选择了为群众服务的差事，就好好干，杨书记对你评价很高，他抓的生态建设示范点，发展绿色产业带动大家脱贫致富，搞生态建设改变人居自然环境，你做成了，积累经验，对全县也是个推动么。

郝翔腼腆笑着挠挠头，刘县长，你放心，我会尽量努力的。

刘大地问，新官上任三把火，你都做了些什么？

郝翔认真回答，村上有一家想搞大棚蔬菜，地点选好了，正在平整土地；有三家养鱼的，三家种莲菜的，都动工挖塘了。算上我联营的租用的面积，到明年春上，大棚蔬菜和大棚苗圃，累计有三百亩，鱼塘荷塘各一百亩。这些，我负责给群众提供技术指导。另外，荒山荒坡绿化项目正在申报，开了春就实施。还有，旅游项目正在请人做规划设计。

正说着，戴玉闻讯跑出来。刘大地摆手打招呼，戴玉你过来，你家郝翔很能干，你可要好好支持，县上对他期望很高。

戴玉回话，刘县长，你放心，没有我支持，他连村主任都当不上，说完，喊儿子给郝翔使眼色，给刘大地打招呼要告辞。

在家就叫大地叔，急着走甚，文长贵一旁纠正道。

戴玉说，长贵爷，你家来贵客了，我们还是回去。

文长贵拉下脸生气了。走甚走？待会儿你还得陪你大地叔喝几盅么，扭头又告诉外甥，这女子好酒量。

马文慧闻声也跑来，拦着戴玉，戴玉不要走，又不是外人么。

刘大地乐呵呵地说，在家里长辈说了算，留下，留下。

戴玉只好同意了，只让郝翔把儿子送回去。她担心儿子不回去，公公郝天仁肯定要来喊孙子吃饭，公公和村里人至今不知道长贵爷的外甥是县长。

郝翔明白戴玉用意，不顾大家反对，坚持把儿子送走了。铁蛋跟欣欣在另一孔窑洞里，聊起高考和上大学的事情，两兄妹一问一答的，说不完的话。戴玉又回到厨房帮忙，文长贵跟外甥拉起家常。这时，大门外传来汽车喇叭声。

马文慧急忙跑过来告诉丈夫，艾高原到大门口了。

刘大地皱着眉头问，他咋摸到这儿来了？话音未落，艾高原已经走进窑洞。

刘大地哭笑不得说，大过年的，你咋跑到这儿？成心不让人清闲。

艾高原笑嘻嘻地说，哦也给咱舅来拜年。

文长贵看着面熟并不认识。艾高原自报家门，哦就是给天赐庙修青石台阶的艾高原，凑个热闹给您老人家拜年。

文长贵乐了，竖起拇指夸道，原来是艾老板，久仰大名，老板们都像你可就好了。

艾高原慌忙摆手说，您老高抬哦哩，说得哦脸都发烧。哦看杨书记办公室都挂着您老写的字，借着这机会，想请您老给哦也写几个字。

文长贵哈哈笑了，别人求字，不知写甚为难我，给你的字我早都想好了。

艾高原乐了，冲刘大地显摆，你看看，县长大人你海哈没有？你说哦来得不是时候，可咱舅嫌哦来得晚了。

文长贵淡淡一笑说，你来得正是时候，新年迎新，今儿图个热闹吉祥，你们好好喝酒，猜拳行令干甚都成，我高兴。

艾高原开怀大笑，喝酒是享受，喝醉了难受，今儿陪刘县长只喝好，不喝醉。先说说给哦写甚字？艾高原转身又问。

你别急，先拉话，文长贵说罢，出门张罗糖果年糕盘去了。

刘大地突然想起那件事，雷静女子跟你联系了没有？

艾高原点点头，感慨万端地说，这女子是个人才，念过书见过大世面，就是不一样。哦跟人家一拉话，一个在天上，一个在地哈，显得哦矮了半头。

刘大地笑了笑，没说说你们公司的事？

艾高原又点点头，这女子，把哦公司现状分析得透透的，不服不由哦么。正月初三开始，公司培训高层管理人员，专门邀请她讲三天课，哦就让她给哦的人洗脑子。

刘大地打趣说，这会儿不嫌人家是年轻漂亮的女子了。

艾高原眨眨眼，挺直腰，哦怕甚，哦身正不怕影子斜。你想见？哦一个电话，她就来了，一起喝酒更热闹。艾高原不等刘大地同不同意，真的起身出门去打电话。

郝翔送罢儿子直接去了趟大棚，抱着几箱新鲜蔬菜进来直接进了厨房。长贵爷告诉他了，刘县长全家要回佳临去。他叮咛戴玉走时记着给刘县长放在车上。

艾高原打完电话，顺着孩子说话声，走进了另一孔窑洞，掏出红包，要给铁蛋欣欣二人发压岁钱。孩子们见是陌生人，说甚也不要拔腿就跑。

艾高原追出来跟欣欣在院里兜圈圈，刘大地出门看究竟，欣欣索性跑到老爸身后，铁蛋远远站着，抿嘴直笑。

刘大地埋怨说，你这是干什么，两个上大学的，上高中的，都不是小娃，还发啥压岁钱？

艾高原赖赖地说，上甚学也是娃。给你是行贿，给娃是压岁。文叔您老人家评评理，大过年的，该不该发？

艾高原说罢，又向孩子们追去。文长贵见状，只好打圆场，要孩子们收了致谢。

刘大地在院里边转悠边问艾高原，你真把雷静叫来了？

艾高原说，那可不是，哦跟雷静这女子原本商量好的，正月在城里请你吃顿饭，可哦一瞅，今儿这家宴更合适，清清静静的没甚干扰。

刘大地便说，那就等她来了再吃饭，咱们到郝翔大棚，山上庙里转一转。刘大地喊了郝翔，三人一起出门。

在文长贵老汉记忆中，这个大年初一是最惬意的。他这平静淡泊的乡村窑洞里，甚时这等红火过？上学的学业优秀，干事的事业有成，来的都是成功人士，小院蓬荜生辉，老汉跑进跑出心里头乐滋滋的。

在长贵老汉心目中，走正道干正事的人都值得敬重。外甥两口子让他深感自豪；郝翔小两口让他欣慰无比；这个看上去憨厚俏皮的艾高原，在他心中有着特殊的位置。突然来了个质朴无华文文气气的雷静姑娘，长贵老汉眼前一亮。听说是艾高原资助的第一个大学生，上过西安北京一流大学，出国留过洋，千里万里念念不忘帮助自己的恩人，时时牵挂养育自己的故乡故土，怀着知恩图报的赤诚之心，要为家乡做些有益之事，长贵老汉内心深处平添一股热乎乎的感动，他借题发挥，拿雷静说事给孩子们一番谆谆教导。

大家围着文长贵老汉频频举杯互敬，海阔天空话题多多。席间，戴玉与艾高原铆上劲了，你来我往要见高下，艾高原振振有词，酒风就是作风，酒品就是人品，戴玉一急，频频出击，连连得手，得意忘怀，搞得气氛很热烈。

初次见面，马文慧很喜欢这位雷静姑娘，两人谈得十分投缘，欣欣很快就跟雷静混熟了，姐长姐短的好不亲昵，还互相留下手机号。刘大地把铁蛋拉在身边，问长问短，关爱有加。郝翔不会喝酒不善言辞，不时给长贵婆夹菜盛汤，尽其晚辈的本分。

席间其乐融融，酒后兴致颇高。文长贵铺纸润笔，一挥而就，为艾高原写下四尺整张“原驰无垠　高山仰止”八个大字。

艾高原看了看喃喃自语，这是甚意思？哦不懂，就看出把哦的姓名写进了。

文长贵解释道，毛主席诗词里有“山舞银蛇，原驰蜡象”的佳句，我取“原驰”之意加上“无垠”二字，可做在广阔原野上奔驰来理解，至于后面这句是成语，比喻人们对高尚品德的仰慕赞美么。

雷静一旁惊叹喝彩，文爷爷，您好学问好书法。也送我一幅字，把我名字也写进去？成不？

文长贵不便推辞说，成哩，成哩，给你写，就是圣人门前卖字画，容我琢磨琢磨。他晃头闭目，沉思片刻后运气走笔，“春靁奋作醒万物，细雨滋润静无声”，一气呵成。

雷静不认识“靁”字，文长贵便解释说，这就是古代的“雷”字，“上天下泽，春靁奋作。”出自《汉书·叙传下》，引用古文，不便篡改古字。

艾高原连声赞叹说，您老这一字值千金，哦也挂在办公室，哦天天看。雷静更是爱不释手，满心欢喜。

戴玉不情愿了，撅着嘴嘟囔说，长贵爷，你给我们江局戴巡视还有郝翔他们都写过，今儿又给高老板他们写了，偏偏没有我的份？我也要么，我也要带名字的。

文长贵笑嘻嘻地说，好么好么，给你写，你这女子，我可得罪不起。他给戴玉写的是“木兰何须施粉黛　无瑕人品洁于玉”。

戴玉嫌没有“戴”字。文长贵笑曰，这是用谐音，海哈没有，巾帼英豪花木兰都写上，还有甚不满意的？

目睹舅父满腹经纶儒雅大气，感悟舅父以书法传递人生哲理，刘大地难免感慨一番，结合每人的实际，挨个儿点评助兴。

他告诫艾高原：越有钱的企业家，越要承担社会责任，新民原野任你放马驰骋，多作贡献么。

他嘱咐雷静：一心回报家乡，回报社会，志向很好，一点一滴，润物无声，个人的人生价值也就体现出来了。

他鼓励戴玉：巾帼不让须眉，你爷鼓励你像花木兰那样，为环保事业冲锋陷阵在所不惜哩。

最后，刘大地把两个孩子叫到跟前，指着几幅书法说，看见了吧，爷爷寄语勉励，笔下生辉，既有艺术境界，又有思想内涵，这就是传统文化的魅力。

长贵老汉颜面有光精神大长，下午把外甥他们送走，远远瞅见尤乃生家的小洋楼，突然问身后郝翔，一腊月咋哈不见你乃生叔的影子？

郝翔回答说，听说到厦门过年去了。

文长贵疑惑不解。往年尤家震耳欲聋没完没了的鞭炮声，今年他特别留意却没听着。尤乃生没陪老父亲过年，文长贵想不通。

自从觉得尤乃生开窍了，活明白了，愿意搭理他跟他拉话话，长贵老汉便时不时地牵挂起尤乃生来。酒桌上，大家议论之中，得知尤乃生公司发生变故，侄儿带走硅钙厂。文长贵想，就算把公司交给女婿，也不至于放马由缰；就算是跟侄儿闹得不愉快，也不至于过年赌气在外不回来，这不像是尤乃生孝敬、好事、爱面子的秉性，尤乃生肯定有甚事，不愿叫人知晓的事。

3

远隔千里的尤乃生也牵挂着文长贵。除夕之夜，对他电话拜年的女婿李兵叮咛，初二去天赐湾看你爷，记着要去长贵爷家。跟李兵通完话，便往家里打了个电话，给老父亲请安致好报平顺。

滞留厦门的尤乃生，虽然饭量好腿脚灵精神依旧，加上小女儿、小女儿的未婚夫和婆姨不离左右精心伺候，可他心里头总是不得劲。大街上餐馆里的陌生面孔，说着他一句也海不哈的闽南方言，好像在外国，让他倍感孤独寂寞。大夫一句话，酒不能喝了，烟不能抽了，再好的山珍海鲜美肴佳餐，他也食之无味。大年初一不能在老父亲身边尽孝，感受不到陕北春节红火气氛，冷冷清清，死气沉沉。尤乃生这年过得很不开心，情绪波动，时好时坏，难免让一家人无所适从。

其实尤乃生最忧心的还是身体。这些日子，尤乃生消瘦了，胸部时而发闷，呼吸偶或短促，有一股隐隐作痛的感觉，却又不十分明显。在西安没查出病因得不到确诊，到厦门也一样。该做的该查的，又从头来了一遍，甚也查不出来，小女儿请的台湾医科教授也没辙，倒是台湾人一句问话，让尤乃生惊出一身冷汗来。

台湾医生冷不丁问他，你干过水泥建材，还是下过煤矿？

他赶紧矢口否认。顷刻，他想起刘大地那次触及灵魂、令人不寒而栗的讲话来。

难道真被“老板一样受污染”所言中？这种微乎甚微却足以致命的几率，难道真在自己身上发生了？他神经猛地一下紧绷绷的，慌忙问医生，我是不是得哈哈（瞎瞎）病了？

台湾医生听不懂。

就是癌么，尤乃生补充道。

医生满口否认，微笑着嘱咐他，戒烟戒酒，这个冬季最好就留在厦门，海风湿润，空气新鲜，疗养疗养，放松调理一阵。

尤乃生的最怕也是两个女儿最担心的。女儿们明白，西安的厦门的医生都觉得症状有点像，但死活查不到病灶体，不能确诊轻易下结论。台湾医生开了处方，要他打针服药柔性治疗，并且推荐了一位当地名老中医，让他再服中药调理。

尤乃生是何等精明？总觉得女儿们有甚瞒他，得亏这台湾医生或多或少地给了他定心丸。

女儿二百平米的大房子在厦门大学附近的高档小区，离海边不远，小区和周围环境十分优雅。女儿留校之后，他给她购房购车一步到位，让女儿有点儿难为情，女儿不愿意染“富二代”炫耀夸富之嫌，让人小瞧，觉得父亲供养她大学毕业，已经很知足了，往后靠自己打拼更充实，没必要坐享其成。

尤乃生不这么认为，生活无后顾之忧，专心在事业上奋斗打拼岂不更好？他心目中父辈就是儿女们的铺路石。大女儿在塞北的房子，也是他掏的钱，儿子将来留在西安，房子也是现成的。

尤乃生告诉小女儿，我要这么多钱有甚用，我能花几个么？还不都是你们姐弟三个的么。

小女儿一针见血反驳说，我姐弟仨靠自己都能过得很好，至少我不要你的钱。一代比一代更有出息，家族才能兴旺发达，这也符合进化论。再说，有钱为甚非得自家享受？太自私了。有钱也可以做公益、搞慈善，给社会作贡献。比如，我们学校的创始人爱国华侨陈嘉庚，南洋经商办实业挣钱后，回国办学校，从幼稚园一直办到大学，助学兴国，办学育人，还募捐筹款筹物资支援过抗日战争，毛主席周总理都为他题过字，成了近代史上名扬全球的华侨领袖。

女儿不经意这么一说，尤乃生却记在心里了。

除夕之夜，看完央视联欢晚会节目，尤乃生独自在房间睡不着，一会儿公司的事，一会儿家事，心事重重。儿女们个个有出息，公司被李兵打理得井井有条。想来想去，倒觉得一切都安排妥当了。唯一放心不哈的是八十高龄身体硬朗的老父亲，按说送老人正终寿寝，是做儿子行大孝的本分，可得哈这查不清弄不明的糊涂病，万一等不到那天咋哈办？一想到这，尤乃生倍感苍凉忧伤，感叹唏嘘，忍不住凄然泪下。

冥冥之中，尤乃生头一回悟出：身体比钱财更重要，钱财乃身外之物。尤乃生不敢朝哈再想了，抱怨自己还不到安排后事的地步，胡思乱想些甚！

思绪剪不断理还乱，索性不朝后想朝前想，尤乃生一闭眼又回到原先的天赐湾，仿佛有启蒙之恩的文长贵就站在面前瞅他，还是壮年时身着制服臂戴袖套文绉绉的旧模样。

小时每逢过年，长贵叔都帮村里人写春联。大概是上初一那年腊月，父亲带他去镇上办年货，叫他到供销社长贵叔家取写好的春联。那副对联内容他记不住了，可“五福临门”的横额至今记忆犹新。

当时他好奇地问，长贵叔，五福都是甚？

文长贵告诉他，五福指的是“长寿、富贵、康宁、好德、善终”，还写在纸上逐一讲解给他听。祖上当执事的天赐庙从前叫“五福观”，也是那次听长贵叔说的。

长久以来，占尽五福，光宗耀祖，是尤乃生从懵懂少年开始就向往的一个目标，一项准则，一种境界。原先温饱难求的日子给了他无穷的动力去追求“大富大贵”。他把挖到的第一桶金用于修缮天赐庙，为自己挣来“乐善好施”的好名望；他发展企业追求利润成了“利税大户”，赢得披红戴花上台台当“常委”的荣誉；他把全部心血用在办企业挣钱上，把自己塑造成头顶光环的农民企业家。可长久以来，尤乃生却也忽视了真正属于自己的东西，那就是身体。尽管台湾医生给他吃了定心丸，可人家为甚把自己当成烧水泥下煤窑的？这不明摆着，看出自己的病与污染有关系吗？尤乃生又不敢朝哈想了。

“天源”麾下企业任何一道生产工序，尤乃生都堪称拿得起放得下的一把好手，手下人怕他服他，就因为他太在行，太能吃苦。而他引为自豪的成功秘诀就是一个“干”字。尤其是创业初期，整天在生产一线与工人同甘共苦摸爬滚打，包装水泥，装石灰车，紧火了，掌柜的当伙计使唤甚没干过？电石、硅铁、硅钙、兰炭，填料出料看火候，那个炉前他没扑下身子？即便是企业发展后期，办公室他常呆不住，总有放心不下的事，三天两头地下车间检查，上一线督战。正因为此，那天刘县长讲话刺到他的痛处，当时就有些后怕。

打从住了县医院以后，闻到医院刺鼻药水味，瞅见口罩遮面的医生护士，尤乃生便本能地紧张萌生恐惧心理，他对自己原先精精神神毫无迹象的体质产生了疑虑，对他向往的“健康长寿”大打折扣。更令他揪心的是，医生专家们不是结论，胜似结论，无异于阎王爷敲门声。为挣钱把命都搭上？是他不愿想也不愿看到的。果真厄运临头，为自己“善始善终”留下遗恨与痛楚，那就太不值得了！真要这样的话，尤乃生实在痛心，死不瞑目，自己难以割舍的东西太多太多了。

大年初一这天，尤乃生接连收到市政协、县政协和江山局长拜年祝福短信，让他有所释怀，心情好了许多。家人准许他喝少量酒，女儿未婚夫博士毕业才进的厦大，就因为未来岳父到厦门，没回老家湖南专意留下陪他们过年，初一也陪他喝了点酒。几杯酒下肚，尤乃生兴致来了，话也多了，家人也感觉轻松了。

女儿建议他，爸你不是想去陈嘉庚故居看看么，今儿天气不错，咱们去集美学村转一转。尤乃生答应了。

婆姨不喜好出门游逛，要在家收拾房子准备晚饭，女儿让未婚夫留下给母亲帮忙，自己陪父亲出游。她驾车上环岛东路，先绕着厦门岛兜风一圈，然后穿过厦门跨海大桥进入集美学村。女儿学经济学专业的，在厦大当过学生会主席，留校在学生处工作，又考上了本校的研究生。这女子思维超前，志向高远，懂政治好社交善表达，一路上讲这讲那逗父亲开心，进了集美学村，她熟门熟路地滔滔不绝，当向导介绍陈嘉庚事迹，还插空引经据典的，给父亲讲政治、侃人生，鼓励父亲调整心态，坦然面对一点不妨大碍的病情。

三个孩子中尤乃生最爱小女子，她说甚尤乃生都觉得言之有理。父女俩把陈嘉庚故居、归来园、鳌园等景点仔细游了一遍，尤乃生兴致很高，不时为陈嘉庚的爱国重教的壮举大发感慨，在陈嘉庚墓前久久沉思，表情肃穆凝重。

女儿在旁边说，这就叫千古留名，万代瞻仰。

回来路上，女儿开玩笑说，看你整天忧心忡忡的样子，没病都忧心出病了。

尤乃生嘿嘿一笑，我好着么，又不是泥捏的，我甚也不怕，我怕甚？

女儿逗他说，整天耷拉着脸，老爸，是不是怕钱花不完么？

兴头上的尤乃生突然语出惊人，花不完我就不会搞慈善办教育？

女儿咯咯笑了，哟呵，没想到老爸今儿受益匪浅，灵魂大洗礼？你真要办教育？怕是开玩笑么。尤乃生笑了笑，没吭声。

一连几天，女儿都开车拉上他去散心。人心情一好，也精神多了，尤乃生夸老中医方子见效快。正月初五这天，县政协主席给他打电话，告诉他县上开“两会”要选县长，问他能不能回来参加。尤乃生一下坐不住了，不假思索满口应承。当下吩咐女儿给他们订机票。

女儿问他，非得回去开“两会”？

尤乃生说，开不开会不打紧，尔格身体没事了，我回去有要紧事。

临走的前一天，尤乃生给谁也没打招呼，独自出门叫出租车直奔集美学村。家里人找不见他慌了手脚。女儿给他打电话，他正默默伫立在鳌园陈嘉庚墓前，有一阵工夫了。

女儿电话里责怪他，咋哈又跑到集美学村跑到鳌园去了？

尤乃生闷声闷气地回答，没看够，还想再看看。

女儿急着要来接，他拒绝了。他底气十足地说，我打个车回去，你怕甚？我过的桥比你女子走的路都多，还能把我丢了不成。女儿有点儿纳闷。

人生路上沉浮莫测。尤乃生没料到，一趟厦门之旅两次鳌园之游，竟成了他人生的转折点。尤乃生酝酿着一项宏大计划，他急着往回赶，就是要兑现要实施。

谁要说尤乃生投资办教育是受陈嘉庚的启发未免肤浅了，第二次站在陈嘉庚墓前，尤乃生抚摸着墓前碑文和汉白玉栏杆，他仔细浏览品味雕刻照壁上的人物故事，神情专注心灵震颤。身边游人如织，远处海鸥穿梭，带着咸腥味的海风沁人心脾，闻不惯的尤乃生头脑愈加清醒。

尤乃生大彻大悟了。他感觉自己站在鬼门关前，直面一个人的生，一个人的死，一个人的生死转换。有人虽生犹死，有人虽死犹生，谁说死是生的终结？眼前这不明摆着么，死是生的延续，生的发扬么！尤乃生算是把人的生与死看透透了。长眠于此的这位智者大贤，让尤乃生悟出了“好德”方能“从善”，“从善”自然“善终”的人生道理。换句话说，陈嘉庚的生平，陈嘉庚的身后事，是对尤乃生心目中“五福”最好的诠释与开导。

尤乃生不再惧怕鬼门关了，相反，他产生了前所未有的冲动与紧迫感，县上“两会”报到那天下午，归心似箭的尤乃生回到新民。他先到开“两会”的恒源酒店报了到，再拉着李兵径直叩开县教育局长的家门。

第十一章

1

陕北过大年元宵节最红火。县上今年有所部署，唱响“环境立县”，为“黑三角”环境治理和“十二五”大造声势。各个单位各乡镇的彩车、秧歌、腰鼓、旱船、灯展齐聚县城争相亮相，锣鼓喧天载歌载舞，把“两会”烘托得很有气氛。

尤乃生忙着开会，还不忘到“天源”秧歌队指指点点，一见自己队伍满心欢喜，夸李兵干得好。

“天源”的彩车造型像一条船，四周彩喷图案下方黄河浪花，上方蓝天白云，秧歌彩绸飞舞其间；“天源”致力环境保护的庄重承诺，写在彩车前面的彩门上。秧歌队锣鼓队服饰艳丽，排练有素，还请来了每年这时最抢手的阎香草在彩车上引吭高歌。

阎香草见他走过来，赶忙下来打招呼。

尤乃生笑着说，今年能把你请来，我可没想到。

阎香草也笑着说，都是李兵哥下手早，人家“鑫兴”梁总慢了一步，连我徒弟齐海红都让他弟弟抢走了。

尤乃生乐呵呵地说，咱天赐湾人就该优先。

阎香草问，乃生叔，有一阵子没见你了，听说你要办教育？

尤乃生更乐了，这事你都听说了，八字没见一撇，咋哈传得这么快哩。

阎香草问，真有这事？

尤乃生点头纠正说，不是办教育，是建学校。

尤乃生要建学校的消息是从“两会”上传出的。委员代表们会上热议刘县长政府工作报告的同时，传开了这桩新鲜事。那天刘大地来参加尤乃生所在小组的讨论，有意在尤乃生身边落座。

这是他与刘县长第一次近距离接触。刘大地边握手边说，尤常委，听说你打算为教育投资？这是大好事，散会到我房间去咱再细说。尤乃生受宠若惊，点头应诺。

讨论中，大家争相表态发言，为政府工作报告大唱赞歌。尤乃生却换了个角度，他结合“天源”从污染大户到治理大户，谈个人对环保认识的内心变化，以及自己对“环境立县”的深刻领会。末了，他还发感慨为刘县长被“诫勉谈话”而抱打不平。

尤乃生话音刚落，刘大地道，尤常委发言，结合实际不怕亮丑，敢于剖析自己的内心变化，认识很深刻很到位，至于我个人，没有什么，主要是我工作没做好，与上级期望有差距。今后加大加快污染治理步伐就是了。所以我希望，通过“两会”上下形成高度共识，集中解决环境问题，谋求可持续的大发展。

散会之后，刘大地叫了尤乃生回宾馆房间，开门见山地说，情况我都听说了，我跟杨书记也碰过头。县上全力支持，协助解决地皮。你投资，产权归你，不过，我们有点担心投资回报，基础教育，咋说也是公益事业。

尤乃生急忙解释说，我没考虑有甚回报，办的就是公益事业，刘县长你放心，我压根没想挣娃娃的钱。

刘大地愣了一下，你这么一说，问题简单多了。就按你们商量的，成立董事会聘任校长，教育局负责招聘教师，承担工资等业务费用，算个公办民助的办学模式。

尤乃生问，你说要解决的地皮在哪哒？教育局说这是个难题，只能靠县上解决。

刘大地笑了，他们不清楚，就在县铁厂那儿，新的城区规划已经有了，在那儿建中学小学和幼儿园。当紧的是先把小学建起来，力争9月1日投入使用，中学和幼儿园可以作为二期工程。尤乃生闻之大喜。

抓紧些，“两会”期间签协议，举行个仪式，我也出席，刘大地说完，即刻给教育局长打电话。

尤乃生与教育局合办“天源学校”成了会上最耀眼的花絮。

艾高原打趣说，好哦的尤老板，不鸣则已，一鸣惊人。

尤乃生说，步你后尘哩。

艾高原道，哦那是随心布施，零敲碎打，你一镢头哈去挖出甜水井来。

尤乃生回敬说，跟在你后头，我咋哈也撵不上。

艾高原笑道，你修庙，哦修路，哦不也是跟在后头撵你哩？二人对视而笑。

“两会”期间，长贵老汉每天守着电视看县上新闻。外甥全票当选在预料之中，可尤乃生电视上现身露脸，与县教育局合作办学的举行签字协议，文长贵着实没想到。外甥出席讲话称赞尤乃生重教助学、回报社会的义举。县电视台记者还采访了尤乃生。文长贵深为感动。

几个月不见尤乃生，总觉心里缺个甚。正月初二来拜年的李兵没明说，可长贵老汉隐约觉察到，尤乃生大概身体出了甚问题。那天电视上看到尤乃生精神很好，可人廋了一些，他估摸着“两会”结束后，尤乃生肯定要回趟天赐湾的。

尤乃生又是市政协委员，很快又去参加市上“两会”。县上会一结束，尤乃生果然回来了，在家中与老父亲小叙一阵，陪着老人吃了顿饭，直奔文长贵家而来。此时此刻的尤乃生，有一肚子心里话急着要倒给长贵叔听。

这个世上，唯有长贵叔能理解他面对生死的灵魂挣扎。这是他有生第一次毫无隐瞒地袒露心迹，包括因病而恐惧绝望，因病而醒悟反省，小女儿的人生观旗帜鲜明，陈嘉庚的好德从善千古留名，鳌园两度拜竭生死启迪尤深，萌生建校助学念头换个活法做人，从头到尾情真意切，始终握着长贵叔的手，伤感之处眼眶红润。

文长贵也是平生头一回有人如此坦诚倾诉。他静静地听，细细地回味，就像教堂神父面对虔诚的忏悔者。他用心回答尤乃生偶尔发问，尽量字斟句酌，更像私塾先生为弟子答疑解困。

最后，尤乃生感慨万端地说，原先我怕撒手而去，尔格觉得没活够，想活出滋味，这哈子我总算活灵醒了。

文长贵此刻惊叹、困惑、钦佩、感叹无所不有，内心翻江倒海，却一时不知说甚好。两人无语而坐，窑洞里静得落针有声。终于，文长贵喃喃起身，建学校太劳神，让李兵多操心么，你当紧的是把身体养好。

文长贵说完，摊开宣纸提起毛笔，饱蘸浓黑墨汁一挥而就，“上善若水　厚德载物”。

尤乃生即刻想起到长贵叔家取春联的往事瞬间，急切切问，这幅字能给我么？

文长贵平静地答，就是给你写的。

尤乃生激动地说，我就想跟叔讨幅字哩。

文长贵落款之时，又补上“乃生贤侄造福桑梓，有感而发，欣然命笔，以互勉之”小楷字样。

其实这天文长贵心情不十分好。尤乃生来之前，为儿子文天佑，他跟老伴拌了几句嘴。

大清早，文天佑开车来接铁蛋。老伴给孙子收拾东西，文长贵问文天佑，商店做大了生意红火？

还不是老样子，文天佑漫不经心回答。

咋哈连汽车也开上了？

开个二手破车，那有甚。

该不是又揽哈甚事？

文天佑不耐烦地说，没有没有，我能揽哈甚事。

文天佑连忙否认，冲着儿子吆喝，铁蛋好了没，好了快走。

文长贵觉得蹊跷，追着儿子叮咛说，你做甚事不能瞒着我。

文天佑生冷硬倔地说，你烦不烦，我不偷不抢的，为甚要瞒你么，说罢一甩车门开上走了。

吃饭时，老伴抱怨他，好端端的，你父子俩又顶甚牛么。

文长贵说，大年初一去佳临拜年就不正常，出入开个汽车张狂甚？铁蛋说他整天不在商店在外边跑，问他话，他吞吞吐吐的不情愿答，我觉得他有事瞒着咱两口子。

老伴还是那句老话，不是冤家不聚头。

尤乃生释怀而归，长贵老汉静下心，越想越觉得不对劲，这浑汉初一去拜年是奔着外甥去的，肯定有事。他出门转悠到大棚里吩咐郝翔说，回家记着给戴玉说，叫她抽空到商店跟天佑婶拉一拉，打听你天佑叔最近忙些甚。

郝翔问，长贵爷，有甚不放心的？

你天佑叔办事不牢靠，我就是不愿让他给你大地叔惹事。

这次“两会”上，郝翔和江山都被增选为县人大代表。郝翔不放心，闭会先回天赐湾大棚里转一圈，恰好被长贵爷碰上了。

郝翔当晚就转告了给戴玉。戴玉忽然想起一件事：春节收假那天，文天佑到环保局去找过她。

那天文天佑问她，小兰炭甚时关闭，有甚政策框框，是不是像铁厂一刀切？

戴玉当时有点奇怪，便反问，天佑叔，你问这作甚？

哦……有个朋友……让帮忙打听。

戴玉一看文天佑支支吾吾，顿生警觉，天佑叔该不是你也在哪哒兰炭厂入股了？

文天佑慌忙摆手，没有没有，我哪有这闲钱。

戴玉说，没有就好。这事我不清楚，要不我带你去问江局长？

文天佑连忙说，不用不用，说罢扭头就走。

小兰炭的事戴玉全清楚，江山有交代，对谁也不能透风。

戴玉两口子把长贵爷的话当圣旨，第二天就一起去文天佑商店了。文天佑婆姨一问三不知，甚也说不清，戴玉只好作罢。

戴玉这年过得十分开心。大年初一在天赐湾，初二回到城里，天天跟罗萍在一起，忙得有滋有味。

罗萍是被戴玉劝说留在新民过年的。那晚罗萍在她家留宿后，戴玉一连几天都跟罗萍通电话说服她。

戴玉觉得罗萍回老家也是孑身一人，母女俩过年冷冷清清，不如把孩子接到新民跟她一起过年，说得罗萍心动了。

梁有岗也是这意思，罗萍拿定主意后，他立马直飞吉林，速去速归，把罗萍女儿接来了。不过，罗萍对戴玉撒谎说，是老家亲戚把孩子送来的。戴玉压根没多想，把儿子寝室收拾好安顿罗萍母女。

戴玉儿子小名蛋蛋，罗萍女儿小名豆豆，蛋蛋长豆豆一岁，两人很快混熟了，豆豆蛋蛋的喊叫戏耍闹翻了天。戴玉就好热闹，满屋生气一团开心。

戴玉问罗萍，罗姐，你小名叫甚？

罗萍笑着说，老大人了，问这干什么。

戴玉还问，罗萍如实说，就叫萍萍。

戴玉咯咯笑了，我蓝蓝，你萍萍，天生哈盛蛋蛋豆豆的。

省环保厅举办2006年春节联欢汇演晚会，要基层推荐文艺节目，原创的环保题材的节目最受欢迎。江山便把二人台《四姐五盼》报上去了。

戴玉与阎香草关系熟，又参与过《四姐五盼》创作，江山把这事交给她落实。春节之前，县文化局有活动安排，阎香草忙得一塌糊涂。她怕耽误事，推荐齐海红去参加省上汇演，乐队伴奏也难找到合适人，建议采用录音伴奏。戴玉回来给江山一汇报，江山觉得录音伴奏没气氛，坚持要乐队伴奏。

戴玉眼前一亮，我想起来，萨克斯管伴奏土洋结合，效果出奇的好，人还是现成的。

戴玉把那天在梁有恒家的事一说，江山喜出望外，当天就让把齐海红跟于强召来演奏一番，果然不错，江山当即拍板。

年关前夕，戴玉带着齐海红于强进省城演出去了。“天意”放了假，梁有岗跟孟青山在天赐川镇装饰好过年闹元宵的巡游彩车，还邀请齐海红登车演唱。

戴玉一走，罗萍在戴玉家带俩孩子，清扫收拾房子，上街采购年货，等戴玉他们回来，过年的一切都准备停当了。

戴玉从省城带回三个好消息。《四姐五盼》以原生态的陕北特色，原创的环保题材，新颖的演奏形式，脱颖而出，获得一等奖。由于监管得力、治理有效、污染环境改变快，新民县环保局第一回在全省环保系统“创佳评差”活动中名列前茅，改写了连续几年“最差单位”垫底纪录，这两个好消息，戴玉当下都给江山局长电话汇报了，还把高局长颁奖握手时说他节后要来新民的事也转告给江山。

戴玉回家后，迫不及待地把罗萍拉到跟前，兴冲冲问，罗姐，还记得上次梁有岗家我说过的话？

罗萍想不起来。戴玉提示说，是与你们于强主任有关的。

罗萍仍然想不起来。戴玉急了，用两个大拇指对接比划着说，就是于强和那个齐海红。

罗萍恍然醒悟，哦，想起来了，你说他们怪般配的。

戴玉洋洋得意地说，这回出去我问过，于强没对象。我有意撮合他俩，于强也有这意思。演出结束后，我给齐海红婉转暗示了一句，这女子腼腆，也没说甚。

罗萍笑道，你一说，我也觉得他们般配，不过这要看缘分了。

戴玉说，我给于强出主意，看上就追，穷追不舍，戴玉说完又忧心忡忡，听说齐海红原先跟田永福有过甚事，是不是真的？

罗萍心里猛一紧张摇摇头，阎老师大概清楚，不过，好像听梁总说齐海红这姑娘怪可怜的。

戴玉说，过年找机会和香草姐、梁有岗他们拉一拉。

戴玉里里外外打量一番，屋子变整洁清新了，窗户玻璃擦了厨房卫生间清洗了，窗帘沙发座套床单被套等全都洗了。

她又惊又喜，感激万分，摸摸罗萍的手，心疼地说，谁让你干这么多活。手都皴了粗了，哈辈子我咋哈娶你？

罗萍忍不住逗趣回应，就因为怕你下辈子不娶我，才努力表现嘛！说完，二人乐得放声开怀，笑得前仰后合。

戴玉这号侠女性格爱憎分明，既有男人般的仗义，更有女性的细腻，认准的交了的朋友肝胆相照，也很会体贴人。她总觉得罗萍孤儿寡母的不容易。虽然罗萍没说，她揣摩着以罗萍的自身优越条件远走他乡，绝非为钱而来，肯定有难言之隐。她怕罗萍感觉寄人篱下，尽量做得滴水不露，体贴入微，让母女俩这年过得温暖舒心。每天早早起来做早饭，可罗萍起得更早，等她起来时早饭好了。戴玉不依，午饭晚饭，说甚也不准罗萍进厨房。

按照习俗，郝翔一家腊月三十晚上要回天赐湾。戴玉把罗萍在家过年的事给父母讲了，父母特意赶过来见过罗萍母女，邀请罗萍母女三十、初一跟他们一起过。豆豆跟着蛋蛋一口一个外公外婆，叫得大家一团热乎，戴玉父母合不拢嘴。大年三十傍晚，戴玉父母打发儿子来把罗萍和豆豆接过去，一起吃年夜团圆饭，看完联欢晚会，又送她们回戴玉家歇息。初一一大早，戴玉弟弟再来把她们接过去。

春节假日这些天，白天戴玉陪罗萍逛街，晚上拉她去蹦迪，她们要出门，郝翔就在家带孩子。两人情同姊妹，两个孩子形影不离，还闹着要睡一个房间，郝翔便带着蛋蛋睡大床，把原先蛋蛋的童床支在旁边让豆豆睡。戴玉便跟罗萍挪到儿子小房间了。戴玉父母对豆豆十分疼爱，动辄就把两个孩子一起接了过去。

罗萍过意不去，有一天，罗萍找了机会独自逛街，为戴玉父母各买了一身衣服直接送去。

戴玉得知后抱怨说，罗姐，你也太老板势了，我就给二老一人买了条围巾，你一哈就花了我十个过年的孝敬钱。

罗萍唉了一声，我倒想年年天天地孝敬父母，可惜他们早早不在人世了。你能给我个孝敬老人的机会，我感谢还来不及呢。

罗萍面带忧伤，说得凄凄惨惨。戴玉心特软，怕勾起罗萍伤心往事，就此打住。

罗萍是明眼人，深知戴玉的良苦用心，可自己内心的忧虑与无奈，随着时间推移却一步步加深。罗萍最闹心的还是女儿。

春节过完，豆豆得送回老家，她给孩子说，豆豆死活不愿意。

梁有岗主张她在新民租房安家，罗萍坚决不肯。漂泊多年无家可归，在戴玉家，罗萍享受到久违的做家务进厨房的劳累之乐，尽到了做母亲本分，默默地补偿对豆豆的亏欠内疚。女性母爱悄然回归，骨肉至亲情深意长，罗萍有点舍不得让孩子离开了。

闹社火前一天，孟青山在鄂尔多斯大酒店摆了几桌席，一来为“天意”彩车锣鼓队加油送行，二来宴请罗萍和戴玉两口子。把豆豆接来后，罗萍就再没机会见梁有岗。孟青山提议借这个机会大家聚一聚，以便答谢戴玉两口子对罗萍母女的关照。孟青山要罗萍带上豆豆，想见一见孩子。

接他们的梁有岗给豆豆蛋蛋发了压岁钱，直接把他俩安顿在车里。没打算带孩子的戴玉和罗萍不好说甚。孩子们对坐小车郊游兴奋不已，一路上又说又笑，车里很吵。戴玉急着给梁有岗说于强和齐海红的事，几次制止孩子们吵闹声。

梁有岗听了欣慰地说，真要这么就好了，一会儿他俩都在场，大家给加加温，成人之美。

孟青山这天装束令人意外。他和乌云其格都身穿蒙古长袍，早早地站在酒店门外迎候。戴玉在车内一看便知，暗自叫苦，这浑汉要用蒙古族习俗闹酒场了，今儿喝酒是躲不过了。孟青山给两个孩子发了压岁钱，带着大家先到后院看了“天意”的彩车，还让锣鼓队敲打一番，这才招呼大家入席就座。

酒店服务员也身着蒙古服装，酒店大餐厅围着小舞台摆了三桌，张灯结彩充满节日气氛。

梁有岗笑着问，孟总咋哈这么整？你两口要歌舞助兴？

兴致盎然的孟青山竟撇出一句“Yes”来。

孟青山拿起麦克风给大家拜年祝福，为“天意”锣鼓队壮行。他用浑厚的嗓门说，春节在蒙古语叫“查干萨日”，蒙族人自古以白色为纯洁、吉祥之色，所以也把春节称之为“白节”。今儿高兴，我先给大家献上蒙古族歌曲《蒙古人》，伴舞乌云其格，伴奏于强。

掌声中孟青山一挥手，于强疾步上台吹响萨克斯，孟青山开口唱道：“洁白的毡房炊烟升起，我出生在牧人家里；辽阔无边的草原，是哺育我成长的摇篮；养育我的这片土地，当我身躯一样爱惜；沐浴我的那江河水，母亲的乳汁一样甘甜；这就是蒙古人，热爱故乡的人……”

大家都说他长相声调神情，与腾格尔很有几分像。孟青山深情歌唱，乌云其格翩翩起舞，从台上舞到桌前，给戴玉郝翔罗萍齐海红他们献上洁白的哈达。蛋蛋觉得好玩，喊着妈妈我也要。

乌云其格笑着给孩子们脖子戴了哈达，豆豆蛋蛋乐开花。孟青山唱完，她又为于强献上哈达。三人入座，猜拳行令，又歌又舞，热闹十分。

戴玉非要梁有岗也唱一曲。梁有岗看了罗萍一眼，上前拿起话筒便吼上了：

头一道圪梁梁上哎哟哟
哎嗨二一道道湾哎哟
三一道道圪梁梁上哎哟哟
哎嗨双骑上那个马哎哟哟
马蹄蹄跑来哎哟哟
哎嗨铜铃儿响哎哟
二妹子等你盼你哎哟哟
哎嗨半后晌那个哎哟……

罗萍与梁有岗目光无意交会的一刹那脸红了，她赶紧掩饰举杯敬酒掩饰过去。梁有岗台上瞅见了有点紧张。孟青山心明眼亮，带头鼓掌解围，上前要住话筒又唱了一段给大家助兴：

上一次大庙哎嗨敲一次钟，
什么人留下个哎嗨人想人哟
烟冒上来哎嗨水流下

老天爷留下个哎嗨人想人……

梁有岗和孟青山下台，分别给戴玉夫妇频频敬酒，感谢对他们罗总的关照。随后，孟青山提议行酒不喝酒，就唱歌跳舞。

戴玉表示反对，这不成。

孟青山亢硬地说，今儿谁做东谁说了算。

结果，孟青山名正言顺地护着乌云其格，梁有岗若明若暗地护着罗萍，于强挺身而出护着齐海红，倒把戴玉晾了起来。

戴玉红了眼，你们都成了护花使者，我是带刺的玫瑰？我的酒我喝，可我家郝翔不会喝酒，说好了回去他开车的，他的酒梁有岗必须代一半，孟总也得代一半。

戴玉硬下手，梁有岗孟青山拗不过只好顺从。轮到戴玉时，戴玉却把于强跟齐海红抬出来。声称他们在省城获大奖的曲子，她是原创者之一。要他们唱《四姐五盼》给大家助兴。

于强他们演出完，戴玉端起酒杯说，看咋样，我祝你俩珠联璧合，天长地久。我先敬于主任跟海红一杯。

于强没辙，把两杯酒全喝了。齐海红羞得脸红扑扑的。

戴玉给梁有岗使眼色，梁有岗心领神会，端起酒杯说，于强，从明儿开始，我把海红交给你了，你代表咱“天意”把海红妹子招呼好。于强连连称是，又喝了两杯。

戴玉久经（酒精）沙场，她又把矛头对准乌云其格，嘴里亲亲叫着嫂子，手里酒杯却盛得满满的。

原先老见你，却不知你是嫂子，还是蒙族人，有个蒙族嫂子很荣幸么，妹子敬你三杯，第一，这酒不准代，要代，翻两番，十二杯；第二，要唱这哒唱了不算，明儿上彩车跟海红一起，巡游闹社火才算么。

孟青山慌忙挡将说，戴大队，你这是给我两口出难题哩。

戴玉不理睬他，却饶有兴趣地对梁有岗说，老同学，我看孟老板两口的行头和才艺，夫唱妇和的多美满，明儿彩车上要是加上一对蒙古族歌舞组合，绝对让“天意”在新民大放光彩。

梁有岗随声附和说，这个创意不错。老孟，我看酒不喝了，明儿上彩车算了。语落，众人拍手称赞。

孟青山寡不敌众怏怏说，我服输，我喝酒。

戴玉忙喝酒时，郝翔跟在坐不住的孩子后头照顾他们。

蛋蛋先跑过来，摇着戴玉胳膊说，妈妈求你了，不要让阿姨送豆豆走么。

戴玉愣住了，谁说的？蛋蛋指了指罗萍。

罗萍解释说，我这边没法带她，过几天送她回老家去。

豆豆也过来怯怯地说，妈妈，我想跟蛋蛋哥一起上学，我不回舅舅家。

戴玉一下明白了，劝罗萍说，在城里找房子安个家，别弄得母女分离，天各一方的。

罗萍说，这不现实，我整天在石板台厂里，谁来照顾她？

梁有岗乘机说，家安好了，雇个保姆。罗萍看了一眼没吭声。

戴玉抢过来说，雇甚保姆？我在我照顾，我下乡有我父母。反正放羊娃不在乎羊多羊少。梁有岗疑惑看着戴玉。

戴玉说，你看甚，你抓紧落实房子，就这么定了。

罗萍急忙说，这不成。

梁有岗道，你别固执了，就这么办。

豆豆拉着罗萍胳膊，妈妈答应不送我回舅舅家了？

罗萍内心矛盾不言语。

戴玉把豆豆拉到怀里，不回了，不回了，我们豆豆往后和蛋蛋在一起，阿姨照顾你。

孟青山凑过来醉醺醺地说，戴大队，这哈子你帮罗总大忙了。我敬你，我先喝。

罗萍此刻心里暖乎乎的，忍不住掉泪了。

少有言语的齐海红把梁有岗叫到一边悄悄说，有岗哥，不用找房子，我那房子闲着哩。

梁有岗问，那你住哪哒？

齐海红说，反正我不住，本来要还给人家，胡晓燕不要。

梁有岗乐了，他趁齐海红不在时，笑眯眯说，房子落实了。

戴玉很奇怪，这么快？在哪哒？

梁有岗说，随后给你说。

2

陕北高原上闹元宵，转九曲是必不可少的传统项目。戴玉早就给罗萍承诺过，一起转九曲求平安。

单位一收假，戴玉负责起草小兰炭关闭实施方案，忙了好几个晚上。直到正月十五，戴玉才领着罗萍带着孩子们去转九曲。戴玉边走边给罗萍介绍转九曲的来由。

转九曲是在较宽敞的平地上，将三百六十七根高粱秆（柱头）等距离栽成四方形阵图，柱头与柱头按一定规则用高粱秆连接起来。九曲有九个门洞，有九九八十一道路弯，绕过着八十一道弯，就是绕过了一年的曲曲折折。人们把九曲称之为“九曲黄河阵”。柱头上安放三百六十七盏灯，中间柱头安放七盏，叫七星灯，所以转九曲也叫“转灯”。实际上，九曲是道教阴阳太极图的变阵形式而已。转九曲在晚上进行，男女老少齐出动。人们相信谁转过九曲，一年四季就会健康平安，百病俱消。

元宵节这天，陕北转九曲活动达到高潮，罗萍亲临其境，兴奋不已。黄河阵中央有座敬神的小庙，庙后高杆上悬挂着一面“九曲黄河阵”竖旗，庙前烧香拜神者众多，香火旺盛烟雾缭绕。只见人头攒动，不见步子前挪。

戴玉边走边跟罗萍拉话，俩孩子急着要从栏栅钻过去，戴玉慌忙把他们拉回来。

罗萍不解，戴玉笑着解释说，小时候听老人们说，人在转，神在看，转九曲心要诚的。

罗萍听得心里冷飕飕的，这不是迷信活动吗？

戴玉说，原先迷信色彩浓厚，人人虔诚万分，一般都是全家一起来，至少夫妻两口，或者带着孩子来，小孩子跟着大人乖乖走，话都不准说。尔格成了娱乐项目，图个节日红火，寄托人们美好愿望而已。

正说着，隔着栏栅，戴玉远远瞅见胡晓燕。胡晓燕正在小庙堂前上香，戴玉朝那边指了指说，她是独自一人，原先转九曲可不兴这个。

罗萍看见了，便说，胡老板我见过，她去“天意”找过梁有岗。一见她，我就觉得住海红的房子有点别扭。

戴玉不以为然，那有甚，房子是齐海红的，与她胡晓燕有甚关系？再说，你也没见过，又不认识田永福那死鬼。

说者无心，听者有意。罗萍顷刻心跳加快，脸直发烧。还有点恐惧感，越发觉得不能住那房子了。

借着夜色灯光，戴玉见罗萍面色忧郁，进而宽心说，海红不愿住，怕勾起伤心事，你怕甚？哪有活人怕死人的么？

罗萍果断地说，还是另找房子。

不用找房子，豆豆住我家，你偶尔回来也住我家，这不挺好的？戴玉诚恳地说。

戴玉已经知道了齐海红的事，却对罗萍心底的隐秘毫不知情。从天赐川回来后，梁有岗把齐海红的遭遇一五一十地说了。郝翔脸色凝重，一言不发。戴玉恨得咬牙切齿，骂田永福死有余辜，恶有恶报。

转九曲时，罗萍没说什么，事后打电话抱怨梁有岗，你犯浑了吧，你都不想一想，齐海红房子我咋能住呢？

梁有岗恍然灵醒，赶紧约罗萍出来见面。两人在咖啡馆小坐，几天春节过的，两人生疏了许多。

罗萍忧虑地说，我总觉得城里安家对谁都不好，可你们都这么劝我，我也没了主意。

梁有岗好言安慰说，孩子在身边，有个栖身之处是必须的。

罗萍依然忧心不已，可我不情愿跟从前纠缠在一起。

梁有岗开导说，车走车路，马走马道么，咱事业刚起步，正谋大发展，把豆豆安顿好了，萍姐你也就没了后顾之忧，蛋蛋上一年级，董芸已经联系好了，豆豆开学插班到学前班，一起有个伴。至于房子，随后另找。

罗萍一心想把自己的从前跟现在切割开来，梁有岗告诉她“天意”上大兰炭项目，很有可能跟胡晓燕合作，令她心里不畅快。梁有岗把由来一说，罗萍哑口无言。

事情是这样的：县上打算组建新民县煤化集团公司，统领未来的大兰炭产业，总共规划了十八条六十万吨兰炭产业综合利用项目，刘县长专门让田永军回来负责煤化集团筹建，田永军计划赶在小兰炭关闭拆除前，先上一条六十万吨的大兰炭示范生产线。

田永军告诉梁有岗，刘县长建议放在天赐川石板台，与“天意”合作上示范生产线。刘县长的意思是，“天意”既有综合利用方面的技术人才优势，也有做大做强的意向，是环保局江山局长推荐的。

梁有岗兴冲冲地告诉罗萍，人家八成是奔着你的，你跟江局长谈过咱的想法，田永军说刘县长对你印象比较深。田永军打算他、胡晓燕和咱三家入股，强强联手。送上门的机会，咱咋能错过么？再说了，就咱自己上亿元投资拿不出来。

罗萍坦言自己的顾虑，梁有岗笑着说，萍姐你多虑了，兄弟劝你向前看，朝前走。其实，胡晓燕胡姐你不了解，人挺好，真要合作的话，会好好相处的。过完十五，田永军要见你，要一起谈合作的事，你把心放宽，你记住，你是“天意”总经理，冶金工程师罗萍，别的甚也不是，甚也没有。

罗萍当时想想也是，可转九曲遇上胡晓燕，心里又犯毛了。梁有岗说的这些，罗萍没告诉戴玉，她只能拿不是事的房子说事。转到小庙堂前，罗萍恭恭敬敬地上了一炷香。

瞅她虔诚的神情，戴玉乐呵呵地说，这哈子罗姐大顺大吉了。

转一趟九曲，足足一个小时，孩子们累了困了。戴玉他们回家给豆豆蛋蛋洗罢，郝翔安顿他们睡下。两个女人进小房间正要铺床睡觉，杜牧电话来了。接群众举报，老高庙乡有家兰炭厂腊月以来持续生产排污，过年也没停，江局安排天亮前赶到现场从严查处。杜牧说和戴玉一起带人去，明早五点半车在楼下接戴玉。

接罢电话，戴玉心里犯了嘀咕，厂子是调走那副县长亲戚的，人都走了，还这么肆无忌惮，肯定是有原因的。她嘴里嘟囔，这小兰炭一天不关，环保局一天不得安宁。

罗萍感叹道，我看你们环保局人怪辛苦的。

可不是，甚时把小兰炭关完了，甚时才能缓口气。

说到这，戴玉忍不住说，你们“天意”幸亏上了治理项目，要不然就惨了。

罗萍仔细一想，十分庆幸说，这倒是真的。一听这么早下乡，她又催戴玉说，你早点睡，明天我在家带他们。

戴玉烦躁地说，心里越有事，越睡不着么。

睡不着闭目数数儿硬睡，我到沙发上去，不影响你了。

戴玉爬起来拽着罗萍撒娇说，别走，罗姐，你走了我更睡不着。

那就喊郝翔过来陪你，罗萍诡秘地说。

戴玉佯装生气，罗姐，看你说的甚，我就要跟你睡。

话音未落，杜牧电话又来了。我打听过了，那家兰炭厂换了主家，名字都改了。

戴玉连忙问，那新老板是谁？

杜牧电话里回答，不清楚，听说改名叫甚“天佑煤化”，据说水比原先深了。

戴玉急了，快说改名叫甚叫甚？

杜牧回话，“天佑煤化”。

戴玉脑子嗡一声，连声喊，坏了，坏了，穿上衣服急得团团转。

郝翔闻声出来，有甚事火烧火燎的？

八成是天佑叔捅哈娄子了，戴玉说罢，板着脸谁也不搭理了。

杜牧他们对这家小兰炭厂早就忍无可忍了。原先投鼠忌器奈何不得，尔格人走茶凉又换了主家。路上杜牧发誓说，抓住证据决不轻饶。

戴玉一言不发，却做好心理准备，真要是文天佑的厂子，冲着长贵爷跟刘大地叔，更应该给他们个下马威。

天麻麻亮他们赶到现场，炉火通红烟尘弥漫，群众举报属实。戴玉在现场拍照取证，杜牧带两个后生直捅开总经理室，把韦利从被窝里拎了起来。

被窝里还钻个哆哆嗦嗦的小妹子，睡眼惺忪的韦利惊魂失魄，以为是派出所警察，一听是环保局的，反而松了口气，竟喃喃抱怨说，你们环保局连被窝里事也管么。

杜牧一听，肺都快气炸了，咋哈嫌警察没来？拿起手机就要给派出所打电话。

韦利赶紧拦住，赔笑脸忙道歉。

杜牧冷冷地说，环保局管不上你跳风墙睡小姐，可管得了非法排污，起来跟我去现场。

手下的后生说，这是杜局长，搞企业不认环保局长，不想混了？

杜牧让韦利看完现场工人笔录，指着现场说，群众举报你们春节前后一直生产，持续了两个月，工人们承认了，你还有甚说？

韦利低头不语，杜牧让他签字确认，他只好签了。

戴玉郑重地问，杜局，咋处罚？

杜牧气哼哼地说，非法排污，依法处理，先罚款，再停产整顿。这破厂子，我已忍了好久了。

韦利堆着笑脸说，杜局长，你也知道，我们只是哈苦的，这厂子其实是……

杜牧一句打断说，想拿大帽子压我？这哒早转手换人了。

韦利急着澄清，我是说尔格的老板……

杜牧又打断了，硬铮铮地说，你想说尔格老板水更深，后台更硬？告诉你，尔格我们环保局后台是刘县长，天王老子也不怕。

韦利一听更急着挑明，我们老板是……

戴玉眼亮，拦住话头说，老板叫文天佑，天赐湾村人，对吧？

韦利点头说，就是就是。

戴玉把行政处罚事先告知书往他手里一塞，语气亢硬地说，那就让你们文老板亲自交罚款，就说我说的，环境监察大队副大队长、天赐湾村的戴玉说的，戴玉说罢给杜牧使了个眼色，杜局咱们撤！

杜牧回来路上问，老板是天赐湾村人？

戴玉点点头，原先在县铁厂。

杜牧又问，这哈处理合适不？

有甚不合适的，怕我面子拉不开？没事。

戴玉在车上没多说甚，回来赶到江山局长开会的地方，叫江局出来，把文天佑事情全说了。江山沉着脸半晌没说话。

戴玉急着问，局长意思……不罚款？

江山唉了一声，公事公办，不徇私情，罚得没错。我在想，罚款只是打针小疼，关闭拆除那才叫挨刀子大痛。这文天佑，千不该万不该，不该给刘县长脖子底哈支了砖头。会不开了，回局里再说。

戴玉跟江山回到局里，江山关上门，从抽屉里取出小兰炭关闭方案，一看文天佑的厂子安排在最后一批，松了口气。

江山吩咐说，文天佑肯定找你，你好好跟他谈谈，他若是能趁早退出来最好。戴玉点头称是，江山又叮咛道，关闭方案还没公布，一定要保密。至于罚款，一分也不能少。就叫他先小疼一哈子。

江山担心的是关闭拆除小兰炭节骨眼上，刘县长被糊涂表哥搅了局，势必让人抓住把柄，造成工作上的被动。

戴玉跟郝翔最担心的是文长贵。老人家最不愿看到的事情终于发生了，他们忧心，长贵爷如何承受得了？

戴玉决定暂时不告诉长贵爷。她希望文天佑能像江山说的，顾全大局，自己退出来，也减少个人的经济损失。

戴玉失望了。文天佑在被处罚的当天，正月十六晚上找到戴玉家。下午罗萍回厂子去了，两个孩子去姥姥家，家里只有戴玉和郝翔。文天佑登门是想求情减免罚款，而戴玉两口却劝说文天佑认清形势及早收手。双方相去甚远，压根就谈不拢。

戴玉听说文天佑好两口酒，正月里东西都是现成的，接到文天佑要来电话，戴玉准备了几个凉菜，寻思着好好跟他拉一拉。几杯酒下肚，文天佑迫不及待说明来意。

戴玉给文天佑把酒斟上说，不急不急，天佑叔你先喝酒。

文天佑要跟郝翔一起喝，郝翔推说不会，把酒斟满给文天佑端上。

文天佑喝罢给戴玉倒上酒说，戴玉，叔敬你，厂子偷着生产排污，叔给你赔不是，可企业才接手，也不容易，你就高抬贵手。

天佑叔，罚单一开，谁也没辙，戴玉直截了当说。

文天佑不以为然，那地方又不是县城，小村小户的，能污染个甚？

戴玉反驳说，群众举报，说明群众有意见。

文天佑一拍大腿，气哼哼地说，甚群众？是镇上小饭馆老板举报的，我都弄清了，韦利这浑汉，睡了人家相好的，拴哈对头了。

戴玉说，谁举报的并不重要，重要的你们非法排污，证据确凿。

文天佑苦笑着说，这个我认，你们象征性少罚些，成不成？

戴玉一口回绝，不成。

文天佑不高兴了，不看僧面看佛面，好歹你大地叔还是一县之长。这点面子都不给？

戴玉也有点儿来气了，那你就叫刘县长给我们江局长说一声，他要说不罚，就不罚。文天佑一下愣住了。

戴玉放软口气，苦口婆心，天佑叔先别发火，我就想知道，你买厂子的事，给刘县长说过？给我长贵爷说过？

文天佑木然摇摇头。戴玉又问，那为甚不说？事先说了，不至于趟这浑水。那天你来环保局，我就猜出来了，你还不承认，小兰炭关闭拆除迟早的事，天佑叔，你还不如退出来。

郝翔也在一旁搭腔，天佑叔，退出来好，早退出少损失，这样，对大地叔也好。

文天佑刷一声站起，饱汉不知饿汉饥。退甚退？朋友搭伙，一个战壕里同生死，这不是叫我临阵脱逃？戴玉，你就说罚款的事，能不能给我个面子？

戴玉苦笑着做无奈状。文天佑黑着脸扭身出门，咚咚咚跑步下楼走了。戴玉无奈解嘲说，早听说天佑叔是炮筒脾气，咋哈（样）又愚又犟？真是不碰南墙心不死。

3

罗萍回石板台第三天，田永军胡晓燕他们风风火火赶来了。

就因为临时决定与田永军洽谈合作并现场勘察，罗萍才被梁有岗拉上提前回厂的。罗萍早就想回厂里，盼着跟梁有岗独处一起。况且，罗萍热衷于上网查资料看新闻，了解时事政治，身居石板台三尺陋室，纵观天下大事。厂子尚未收假，一片冷冷清清。孟青山在天赐川镇，于强领社火队还在忙最后的巡演。镁厂不生产，办公楼也就无暖气可供，房间冷得人直哆嗦。

梁有岗一边给孟青山于强打电话，让通知人员次日提前上班。一边跑到镁厂办公室拿来电暖器，给罗萍房间接通电源，可惜功率有限，温度迟迟上不来，忙着准备资料的罗萍还是觉得有些冷。梁有岗便开车去附近煤矿商店又买了一台电暖器，不一会儿，屋里便热乎了。

罗萍起身脱了大衣，又回到电脑前。梁有岗坐在沙发上，静静听着对面键盘敲打发出的声音，欣赏着罗萍专注而清秀的神情。梁有岗脑海里闪过第一次开房行欢的罗萍，与眼前的罗萍判若两人。他隐隐冲动不安，真想冲上去把她搂住亲个够，可又怕影响她工作惹得她烦。他掏出来一根烟闻了闻，犹豫了一下又装回去了。他十分清楚，罗萍伏案忙工作不喜欢人打扰，怕闻到烟味。

要是平常，梁有岗早躲得远远的了。可今儿不同，整座大楼里就他俩在，只有罗萍房间亮着灯，他得陪她。这一会儿，梁有岗感觉跟罗萍地老天荒、远离尘世地独处一起，也是一种莫大的享受。

梁有岗动动嘴，罗萍就得忙半天。那次见过江山后，罗萍回来忙了好几天，搞了个企业发展规划和项目储备。如今县上规划的上六十万吨产能的兰炭项目，配套两万吨金属镁，三十七万吨的免烧砖，还有煤焦油六万吨，产能规模比原先规划大多了，需要修改充实。至少，站在投资方的角度，为设计提供总体思路和工艺流程要求。至于配套的污水处理厂，罗萍算了一下，已经委托人设计的方案，完全能够满足新的大项目的需求。另外，罗萍还得准备介绍“天意”经营管理和生产工艺的材料，以便跟田永军他们谈判时展示实力。

罗萍修改完项目规划，站起来伸个懒腰，问道，你说转九曲真能带来好运吗？那天碰见胡晓燕了，见她上香，我也上了香。

等了几个小时的梁有岗有些犯迷糊了，听见问话清醒过来，笑着回答，可不是，昨儿转罢九曲，今儿好事开头，忙上了新项目么。

罗萍笑了笑，不置可否。梁有岗一看表，哟呵，晚上十点多了，萍姐明儿再干。

罗萍瞥了梁有岗一眼说，去把卫生间的热水器打开，梁有岗心领神会走进套间小卧室。

罗萍这间小卧室梁有岗没进去过。他清楚罗萍睡前有沐浴习惯，专门吩咐给人装的电热淋浴器。过一会儿不见梁有岗出来，罗萍便蹑手蹑脚进卧室看究竟，梁有岗拿着她的照片框在仔细端详。罗萍打算轻轻靠近开个小玩笑，不料身上芳香传讯递情，梁有岗闻香而动，猛地一转身，把她揽在怀里，嘴里念叨着，萍姐快想死我了，亲得要死要活。罗萍随之进入状态，久旱甘霖，两人如饥似渴，水乳交融，和衣搂抱着亲着床上滚得天旋地转，云里雾里。

罗萍这才感到饥肠咕噜，推开梁有岗理了理乱发说，都这时候没吃晚饭，你不饿吗？

梁有岗摇摇头说，我这不快吃饱了。

罗萍娇声笑骂，耍贫嘴，一边去。

这时罗萍手机响了。她一看是戴玉打来的，摆手示意梁有岗不要吭声。

戴玉问她，罗姐睡了没有？

罗萍说，加班忙得连饭都没顾上吃。

戴玉说，豆豆要跟你说话。

豆豆亲亲叫着妈妈，罗萍心里暖洋洋的。她叮咛豆豆要听阿姨的话，跟蛋蛋哥好好玩耍，做个乖孩子。

罗萍难免对戴玉表达谢意，戴玉却说，一家人不说两家话，谢甚谢哩。从今儿开始，孩子们改口了，管你叫大妈，我是二妈，说完，让俩孩子一人叫一声大妈，自己电话里爽朗地笑了。

罗萍跟戴玉煲电话粥，梁有岗泡好了方便面，从家带的熟肉食也摆在桌上，还开了红酒。

吃饭时，梁有岗忍不住问，萍姐，没想到戴玉对你这么好。

罗萍说，我也没想到。戴玉人很实在，性格开朗，我也很喜欢她。

梁有岗说，我们新民人实在厚道出了名的，你在这哒呆久了，人熟了，就舍不得离开了。

罗萍心里想想也是，嘴里却故意说，看来你对戴玉念念不忘，也在情理之中。

梁有岗认真地说，原先是么，尔格却不是了。

罗萍问，为什么？

梁有岗坦言，尔格我心里只有你。

罗萍不无醋意旧话重提，尽拣好听的哄我，我看你对胡晓燕也挺好的嘛，俩人又喝又唱的，不亦乐乎。

梁有岗哈哈笑了，萍姐醋劲越来越大了？

罗萍说，那是因为你离醋缸太近了。

梁有岗很自信，我看是萍姐太在乎我的缘故。

罗萍心里甜丝丝的，嘴里却说，看把你美的。

两台电热器把房间内外烘得一团炽热，两人脸泛红晕眼放光。梁有岗把筷子朝桌上一撇，伸手拉罗萍，罗萍身软如泥，任其摆布，入室、宽衣、沐浴、上床。这一夜，二人体肤紧贴相拥一团，时而声欢语尖，时而静若入蛰，心心相印情绵绵，一夜欢快竟不知疲倦，连如何应酬田永军他们穿甚衣着都说妥了。

这次来“天意”，胡晓燕显然是精心装扮过的。穿得有点艳，妆化得有点浓，似乎刻意淡化老板身份凸显女性本色。为了说服胡晓燕与“天意”合作，田永军真没少费口舌。胡晓燕对梁有岗倒是十分信任，却对罗萍有种说不出口的抵触。凭着女人的敏锐，她预感到罗萍妩媚风骚的另一面，认为这神秘女人隐藏着甚，而且藏得很深。

上次在“天意”小餐厅时，只要一提起罗萍，梁有岗三言两语转了话题，单凭这一点，胡晓燕坚信自己的预感。

田永军不这么认为。他开导胡晓燕说，尔格搞现代企业人才是第一位的，人才哪能男女有别？“天意”如果没有罗萍，恐怕梁有岗甚也不是。

胡晓燕强词夺理，爆出一段传闻，说甚艾高原最近跟个女硕士打得火热，他婆姨都坐不住了。

田永军说，咱与“天意”合作是刘县长的意思，说白了，咱就是冲着这女冶金工程师来的。田永军这么一说，胡晓燕不好再说甚。

那晚上转九曲，先是戴玉她们看见胡晓燕，后来胡晓燕也瞅见了她们。罗萍深蓝色的羊绒大衣虽不甚时尚，可配上雪白的长围巾，黑亮的高跟长靴，那种得体高雅飘逸的气质，令男人为之倾倒女人平生嫉妒。至少，胡晓燕就有妒忌的意思。

她弄不明白，为甚这女人跟戴玉结伴而行，形同姊妹？一个外地女子大过年的滞留新民，为甚不回家去？家在哪哒？当然，这些上不了桌面的瞎想胡猜，胡晓燕没有对田永军讲。

胡晓燕翻遍了衣柜，试遍了衣服。最后，下身穿着黑色健美裤配暗红色长靴，上身紫色加长羊绒衫，外裹名牌银灰色貂皮大衣，脖间系红色纱巾点缀。她对着镜子照了照颇为满意，这才快快出门。这身少见的装扮，惹得司机陈涛从后视镜不时窥视，田永军在“天意”楼前下车与她会面时，也异样地多扫了几眼。胡晓燕颇为得意。可一见到罗萍，她不能不后悔了。

罗萍这天没有化妆，穿蓝西服结红领带，外面仍是那深蓝色羊绒大衣，脚穿高跟鞋，更显皮肤白皙，身段窈窕，举止雅致端庄，知识女性味道十足，气质超俗绝世。反观自己，脱掉大衣青春过剩，裹上大衣华贵有余。尤其是在这种工作场合、现场环境下，跟素面素装的罗萍一比较，有点儿不伦不类，黯然失色，不由她自嘲自贬，心里很不是滋味。

这只是胡晓燕坏心情的开始，为她吹过萨克斯的后生于强在“天意”彩车上跟齐海红搭档演唱，招摇过市引人注目，胡晓燕在街上瞅见，当下心都要跳出来。这两人咋哈搅在一起？不管咋说，齐海红与那死鬼的事令她揪心的痛，这天再见于强了，自然想到齐海红，进而牵出田永福，牵扯出不堪回首的往事，难免再添烦恼。

田永军与胡晓燕约好在“天意”会合。现场考察洽谈项目，又不是出席舞会酒场，他一见胡晓燕这身装扮，就觉得不合时宜，又不好说甚。与胡晓燕的灰色心理尴尬神情相反，田永军显得异常兴奋。无形中，又令胡晓燕心里酸溜溜的。

石板台这厂厂，田永军没心经营，也就没当回事，来的次数并不多。梁有岗接手短短几个月，这里旧貌换新颜，经营管理到这等地步，田永军万万没想到。田永军十分留意观察罗萍的言谈举止。看现场时，罗萍陪他并排而行，有问必答，不亢不卑。工艺环节上的事，她上升到理论层面说得透彻，专业理论方面的话题，她能深入浅出地表达清楚，既有理论又有实践经验，田永军佩服得五体投地。

眼前的这位女工程师，田永军是听刘县长说的，刘县长是听江山说的。百闻不如一见。对现代企业颇有见地的田永军仿佛遇到了知音，与罗萍谈得十分投机，也长了见识。

梁有岗陪胡晓燕始终跟在后头，就像只走过场没台词的一对男女配角演员。也难怪，罗萍的话，胡晓燕不见得听得懂，听得进去。

胡晓燕心不在焉，梁有岗便陪她拉闲话。

田永军对胡晓燕不痛不痒的态度不满，悄悄提醒胡晓燕，一会儿开会你得仔细听人家的，你可是要代表“永盛”的。

等到大家进了会议室落座，罗萍先介绍了“天意”生产经营方面的一些做法，接着谈了对合作项目的规划设想和建议。田永军自己的公司也是合作一方，“永盛”的事，他近来一直抱着只帮忙、不拍板的态度。这一次合作，三方鼎立，田永军更不能包办“永盛”一方。

田永军这么一说，等于给胡晓燕提个醒，施加压力。胡晓燕对照着桌上的材料认真听了一遍，对罗萍看法悄然发生着转变。

罗萍介绍完自己公司基本情况后，深有感触地说，当初收购镁厂，是基于荒煤气综合利用，减少污染提高资源率提高企业效益，正是这一步棋，抓住了机遇，改变了小兰炭面临关闭拆除的命运。不过，从发展眼光看，作坊式的小企业迟早要被淘汰，抓住环境治理这一机遇，上现代化环保型的大项目，才是高耗能高污染企业的唯一出路。由此可见，如果上六十万吨兰炭项目，一定要在废气、废水、废渣、余热回收利用上下功夫。再者，日后建成了硬件都上去了，经营和管理这样的现代化冶金企业，要引进人才，要培训员工，灌输现代企业的经营理念、环保理念，要建立现代企业制度……胡晓燕听着听着入了迷。

胡晓燕在“永盛”没几年，企业管理摸索着学了一些，并不很在行。此刻，她越来越觉得罗萍切中了“永盛”的要害，讲的都是“永盛”所缺少和急需的。这会儿，她突然有点嫉妒梁有岗了。

这浑汉有福气，从哪哒挖来这么个人才？

人对人的看法转变，有时也是一瞬间的事。胡晓燕排除异念，拾起“永盛”总经理身份面对，对罗萍看法一百八十度大转弯，看着人顺眼，听着话好听，受启发教育最深。合作谈判时，她的高姿态与诚恳度，连田永军都大吃一惊。

洽谈合作意向几乎没费周折。三方组建股份公司，取名“天美”。梁有岗和胡晓燕两家各占32%股份，田永军占36%股份。田永军出任董事长，罗萍任总经理，梁有岗和胡晓燕任副董事长，孟青山任副总经理，“永盛”选派财务总监，田永军选派一名副总经理。按照县上部署的“关小上大”的原则，田永军关闭自己新民的另一家小兰炭厂，“永盛”关闭两家镁厂、一家硅铁厂和一家电石厂。从这个方面看，梁有岗他们占了便宜。田永军觉得总经理非罗萍莫属，他的构想远非如此，筹建中的新民煤化集团里，他还给罗萍留了个总工程师的位子，只是暂时没说而已。

三方合作达成意向，梁有岗要在“天意”招待田永军和胡晓燕，对二位说，孟青山都安排好了。

田永军说，不用了，时间还早，一起回城里，去恒源大酒店，我做东庆祝一番，顺便在酒店开几间房，明儿开始，集中精力起草协议，一周内举行签字仪式，请县领导出席。十天内新“天美”正式运作，一月内开始筹备基建，请最好的设计施工单位，用最先进的设备，以最快的速度建设，年内试产投产，尽快发挥示范效应，引领新民大兰炭产业发展壮大。话音未落，众人鼓掌，群情振奋。

这晚上胡晓燕又喝高了。不过，这算是胡晓燕头一回因高兴而开怀畅饮，一醉方休的。这也算是胡晓燕走出阴影、超越自我、迈向明天的转折。女人就这么回事，遇挫折受打击容易钻牛角，思维方式都变得怪怪的，嫉妒、猜疑，偏执、易怒、多愁、善感，无所不有。胡晓燕更是如此。大而难的“永盛”压得她喘不过气来，独守空房的寂寞，也在时隐时现地折磨着她。“永盛”虽然厂厂多，可大都是临近产业政策门槛，都面临设备更新换代的问题。修修补补不如以旧换新，胡晓燕想过上新项目，可总觉得自己本事有限力不从心，与“天意”跟田永军合作上大项目，为“永盛”找到了发展的突破口。

从“天意”出来，胡晓燕如释重负，心情好极了。上车出发时，她拉着罗萍非要让坐她的车。罗萍拗不过，上了她的黑色大奔与她一起坐后排。

胡晓燕拉着罗萍的手，亲热地说，那天转九曲，我还瞅见你，白围巾配黑长靴可神气，可有气质哩。

罗萍笑了笑，我们远远也看见你了，人太多又隔着栏杆，不方便打招呼。见你上香，我也上了一炷香。

胡晓燕笑了，看来咱俩心有灵犀，许下同一个愿，今儿一拍即合，往后要一起共事哩。

罗萍问了胡晓燕年龄生月，两人同岁，罗萍生月小，便说，我在新民无根无基的，往后请胡姐要关照。

胡晓燕使劲点头又夸道，今儿你讲得真好，搞企业我不在行，身边又缺人，若不是顾及有岗兄弟，我真要高薪把你挖到“永盛”去。

罗萍笑道，《红灯记》里有一句台词说，不拆墙是两家，拆了墙就是一家人。今天墙拆了，咱成一家了。

胡晓燕连声说，对哩对哩，一家人不说两家话，有时间你也去给“永盛”管理层讲一讲现代企业管理。

罗萍答应了，不过，我是搞技术的，企业管理，我也是现学现用。

看现场时，胡晓燕已经得知齐海红跟于强正在热恋之中。酒桌上，她祝福于强，坦言很想见齐海红。梁有岗很理解她的心情，要于强把齐海红接来。

于强怕齐海红不肯，梁有岗干脆说，我也去，咱开车去接她。

梁有岗一走，胡晓燕便告诉了田永军，田永军感慨地说，只要人家愿意来就好么，甚也不提，咱好好祝福他们，大家解开心结，忘了过去。

齐海红被梁有岗他们硬拽来了，一副怯怯模样。

胡晓燕迎上前抱住齐海红甚也不说直落泪。

齐海红说声对不起，顷刻泪流两行，罗萍感动热泪盈眶。

被同一个男人伤害过的女人们心情各异，只有梁有岗最知情。

借着敬酒，梁有岗小声劝胡晓燕，身边没个男人不成，找一个么。

胡晓燕半醉半醒说，我想找你，你敢吗？

梁有岗脸红不语，朝罗萍那边本能地瞅了一眼。胡晓燕似乎明白了甚，淡然一笑。

胡晓燕完全释怀了，轻松了。她端着酒杯盘子一遍一遍地跟大家碰杯。眼看喝高了，却谁也拦不住。

田永军说，她高兴，就让她尽兴。

席终人散。陈涛搀着胡晓燕下楼、上车、下车。胡晓燕醉眼惺忪支吾不清，却口气亢硬吩咐陈涛，今儿……送我……上……楼。陈涛顺从遵命。

这是陈涛头一回跨进女老板家门，内心忐忑不安，双目充满好奇。他帮她脱掉大衣长靴，搀着她进卫生间几番呕吐，帮她倒水漱口擦脸，扶着她进卧室上床躺好。胡晓燕突然拉他抱他把头伸进他怀里。陈涛如梦初醒，浑身燥热心动如驰，嘴唇贴在胡晓燕脸上。两人亲吻如渴搂抱似箍，浑身颤抖着在床上滚了起来……

第十二章

1

山坡坡草木吐芽泛青的时候，黄河里白晃晃的冰盖子悄然融化，破碎的冰茬子卷在大河奔流里缓缓而去。晋陕大峡谷的顺川风掠过娘娘滩掠过天赐湾掠过新民县城，把春天气息传递给大河家园辛勤劳作的人们。

春寒乍暖，万象更新。怀着美好的希望宏伟的构想，谁不珍惜“一年之计在于春”的大好时光？比如，郝翔带领村民上山下滩忙着植树造林。还有，尤乃生把建校的场地平整好了。县城居民们眼皮底下搞得最热火的，要数河滨公园和城市广场建设施工工地。在交通局新开工项目中，天赐川往内蒙的出境公路改造拓宽工程动得最早，进度最快。分标段施工热火朝天，急着为石板台工业园区建设打通交通瓶颈。

煤化集团麾下“天美”公司的六十万吨大兰炭示范项目奠基仪式那天，县上杨书记刘县长都赶去了。沿线施工限制通行，也给“天美”大兰炭项目开工建设，以及附近的煤矿企业造成一些不便和影响。立下三个月完成施工军令状的交通局长着急，一天一趟现场督战。雄心勃勃的田永军更着急。县上全力以赴，立项手续一路绿灯。有了罗萍做的详细可行的规划，设计方做起来得心应手，总体设计很快出来了，早先污水处理厂的图纸已经有了，兰炭项目图纸也陆续完成，具备了边设计边施工的条件。

田永军把宁夏那边的事情委托给副手，工作重心移到新民，重点忙融资和煤化集团组建。他为“天美”选派的副总经理在石板台组织现场施工。梁有岗跟胡晓燕暂时没具体事，忙各自企业。罗萍不一样，她负责项目技术方面的事情，主要与设计方衔接。为了赶时间抢进度，几家设计单位都住在县城靠近现场画图纸，罗萍便穿梭奔走于石板台县城之间。

田永军春节前后把他名下的“永盛”贸易公司小楼装修一新，用作刚刚挂牌成立的煤化集团公司办公场所。省里来的设计人员也住在这里临近一线搞设计。

罗萍做梦也没想到会有今天，既是“天意”和“天美”总经理，又是煤化集团的总工程师。小楼里有带套间的办公室，梁有岗又在附近为她租了三居室住房。田永军为她买了辆丰田越野车。

罗萍风光之至，今非昔比，戴玉也没想到。罗萍年后去厂里呆了两天，突然返回城，晚上回到戴玉家，她把三方合作上大项目的事情一说，戴玉激动不已。

罗姐，我们江局早就说你在梁有岗那哒有些屈才，看看，这哈子大展宏图了。

后来，听说罗萍想找个司机，便开玩笑说，也给你找个像胡晓燕司机那样的帅后生？罗萍笑着摇头。

戴玉热心张罗，把在民营水泥厂开车的郝翔表妹小芹叫过来给罗萍当司机。这些日子多数时候，罗萍住在石板台，她不习惯让小芹跟前跟后。一般情况是，小芹送她到石板台，就被她打发回城里了。于是，不管她在不在城里办公，都由小芹负责接送蛋蛋豆豆。

小芹人勤快又有眼色，加上跟戴玉沾亲带故的，反正闲着也是闲着，她帮罗萍收拾房子买菜做饭，干得很投入。罗萍过意不去，除“天美”公司开工资外，自己也给小芹几百块钱补贴。俩孩子形影不离，喜欢住罗萍这边的大房子。这样一来，也把戴玉彻底解放了。

郝翔不在家时，戴玉干脆也住在罗萍家，两人睡在一起拉话，得空去美容蹦迪喝咖啡品红酒，很有些小资情调。戴玉心里清楚，“两会”一级级要开到北京，这期间，行政部门重大事情相对能少一些，过一阵要忙起来，甚都顾不上了。

有天，罗萍在石板台，胡晓燕打电话过来，说是想借着正月没完还有年气，聚一聚。

罗萍问，胡姐都想找谁来聚？

胡晓燕说，叫上戴玉、齐海红和阎香草，男的一个也不要。

罗萍说，阎香草我不熟悉。

胡晓燕说，就让戴玉叫么，肯定能请来。

罗萍便给戴玉打电话让她跟阎香草联系。戴玉听说过香草姐跟胡晓燕为齐海红的事有点过节，她也觉得以和为贵，既然胡晓燕一片真诚，跟齐海红都和好了，想必阎香草也没甚问题，即刻给阎香草电话联系了。

定好了时间，胡晓燕催着罗萍早点回来。罗萍手头事忙不完，因为嫌修路堵车耽搁不让小芹来接她，说要搭个顺车回来。胡晓燕不依，非得派车来接。说派司机陈涛来，她也坐上来了。

自从她跟陈涛有了那事，两人独处卿卿我我，可一遇外人，陈涛却略显难堪觉得别扭。罗萍上车后想起找司机时戴玉说过的话，忍不住多看了陈涛几眼，陈涛便显得很不自然。罗萍有所觉察，有意识找话题跟胡晓燕闲聊起来。

路上走走停停，好不容易进县城到恒源大酒店，两人一下车，陈涛推说有事，再也没闪面。陈涛把一切都安顿好了。订了豪华包间，点好了酒菜。

戴玉先到，她让小芹把阎香草和齐海红都接来了。罗萍进来时，三人聊得正热乎。

戴玉一见罗萍，便打趣说，尔格罗姐多风光，竟然有劳胡姐亲自去接。

胡晓燕不好意思地说，刚好那边有点事，说完，连忙上前先跟阎香草握手打招呼，表情尴尬，可很快就被阎香草微笑的友善淡化了。俗话说三个女人一台戏。又有戴玉左右鼓动，席间气氛瞬间融洽一片温情。

阎香草笑着对罗萍说，虽然咱没见过面，可你的情况戴玉早都说了。我听县上有人开玩笑，新民企业请了两个女能人，把男老板们都镇住了，一个是你，另一个说是叫雷静的新民女子。

戴玉忽地站起来，不无得意地宣称，可不是，罗姐胡姐、香草姐师徒俩，还有我戴玉，在座的哪个不是令男人仰慕的女中豪杰？要不这样，咱把雷静也请来就齐全，今儿来个女子群英会。

大家你看我，我看你，都说不认得雷静。戴玉说，我认得这女子，艾高原资助的第一个大学生，我来联系，说完就拨电话。

不一会儿，大家一片期待中，雷静出现了，文气、恬静、彬彬有礼，装束举止令大家赏心悦目眼前一亮。

人齐了，胡晓燕做东，她端起红酒杯说，正月快过完了，借过年的喜气，请姊妹们聚一聚表达心意，祝福大家，我所有的心意都在这杯红酒里，大家干杯。

说话时，胡晓燕目光在阎香草脸上停留数秒，然后环视一周，声音有点发颤。

阎香草心领神会，率先一饮而尽，清了清嗓子说，在座的我最年长，晓燕妹子一片心意，盛情难却，我敬大家第二杯，晓燕妹子支撑那么大的企业不容易，大家都不容易，今儿聚会，就说轻松话题，一不提过去，二不说男人，就说咱自己的开心事。

戴玉拍手称好，众人响应，阎香草先干为敬。这种场合罗萍比较陌生，可一寻思咋样也轮到自己了，她举杯说，给大家拜个晚年，新民人厚道实在，热情好客，我作为外乡人感受最真切。比如戴玉妹子，过去的日子里百般关照我们母女，让我很感动，我借此敬戴玉敬姐妹们一杯，我先喝了。

罗萍饮罢，其他人都喝了，唯独戴玉不依，振振有词地说，罗姐你这杯不算。说好不提过去，你犯规了，得罚你一杯。

罗萍无奈认罚。接下来，雷静跟齐海红先后给每人敬酒一杯。戴玉给几位姐姐敬罢，觉得红酒不过瘾，一帮女人又没甚可拼的，她提议不敬不碰酒随心意，拉话聊天联络感情。大家一致赞成。

雷静跟别人都不熟，与戴玉也只是一面之识，又是从新民走出去留过洋见过大世面的，大家对她抱有新奇感，起初的话题是围绕雷静而展开的。雷静讲了自己的经历，对国外的认识，对家乡变化的感受，大家听得津津有味。说着说着，雷静说出打算辞掉省城公职，回来效力艾高原“天府煤业”。

大家惊呆了，胡晓燕更是面带狐疑。戴玉以为自己听错了，急忙问道，不是说春节假日帮“天府煤业”搞培训吗？咋哈又要辞职回来帮艾高原干么？雷静淡淡笑着点头。

胡晓燕急火火问：为甚？好不容易闯出去了，为甚？

雷静说，看样子大家有点儿不理解，其实很简单，学业有成的，都想干一番事业，实现人生价值，我也不例外。在国内国外地转了一圈，我最大的感受是只要能干点事业，呆在哪儿做什么，都无所谓。

戴玉问，这么说，你想回新民搞一番事业？新民与省城可是天壤之别。

雷静说，如今是网络信息时代，交通发达便捷，地球都变小了，出国就像走亲戚一样简单。远的不说，新民老板们哪个不是天南海北地飞来飞去？就说老百姓，现在去西安比从前进新民都容易。

胡晓燕问，你铁了心在民营企业，不后悔？

雷静感慨地说，走出去再回过头来看新民，这里毕竟养育了我，还是家乡的热土亲切，总有割不断的情思。既然呆在哪儿干什么都不重要，重要的是事业，那么，我觉得家乡适合我需要我，尤其是艾总的“天府煤业”更需要我。艾总对我有帮扶之恩，我一直关注他的事业，他谋求企业发展热心慈善，为家乡做事，这一点，我们息息相通。春节回来我才认识了艾总，也了解到“天府煤业”现实状况，民营企业能发展到今天的规模不容易，不过，他们粗放式的经营管理是致命的，是影响和制约他们发展的瓶颈。艾总不缺钱不缺魄力，可“天府煤业”缺少现代企业的理念，缺少有现代企业理念和思维的人才。我是学经济管理的，这是我的专长，我为他们培训人才，帮他们打理公司，也经历了从理论到实际的过程，过程就是财富，变成了属于我的东西，没准以后派上大用场。

雷静语不惊人，朴实淡定，却也情真意切，戴玉听完兴奋不已，端着酒杯过来，妹子你好伟大，我敬你。

罗萍对胡晓燕说，就让雷静帮你培训管理人员，人家是难得的专业人才，比我强多了。

胡晓燕下意识地看了看雷静说，人家已经成了“天府”的人，能成吗？雷静听见了满口答应。

罗萍兴奋地说，等我们新项目建成了也请你去。

雷静也说没问题。胡晓燕打电话回来，突然想起问，听说刘县长是天赐湾的外甥，真有这事？

雷静顺口回答，是啊，你还不知道？

阎香草首先愣住了，急忙问戴玉？是谁？咋哈连我都蒙在鼓里？

戴玉觉得没甚隐瞒的，照实说了。

阎香草惊奇万分，连声抱怨说，这个长贵叔真是，包得也太严实了，一个字也没给我说。

戴玉说，长贵爷不想给刘县长惹事。

齐海红在酒桌上很少说话，只顾低头给大家添酒。看她羞涩腼腆的老实相，胡晓燕百感交集，暗自心疼，拉着她坐在身边，俩人窃窃私语，她问她跟于强的事，夸于强是个好后生。大家便把话题转到了齐海红身上。

阎香草讲了齐海红的天赋和不足，她说，文化馆打算送海红去艺术院校深造，正在联系。

胡晓燕赶忙说，需要学费甚的尽管吭声，包在我身上。

胡晓燕说完，见阎香草没表态，看着她问，香草姐，你说话。

阎香草笑着回答，到时候需要的话一定找你帮忙。

胡晓燕又说，我今儿把话撂这哒，在座姐妹们见证，无论海红小妹甚时结婚，婚事都由我来操办。

戴玉站起来鼓掌说好，大家随之拍手欢迎，气氛温馨感人。席快散时，有人进来递给胡晓燕个信封走了。

胡晓燕从信封中取出几张卡，给每人面前放了一张说，这是对面化妆品专卖店购物卡，大过年的，难得一聚，略表心意，大家不要嫌弃。

大家都推辞不要，胡晓燕不高兴了，罗萍妹子你带头，说着硬给她塞在包里。又瞅着戴玉怨嗔地说，还要我动手？

戴玉忙说，我拿，我拿，香草姐、海红还有雷静，你们不拿上胡姐要生气。三人收了起来。

女人们穿衣拎包正要散去，突然几个警察推门进来，目光屋里扫了一圈。其中一位认出胡晓燕的，说了声胡总对不起，走错门么，掩门而退。戴玉下楼时，跟文天佑碰了个照面。戴玉叫了声叔，文天佑瞥了她一眼，扭头没搭理，急匆匆上楼了。

这一瞬间，那桩令她跟江局左右为难的事涌上心来。

2

阳春三月，一级一级朝上开的“两会”，在北京画上大大的句号，戴玉他们挂在心头的那件为难事搁不住了。

刘大地开完会回新民第一个召见江山。他把环保局起草的那份“小兰炭企业关闭拆除方案”从公文包里取出来递给江山说，这个方案我看了，有几处需改动的我都写了意见，拿回去修改完善，准备先上政府常务会议一议，再提交县委常委会讨论通过后实施。这回要汲取小铁厂的教训，大造声势，舆论先行。我见过你们高局长了，他打算最近来新民。

江山插话说，节前高局长见戴玉讲过，戴玉回来就说了。

刘大地说，我有这么个想法，高局长来时，咱把戴巡视也邀请来，让中省环保部门领导给兰炭老板们好好上上课，洗洗脑子，他们站得高、讲得透，比咱们管用。再说了，咱借他们的势，也狐假虎威一回么。刘大地说到这里，自己先笑了。

江山问，县长意思是开个动员大会？

刘大地点头说，那当然，定下日期，把兰炭老板们请到城里来管吃管住，一天不行，开两天，既是小兰炭治理关闭动员会，也是“环境友好、资源节约”宣讲会，还是大兰炭产业战略部署会，会上公布大兰炭产业规划实施方案，动员小兰炭老板们关了小的上大的，现场就可以报名自愿组合，把规划的大兰炭生产线一条一条地落到实处，小的关闭拆除之日，就是大项目筹备之时。一定要让高局长对咱大兰炭项目当众表个态，这样，对老板们更有鼓动性。

江山说，这没问题么，田永军示范项目的环评报告，高局长特事特办，就批得很快。

刘大地叮咛说，分批关闭企业的名单绝对不得外传，开会前再往出拿，免得节外生枝。江山说好。

刘大地又说，那就这么着，你马上落实二位领导，以他们行程确定开会时间，你们起草会议通知，以政府名义发文，会议由县委和政府两办筹备，你们环保局协助，以县委政府的名义召开。

江山满口应诺，又说，刘县长有个事还想给你汇报一哈子。

刘大地问，什么事？江山正要开口，突然有人敲了声门，潘劲副县长带着公安局长推门而入。

刘大地便向江山摆摆手，有啥回头再说。江山只好告辞。

江山急着要给刘大地说文天佑的事。起初，他跟戴玉都觉得暂时不告诉刘县长，后来文天佑宁折不弯，他们没辙了。江山年后在县上市里跟刘县长见过几面，都匆匆忙忙的，没机会提说这事。眼看着小兰炭关闭紧锣密鼓的，刘县长知道得越晚越被动。江山觉得不美气，快快回局，半小时就把高局长和戴巡视来新民的日期确定了，他给政府办主任打电话通气，主任即刻请示刘县长敲定了会议时间并反馈给他。江山把戴玉叫到办公室，把修改方案和起草通知的事情安排完。

江山说，今儿准备给刘县长说文天佑的事，又没说成。

戴玉吃惊地说，还没告诉刘县长？我以为你都说了。

江山说，要不你再去找找文天佑？

戴玉说，恐怕我不成，罚了天佑叔的款，人家见了都不理我。要不咱俩？现在就去。

江山起身就走，戴玉紧随。天佑婆姨一见戴玉，愁容不展诉苦说，你天佑叔不安生，在外头胡折腾，又借钱救人去了。

戴玉连忙问，出了甚事？

跟他一起做生意的，赌博让公安局扣了么。

戴玉一听便知天佑婶仍然不知兰炭厂的事。她问，是谁呀？

天佑婆姨没好气地答，还能有谁？韦科长韦利。

戴玉消息灵通，扭身告诉江山说，昨儿晚上公安局大行动，把城里几个赌博窝点端了，赌徒有一多半是老板，城里传得摇铃了。江山想起在刘县长那里见潘副县长和公安局长了，揣摩着八成与抓赌有关。

天佑婆姨看着江山面生，戴玉介绍说，这是我们江局长，等天佑叔回来，你就告诉他我跟江局长来找过他。

临走，戴玉一语双关地叮咛说，婶你劝一劝天佑叔，他们那兰炭生意真的做不成了。

二人返回路上，潘副县长来电话了，说他在环保局院子里等他。江山一边说自己正往局里走，一边加快了脚步，他意识到潘劲找他肯定与文天佑有关。果真这样，江山把潘副县长招呼进屋子，潘劲顺手关上门，劈头就问，刘县长表哥买下兰炭厂，真有这事？江山点头说是。

潘劲唉了一声，这下给刘县长添乱了。

江山问，抓赌抓的那个甚韦经理说的？

潘劲说，可不是，在公安局里他声称他是刘县长表哥文天佑厂子的总经理，办案警察们不信，反映到局长那里，局长给我电话一说，我赶过去，这浑汉还是这么说。我也不信，他说环保局戴玉罚过他们，她知情。

江山说，这话属实。

潘劲说，这次扫黄抓赌行动，是杨书记跟刘县长亲自部署的。就是要打击又嫖又赌伤风败俗的恶劣风气，没想到从这儿弄出点动静。刘县长表哥真是，脑子浑到家了，人家把牛拉了，他捡了根缰绳。手下还有这么个浑汉，钱没挣下就张狂了，据说又嫖又赌。他一口一个县长表哥，被我狠狠收拾了一顿。我说别说你不是县长表哥，你就是县长表哥文天佑，今儿也照罚不误，除非你把刘县长叫来。当他面我给公安局长交代，天王老子也不成，依法处理，绝不留情。

江山没料到，文天佑经营兰炭厂的事，竟被公安局的抓赌行动给点炮了。

潘劲问，这么大事的你没跟刘县长通气？

江山唉声叹气，我们也是正月里接到举报出现场，才得知文天佑买哈那厂厂，本来想让戴玉劝文天佑趁早收手退出来，可文天佑不依。后来我一直想给刘县长通个气，没机会。今儿正要开口说这事，你们来了，你要晚来几分钟就好了。刚才你没给县长说破么？

潘劲直摇头，这不，我急着找你，就是要核实真假。

江山忧心忡忡，那……咱赶紧给刘县长点破。潘劲一脸无奈，今儿来不及了，刚才市委韩书记紧急召见他，紧接着，省里还有个会，他把动员大会筹备都托付给我，恐怕一周之内咱都见不上他了。

江山说，这种事，我总觉得电话里不好说。

潘劲皱着眉头说，可不，刘县长那黑脸倔脾气，最好当面劝说，算了，等他回来再说，没有过不去的坎。

潘劲与江山在环保局一筹莫展。文天佑才从公安局把韦利捞出来，臭骂一顿，独自在县政府大楼前心神不定徘徊不决。

他急冲冲赶来，想找表弟刘大地坦白，到楼下却犹豫了，一点底气都没有。文天佑深深后悔，悔不该买厂厂没跟表弟打招呼。突击生产违法排污被罚款，厂子停产前途未卜，韦利又捅下娄子，还拿他做挡箭牌，丢人现眼，一步一步把他逼到墙角上。

提起韦利这浑汉，文天佑气不打一处来。这浑汉老高庙去了没几天，镇上小饭馆没吃几顿饭，就把饭馆的服务员老板的马子勾引到手。惹得老板故意报复举报排污，厂子被环保局罚了款。那边风波未平，饭店老板扬言要收拾他，这边又赌上了。韦利随身带的十万元赌资被没收了，还得罚款三千元，看在县长表哥的面子上，公安局长只让文天佑交了两千元把韦利放了。两千元是他东凑西凑的，十万元却是韦利私自拿厂子里的，兄弟们的血汗钱，文天佑钻心的疼。公安局长一句话堵死了，赌资没收，没甚好商量的。连看他的眼神都怪怪的，好像他这县长表哥有假似的。文天佑几次鼓足劲要走进大楼，两腿稀软不听使唤。

就在他举棋不定的工夫，刘大地大步流星走出楼厅。文天佑远远瞅见，慌忙躲在大厅外的冬青盆景后边，心里怦怦直跳，不知如何是好。眼看着表弟上车扬长而去，文天佑悔得直跺脚。他无精打采回到店里，婆姨嘟囔着告诉他，戴玉领着他们局长来过了，还说了兰炭生意做不成了的话。

文天佑阴着脸一言不发。婆姨问，你们一起倒贩兰炭？文天佑毫无表情反应。可婆姨的话听清了。

在恒源酒店见戴玉那天，他就是听说韦利在那里赌博才去找他的。后来得知，那晚公安上就行动了，好在韦利没去。他打电话警告过这浑汉，谁料他全当耳旁风。文天佑恨得直咬牙，钻进商店里屋关上门，拉开被子蒙头大睡，婆姨敲门也不理。

几个合伙人闻讯赶来，一个个蔫头耷脑情绪低落，坐在外边抽闷烟，等着文天佑起来。直到下午，文天佑才被这帮人从被窝里拽出，拉上喝酒解闷去了。

戴玉心里搁不住事，下班又到文天佑店里。文天佑婆姨说，你叔心情不好，回来没说一句话，才被人拉上去喝酒了。

戴玉叮咛说，天佑婶，不管发生多大的事，千万不要告诉我长贵爷。文天佑婆姨称是。

戴玉心情郁闷，给小芹打电话让她招呼孩子们，又让罗萍在单位等着她，直奔煤化集团而来。

罗萍为订设备忙了整整一天。她跟田永军两人货比三家，从网上查找信息资料，联系厂家电话咨询，接收传真邮件，征询设备用户意见，戴玉进去时，他们还没有忙完，正在打电话的田永军朝戴玉点头让座，去楼道里通话去了。

都几点，忙甚？还没忙完？戴玉撇着嘴问。

设备上的事，快了，马上，等田总接完电话一拍板，就OK了。晚上想吃什么？罗萍边说边问。

想喝酒，两个孩子我叫小芹去管，咱喝酒去，戴玉直白地说。

罗萍笑着说，我知道，我也打电话了，听说你来，田总把包间都订了。

戴玉不情愿地说，咱俩去，我想跟你拉话喝酒，为甚叫他请？

罗萍解释说，田总跟你不熟，想结识你哩！正好梁有岗也在城里办事，田总都给打电话了。

田永军的电话打了足足二十分钟，进来道歉说，不好意思，让戴大队久等了。没办法，宁夏那边有点急事。晚上好好陪你喝酒。

戴玉说，干脆改天，今儿我想跟罗姐单独去，还有点事。

田永军笑呵呵说，都说戴大队是女中豪杰，今儿咋哈扭捏不给面子？是怕违反局里纪律？那好，把你们江局也叫上。田永军果真给江山打了电话，戴玉只好客随主便。

这顿饭戴玉吃得索然无味。江山跟田永军不时说项目上事，江山叮咛，环保设施一定要做到“三同时”。

田永军拍胸脯打包票，这事你放心，我们罗总从设计、施工、验收，到将来运行，一竿子插到底。

罗萍也笑着说，请江局长尽管放心，田总为了确保污染达标排放，连环保设备全都换成最好的了。

江山透露说，县上要开小兰炭关闭动员大会，小兰炭关闭提上议事日程了。

田永军信心十足地说，这一哈子我得利用这个机会，抓紧招兵买马，把小兰炭老板尽量都笼络过来，规划的十八条生产线全都立项开工建设了，煤化集团才有名有实了。

戴玉心里装着文天佑的不快事，应付着陪几个男人喝了一阵。小芹打电话问她甚时回来，她一边说马上回来，一边借口孩子们有事，拉着罗萍就退席了。

她们回到家，豆豆蛋蛋都睡了。罗萍打发小芹走了。两人洗浴上床，罗萍问，妹子，刚才饭桌上心不在焉的，有啥心事？

戴玉摇头说，有点心烦，你猜，眼哈我最想见谁？

罗萍不假思索答，郝翔。

戴玉怔怔说，你瞎说甚，后天周末，咱带孩子们去天赐湾。

罗萍咯咯笑了，拐来拐去，那不还是想郝翔了嘛。

戴玉不情愿，突然挠罗萍胳肢窝说，再让你胡说。

罗萍怕痒，笑得浑身哆嗦，急忙关了台灯躲在暗处。

那你最想见谁？戴玉唉了声说，长贵爷。

转眼到了周末，戴玉两人起床都晚了，给孩子收拾完，小芹开车到文长贵家时，阎香草已经跟长贵老汉拉了一阵话了。

阎香草假装生气说，早知你们开车来，我就不等班车了，也不给姐说一声？

戴玉连忙赔不是，下次一定告诉你，下午一起回去。

阎香草笑着说，这还差不多。文长贵不认识罗萍，没等戴玉开口，阎香草先给他介绍了。

那晚上听了戴玉原原本本的讲述，罗萍对这位县长舅舅萌生敬意，她上下打量，老人家果然风神潇洒，气宇轩昂。

俩孩子跟进来跑了一圈坐不住，蛋蛋闹着要找爸爸，小芹便领他们去了。戴玉问，长贵爷跟香草姐拉甚？这么认真？

阎香草回答说，长贵大伯惦记乃生叔，我说他正在我家隔壁建学校，我天天都能碰见。

文长贵感慨地说，回去见了你乃生叔，带我问候他，要他千万注意身体，别太劳累。

阎香草满口答应。文长贵问，你婆婆最近身体可好？

阎香草说，自从铁厂拆除了，没烟不呛环境好多了，她院子里活动活动，身体明显好多了。

戴玉逮住话题说，长贵爷，你听听，尔格真环保见了成效。

文长贵笑呵呵说，这女子嘴比刀子快。

戴玉又问，香草姐，这哈子不急着在塞北买房子了。

阎香草摇摇头，我想调走县上也不放，打算让你哥回来算了，乃生叔有意聘他当校长。

文长贵听了很赞成，这好么，家门口上班，家里老人都照顾了。阎香草起身回娘家，叮咛戴玉领罗萍去她家转一转。戴玉点头称是。

阎香草一走，文长贵问长问短，让罗萍感到十分亲切。戴玉绕弯儿说，长贵爷，罗姐尔格是县煤化集团总工程师，老大的办公室墙上空荡荡的，我总觉得少个甚。

文长贵抿嘴笑道，这女子，想要甚就直说，还给爷兜圈子。罗萍不明白戴玉说什么，疑惑地瞅了戴玉一眼。

戴玉说，我向长贵爷给你求一幅字。

罗萍闻讯喜出望外，你给戴玉的我见了，好漂亮。那就麻烦您老人家了。

文长贵起身走到桌边，看了看罗萍说，我写些甚呀？

戴玉说，人家罗姐大老远来咱新民，搞企业不忘环保，刘大地叔也表扬过她，就写个甚，鼓励鼓励。

文长贵略有所思，挥笔写道："天地有正道，道法自然；人间多真情，情系家园。"罗萍连声称好。

戴玉高兴地说，长贵爷，给我婆说一声，今儿我下厨房。罗姐，咱先去摘菜去。

二人出门，罗萍忍不住问，你急着想见，来了为啥什么也没说？

戴玉回答，就想看望一哈，长贵爷心情好，我就放心了，这么大年纪了，就怕他知道天佑叔的事，太操心受刺激。

罗萍说，我看这老人是拿得起放得下的豁达之人，不会有事的。

戴玉说，这倒也是。这天文长贵一高兴没提儿子一个字，把托付戴玉的事忘光了。戴玉心里一块石头落了地，只管哄老汉开心。临走，又给郝翔交代，把长贵爷盯紧些，没事就去坐一坐。

3

高局长悄无声息现身新民地盘上，令刘大地感到吃惊。刚送走了高局长，刘大地又被市委韩书记一个电话召回塞北。

高局长说过要来新民的，只是没定时间。那天高局长电话里说他人在新民了，陪省上领导在塞北考察结束后，省领导直飞北京了，他顺便过这边看看。说是看看，实则是有意赶过来与他和戴巡视会面的。由于行程紧迫，顾不上去县城，高局长就在新民境内的老高庙乡与戴巡视见个面。刘大地赶到时，戴巡视已经见过高局长去了内蒙。二人在乡政府匆匆一晤。

刘大地详细介绍了小兰炭关闭方案，大兰炭产业发展规划。高局长听得很认真，听完很高兴，表态一如既往地全力支持。

高局长推心置腹地说，小铁厂关拆大获全胜，搞得不错嘛。环境与发展，不是矛盾的对立，而是矛盾的统一，发展必须顾及环境，发展必须以保护环境为前提，从这个意义上理解，我认为环境问题是中央提出科学发展观的重要依据之一。当前的小兰炭产业关闭拆除，可是一块硬骨头，真的很难为你，不过，环境保护搞得好了，就是生产力，你信不信？如何在解决环境问题中谋求新的发展？大地同志，这篇大文章你要是做好了，对全省都有借鉴意义。

刘大地感慨地说，你说要来，没想到匆匆忙忙的，在这儿见面，我们召开小兰炭关闭动员会时，打算邀请你来新民哩。

高局长说，这次有点偶然性，下次专门来，给你们鼓劲加油。

高局长刚走，刘大地正在回县城路上，市委韩书记的电话来了。面见韩书记，听到的消息更令他出乎意料。

原来，省委组织部通知，杨斌书记去中央党校学习一年。

韩书记找他谈话，县委日常工作也要由他主持。等于又给他压担子了。刘大地一听便愣住了。

他面带难色地说，真有点意外，韩书记，你清楚，眼下新民正处在关键时候，杨书记突然一走，叫人心里有点空荡荡的。

韩书记说，没办法，我也感到意外，可这是上级组织决定的，只能服从。杨斌也是刚知道，他也感到意外，还有点恋恋不舍的意思。大地呀，对你来说，担子是重了点儿，面临新的考验，可我相信，你一定能胜任，去新民这段时间干得不错嘛，发展思路理顺了，治理也已初见成效，上下反映都好，至于对你诫勉谈话嘛，那只是个意外。为了支持你的工作，工业副县长人选我亲自点将，给你挑个得力的人。

刘大地连忙问，谁呀？

韩书记说，政府办公室副主任马向前，人年轻，有专长。这样一来，政府班子里有潘劲马向前两个得力帮手，你就省心多了。

刘大地又问，杨斌书记什么时走？

韩书记说，马上，不过，又不是调走，工作衔接一下就成了。

刘大地说，这我知道，重大事情我们会保持联系及时沟通的。

韩书记问，大地呀，你还有什么要求？

刘大地顺势说，过几天县上要召开关闭拆除小兰炭动员大会，我邀请了省上的高局长、国家环保总局戴巡视，都去讲一讲，到时候你能不能……

韩书记不等他说完，我去，我一定去，让郝市长也一起去，你上任后，我们俩都还没到过新民，也算是失职，再不去的话，就对不住大家了。再说了，你们“关小上大”，杀出一条血路，对全市兰炭产业具有示范效应，市委市政府充满期待，乐见其成，理应前往鼓士气做后盾嘛。

刘大地听了很激动，出门却心情有点沉甸甸的。他立马拨杨斌手机，关机，想起杨斌在省里开会，他又给马向前打电话。马向前是学煤化工的，人很精干，跟他也熟悉。

马向前接电话说，刘县长，我正要给你打电话，你人在塞北？晚饭一起吃。

刘大地答应了，吩咐司机先送他回家一趟。他打开房门，恰好在家的马文慧有些奇怪，昨儿才去，咋今儿又回来？

刘大地把公文包朝茶几一撇，一屁股坐在沙发上说，回来肯定就有回来的事么。

马文慧看他情绪异样，关切地问，有甚急事？

刚见完韩书记回来，杨斌书记要去中央党校学习，要走一年哩，刘大地面无表情地说。

马文慧问，谁去当书记？

人家又没调走，一摊子事给我撂下了，刘大地吸了一口烟，沉思片刻说，这个杨斌，看样子要升迁了。

马文慧笑着说，对人家杨斌来说，可是件好事情。

刘大地唉了声，感慨道，走得真不是时候，小兰炭关闭，最硬的仗还没开打，一走了之，我只好唱独角戏了。

马文慧给老公好言宽心一番，问他晚饭想吃甚。刘大地说，不做了，晚饭一起跟马向前吃顿饭，把欣欣也带上。

马文慧说，听说马向前要去新民当副县长？

刘大地忍不住乐了，你是组织部长？咋这事也知道。

马文慧笑了，昨天马向前被组织部叫去谈完话，就打电话问你在不在塞北，我说你刚回县上了。还有，天佑哥也打电话来了。

刘大地问，他没说有啥事？

马文慧答，他没说。

刘大地脑子装着新民一摊子事，忽然想起，一定要赶在杨书记走之前召开一次县委常委会，通过“小兰炭关闭”议题，拨通江山电话，询问“小兰炭企业关闭拆除方案”修改情况。江山说好了。刘大地又给他交代任务，你们再帮我写个动员报告的草稿，交给政府办汪主任。

说完，刘大地再给汪主任打电话交代说，你们抓紧准备动员会，环保局起草的动员报告，你们结合“两会”上政府工作报告的精神内容和要求提法，加以修改完善。打完，他拨通田永军手机，询问了石板台新项目的进展。

接着，他再给潘劲打电话，告诉他说，韩书记和郝市长来新民，最好安排看几个点。他又建议，田永军大兰炭示范项目、梁有恒的“鑫兴”、天赐湾村生态建设、县城集中供热和天然气、河滨公园等建设项目都以去看看，让潘劲筛选初定，抓紧准备。

刘大地一口气打了个把小时，手机快没电了。

这时，杨斌电话来了，语气有些急，刘县长，你在塞北哪儿？手机老占线。

刘大地答，我在家，你在哪儿？

我刚下飞机，在塞北机场，杨斌说。

咱们先在塞北会个面吧，刘大地一看表说，咱一起吃晚饭。

这顿饭马向前做东。听说杨斌书记来还有重要事，原本请了一帮陪客们都不来了，马文慧也没有去，就剩他们三个草草完事。

杨斌一见面就说，事情太突然了，组织部和韩书记他们一先一后打电话说的，让我马上报到，我一点思想准备都没有。

刘大地说，这是好事，应该好好庆贺。

杨斌说，我一走，工作都丢给你，真有点过意不去。

刘大地说，那有啥，都是工作。你什么时候走？

杨斌说，通知要求后天报到。

刘大地说，临走前咱安排开一次常委会，小兰炭的议题很重要也很紧急。

杨斌当机立断，那就明天下午开，后天我直飞北京。

刘大地兴奋地说，好，我安排明儿一早开政府常务会，讨论完善。

刘大地看了马向前一眼，我打算让向前同志分管工业，再把环保也交给他。杨斌点头同意。

刘大地转头问马向前，准备好了么？明儿早政府常务会，你得参加。马向前似有难色，却不好说甚。

杨斌看着马向前说，还是饭后一起走吧，小兰炭关闭之役箭在弦上，你得提早进入角色。马向前点头说好。

杨斌给组织部长打电话说，新民急着用人，有个重要会议，向前同志得参加，今晚就跟我们走了，回头再给政府办交手续。

饭后，杨斌刘大地同坐一辆车先上路，杨斌的车留给马向前，回家收拾东西，随后而来。三人风风火火，连夜赶往新民。杨斌与刘大地一路上电话不停，分头安排一番。

刘大地回到政府大楼时，潘劲他们已经等候多时了。楼下的黑影处文天佑暗暗地瞅着他。大概是楼上办公区灯火通明、人来人往的缘故，文天佑楼上楼下走了一回也没有露面。

早上的政府常务会上，刘大地一字未提杨斌书记要走的事，他给大家分析得很深刻，新民虽然有着得天独厚的煤炭资源，但在发展模式上，我们遭遇了“两个一半”的尴尬：一方面，利用境内煤炭烧制兰炭是全县的主导产业，在经济总量上，占有半壁江山；另一方面，工艺落后、规模很小的兰炭企业，污染排放也占到全县污染物排放总量的一半。眼下既是一场硬仗，也是一次大好机遇，方向明确了，就要坚定信念。先关小的，淘汰落后产能，摆脱小兰炭严重污染的尴尬；再上大的，实现兰炭产业的结构调整和技术升级，延伸循环经济的产业链，发展全新意义上的兰炭主导产业。

像上次关闭小铁厂一样，刘大地已经跟自己所掌握的、该约谈的人，都分别谈过了。这次涉及干部虽然人多，但形势明朗，大家眼亮，十分配合，没费多大周折。所以这次的政府常务会开得亮亮堂堂，大家围绕小兰炭关闭方案，七嘴八舌，群策群力，提出不少好的建议。方案基本敲定后，刘大地长舒一口气，就势明确了马向前的分工。

刚散会，刘大地便接到文天佑电话。他问，表哥，有甚急事？

文天佑电话里支吾说，没……没甚……事。

刘大地说，没啥急事，等我忙过这几天吧，说完把电话挂了。

下午的县委常委会开得十分顺利，杨斌书记主持，开场先声夺人，为这一重要议题作了既有高度、又有深度的铺垫与引导。刘大地则从实施操作，应对措施上讲了很多。

唯一的议题毫无悬念通过了，杨斌这才说，还有个重要事给大家通报一下，市委接到省委组织部的通知，安排我去中央党校学习一年。

此语一出，大家哗然惊诧。杨斌书记接着说，按照市委决定和韩书记的指示，我学习期间，大地同志主持县委日常工作。

县长书记一人一句，既是通报又是衔接，众人一番互视，不知说甚好。潘劲挪椅子晃晃头，像似要发言，却甚也没说。

杨斌笑了笑说，大家觉得很突然，我也一样，县上工作刚刚理顺，有点起色，污染治理才开了头，尤其是小兰炭拆除紧锣密鼓之际，我却要远离一线，偏安一方。昨晚睡不着，想起苏东坡的《春江晓景图》"竹外桃花三两枝，春江水暖鸭先知。蒌蒿满地芦芽短，正是河豚欲上时"。阳春三月，正是河豚从大海回游江河的时候，河豚味道鲜美，可是有剧毒。我这里妄把新民污染治理这档子事，比作捕河豚、去毒素、享美食，"正是河豚欲上时"，我却无缘"春江水暖鸭先知"，走得不是时候。

在这等严肃场合，杨斌以诗言情，坦白心扉，显露出一股从未有过的书生儒气，令人耳目一新，很容易产生认同感。大家的目光停留在他脸上。他郑重宣布说，往后县委这边的大小事项，直接向大地同志请示，由大地同志拍板定夺。

刘大地补充了一句，有什么重大事情，我会与你及时联系的。

杨斌欣慰地点点头。刘大地接着说，杨斌书记去中央党校学习，这是工作的需要，也是个人政治生涯中的一件大事，为了表达大家的心意，今晚设宴给杨书记饯行，在座的都参加，把人大政协一把手叫来，其他的请谁，两办主任斟酌。

杨斌拦挡说，算了吧，在座的随便聚一聚，小范围就行了。

刘大地第二天要赶到省里开会，送行宴一结束，他又把潘劲他们召集到办公室议事。

潘劲第一个到，进门就问，杨书记咋走得一点征兆都没有？

刘大地笑了笑，人家又没调走。

潘劲怏怏说，你老兄，拿着明白装糊涂，中央党校学习一年，意味着提拔了，这个谁不清楚？

刘大地开玩笑道，你再清楚，也得一个台阶一个台阶地上，再着急眼红，也不顶用。

正说着，江山跟马副县长一起进来了。江山跟马向前打过交道，彼此很熟。

刘大地乐呵呵地说，铁打的衙门流水的官，这不，向前也来了。眼下小兰炭关闭拆除迫在眉睫，任务艰巨，成败在此一举。他忽然想起马文慧说过的话，半开玩笑半认真地说，对你们三个来说，挑战加机遇，看看你们，局长、副县长、常务副县长，好好干，升迁的台阶等着你们哩。

江山不解地问，刘县长，咋哈说起这话？

刘大地哈哈大笑，这里头怕有人盯着我这位子着急。

江山和马向前俩人目光不约而同瞅着潘劲。

潘劲红着脸说，拿我开涮？书记走了，首先是县长偷着笑哩。

县上着手关闭拆除小兰炭企业，消息不胫而走。等到会议通知下发到厂里，上百家小兰炭老板们立刻坐不住了。不知从哪儿得到消息说，关闭拆除将要分三批实施，持续一年多时间。于是，老板们最关心自己安排在第几批，甚时拆除，想方设法打听消息，环保局一时间门庭若市，戴玉手机都被人打爆了。戴玉这才明白锁在江山抽屉那份分批关闭名单的重要性。

戴玉守口如瓶一推六二五，却也少不了得罪人，包括局里的同事们。江山也一样，局里有个别老同志拐着弯儿向他打听。江山开会重申组织纪律，要求大家统一口径，一不打听二不外传。

他郑重地说，大家听着，再有熟人问这起事，就说只有我一人知道，让他们找来我。

江山召开会议主要是布置大检查，局里人分片包干，下乡巡查，严防死守杜绝排污。国家总局戴巡视、省局高局长，还有市委书记市长都要来新民出席会议，检查调研，新民不得有一处冒黑烟流黑水的污染现象。江山说，谁监管的厂子出问题，谁负责。

戴玉在会议筹备组，负责电话落实各企业参会人员。人都下乡了，局里空空荡荡。她独自正打电话时，江山进来问她，文天佑没来找你？

戴玉摇摇头，我也觉得怪了，这么多人都急着打探消息，可天佑叔却不闪面。

江山又问，他们“天佑煤化”谁来参会？落实了没有。戴玉说，落实了，是韦利。

正在这时，杜牧从乡下打来电话声音都变了。

戴玉问，杜局有甚事？咋哈神神道道的。

杜牧说，上次咱处罚的“天佑”老板文天佑是刘县长表哥？

戴玉赶紧问，谁说的？

好几个兰炭老板都这么说，他们说，这消息在小兰炭企业都传开了。我想你清楚，有这事？杜牧说。

戴玉捂着话筒，三言两语先告诉了江山，又对杜牧说，江局在这哒，你跟他说。

江山接过电话吩咐杜牧说，这事我也听到了，有人再问，就说环保局目前还不掌握，需要证实。但是有一点必须郑重表明：关闭小兰炭的政策一视同仁，愿意接受大家监督。这一点，环保局也好，县上领导也好，认识高度一致。

话是这么说，可打完电话，两人都着急了。江山更觉得失职，随即给潘劲电话汇报。

潘劲发了几句牢骚，还是那话，心底无私天地宽，没有过不去的坎，刘县长回来再说么。

江山不再说甚，心里仍不甚踏实。

刘大地从省里开会回来，动员会筹备得差不多了。大清早上班，他一边接电话打电话安排紧火事，一边处理桌上一大堆文件。其间，文天佑又打电话来了，说想见一见，他让表哥过半小时再来。刚放下电话，门被人推开了，春节约见他大年初一跑到芦花村的中学老师头探进来了，他赶紧迎上前，把老师安顿在沙发上。

多年不见，刘大地烟茶招待，师生把手言欢。他问老师，甚时从佳临来的，住在哪儿，有什么事？

老师几度开口说话，都被一个接一个的来人来电给打断了。老先生一生执鞭讲堂，退休赋闲在家，一生都没见过这种人电穿梭、应接不暇的官场现象，一时面色困窘，有点坐卧不定了。

刘大地几次打手势表示歉意，要老师稍坐稍等。终于有了时间空挡，他过来坐在老师身边，要老师抓紧说明来意。老师一说完，刘大地顿时脸色凝重，沉默着站了起来。

原来，老师的儿子在新民一家兰炭厂负责经营管理，小铁厂关闭不久，老板见势不妙卖厂子，老师儿子头脑发热，盘下兰炭厂，一夜成老板。佳临人当了县长，又是父亲的得意学生，这一条，分明是老师儿子头脑发热的主因。

刘大地无语踱步片刻，避开老先生期待不安的眼神，拉长声调唉了声说，老师……这下子你把乱子弄大了，你叫学生为难了，当初要买时，为啥不先给我打招呼？我肯定把这事拦挡了。

老先生紧张地问，这事……我也稀里糊涂的，难办么？

刘大地正要回话，文天佑推门进来。他边给表哥让座边介绍说，这是我表哥。

老先生定睛瞅了瞅说，见过，初一在你家见过。

文天佑见状扭头想走，便说，我在外头等会儿。

刘大地说，没事没事，这是我中学老师，从佳临来的。

老师急忙接着问，照你说，兰炭厂存不住了？

刘大地一字一板说，存不住了，所有小兰炭厂都得关闭拆除。

老师一听，神情紧张，有些坐不住了。

刘大地一字一板地说，你知道……为甚叫我来当县长的？

老师问，为甚？

刘大地答，派我来，就是关污染厂厂的。前任为这事被免职，我为这事，年前被上边诫勉谈话了，诫勉谈话你懂不懂？就是工作没做好，受到上级处分了。

老师顿时一脸惊愕，还有这事？

刘大地说，当县长的难处多着哩，小兰炭小铁厂之类的“十五小”关闭，是国家政策定下的，小铁厂已经关得一家不剩了。下一步，新民上百家小兰炭，要关都得关，一个政策定下的，就得一碗水端平，一把尺子量到底，你说，我能对谁情薄，对谁意重？要是搞不好，恐怕我这县长也当不成了。老师一下脸黑了。

刘大地又说，在新民，我唯一的亲属关系就是他，我舅父家，我表哥，他要是有个厂厂，我也得关哩。

此言一出，文天佑浑身一抖，冷汗都冒出来了。刘大地只顾面对老师说话，并没留意。

如今社会进步了，人们的法治意识、环境意识、维权意识都提高了。你不知道，春节前，就因为一个中学生给报纸媒体反映污染，才把我搞得很被动，背上了处分。

老先生恍若隔世，却仍不死心，大地……你说的……我能海哈，政府要关闭，谁也挡不住，听说分期分批，可看在我这张老脸上，把娃这厂厂放在后头，要不然，老师可就倾家荡产，难有宁日了。

刘大地心沉如铅，为难万分，这个……我也不敢贸然应承，具体方案是由环保局定的……

正说着，潘劲领马向前和江山鱼贯而入，碰了钉子的老先生乘机灰着脸踉跄告退，沙发上落下写着儿子厂名的字条条。

刘大地瞅着表哥说，有事赶紧说。

文天佑低头说声没事，扭身仓皇而逃，差点撞在潘劲身上。

潘劲惊诧地问，这两人咋都灰溜溜走了？

刘大地长叹一口气说，山雨欲来风满楼，一个是我老师，一个是我表弟，老师为儿子兰炭厂说情来了。表哥没说啥事走了。

人高马大的是你表哥，文天佑？潘劲问。

刘大地猛一紧张，瞪大眼问，你咋知道的？你认识？

潘劲看了江山一眼，江山迟疑片刻，鼓足勇气说，他买了老高庙一家兰炭厂。

潘劲小声补充，就是马县长前任挂在亲戚名下的那一家。

江山又把外边的传言如实一说，刘大地脑子嗡一声，脸色黑青，烦躁地摆手说，你们先走，叫我静一静。

两人关好房门，相觑而退，刘大地靠在背椅上，紧闭着双眼，心乱如麻……

第十三章

1

整整这一天，在公与私、情与理的难堪与煎熬中，刘大地心里像开锅的水，沸沸腾腾，一刻也未平静过。在刘大地记忆里，这应该是从政为官以来头一回如此的难堪，如此的煎熬。

陕北汉子血性男儿，刘大地其实很重情义的。他怎能忘记？这位中学老师为他谆谆教诲，对他恩重如山。

他这船夫儿子喜好下河游泳，心性强从不服输，那年夏日午休，溜出校门跟同学水里一决高下。正是老师闻讯赶来，从黄河边把他们提溜回来，当众严厉批评罚站写检讨，要他认识放纵贪玩、学习退步、又有安全隐患的严重错误。事后私下里，老师对他一片和蔼，语重心长，循循开导。

老师的话他至今铭记在心，你天资聪敏，学习又好，老师看你有出息么，将来上了大学，把事干成了，老师兴许还能沾个光哩。

刘大地记得，最后一句显然是开玩笑的，他当时咧嘴憨笑，甚也没说，可至今心存感恩。他考上大学参加工作，都去看望老师，后来隔几年也去，直到老师退休回到乡下，才再没见过。

春节前老师突然打电话，后来又听说大年初一去过他家，他预感到老师有求于他，而且肯定是难缠的事，万万没想到家乡佳临县的退休老师，竟掺和到新民县小兰炭关闭的大是大非之中了。

至于表哥文天佑，就更不用说。刘大地后悔莫及，就因为太忙也大意了，假若县铁厂人员分流时把表哥的事盯紧些，多关心一些，兴许就不会有今天。

刘大地并不恼怨他们。相反，他十分理解和同情老师与表哥的尴尬处境，尤其同情这些不明事理误入歧途，买下厂厂面临关拆的糊涂人。

他不可能答应他们什么，这一点，刘大地坚定不移。可无论如何，为此而倾家荡产的人当中，有自己的老师，有自己的亲属，不能不令他揪心的痛，深沉的叹。同情归同情，关拆大势毫无回旋余地，伤感情得罪人在所难免。他越发清醒地意识到，一碗水端平，一把尺量到底，对于这场规模空前的攻坚之役意味着什么。

下午，刘大地是被潘劲硬叫上去查看领导检查路线和考察点的。他上车寡言少语想心事，下车强打精神忙工作。想了很多，也想开了，潘劲他们准备得很扎实，他心情也好了不少。

晚上回来，刘大地直奔办公室，江山拿着分批关闭名单已在门口等候，不一会儿，潘劲跟马向前也来了。刘大地接过名单，细细看了一遍，然后从兜里掏出老师丢在沙发上的纸条，老师儿子的厂子在第二批。表哥的厂子在第三批。

刘大地皱着眉问江山，名单你调整过？

江山摇头否认，这是按照分批关闭原则拟定的，没有调整变动。

刘大地黑着脸又问，我表兄的，你没调整过？

江山说，没有，他被罚那天，戴玉出现场回来，告诉我是他的厂子，我就意识到他惹哈事了。回办公室专门看了一哈名单，他排在最后一批，还松了口气。我跟戴玉原本想说服他，劝趁早退出来，他犟得很，刀枪不入，加上我们又罚了他，情绪上有抵触。

刘大地苦笑一声，唉，我这表兄，浑汉一个么。新民就这么个亲戚，我来后找过他，跟他有君子约定的。唉，怕怕处有鬼，他差点儿乱了我的大事。不成，我表哥不能放在最后，他得放在头一批，

江山连忙说，算了，刘县长，他这厂子远离村镇，怪偏僻的。

马向前也劝道，算了吧，领导，人家排在后头，也符合原则。

见刘大地一脸平静无动于衷，潘劲开玩笑说，哟呵，县老爷真要公堂发威，大义灭亲了？

刘大地说，情义之间隔着一堵墙，谁叫他是县长表哥。

大家仍在劝说，刘大地摇头不听，不紧不慢地说，名单一公布，他要是在后头，我有八张嘴都说不清，到时候难免节外生枝；把他放在最前头，一下子堵住多少张嘴？至于我老师说的这个，既然放在第二批了，就让他少受些损失，我看就算了。

正在这时，马文慧电话来了。刘大地接完，没好气地说，我表兄到我家找马文慧，搬救兵去了。

潘劲觉得奇怪，他舍近求远，不去天赐湾，反倒跑到塞北去了？

刘大地冷冷地说，天赐湾……嘿……他恐怕连口都不敢张。

刘大地的弦外之音，江山一清二楚，可潘劲听得糊涂。

刘大地猛一挥手说，名单就这么定了，动员会上公布之前绝对保密。你们要有思想准备，这一刀下去，断了人家财路，几百万甚至上千万家底眨眼没了，谁能心甘情愿任你摆布？到时候，抵触对抗，说情求情，来自方方面面的压力都少不了。时候不早了，都回去休息，养好精神，有事明儿再说。

潘劲不走，江山和马向前也不走。潘劲鼓足勇气劝道，好我的领导哩，你表弟的厂子，就放在第三批么，我看名单就不要动了。

江山随声附和说，人家符合咱定哈的原则，才排在第三批的。

马向前也帮着说情道，刘县长，我看他们说得有道理……

刘大地心被搅乱了，不耐烦地说，再说再说，快走，快走。

几个人怏怏出门，刘大地又是一夜未眠，躺下睡不着，起身抽一支烟再上床，仍然睡不着，起来又抽烟……天刚一亮，两眼通红的刘大地打电话把江山召来，他从抽屉里取出那份名单，拿起笔在“天佑煤化”上画了个圈拉了根长线，箭头指向上方，板着黑脸交代说，我表哥的厂子就放在第一批，你什么都不要说了，回去照这个打印名单。

江山站着不动，刘大地瞪着眼一摆手，快走快走。

这一天，刘大地想好和表兄敞开谈一谈，有空就拨文天佑手机，不是无法接通，就是关机。

前一天，文天佑遭遇了一生中最难堪时刻。大清早鼓足勇气给表弟打了电话，约好见面时间，可表弟对老师说的那段话，字字如针扎在心头，既像一团棉花堵住了他的嘴，又像一堵高墙拦住了他的路。文天佑弄不清自己咋样走出政府楼的。

守在车里等候他的几个合伙人见他失魂落魄的样子，便知大事不妙，急忙问他。文天佑一声不吭，沮丧到极点。

几个人车里闷了有半钟头，还是文天佑先开口，走呀，还呆在这哒作甚？

开车的伙计问，去哪哒？

文天佑愣愣地说，我知道去哪哒？先离开这哒。

汽车离开政府大楼前，车上气氛有了缓和，文天佑把情况说完，狠狠地咬牙切齿，这事全坏在韦利这混球身上。

大家随声附和，怨骂声一片。韦利不在场。那天被公安局放出来后，几个人喝罢酒追到韦利家里兴师问罪，重新签了协议，被公安没收的十万元算在韦利名下，从他的股份中扣除，还把他打发到厂里去守护看摊子。从一开始，文天佑就不愿声张与县长的表兄弟关系，可韦利恰恰相反，生怕人不知道自己背靠大树后台硬，被警察抓赌了，竟然也拿出刘县长旗号做挡箭牌。

伙伴们车上抱怨说，韦利是有意向外散发这消息的。

有人透露说，有关铁厂那笔神秘一百万的内幕，也是韦利为了达到自己的目的，放话说出去的。

文天佑没好气地说，我不听铁厂那破事，就说眼哈的事，被这混球搞得满城皆知，就算我表弟有心想帮咱都难了。

众人追悔不迭，催他快拿主意。文天佑想了想，关掉手机说，这哈子只剩一条路，找我表弟婆姨去。

车里有人说了句，那就赶紧去，过几天会一开，甚来不及了。文天佑没言语，开车的伙计驾车就走，众人六神无主，放马由缰，直向塞北。不过，文天佑见到马文慧时，已是晚上十点多了。

自从刘大地调任新民，找上家门的新民陌生人接二连三。起初几回，马文慧还开门让座一番客气，只是但凡拎着大包小包的一律拒之门外，后来她连门都懒得开了。她不开门来的人不走，又是按门铃又是敲门，吵得邻里不安，拎东西楼道里上下蹿，影响又不好，搞得马文慧很烦。

刘大地不在时，马文慧早上跟欣欣一起出门，欣欣晚自习后先到外婆家学习一阵，睡觉前母女才一起回家。这样以来，马文慧白天除了上班，大部分时间都呆在娘家。文天佑赶到塞北已经是下午四点多了。他只有表弟家里电话，又不愿到煤炭局去找表弟婆姨，只好守株待兔，车停在家属楼下死等，一等就是小半天。

俗话说人等人急死人。车上一帮人饥肠咕噜，谁也不好吭声。文天佑望眼欲穿，一边瞅着表弟家漆黑的窗户，一边借着暗淡的路灯，打量走进院子的人们。

终于，马文慧领着欣欣从远处走来了。文天佑急忙下车，迎上前去打招呼，怯怯地跟在她们后头上楼，然后把一肚子苦水倒给了马文慧，求她帮忙，马文慧听罢愣住了，即刻意识到问题的严重性。

在刘大地跟前，马文慧向来不主动提及新民话题。只在丈夫心烦意乱发牢骚时，当个通情达理的倾听者，和风细雨的开导者。在马文慧印象中，拿得起放得下的刘大地，出现这种情况并不多。

新民调研吃透县情之后，刘大地愤愤不平，有话闷在心里，只能在家里对婆姨一吐为快。

人家前任只管批厂厂，我却得一家一家关厂厂，只剩下我得罪人了，真没想到新民形势这么严峻。

马文慧开导说，那有甚，派你就是收拾残局去了。要不，人家市委韩书记能说你受命于危难之时？

刘大地无奈地唉了一声，想想也是这个理。

县铁厂关闭拆除，砸了表兄饭碗。刘大地回家怏怏自嘲，嘿嘿，没想到自家人闹革命，革了自家人的命。

马文慧也听他说过是舅父写的反映信。刘大地这么发牢骚，她一听乐了，你个党员领导干部，堂堂一县之长，咋不如舅父觉悟好境界高？你以为舅父写反映信，就没想过铁厂关闭了儿子失业？我看未必。刘大地憨憨而笑，无言以对。

诫勉谈话之后，刘大地春节回家情绪有些低沉，无精打采的。马文慧开玩笑说，人说宰相肚里能撑船，你倒好，年都不想过了？不就是个谈话么，公道自在人心，犯得着跟自己过不去？把年过好休息好，年后给人家好好干。一席话，说得刘大地欣然释怀。

就在几天前，杨斌要去北京学习，刘大地心里不顺畅，却说不出个样样行行。马文慧四两拨千斤，开导得更轻巧，你知道不，农村刚过门的小媳妇最希望的是啥？刘大地摇头不解。

马文慧笑道，最希望婆婆不在家。这样，自己想吃甚做甚，想甚时睡就甚时睡，无拘无束，自由自在。

刘大地扑哧一声笑了，这比方不恰当，县长成受气小媳妇了？

马文慧反驳说，话丑理端。我早就听下面的同志讲，官场有这样的潜规则，副职盼着正职提拔，自己才有机会，县长辅佐书记高升，好给自己腾位子。你这倒好，人家杨书记人没走，先把板凳腾给你坐，何乐而不为？几句就把刘大地逗乐了。

马文慧是搞技术的，说话办事向来有板有眼，而且逻辑思维好，推理性强，遇上牛咬马的难缠事，擅于抽丝剥茧，抓住问题的实质，说起来也头头有道。刘大地十分佩服。

天佑表哥突然上门，进屋双手抱头窝在沙发上，水不喝烟不抽，脸上愁云密布，声音带着哭腔，马文慧一看便知出事了。她静静地听他诉说完，直截了当问，这事大地事先知道吗？

文天佑喃喃地说，初一去佳临拜年，想着能见上你们，没见上也没说成。

马文慧说，我问你买厂子之前。

文天佑头摇得像拨浪鼓。

事先没找他商量，既是初一见了说了，也迟了。生米做成熟饭，事先与事后，性质不同，结果大相径庭，这就是你犯糊涂了，天佑哥。据我所知，你俩还见过面，那个时候你就有这打算，所以才报名自谋职业的，对不对？文天佑点头称是。

马文慧又说，铁厂都关闭了，同样是在国家关闭拆除之列的污染企业，兰炭厂能不关？这道理，稍微动脑筋都明白，是不？

文天佑把头低得更下了。

大地回来一说，我俩都以为你跟嫂子要专心经营商店，看来是我们误判了也大意了。

文天佑抬起头，哭丧着脸哀求道，怪我，怪我糊涂，可已经这样了，你清楚，你舅舅那脾气，他不会帮我，我也不会求他。文慧，只有你能帮我了。

马文慧便叮咛说，舅舅年龄大了，经不起烦心事折腾，就是天塌下来也别找他。文天佑点头应诺。

你表兄弟俩，你犟他也倔。关键是，这样的大是大非，这样的风口浪尖上，别说他个县长，就是市长、市委书记又能如何？你说说，我咋哈帮你？咋哈给大地张口？

文天佑央求说，我知道关是非关不可，不过听说分三批，你给大地说，关晚一些，损失小些。

马文慧问，天佑哥投进去多钱？文天佑回答，三十来万。这钱要没了，日子就没法过了，你嫂子怕都饶不了我。

马文慧唉了声，我试试看。

文天佑又叮咛道，你可得抓紧，马上就要开会，要是名单一公布，说甚都晚了。

马文慧犹犹豫豫，说了声好，突然问，天佑哥原先在铁厂是个什么工种？

文天佑回答，电工，问这作甚？马文慧说，随便问问。

文天佑心急如焚，要了马文慧的手机号匆匆告辞。文天佑一走，马文慧即刻给刘大地打电话。

刘大地如封似闭，说得斩钉截铁，表兄厂子已经路人皆知，成了众矢之的，小兰炭老板们都盯上了，我唯一能做的，就是先关了它，堵住老板们的嘴，打开局面。马文慧一听，心凉了半截。

刘大地这么回话，文天佑肯定不知情。他下楼上车，车上人急着问结果。他使劲摇头，应是应承了，可人家谁也不敢打包票。

有人再问，文天佑忧郁地说，怕是凶多吉少。

开车伙计问，尔格去哪哒？

文天佑有气无力说，找地方先去吃饭，然后直接回厂里开会想法子，死马当做活马医，韦利这“灰圪跑”，把大家坑害惨了。

这一行人，穷途末路越走越黑，偏偏不安分的韦利又在老高庙闹出动静来……

2

黄河边垂柳絮飞扬，沟峁上山桃花盛开。春天风情悄然走进人们视野。更可喜的是，治理小兰炭攻坚战役拉开架势，与兰炭老板感受截然相反，老百姓感觉这是好消息、大事件。

中省环保部门领导亲临会议，市委书记市长专程而来，小兰炭关闭拆除动员大会规格之高、阵势之大前所未有。再者，县委政府刘大地一人担纲主事，因而这次会议格外引人关注。

县城节日般地精心装扮了，“环境立县”之类的标语横幅电子屏主题鲜明，随处可见；新修的绿化带，新栽的行道树，新添置的洒水车垃圾桶；周边企业关的关停的停，城区空气质量、环境卫生明显上了个新台阶。戴巡视也有耳目一新的感觉。

戴巡视与高局长由马向前江山陪同，去了“鑫兴”“天意”几家企业，重点看环保设施运行和循环经济项目，顺便去了即将关拆的兰炭企业，还专程到环保局看望基层同志。

书记市长则是在刘大地潘劲陪同下，去了几家企业和天赐湾村，看了县城的几个建设项目，深入基层考察调研，召开县几大班子领导汇报座谈会，为的是吃透情况客观评价，有的放矢高屋建瓴。领导们的行程交错进行，市上的县上的报纸电台电视台，图文声影并茂，聚焦新民，关注着“黑三角”环境保护的新动向，无形中也为小兰炭治理大造了声势，增添了不寻常的郑重气氛。

由于上级领导出席，原本只召集小兰炭老板们的动员会，范围扩大了，会期延长了，会议名称也改为“新民县小兰炭治理部署暨环境保护再动员大会”。

县政府一份补充通知，县级部门和乡镇的所有领导，所有企业的老板都召唤来了。会议议程安排分两个阶段，先是领导们登场出席的大会，补充通知的人们也都参加，后为部署小兰炭治理的务实小会，主要是小兰炭企业负责人和所在乡镇领导参加。

罗萍头一回参加各路人马汇聚的会议，见识隆重而热烈的官样场面，与从前经历的大城市大企业浑然有别，难免有点儿新鲜好奇，感受也颇深。

第一天的大会在政府礼堂。梁有岗与田永军坐在罗萍和胡晓燕身后一排。两个人近在咫尺，一目了然，一个素雅清新，一个雍容华贵，红花绿叶，互为衬映，越发吸引人眼球。罗萍又是会场唯一的生面孔，招致不少冲着她们一举两得的窥视率。与胡晓燕不同，罗萍略显拘谨，好在她上大学时养成了记笔记的习惯，她低着头，认真聆听仔细做笔记，有些还圈圈点点，把自己的感受都标在旁边，可谓收获颇丰。

第二天的小会在恒源大酒店召开。小兰炭治理实施方案和分批关拆名单大会上已经公布了，市委书记市长也送走了，戴巡视与高局长另有行程。刘大地腾出身子，坐镇恒源大酒店。

这次行动实行乡镇包干，小兰炭老板会上要与乡镇领导签订“拆除关闭责任书”，一个个心情十分复杂，也有不少人对上大兰炭项目抱着期待。刘大地再次代表政府承诺：大兰炭项目进工业园区，政府负责水电路“三通”；政府包干办理所有立项手续。

罗萍给大家详细介绍大兰炭示范项目，生产工艺、资金投人、效益预测等，一个一个答问解疑。她坐在刘县长旁边娓娓道来，角色位置一下变得更加显眼了。

这天的另一个主角是田永军。他以煤化集团公司董事长的身份，给大家介绍六十万吨大兰炭综合利用项目的规划选址，工业园区配套设施，介绍集团公司运作模式，新项目入股合作方式。县上规划了十八条，有一条示范项目在建，只剩下十七条，一条生产线一个新项目，一家独立法人公司，田永军鼓动大家自愿结合，推举项目领衔人，大有收编游击队扩充正规军的架势。

田永军讲完之后，进入下一个议程，刘大地他们回房间暂且休息。给大家留出一段时间洽谈协商，有几个老板底下嘀咕了一阵，达成默契，率先报名要上项目，打破沉默，随之又有几个人自愿结合，拿走一条生产线，接着……眼看着机会越来越少，其他老板们坐不住了，生怕分不到一杯羹，又为找不到合适的合伙人而着急。

刘大地要的就是这效果，他带着潘劲几个回到会场，先指名道姓要几个认识的老板发言，谈了谈自己感受和打算，又瞅着坐在会场角落的韦利亮着嗓门说，“天佑煤化”的韦总，你也说说。

众人目光刷一下扫向那边，韦利战战兢兢站起支支吾吾，我没……甚说……的。

刘大地又问，把你们“天佑煤化”放在第一批，有什么意见，你就当面说。

韦利连忙说，我没意见，没意见。

刘大地紧逼不放，没意见就好，这次关闭拆除，你们可得带个好头。韦利连连说是。

刘大地目光一转点到老高庙乡长后生头上。他加重语气说，上次的氨水泄漏事件，给县上造成不好的影响，这次可要将功补过。我看，小兰炭企业关闭拆除战役，就放在老高庙乡的“天佑煤化”打响第一炮，你们乡政府有没有信心？

乡长后生像个木头桩子站着等候发落。刘县长说完，他底气十足地说，有有有，这回我要是完不成任务，刘县长就把我免了。

刘大地声如洪钟说声好，示意叫他坐下，自己清了清嗓子，话锋一转，语重心长地说，今天的会开到这份上，我心里一下踏实多了。大家也都看到了，新民污染企业关闭拆除这么个事，从国家到省里市里都来了领导，现场督阵，大家不知道的还有，上面督办的明码电报一封接一封，十二道金牌似的，我看一回紧张一回。"黑三角"挂牌督办，把大家逼到墙角上，也把我逼到墙角上。不过，仔细一想，人家大老远跑来，上头三令五申，不都是为了包括大家在内的新民人好么？不都是为咱新民人，能有个安居乐业的好环境？新民重现蓝天，希望在各位，希望在今天。

刘大地说到这里，停顿片刻，会场上鸦雀无声。他继续说，田永军他们的大兰炭示范项目，我建议大家到现场看看，很鼓舞人。他们施工现场的彩门上有这么一副标语，"和传统的昨天告别，向规范的未来迈进"，这话说得多好！既是企业家觉醒的写实，也是老百姓期待的心声。听说大家对上新项目积极踊跃，我心里更踏实了。你们企业健康有序发展了，县上税收增加了，我这当县长的给老百姓办实事，腰杆子也就挺硬了。原先此路不通，如今大道朝阳，合伙入股申请新项目，今儿开的头，会议结束后，希望大家抓紧时间，深思熟虑，把对脾气、有实力的合伙人找好了，把各种风险因素都考虑到，再作决策，再与田永军、再与煤化集团公司洽谈也不迟。

刘大地说完，马向前副县长又讲了些具体事，宣布散会。还有几个老板拦着罗萍咨询项目，问这问那。

罗萍和田永军走得晚，临出门时，坐在墙角头扎绷带的韦利还在那儿发呆，田永军喊了他几声，韦利神色木然，毫无反应，罗萍觉得这人怪怪的，回家就告诉戴玉了。

为了照看豆豆蛋蛋，戴玉跟罗萍都没有在酒店住。就因为韦利迟到的缘故，戴玉对大会上的情景一概不知，都是听罗萍翻着笔记本兴致勃勃给她"传达"的。

戴玉头一天下午在恒源大酒店大厅负责兰炭企业的报到签名。兰炭老板们会期两天，报到后入住酒店。戴玉数来数去，唯独缺"天佑煤化"。她拨打文天佑和韦利的手机，不是关机，就是不在服务区。戴玉急中生智，给老高庙乡政府打电话，要他们协助去文天佑的厂里跑一趟。乡上值班的认识戴玉，亲自去了一趟，回来给她回话，厂里说派人明儿一早来。

因为要等“天佑煤化”来报到，开大会那天早上，戴玉一直守在酒店大厅，没机会进会场去。直等到下午四点多，韦利畏畏缩缩地出现了，头上裹着绷带，脸上还有伤痕，走路一瘸一拐。

本来窝火的戴玉一看这模样，忍不住关切地问，出甚事了？

韦利声弱气短，出了意外车祸，受了点轻伤，没事。

戴玉狐疑地打量一番，压根不相信他的说辞。她给他办理了报到手续，十分惋惜地说，今儿大会怕赶不上了。明儿是关于小兰炭治理的专门会议，你可要准时参加哩。

韦利点头上楼去了房间。戴玉望着他的背影，又给文天佑打了个电话，电话竟然通了，文天佑态度也不生硬。

戴玉说，天佑叔，你们韦总出车祸了，咋哈还派他来？

文天佑瓮声瓮气地说，甚出车祸了，他还真能编哩。

戴玉听得糊里糊涂也不想多问，正要挂断，文天佑急着问她，你知道我们安排在第几批？

戴玉说，我不在会场，还不清楚。随后你们韦总就知道了。

其实戴玉心里明白，只是不便说罢了。听江局说刘县长把文天佑厂子调整到第一批，戴玉心里百味杂陈。又听罗萍说刘县长小会上专门点了“天佑煤化”的名，戴玉忍不住了，有话不说憋得慌，就把文天佑私自买兰炭厂的一连串事都倒给了罗萍。

罗萍像听天书似的愣住了，蓦然惊叹发声，这么说，刘县长大义灭亲，先在自己亲戚头上开刀？现实中还真有这样的领导？

戴玉理直气壮地说，这还有假？你也是亲眼所见。

罗萍深信不疑。戴玉又说，新民能有大地叔这样的好县长，难得得很，好多人都这么说。将来我要是编写新民环保史的话，非得把长贵爷大地叔的感人事迹，写上长长一段，大加颂扬，传给后人知晓。

罗萍半开玩笑说，你不是会写吗？等环境彻底变好了，你跟香草姐一块儿，编个赞颂环保县长的二人台多好啊。

这个主意不错，回头真的跟香草姐拉一拉。戴玉说着说着，脸色又阴沉起来。天佑叔弄哈这烂事，硬逼着大地叔重拳出手，堵众人嘴么，叫人又怨，又恨，又同情，唉，这事可千万不敢让长贵爷知道。

罗萍深有同感说，谁说不是呀？两口子开个小商店，辛辛苦苦，挣几十万也不容易，这一下都打了水漂了，谁能受了这打击？

戴玉郁闷地说，可不？这回最难受的，怕是天佑叔。

戴玉说得一点没错。这几天，文天佑人虽远在老高庙，心却悬在凶多吉少的兰炭厂上，密切关注着动员会上的风吹草动。

那天连夜赶回老高庙路上，文天佑绷着脸一言不发，车上你一言我一语，谴责韦利成也萧何败萧何。

在文天佑的这帮伙计们中，要数韦利脑子活，有经营意识，大家指望他使风把舵，跟上他成就一番事业，可他煽惑大家上了这条船，又是他毁了这条船。众人大骂，还没把事弄成，就嫖上了赌上了，要不是他又嫖又赌的惹是生非，兴许还不至于这么被动，这么狼狈。说着说着，又议论韦利勾搭小酒馆服务员来了。

韦利平时对田永福的风流倜傥、潇洒自如羡慕有加。几个人喝高了，韦利情不自禁口露感言，甚时候像人家田永福潇洒走一回，那才算没白活。

田永福车祸身亡，韦利矢口不提田永福了，大家喝高了拿他说事，韦科长，你甚时才能像田永福那样潇洒死一回？韦利狡辩说，真能像田永福享尽了人间荣华富贵，死了也值。

文天佑平时最烦韦利说这些，有天他忍不住瞪着眼顶了一句，咋哈婆姨娃都不要了，等着潇洒一回钻车轱辘？

韦利哑巴了。在他们的小圈子内，文天佑最讲义气，大家都尊他，可他只要横起来，大家却惧怕他让着他，韦利也不例外。那次遭举报被环保局抓了现行，文天佑查清系小酒馆老板所为，当大伙儿面把韦利骂得狗血喷头。厂子不生产了，工人放了假，文天佑有意让他离开是非之地，要他回城里负责收账，谁知他拿着收下的兰炭款去赌博。那天心里窝着火，把这浑汉朋友从公安局捞出来，在屁股上踢了他一脚，懒得臭骂他一顿了。韦利赌博赔了钱，众人酒后上门跟他一闹，他婆姨知道了也跟他闹，闹得韦利在家里没法呆。文天佑只好打发他去老高庙看厂子，这一回，韦利怕小酒店老板报复不敢去。

合伙者中有人养了条威武凶猛的藏獒叫虎子。这帮人成天在一起，跟虎子也很熟。文天佑借下虎子，开车把韦利跟藏獒一起送到厂里，再三叮咛说，不要再招惹那女人，你跟虎子，一个郎（狼），一个狗，把门看好就成。

韦利满口答应，文天佑仍不放心，每天给厂里打电话问平安。一路上大家苦中作乐，拿韦利的笑话图开心，文天佑眼皮跳了几下，顿生不祥之兆，怔怔自语，自古福不双至，祸不单行，没准这浑汉又有甚动静。众人不以为然。

文天佑冷不丁冒出一句，人倒霉了放屁都绊脚后跟，快赶路。

文天佑他们赶到厂门外，汽车喇叭响大灯照没人应。几个人翻墙打开大门，汽车径直朝里开。顺着车灯光，藏獒的主人首先瞅见他的虎子倒在血泊里，他跳下车摇着虎子直嚎，文天佑大喊，果然出事了，连车带人冲向韦利住处。

几个黑影从屋里跑出仓皇逃窜，两人去追。

两人进屋，韦利满脸是血，从牙缝里挤道，你们……晚来……我就……没命……了，说完，昏了过去。

藏獒主人进来沮丧万分，虎子死了。

文天佑不耐烦一挥手，甚时候了，先救人。赶紧去乡卫生院。

藏獒主人一边抬人一边嘟囔，我这虎子是纯种，有人给五万，我都舍不得卖。

文天佑瞪着眼吼道，再值钱也是狗，能比人金贵？

追赶者只从翻墙人脚上拽下一只鞋。大家把韦利送到乡上医院，藏獒主人几个人怒发冲冠，开车冲至小酒馆破门而入，把搂着那个川妹子的酒馆老板从被窝揪出来。

老板也是从四川来的。长得瘦瘦小小，几个当过兵的陕北大汉三拳两脚把他降伏了。事情真相大白：大概是韦利寂寞难耐，给川妹子发短信，不料被搂着川妹子的老板看到了。老板早就想收拾韦利，一气之下，把几个厨师叫起来提着菜刀去了兰炭厂。

这帮人翻墙入院，虎子狂吼猛冲，无奈拴着铁链子施展不开，被飞过去的菜刀击中毙命。几个厨师冲进去殴打韦利，正在这时，文天佑他们来了。

打人的厨师逃得无影无踪，老板跪着求饶，藏獒主人左右的耳光扇着说，灰圪跑，打伤了人砍死了狗，你说咋哈处置？

老板双手捂脸，我赔我赔。文天佑看着给韦利检查、包扎、挂上吊瓶。等人苏醒了，他这才匆匆赶到小酒馆，一边制止伙计们，违法的事咱不干，一边训斥老板，你也太黑了，撒野也不看是甚地方？为个女人，还想要闹出人命？

老板连连磕头作揖。藏獒主人厉声问，公了还是私了？老板颤颤巍巍答，私了，私了。我这虎子可是纯种藏獒，人家出五万我都没卖，连人带狗，你能赔多少？还有举报我们被罚的款，还有我们停产的损失，新账旧账一起算，你赔得起……

文天佑他们一连几天守在老高庙。虎子赔了钱，藏獒主人气消了。四川老板认了医药费，韦利伤无大碍，主要是惊吓过度，大家无话可说。厂里冰锅冷灶的，酒馆老板不打不相识，很同情他们的处境，对举报一事很歉疚，为了缓和关系，一日三餐笑脸相陪，酒肉管饱，还吩咐川妹子精心伺候几位大哥。文天佑心思全在兰炭厂上。那天马文慧打电话，婉转说明实情，好言相劝，文天佑听罢绝望地关了手机。

乡政府来人催着去开会，大家想起把这事误了，齐向文天佑要主意，文天佑没好气地说，该谁去谁去，反正我不去。

众人拿韦利出气，搞得他像条丧家犬。韦利自知理亏说，报的是我，我去么。韦利去后，会上信息不时传来，“天佑煤化”排在第一批在意料之中，意外的是，这回十万至二十万的奖励补贴款，比铁厂关拆的一百万至二百万少得没影了。

一帮人顿时绝望透顶，乱作一团，有人要恢复生产，挣几个算几个，有人要变卖设备，有人要对抗到底，吵得不可开交。

文天佑仰天长叹，我不管了，你们跟韦利一起善后，咋哈处理我都认栽了，说完起身，一副悲壮模样地出门走了。

3

动员会后某天，小兰炭关拆在老高庙乡拉开战幕。

马向前他们回来给刘大地汇报说，拆除过程很顺利，只是有点悲壮，几个合伙人在现场抱头痛哭，看得人心痛不已。

马向前还说，那厂子占地八十多亩，地方挺大的，适合办企业，我把他们召集在一起开导了半天，建议重选个项目，我还当面给乡长交代，让乡上多扶持他们。

刘大地问，我表哥情绪咋样？他手机关着，一直联系不上。

江山声音低沉地说，他不在场，听说动员会结束的第二天，他离开了厂子，也没回家，没有他的消息了。

刘大地心里扑通一下，脸色立马变了，黑一块紫一块，头低下掏出一根烟，半晌点不着，点着没吸几口，又捻灭了……

江山事后感慨万端，瞅着刘县长的瞬间神情，猜得出他内心有多复杂。我跟马县长一哈不知道说甚好，就像木头人一样，动也动不得了，就像是天要塌下来似的。

江山给戴玉说这话时，他们刚从文天佑家里出来。文天佑婆姨一无所知，只抱怨老公一走多日，给家里连个电话也不打。两人不敢多说，不便久留。这几天，戴玉一直牵挂着长贵爷。小兰炭厂的第一批关拆全面铺开，环保局一半人都上了一线。戴玉想抽空回一趟天赐湾。

江山说，戴巡视还住在那哒，要去，立马就去看看。

戴玉奇怪地问，戴巡视住在长贵爷家?

江山说，可不是，戴巡视是有意留下来陪文老先生的。

江山一说，戴玉明白了，原来动员大会之后，刘县长坐镇恒源大酒店那天，戴巡视和高局长去天赐湾看望过文长贵老汉。

那天的行程因江山而起，是江山陪他们去的。开大会的那晚酒桌上刘大地主陪，戴巡视跟高局长都多喝了几杯，俩人兴致颇高。饭后，戴巡视邀高局长和江山到他房间聊天。戴巡视和高局长俩都住的是套间房，功夫茶具一应俱全，戴巡视说他带着有上好的铁观音茶。戴巡视精于茶道。他亲手操作，洗杯放茶，嘴里念念有词，什么悬壶高冲、观音出海，什么平分秋色、观赏汤色，什么喜闻幽香、三口为品。说得大家有滋有味，渐入佳境。高局长跟戴巡视的好心情，有一大半来自新民环保打开局面渐入佳境。

高局长感慨地说，新民小兰炭关拆这一仗打好了，我心里一下舒坦了，这对整个陕北能源化工基地的健康发展，都有积极的示范推动作用。

戴巡视自嘲道，“黑三角”天变好了，你这局长能睡踏实了，我也就快退休了，该解甲归田了。

江山在一旁全明白了。刘县长不止一次说过，高局长总是在关键时刻起到了关键作用。

戴巡视和高局长你一言我一语，一会儿海阔天空，一会儿就地取材，高局长还提及在天赐川镇秘密会面的事。

戴巡视笑了，指了指江山，说，什么秘密会面？你的一举一动他看得一清二楚。

江山不好意思地解释说，我也是刚好瞅见么。说着说着，话题转到署名“陕北天赐湾群众”的举报信上来。

戴巡视神秘兮兮说，我把写举报信的人找到了，是个德高望重颇具学识的老先生。

高局长很惊奇，戴巡视从头道来，说得有声有色。

江山笑着说，戴领导只知其一，不知其二，知道那老汉是谁？

戴巡视连忙问，是谁？

江山故意卖关子，说出来，怕是吓领导一跳。

高局长也急眼了，你就说是谁呀？

刘县长的亲舅舅，江山一字一句地说。

戴巡视顿时惊呆了，瞪大眼说不出话来。哎呀呀，奇事，奇事。我见刘县长第一面，就觉得他们有点儿像，天下真有这样的奇事？舅舅告状，把外甥告成了县长？

江山说，千真万确。远不止这些，表弟上任三把火，两把都烧在表哥头上。江山从头到尾细说一遍，高局长也大感意外。

戴巡视拍案叫绝，一兴奋坐不住了，踱着步子说，巧合，太巧合了，富有传奇色彩，多好的写小说编电视剧的环保题材啊！高局长，将来你们省里找个作家或编剧，深入体验生活，好好写一写嘛。等到小兰炭战役告捷了，我联系写曝光报道的两个记者，让他们再来一趟，先写个长篇人物通讯，随后咱一起把新民这个典型树起来。

高局长高兴地说，好好好，一言为定。

江山设身处地说，领导们说得好是好，可都是远话，眼哈刘县长正闹心着哩。他表哥先赶上铁厂拆除，又赶上兰炭厂拆除，上回丢饭碗，这回折了财。刘县长坚持先拆他表兄的兰炭厂子，表兄弟翻了脸，刘县长最担心的是他舅父承受不了。

戴巡视感慨地说，人非草木，孰能无情？这次来我也打算去看文老先生，如果这样，不妨陪他小住一阵，顺便切磋切磋书法。

高局长问，刘县长舅舅精通书法？

戴巡视说，可不是，文老先生传统文化造诣不浅，他上次送我那幅字，行家看过说，很有些颜柳风骨的味道，字如其人，铁骨铮铮。外甥像舅舅，看样子刘县长受舅父的影响很大。

江山说，戴领导猜对了，我听戴玉讲过，刘县长小时跟上舅舅读古诗，习古文，练过毛笔字的。

高局长来了兴趣说，明天咱去看文老先生吧。

戴巡视说，好啊，咱一起去，天赐湾就在黄河边，依山傍水，还有座香火旺盛的天赐庙，陕北高原特色十分鲜明。

江山补充说，还是生态建设示范村哩。

那就更值得走一趟了，高局长兴冲冲说。

江山是善思考之人。跟戴玉去看文长贵路上，他回忆起陪高局长去天赐湾的情景，心潮澎湃，思绪不断。他在想，名不见经传的黄河山村天赐湾，无意有意地融入一场重大环保事件的漩涡中，像无形巨人以无形的力量，悄然改变了这方山水的前途命运。这是一股甚样的神奇力量？文长贵舅甥操守秉性一脉相承，戴玉夫妇志同道合默默奉献，尤乃生走出迷茫的精神蜕变，艾高原慈善为怀回报乡里……无不洋溢着心系家园的大爱情怀，蕴含着一股来自大地、河流、天空的人文力量。原来天地之间，正气如虹，大爱无垠，情深似海！这就是亘古久远的生态文化生态文明？这就是千古奔流的母亲河滋养哺育的民族精神社会动力?!

一路上江山之所以这么想，是受了文长贵一番高论的启发。

那天戴巡视走进文家院就喊上了，文老哥，看我把谁请来了？

文长贵闻声出了窑门，定睛一瞅，这不是高局长？稀客，贵客，快请窑里坐。

高局长一脸疑惑，文老先生，你认得我？咱从来没见过呀？

文长贵笑曰，老百姓谁个不是从电视上认识领导的？国家领导人咱还不是天天见，都认得。一席话，惹得大家都笑了。

江山和郝翔陪着高局长他们，先把天赐湾村转了个遍，是从天赐庙下来到文长贵家的。

文长贵指着戴巡视说，昨儿电视上看你在主席台上，就想着咱俩快见面了。

戴巡视说，“团圆节”至今，转眼小半年了，你老哥越活越精神了。怎么样？听说求字者门庭若市了。

文长贵摆摆手说，人家心盛盛的要，我抹不开脸皮，其实，字写得不成样子，拿不出手的。

老哥哥谦虚了，你的字我让北京行家鉴赏过，都说相当不错，戴巡视说着竖起大拇指，也让高局长见识一下嘛。

文长贵一边说，献丑了，一边取出一叠字来。

戴巡视一看，奇怪地问，给我写的这儿还有？

文长贵解释说，给大家写过后，我又写了幅相同的，为练字，也为留个底子么。

他给大家一张张翻着指指点点，还把受赠者一一介绍。高局长大开眼界，字好内容好的赞不绝口，问道，听说庙里那副楹联是你提供的？

文长贵说声是，便把那副古旧却珍贵的拓片取出来。大家鉴赏一通，直夸楹联绝佳，还追问道士的事。

文长贵说，拓片是祖上传哈来的，游方道人与五福观的说道，也是老辈人口头传哈来的。其实依我看，这楹联的意思，跟你二位在电视上讲的“保护生态环境”“人与自然和谐相处”的话一脉相通，一个道理。我早就给尤乃生说过，风水好，就是环境好。好风水，好环境为上苍所赐，上苍就是大自然么。土地是生命之本，种五谷长万物，水是生命之源，天上降雨，地上流河，阳光普照，水汽蒸发，凝成云雾，孕育雨雪，降哈来滋润万物，河溪长流，于是风调雨顺，五谷丰登。天地之间始而往复，春夏秋冬循环有序，万物得其精华，人间享其祥瑞，这是大自然规律，咋哈能违背？尔格空气污染了，河流污染了，土地污染了，降哈雨不干净，地哈水不干净，长哈庄稼不干净，这对人能好？古人云“人法地，地法天，天法道，道法自然”，就是这么个理！

高局长听得激动不已，拉着文长贵手说，您老人家这番天地大论，朴素、深刻、精彩，受益匪浅。

文长贵连忙说，局长过奖了，你们都是管环保的，政策水平高，专业知识强，昨儿你俩讲话，我都仔细听了，那才叫茅塞顿开，受益匪浅哩。

江山正是被文长贵这番“天地大论”打动的。一路上，戴玉问话心不在焉，却感悟到天赐湾神奇所在，文长贵气场不俗。可是，与上次不同，兰炭厂拆了，文天佑失踪了，天佑婆姨尚不知情。刘县长有舍有得，内心煎熬。文长贵自始至终都蒙在鼓里，去了也只能看看而已，说甚？甚也不能说。江山有点郁闷。

戴玉性子急，嘴头快。一方面担心天佑叔会不会想不开，出个甚事；一方面忧虑长贵爷知道了，能不能受得了。

江山心里也没底，只说，你急甚，有戴巡视在那哒哩。

文长贵见他们便问，不是忙着关小兰炭厂么，环保局人咋哈有空过来？

戴玉说，我们江局来看你。

江山赶紧补充说，我们戴领导在这哒，再忙也得来，顺便看看你，戴玉说她想你了。

文长贵乐呵呵地说，你们戴领导，说是陪我小住躲清闲，可电话不断头，一会儿山西一会儿内蒙的，我这哒都快成前线指挥所了。

话音刚落，戴巡视手机又响了，走出窑洞去接电话。江山趁机跟着出来告知厂子拆除，文天佑失踪的事。

戴巡视想了想说，我看文老先生底气足，肚量大，知道了也不会有事的。何况有我在这里，你们尽管放心。

江山又说，你在这哒多日粗茶淡饭的，晚上改善一哈子，戴玉都安排好了，咱拉上文老先生，一起去喝两盅。

下午五点多，众人在“天赐绿家园”刚坐定，服务员喊了声来客人了，揭起门帘，刘大地马文慧两口子走了进来，江山他们慌忙起身让座。

刘大地问江山，你们咋也来了？

江山指了指戴巡视，不说话。

戴巡视笑眯眯地问，刘县长也来了？来看望你舅父吗？文长贵愣住了。原来戴巡视也知道他是县长舅舅。

刘大地给戴巡视介绍了马文慧，马文慧对文长贵说，我们去家里，舅母说你们去喝酒了，没想到这么多人。文长贵左右瞅了瞅，似乎看出了什么。

刘大地有备而来。他放心不下，马文慧同样如此。马文慧从塞北赶来先见过了表嫂，把天佑哥的事一五一十地说了。天佑婆姨一听钱赔了人走了，生意做不下去了，关门打烊，哭得一把鼻涕一把泪。马文慧费尽口舌，好生相劝，难平表嫂心头之痛。正巧这时，铁蛋从学校打来电话转告父亲的口信，文天佑说他在外打工挣钱还账，过些日子会跟家里联系的，请家里人放心。天佑婆姨情绪才平缓下来。马文慧给刘大地打了个电话，表兄平安无事，刘大地心里踏实了许多，也赶过来给表嫂宽心劝说了几句。

刘大地两口一商量，决定把实情告诉舅父。他压根不知道戴巡视住在舅父家。舅母说舅父跟北京老戴去郝翔那哒喝酒了。刘大地赶来一看，江山和戴玉两口子也在场，便明白大家良苦用心，有点儿过意不去。

潘劲把这事告诉了杨书记，杨斌打电话表示关切。这事他已经想明白了，十分坦然地对杨斌说，上百家小兰炭拆除迟早的事。家家都损失惨重，我表哥难受心疼，谁家不难受？谁家不心疼？将心比心，都一理。我拿他开刀，局面一下子打开了。要不然，授人以柄，搅乱了工作大局，后果难以想象。

常言道心底无私天地宽。刘大地处事不惊，泰然自若，让戴巡视他们平添敬意。他先给戴巡视敬酒表达心意，又给舅父敬酒表示问候，再跟江山他们一起端杯共饮，言语全在酒中。

酒过三巡，文长贵突然发话，大地，文慧，你两口子撇哈工作，大老远跑来，怕是有甚事么？

刘大地一脸冷静实话实说，有事，就是有事哩。

文长贵不紧不慢口气舒展，甚事？你就说么。

刘大地说，在座的各位都清楚，可他们不好给你明说，还是我说比较合适。

长贵老汉扫了大家一眼，淡淡笑着说，唉，我已经猜出十之八九了，八成是你天佑哥惹哈事了！

刘大地与舅父目光对视，并没有即刻回答。

文长贵神色自若地说，我没事，你只管说，他有甚事了？

刘大地这才开口说了。文长贵神情淡定，泰然处之。等外甥说完了，他不慌不忙说，你哥这浑汉，总不让人省心。甚时候了，还敢买兰炭厂？这不是扑灯蛾是甚？他要是事先跟我、跟你们商量一哈子，还能有今儿？大年初一去佳临，明明不正常，我就看出破绽了，他找你去了，你却在这哒，肯定有事相求。县长给公家干事，又奔着环境污染来的，难得很。他为甚不用脑子想一想？

刘大地正想说话，被文长贵拦住了。你来当县长，我给谁都没提说过，不愿意给你惹事。可他偏偏给你惹事。

戴巡视安慰道，事已至此，文老哥，你想开些，保重身体。

文长贵笑了，我这把年纪，甚事想不开过？我这个儿子，五大三粗的，没脑子，缺心眼，我就怕惹甚事，他真惹哈麻烦了。

刘大地说，事情过去了，赔了些钱……

文长贵又摆手打断，没事，没事，破财消灾，花钱买教训的又不是咱一家子。大地，还有戴玉，这事不要给你舅母、给你婆说，她心眼小，爱操心，我想得开。有所舍就有所得，舍就是得，得就是舍，舍舍得得，百年人生，也不过如此。大家喝酒。

语毕，满席肃然起敬。顷刻，刘大地欣然释怀。

第十四章

1

初夏正午，日头照在河面上。黄河宛如镶嵌着无数珠宝，系在峡谷腰间的一条玉带，金光灿灿，白浪滔滔，水雾朦胧，倒影飘渺。

汽车从新民沿河而下，转过一弯又一弯，公路在前方离开了黄河畔山边边，从一片枣树林穿过，这便是齐海红家的枣林湾。去艾高原家的鲁家庄乡艾家墕村，必须经过枣林湾的。鲁家庄乡在山原上。过了枣林湾，再转两个弯，有条岔路上到山顶，便进了鲁家庄乡地界。

车上只坐着雷静跟齐海红。不回家看看？齐海红摇头说，不了。

农历六月十八是艾家墕村的“团圆节”。雷静奉命提前去打理，齐海红被她拉上先做两天伴儿，到时候再登台演唱。此时的雷静既是总经理助理，又是董事会秘书。

一个年轻漂亮有真才实学的女硕士辞职回乡进了“天府煤业”，身份职务性别都略显特殊，难免给人猜想的空间，可雷静不在乎人们咋样看她，不在乎人们背后说甚，她给自己的定位是，辅佐艾高原，把事弄大弄成。

雷静家在县境西北，她没来过县东南黄河一侧的沟壑山原地区，大河奔流的壮观气象令她激动，茂密枣林的一片翠绿让她新奇。齐海红倒是司空见惯，像是若无其事，又像煞有心事，雷静觉得诧异，也没说甚。

枣林湾是出名的穷村子。村支书齐树茂是齐海红本家叔父，老说枣林湾穷得只剩哈枣树了。他所谓的穷，还有一层意思是，别说没出个像艾高原这样的大老板，就连开杂货铺的小老板也没有。

鲁家庄乡就不同了，虽然是全县有名的穷乡镇，可出了个舍得花钱给乡亲们办实事的艾高原，如日中天，情况就大不一样了。这些年，新民地盘上的“团圆节”，要数艾家堖最红火了。山原顶的村子沟为邻、路为界，十里八里的亲戚套亲戚，乡情加亲情，浓得化不开。艾家堖的好日子，年年由艾高原出手赞助，舍得花钱，招致全乡像赶集似的大走动，比过大年都热闹，今年更有向心力。

春节后，艾高原一句话，给全乡五保户按月发一百元生活补贴，给全乡家家户户安上了电话。至于近水楼台先得月的艾家堖村，早已按人头按月发钱领米面油。春节之后，全村人搬入居民新村的二层小楼，过上了楼上楼哈电灯电话，看大彩电、通自来水、蹲坐便器、洗太阳能淋浴的城里人生活。艾家堖村身强力壮的后生们，大都在艾高原公司里上班，村里剩下的大都是些老弱病残幼。

村支书艾二能进城，找本家侄儿艾高原说，村里人对你有意见哩。

艾高原莫名其妙，心里想，住的吃的喝的用的都供了，还不满足？嘴里问，对哦有甚意见？钱不够花少，还是粮不够吃？

艾二能说，村里人都抱怨，钱再多也是你的，你把乡亲们供着养着，大家过意不去，心里不舒坦么。你好歹在村里搞个甚事，叫大家有个干得动能出力的营生，对你公司对大家也是个帮衬。吃了睡，睡了吃，一个个都快成傻子了。

艾高原恍然大悟，哦海哈了。

天赐湾现场会对艾高原本来就有启发，本家叔艾二能这么说，艾高原有想法了，把这事提到董事会上。

艾高原说，哦村里有积极性，哦也有设想，咱十几个矿、几千职工，见个日头吃多少蔬菜大肉？不如扶持艾家堖村搞大棚蔬菜，办养猪场，作为公司的蔬菜肉食生产基地，自产自销，两全齐美。大家十分赞同。

艾高原便让雷静搞个项目方案出来。雷静笔下生辉，把艾高原朴素想法充实了，升华了，成了个变输血为造血，主打绿色生态牌的农业扶贫综合开发项目，艾高原大喜。

往年“团圆节”艾高原掏钱由村里筹办。今年艾高原专意打发雷静提前到艾家堖，带上项目规划方案实地考察完善，并协助村上筹办“团圆节”，要求今年要办得上个档次，更红火热闹。

这天雷静跟齐海红都穿着白旅游鞋和连衣裙，一个淡绿，一个粉红，色调搭配得十分贴切柔和。她们走下汽车时，支书艾二能诚惶诚恐地迎来，指着身边汉子介绍说，这是新来的乡党委侯书记。

雷静笑着跟侯书记握手说，我们见过面的，认识。

侯书记便是原先被免职的天赐川镇镇长，小铁厂拆除戴罪立功，才才被重新任命到这里的。侯书记是见面熟，握着手开玩笑说，哟呵，天上仙女下凡了，两位美女光彩照人，一哈子把鲁家庄乡这穷乡僻壤照亮了。雷静微微一笑，齐海红腼腆低头。

侯书记上任先去拜访艾高原，寻求项目上的支持。艾高原告诉他打算在艾家塬上种养殖项目，侯书记满心欢喜地说，鲁家庄乡没石油没煤炭只有黄土高坡，最大的资源优势就是土地，只能在农业上寻出路。艾总，你先把艾家塬搞成了，再把全乡带动起来，比你给乡亲们装电话发补贴甚的，意义大多了。

艾高原点头称好。侯书记表态说，这项目乡上全力以赴，你们人去现场考察，我让乡上农技站全力配合，测量丈量现场勘察跑个腿甚的，乡上有的是人，听你们调遣。艾高原二话不说，把雷静叫来介绍给侯书记，当面交代一番。

侯书记等在村口，专意带着一帮人前来配合雷静的。他在煤炭资源富有、经济活跃的天赐川镇历练多年，抓项目促发展组织大场面很有一套。艾家塬的“团圆节”他全力协助，乡政府几乎倾巢出动。他陪同雷静她们走到村口，有几个乡干部正带人竖一块巨大的宣传牌。

牌子是精心制作的，以山峦起伏红日初升的高原风光为背景，赫然写着“用企业家的激情，点燃农民心中的梦想”一段朱红大字，雷静忍不住笑了，侯书记，好日子是传统习俗民间盛会，政治气氛搞得这么浓的？

侯书记认真地说，高老板情系乡邻，造福桑梓，咋哈也得表达鲁家庄老百姓的心声，镇党委政府的期待。

雷静跟着进村，艾二能安排妥善，雷静拉着齐海红爬到村背后的山峁上，一路上她就有这种登高望远的冲动。

雷静看到高原了。气势磅礴的黄土高原！雷静的家乡靠近毛乌素沙漠边缘，那里多为低矮的小沙丘，小沟坎，偶尔有山包包岩石裸露，却无险峻可言，沙丘山包之间的沟沟道道，浅显窄短，很难有一览无余的感觉，居高临下的气势。这天，天蓝如洗，白云悠悠。这里，山风掠过，扬起她们的连衣裙，就像两面飘扬的彩旗，招惹得艾二能与村里人仰着脖子抬着头，远远瞅着望着。

雷静的心情跟着目光，一瞬间飞到山原与天际融合的尽头。从没上过山的齐海红也惊叹不已，这哈看得好远，都看到天边边了。

雷静静静地品味着，一道道山梁沟壑纵横交错，山原起伏跌宕，沟壑曲折幽深。黄褐色调主宰苍茫大地，荒山荒坡草木稀落而低矮，也算被绿色染着，山坡上沟道里，偶或一棵杜梨树几棵柳树什么的，却翠绿透亮，彰显着生命的灵性。艾家峁村正前方有一片宽阔台地，向前延伸分叉为两条小山脊梁缓缓而落，扎入斜横前方的深沟里。沟里有条细细的小溪，自西北往东南的流向，分明奔黄河而去。

居高临下，一览无余，雷静感觉自己触摸到高原的博大胸怀，感悟出高原的厚重力量。情不自禁地感叹，啊，我见识到真正的高原了。

齐海红一旁傻乎乎地问，雷姐，你跟你们艾总不是很熟么？

雷静随话搭话说，是啊，到艾家峁来一趟，不是就更了解他了。

这时候，艾二能在村口扯着洪亮的大嗓门仰头朝山上头吼叫，小雷主任，快哈来，吃饭了！

雷静她俩住在艾支书家二楼，吃饭在他家一楼客厅。雷静先下楼。

艾二能问，跟你来的那位是你的秘书？咋哈称呼？

雷静摇头说，她是县文化馆的，先给我做两天伴，那天要唱曲的。

艾二能又问，她该不是姓齐叫甚红的，枣林湾人？

雷静觉得奇怪，是呀。你认得？

艾二能话匣子打开了。这女子，跟枣林湾支书齐树茂是远房本家。齐树茂原先见人就炫耀，枣林湾没出哈老板，可齐家出了个唱曲的好苗苗，被县上招走了。后来齐树茂突然不提这话，谁问还跟谁横，非说枣林湾穷得就剩哈枣树了。一打听，原来这女子跟“永盛”田永福有了那事，齐树茂好面子，嫌丢了枣林湾人，丢了他齐家的人，听说骂着不准女子回村里。

无意中明白了齐海红不回家的原因，雷静抱打不平说，小齐明明被人骗了，是受害者。事情过去了，人家小齐也有了对象，“永盛”胡总掏钱赞助，县上要送小齐去进修学习哩。枣林湾的支书太过分了，我得去找他。

艾二能说，不用找，他跟我村有亲戚，好日子来了，我介绍给你。

雷静说，艾支书，这话你别外传了，人家小齐还顾及名誉脸面哩。

艾二能连忙点头，这个理我能海哈么。

正说着，齐海红从楼上下来，艾二能做了个眼色，慌忙出门，吆喝侯书记他们过来吃饭去了。

雷静听司机路上介绍，艾支书好唱曲爱耍笑，是个乐天派，大活宝。在她们两个跟前，老汉认生有些拘谨。可饭桌上，几杯酒下肚，艾二能兴致来了，说笑话讲段子。

他把不同年龄段的女人好有一比："十八岁是樱桃，二十八岁是苹果，三十八岁是菠萝，四十八岁是柿饼，五十八岁是核桃。"惹得大家笑声频频。

侯书记说，艾支书，你给两个美女亮几嗓子。

艾二能说，我是业余的，人家这女子才是专业的。

雷静顺势介绍了齐海红。艾二能不作假，站起来咳了几声说，你们艾总会唱几嗓子，都是跟我学的。

雷静问，艾总也能唱？

艾二能说，他最爱唱"对面面那圪梁梁上哪是一个谁"。

雷静说，那就先唱这个。艾二能便唱上了，一连唱了好几首。

这老汉嗓门又高又亮，唱起来摇头晃脑，手舞足蹈，眼睛时睁时闭，面部表情丰富多变，一开口自个儿先陶醉了。

唱罢，侯书记鼓掌叫好，还絮絮叨叨说，我一来就听说了，艾支书唱曲赶场子，鲁家庄谁家的热炕没坐过酒没喝过？

艾二能得意地说，那是那是，我不为挣钱，就图个畅快。

侯书记要齐海红唱一曲，齐海红有点难为情。雷静解围说，今儿就免了，哪天她师傅也来，她对象也来，好好给大家红火一场。

艾二能说他"团圆节"那天要跟上乐队唱《摇三摆》。侯书记要他先唱一段，艾二能看了雷静一眼说，这是酸曲儿，今儿就算了。雷静跟齐海红都不动酒，吃了告辞上楼。她俩一走，楼下猜拳行令吼声不断，一下折腾到半夜，吵得楼上客人睡不安生。好不容易人走席散，楼下的艾二能像是醉醺醺哼上了。

大摇大摆哎得儿哟　大个路上来
你把你那白格脸脸调过来　摇三摆……

雷静带着乡上农技干部跑遍艾家堖沟沟洼洼。选定大棚建在两条分叉落沟背风向阳的梁梁上，养猪场建在台地一侧的山坡里。他们画了地形平面图，测量了高程坡度，丈量了面积，为详细规划和项目设计做必须的准备。

齐海红跟着满山跑，两人换上牛仔裤，两天下来，脸蛋都晒得红扑扑的。艾二能没事也跟在后头，雷静问甚他答甚。他讲述艾高原的往事，领她们去艾家堖的旧村老庄子，看了艾高原家的旧窑洞。艾高原在这里度过饥寒困窘的童年地方。

此时，雷静心目中艾高原的形象，越发完整而丰满，朴实、厚重、善良、心胸宽广，勇往无前。为了改变命运，他义无反顾地走出去，又一往情深，牵挂这片依然贫瘠的土地，回报人们称之“吾乡吾土”的地方。此刻，雷静眼里的艾高原，像一棵扎根黄土地的参天大树，根扎得很深很深，所以主干挺拔，枝叶繁茂。

往年“团圆节”在村里支锅盘灶搭台子，今年搁在小学大院。学校也是艾高原投资新建的，春季开学才投入使用。

艾二能说，你们艾总呀，这辈子最后悔的是没念哈书。盖学校他舍得花钱，要建最好的，他给老师发补贴发奖金，调动积极性，乡上教师挤破头争着来这哈。

“团圆节”前一天后晌，艾二能陪雷静她们去看了看，果然窗明几净，应有尽有，堪称一流。学校放学了，村里来了一帮人，教室里桌椅搬出来摆在大操场里，一行一行的整整齐齐，成了露天宴会厅。桌中央竖着各个主家的姓名，到时候了，各家的客人各家招呼。教学楼一侧架起帆布棚，盘起了锅灶，操场中央小舞台上挂上幕帐，以及写着“2006年度艾家堖村‘团圆节’联谊会”的横幅。

傍晚时分，大卡车拉来烟酒肉蛋鱼蔬菜瓜果和餐具，大面包车拉来大厨电工和喇叭音响设备，“天府煤业”管后勤副总的小车紧随其后。霎时间小学校里灯光通明，一派繁忙。喇叭响起来了，音乐在高原上随风传递着。大锅里肉煮上了，肉香在村庄上空随风飘荡着。

侯书记这两天去县里开会了，好日子这天第一个到。他兴冲冲地告诉雷静，县上部署“十一五”新农村建设，我把艾家堖报上去了，作为全县示范试点村。

雷静笑着说，太好了。

阎香草和于强他们也早早来了，忙着收拾化妆调弦对音，村里的亲戚朋友陆续来了。侯书记眼巴巴等艾高原回来谈正事。艾支书也急切切地盼着，他不回来不开席。艾高原是最后一个赶到的。

艾高原父母已过世，弟弟们都在公司，村里只有些本家人在。艾高原是从山西出差完直接开车回来的。他的汽车喇叭一响，人们一窝蜂似的拥上前跟他打招呼，一团亲情洋溢，场面十分热乎，就像迎接凯旋的将士。

往年没有这么排场隆重，今年侯书记出面搞了议程，请了主持人。他先上台致辞，为艾高原大唱赞歌，还直接把艾家塬说成新农村建设的示范点，把鲁家庄乡说成生态农业开发的示范区。接下来，主持人宣布请“天府煤业”董事长艾高原先生讲话。

艾高原上台拿起话筒，今儿是“团圆节”，就是让乡里乡亲团圆，见个面面，拉会儿话话，吃好喝好。哦是搞煤矿的粗人，不怕哈井井，就怕上台台，最爱拉话话，最怕讲话话。比不上人家侯书记，一哈就把哦吹上天了，鲁家庄乡有他领导，大有希望么！哦讲完了，谢谢大家！台下顿时一片掌声笑声。

艾高原回到桌上，侯书记灰着脸埋怨说，艾老板，你咋哈拿我耍笑哩。

艾高原笑着说，项目还没影影，你咋哈就吹上了。

侯书记把给雷静说的意思一说，艾高原心热了，不假思索说，成哩，成哩，小雷，听哈了没有？照侯书记指示办。

艾二能说，年年植树不见树，咱这哒干旱，活不了。

艾高原说，那就浇水么。

艾二能说，沟里就那一点点水源，人畜饮用都紧巴巴的，又要上项目，哪哒有多余的水。

艾高原睁大眼随口说，黄河有的是水。

侯书记愣了一下，两眼放光，振奋不已，艾总，好你个大气势，有你这句话，我在鲁家庄乡就能搞出响动来，说罢连敬六杯。

艾高原打趣说，你们当领导的就想着出政绩。走，给大家敬酒去。

演唱开始后，艾二能把雷静引见给枣林湾齐树茂。雷静给齐支书敬了几杯酒，把他叫到一边，开门见山说了齐海红的事情。齐树茂起初低头不言语，后来不时朝台上瞅着。

齐海红正在台上，于强吹萨克斯，两人合演《四姐五盼》。

雷静说，叔你看见了吧，这后生是海红处的对象，“天意煤化”的办公室主任，叫于强。人家订婚结婚你得主事，看这亲人团圆多好。

齐树茂低头亏欠地说，枣林湾虽说穷，可人穷志不穷，再说了，人活脸树活皮。唉，去年有一阵子，满城风雨的，我进城都抬不起头。一气之哈把我哥训了一顿，谁知我哥这人，胆小怕事，不让娃回来了。怪我，怪我么。雷静释怀了，一门心思等着听艾二能唱曲儿。

艾二能的《摇三摆》是这样唱的：

大摇大摆哎得儿哟，大个路上来，
你把你那白格脸脸调过来，摇三摆；
哥哥叫你调过来哎得儿哟，你就那调过来，
有甚那灰心事你说出来，摇三摆；
你给哥哥做上那一对哎得儿哟，牛鼻鼻那鞋，
哥哥穿上咯噔咯噔瞧妹妹来，摇三摆；
你给哥哥做上那一对儿哎得儿哟，松紧口口鞋，
哥哥那引上妹妹你转曲来，摇三摆；
大不浪那红鞋哎得儿哟，妹妹那你穿上，
名誉好坏咱两个伙担上，摇三摆；
大不浪那红鞋哎得儿哟，底子那老来厚，
你就是那哥哥的心头肉，摇三摆……

艾二能唱得正欢时，齐树茂起身朝后台走去，阎香草恰好也从后台出来，雷静都看见了。她顾不上听曲了，冲着阎香草直摆手……

2

第一批三十九家小兰炭拆除后，第二批四十家接着进行。工作按部就班，现场风平浪静，事情变得容易多了，副县长马向前长出一口气。有个周末，他约江山说，这几天终于能松口气了，找个甚凉快僻静地

方，放松放松。

小兰炭战役打响以来，江山也马不停蹄忙着。先是县政府挑头，请来省市专家为十二条大兰炭生产线项目做完环评。接着刘县长带着他跟田永军下西安守着批项目。省环保局这边高局长主持特事特办，星期天召开会议研究，一路绿灯。省发改委那边，雷静专意从新民赶去帮忙，促成刘县长给主管领导的专题汇报，也算一帆风顺。高局长上次来承诺给局里基建几百万补贴款，也拿到手了。

三人满载而归，回来各忙各的，一个比一个忙，忙得人人都上火了。江山忙小兰炭关闭拆除，企业污染治理，还有环保大楼的开工建设。第一批小兰炭拆完了，环保大楼也开工了，马副县长想放松舒缓一下，深有同感的江山积极响应。马副县长打电话时，他正在尤乃生的基建办公室里坐着，向尤乃生讨教基建管理的事。

尤乃生的建校工程已经完成了主体建筑，正在粉饰内外墙安装水暖电，平整操场绿化校园，学校布局大样一目了然。阎香草爱人回来当校长了，忙着选拔招聘教师，购置教学设备，紧锣密鼓，准备秋季开学的事。眼看着大功告成，尤乃生心里乐滋滋的。

尤乃生正在办公室整理原先的工作日志。尤乃生有记事的习惯，从搞企业开始，一天都没间断过。江山来看望他，他乐得合不拢嘴，翻着一堆旧玩意说，这就是我的过去，一天不落地记哈来了。

尤乃生清瘦如旧，可精神气色俱佳。江山翻了几页，某年某月某日，办甚事开甚会领甚奖罚甚款，尽管三言两语的，却都有记录，便问，尤老板在这哈回味往事？还是在整理“变天账”？

尤乃生说，闲得没事，打算出《天源企业志》，也算是环境变化企业进步的一种如实记载么。

江山忍不住说，“天源”也是新民的缩影，这个主意不错么。

尤乃生说，李兵也这么说。我甚都记着，编着快得很。

尤乃生说完，领着江山施工现场转了一圈。俩人返回来继续喝茶。

江山问，身体最近咋样？听说又住了回医院？

尤乃生说，没事没事，忙累了，在医院调理了一哈么。

江山又问，公司最近情况咋样？

尤乃生说，公司那边我放手不管了，李兵要把金属镁和硅铁做大做强，我想想也是，原先的产业五花八门，没有拳头产品，也没有形成规模经营。李兵调整思路，自有他的道理，就让他放手去搞。

江山说，县上组建“新民镁业集团公司”，听说让李兵负责筹备？

尤乃生点点头，县上领导找他谈过，我也支持，让他拼打去。他当过团长的，年轻有闯劲，思路清晰，组织能力强。

江山说，部队培养出来的就是不一样，有他在，你可省心了。

尤乃生掏心窝子说，你都看见了，中学那边也动工了，明年秋季建成招生。往后，我就一心一意地守在这哒，这是我为自己找哈的归宿。人一生就这么回事，我都想开了。

正说着，江山这边接了马向前的电话，那边就跟田永军联系。尤乃生听见了，顺口问道，是田永军？江山点点头。

尤乃生感慨说，真是长江后浪推前浪，这后生，说话办事，人品思维，跟他老子天壤之别。听说田生财最近闹着让他接管“永盛”，他坚决不依。

“永盛”不是有胡晓燕么？江山奇怪地问。

尤乃生反问，你没听说甚？江山直摇头，尤乃生不言语了。

江山问，到底为甚？尤乃生犹犹豫豫还是说了，据说胡晓燕外边有相好的了。

江山明白了，忍不住说，年轻轻的守寡，有人也正常么。

尤乃生摇头，田生财不这么看，他能愿意家业落到外姓人手里？

江山略有所悟地问，这人是谁？

据说原先是胡晓燕的司机，尔格被胡晓燕任命成副总，惹了老田家一窝人，尤乃生说着苦笑一声，田生财这人精明过头了，钱财为身外之物，生不带来死不带走的，何苦哩。

江山笑道，看来你老兄大彻大悟了。

尤乃生说，可我就不明白，田永军为甚拒绝接管“永盛”？

嗨，这不明摆着，田永军不愿伤害胡晓燕。江山说罢打趣道，你这哒消息怪灵通的。

尤乃生笑了，田永军有个在“永盛”当副总的本家叔，跟我是老同学，是他来这哒给我说的。我一猜便知，肯定是他给田生财背后煽风点火，田老汉病残在身，足不出户，消息闭塞。他若不说，田老汉两眼一抹黑。这人老谋深算，阴得很，那天我给他泼了一瓢冷水，他一脸不高兴地走了。

尤乃生本想留江山吃饭，人家另有安排不再挽留。两人约好等学校竣工，好好喝一场。

人与人的交情，出一趟差自然加深了。江山跟尤乃生如此，走了趟西安，也跟田永军更熟了。

江山很欣赏田永军处事的干练与圆润。他跟刘县长出门，甚事都打理得恰到好处。项目顺利批了，刘大地高兴不已。临走前一天下午，田永军拉着大家去著名的温泉山庄，洗了温泉还游了泳。江山是旱鸭子，在浅水区一阵瞎扑腾，很羡慕刘大地鱼儿似的潇洒自如，可刘大地游罢直摇头，声称找不到畅游大河的那种感觉。

马向前一打电话，江山闻风而动。田永军说石板台这哒有现成的僻静凉爽好去处。江山便让戴玉打前站。罗萍在厂里，戴玉带俩孩子坐小芹的车，傍晚回了天赐湾。

这天一大早，江山陪马向前先来到天赐湾，在郝翔鱼池边悠悠垂钓，一派闲情逸致，很是尽兴。午饭在“天赐绿家园”，乡村土家菜纯绿色食品，吃得也很惬意。饭后，马向前非要戴玉也一起去，豆豆也闹着要见罗萍，戴玉带着俩孩子，跟在马副县长的车后头，稀里糊涂上了路。去石板台公路拓宽整修一新，汽车没费甚工夫就到了。

马向前车里嘀咕说，田永军那哒项目建设热火朝天的，能有甚僻静的地方?

江山说，不清楚，去了就知道了。

田永军在“天美”项目办等着他们。正如马副县长所料，工地上一片繁忙景象，罗萍看见豆豆来了，喜出望外，搭讪几句，便带俩孩子去了她的房间。

田永军边走边介绍，陪着马向前他们在施工现场转了一大圈，江山开玩笑说，人家马副县长是来散心的，咋哈又让他黏上工作了。

急甚？先给领导汇报汇报，地方都安顿好了，保准让领导满意，田永军说。

马向前笑着说，没关系，客随主便来了就看看，正好心中有数。污水处理厂动工早，已经安装设备了，生产区、生活区的建筑物主体，都已经建得差不多了。一些生产设备堆放在现场。

马向前问，甚时能建成试产?

田永军答，原计划是年底，为了树样板做示范，推动大兰炭项目建设，最近一直在赶工期，加班加点，打算国庆节试运行。

马向前又问，其他的进展咋样？

田永军说，都动工了，进展快慢不一，回头专门给马副县长汇报。

大家说说笑笑，坐车绕过梁有岗镁厂围墙，翻过一座烽火台遗址高耸的小山峁，顺住着几户人家的小山坡下到狭窄沟道的小溪边，逆流而行转了几道弯后，沟道宽了，视野开阔了，小溪流水潺潺，漫过水草沙柳丛生的沼泽地带，岸边椽头柳树高高大大，山坡沙棘柠条沙打旺耸翠团团。

马向前忍不住问，这是要去哪哒？

田永军指着前面一户独家庄说，那不是，到了到了。

戴玉远远瞅见，梁有岗跟于强站在崖畔畔上迎候着。

小车上斜坡直接开到院子里。院子很大，靠山根几孔石窑洞，两侧几间平板房，院前崖畔畔上，一行海红果树果实累累，树前斜坡上，南瓜蔓蔓探头探脑伸到小溪边的道沿，像是一群急着下河饮水爬行动物。众人下车环顾一番，山清水秀，空气清新，凉风爽人，感觉甚好。

戴玉跟梁有岗打趣说，你真会找地方，这哒环境真不错。

马向前站在崖畔边伸了伸懒腰，长长吸了口新鲜空气，这才问田永军，你咋哈摸到老乡家里了？

田永军笑着说，这是我们于强的家。他父母住在县城女儿家，帮忙看家带小孩，哥哥在艾高原的煤矿下井，嫂子在矿上开了个小卖部，家里平时只剩下于强一个。

于强也解释说，这沟道再朝里头走，进入内蒙地界有个大海子，所以我这哒空气舒润清新。

田永军说，外头是天然氧吧，窑洞里天然空调，符合领导要求的僻静凉快，大家请进，请进。

窑洞里有张自动麻将桌，炕上被褥全是新的，茶几上摆着功夫茶具。江山开玩笑说，这哒怕是你们活动据点？

田永军点头答，城里抓赌扫赌窝，正常娱乐也受了些影响，这哒安全得很。

梁有岗说，田总最近有点烦，不回城里，在这哒躲清闲。

大家围上茶桌，马向前问，你年轻轻的事业有成，还有甚烦心事？

田永军笑了笑，家务事么，家家都有难念的经，不提心不烦。江山心里明白，却不想多说。

田永军摆弄功夫茶十分娴熟，于强在一旁张罗着打下手，大家喝了杯茶，田永军兴冲冲的，要陪马副县长玩几圈麻将。

马向前一口回绝了。咱就喝茶拉话，这儿凉凉快快的多舒服。

田永军说，赌博和娱乐两码事，再说，这地方神不知鬼不晓的，摸几把能有甚？

马向前坚持不上摊子，江山也坐着不动，梁有岗站起来又坐下了，麻将场子支不起来。田永军有点失望，快快地说，我还以为马副县长想摸几把哩。

戴玉想着孩子们跟罗萍，让司机跟她去接他们来小溪边玩耍。梁有岗便说，戴玉，那你带个话，让罗总派大厨上这哒准备晚饭。

戴玉一走，江山提议玩扑克，男人们在凉窑洞里玩了一会儿挖坑，马向前困了，江山也直打哈欠，二人美美睡了一觉。小芹带豆豆蛋蛋在小溪边抓蜻蜓，采野花，活蹦乱跳的童趣十足，玩累了困了，于强领他们回窑洞睡午觉。

戴玉和罗萍依旧坐在大柳树下，聊了一中午，聊的多是胡晓燕的事。胡晓燕跟公公田生财闹翻了。

戴玉惊奇不已，怪了，我在城里甚也没听到，你在这哒却根根梢梢的，咋哈甚都清楚？

罗萍说，前几天，胡晓燕来这里找过田永军，我们一起吃饭了，晓燕两眼红肿红肿的，看样子很伤心地哭过一场。

戴玉问，那个叫陈涛的来了么？罗萍摇摇头。田永军是甚态度？

罗萍答，田总属于现代意识的年青人，肯定是站在晓燕一边的。

戴玉又问，那个陈涛是未婚？

罗萍点点头说，好像比晓燕小几岁。

戴玉说，陈涛我见过，高高大大的，看起来人也忠厚，真要跟了胡姐也挺般配的。

罗萍唉了声说，没钱幸福不起来，有钱也未必有幸福，没想到，麻绳也能从粗处断，晓燕的幸福却被财富给绑架了。

戴玉愤慨地说，我看胡姐嫁给田永福，就没安生过，幸福过。

罗萍沉默不语。听说当初田永军暗恋胡姐，阴差阳错地未能如愿，要是跟田永军就好了，戴玉眼含忧郁地说。

罗萍目光盯着山坡杂乱无章的灌木丛发呆，内心乱作一团，喃喃自语道，人的命，天注定，有情人何以终成眷属？

戴玉问，罗姐甚时回去？咱们去看看胡姐。

罗萍说，胡晓燕的事，都是从田总跟梁有岗那里间接知道的，咱们贸然去看她，说什么好呢？戴玉想了想也是。

戴玉她们为胡晓燕的事忧心忡忡，马向前他们一觉醒来，工作上的压力与烦恼一下子释放了。晚饭时，田永军做东挑头，几条汉子喝五吆六，霎时间喝得面红耳赤，吼得满窑满沟地响，一时难争高下。马向前酒量好无所畏惧，田永军拳占上风，以智胜人，搞得江山有点招架不住了，急忙拉戴玉和于强帮忙。

戴玉一上手，就把矛头对准田永军，戴玉不会划拳却会“吹牛”。这是源于陕北酒文化的一种色子玩法，玩的就是以假骗真，以真打假。她连赢几个回合，田永军一连喝了好多杯，败下阵来。马向前见状，忍不住要跟戴玉过招。

戴玉说，我先给领导敬三杯，再玩么。马向前欣然领受。二人玩几回合，马向前还是把酒赢了。

戴玉给梁有岗眼色说，娘娘滩生哈的？这时不表现，要你作甚？

梁有岗端起酒杯唱上了：

白生生纸上写大字，
给领导敬酒头一次。

马向前愣了一下，接过酒杯。梁有岗端起酒杯又得意地唱道：

二岁岁马驹过冰滩，
你不喝这盅实在难。

马向前没辙了，只好再喝一杯。田永军见状白了梁有岗一眼，接过酒盅斟满，一边递给梁有岗一边摇头晃脑唱道：

你敬领导我领情，
双手回敬唱曲人。

梁有岗只好接过酒杯，戴玉拍手叫好，田永军乘兴又唱道：

你的酒量我知情，
肚子像个装酒的井。

梁有岗又把酒喝了，马向前缓过劲来，欲向戴玉挑战，这时候田永军手机响了，他接罢电话，顿时眉头皱成一团，怏怏说，“钦差大臣”来了，我得接“圣旨”去。

马向前不解，田永军解释道，我家老掌柜派人来了，马副县长，江局长，不好意思，这哒有岗、罗总陪你们，我去去就来，说罢匆匆走了。

田永军走后，酒摊子散了。戴玉她们借口孩子们闹着不呆了，也回到厂里。心烦意乱的田永军把罗萍跟“天美”负责基建的副总叫到办公室交代一番，自己匆匆忙忙回城里去了。

田永军从宁夏带来的副总告诉罗萍，“永盛”副总田永军的本家叔叔手持“见条如见人，即刻回家面见，父嘱”手谕，见不到田永军本人就不走。他没办法才给田永军打的电话。

罗萍问，这么急急火火的，出了什么事？

副总说，田总父亲逼着田总接手“永盛”。

罗萍没想到问题这么严重，回办公室便对戴玉讲了。

戴玉坐不住了，你干脆给胡姐打个电话么。

罗萍想了想，拨通胡晓燕的手机，胡晓燕那边没说几句，就哭上了，罗萍听得一阵心酸。她好言安慰一番说，我跟戴玉妹子马上赶回来，晚上咱在我家见面。

罗萍撂下电话想了想，又给梁有岗打了电话说了自己的去处，两人带着昏昏欲睡的豆豆蛋蛋一起上路，摸黑进了城。她们刚把孩子安顿上床睡了，胡晓燕就来了。

胡晓燕这晚身穿灰色套裙，未施粉黛，素面素装的，少了往常的活力，多日不见，憔悴了。戴玉起了个话头，胡晓燕倾诉为快，说着说着，泪流满面泣不成声。戴玉气愤不过，厉声谴责田生财就想着家族与钱财，不通人性，老糊涂了。

她鼓动胡晓燕说，干脆与陈涛举行婚礼，搞得轰轰烈烈，满城皆知，他老田头行将就木的人么，能把你们咋的？

罗萍看了戴玉一眼抱怨说，看你说的，硬对着蛮干，于事无益。

她拉着胡晓燕手问，真的没有和解余地了？

胡晓燕摇摇头，从皮背包里取出一张纸条，上面写着“永盛为田氏家业，岂容他姓为所欲为？如不与陈姓后生一刀两断，三日内自辞总经理一职，谨此。田生财”。

戴玉一看，又好气又好笑，哟呵，简直是最高指示，简直像旧社会占着土围子的土财主土皇上。

罗萍连透露带分析说，田永军今儿晚上被老田头叫回去了，他到底如何打算，这是问题的关键。

胡晓燕唉了一声说，我知道永军回来了。永军刚才在电话里安慰我说，他有办法对付。公公死抱老黄历，又有人在背后出馊主意，“永盛”都快乱成一锅粥了。天知道永军能有甚办法！

戴玉感叹，清官难断家务事。

胡晓燕深沉地说，这不仅因为陈涛，我终于明白了，我与公公分歧太大了，根本就不是一条道上跑的车。

胡晓燕在这边倒苦水，田永军在那边与田生财并列而坐。父子俩都闷着，一个不能说，一个不愿说。

大摆钟丁丁冬冬地响着，好像父子俩心脏跳动的发声。沉默，沉默，再沉默，屋里几乎空气凝固了，冷飕飕的透心凉。田生财“即刻接管‘永盛’”的字条摆在面前桌边，田永军视而不见，一支接一支地抽烟。整个屋子烟雾弥漫，田生财呛得几声咳嗽，布满褶皱的老脸拉得长长的，索性双眼紧闭，看似闭目养神，实则内心几近崩溃，哀叹猫老了不逼鼠了。

田生财睁开眼，颤巍巍拿过一张纸，写上“等我死，逼我死，大逆不道”，推到桌子另一边。

田永军扫了一眼，在下面写道，“你老高寿，安度晚年，没人逼你死”推过去。

田生财看罢，又写道“永盛落入他人之手，我死不瞑目”。

田永军写上“交给我，你放心”，还画了个大大的问号。

田生财一看，又点头又点拐杖。田永军顿时站起来，开口说话了，一字一板，既然放心我，要交，就交彻底。

田生财蓦地眼睁大了，直勾勾盯着儿子，忽然觉得这个儿子很陌生。

田永军语出惊人，董事长么，你别干了，干不动了，都多大年纪了？不坐享清福，还垂帘听政？再让你老操心，人家会指责我没本事。

田生财低下头，半晌不言语，心里头翻江倒海。

田永军说，看样子你还是不放心，那你歇着，我走了。

田永军扭身要走，田生财急了，喔喔哇哇，使劲捣拐杖。

田永军不紧不慢问，还有甚？没事我就走了，人家刘县长把煤化集团交给我了，责任重大，我忙得很。

田生财慌忙伸出拐杖，拦着他的去路，示意要他拿纸过来。

田永军取来一张白纸铺开，田生财略有所思，颤颤巍巍写道“因年迈体病，难以理事，即日起辞去永盛董事长一职，由田永军接任，全权处理公司事务。田生财”。

写了又指指点点，像是千叮咛万嘱咐只能意会而已。

田永军收了起来，舒了口气说，往后，你老甚心也不用操了，颐养天年，活个高寿，这才是我做儿子最大的孝道，最好的福分。

田生财还想交代甚，田永军佯装没看见，扭身就走，出门便给胡晓燕打电话。

胡晓燕还在罗萍家，田永军电话就来了，要她当晚以“永盛公司”名义通知次日上午召开公司董事会。田永军接替父亲当董事长?! 这消息太突然了，胡晓燕一时半会儿竟掂不出分量。

戴玉反而心明如镜，喜笑颜开地说，胡姐，这哈子你解放了，甚事也没了。胡晓燕仍懵懵懂懂。

罗萍说，你人在事中迷，田总这一步棋实在高明，名义上是董事长，实际上还不是你的保护伞？从根根上把病治了。

胡晓燕恍然大悟，满脸阴云散去，急着回去通知会议，起身就走。

戴玉诡异地眨眨眼，那个陈涛在楼下等着？胡晓燕脸立刻红了。

3

坠入情网的女人往往智商低下处事偏执，至少胡晓燕就是如此。自从她跟陈涛干柴烈火之后，男司机陪女老板出出进进，却似一对情人如影相随。从两人会话语气互视眼神中，公司人们很快就看出端倪，存心捕捉女老板行踪的蛛丝马迹。人们背后说三道四，指指点点，有意无意地传播着女老板的绯闻，当面却都一副若无其事的样子。

看似风平浪静的“永盛”，实则暗潮汹涌。公司副总的田永军本家叔抓住把柄给田生财打小报告。田生财老谋深算，宁可信其无，不肯信其有，摇摇手没当回事，本家叔叔自讨没趣。

情感之事，事中人懵懂。那晚胡晓燕醉酒偷情久旱逢甘霖，两人一夜激情燃烧，坠入情网，谁也难以自拔了。胡晓燕优越惯了，偶尔还有点自负任性，陈涛平时沉默寡言，自尊心却很强。两人言语沟通少，眼神交流多，都感觉他们隔着点甚。不过，每回干那事，陈涛完全放开了，总是尽着性子喊姐姐，喊得胡晓燕心里软酥酥的甜。一来一往的，回数多了，胡晓燕感觉到陈涛身上有一股不可抗拒的魅力。尤其是去了趟西安，她对他的了解一下子加深了，心理距离缩短了。

那次差事办完后，胡晓燕逛街，为陈涛选了身西装，可陈涛说甚也不要。胡晓燕费尽口舌，陈涛才勉强收下了。下午，陈涛借口有事，回来为胡晓燕买了一套化妆品，让胡晓燕好不感动。她一看正是自己用的牌子，便清楚花了不少钱，过意不去，顺手从钱包里抽出一张卡给他，陈涛非但不收，还有点不高兴。

胡晓燕讪讪一笑，我是不忍心叫你花那多钱。

陈涛认真地说，我也是实心实意送你，花多少我不在乎。

胡晓燕很想借此次机会跟陈涛谈谈心，便邀他去喝酒。胡晓燕原先只知陈涛当过兵、未婚、家在石板台附近的内蒙那边。

在古城墙根一家日本料理小酒馆里，两人把酒长叙，彼此敞开心扉。面对这高大英俊，与自己已有肌肤之亲，却不无陌生的后生小弟，胡晓燕顷刻刮目相看，充满了敬意。

原来陈涛是这样的后生。有心劲，争胜好强，却很痴情。为了心上女人，陈涛放弃提干机会复员了，可曾与他海誓山盟的女友图富贵贪钱物，嫌他穷变了心，被个煤老板撬走做二奶去了。陈涛为情所伤，远离女色，报名参加成人自学考试，立志成才改变命运，而且，失恋后的陈涛对女人、对老板心存偏见，有着本能的反感与抵触。好几个大老板高薪请他做贴身保镖，都被他拒绝了。公司人事部得知他当过特种兵，身怀绝技，驾驶技术又好，选他给胡晓燕开小车。既是司机也有保镖的意思，伺候个女老板，起初他不大情愿，后来听说这差事轻松自由，空闲时间多，对自学有利，他才来的。

陈涛在部队养成尽职、服从、守时的习惯，每天上班先保养车，大奔擦得铮亮。军用黄书包放在后备厢，没事在车看书学习，下班回宿舍也是看书学习。“永盛”的这份工作只当权宜之策，他坚信改变命运只有靠自己，而非天上掉元宝，老板发慈悲。他对胡晓燕毕恭毕敬，敬而不近，显得冷峻而另类。

陈涛爱憎分明血性男儿，他压根就看不上有钱无德的田永福。第一看见胡晓燕，便有鲜花插在牛粪上的感觉。跟胡晓燕时间越长，这种感觉越强烈。胡晓燕坐车，接来送去的，电话不断，公司大小事情，陈涛透过胡晓燕的通话，了解了八九不离十。更重要的是，他对胡晓燕看法转变了，女老板虽穿戴讲究不乏珠光宝气，却并非炫富势利的轻浮之人，她沉稳温和贤淑，说话办事，有板有眼。通过胡晓燕处理关老汉一事，陈涛感觉到了胡晓燕身上的正气之感，同情之心。不过，他关注着她作为老板的一面，却忽略了她作为女人的一面。

田永福出事之后，胡晓燕打电话情绪激动，诉说到伤心之处，忍不住声泪俱下。怀着暗暗的同情怜悯与愤慨，陈涛一改目不斜视，开始目光迎她上车，目光送她下车，有时也从后视镜偷看几眼。

那日，在给田永福办丧事，他抓起闹事的贱女人清出现场，大义凛然很是出气，一半为胡晓燕，一半也为自己。那天晚上，陈涛失眠了，好不容易入睡了，胡晓燕竟然出现在梦境里。男女之间好感是第一位的，彼此有了好感，意味着什么都有可能发生。对胡晓燕有了好感，暗暗地，陈涛喜欢她身上散发的淡淡的香水味，喜欢看她每日一新的衣装，喜欢听她打电话的柔美声调。

那天跟田永军相约去石板台，胡晓燕一身华贵艳丽，分外扎眼，从后视镜窥视的一瞬间，陈涛走神了，心乱了，一股突如其来的冲动令他浑身燥热，那东西竟在暗处挺了，陈涛顿时脸红了，赶紧转移视线，压抑欲火，一整天晕晕乎乎。不过，他与胡晓燕的故事，也就是那天晚上开始的，那也是他平生头一回尝到男欢女爱。

小酒馆小包厢。日本料理。富士山高耸樱花灿烂，寿司清酒榻榻米。异国情调浓郁，色调柔和灯光柔美，很适合情侣幽会甜言蜜语。清酒清淡不够烈，陈涛回酒店车里取来一瓶茅台，两人一醉方休，一吐为快。陈涛坦言，原先只与前女友亲过嘴，别的甚也不知，甚也没有发生。胡晓燕一脸惊诧。

她端起酒杯说，兄弟，对不住了，原来你还是……陈涛一饮再饮，舌根硬了，我是处男？这有甚！往后，你要我作甚……我作甚，赴汤蹈……火……在所不惜，你是……老板……我是下……属。

胡晓燕也喝高了，一挥手说，往后，你和我，只有姐弟之称，没有甚老板下属的生分。

陈涛不胜酒力，偏偏护着胡晓燕不让她多喝，最后把自己喝得酩酊大醉。胡晓燕想要搀扶他出门，可陈涛人高马大的，扶不起搀不动。她把老板叫来，给了张百元大钞，派两个服务员送他们回了酒店。

陈涛进屋要吐，胡晓燕赶紧扶他进卫生间，陈涛吐得倒海翻江，气味熏天，残渣酒液喷得满身都是，人倒清醒舒服了一些。胡晓燕给浴盆放满水，替陈涛脱了衣服安顿进池躺下，帮他洗头搓背打沐浴液冲净擦干，扶他到床上躺好。她把脏衣服洗了晾好，自己洗浴完毕，一丝不挂钻进陈涛怀里，偎依着赤身裸体的他，亲着昏昏而睡的他，幸福得像只暖巢里窥探蓝天跃跃欲试的小鸟。回首前世今生，浮华背后的家如空巢，金钱包裹的婚姻如冰，终于尝到男欢女爱的滋味，难免感叹人生苦短，忍不住凄凄惨惨落泪了。

半夜陈涛酒醒，上了趟卫生间闻到酒气看到洗的衣服，甚都明白了。他站在床前端详片刻，爬上床好一阵抚摸亲吻。胡晓燕被折腾醒了兴奋了，两人抱作一团，亲得几近窒息，起伏翻滚，放马由缰驰骋。雨露滋润，庄稼疯长，喊了吼了动作了快活了，两人都感觉此番为平生最好。

陈涛大发感慨，姐，你若是处在寻常人家，明儿我就娶你。

胡晓燕拧过身把头蒙在被子里，喃喃地说，唉！晚了，姐要是黄花闺女，非你莫嫁。

陈涛把脸贴在胡晓燕背上，我不在乎，我就想要你，可你为甚要是“永盛”总经理？

胡晓燕转过身摸着陈涛脸说，这有甚？我都豁出去了，你怕甚？尔格姐正需要你帮衬，回去我就宣布，你做“永盛”副总经理。

陈涛忽地跳起来，慌忙反对说，使不得，使不得，太显眼了，再说，我也未必能干好。

胡晓燕主意已决，任凭陈涛说甚，也听不进去。陈涛很无奈。

孤男寡女出了远门，本身就惹人嚼舌头，回来又冷不丁闹出大动静来，难免被人抓住把柄兴风作浪，搅浑了“永盛”一池水。胡晓燕是干部出身，熟悉干部提拔的路数，重用陈涛这件事，做得很缜密。办公室主任和人事部长都是她的人，她安排他们先到县武装部查了陈涛的档案，又去自考管理部门了解陈涛学习情况，回来整理成材料，拿出重用陈涛的几点理由。陈涛在部队入了党立过功，自学经济管理专业，自考成绩优秀，在公司干得也不错。胡晓燕拿着材料找最知己的韩行长，以及跟自己走得近的副总们交换了意见，然后提到总经理办公会上。大家发言表态，本家叔叔一言不吭。

胡晓燕征询他意见，他闷着声摇头晃脑说，这么大的事，董事长不发话，我能点头？我算老几？

胡晓燕听得不舒服，索性说，董事长那哒我沟通过了。

本家叔叔怒冲冲问，那咋哈没个二指宽的纸条条？胡晓燕不再搭理他，一锤定音说，就这么定了。

本家叔叔起身气哼哼指桑骂槐撂了一句，江湖乱道了，母鸡打鸣了，甚都成精了，甩门拂袖而去。

随后，胡晓燕有意去看望了公公，陈涛的事，老头没问她也不说。陈涛一上任，胡晓燕让他负责关闭厂子的善后事宜。按照组建“天美”达成的协议，公司关闭了四家经营不善、污染严重的小厂厂。善后事宜一直拖着，原因是公司内部阻力大。说白了，就是本家叔叔从中作梗。组建“天美”本家叔叔就有意见，那是田永军挑头，又有田生财点头，鼻子大把嘴压着。

这几家关闭厂厂，大都由本家叔叔的儿子女婿把持，田永福管事时，管理混乱经营粗放，这家人吃官饭放私骆驼，没少捞油水。胡晓燕主事后，治理污染投钱不少，只因设备工艺陈旧，收效甚微。关闭是大势所趋，本家叔叔心里清楚不好说甚，他一心想要公司把他儿子女婿们安排妥当，想进公司要害部门，想进新“天美”公司，却不明说，暗中跟胡晓燕较劲。

这家人的作为，胡晓燕一概尽知，压根就没有这方面的考虑。然而，善后处理本家叔叔当道横着，几个副总相互推诿都不愿应承。

陈涛带着人事部长下厂里，先缓兵之计调几个厂长回公司等待任用。再快刀斩乱麻，把年轻力壮有技术的选送给“天美”新项目，剩下的发了些钱，解除了劳动合同。事情办得干净利索，殊不知，场地再利用的事咳嗽带起伤寒。关闭的四家厂子，有三家连在一起，地盘大，又紧靠新规划的一处工业园区。胡晓燕一直寻思着这哒上个新项目。县里召开企业包村扶贫动员部署大会那天，胡晓燕跟李兵坐在一起。李兵的“镁业集团”酝酿上主打金属镁的综合利用大项目，正在选地方。胡晓燕相中了这个项目，李兵对“永盛”这块地方感兴趣，又都有合作的意思，会后一起去了现场，顺便把暂时开大奔的副总陈涛介绍给李兵。

李兵一见就问，你是部队回来的？陈涛点点头。

胡晓燕奇怪了，你咋哈看出来的？

李兵笑着说，只要是当兵的，一抬腿一开口就知道了。

李兵跟陈涛拉了几句，对胡晓燕说，特种兵出来的后生，个个都是好样的。

胡晓燕听着心里很舒服。他们一边看现场，一边聊合作，临分手，李兵对胡晓燕说，回去我就起草协议，到时候你们出个副总，我就要陈涛。胡晓燕满口答应。

当兵的雷厉风行，双方合作意愿又十分迫切，合作协议书没几天就签了。“永盛”在新组建的公司中占33%的股份，陈涛出任副总经理，负责项目筹备。令人意外的还有，“永盛”包村帮扶也选在田永福杀狗洒血平乱的背圪洼村。

那天甩门而去，本家叔叔一直没来上班。签协议之前，胡晓燕召开总经理办公会拍板定案。本家叔叔闻讯到公司跟胡晓燕大吵一场，又上田生财那里大告一状。说甚厂厂没了，地也没了，“永盛”成了唐僧肉，被人五马分尸；说甚七姓八白的称王称霸，姓田的靠边站，你儿媳快成人家的婆姨，你孙子快成人家的孙子，“永盛”家业快成人家的陪嫁妆，你再不出手，“永盛”就不姓田了。

本家叔叔三告胡晓燕，这一次算是告得狠，告赢了。田生财气得眼发黑，手发抖，即刻派人召胡晓燕面见。

田生财久病在家抱着老黄历，对尔格政策一窍不通，胡晓燕拿着当初上任公公的手谕，耐心诚恳，据理力争，田生财听不懂也不愿听，公媳纸上对决，你来我往，胡晓燕犹如对牛弹琴，越来越没耐心了。

田生财最后咬住陈涛说事，胡晓燕生气写下“你儿子死了，我的幸福我做主”。

田生财大怒，写下“田家人没死完，有的是人”，挥着拐杖让胡晓燕走人，胡晓燕哭着走了。

几天后，田生财派人送来要她辞职的手谕，本家叔叔煽风点火，公司人心不稳，胡晓燕乱了阵脚，急忙向田永军求援。田永军胸有成竹似的说，天塌不哈来，等几天再说。

田生财把儿媳逼到崖畔畔，一心要小儿子接管公司。可田永军一出手，却把老父亲请出局了。第二天的董事会上，田永军宣布完老董事长的手谕。

他不高不低不软不硬地说，今儿往后，我是“永盛”董事长了，原先一页已经翻过去了。今儿往后，公司大小事宜，由胡总全权处理。有甚事，胡总会找我商量的。有重大事会召开董事会的。大家知道，宁夏新民地两边跑，我很忙，不想听胡总以外任何人的汇报。至于老董事长那哒，那就更不要去找了。他年龄大了，身体不好，语言沟通困难，退了就让他老人家静心养老，享受天伦之乐。不要去打扰他，跟他说三道四的，万一有个甚三长两短，谁担这责任？

散会后，田永军连一顿饭都没招待大家就走了。新董事长如此上任满座皆惊，传递出再明白不过的信息。为“永盛”内乱忧心忡忡的韩行长出一口气。本家叔叔气得差点没晕过去，一下蔫了，从此不再露面。这天晚上，田永军在恒源大酒店订了包间，给胡晓燕打电话说要请她跟陈涛吃饭，问道，你还想请谁，一起红火？

胡晓燕想了想说，就叫上有岗罗萍和戴玉。

第十五章

1

2006年夏日，新民空气状况已经大为好转。每到傍晚时分，人们纷纷走出家门，消暑纳凉，黄河边，柳阴下，成了居民的好去处。

有天晚饭后，刘大地叫上潘劲去散步，走过沿河岸三三两两衣着鲜艳的人群，顺路察看河滨公园施工现场，刘大地指着悠闲的人群说，看见了，公园建成了，人们就用不着满河滩地瞎转悠了，还得抓紧些。

潘劲说，这已经够快的了，再快，也得到明年年底前竣工。城周围污染企业关完了，空气质量好转了，原先人们窝在屋里，如今户外活动多了，穿浅颜色衣服的多了，你来不到一年，新民变化够大的了。

两人沿河边向下，边走边聊，刘大地感慨道，局面总算打开了，不过，咱还要再鼓一把劲哩。

潘劲打趣说，事情顺当了，老板心情不错。

刘大地说，关闭小兰炭最难这一关过了，产业结构调整算迈过了个门槛，企业单位包村帮扶也铺开了，事情总算是一件一件地上了道。唉，说心里话，这县长真不是人当的。

潘劲说，关关难过关关过，听说你表哥回来了？刘大地只点头不说甚。

河水浅处有一帮小后生在游泳，刘大地瞅了瞅，心里痒痒的。潘劲问，听说老板游泳游得不错，咱朝前走，找个没人的地方，你下河扑腾一下子？

刘大地说，成么，脚步加快了。找了个水流平缓的地方，刘大地跳下河尽兴畅游起来了。

潘劲不会水，坐在河畔抽着烟，盯着水面上一举一动。远处，黄河大桥上流淌的汽车灯光与天上挥洒的月光交相辉映，大河之上，光斑如粼，银波荡漾。刘大地奋力搏击，挥洒自如，果然一身好水性。在远处，宛如一朵浪花融入光影之中，在近处，划拨水流哗哗作响，充满动感和力量。潘劲眼见为实，不再担心甚了，他欣赏他躺在母亲河怀抱的徜然适意，他感叹他面对风浪奋勇向前的无所畏惧，就像品味一幅夜色苍茫天人合一的黄河写意油画。

回想起跟刘大地鞍前马后风风雨雨这十多个月，潘劲百感交集，单单小兰炭关闭拆除这一仗，就令他佩服得五体投地了。当初刘大地执意把文天佑厂厂安排到第一批，潘劲觉得有些过分，下手重了。刘大地却口气亢硬下手狠。事后证明，正是这一招，最具说服力，最有杀伤力，一举打开小兰炭关拆的局面。

老领导老朋友中也有人打电话说情，潘劲只说一句：人家刘县长开战先拿自己人开刀，第一个关了他表哥厂厂，我即使有心帮你，也张不开口。对方哑声了，自己难免得罪人了。他心里清楚，刘县长回绝的人，得罪的人，比他多得多。他看出来，那些日子，刘县长为此的烦心苦闷都写在黑脸上。

河边习习凉风带着湿润的泥土味，潘劲静静地坐着，想着心事。从孤川到新民跟刘大地一起共事，他觉得坦然舒心，给这位一身正气的老兄当副职，浑身有着使不完的劲。关拆小兰炭时，他手头的环保交给马向前，分管的城建财税，还有公检法这一块。刘县长他们下西安跑大兰炭立项去了。公安局得到消息，有个小兰炭老板不服输，从北京请来两位律师，谋划跟县政府打官司。

潘劲闻讯连夜找到律师们住所，开门见山做说服工作。起初双方各抒己见，律师们依据《物权法》说事，他搬出环保法律法规和产业政策，拿着中省挂牌督办限期治理的文件，大谈环保国策，他强调说，强行拆除是否违法有待商榷，但超标排污是违法的，想继续生产决无可能，关闭拆除了另谋出路，未尝不是一件好事。

一阵唇枪舌剑之后，律师态度趋于缓和，他又趁机讲了刘县长为小兰炭关拆不徇私情，拿亲戚开刀，还得罪上级同事朋友熟人说情者等，再拿中学生网上投诉维护权益的事，说明老百姓对环境问题的觉悟，把北京律师的底火抽了。次日，他陪律师去了拆除现场，有意识让他们听了听群众的声音，回来好生招待，酒桌上大发牢骚打悲情牌，倾吐污染地区官员多头受气、为政艰辛的苦水，硬是把两个律师感动了说服了，改变主意打道回京。

刘大地回来十分满意，称赞他应急处理化解矛盾干得好。他也借着公安局开会，表扬公安干警们为经济健康发展保驾护航，为社会和谐稳定作出新的贡献。他这么说是有所指的。春节前的扫黄打赌专项行动，公安局精心部署，干得很漂亮。“天佑”总经理韦利被抓赌那一次，仅一家赌场就没收赌资五百万之多。

刘大地闻之震惊不已，在反映公安局专项行动的《要情简报》上批示，“黄赌之风不可长，应依法予以严厉打击，同时要实行常态化监管”。潘劲作了“请公安局拿出措施方案，务必落实刘县长指示”批示后，亲自上门督促，敲定了“扫黄打赌”的长效监管办法。

新民人自古好耍钱，县志上都有记载。老板们嗜赌如命，一掷千金。“东北人”和田永福相继出事后，新民豪赌之风消停了一阵子。可进入腊月之后，有所收敛的老板们又手痒痒了。一次行动解决不了问题，按照县领导指示，公安频频出击，有头有脸的新民老板十有六七在局里留下过不良记录。

刘大地从省上跑项目回来，称赞潘劲的同时，找他要了一份老板没收赌资的情资揣在兜里。

潘劲问，老板要这干什么？

刘大地不无幽默地说，我得给这些闲钱寻个出路么。

潘劲并没在意。几天后，刘大地带着县委农工部、县扶贫办几人下乡调研去了。刘大地回来，围绕新农村建设、生态建设工程和扶贫开发，接连约见艾高原尤乃生等几个老板，分别召开了两个座谈会。

头一个座谈会来的都是贫困乡镇的书记镇长，小范围近距离与刘县长接触，一个个争着发言哭穷摆困难，生怕争取不到上面的资金投入。鲁家庄乡侯书记显得信心十足，建议县上的新农村建设把鲁家庄乡艾家垴村作为示范村。

他的理由很充足，这里村民已经搬进新居民点，正规划上生态农业项目，下一步再把荒山荒坡绿化搞起来，树个生态扶贫新农村建设的典型不成问题。其他人不服气。

有的说，你背靠大树不腰疼，不就是仗着艾高原是鲁家庄乡人？

有的说，新民老板多得像坡上的羊，可是舍得掏腰包的有几个？

侯书记不以为然，新民哪个老板不是从山沟沟走出去的？就不能想个甚办法，让他为家乡作些贡献？

有人反驳说，咱又不是揽羊汉，想把羊赶到哪哒是哪哒？

双方争执不下，刘大地笑着摆手说，好了好了，依我看，有艾高原这样的领头羊在前头，咱就不能顺势当回揽羊汉？搞个企业包村帮扶，叫老板们多承担一些社会责任。

与会者议论纷纷，刘大地说，今儿就是听听大家的意见，企业包村帮扶随心布施，一是自觉自愿，二是力所能及，因人而异，因村而别，看看做些什么合适，咋样才能行之有效。

刘大地一点，大家明白了县长意图，七嘴八舌，出了不少好点子。

第二个座谈会来的是部分村支书。有贫困地区的，也有煤炭煤化工企业集中区的，大都是刘大地这次调研没安排去的村庄。枣林湾齐树茂，艾家圪村艾二能，还有田永福杀狗洒血的背圪洼孟支书都来了。

这会在艾家圪过完"团圆节"之后，艾二能大概被乡上侯书记点拨过，开会抢先发言，句句说到点子上。

一向对艾家圪眼红的齐树茂愁眉不展，还是那句老话，枣林湾穷得只剩哈枣树了，刘县长，你可得给我们枣林湾弄个扶贫项目。

艾二能耍笑说，我那哒山高沟深，就缺水。你枣林湾黄河门前流过，滋润得枣树长得欢，出了个曲唱得好人长得俊的齐海红。

刘大地笑着问，就是那个送到音乐学院深造的小姑娘？

艾二能说，可不是，那是齐支书侄女。

齐树茂不无自豪地说，是本家侄女，还没有出五服。

刘大地问，齐支书，企业包村帮扶，你们枣林湾最想做什么？

齐树茂回答，修河堤。把现有河堤再向哈延伸一段，就能整出二百亩好地，再栽二百亩枣树，枣林湾就适合种枣树。

一句话，惹得大伙儿笑了。刘大地说话和蔼，没有架子，村支书们争先恐后，气氛火爆，唯有背圪洼村孟支书闷头一言不吭。

刘大地点了名，他这才站了起来，语气低沉地说，刘县长叫我说我就说，尔格我胆子正，甚也不怕。搁在原先，我连屁都不敢放。一村子的狗一晚上死光了，想起来就像做了一场噩梦。那时候，村民们嫌我不亢硬，我硬不起来么。我说恶有恶报，善有善报。尔格大家信我话了，作恶的人折寿，污染的企业短命。乡亲们盼着有好光景过，搞新农村建设，生态建设，大家肯定举双手拥护。我们那哒两个自然村，一个被煤矿把地哈掏空了，一个被污染企业祸害了几十年。老板们地上地哈的，把钱挣疯了，把环境破坏惨了，他们就该出些水么。

刘大地称赞道，说得好。

两次座谈会潘劲都参加了。回想起座谈会的情景，潘劲心里一阵热乎，觉得眼前豁然开朗。头回会罢，他忍不住问刘大地，老板该不是要打富济贫？

刘大地笑了，这咋是打富济贫？这叫积极引导，劝人向善么。

二次座谈会之后，刘大地与潘劲交换意见，敞开谈自己的设想，潘劲兴奋不已，棋高一着，满盘皆赢，当一把手的，就是不一样，你老兄善于驾驭全局。

原来，小兰炭关拆顺畅了，整个污染治理工作有条不紊。刘大地腾出手来，谋划新的大动作，寻找新的突破口。一连串的调研、约见、座谈之后，他深思熟虑，思路异常清晰，与杨书记通了电话后，兴致勃勃，把自己一套构想搬到县委常委会上。刘大地把这个百家单位、百家企业帮扶百个村庄的“双百帮扶工程”提炼为四句话：“推崇回报社会亮点，树立无私奉献风尚；主攻村企矛盾难点，促进社会稳定和谐；突出环境问题重点，推动农村生态建设；紧扣扶贫开发热点，实现城乡协调发展。”

召开“全县‘双百帮扶工程’动员大会”时，这四句话，写在大条幅上，悬挂着会场的醒目位置。那天与刘县长亮相新民的“大气污染治理动员大会”到会人数相当，参会人员略同，可与会者感受大不一样，大家对刘大地敬佩有加，想听听拿自己表哥开刀的黑脸包公，这回又要做甚惊天动地的大事情。

刘大地对县情了如指掌，显得底气十足。他撇开稿稿，口若悬河，事例信手拈来，数据有整有零，剖析入木三分，褒贬旗帜鲜明。他通过数据与个案分析，简明扼要，讲了生态环境恶化、农村贫困有增无减、城乡发展失衡、村企矛盾突出、贫富情绪对立等社会现实问题之后，一针见血地指出，造成这些问题背后，是科学的发展观、健康的财富观、正确的人生观价值观的缺失，是社会道德的扭曲。

刘大地没打算高谈阔论，他急转直下，举起几页纸说，这是春节前后公安局没收赌资一览表，数字之大，令人震惊！一次抓赌，一个场场上就没收赌资五百万，总数目便可想而知了。这不是拿钱和泥？至于这上面都有谁，谁多少，这是人家隐私，我绝对保密，也无权泄露。或许有人说，钱是我的，我想作甚作甚。可你财大气粗玩的是潇洒，犯的是国法，有人因此而家败人散，败坏了社会风气，造成家庭社会的不稳定因素。赌风因你而起，你能逃脱干系?！要知道，你沉迷黄赌，醉生梦死，花的都是纸钱。金钱金钱，花得有价值有意义了，那才会像金子一样放光！说到这里，台下自然有人坐不住了。

刘大地接着说，艾高原捐献一千万支持县城生态建设，我首先记着他的好。他为村里盖学校建居住点搞生态开发，全村人谁不说他好？尤乃生建学校办教育造福桑梓，将来续写县志少得了他这一笔？有位长者说，舍就是得，得就是舍，舍舍得得，百年人生，也不过如此。其实，大家钱都是在新民赚下的。大家都受惠于国家的政策，都得益于祖先留下的资源，都有着以牺牲环境为代价、殃及新民百姓的苦涩经历。这一点，艾高原没有忘记，他说他是新民人，钱是在新民挣下的，他觉得为新民人办事理所应当。我们的尤常委也大彻大悟了，他说他的认识转变，是受了著名教育家陈嘉庚好德从善事迹的启发，要换个活法做人。他两人难能可贵之处，都是默默主动地回报社会，承担更多社会责任。我为新民有他们而深感庆幸。他们心存感恩，无私奉献，这种善举，这号精神，值得大加赞颂，推而广之，汇聚成流，形成一股推动社会和谐进步的力量，上升为建设新民美好家园的栋梁……

散会后，潘劲说，老板今儿讲的，嗨，入情入理，荡气回肠，连庙里石狮子听了也大发慈悲哩。

刘大地笑着幽默一把，说白了，这跟和尚化缘记者拉赞助没啥两样，想叫人家掏钱，就得让人家心悦诚服。

潘劲笑着说，你这哪是劝善？上一回讲如何发展，这一回讲如何回报，有人说你一招更比一招高。

潘劲只要回想起这些，心里对刘大地又多了一层敬佩。

刘大地过了回游泳瘾，感觉浑身舒坦，出来穿上衣服，点了根烟吸了一口。潘劲问，舒畅了？刘大地点点头，好久没有这么畅快了。

没想到你真有两下子，刚开始我提心吊胆的，万一出个事，我只能干瞪眼。

刘大地说，能出什么事？从小就在黄河泡着。

朝回走的路上，潘劲问，你听说了没有？“永盛”有大动静了。

刘大地说，听说了，田永军当了董事长。

潘劲摇头说，不是，“永盛”最近有大动作，为背塄洼村建新居住点，胡晓燕一心要超过艾高原和尤乃生。

刘大地高兴地说，这是好事情。回头让乡上按照煤矿采空塌陷区移民搬迁立个项目，争取相关资金给予补贴，别让胡晓燕全掏腰包了，“永盛”自己还有新项目，要花大钱。这些搞实业的老板，比不得煤老板，钱来得不容易。

潘劲抱怨道，光关心别人，也把你表哥的事关心一下子么。要不，按铁厂安置办法给解决算了，潘劲试探着说。

刘大地起先没吭声，过了一会儿才说，我这个表兄，听说手机换号了，我也顾不上见，文慧说找下合适事了，叫我放心，她没说做什么，我也没问。

潘劲说，那就好，老板最近又有甚打算？

刘大地说，按既定方针办，上大项目，大上项目，实施大项目带动战略，资源开发向集约和深度转化，艾高原打算上个大煤化项目，咱抓紧把中央大企业弄来，上煤电一体化，打造煤电化工基地，既壮大县域经济实力，又引进现代先进管理模式，对地方企业发展也有很大的促进。

潘劲点头说好。

2

失踪大半年的文天佑回来了。他一没进县城，二没回天赐湾，而是回到老高庙厂厂里。他是被马文慧和他婆姨从鄂尔多斯市一家煤矿接回来的。

瞅见文天佑满脸煤黑里露出一双眼睛，浑身脏兮兮，一副懒洋洋从井口走过来，他婆姨心疼得眼泪刷刷往下流。

文天佑面带愧色，跟大家打过招呼让稍等片刻，匆匆去浴池洗了澡，换了身干净衣服，抱着一堆脏衣服，上了马文慧的越野车，结束了半年多下井下苦力的落难生涯。那煤矿距离新民的老高庙镇百十公里，汽车没费多大工夫就到了四川老板小酒馆门前。文天佑的一帮难兄难弟，只剩下藏獒主人备好酒菜等他。

藏獒主人说，回来了？

文天佑喃喃自语，回来了，转了一圈，又回来了。

藏獒主人说，回来了就好，我在这哒等着你哩。

四川老板闻声跑出来，满脸谄媚，点头哈腰，讨好传说中的县长表哥说，山不转水转，文老板这回要发达了。

文天佑苦笑一声，背了一屁股烂账，我拿甚发达。婆姨白了他一眼推着他进屋。

马文慧笑着招呼大家说，先吃饭，有话吃罢饭再说。文天佑井下上来一直饿着肚子，酒也顾不上多喝，一阵狼吞虎咽。藏獒主人出来小解，四川老板问，那个戴眼镜的女的是谁呀？

藏獒主人说，那个是他婆姨，这个么，不认识。

四川老板啧啧地说，不是一般人，文老板要发达了，没准你也沾光了。藏獒主人不信，头摇得像拨浪鼓，却也说不出个所以然来。

马文慧送文天佑两口子回厂里。偌大的厂区只剩下办公小楼等空壳建筑。这大半年，藏獒主人独自留守在这里看摊子，养了两只小藏獒做伴，开出一大片菜地，仗着自来水浇灌，长得一片红红绿绿。听说文天佑回来，他把办公室打扫得干干净净。

看着把文天佑两口子安顿好了，马文慧起身说，天佑哥，让嫂子陪你在这哒住几日，歇一歇，先缓过神，其他的不着急，等我电话，说完，出门上车走了。

送走了客人，婆姨忙着洗衣服，小藏獒跟前跟后，藏獒主人坐在文天佑跟前，两人唠唠叨叨，说来话长。文天佑愤然出走四处碰壁，最终下井当了矿工。时间一长，思家心切，给儿子打电话报平安后不久，给婆姨也打了电话，好言安慰一番，并说了他的新手机号，叮咛她不要告诉别人，有人找先接承着，随后再给他电话。

有一天，婆姨打电话说，韦利几个拿着一份打印好的协议来了，按照协议，拆除的兰炭厂和八十万元外债全留给他。婆姨这才知道他们合伙办了兰炭厂，电话里又哭又闹，为甚投进去三十万没影了，还背上八十万的外债？

文天佑料到会是这样，他好说歹劝，婆姨不听，电话里发了脾气，老子还不完，还有儿子，父债子还，你怕甚？婆姨不敢吭声了。

文天佑叫婆姨在协议书上签了字，转给韦利，婆姨只得照办了。事情已经了结，任凭婆姨哀求，文天佑也不肯回来。直到有一天债主上门，这边婆姨慌了手脚，那边文天佑也无计可施。婆姨没心思做生意了，让店里手下人帮忙打理，上塞北找马文慧。

马文慧正在给文天佑找工作，听说欠了巨额外债，也皱起眉头。她给表嫂取了自己的十万存款，应承一定想办法帮忙。终于有一天，马文慧说有办法了。马文慧借着下乡，约好天佑婆姨一起，把文天佑接到了老高庙。

藏獒主人很够朋友，帮他看了半年厂厂，文天佑很感激。藏獒主人问他这半年经历，他不大乐意讲自己落难之事，敷衍几句过去了。他关心大家是如何散伙的。

一提这茬，藏獒主人愤慨不已，骂骂咧咧，天佑哥，韦利这帮灰圪跑，把你坑惨了。我总算看清了，酒肉朋友不能一起共事。

文天佑唉了一声，我说过，咋哈处理我都认了，事情已经过去了。

藏獒主人从头到尾一细说，文天佑忍不住大动肝火，拍桌子大骂一通，嗓门高了一点，惊得小藏獒汪汪叫，婆姨连忙进屋看究竟。文天佑不耐烦地把她轰了出去。

原来，文天佑一走，群龙无首，韦利从县城回来，主张凡是能变现的，一律卖掉，把个人损失降到最低。拆除那天，几个人在现场垂头丧气，心如刀剜，马副县长把他们叫到一起，开导了半天，说甚留着青山在不愁没柴烧，这地方适合搞企业，随后选个好项目，县上乡上都会支持的。藏獒主人和其他人心动了，可韦利回来根本听不进去。拆除之后，韦利一边盯着落实县上奖励补贴的二十万元，一边找买主，成品卖完卖原材料，院子一大堆煤被人一车车拉走了，库房里的备用设备、设备配件，食堂里的锅碗瓢盆，也被人拉走了。藏獒主人说他那天晚上做了个梦，藏獒虎子浑身是血从远处跑来，使劲拽他的裤腿。

第二天一早，他跑到厂外野地虎子坟前转了一圈，回来郑重告诉其他人，虎子给托梦了，他要留下看厂厂陪虎子等天佑回来。

大家觉得他怪怪的，却没说甚。韦利自私，主事耍心眼，卖东西收钱瞒多报少，被其他人发现了，大家不相信他了，其他几个人一起盯着他，一笔一笔记账收钱，藏獒主人冷眼旁观。

这几个人简直卖红眼了，把拆下的旧设备卖了废铁，又张罗着变卖变压器，拆除高位水箱时，藏獒主人拦着死活不让。

电断了水断了，我咋哈呆么？五马分尸了，天佑哥回来，给人家咋哈交代？韦利这才作罢。

县上给的钱一到账，韦利主张把厂厂分给文天佑，把八十万债务留给文天佑，现钱大家分了。众人一片哗然，藏獒主人痛斥说，你做太绝情了，天佑哥投了三十万，为甚不分一个子，还背上所有外债？

韦利强词夺理说，这第一，就因为他是县长表哥，才有这档子事，结果，一分钱光没沾上，还拿咱开刀祭旗，都是他把咱害了么。这第二，他是董事长，我扣了十万，他成大股东，大股东担大风险，这么大场场，他有县长表弟比咱脚道宽。这第三，他临走说过，咋哈处理他都认账。他说这话，你们都在场，是不是？几个人点头称是。

藏獒主人怒不可遏，冲上去揪着韦利领口破口大骂，灰圪跑，都怪你！要不是你又嫖又赌，惹是生非，事情会这样？虎子能一命呜呼？众人赶紧把他们拉开，也抱怨韦利有责任，胳膊扭不过大腿，却同意韦利的处理办法。为分钱几个人吵吵合合，闹翻了天，藏獒主人说，他看不起他们这帮小人。几个人达成协议，去县城找文天佑婆姨，藏獒主人说他留在厂里没有去。

文天佑问，东西卖了多钱？藏獒主人说十好几万。

文天佑问，你分了多少？我一分没要。为甚不要么？我投了五万，藏獒赚了五万，我权当把虎子卖了。我没有要，韦利才死皮赖脸地占便宜把汽车开走了，事情才平息了。跟他们争甚？太掉价了。

文天佑想了想说，这么说，他们几个也没亏几个钱。

藏獒主人说，这倒也是，不过，他们几个发觉韦利在这哒时捞得不少。幸亏散伙了，要不然，稀里糊涂的，被这“灰圪跑”卖了都不知道。

文天佑突然问，刚才吃饭，咋哈不见那个服务员小姐了？

藏獒主人说，嗨，到底还是被韦利拐跑了。

文天佑问，去了哪哒？

原先“富民”的黄三娃知道不？他在宁夏那哒办了个甚厂厂，听说韦利开着车带着四川妹子，投奔黄三娃当财务总监去了。

文天佑轻蔑冷笑，为喝牛奶还养上一只奶牛？没出息的“灰圪跑”。

婆姨进来接着收拾卧室，文天佑要她弄几个菜，两人要喝酒。

藏獒主人说，不喝了，我该回家了，谁知我婆姨会不会被人拐跑了。这哒乡长后生领一帮人来过，你真要在这哒搞甚项目，可别忘了我。

文天佑满口答应，咱兄弟俩患难知己，谁跟谁？婆姨白了他一眼。

文天佑掏出一叠钱，给我看了大半年厂厂，这些钱你拿上，是我一点心意。

藏獒主人连忙说，不用不用，两只小藏獒没法带，留着你养，大了归我，我卖了赚大钱。小锅小灶米面油我那哒都有，我走了。

藏獒主人一走，婆姨便埋怨开了。文天佑蔫头蔫脑地嘿嘿赔笑，事情不是都过去了么，快给咱弄些菜，咱俩喝团圆酒。

婆姨说，过去甚过去？辛辛苦苦挣的钱全没了，还欠哈一屁股账！

文天佑喃喃说，文慧不是说有办法了？

婆姨说，说是这么说，办成了才算数。这两天安然呆在这哒寻思寻思，一辈子越混越没眉眼，为甚？

文天佑赔着笑脸说，好好好，虎落平阳，尔格你说甚都成。

这两口子拌嘴的时候，回到塞北的马文慧犹犹豫豫了半天，一下狠心，还是拨通了艾高原电话。

自从文天佑的厂厂关闭后，表哥家的生计成了马文慧一块心病。春天的时候，艾高原在煤炭局办完事，到马文慧办公室小坐，开口就谈刘大地关小兰炭的感受，说他对刘县长佩服得很。

马文慧说，他把工作推前去了。可把我表哥推到沟里了，头一回关铁厂他是职工，撞在枪口上；第二回关小兰炭，却是他自找着扑在刀刃上。开小商店攒的钱赔光了，尔格工作也没了，人也离家出走了。

艾高原关切地问，表哥在县铁厂作甚？

马文慧答，当兵复员进的铁厂，还当过办公室主任甚的，后来是电工。要不，有机会了，在你们那哒给他找个差事？

艾高原拍着胸膛说，这有甚，这你不开这个口，哦也会考虑的。

马文慧说，那敢情好，就让他干电工甚的，挣份工资养家糊口么。马文慧无意间开了个口，艾高原当真了。不断给马文慧打电话催着人去报到。起初，马文慧说人还没回来。表嫂来过后，艾高原再打电话，马文慧不敢接这话茬胡乱搪塞。

艾高原不愿意了，电话里嘟囔说，是话不是话，提起放不哈么，应人事小，误人事大，大妹子，你看不起哦，咱见面再说。

忽然有一天，马文慧刚下班，艾高原带着雷静来了，直接把车开到她家楼下，雷静上楼把她拽了下来。拉到一家酒店安顿在包厢里，雷静出门给欣欣发了个短信，不一会儿，雷静带车把欣欣接来了。马文慧没办法，只得客随主便。

饭桌上，雷静跟欣欣半年多不见，一片热乎。艾高原一会儿说他的大项目，一会儿说县上开包村帮扶动员大会，受到刘县长的表扬。

等欣欣吃好了，雷静送她上晚自习走了，艾高原话题一转，钱是哈苦挣哈的，朋友是拿心换哈的，大妹子，你咋哈把哦当外人？大年初一都定哈礼数了，你舅就是哦舅，你表哥就是哦表哥，哦这人你不清楚？尔格最出名的不是煤老板，人家说哦是慈善家，是助人为乐。哦一不跟县长套近乎，二不算贿赂领导，哦给哦表哥帮个小忙，你怕个甚？

马文慧连忙解释说，我表哥自己找哈事了。

艾高原摇头摆手不信，咧嘴一笑说，哦知道刘县长是清官，你两口子不贪不沾，可尔格这社会，撑死胆大的，饿死胆小的。当官的贪是大忌，可搞得不粘锅了，未必是好事。明说哩，小石头填不满大窟窿，天佑哥尔格在鄂尔多斯的煤矿哈井，哦给那边矿老板打过招呼了，工资一次结清，这几天，你把他接回来，他在老高庙的厂厂哦要了。

马文慧惊诧不已，急忙问，你咋哈摸得这么清的？

艾高原不无得意地说，合伙人把他涮了，把民间借贷八十万都甩给了他。你一听窟窿太大，不敢找哦了，对不对？

马文慧支支吾吾，不知说甚好。

艾高原大笑，哦一听这么大的窟窿，这忙不帮，哦还叫艾高原？

马文慧不以为然，不成不成，这帮忙得太勉强，你要那破厂厂作甚？

艾高原诡异地答，哦在那哈办个藏獒养殖场。

马文慧被说糊涂了，真的？不可能。你开甚玩笑。

艾高原哈哈大笑，哦跟你开玩笑，说正经事，哦的合成氨、尿素煤化工项目选在老高庙，咱表哥那厂厂，哦看过了，占地八十多亩，水电路齐备，看门的养了两只小藏獒，离哦选的厂址几里地，我相中了，收过来后，先做项目建设指挥部，将来做仓库建福利区都成。

马文慧愣住了，喜忧参半想了又想，疑惑说，这么做，怕不合适。

艾高原瞪大眼说，这有甚不合适的？这叫一举两得，大妹子。

马文慧说，这是大事，这得跟大地商量商量。

艾高原说，错，压根就不要叫刘县长知道，你知哦知，悄悄办。唉，你们读书人当官，书读多了，脑子转不开弯，把破官帽当成了紧箍咒。跟刘县长说了，他顾虑更多，怕连觉也睡不着了。他是县长，哦是老板，虽然都有权，可权跟权不一样么，他头上有人管，哦头上顶的是天，天哈第一。只要不违法，哦想干甚就干甚，哦说甚就是甚，他县长却不成。大妹子，这事这么定了。记住不要给刘县长透露一个字，要说，也等事成之后，由哦来说。你把表哥叫回来了，给哦打电话，剩下的是哦的事，与你两口子没关系。

马文慧长出一口气，也绷紧了一根弦。这时雷静回来了，艾高原吩咐结账走人。过了几天，雷静发短信给她：艾总说，他交代你的事，请抓紧落实。马文慧几个晚上都没睡好，一会儿觉得艾高原言之有理，一会儿觉得还得三思而后行。一想到表哥文天佑，感觉这也许是天赐良机，可一想起刘大地那张黑脸，却左右为难望而却步。

这种欲行不能、欲罢不忍的决断最折磨人，马文慧好几次拿起电话，想到天佑哥的困境艾高原的嘱咐，还是没敢给刘大地拨通。有一日，表嫂又哭哭啼啼打电话来了，马文慧想这事都想烦了，不假思索地告诉表嫂说，有办法解决了，你来塞北，这两天我要去下乡，顺便把天佑哥接回来。至于咋哈解决，忐忑不安的她却没透露一个字。不过，马文慧看到院子两只活蹦乱跳的小藏獒，更相信艾高原一片诚意。她硬着头皮给艾高原打了电话，艾高原爽爽快快地说，好了，好了，剩哈的你不管了，就你当甚也不知道。

没多久，刘大地回塞北时提起这事，马文慧说，天佑哥人回来了，也找哈事情做了，你放心。

又一天，刘大地打电话时顺便问她，天佑哥找下什么事了？

马文慧搪塞道，这我不清楚，说罢脸红了，只是刘大地看不见。

3

黄河的冰凌结了化了，枣林湾的枣摘了结了。忙忙碌碌的人们转眼又过了一年。这一年里，新民人的穿戴习惯悄然变化，以白衬衫白裙子为标志的浅色衣服盛行了，大街上服饰鲜艳靓丽了。不管发生了多少事，大气环境从根本上好转，蓝天归来，“黑三角”蜕变，这才是新民老百姓心目中最大的欣慰。

春天的时候，杨斌书记从中央党校学习结业，荣升为省文化厅副厅长进省城去了，书记的位子一直空着。秋天，一百一十九家小兰炭关拆战役结束，省市联合召开现场会，总结新民污染治理经验。与此同时，中省有关部门先后下来人调研，总结新民包村帮扶的做法，把企业家们投身生态工程、热衷公益事业、建设新农村的诸多义举，称之为“新民现象”，给予高度肯定。

对于外界瞩目的这两大关注点。一直主持工作的副书记兼县长刘大地大会小会地讲：绿色环保、和谐有序，是“环境立县”的核心点，是新民建设环境友好型、资源节约型和谐社会的生命线。我的体会是，我们立县之本的“环境”，即是生态的自然的，也是社会的人文的，更多地体现出人与自然的尊严，人与自然、人与社会的和谐。

北京记者跟戴玉在QQ上联系说，戴巡视建议他们再来新民采访，什么时候来比较合适。戴玉请示后便把江山局长的意思转告他们，环保大楼盖好了再来。县上领导说这是“环境立县”的标志建筑，到那时，河滨公园也建好了，污染治理又上了新台阶，那时候来给我们摘“黑三角”帽子更适时一些。

齐海红在音乐学院进修一年，回来后跟于强完婚。婚事是胡晓燕跟梁有岗一起操办的。那天，胡晓燕稳当当地坐在主宾席上，俨然一副娘家嫂子的派头。梁有岗代表男方主事，陈涛帮娘家人跑前跑后地张罗，戴玉跟罗萍看在眼里，两人酒桌上小声嘀咕。

戴玉说，甚时把胡姐与陈涛婚事也给张罗着办了。

田永军接任“永盛”董事长那晚酒桌上，郑重地把胡晓燕的幸福托付给陈涛。戴玉跟罗萍，则是他们确定关系的见证人。罗萍悄声探问身边胡晓燕的口气，胡晓燕嘴上说不急不急，心里头却不见得这么想。细心的罗萍已经从她期待的眼神里觉察到了。

她转身又对戴玉说，咱们找个时间跟胡晓燕聊一聊。

戴玉满口答应。可就是大家都忙得凑不到一块。

沟畔畔海红果又熟了。戴玉带着阎香草和入学、转学到“天源学校”上一、二年级的豆豆蛋蛋，又去了于强的独家庄。于强结婚前，家里人也给他在这里收拾了一间新房。于强又兼了“天美”大公司的办公室主任，大小公司事务交错繁杂，忙得脱不开身，齐海红正式被县文化馆聘用了，小两口就在石板台度婚假。

家里只有他俩，于强上班一走，独家小院里安安静静的，齐海红做饭听音乐，收拾屋子打扫院子，惬意舒心。眼看婚假快完了，于强和罗萍商量，小两口打算回城里后请大家吃顿饭以示答谢，让罗萍帮着请胡晓燕他们。

罗萍想了想说，还不如请他们到石板台你老家坐一坐，胡总听说田永军在石板台有个麻将娱乐据点，早就想来看看。这儿有山有水，鸟语花香，空气清新，顺便也放松放松。

于强难为情地说，这哒要甚没甚，小锅小灶的给人家吃甚?

罗萍笑着说，就用乡村土菜招待，才别有风味，山珍海味的，人家也不稀罕。

于强仍有些为难，海红不太会做饭么。

罗萍说，没关系，我给大家做东北大烩菜。

于强说，那好，我去内蒙那哒海子弄几条鲜鱼，让村里人搞几只沙鸡。新鲜蔬菜村里人菜园子都有。

罗萍说，够了够了，吃饭是次要的，主要图个心情。

于强说，那好，东西我来准备，你帮忙请客人。

罗萍先给戴玉说了，戴玉高兴地说，俩孩子一直念叨着要去那哒抓蝴蝶，我把香草姐也叫上。罗萍又给胡晓燕打电话，胡晓燕爽快答应了。罗萍想起几个女人那次聚会的情景，又让戴玉联系联系雷静。

这一年，县上修通了县城西北环乡镇、连园区的公路，把石板台、老高庙、背塆洼等乡镇，像糖葫芦一样穿了起来，并连着进入新民的主干线。有这条环线路后，梁有岗他们不走天赐川镇，这边也能回县城，出行方便多了。

聚会的这个周末，戴玉他们走东线，路过天赐湾村少有逗留，直接把车开到于强家院子。胡晓燕从背塬洼出发，路过老高庙时接上雷静一块来的。于强在“天意”等着接的她们。阎香草和胡晓燕没来过，看了看周围环境和小院落，感觉意外的好。齐海红一边热情地打招呼，一边在院子里摆好小桌子，倒好了茶水。于强端个凳子摘海红果，洗干净了也端上小桌。熟透了的海红果黑红黑红的，表皮上泛着一层淡淡的白霜，咬一口，味道酸甜淳厚，罗萍头一回尝，感觉甚是鲜美。大家见面寒暄，发现少了个人。

罗萍问胡晓燕，你来了，那一位呢？

胡晓燕说，还有谁？我把雷静妹子也接来了。

戴玉嘴快，胡姐，你揣着明白装糊涂，你的护花使者陈涛。

胡晓燕不好意思地说，我想着女士们聚会，他那边忙得走不开。

梁有岗自嘲说，闹了半天是女士聚会，我跟于强成多余的了。

戴玉说，人家于强小两口在这哒招待胡姐罗姐和香草姐三个，我跟雷静作陪，只有你一个是多余的。

梁有岗说，那你们先拉话，我在小溪边带孩子们耍去。

戴玉不依不饶，孩子们有小芹带着，海红已经把沙鸡炖上了，你先沟畔上摘个南瓜，再去厨房，帮忙摘葱剥蒜，一会儿罗姐做东北大烩菜，我烧鱼。

胡晓燕问，我作甚？戴玉说，你和香草姐是主宾，就喝茶拉话。

梁有岗顺从地摘了南瓜抱进厨房。

雷静问，那我也成闲人了。

戴玉说，谁说你是闲人？陪姐姐到哈河溜达溜达。

两人说说笑笑，为图清净，朝孩子们玩耍的反方向而去。半年没见面了，雷静问，戴姐最近忙甚？

戴玉说，今年是节能减排年，实行污染总量控制，上头抓得越来越严，整天忙着给企业落实减排指标，安装监控设施，反正忙得一塌糊涂。戴玉约雷静出来，有话要问。

没说几句，戴玉便说，听说天佑叔到你们“天府煤业”了？雷静说，是的，天佑叔早都来了，咋哈想起问这个？

戴玉笑着说，不是我问，是长贵爷问。

雷静很奇怪，长贵爷问这作甚？

戴玉说，长贵爷这人，清高又正直，他弄不清天佑叔咋哈进了“天府”，还不是担心怕给刘县长惹哈甚麻烦？

雷静恍然大悟，哎哟，这事跟刘县长一点关系都没有，刘县长至今不知天佑叔在“天府”上班哩。

戴玉又问，到底咋哈去的？

雷静说，天佑叔厂子关闭了，“天府”上大煤化项目，需要那片地方，天佑叔真是因祸得福，地方要了人也安排了，等价交换，纯粹的商业行为。

戴玉明白了，原来是这么回事。好一阵子没见过他人了，城里的商店别人在打理，天佑婶也不见人影，长贵爷今儿还问我，我也纳闷。

雷静说，天佑叔在公司里干得挺好，提拔当了项目部的仓库主任，天佑婶也在那哒，给他做饭洗衣照顾他，过得挺自在。你回去时走这边，路过去看看。

戴玉说了声好，梁有岗拉着嗓门喊戴玉烧鱼。戴玉回来进厨房要露一手，罗萍已经把大烩菜做好了。几个女人厨房里出出进进，忙得有滋有味。孩子们在小溪边玩疯了，吃饭都叫不回来。

于强为女士们备了上好的干红酒。齐海红这天特别兴奋，于强跟在后头，她第一杯酒双手端给胡晓燕。

胡晓燕慌忙说，先敬你老师呀。

阎香草说，海红诚心诚意谢你，就别推辞了。

胡晓燕接过酒说，我看大家还是一起，为海红和小于幸福美满干一杯。大家举杯喝罢，齐海红坚持给胡晓燕敬了三杯，又给阎香草敬了三杯酒。她脸上甜蜜蜜的，眼里却含着泪水，一看便知动了真情。小两口给大家敬酒时，齐海红不多说话，于强一旁帮腔。齐海红专意为梁有岗敬酒。

于强说，一来感谢你牵线成人之美，二来感谢“天意”包村扶贫为枣林湾修了河堤，让海红一家在村里扬眉吐气了。

最后于强端起酒杯说，没有在座各位，就没有我们的今天，我敬大家一杯。

戴玉见状说，你两口搞得正儿八经，气氛太严肃沉闷了。今儿姐妹们难得一聚，接哈来，有岗招呼孩子，于强跑堂，让我们好好拉一拉话么。

豆豆蛋蛋吃饱了坐不住，梁有岗带他们去玩耍，孩子们跑进于强新房里摆弄萨克斯管，缠着于强要吹给他们听。于强拗不过，站在沟畔吹起萨克斯，悠扬的音乐飘进窑洞里，一片温情。

戴玉朝外喊，接着吹，不要停。

戴玉烧的鱼罗萍做的大烩菜各有特色，这顿饭吃得别有滋味。女人们在一起敞开了话絮，说着说着，转到胡晓燕这边来。

阎香草问，在电视上看到你们为背垴洼建新居民点，建成了？

胡晓燕说，成了，钥匙都交给村委会了，支书非要搞个隆重的乔迁仪式，到时候少不了请你去助兴。

阎香草满口答应说，这有甚说的，定哈日子叫我。

戴玉说，姐夫回来当了校长，又能照顾上家里，家里马上要拆了旧房盖新房，人家香草姐日子越过越舒坦了。

罗萍说，去年豆豆报名上学时，非要去你门前的新学校，蛋蛋闹着也转学过去，两个孩子就拜托姐夫多关照了。

戴玉随声附和说，就是的，罗姐新厂子投产了，整天在这哒忙，我也经常哈乡，都顾不上辅导他们学习。

阎香草笑着说，这有甚问题。我给你姐夫都说过了。

雷静也说，艾家垴村大棚基地，得亏郝翔哥去给村民办了几次培训，分文不要，如今蔬菜长势一点不比天赐湾的差，我们艾总说过几次，要亲自去天赐湾谢郝翔哥。

胡晓燕感慨道，今儿一看，大家都过得不错。

罗萍接着话茬说，你也一样，公司在“天美”和“镁业”两边入股投资，都顺顺当当的，姐妹们唯一关心的是你跟陈涛婚事，干脆抓紧办了，大家等着喝喜酒哩。此话一开头，众人群起而劝之。

胡晓燕忧虑地解释说，不是不想办，时机不成熟，为这事把老爷子气得有个三长两短，我可背不起这罪名，眼下一动不如一静，先这么拖着。

戴玉不解地说，田永军应该站出来做主。

胡晓燕说，永军劝过我几次了，一旦办了，肯定满城知晓，田家本家人等着抓话柄闹事哩。

戴玉说，那就把证先领了。胡晓燕不吭声。戴玉瞅了她一眼又问，胡姐该不是已经领了证？胡晓燕仍不说话。

戴玉一拍手说，那就名正言顺住在一起算了。

罗萍笑道，你咋知道人家没在一起？戴玉憨憨咧着嘴。

胡晓燕赶紧撇清说，没有，没有。

正说着，于强进来说厂子那边有事找他。

罗萍问，大厂还是小厂？

于强说，大厂，说完就要走。齐海红追上去说，我一会儿就跟她们回城里了。于强说声好，便出门开上梁有岗的车走了。

戴玉打趣问齐海红，蜜月就这么结束了？你能舍得？齐海红羞得低下头。于强走后不久，胡晓燕电话响了，陈涛打来的，说是李兵找她有要紧事。胡晓燕站起来也要走。

戴玉说，那就一起走，我跟香草姐路过要去一哈老高庙。

罗萍说，那你们都走吧，我来收拾。

阎香草问，你今儿不回城里？罗萍摇头说，田总最近去了宁夏那边，我得守着大厂。

齐海红急着收拾桌子，梁有岗说，这些东西你不管了，收拾一哈自己行李，跟车走。

梁有岗站在院子送大家上车，胡晓燕见罗萍跟豆豆亲别，突然问，有岗你也不回城里？

梁有岗红着脸说，我这边也走不开。

瞅着两辆小车消失得无影无踪，梁有岗猛地把罗萍抱住，像头发情的狮子。罗萍怪嗔地说，干什么嘛，也不分场合地点，说着从怀里挣脱，我还要收拾桌子洗锅刷碗哩。

梁有岗兴冲冲说，这哒都交给我了，你歇着。

罗萍不理会，端盘子碗筷进厨房，梁有岗也跟进去，罗萍拿抹布出来擦桌子，他又跟着出来，寸步不离。

齐海红坐胡晓燕车直接去了背堖洼。阎香草和雷静都坐在戴玉车上，开到“天府”煤化工项目部大门外。昔日“天佑”兰炭厂人去物非，小办公楼粉刷一新，大院建起几排钢屋架仓库房，蓝色屋顶分外耀眼。雷静介绍说，为了确保建设质量，重要建筑材料由建设方统一采购供应，这里既是项目部，也是仓库重地。将来用做成品合成氨、尿素以及原材料堆放地。

戴玉问，你也在这哒办公？

雷静说，最近来协调几家施工单位的现场协作，临时待一阵子。

雷静从车上下来，电动厂门开了，门房走出藏獒主人跟雷静热情打招呼，身后两只高大的藏獒犬摆尾示好。汽车直接开进去停在小楼前，孩子们没见过这么大的狗，小芹陪他们看稀奇。

闻声出来文天佑看见戴玉和阎香草，愣了一下，笑眯眯地迎上前来，你们咋哈来了？

戴玉说，来看你么，天佑叔。

阎香草说，天佑哥在这哒怪美的。

文天佑身着“天府”工装，显得十分精神，他招呼客人们到自己屋子，推开门就喊，来客人了，快泡茶。

天佑婆姨喜出望外，哎哟，甚风把你们吹来了？天佑婆姨倒了茶，拉着她俩一左一右坐下，问这问那，雷静说要回办公室一趟就走了。

戴玉打趣说，天佑叔，到我家喝了我的酒，嫌我没留情面，气哼哼走了，就再也没见过。还记恨我不？

文天佑憨憨一笑，难为情地说，不记恨，记恨甚？

戴玉说话不拐弯，刨根问底，天佑叔，厂厂关了，你离家出走了，跑到哪哒去了？

文天佑满脸困窘说，不提这，不提这事。

阎香草笑着瞪了戴玉一眼，天佑哥都当主任了，比在铁厂强多了。

文天佑感慨道，可不是，折腾了一回，我算是明白了。

戴玉还是不依不饶，这么说，关拆小兰炭想通了？

文天佑老实地说，想通了，彻底想通了。唉，原先混日子，不看电视不看报，跟不上潮流。

天佑婆姨插话说，你叔变了个人样，说他活第二世哩，酒也不喝了，天天看电视新闻，县上甚事都清楚，他最关心修河滨公园，说将来他老了干不动了，溜公园跑步锻炼身体哩，他还知道尔格环保局搞节甚……减甚……

戴玉激动了，我不信，天佑叔你说说看。

文天佑认真答，考我？节约能源资源，减少污染排放。

戴玉听得乐开怀，朗朗而笑。阎香草释怀地说，天无绝人之路，长贵伯这哈子把心放哈了。

文天佑自嘲说，天佑，天佑，老天保佑我哩。

婆姨瞪了他一眼，甚老天？要不是人家文慧弟妹帮忙，你能有今儿？戴玉恍然大悟，不再多问。

雷静提个袋子进来，递给戴玉说，我去北京出差时给长贵爷买了点东西，本想让文主任甚时回天赐湾带去，你捎去更快更好。

文天佑面带愧色问，你爷最近咋样？

戴玉说，长贵爷好着哩，今儿路过，还见他了。

抽空我们回去看看，文天佑喃喃地说。

这时，胡晓燕打电话给戴玉，说她们在背塆洼等着。戴玉她们起身告辞，文天佑掏出一叠钱让给老爷子带上。戴玉不要。

长贵爷不缺钱，只要你这哒好，他不操心了，比甚都好。

文天佑送出门问，是不是你爷让你们来的？

戴玉说，也是，也不是。

第十六章

1

东线西线地游了一圈回来，一连多日，戴玉仍处在亢奋之中。

那天目睹小兰炭厂今日新貌、天佑叔的觉悟，戴玉就颇有感触，参观了“镁业集团”热火朝天的施工现场，背堖洼全然一新的居住点，感触更深。李兵在背堖洼招待大家吃晚饭，戴玉开怀畅饮，感慨变化大，回来借着酒劲，又给阎香草唠叨了一路，环境变了，人也变了。送阎香草回了家，碰上校门外散步的尤乃生。蛋蛋转学进“天源学校”后，接送都是小芹，学校里头是甚样，整天忙碌的戴玉没进去看过。尤乃生盛情难却，请她去里头坐一坐，还送了她一本新编的《天源企业志》。戴玉跟着尤乃生从小学部转到中学部，中学生们正在上晚自习，戴玉探头瞅了瞅教室崭新的桌椅，现代化教学设施，大脑增添了新影像，心中多了新感触。

这晚上，戴玉越想越兴奋，新民咋哈说变就变?！可不是，身边的一切悄然发生着变化。大气环境变好了，企业发展壮大了，原先跟环保局捉迷藏顶牛干的老板们，一个个自觉不自觉地换了新的活法。梁有岗、尤乃生、文天佑……身边熟悉的人哪个没变？就连最亲密的爱人郝翔，也随着天赐湾的变化而变化，跟着社会的进步而进步。

其实，戴玉的诸多感触是从天赐湾开始的。白天路过时，孩子们要在船上玩一会儿，戴玉把他们交给郝翔，自己去了趟长贵爷家回来，站在河堤公路举目四望，感慨良多。山坡蔬菜大棚连成片，滩地阡陌柳阴环绕，鱼池水汪汪，荷塘翠滴滴，几座凉亭点缀其中。牛鼻梁山脊两侧天赐庙周围，能栽树的地方全栽上碗口粗的松树柏树，一片郁郁葱葱。怀抱村庄的山坡，自上而下乔灌草结合，立体绿化初显成效。河堤公路外侧河滩上，利用农田灌溉荷塘鱼池的退水，人工造出一大片湿地来，由于水质肥美，水草茂盛，芦苇疯长，不经意间成了水鸟的栖息地。

郝翔还在鼓足劲开发黄河古渡景点，修好了老码头，弄来几只旧木船，一只柴油机动力船，还有老旧的羊皮筏子。

春天，杨书记回来交接手续时，来过天赐湾，参加了郝翔的集生态山水、宗教文化、绿色餐饮为一体的天赐湾旅游开发公司揭牌仪式。夏天，旅游公司在县电视台打广告，戴玉写的“炎炎夏日何处去，天赐湾村生态游”广告词，配着天赐湾的青山绿水、古渡夕阳、荷塘月色、大棚金辉等画面，还真招来不少游客。

戴玉认为郝翔做得已经很不错了，可郝翔仍不满足。原先不善经营的郝翔，说起市场运作、规模经营、品牌效应一套一套的，头头是道。这天在老码头船边，郝翔就道出自己的心里话。

原来，艾高原和胡晓燕他们的大动作给郝翔形成新的压力，他也产生建新居住点的设想……

戴玉心里不搁事，忍不住就把自己感受说给江山，说给杜牧。

杜牧开玩笑说，看你亢奋的，又想写甚了？

戴玉真的有这冲动，只是无从下笔，她便通过上网 QQ 聊天，说给北京的李杰和赵娜，新民变化之大，令人欢欣鼓舞，你们来，肯定能写出惊天动的好文章。

两个记者心热了，兴奋了，一个劲追问，你们环保大楼什么时候才能建成？我们什么时候才能见面？

戴玉说，快了，快了。

记者们说，我们等不及了。

戴玉说，等我给局长汇报了再说。

记者们说，总编催过好几次了。

记者们网聊老问这事，戴玉又给江山汇报，江山说，不着急，这事还得跟刘县长通气。戴玉把这反馈给记者。有一天一上班，江山告诉她，你说的北京记者采访，就让他们来吧。

戴玉问，刘县长同意了？

江山说，戴巡视直接给刘县长打电话了，刘县长也不好推辞，定哈调子，不宣传个人，欢迎他们来新民采访。

戴玉没来得及通知记者，偏偏她自己出事了。

其实，江山主张北京记者缓一缓再来，是有原因的。强化节能减排，实行污染总量控制的环保政策，这一年多来，越叫越响，越抓越严，新民环境治理水涨船高，电厂水泥厂等陆续在安装在线监测。小兰炭关拆后，打响了煤炭企业的环境综合整治战役，铁合金、硅钙行业的污染治理也成了重头戏。

小兰炭拆除之后，原认为“一览众山小”的人们发现，“这山更比那山高”。一方面，污染物排放量减得越多，发展的空间越大，因而，县上领导最关心的是减排指标的完成。县污水处理厂和垃圾处理厂同时立项，同时开工建设。硅钙厂污染一直找不到更有效的治理办法，刘大地召开县政府常务会决定，硅钙企业全部停产治理，选址规划建设硅钙产业园区，重组上规模，入园集中监管治理。

另一方面，众多污染严重的小企业关闭拆除了，新的大项目直接影响县域经济运行质量，关乎 GDP 增幅以及地方财政收入，所以，县上领导最关切的是建设速度，马向前副县长一大半精力用在抓项目建设上，大唐和鲁能两个坑口大电厂开工晚，进展快，可早就开工的大兰炭项目中，有几个干干停停，不是资金跟不上，就是合伙人尿不到一起互相掣肘，令田永军马向前他们急得上火，左右周旋。江山白天跑企业，晚上还要到环保大楼施工现场走一遭。

江山急切切等环保大楼竣工，好安装在线监测监控中心和监测站的设备仪器，尽快投入使用，用科学手段加强环境监管。头天晚上，江山见刘大地了，说妥了记者采访的事，次日一大早，急着要出门的江山先把这事给戴玉交代了。

有家大兰炭在建项目未执行“三同时”，生产线快建成了，污水厂却借故拖着不想动工，这天戴玉陪同省厅环评处一起去现场检查督促，忙了整整一下午，回来陪省厅同志吃了顿饭，匆匆回家，招呼俩孩子洗漱睡觉。等豆豆蛋蛋都睡了，她才打算上网聊天，通知李杰和赵娜。这时，在市上开会的杜牧突然打电话来了，群众举报某水泥厂连续半夜偷排，要她当晚带人突击检查。

戴玉一听，心里明白了七八分。按照新的产业政策，这家十万吨干法立窑水泥厂下一步也是关闭拆除的对象，老板承包别人厂厂，也快到期了，一分钱不想多花，一分钱都想挣。不过，这里的除尘设施是更新过的，在线监测也是戴玉带人在老板十分不情愿的情况下才安装的。戴玉当时一眼就看穿了老板的小九九。

接受任务后，戴玉打电话把小芹召来照看孩子，自己打电话安排叫车叫人，黑咕隆咚地上了路。

这家水泥厂在黄河边与内蒙接壤处，又远又偏僻，戴玉他们要抓个现行，一路上不紧不慢。戴玉车上滔滔不绝，又给手下后生们讲起自己最近的感受。有个新分配来的大学生是背堖洼人，家里才才分到一栋两层小楼，全家人喜气洋洋等着乔迁新居。后生十分认同戴玉的感受，当年村民为污染跟"永盛"闹事时，他正上高中，大清早起来一开门发现狗死了，门前洒了一道道血。全村的狗都死了，家家门前都洒了血，全村人心明如镜，却噤若寒蝉。

戴玉问，听说还送了个装钱的信封，有这事？

后生答，确有其事，田永福和"东北人"都死了，"永盛"换成胡晓燕主事，村里人才敢开口承认有这事。听说田永福死了，村里有人放鞭炮。听说"永盛"包村帮扶，提出修建新农村时，村里不少人怀疑，后来动工了，大家才信以为真，感恩戴德，把胡晓燕当菩萨敬。

后生还透露说，孟支书找人题字，做了金字牌匾，举行乔迁仪式时送给胡晓燕。听说是请你天赐湾一位老先生题的字。戴玉笑着说，你孟支书消息怪灵的，咋哈找到天赐湾村的？

后生说，是"镁业"老总李兵介绍引荐的。

戴玉急忙说，乔迁仪式是哪天？我一定要去。

后生说，村里正抓紧排练，到时候，全村人扭秧歌，还要搭台子唱曲。戴玉兴奋之余，忽然想起李杰赵娜，心想最好他们能赶上趟一起去，感受气氛，采访拍照，岂不是更有现场感。

一路上说的都是开心事。到了那家水泥厂，情绪反差一派扫兴是难免的。水泥厂的除尘设施没运行，夜幕里仍见浓烟滚滚，乌烟瘴气。戴玉越发气不打一处来。心里骂着，比你能成的大老板们一个个都醒悟了，你是榆木疙瘩？好好的在线监测，成了瞎子？做了甚手脚？

戴玉有备而来，领人进厂直奔除尘设施的电源控制室，拍照取证，做完笔录，老板才慌慌张张赶来了。

老板狡辩说，环保设施临时出了故障被迫关闭的。

戴玉不信邪，现场启动设备，设备运行正常。老板哑声了。

戴玉又问在线监测咋回事？是不是做了手脚？老板顿时神色慌乱，

连忙一口否认。

戴玉火了，今儿我非查个水落石出不可。

她派个手下后生上去检查，后生磨磨蹭蹭只应不动。戴玉记起了这后生有恐高症，其他人两人一个是新手，一个是司机，都不合适。

她从后生手里接过电瓶灯和相机说，还是我去，我没恐高症，说罢就爬了上去。这种攀高下低的检查作业，戴玉经的多了。她憋足劲爬到安装摄像头的地方，仔细检查一番，发现果然有明显做过手脚的痕迹。她一手举灯，一手拍照完，骂骂咧咧地朝下返回。监测摄像头安装在正对出烟口的建筑物上。戴玉小心翼翼下到离地面十多米的另一屋顶上，转身拐弯手灯照向下行出口，黑乎乎的一迈腿，被屋面上废弃电线绊住，打了个趔趄人没站稳，一脚踩空重心失衡，猛地从高空坠落。眼瞅着祸从天降，众人脑子一片空白惊叫起来，只听扑通一声巨响，戴玉直挺挺地摔在地上，电瓶灯摔得老远老远，大家一窝蜂似的冲上前去，只见戴玉满脸是血，昏了过去。

手下的监察队员乱作一团，有人给杜牧打电话，有人火烧火燎地喊戴大队，戴大队。大学生后生急得眼泪都出来了。

水泥厂老板吓坏了，挤上来看究竟，戴玉醒来冲着老板说，你敢动……监控……说着，又昏迷了。

这也许就是心灵感应。郝翔在天赐湾一失手茶杯摔碎了，忽然心烦意乱，坐卧不宁。石板台的罗萍睡不着，就给戴玉家打电话，得知戴玉去夜查，更睡不着了。江山在住处，好端端的眼皮跳了几下，忽然心神不定，电视看不下去了，掏出手机一看没电了，起身换电池。

偏偏这时，杜牧打电话说，戴玉出事了，县医院救护车已经赶往事故现场。

江山脑子嗡一下清醒了。他蹿起来撒腿就走，一边给小车司机打电话，一边跑步下楼，趁着等车的机会，先拨通了戴玉司机的手机。那边电话没人接，江山上车继续拨打。司机驾车一路飞奔，过天赐湾时追上救护车，江山对司机一挥手，超车在前，闪着应急灯为救护车开道，两车前呼后应，风驰电掣，车上人无不紧绷心弦，江山更是焦虑万分。

戴玉那边的电话终于接通了。戴大队重伤昏迷，无生命危险，厂里医务人员包扎了伤口正输液抢救。

江山长出一口气，吩咐说，救护车马上就到了。

江山他们赶到时，戴玉已经苏醒了，众人七手八脚，配合医护人员把她抬上担架，送上救护车安顿好，江山的车在前开道，另一辆车押后，夜半三更的路上畅通无阻，不知不觉回到县城驶入县医院。等到医生们检查确诊后，郝翔赶来了，水泥厂老板也追来了，楼道里挤着不少环保局闻讯而来的人们。

大夫通报伤情，轻微性脑震荡，头部伤口已经做了缝合手术，左小腿闭合性骨折。大家这才放心了。

早上十点多，从塞北市回来的杜牧去现场处理水泥厂非法排污的时候，罗萍从石板台直奔县医院。来看望的人一拨接一拨，病房摆满鲜花水果。田永军梁有岗跟罗萍一起来的。戴玉左小腿被夹板固定起来，实施非手术性牵引治疗。她有气无力地跟大家打招呼，田永军当面给罗萍交代，厂子那边有他和梁有岗，让她留下来伺候戴玉，在家照顾孩子。田永军他们一走，罗萍把郝翔打发回了天赐湾，郝翔请来做新农村建设规划的人在村里等着他。不一会儿，胡晓燕带陈涛来了。

戴玉挣扎着说，胡姐，别急着举行婚礼，伤好了我还要喝喜酒哩。中午，罗萍服侍戴玉刚吃完饭，李兵陪尤乃生来了，阎香草齐海红师徒来了。戴玉脸色苍白，状态有些好转，还跟他们搭讪了几句话。不一会儿，雷静跟着艾高原来了。他们是在天赐湾见了郝翔才得知的。雷静给戴玉带了几本供她在病床上消遣的杂志。

艾高原问雷静，上回在天赐湾，文老先生给戴大队写的甚？

雷静不假思索回答，写的是木兰何须施粉黛，无瑕人品……

艾高原打断说，前半截就够了，木兰就是花木兰？

雷静点头称是。艾高原走到床边竖起大拇指说，戴大队，你就是花木兰么，黑灯哈（瞎）火的，几十米高楼你都敢往上爬？哦佩服得很。你好好养伤，伤筋动骨一百天，三个月后，哦摆场子请你两口子，哦要跟你飙酒，祝你身体康复，感谢郝翔帮哦培训大棚菜技术哩。

戴玉伤口隐隐剧痛，有些支撑不住了，勉强冲着艾高原他们笑了笑。正说着，江山陪同刘大地突然推门进来。

刘大地一见艾高原便说，哟呵，我到哪儿，你到哪儿？

两人在天赐湾才碰过面。艾高原说，领导都来了，哦能不来？

刘大地上前拉着戴玉手好言慰问。戴玉很感动，一时连疼都忘了。

艾高原在一旁说，刘县长，新民出哈个女环保卫士了，还不快让媒体宣传宣传？免得记者们整天找哦么。

艾高原跟戴玉打过招呼告辞，临出门又冲江山吆喝道，江局，戴玉出名了，你局长脸上有光，环保局也红火。江山不吭声抿着嘴只笑。

刘大地望着他的背影说，这个艾高原，没正性。

戴玉身体虚弱，需要静养，经不住人来人往的干扰。刘大地走后，院方把戴玉换在单间病房，挂上“谢绝探访”的牌子，派了值班护士守在门外。罗萍独自陪在身边，戴玉踏踏实实地休息了一下午，显得精神多了。傍晚，郝翔来把罗萍换回去照顾孩子。

护士没拦住，杜牧副局长进病房就埋怨上了。

领一帮后生，为甚非你上去，幸亏下面的炉渣堆，要不然……

戴玉有气无力地打断说，那后生有恐高症。

杜牧不依，原先我也有，高处上多了就不怕了。用你的话，我把他们狠狠收拾了一顿，

戴玉问，用我的甚话？

杜牧说，我骂他们是娘娘滩生哈的。戴玉笑了。

我就看你这几天有点亢奋，有些反常，没想到出了这事。

戴玉自嘲道，怕是乐极生悲。

杜牧掏出手机说，可不，你把手机都丢在现场了。

戴玉这才想起手机也在现场丢了。

戴玉手机关了一个礼拜才开的。一开机，短信接踵而来。同事同学、亲戚朋友、还有一些企业老板都发短信向她表示慰问。两天前，县报和县电视台都到医院采访过她。一时间，环保局女监察队长夜查企业非法排污，坠楼受伤的事传得全县皆知。尤其是县报刊登的题为“木兰何须施粉黛，无暇人品洁如玉”的长通讯，几乎引起轰动效应。记者采访了许多人，掌握了不少素材，连《四姐五盼》创作，撰写天赐湾现场会解说词都有了。

小记者大文章，事迹感人，文笔流畅，反映了环保人治理污染呼唤蓝天的不懈努力和奉献精神。戴玉并不知情，梁有恒探头探脑敲门进来时，手里扬着的正是这张报纸。他嘴里唠叨说，哟呵，戴玉妹子，哥一见报纸就赶来看你，木兰何须施粉黛，无暇人品洁如玉，文章好，标题更好，关键是我妹子做得好。

戴玉笑着说，梁总都说些甚，她接过报纸扫了一眼，被罗萍一把拿

过去。梁有恒走后，戴玉看了文章后，不满意地说，记者咋哈这样？我没这么说，他咋哈这么写？

罗萍笑着解释，人物内心活动，也可以揣测嘛。

戴玉说，那会儿急着上去，甚也顾不上想，有甚内心活动哩？

正说着，戴玉手机响了。戴玉一看是李杰，赶紧接通。

最近没上网？

上不了了。

手机一直关着？

开不了了。

出了什么事吗？

骨折了，医院里躺着。

那边李杰着急了，问得很仔细。戴玉一一回答完这才说，县上同意你们来，我没来得及转告，就出事了。

李杰说，我们马上赶来。

戴玉说，可我不能动，招呼不成你们，更不能跟你们蹦迪了。

三天后，李杰和赵娜出现在戴玉病床前。

2

戴玉被牵引固定在病床上，没能参加背堖洼村乔迁仪式，看到李杰拍的一组照片之后激动不已，忍不住拿起手机给胡晓燕打电话。

乔迁仪式之后，胡晓燕负重已久的歉疚感完全释放了，轻松多了。

那天胡晓燕没想到背堖洼村上把乔迁仪式搞得这么隆重，全村人敲锣打鼓鸣放鞭炮，扭秧歌唱二人台，热闹红火堪比过大年闹元宵。背堖洼村孟支书上台讲话时，激动得热泪盈眶；像“团圆节”那样聚餐时，村民争着给自己敬酒。分享背堖洼村民幸福快乐，胡晓燕越发清醒了，认为自己只是做了件理所应当的事情，不接受县电视台县报记者做专访，连戴玉打过招呼的北京记者采访也婉拒了。孟支书说过要搞隆重些，她觉得没必要，却表示尊重人家的意愿。不过，全村出动扭秧歌，给她赠金匾，事先她却浑然不知。上好木材做的匾上镌刻着“春燕报晓善德千秋”八个烫金大字，她越发感觉受之有愧。在鞭炮锣鼓声中，烫金牌匾抬到她面前一瞬间，胡晓燕感动得不知说甚好，她向村民们深深鞠了个躬，顷刻泪流脸颊，浑身热血沸腾。这感人的瞬间，被拍照的记者们捕捉到了，也被她镌刻在脑里，模糊了另一段令她不寒而栗的记忆。

那是与李兵一起看完现场后的某天，陈涛领胡晓燕一个人来到背塬洼村外水泉边的大杨树下。令人惊诧的情景出现在她眼前，杨树皮上镌刻歪歪扭扭的不少“田永福”三个字，有的被打上×××，有的后面刻着“快死”“不得好死”之类的诅咒，显然出自少年之手，几棵树上刻字高度不一字迹有别，分明是一群不同年龄的学生所为。随着岁月流逝杨树长大变粗，字迹也变大变粗糙了，白晃晃的树皮上裂开黑乎乎的口子，像是仰面苍天无休止地倾诉着什么。完全可以断定，杀狗洒血播种下了仇恨，孩童们用特殊的方式记录下来发泄愤怒与仇恨。当然，也记载了“永盛”一段不光彩的历史。

陈涛是有意识把胡晓燕带到白杨树下的。陈涛处理厂子善后事宜期间，无意中发现了这些刻字。不仅如此，陈涛还了解到，“永盛”与背塬洼村积怨甚深，田永福死后，双方摩擦时有发生，随着环保形势发生变化，但见烟囱冒烟，村民便理直气壮举报投诉。本家叔叔一帮人浑水摸鱼，得过且过。厂子关闭后，一些技工都觉得这边外部环境不好，宁可去“天美”，也不愿留在“镁业”新项目这边。

背塬洼人十分庆幸“永盛”三个厂子终于关闭了，听说又要上大项目建大厂子，难免心有疑虑。村民议论纷纷，村干部顾虑重重。李兵跟孟支书初次接触，竭力介绍新项目的环保性能，拍着胸膛保证，不会形成新的污染源，承诺项目建成后安排村里青壮年劳力，以换取背塬洼村对新项目的配合支持，可孟支书态度仍然不甚积极。

李兵对陈涛谈了此事。陈涛说，一定要汲取原先“永盛”的教训，首先处理好跟背塬洼村的关系。

李兵说，我都承诺安排青壮年劳力了，可孟支书为甚不积极？

陈涛唉了一声，原先积怨太深，这事还得我们“永盛”出面解决。

陈涛心知肚明。他领着胡晓燕来到白杨树下时，已经把自己与“永盛”捆绑在一起，诚心诚意辅佐胡晓燕打拼一番。此时此刻的胡晓燕，对于背塬洼村发生过的狗血事件怀有深深歉疚感，可随着时间推移、田永福身亡、厂子关闭，一时淡漠了。目睹杨树身上龇牙咧嘴的刻字，胡晓燕一下子惊呆了！沉重的记忆，揪心的歉疚一股脑涌上心头。

陈涛说，这是仇恨的咒语，仇恨的种子。

杨树长高长粗了，孩子们长大成人了，田永福不在了，可“永盛”还在。藏在人们心灵深处的伤痛，“永盛”人拿甚去抹平？胡晓燕倒吸一口凉气，陷入难堪的反思之中。陈涛拉着她走向水泉边，面对石崖下滴答流淌的滴水泉，两人席地而坐，半晌默默无语。

胡晓燕先开口说，真没想到，恩恩怨怨何时了？咱与李兵的协议还能不能签么？

陈涛说，协议不能不签，旧厂址建新的企业发展新的事业，这对“永盛”来说，实在太重要了。

胡晓燕问，那你说该咋办哩？

陈涛说，咱就把扶贫点放在背塔洼，实实在在为村上办些事情，化解原先的恩怨。

胡晓燕眼前一亮，这个主意不错。

陈涛分析道，“对社会有贡献，对环境有责任，对员工有爱心”，这是你提出的“永盛”企业精神，县上领导们很赞赏。尔格县上号召企业包村帮扶，以你的处事个性风格，肯定会积极响应的。“永盛”发展的后劲全靠两个新项目，“天美”那边有田永军他们，无后顾之忧；这边与“镁业集团”合作，李兵生地里插铧，却在咱地盘上，咱在哪哒包村帮扶都一样，咱通过包村帮扶，以诚意解开原先结哈的疙瘩，调整好与背塔洼村关系，这样，满河道的冰都化了。

胡晓燕大喜，那你说咋哈办？我听你的。

陈涛说，平心而论，且不说杀狗洒血那件事造成的伤害，“永盛”在这哒经营了几十年了，三个厂厂钱没少挣，给人家带来的祸害也不少，村民们心里不平衡是很自然的。尔格小恩小惠的，反倒显得诚意不够。叫我说，要做就做大，来个鹞子翻身。据我了解，这哒只有两个自然村五十多户人家，一个村子受害于煤矿采空塌陷，听说地基下沉房子都裂了。另一个村子挨着咱们，被污染了多年。干脆像艾高原在艾家塔建新居民点那样，为背塔洼建个新村庄，既能给新项目多腾出一块地方。又提高了“永盛”的威信，树立“永盛”人对社会有贡献的新形象。你看看人家尤乃生，建了所学校后人气旺成甚了么。

胡晓燕敬佩的眼神打量着陈涛，眼前豁然开朗，你说得好，就这么办。咱们去找孟支书去。

陈涛说，不忙，咱们先去艾家墕村，看看人家艾高原建的新农村是个甚样子，甚规模，算一笔账，约上李兵一起去跟村上洽谈，保准没问题。

胡晓燕心热得很，把陈涛拉起来说，走，现在就去。

两人驱车鲁家庄乡，直奔艾家墕村，找到支书艾二能，把情况摸透了，连新农村的规划图也要下做参考。回来路上俩人边走边算账。每户按三百多平米，每平米按四百多元造价，算下来七百多万，加上村委会道路水电绿化等，超不过千万元。

陈涛问，姐，你觉得咋样？

胡晓燕娇嗔地说，往后人前叫胡总，人后叫名字。

陈涛难为情地笑着说，好好好，往后改口不叫姐了，胡总，不不，晓燕，这么大数字拿得出手？“永盛”这号工业企业，毕竟比不得来钱容易的煤矿。

胡晓燕说，只要方向对了，咬咬牙也得干。

陈涛说，其实还有办法减少投资。

胡晓燕信心满满，不是减少，而是增加，我寻思着还要利用新项目，把生活污水也一并处理了。你没看见，艾家墕生活污水没解决？

陈涛高兴地说，你这么一说，我更有信心了，后来居上，一定要比艾家墕做得好。我说的减少投资，一是背墕洼一个自然村在煤矿采空区，村民重建住宅，国家有政策补贴；二是到时候我来负责基建，与村上协商投工投劳，减少一些人工费用。

胡晓燕当即表态说，就这么办，公司里情况复杂，只提在背墕洼扶贫，扶贫作甚暂时保密。前期工作由你负责来做，马上联系好李兵，一起去找孟支书。

孟支书听了胡晓燕宏伟的扶贫计划，简直不相信自己的耳朵。选好了新村址，签了建设合同，仍像做梦的孟支书拿上去找潘劲副县长。

潘劲说，胡晓燕我了解，“永盛”这回包村帮扶一定会抱个金娃娃。合同都签了，这事还能有假？这事我听说后给刘县长汇报了，刘县长的意思，以煤矿采空区搬迁为由，村上报个项目，再从上面争取些资金，别叫“永盛”一家掏钱了，人家挣钱也不容易，村上全力配合人家。孟支书连连称好，乐滋滋走了。

田永军闻讯给胡晓燕说，县上给了些补贴，我从宁夏公司那边再给你赞助二百万，要做就把这事做圆满。

李兵也找胡晓燕说，好歹也是为了“镁业”上项目，我有点过意不去，我以“天源实业”名义也掏些钱？

胡晓燕一口回绝了，“永盛”跟背塆洼之间的恩怨，我们来了结。

田永军当上“永盛”董事长后，胡晓燕在公司高层会宣布了包村帮扶为背塆洼建新居住点。这一年来，陈涛驻守在背塆洼现场，负责“镁业集团”的项目和背塆洼新村两项工程建设。胡晓燕一有空就去，看望陈涛了解进度，协调解决随时出现的问题。孟支书每次都要请她喝了酒再走，村民们跟她也熟悉了，见面亲亲热热，请她去家里坐一坐。孟支书只说乔迁仪式要搞隆重，李兵拉上孟支书去天赐湾找文长贵题字，村上找人定做金匾，李兵又给乔迁仪式提供了赞助，帮忙邀请县上领导。这一切做得天衣无缝，连守在现场的陈涛也毫不知情。

胡晓燕问孟支书，孟支书说，我是粗人没甚能耐，都是人家李总的谋思筹划得好。

胡晓燕笑着跟李兵开玩笑，到底是团长出身，保密工作做到家了，也不事先跟我通通气？

李兵答，一方面想给你个惊喜，另一方面怕你知道了反对。村上干部群众一心表达乔迁喜悦之情，表达对你和“永盛”的感激之心。君子成人之美，我帮了个小忙，你也盛情难却，坦然接受么。

胡晓燕又说，看你神通广大的，把县上领导都请来了。

李兵答，主要是你们“永盛”这件事做得好，有号召力。

胡晓燕没想到县上几大班子领导都去参加了，刘县长亲自为仪式剪彩并讲话，县领导和乡亲们欢聚一堂，举杯祝福新生活的开始，无异于为她捧场站台，让她有点受宠若惊。

饭桌上，刘县长再次对“镁业集团”安排背塆洼村就业给予充分肯定，表扬胡晓燕是新民又一个乐于扶贫帮困、勇于承担社会责任的企业家。

胡晓燕羞愧地说，我跟人家无法比，人家艾高原艾总才当之无愧，我仅仅是做了一件该做的事而已。

旁边潘劲副县长说，晓燕甚时学得这么低调的？

胡晓燕笑了笑，认真地说，不是低调，是实情。再说，这回县上也支持了，又不是我一家的功劳。

仪式之后，聚餐结束，背堖洼村民在新村口敲锣打鼓扭秧歌，载歌载舞欢送县领导。众人送刘县长上车时，刘大地看了胡晓燕身后的陈涛一眼，开玩笑说，啥时候喝你们的喜酒？我等着当证婚人哩。

胡晓燕红着脸说，到时候一定请你。

刘大地又给田永军叮咛说，你抓紧张罗，为晓燕他们把婚事办了。

田永军点头说，一定一定，刘县长这你放心。

旁边的李兵接过话头说，刘县长，这任务交给我，背堖洼项目建成之日，就是我们陈涛完婚之时，轮不上他田总张罗操办了。

大庭广众的，刘县长开玩笑要当证婚人，无意间把胡晓燕跟陈涛半明半暗的恋情公开了，孟支书在一旁也听明白了。县上领导走后，他非要把胡晓燕留下再喝一场酒。胡晓燕推不脱，只好留下，田永军和李兵作陪，一起在孟支书家里又红火了一回，直到晚上十点多才散摊子。胡晓燕喝多了，第二天起得很晚，没去公司也没开手机。田永军派人跑到家里告诉她个不好的消息：有人往田生财门缝里塞进去一份当日《新民县报》，伺候田生财的保姆出于好奇，拾起来拿给田生财看了，老爷子气得昏了过去，被救护车送到县医院，正在抢救之中。

戴玉打电话的时候，正往医院赶的胡晓燕在车里翻着手里的《新民县报》。当日的这份县报，几乎成了背堖洼乔迁活动的专版号外。

头版"'永盛'千万元背堖洼建新村　乔迁村民歌舞盛宴乐开怀"通栏套红的新闻稿大标题，醒目极了。

题为"为'春燕报晓'而拍手叫好"的评论文章有条有理，画龙点睛，以"永盛"在背堖洼的善举为切入点，畅谈实施"双百工程"以来，村企和睦、城乡共进、社会和谐、绿色回归、家园巨变等社会进步现象背后的深层思考。

四版为乔迁活动发了一整版的彩色照片：背堖洼新农村俯瞰，刘县长剪彩，县领导参观新居，村民扭秧歌，锣鼓送金匾，乡村盛宴，干群同乐……

胡晓燕粗略地翻了翻合上报纸，喜忧参半有点傻眼，嘴里喃喃自语，闹大了，闹大了，闹得太张扬了，弄不好……要出人命了。

自从被公公挥拐杖撵出门后，胡晓燕就再没见过他。她心里清楚得很，公公是被"永盛"掏了千万元气得住院了。

她觉得可笑、可悲、可恶。胡晓燕太了解公公田生财了，一辈子只会挣钱，自己省吃俭用，哪舍得给别人大把花钱？在她的记忆中，给关家老汉十五万为事态所迫，前所未有。她一把甩出千万元，像公公这样抠门的人，没病都能气哈病了。胡晓燕把报纸塞进包里，赶到急救病房时，田永军守在床边，田生财仍处在半昏迷状态，挂着吊瓶吸着氧。

胡晓燕弯腰伏在床边叫了声，田永军示意阻止，胡晓燕没看见，又叫了几声。田生财眼皮微微动了动，没等眼睁开，突然浑身抽搐，喘着粗气，显得情绪十分激动，监控仪表出现异常。

田永军一边喊护士，一边示意胡晓燕离开。胡晓燕在楼道等着。田永军跟着医生出来，告诉她说，听见你声音，受了点刺激，没事了。

胡晓燕急忙问，这回病严重不？

田永军沉重地说，屋里摔倒了，脑中风。

胡晓燕忧虑地说，这哈子我成了罪人了。

田永军苦笑道，我也脱不了干系。

胡晓燕觉得奇怪，哪个缺德的故意塞报纸给老爷子的？

还能有谁？这不明摆着？回头查清楚了，开董事会跟他们做个了断，田永军愤愤地说。

胡晓燕又怨又忧，老爷子还不是心疼他的钱。

田永军安慰道，你不用管，等他清醒了，我给他慢慢说。

与田永军分手后，胡晓燕径直来到戴玉病房，北京来的男女记者坐着床边，跟戴玉罗萍两个闲聊。戴玉讲述了“永盛”三易掌门人，与背㙟洼的恩怨情仇。李杰和赵娜对胡晓燕肃然起敬，见她进来，起身笑着礼貌相迎。

戴玉一见胡晓燕先喊上了，胡姐你真是，给你打过招呼，这二位是我的好朋友，又是刘县长指示接待的，为甚不给面子？

胡晓燕唉了声说，还采访甚，县上小报都捅娄子了，老爷子看见，气得都住了院，真要是北京的大报，还不把人气死。

两个记者瞪大了眼。罗萍不解地问，我们都看照片了，这是多好事嘛，怎么惹得老田总生气了？

戴玉抿着嘴一笑，老田总肯定是心疼钱。胡晓燕见众人瞅她，便老老实实点头。

罗萍问，病得咋样？

胡晓燕说，年纪大了，又是病病身子，本家里有人使坏，故意给他送了今儿的县报，老爷子看了气得摔倒在地，脑中风。见我像仇人似的，刚才听见我声音血压就朝上蹿哩。

戴玉不屑一顾，我乐极生悲，胡姐悲极生乐，没准坏事变好事。

罗萍追问，此话怎讲？戴玉使个眼色转了话题说，胡姐，这回他们来，非得采访你不可，抽空跟他们拉一拉。胡晓燕直摇头。

记者李杰掏出采访计划，递给胡晓燕说，胡总，这是县委宣传部和环保局商定的，县领导指名道姓，你是重点采访对象。

胡晓燕说，我看算了，戴玉妹子的事迹感人，你们好好报道她。

李杰说，她也是重点采访对象。

正说着，杜牧推门进来说，我跑到酒店不见你们二位，一猜就知道在戴玉这哒。

此次采访，杜牧负责接待。他是来招呼记者吃饭的。

胡晓燕闻讯说，戴玉朋友来了，中午我做东招待。

杜牧说，不用了，我们已经安排好……

戴玉打断说，咱安排，胡姐买单，你们一起去，说着又对李杰挤挤眼，你不是擅长把人拿酒灌晕了套话么。惹得赵娜咯咯笑了。

罗萍要照顾戴玉没跟他们去。她问戴玉，你刚才说胡晓燕悲极生乐，是啥意思？

戴玉狡诈地答，脑中风这种情况，十有八九会留哈老年痴呆症。田生财原先失语了，往后难醒人事了，胡姐婚事不就顺利办了。

罗萍埋怨道，你这是乘人之危，不怀好意嘛。

戴玉嘿嘿笑了，自圆其说，谁让他田生财无情无义？钱再多也是社会上的。行将就木的人，两眼一闭撒手而去，还不是烧些纸钱鬼票子的就把他打发了？

罗萍说，这倒也是。

3

罗萍有些日子没跟梁有岗在一起了。戴玉在医院实施牵引治疗一月有余，罗萍伺候左右，只离开过两次。白天晚上家里医院地两头跑，照顾上学的孩子们住院的戴玉，称得上无微不至。李杰他们的采访计划里，石板台的新旧厂子都是重点。去石板台那天，杜牧的车从医院里把罗萍接走，请她去现场介绍情况。

李杰他们采访得很细。出发前总编吩咐过，时间充足，深入采访，为写大文章深度报道做准备。一连多日陪着下乡，杜牧跟他们也混熟了。路上李杰感慨道，第一次不敢暴露记者身份，偷偷摸摸，像做贼似的。第二次紧紧张张，人多势众，像攻山头抢阵地似的。唯有这次由地方上出面接待，与党委政府正面接触，好家伙，好吃好住，前呼后拥，挺风光的嘛。

杜牧打趣说，前两次是为曝光抓现行打黑枪，这一次你唱赞歌，我放礼炮，黑天白日的两重天。

赵娜忍不住说，比喻很形象嘛！不过，我是第二次来，感觉反差太大，变化太大了。

杜牧自信满满，原先环保局人最怕记者来，尔格心里踏实得很，县上领导有交代，好的坏的都让你们深入了解，觉得新民确实变好了，就帮咱把“黑三角”帽子摘了。听说第一回来，你们满街寻着买口罩。可这回在县城看到日头云彩了，小兰炭厂小铁厂拆得没影了，这几天你们接触了那么多老板，尤乃生、胡晓燕，从污染偷排到致力环保，一个个不都觉悟了进步了？环境变了，人也变了。当然，也有老板不自觉违法偷排，要不然戴玉咋会出事。今儿去见识一哈现代化大兰炭项目，保准让你们大开眼界，惊而叹之。

杜牧看了罗萍一眼，罗总，你说是不是？罗萍笑了笑没吭声。

说话之间，汽车到天赐湾了，望见一大片荷塘鱼塘，赵娜眼睛亮了，连声喊着停车。

李杰下车辨认后，感慨地说，这是咱千呼万唤始出来的天赐湾啊！咱们来过的。

赵娜兴奋地说，哎呀，就是就是，庙里老者指点迷津的地方，变得认不出来了。

罗萍指指点点介绍说，这些荷塘鱼塘，山坡的大棚蔬菜，还有下面黄河码头，都是戴玉老公郝翔搞起来的。

杜牧接着说，郝翔尔格当了村主任。这哒原先的县委杨书记抓的绿色村庄，咱们先去石板台，回来在这哒吃晚饭，戴玉都安排好了，郝翔在自家的农家乐招待你们。

这一程，记者们自始至终处在高度兴奋状态。一到石板台，罗萍陪记者们从“天意”转到“天美”，边走边看边介绍，李杰赵娜看得细、问得细，罗萍讲解回答深入浅出，通俗易懂，又有田永军于强他们在旁边敲边鼓，记者们有问必答。新民小兰炭厂子早已荡然无存了。李杰拿出从前拍的小兰炭照片，先与“天意”一比较，发生了质的变化，废气废水回收利用了，完全实现了清洁生产。再与焕然一新的“天美”做了比较，更是激动不已。六十万吨兰炭综合利用生产线物尽其用，清洁生产。煤气被发了电，并为金属镁还原罐提供热源，兰炭用作冶炼硅铁和电石，尾气的除尘粉末和镁渣加工成免烧砖，煤气发电为镁合金压铸提供动力。与单一的小兰炭相比，整个循环产业链产品有金属镁锭、镁合金、电石、煤焦油、免烧砖等。

内在发生质变，形象亮丽壮观，一股现代化冶金企业气息扑面而来。高耸的烟囱蓝白相间，生产区建筑物白色墙面，蓝色屋顶，黄色的煤气管道、红色的废气管道，排列有序，色彩鲜明，与或立或卧的冶炼炉连为一体，气势恢宏，原料煤场围着天蓝色的防风抑尘网，有效抑制了刮风扬尘，高高大大的也很气派。生产区一墙之隔的生活区里，单身职工宿舍、夫妻职工楼、食堂、浴池、超市、理发医务室、图书娱乐室、运动操场健身器械，应有尽有，生活区办公区都绿化美化了，花园花坛林荫道，喷泉回廊凉亭……

李杰就像哥伦布发现了新大陆似的惊叹不已，激动得连连拍照，直呼美哉壮哉，登上厂区外的小山包，架起相机拍了个够。现场看完，应记者们要求，田永军主持开了个座谈会。

临了，田永军建议说，我们该说的都说了，二位去职工公寓走走，那里好多上夜班的老职工，一直在小兰炭小冶金厂，跟他们交流交流，也许对你们有用。

李杰和赵娜兴冲冲地跟上于强走了。

多日不在厂子，罗萍手头落下好多事情。她抓紧时间先在“天美”这边开了个生产调度会，又匆匆回到“天意”那边开了同样的会。中午在“天美”小餐厅招待记者，罗萍忙得顾不上，由田永军出面作陪，然后送走了他们。下半年以来，无论是金属镁电石，还是兰炭煤焦油，市场需求大，销售价格高。两边都任副总、都负责销售的孟青山眼看供不应求，简直急红眼了，一个劲催着罗萍回来开会，抓一抓生产环节。罗萍进厂时跟梁有岗打了个照面。

“天美”两个副董事长中，胡晓燕离得远不参与经营，等于坐享其成，梁有岗守在石板台近水楼台，被田永军压着担子，分工负责大厂的外联事务，大厂与附近煤矿的下年煤炭供应合同一直没谈下来，田永军电话里跟煤矿的董事长谈了，让梁有岗马上过去。

梁有岗走后不久，就给罗萍发短信：萍姐，今晚在石板台住一宿？想你。罗萍忙起来很忘我，手机在包里就没拿出来过。

她开完会，在办公室处理了大小厂子财务部门送来的一大堆需要签字付款或报销的单据，又穿了工装戴上安全帽，到大厂车间整整忙到下班。罗萍惦记着戴玉和孩子们，田永军要回城里，她约好了跟他一起走。罗萍到回家才发现短信，给梁有岗回了电话。

梁有岗抱怨说，都快把你模样忘了。

罗萍笑着说，上午还见了一面，咋会呢？

梁有岗问，孩子们睡了？

罗萍说，今儿郝翔回来，都接到他家去了。

梁有岗又问，家里就剩哈你一个？

罗萍心里也想，却没正面回答，只说了句，我马上去医院一趟，回头再联系，就挂了。

李杰赵娜从天赐湾回来，直接去了医院，罗萍进去时，三人嘻嘻哈哈聊得正热火。李杰直呼罗姐起身让座。

罗萍不无歉意地说，中午太忙了，没顾上陪你们。

赵娜连忙说，没事没事，这边要照顾戴姐，那边要忙两个厂子，罗姐够辛苦的了，难得你个大老板有这份情意。

戴玉道，谁让她是我亲姐，就算是撕成八瓣她也乐意，是吧？

罗萍矜持地笑道，谁让我上辈子欠人家戴玉的嘛。

李杰借着酒劲跟总编通过电话，采访计划有所调整了，除了环境保护，总编对企业包村扶贫、建设生态家园这一块也很感兴趣，认为这二者有着必然的关联。

李杰说，白天听于强说了“天意”帮枣林湾修河堤的事，打算去枣林湾。

罗萍回答，这事是我们梁总负责的，到时候他陪你们去。

李杰问，“天意”的二百万投资中，有五十万是你自己掏的腰包？

戴玉惊讶地说，罗姐还有这事？

罗萍淡定地说，公司资金周转不开，那边施工又缺钱，区区小事，不值一提，心里却抱怨，这个于强，叮咛过不要声张的。

李杰说，不过，五十万对你来说也是不小的数目，雪中送炭，意义非同小可，当时你是咋样想的？

罗萍说，这跟胡晓燕艾高原他们简直无法比，你就不要问了。

戴玉也说，人家罗姐不愿意，算了别问了。李杰这才作罢。

李杰他们颠颠簸簸跑了一天，在“天赐绿家园”又被杜牧灌了一肚子酒，说说笑笑的也累了困了，便回宾馆休息去了。

罗萍陪戴玉聊了一会儿，戴玉直打哈欠，她一看表已经十点多了，催着罗萍回家休息。罗萍说孩子们不在她那边住，一个人在家没意思。要留下来。

戴玉伸手帮罗萍理了理额发，罗姐，最近都累瘦了，回家洗个热水澡睡去，我甚时才能痛痛快快洗个澡哩。

罗萍安慰说，大夫说两个礼拜就可以出院了。

戴玉说，出院也洗不成，得架几个月拐子，不方便。

罗萍说，那有什么，等出院了姐帮你洗澡嘛。

正在这时，罗萍手机响了一声断了。她明白这是咋回事。

戴玉问，谁的电话断了？信号不好？

可能是谁打错了，罗萍搪塞着说完，帮戴玉打水洗漱了，招呼她方便了，垫好枕头，盖好被子，起身告辞。

戴玉奇怪地问，说要陪我，咋哈说走就走？

我觉得困了，罗萍掩饰说着扭头就走。

罗萍出了医院正要打电话，却看见那辆熟悉的奥迪车停在大门对面马路上。梁有岗朝她招手。

她上车便埋怨道，你疯啦？这么晚了跑回来干嘛？

梁有岗不理睬，只问她，去哪哒？罗萍从来没让梁有岗在她家过过夜。

罗萍说，我说过的，家里不方便，邻居发现了影响不好。这意思梁有岗明白，董芸学校几个老师也住在这个小区。这也是罗萍让豆豆转学的原因之一。

梁有岗建议说，那就去天赐川镇，老地方。

罗萍说，都这么晚了，撒什么欢？

梁有岗喉咙里含混不清地说，人家……想你……了。

罗萍叹了口气，犹疑片刻说，算了，还是回家吧。

罗萍从不让梁有岗汽车进小区。梁有岗把罗萍送到小区门口，罗萍先上了楼，自己找地方停车去了。

罗萍屋里没有男人衣服，她在衣柜里翻来翻去，找不到能让梁有岗当睡衣的衣服。梁有岗进门二话没说，扑上来搂住罗萍要亲嘴。

罗萍吓得赶紧把他推开，跑过去把所有窗帘都拉上，小声吩咐他不要大声说话，动作轻一点，然后一把推他进了卫生间，找到一件戴玉落在这里当睡衣用的宽松式文化衫，递进卫生间。

她把卧室收拾好，这才进去帮他从头到脚洗净擦干，让他钻进被窝里，自己匆忙沐浴完毕上的床。

梁有岗嘴里嘟嘟囔囔，咋哈蹑手蹑脚，跟做贼似的。

罗萍搂着哄他说，你大喊大叫，肆无忌惮，就不怕传到外边去？梁有岗不言语了。

梁有岗在罗萍怀里向来很温顺，他上下打量一番，自己穿着文化衫的样子很滑稽，索性脱光了，也帮罗萍脱光了，萍姐萍姐地叫唤起来……

这种事间隔久了，疯狂刺激更有滋味。不一会儿，两人尽兴至极，都去冲了澡回到被窝，情话缠绵之后，聊起厂里的事。

罗萍说记者要去枣林湾，叮咛梁有岗不要再提自己掏了五十万。说着说着，罗萍心烦乱了。每一次做完这事，罗萍有一股愧疚感，有一丝后悔。

离梁有岗家太近了，这种感觉忽然强烈迸发了，难以自控，她忍不住告诫说，往后不准来这里了，你有家不归，我心里怪别扭的。

梁有岗老实地说，我就想跟萍姐在一起，几天不见，我魂都没了。

罗萍怪怨说，那也不能不回家。

梁有岗唉声道，还是一起呆在石板台天不管地不收的，心情舒畅。

罗萍困得睁不开眼了。天一亮赶紧走，小心点，不要叫人家看见，说完扭身睡了。

梁有岗睡不着，胡思乱想，萍姐，甚时咱到于强独家庄过一夜去，铺天盖地的，跟上野地里青蛙虫子一起喊一起叫，那才叫红火！

罗萍睡迷糊了，什么也没听见。

这一阵子，戴玉简直被新闻记者黏上了。李杰他们还没走，市上的媒体省报的记者陆续来采访她。马文慧来过，文天佑夫妇也来了，都是从媒体上得知专意看望她的。更令她意外的是，从不出村的长贵爷也破天荒地来县城看望她。

戴玉受伤次日，文长贵便急着要来看戴玉，被郝翔劝住了。文长贵保存着个骨伤偏方，是文天佑小时骨折，山西那边名老中医开的方子。药方有奇效，文长贵收留起来。戴玉一骨折，老汉便想起这偏方。

年代久了，老汉翻遍家底没找到，做梦都在找药方。后来隐隐约约想起，好像是夹在书里。有一日，文长贵终于从古旧书籍里翻出了药方，立马让郝翔开车送他来了。

戴玉一见长贵爷乐得合不拢嘴，赶紧给父亲打电话，罗萍打电话派小芹把戴玉父亲接来，又让“煤化集团”办公室在恒源大酒店订了包间，老伙计们见面，拉不完的话。

戴玉父亲一个劲说，新民这两年变化很大，河滨公园快建成了。戴玉就让郝翔陪两个老人坐小芹的车，在新民转一转。

江山在宾馆接受完采访，顺便来病房看看戴玉。戴玉一见江山，便想起李杰他们采访刘县长的事。刘县长还没联系好？

江山说，不是出外开会，就是接待上级领导，忙得排不上。不急不急，先让他们忙别的。

李杰他们来后，只跟刘县长一起吃过一顿饭，匆匆忙忙的，见了一面。他们深入企业乡镇村庄，外围的现场的采访跑得差不多了，县委政府的副职也见过几个，凡接触过的人们，都不约而同地称，没有刘县长就没有新民的今天。

不过，刘大地事先定下调子，不宣传个人，也就是不要宣传他自己，这样的话，像小兰炭关闭先拿表兄开刀之类的事，就不好提及了，记者们有点失望。

江山解释说，刘县长一向做事低调，不让宣传个人，自有他的道理，就提新一届县委县政府班子，到这个层面上也就可以了。

李杰表示认同，他对江山说，现场采访就剩下去枣林湾了，部门也跑得差不多了，花叶枝条都有了，就缺主干，县委县政府是如何提出

“环境立县”的？决策者如何力挽狂澜、背水一战的？尽管大家都谈了，但是一把手站得高，站的角度不同，这正是我们迫切想了解的。

江山理解记者的心情，要不，先跟潘劲副县长谈一谈？

说着，他就打电话约潘劲副县长，谁知潘劲在市里开会，忙得顾不上，告诉江山说，这些，人家刘县长都在脑子里装着哩，你抓紧约他，让记者们跟他一谈，甚都清楚了。

之前，李杰急于采访一把手，也请戴玉帮忙，戴玉只能催江山。江山这么一说，她也不好说甚。听说文长贵来了，江山要请他吃饭，说中午刚好要陪记者。

戴玉说，罗姐已经把饭安顿好了，你带李杰他们一起去算了，他们俩也想见一见长贵爷。

江山说，这样也好。那天在天赐湾，李杰就想见文长贵一面。郝翔去没请来。戴玉给李杰打电话再三叮咛，饭桌上甚事也不要问，既是长贵爷认出他们也不要多说，尤其是匿名信，还有跟刘县长的关系。

戴玉如此交代，也是出于无奈。其实，她觉得新民最值得写的人是刘大地。饭后，罗萍派小芹把文长贵送走回到医院，戴玉关切地问，今儿长贵爷有没有认出李杰他们？都说甚了？

罗萍说，认没认出我没注意，不过文老先生情绪很好，跟李杰赵娜谈得很投机。

罗萍拿上文长贵送的偏方，找主治大夫征得同意后，换了处方抓了药回到病房，李杰他们来了，正在聊文长贵的事。

李杰眉飞彩舞，这文老先生，简直神了，江局长给他介绍我俩，他不露声色地沉稳，含着深意的微笑，一下就把我镇住了。我给他敬酒，他竟然说，本该是我老汉敬你们二位的，你看看，新民环境变得这么好，你们二位立了头功。瞧这话说的，藏而不露，含意尤深。只有我跟赵娜能听明白。

戴玉笑了，恐怕我们江局还有罗姐，也略知弦外之音。

李杰哦了一声，扭脸对罗萍说，罗姐，明天去枣林湾，麻烦给联系一下，还有，晚饭后用用你的车，我俩要去天赐湾。罗萍满口答应。

戴玉不解，咋哈又去天赐湾？

李杰做了个鬼脸，登门向文老先生求字去。

罗萍笑着说，他们在酒桌上聊书法，聊得火热。

赵娜说，我俩向老先生求字，他答应了，说回头叫戴姐转给你们。

李杰道，我对老先生说，那多不方便，老先生没吭声。

戴玉打趣说，所以你们以求字为借口，去跟长贵爷套近乎？告诉你，你们那点小伎俩，忽悠我还将就，对付长贵爷怕是不灵了。

李杰满怀自信夸下海口，走着瞧，没准还一举两得，凯旋而归哩。

李杰他们一走，戴玉说，这些京油子贼精贼精的，说不定真把长贵爷给忽悠了。

第十七章

1

长贵老汉走后，罗萍又多了个熬中药的差事。梁有岗陪李杰去枣林湾那天大清早，罗萍把煎好的中药送到医院，便接到梁有恒请她去帮忙的电话。那天梁有恒来医院看戴玉时，就说有事要请她，但没定具体时间。罗萍电话里欣然应诺，坐上接她的汽车去“鑫兴”。

罗萍很佩服梁有恒的执着与钻劲儿。

新民一带的侏罗纪煤本来只能用来炼半焦，也就是兰炭。梁有恒偏不信邪，非要用它炼型焦，也就是冶炼钢铁的焦炭。

他钻在实验室里反反复复琢磨，跑遍科研单位寻求支持，竟然攻克了侏罗纪煤冶炼型焦的技术难关。“鑫兴”的年产三十万吨冶金型焦及其配套发电、甲醇、焦油深加工、凝石水泥等产业链项目，开工快一年了。

其间，梁有恒打过几回电话，询问有关冶金工艺上的事。罗萍一去才知道，梁有恒的实验室招聘了几名刚毕业的大专学生，要她帮忙上岗前培训。罗萍在实验室为几个小年轻比画操作要领，讲解注意事项，整整忙了一上午。午饭在食堂吃的工作餐。下午又跟上梁有恒拿着设计图，去在建项目工地上协助解决几个设计与施工的衔接难题。

一整天与梁有恒在一起，两人无话不谈，罗萍有问必答，把梁有岗最近的情况，石板台两个厂子的情况，一一作了介绍。

梁有恒感慨地说，我这个弟弟，总算是上了正道了，跟你合伙后，成熟了沉稳了。古人云，近朱者赤，近墨者黑。看样子他跟上你还有田永军，学了不少东西，我真的很放心。

一句话，说得罗萍脸都红了，她赶紧说，你弟弟本来就很不错嘛。

两人刚回到梁有恒办公室，马翠凤便推门进来，瞅见罗萍，和和气气，打了声招呼，忍不住多看了她几眼。

梁有恒说，今儿把罗工用得太扎实了，累坏了，快倒水。

马翠凤边沏茶倒水边罗工罗工的，问这问那，显得十分亲近。可罗萍一见马翠凤，反而有点不自然。

马翠凤忽然问，你们那边真的很忙？不知道有岗整天都忙些甚？

罗萍愣了一下赶紧说，他的确有些忙，两个厂子的事都要操心，尤其是最近，这些日子，田总主要精力在“煤化集团”的项目建设上，我在城里照顾戴玉妹子，那边留下他一个人挺着。

马翠凤抱怨说，再忙也不能不顾家，董芸说尔格很少回家，家里的事不闻不问的，两口子过日子，这咋成？

梁有恒不以为然，老二原先在这哒跟上我跑龙套打哈手，事少操心少，尔格大小两个厂厂，事情千头万绪的，离城里又远，肯定回家少顾家少了，这有甚？

马翠凤说，再忙再远也得顾家。你在这哒不也起早贪黑的？

梁有恒笑着说，我这哒不是有你贤内助？你也在厂里上班，咱俩才能出双入对的，要不然，我也照样忙得你见不上了。

马翠凤没词了，白了梁有恒一眼，我看老二在外头跑野了，说完瞅着罗萍说，女人心里的家，男人哪个能海哈？婆姨一个人又要上班，又要带孩子，公司再忙，也得两头兼顾上。

梁有恒说，忙不过来，找个保姆也成。

马翠凤又白了丈夫一眼，拉着罗萍手说，罗工妹子，你跟我老二相处共事，找机会多开导开导他。

说者无心，听者有意。马翠凤虽然一脸诚恳，有求于人，可罗萍心虚着，听见紧张发毛。她生怕神情上露出破绽，只好硬着头皮说，回头我照你说的开导开导他，等我回厂里上了班，让梁总多回家就是。

梁有恒在城里酒店订了包间，兴兴地要请罗萍吃饭，还吆喝着叫阎香草也来。也许是有事相托的缘故，马翠凤十分热情，罗萍原本就没打算久留，小芹已经开车来接她了。罗萍要走，马翠凤却拦住死活不让。罗萍这会儿感觉很怪异，瞅着马翠凤就像看见了董芸似的，心里怦怦直跳，她一刻也不想多呆了。

梁有恒有点失望说，中午吃了顿便餐，本打算晚上好好请你，咋哈这点面子也不给？

罗萍反复给他两口子解释，回去要照顾戴玉和孩子们，还要给戴玉熬药，改日再聚，这才得以脱身。

罗萍出了“鑫兴”厂门，梁有岗短信来了，要她一起陪记者吃饭。罗萍回短信，我在鑫兴。梁有岗又问她，你去鑫兴作甚？罗萍有点烦，再回短信，今晚记着回你家，然后关了手机。

罗萍让小芹在家照看豆豆蛋蛋，自己把中药煎好去了医院。戴玉一见大呼小叫的。

罗姐你咋回事，手机咋哈关了？

罗萍推辞说，没电了，你找过我？

戴玉埋怨说，不光我打，梁有岗、孟青山、于强，还有我们江局，他们都打了，都在找你哩。

罗萍问，什么事兴师动众的？

戴玉说，“天意”在恒源大酒店招待记者，于强把枣林湾齐支书也接来了。李杰他们闹着听二人台，请齐海红唱，梁有岗、孟青山也唱，连江局和齐支书也唱上了，李杰有点高了，不停打电话通报情况。他们还在酒店闹火，叫你回来一定要去。

罗萍心不在焉，淡淡地说，我又不会唱不能喝，不想去了。

戴玉遗憾地说，唉，这么红火的我去不了。

正说着，李杰电话又来了，一个劲问罗姐回来了没有。

罗萍赶紧摇手示意，戴玉便说，还没回来。

戴玉挂了电话问，今儿咋哈心情不好？罗姐有甚事？

没事儿，给有岗他哥帮了一天忙，有点累了，罗萍喃喃地说。

戴玉见状说，罗姐，那就回家休息去。一会儿他们折腾完，李杰跟赵娜要来坐一坐的，赵娜说好今晚上陪我。

罗萍随口问，他们快结束了？

戴玉说，快了，采访完刘县长就要回北京了。

江山终于联系好刘大地接受北京记者采访。这些日子，刘大地忙得焦头烂额，恨不得分成八瓣。

江山找上门说这事时，刘大地忍不住说，原先环境污染问题当头，上头隔三岔五地来检查督办，如今环境好了，上头来人更是一拨接一拨的，接风送行陪客宴，光光陪酒，把人胃都喝炸了。

江山开玩笑说，花开得越艳，蜜蜂来得越多。比如生态环境这一块，农林水环畜都在关注，更不说企业包村帮扶、新农村建设了，闻香采蜜，合乎情理么。

刘大地笑道，你该不是说我招蜂引蝶了？

江山说，工作出色出彩了，人家来调研采访，总结经验，这很正常嘛。北京记者甚时采访你？人家可等不及了。

刘大地想了想说，那就放在这个周末下午吧。我觉得还不到时候，还缺乏一定的说服力，可戴巡视打电话了，也不好推辞。

江山不解问，刘县长为甚这么说？

刘大地掏心窝子说，污染治理把旧坛坛罐罐都打碎了，新的还没完全搞起来，新项目建设进度不尽如人意，产业结构调整步伐跟不上，我的心思全在这上面，打算最近下去做个调研，好好抓一抓，可县委政府的，省上市上的，整天开会把人都开糊涂了。

江山说，领导你也心太急了。

刘大地认真地说，新项目一时间形不成新产能，财政收入势必受影响，咱以环境保护优化经济增长便成了一句空话。

刘大地县委政府一身担，转眼快半年了，江山很理解他身兼两职的处境，感受到他无言的压力。刘大地扶不了正，潘劲当县长又一直没着落，他便试探问道，一晃又是大半年了，你这主持工作的副书记甚时扶正哩？你不腾位子，潘县长只急转不了正。

刘大地苦笑道，原先没人愿意来，如今都挤破头了。我找市委韩书记谈了，今年的政府工作报告就打算让潘县长作。

不久，江山领着李杰赵娜走进书记办公室，刘大地笑呵呵地迎上来，一一握手，嘴里道歉说，对不起，让你们久等了。

刘大地跟记者寒暄，江山为他两个沏好茶，正要出门，刘大地说，不要走，坐下一起聊么。

桌上电话响了，刘大地拿起来一接，顿时脸色变严肃了。这是征求我和县委意见？如果是，我们的意见三个字——不同意。

江山听不见对方又说了些甚，可刘大地变得有些激动，连珠炮似的开了腔。我们这儿有合适人选，马向前为什么不成？论学历能力资历人品，哪一点不如他？走了又要回来？把这儿当成骡马店了。我看他是舍不得这儿的财路……

江山一听是敏感话题，溜了出去，在县委办公室主任房间拉话等着。不知不觉过了两个多小时。刘大地打电话要他跟主任一起去，看样子采访互动很投缘，记者们脸上写着收获颇丰的惬意，刘大地也像兴致未尽，吩咐主任说，安排个好一点的地方，宴请二位大记者，把潘县长、马县长和宣传部长都叫上一起作陪。

酒桌上，刘大地谈笑风生，也喝了不少的酒。记者们离席后，其他人也告辞了。

刘大地问，这个周末咋过？

潘劲问，想去喝茶不？

刘大地没吭声，问江山说，原来这两个记者当初写了曝光文章？

江山说，是么，搞了半天你不知道！

刘大地摇头说，我不知道，看来解铃还得系铃人，走喝茶去。

潘劲打电话在酒店内茶秀安排好地方。

电梯里，潘劲问刘大地，听说那人想回来当常务？他还没捞够？

刘大地看了马向前一眼，一语双关地说，没事，我给韩书记打过电话了。

潘劲愤愤不平地说，关键时刻开溜，咱在这儿把局面打开了，他下山摘桃子来了？搅混了一池水不说，影响班子的纯洁性。

刘大地沉下脸制止说，这话到此为止。

几个人喝茶聊天。刘大地感慨地说，没想到这两个记者无孔不入，神通广大，把新民跑透透了，我舅父那儿也去过，关我表兄厂子的事也清楚，把我情况了解透了。

潘劲说，那不正好？拿你表兄开铡这事例，更有典型性和说服力。

刘大地瞪了他一眼说，胡说什么？这次定下的原则不宣传个人。江山给记者建议得好，只提新一届县委政府班子就足够了。

马向前觉得困惑，反映新民污染治理，不涉及个人，没有鲜活的事例，干巴巴的咋有说服力？

刘大地坦然地说，企业上的，环保上的，梁有恒、尤乃生、胡晓燕、戴玉、艾高原，那么多的典型事例，还怕文章写不活？

江山问，你们谈得咋样？

刘大地说，谈得好着哩，我总觉得这时候张扬有点早，当初提出“一年一大步，三年大变样”，咱还有一大步没迈出去。不过，一听曝光文章是他们写的，我的想法变了，他们了解新民的过去，对现在的环境变化自然感受真切，先帮咱把“黑三角”帽子摘了也好。

江山说，我也觉得有缺憾，环保大楼是新民“环境立县”的标志性建筑，他们要晚来两个月的话，我们就已经搬进去了。

潘劲附和说，可不是，晚来两个月，河滨公园也竣工了。

刘大地深有感触地说，“黑三角”不复存在了，“绿三角”“金三角”还都不尽如人意，后边的路还长着哩，“革命尚未成功，同志仍需努力”。向前，你抓的大兰炭建设项目，甚时能全部建成？

马向前没来得及回话，刘大地又问潘劲，人家陕煤和陕投两家马上建成投产了，你抓的两个中央大企业的项目，啥时候能开工建设？

潘劲故作不满地说，说好了喝茶聊天，又谈工作，我拒绝回答。

刘大地故意板着脸说，哟呵，县长还没转正，就不听指挥了。

潘劲我行我素说，你不扶正，我咋转正呀？鼻子大把嘴压着哩。再说了，领导也是人，也得劳逸结合，下周上班，我给领导汇报也不迟。一句话，惹得众人笑了。

刘大地他们喝茶抬杠谈事的时候，戴玉病房里也是一片热火，李杰赵娜明天就要走了，来向戴玉和罗萍话别。

戴玉嘟囔说，你们来得真不是时候，一次也没陪你们，一杯酒也没跟你们喝，更别说一起去蹦迪了。

李杰安慰说，没关系，说不定还要来的。刘县长告诉我们，污染的“黑三角”帽子摘了，还要把新民打造成经济的“金三角”，生态的“绿三角”，我们拭目以待，到时候一定会来的。

真的？戴玉兴奋地问。

李杰感慨不已地说，真的，这一回，算是见证了“黑三角”的巨变，下一回，要亲眼看到“金三角”的繁荣，“绿三角”的生机。

看来你俩跟刘县长谈得不错，戴玉说。

李杰深有感触地说，是的，刘县长说的以环境保护优化经济增长，落实科学发展观措施得力，成果显著，由此可见，决策者的抉择是决定性的因素。刘大地这人很值得一写，下回来，重点采写他的人物通讯，把天赐湾的县长舅舅也写进去。

赵娜说，戴姐，等伤好利落了，你跟罗姐一起到北京来吧，我跟李杰郑重邀请你们。

戴玉唉了声说，谁知甚时才能好利索。

李杰说，年底没问题吧？年底一定要来。

戴玉问，为甚是年底？我打算明年奥运会时去北京么。

李杰看看赵娜说，年底赵娜举行婚礼，她邀请你了，你能不来？

戴玉惊喜万分，赵娜，真的？赵娜点点头。

戴玉佯装不高兴地说，这么大喜事也不告诉我。赵娜有点儿不好意思，刚才邀请你们了嘛。

戴玉忘乎所以，乐得要蹦起来，动静大了病床直晃悠，罗萍赶紧把她按下。

罗姐，到时候咱带孩子们去参加赵娜婚礼，看天安门逛故宫登长城，蹦迪泡酒吧看歌舞，美美开回眼界，成不成？

好啊，罗萍痛快答应了。

赵娜高兴地拉着她俩手说，一言为定，北京相聚。

戴玉叮咛说，可得选在我伤好后。

李杰说，那是肯定的。

2

入冬以来，陕北高原气候偏暖少风，不像寒流频袭的往年那样说冷就冷。红日当头，还有暖洋洋的感觉。环保局搬家那天，戴玉架着双拐一瘸一瘸来了。

江山不让她来，戴玉犟着说，我只在楼下放炮。

戴玉在家实实憋不住了。牵引治疗结束，拍片子检查后，大夫认为骨伤愈合尚可，可以出院休养，嘱咐定期拍片检查。

罗萍把戴玉安顿好，交代小芹如何照料后，回石板台去了。农家乐季节性关门歇业，村里事情不多，郝翔多数时间在家呆着。戴玉没事就上网泡电话聊天。中午暖和了，郝翔扶她下楼在小区院子里活动活动。听说局里要搬进新楼，戴玉便给江山打电话。

小芹开车郝翔搀扶，戴玉在楼下放完鞭炮之后，却非要上去走一遭。好在新楼有电梯，左右有人搀扶，戴玉里外上下蹿了一圈，楼道里跟刘县长他们碰个正着。

刘大地握手开玩笑说，戴玉你看看，这下子满意了，环保局一步登天，办公条件全县第一，比我们书记县长的都好，你还有啥说的？戴玉咧着嘴只笑。

潘劲跟她握手说，戴玉，好马配好鞍，把伤养好，回来再好好干。

戴玉下楼，大门外又响起一阵鞭炮声，原来是“永盛”送来一面镶着不锈钢底座的大整装镜子，杜牧正招呼人摆放在大厅中央。

杜牧一见她就开玩笑，多日不见，养得白白胖胖的，像个洋娃娃，晚上庆祝乔迁局里会餐，你也来。

戴玉最烦人说她胖了，摇摇头说，正喝着中药，不能喝酒，来了没意思。

她左瞅右瞅，“永盛”送整装镜子是韩行长带人来的，不见胡晓燕跟陈涛。她回家就给他们打电话，一个个都无法接通。她拨通罗萍手机，罗萍说她跟田永军一起，忙着逐个检查落实大兰炭在建项目的进度，回头再给她回电话。她忍不住又给雷静阎香草打电话，人家也都说忙着，稍后联系。郝翔在家接了个镇政府电话，也急急火火走了。

戴玉有点儿茫然失落，整天闷在家里无所事事，心里忽然空荡荡的，外面世事变化太快了，她有种被冷落被遗忘的感觉。

戴玉心烦意乱与骨伤有关。虽然大夫说愈合得很好，长贵爷的偏方起了奇效，可她心里总是不踏实，一怕好得慢误了赵娜的婚礼，二怕伤好了腿瘸了，留下终生遗憾。而且，令她烦心的还有，为了长骨头整天吃好的，又很少活动，体形明显发胖，下乡奔波蹦迪锻炼减下去的赘肉又回来了。她后悔不已，稀里糊涂去单位新楼上亮了个丑相，大家热情打招呼的同时，却都用异样眼神上下打量她，让她心里不舒服。所以，下午江山局长打电话请她去会餐，她断然回绝了。这天晚上，郝翔没回家，小芹把孩子们安顿睡了，她让小芹留下陪她。自己一个人睡不着，上了一会儿网李杰他们不在线，觉得无聊，关了电脑又把李杰寄来的《中华环境导报》拿出了翻着看。

李杰和赵娜的署名文章先后登了两篇，都是头版头条，还配着评论员短文。一篇的正题为《天变·道变·人亦变》——副标题是“来自‘黑三角’的最新报告”；一篇题为《播种绿色　和谐家园》——副标题是“新民县生态与新农村建设侧记”。

两篇文章相继见报之后，据说在京城、在省市都引起不小的反响，戴巡视跟高局长，都第一时间给刘县长江山他们打了电话。县环保局负责征订、为部门单位和企业赠送了《中华环境导报》，人们兴奋地热议了一阵子，关拆污染企业好几百家，三年治污目标两年实现了，植树种草搞生态环境建设，发展绿色种养殖，企业包村帮扶建新农村等等，新民不就是这样变化了的么？

人们也很惊奇，事实归事实，可平平常常的事，经记者妙笔生花这么一捣鼓，竟光彩四射显得很不寻常了。戴玉也兴奋了一阵子，她在网上问李杰赵娜，他们说这叫“提炼”。戴玉说，又学了一招。

不过，人们随着时间的推移淡忘了，生活还在继续，还有很多事在前头等着。闭门不出的戴玉也淡忘了，她对刘县长的话颇有同感。那是刘县长在全县干部大会讲的，她在电视新闻节目里看到听到的。

刘县长手里挥着《中华环境导报》说，“黑三角”不再黑了，但还不是洁净如洗，“绿三角”还不够一片翠绿，“金三角”还没有放金光。他把报纸朝面前一放，铿锵有力地说，旧的一页翻过去了，新的一页还得全县上下齐心协力，书写新的辉煌，北京的记者们有期待，咱新民的老百姓更期待，压力随之而来，如何把压力变成动力，大家都得动脑筋，明年是全县推进经济转型、实现又好又快发展最关键的一年，三年三大步，明年这一大步至关重要。

戴玉一拿起报纸，就想起刘县长的话，她漫不经心地翻了翻，忽然发现写自己的那段有些言过其实，自言自语说，记者咋哈这样？曝光时专挑坏的写，表扬时专拣好的说？

这时，罗萍电话来了，戴玉钻进被窝，这才开始与罗萍煲电话粥。

罗萍问，白天打电话有什么事？

戴玉说，白天的电话尔格才回过来，迟了。

白天太忙了，跟上田总跑了好几家工地，累得浑身疼。孩子们都睡了吗？

戴玉说，睡了。

罗萍问，白天打电话有事嘛？

没事就不能打电话？人家想你了。

郝翔不在家？戴玉说是。

怪不得想起我了，罗萍笑着说。

白天他还在家，照样想你。罗姐，你在床上？

你呢？我在被窝。我跟你一样。

两人絮絮叨叨，说了很多话，田永军把宁夏那边的一家企业转手了，腾出资金，接手了一条大兰炭生产线。胡晓燕跟陈涛打算春节结婚……

戴玉直打哈欠，罗萍说，你睡吧，晚安，我也困了。

戴玉含糊不清道了晚安，一觉睡到大天亮。

大清早，江山带着杜牧拎着两大袋子水果营养品就来敲门。

戴玉惊喜地说，这么早来看我？谢谢领导关心。

江山进门便开玩笑，昨儿搬家不让你去你非要去，晚上聚餐请你却不来你，玩的甚个性？

戴玉直言直语，昨儿一时激动，就想去看新楼新办公室，去了却后悔哩。

杜牧问，为甚后悔？

戴玉说，不告诉你。

江山开门见山，笑着说，戴玉，你最近闲得无事，有任务交给你。

戴玉问，甚事？

反正你在家养伤闲着，给局里写个经验材料。

江山说话时，杜牧从大袋子里取出一叠材料放在茶几上。

戴玉笑嘻嘻地抱怨道，我还以为领导关心看望我，闹了半天，给我派活儿来了。

杜牧解释道，江局专意来看望你，派活儿只是放羊娃打酸枣——捎带。

戴玉挠着头说，江局，这号材料我没写过。

江山一字一板地说，你有这潜力，天赐湾现场会露过一手，我知道。你看这，去年的总结，今年总结的草稿，局里的简报、汇报材料，还有县上领导有关的讲话，上级环保部门的相关文件，材料都给你备齐了，北京记者的文章也可以做参考。主要写咱环保局的做法和经验，当然，这一切，以县委县政府的“环境立县”发展战略为前提，以上级国家环保部门的工作部署为依据。咱们都做些甚，你脑子里装着，你先看材料，然后列出提纲，咱俩 QQ 上交换意见。

戴玉本来就是闲不住的人，从医院到家里闲得太久了，给点阳光就灿烂。江山他们一走，她先给郝翔打电话。

我有任务了，你回来当后勤。然后一瘸一瘸地收拾了电脑桌上杂物，摆好杜牧拿来的一堆材料，拉开进入工作状态的架势，一副聚精会神的模样，连匆忙赶回来的郝翔进屋都没觉察到。

郝翔站在背后问，急着召我回来，你有甚任务?

戴玉说，江局让写个材料，人家找上门，又不好推辞。

郝翔只顾体谅自己婆姨，脱口抱怨说，江局也真会抓差，养个伤都不得消停。

戴玉翻着眼反驳说，这有甚？闲着也是闲着，能者多劳，我愿意。

一连几天，戴玉起早贪黑地泡在材料堆里。李杰文章的选材提炼对她启发很大，戴玉把一大推素材、数据、政策、举措，像揉面团一样在脑子里翻来滚去，慢慢地，思路梳理清晰了。她列出详细提纲后，在网上跟江山交换了意见，便开始敲打键盘。伴随着噼噼啪啪的键盘声，环保人的酸辣苦甜历历在目，“黑三角”蜕变的影像眼前闪现，戴玉沉浸其中，忘我投入聚精会神，取消下楼活动，减少寝食时间，专心致志要写出水平来。

这一堆材料中，刘大地在干部大会上的那个讲话全文提纲挈领，既有高度也有深度，戴玉茅塞顿开。她一字一句看了好几遍。

按照刘县长的提法，2008 年要实现万元 GDP 能耗下降十二个百分点，污染物排放量下降六十个百分点的环境综合治理目标，而且，全县 GDP 和财政收入要分别实现年均百分之三十和百分之八十的增长速度，使得县域经济综合实力有一个质的飞跃，从而验证以环境保护优化经济增长的强大生命力。

等写到最后，戴玉仿佛触摸到“金三角”的精彩辉煌，“绿三角”的勃勃生机，她振奋不已，充满信心，为自己身在其中而感到自豪，仿佛浑身有着使不完的劲。

材料一来一去地，改了几遍，还从网上发给李杰把了把关，润了润色。结果高质量通过了，逐级上报到省厅。

江山大为满意，戴玉欣然释怀。杜牧私下里给她透露了个小秘密，江山局长亲自操刀写了她的先进个人材料，也一并上报到省厅去了。戴玉听罢乐得合不拢嘴，恨不得骨伤立马痊愈，重返工作岗位，好好打拼一番。

郝翔一听也乐了，闷了半晌突然说，你们局里要把天赐湾评为绿色村庄，这材料恐怕还得请你写。

戴玉一拍大腿，这有甚？这在你婆姨手里，就是小菜一碟。

有时候事情像人一样喜欢扎推儿。有一日正午，郝翔扶着戴玉在院子里锻炼活动。阎香草大老远地就喊戴玉妹子，戴玉扭头一看，阎香草后头还跟着三个陌生男人，年龄都在五六十岁，一个手提篮子，两个背着塑料袋子。

戴玉两口子迎上前去，其中一个高喉咙大嗓子地说，戴玉队长，我们仨老汉看你来了。

戴玉看着面熟，却一个都不认识，郝翔也只认识其中一个。

阎香草一一介绍，指着先搭腔老汉，艾家墕艾支书；指着提篮子的老汉，背墕洼村孟支书；指着另一位背着蛇皮袋子的中年汉子，这是海红叔叔、枣林湾齐支书。

戴玉一听乐了，哟呵，这是刮甚风了，一哈子吹来三个村支书？找我有甚事？香草姐。

阎香草笑着说，无事不登三宝殿，肯定有事，进屋再仔细说。

几个人跟着戴玉夫妇上楼进屋，孟支书开口说，老弟兄几个慰问伤员，没甚拿的，带些土特产。

几个人各自打开，一篮子鸡蛋，两只老母鸡，一袋子红枣。

戴玉哭笑不得，连忙说，我以为你们去赶集，不要不要。

阎香草白了戴玉一眼，人家一片盛情看望你，又不是行贿送礼，说着，命令道，郝翔都收起来，没事你先忙去，我们几个有事要商量。

郝翔咧嘴笑着把东西提到阳台上，给客人们倒好茶水，出门离去。

戴玉猴急猴急地问，香草姐，到底有甚事，搞得神神秘秘的？

阎香草说，你急甚，听他们仔细说。

村支书们说明来意，戴玉即刻被发自肺腑的朴实情感打动了。

自从参加了刘县长召开的座谈会，这三人你来我往地，成了至交。前两天枣林湾过“团圆节”，三人又聚在一起，猜拳行令一番豪饮。齐支书如愿以偿，修了河堤栽上枣树，孟支书天上掉馅饼搬进新居，席间，两人少不了对县上实施的“双百工程”大发感慨，赞颂不已。阎香草师徒正在演唱二人台，艾二能摇头晃脑，跟着台上哼哼唧唧，两个老伙计说的却一句也没落下。

艾二能感受深同，忽然萌生个想法，为甚不编个新酒曲，就像《四姐五盼》那样，唱一唱咱们的好县长？齐树茂和孟支书拍手称好。

一个说，政策再好，顶不上来个好领导执行得力，领导有方。

一个说，就是就是，人常说歪嘴和尚念错经，自从人家刘县长来了后，新民污染治理了，环境变好了，人心向善，社会和谐，一件一件的实事好事，都办到老百姓心上了。

一个问，谁编词么，你有这水平？

一个说，编哈你唱？唱得满山原的旮旯响？

艾二能说，我没那水平，咱找人编，过罢年开“两会”时，我当着刘县长的面唱。

孟支书也掏出心里话说，上回给胡晓燕送了个金匾，总觉得还缺点甚，一直寻思着给人家刘县长也送个金匾，表达一哈老百姓的心声。

齐树茂赶紧说，真要送金匾，把我们枣林湾也加上。

艾二能急忙凑上来，把艾家塪也加上，干脆咱三家一起办。

孟支书答应了，成哩成哩，咋哈搞得像桃园三结义似的。

齐树茂说，人多势众红火。

艾二能说，这样更好，到时候送金匾时，你俩抬匾，我唱曲。

等阎香草演出结束，三人就找她把这想法说了。

阎香草说，这事我怕不成，还得找戴玉妹子。她说她把戴玉介绍了一番，这几个支书心盛盛的一起找上门来了。

几个人说完，戴玉忧虑不定地说，这是好事，你们想，我也想，我早都说过，日后我要是编《新民环保志》，一定会把刘县长浓墨重彩写上一笔。据说，国家环保总局的戴巡视也有这想法。上次戴巡视打发来的两个记者，你们都见过，本来也要采写刘县长的事迹的，可人家刘县长定哈调调，不宣传个人。

阎香草一听便说，要是这样，就不好办了。

三个村支书中，要数艾二能见识广脑子活。他连连摆手说，老百姓唱酒曲儿，想唱甚唱甚，跟报纸电视上宣传咋能一样？打个比方么，咱仨都是怀一样的心情。你俩见了刘县长，夸奖人家几句是肯定的。你说，刘县长，你搞得包村帮扶这一套就是好，尔格河堤修好了，枣树林多了好几百亩。你说，刘县长，尔格污染厂厂关了，新房子住上了，村民们都说，这是县委政府领导得好，都夸你刘县长是个亢硬的好领导。我就跟你们不一样，我会唱曲，我是唱着夸领导，我走到哪哒唱到哪哒，也唱出咱心里话，也图个红火热闹。

戴玉听罢兴致来了，站起架着拐子挪了几步说，我写词你唱，就像上回编《四姐五盼》旧曲新唱，属于群众自发自愿的，发自内心的，抒发赞美爱戴之情的？

艾二能高兴得直晃脑袋，就是就是，我跟你说，我是没甚文化，唱酒曲顺口编几句还凑合，你家郝翔在我村帮忙培训，我端起酒杯自编词，唱酒曲，夸他是个好后生。这回是夸人家县领导，咋哈也得唱出点水平，可我没那个水平。

戴玉爽快地说，这忙我帮了，不过，最好不要说是我写的。

艾二能大喜，这是肯定的，这个你放心，我们仨商量好了，开“两会”时给领导一个大大的惊喜。

戴玉说，一言为定，我尽量写得通俗一些，口语化一些，就像是你唱着说话一样样。

自从揽下这档子事，一连几天，戴玉都处在高度亢奋之中，先前参与过《四姐五盼》的创作修改，她明白这跟写公文材料、新闻通讯截然不同，要酝酿情绪，进入另类的创作状态。

李杰在网聊中提醒她，不要辞藻华丽，也不能文绉绉的，要通俗易懂，朗朗上口，让人感受到这是老百姓发自肺腑的心声，这是散发着泥土气息的乡土文化。

戴玉在网上回话说，你这样一说，我反倒觉得难了。

李杰开玩笑道。有多么难？比爬几十米的高楼还难吗？

一连几天，戴玉给谁也没打电话，把自己封闭在家里，架着拐子转圈圈思考。郝翔屋里晃来晃去的，她心烦，索性打发回天赐湾了。

有一天晚上，罗萍突然回来了，进门突然问，陈涛出事了。

戴玉摇摇头，紧张地问，出了甚事？

3

陈涛的确出事了，正在县医院里抢救。一起抬进医院的受伤者还有另外四人，分别是田永军本家的儿子外甥和侄儿。罗萍坐田永军汽车从石板台赶回来的。田永军不让罗萍跟着去医院。罗萍是从田永军跟胡晓燕通话中隐约听出的。

田永军本家叔叔的一帮人赶到背塆洼收拾陈涛，发生斗殴流血事件，幸亏村民们赶来救了陈涛。

田永军独自赶到医院，李兵跟胡晓燕刚从院长办公室出来，这里被公安局临时占用了，有人被叫进去谈话做笔录，背塆洼孟支书领一伙村民在楼道里等着。本家叔叔比田永军先到。

田永军瞅见他低头蹲在隔壁房子，门外站着警察，懒得搭理，径直跟李兵胡晓燕去急救室看陈涛。

陈涛嘴上捂着氧气罩，医生说他已经脱离生命危险了。李兵跟田永军松了口气，胡晓燕惊恐不安，留在陈涛身边，哽咽不已，满脸灰不塌塌的。

田永军和李兵退出急救室。李兵愤愤不平地说，有甚深仇大恨么，大打出手，就不怕闹出人命来？

田永军唉声叹气，怪我大意了，咋哈来了这么多警察？

李兵说，事情性质严重了，闹事者带着双管猎枪、砍刀、铁棍、还有燃烧瓶，一哈纠结了三四十人开着大轿车去闹事，这不是想要陈涛命吗？幸亏人家当过特种兵，要不然……

田永军赶紧问，开枪了？

为了吓退围上来的村民，朝天放了几枪。

田永军顿时浑身透凉，一下全明白了。

本家叔叔本来就不是省油的灯。田生财出院之后，留下老年痴呆症，认不清人记不住事，行动迟缓，咧嘴傻笑，口角流着擦不完的哈喇子。没了老田总的依靠，本家叔叔也不会轻易善罢甘休。为了不给胡晓燕留下祸根，田永军决意召开董事会做个了断。给本家叔叔退了股份，让他带上钱离开“永盛”。

本家叔叔一听暴跳如雷，死活不依，咬住给背塆洼千万元建新村的事不松口。

胡晓燕针锋相对，仔细解释说，总投资一千一百万，田永军自己掏了二百万，省市县以煤矿塌陷区改造项目名义投资二百多万，“永盛”应了个投资千万的名，其实花了不到七百万。

本家叔叔黔驴技穷，胡搅蛮缠，说甚七百万中也有我的份，要赶我走，这钱也得退，我凭甚拿着肉包子在背塆洼打狗哩。

田永军据理力争说，这是县上部署的大好事，“永盛”不可能不为，而且，这也是董事会上决策的。

本家叔叔说，我没参加会，没投赞成票，这钱我不掏。

胡晓燕说，通知送到你家，你不来是你的事。

本家叔叔恶狠狠地说，拿公司钱、大家血汗钱，给自已扬名誉挣金匾，既当婊子又立牌坊。“永盛”姓田，谁也改不了，我跟上老田总打江山的时候，有人乳臭未干，还穿着开裆裤哩，没有我，能有今儿的“永盛”公司？尔格是人不是人的，都跳出来抢财产来了。

本家叔叔歇斯底里大发作，众人眼巴巴瞅着田永军等下文。一言不发的陈涛憋不住了，他最不能忍受的是有人侮辱胡晓燕，站起来说，你也太张狂了，本来，你安安稳稳退出算了，你们那些缺德事也就一笔勾销了。话说到这份上，我不能不说。我问你，背塆洼兰炭厂挂在账上的二百万未收货款，转到哪哒去了？背塆洼停产后几家厂子库存的产品，连夜卖给谁了？背塆洼几个厂子的新环保设施、还有备用配件都卖到哪哒去了？公司投巨资更新的环保设施，你们关着不开，却说设备不配套，厂子停产后，是谁让突击安装上旧的拆除卖了新的？陈涛有备而来，语惊四座，投下震撼弹，顷刻会场一片哗然。

本家叔叔如同电击似的，瞬间乱了阵脚，支支吾吾还想狡辩。

陈涛取出一叠材料，朝桌子上一摔，这就是证据，人证物证都有，我早都查清了。原先在老田总、小田总手里贪的捞的，别人不是不知道，不过，公司也没打算查旧账。仅仅这几笔加在一起，你还想从“永盛”退股拿钱？你凭甚以“永盛”的功臣元老自居？你们根本就是“永盛”官仓里养的一窝老鼠么。

本家叔叔头上直冒汗，一下子变成了蔫黄瓜。大家鸦雀无声，田永军把材料拿过去仔细翻了一遍，不紧不慢地说，哟呵，环保设施卖到神木去了，产品卖给这家公司了，账上明明挂着欠款，买家却证明已经付款了。咋哈钱一笔一笔都转到你账户上了？叔你也太黑了。

本家叔叔无地自容，头越低越下。田永军接着数落说，你在老田总那哒打小报告，唆使老田总撤换胡晓燕，唯恐天哈不乱；你给老田总门缝里塞报纸传信息，把老田总气得住院了。当时我还纳闷，你为甚要这么做？我海不哈，却明白了一个道理，你不能再留在“永盛”了，留哈是麻烦，是不安定因素，所以才要你退出。尔格我全清楚了，你分明是利用老田总的糊涂，把老田总当成中饱私囊的保护伞。这要搁在国有企业，就是监守自盗，就是贪污么，还不判个三年五年的？咱这是民营企业，咋哈处理，我还真吃不准。大家说，该咋哈处理？

说到这里，田永军摆手把办公室主任叫到跟前，抬高嗓门宣布，把这些材料复印了，每人发一份，看明白了再议再决定。田永军穷追猛打，众人的目光齐刷刷的如同针锥，本家叔叔头嗡一声，顷刻印堂发黑，脸色煞白坐不住了，踉跄着站起来，看了陈涛一眼，扭头出门跌跌撞撞走了。

田永军朝着背影喊道，叔你慢走，董事会定哈决议，派人送到你屋里去。董事们义愤填膺，态度明确认识统一，董事会做出决议：彻查问题处理相关人员，追缴贪污款项，签订退股折算协议。

陈涛临门一脚稳准狠，众人刮目相看。韩行长却忧心忡忡说，这哈子把你推到刀尖火口上了，陈涛，你要小心，那人我清楚，绝不会善罢甘休的。胡晓燕也叮咛再三。

陈涛说，没事，我知道。田永军说，小心就是，谅他也不敢咋的。

董事会决议送去了，退股协议迟迟未签。田永军为那边大兰炭项目进度忙得焦头烂额，顾不上这边善后事。“永盛”公司风平浪静，相安无事。陈涛守在背圪洼从早到晚忙，时间一长，麻痹大意了。

“镁业集团”的项目办与新背圪洼村委会一墙之隔，下午下班后工作人员坐公司班车回城里了，值班工程监理人员去工地了，远处加班赶进度的工地上灯火通明，热火朝天，项目办小院里却显得冷冷清清。原先陈涛多数时候住在这里，背圪洼乔迁后，孟支书吃罢晚饭都来村委会小坐。陈涛没事还跟孟支书杀几盘棋。刀光剑影的董事会之后，胡晓燕不放心，坚持要他每天回家。陈涛通常走得很晚，他习惯开车去工地上转一圈，找工程监理人员了解了解施工情况。这天傍晚，他从工地返回项目办路上，懵懂中念头一闪，给孟支书打了个电话，约他过来下几盘棋再回城里。陈涛驾车快到驻地时，发现路边停着一辆无牌照的大轿车，也没在意，进院子停车进屋关门开灯。

陈涛每天写工作日志，他坐到办公桌前没多久，忽然发觉后窗外有人影一晃而过，他警觉了，第一反应就是有情况、先关灯。

他关了灯摸起备以防身的半截细钢管，贴墙从前窗向外一看，夜色里，好几个人影正朝房子这边移动。陈涛悄悄蹿到后窗，猛地打开窗户跃身而出，有人大喊着朝他扑来，他敏捷猫腰躲闪，一个手持砍刀的家伙扑空在地。他抡起钢管朝腿上猛力一击，对方哎哟一声惨叫，几个人闻声赶来，有人扑上来拦腰把他抱住。陈涛一个转身抖包袱，把对方摔出几丈远。后窗外狭窄通道上，人多施展不开，陈涛一只手挥舞钢管，一只手掏出手机，拨通孟支书直喊，有歹徒，快报警。

有东西砸过来打掉了手机，有人狂喊着，从后窗逃了，快呀，快堵住他呀。陈涛想越墙而过，被两边冲上来的人群堵住了，且战且退转前院，被一帮挥舞凶器的家伙团团围住了。

正往村委会路上的孟支书，接了个半截子电话，听得不甚清楚，一看是陈涛打来的，立马加快脚步。正好有村民迎面跑过来，上气不接下气地说，孟支书……出……大事了，项目办……打起来了，一帮人……正在打陈总哩。

他一听大事不好，给那村民吩咐说，快去，找村主任召集人。自己飞跑冲进村委会，打开广播大声喊道，村民们，请注意，项目办有歹徒闹事，拿上家伙快去救人，快去救陈涛副总。

孟支书喊了一遍又一遍，猛想起陈涛要他报警，赶紧给派出所打了电话，又在广播上喊道，村主任，村主任，挨家挨户叫人，赶快去项目办救人……

村里喊声吆喝声脚步声，响动越来越大。孟支书直奔现场，不少群众已经赶到了。一帮人乱哄哄的只顾围打陈涛，村里的广播声竟然没听见，来了一群村民也没当回事，领头者在一旁高声指挥，打、打、打，往死里打！朝上冲，还等甚？有两人扑上来，陈涛前躲后闪，左棍右腿，一个被扫堂腿踢翻，一个被细钢抡撂倒。他朝领头者喊道，姓田的，有种你上来。

领头者叫嚣着，陈涛，你有种，今儿你就活着出去。

孟支书拉着村主任上前仔细辨认，只有围在中央的陈涛一人穿着白衬衣。

他俩退后几步，孟支书朝前大声喊话，闹事的，放哈凶器！

村主任朝后低声发号施令，快上手，还等甚？先救陈总，穿白衣服的是陈总，剩哈的都是歹徒，都是田永福的残渣余孽！

村民们哗啦一声冲了上去，这帮人即刻被围起来，慌忙转身应对，双方厮打一团，领头者朝天放了两枪，企图阻吓村民，反而激起民愤，村民一个个挥舞木棍，直向歹徒。陈涛且战且喊，孟支书，大轿车是他们的，不准开……话音未落，被人打倒在地昏了过去，村主任领人冲进去，十几个群众把陈涛团团护住，有人喊叫，擒贼先擒王，打这“灰圪跑”，一帮人冲上去，领头者就被乱人乱棍打得倒在地。更多村民赶来，不问青红皂白，上去就打。孟支书指挥部分村民围住大轿车赶下司机。

远处警笛声传来，大轿车司机慌忙跑过来喊，警察来了，快跑，快跑！有人闻声朝他冲过来，司机撒腿跑得没影了。滞留院里的闹事者喊着快撤，夺路而逃，村主任指挥村民关住大门，多人翻墙逃走，也有被群众拽了下来的。

几辆警车开到现场，警察跳下车来。孟支书挥手喊道，不要打了，警察来了，背塄洼人站到我这哒来，村民呼啦啦撤到一边。

村主任他们把陈涛抬进屋放在沙发上，让村医务所医生包扎伤口。院中央只剩下十几个闹事者束手就擒。

派出所警察清理现场，发现双管猎枪，还有装满汽油系引线的啤酒瓶子，意识到问题的严重性，即刻给县局领导电话汇报。与此同时，李兵接到孟支书电话，胡晓燕接到李兵电话，县医院接到公安局电话。警车救护车还有李兵胡晓燕他们相继赶来。

陈涛伤势最重，被第一辆救护车接走了。孟支书说村民都是闻讯赶来救陈涛的，村民们自告奋勇去作证，争着挤上大轿车。

闹事受伤者被抬上救护车时，胡晓燕逐一辨认，持猎枪领头人是本家叔叔的儿子，还有他的外甥侄儿等。

这一晚县医院里彻夜难眠。医生护士忙作一团，手术室推进推出，村民跟闹事者也有不少轻伤挂彩的，也都被一一做了包扎处理。警察挑灯夜战，谈话录口供，在院长办公室、病房、公安局拘留室分别同时进行，等潘劲副县长闻讯赶来时，案情已基本厘清。

潘劲听了公安局长汇报，又把田永军叫来，详细询问了本家叔叔与陈涛结怨的原原本本，摇头叹息，感慨不可思议，我说永军，你这个本家叔叔呀，老浑汉一个。君子爱财，取之有道，都甚年代了，还打打杀杀的？愚昧、贪婪、可恶。田永军不好说甚，尴尬地点点头。潘劲对公安局长吩咐道，聚众报复行凶，持械恶意伤害，这种恶劣行为，与当前打造的社会和谐背道而驰，必须依法追究，严惩不贷，绝不姑息。好了，就这了，永军，咱去看陈涛去。

陈涛已经被送进手术室，背垴洼孟支书一帮人守在外面楼道里，李兵给他们买来饮料和面包，胡晓燕跟“永盛”的人也在。

身旁陪同的院长介绍说，人清醒了，脱离了生命危险，主要是头上的刀伤失血过多，其他几处的皮外伤不要紧。

潘劲握着胡晓燕手好言安慰一番，又过来与孟支书握手致谢，孟支书，得亏你们见义勇为。都是你们村上人？

孟支书点头说，大家争着来作证，录了口供，还非得等陈总手术完了再走。潘劲上前跟村民一一握手致谢，又叮咛李兵说，回头你们负责，把背垴洼群众送回去。

潘劲走后，远处传来声嘶力竭的叫喊声。

李兵问，谁呀？

田永军闷声回答，还能有谁，本家叔叔。

本家叔叔沮丧到了极点，几天前发誓收拾陈涛的狂气全无。那天他召集儿子他们商量计策，有言在先，致残不要紧，但不能要命。儿子外甥们奉命行事，纠结一帮哥们儿弟兄先侦察现场，摸清陈涛行踪，制定了夜袭背垴洼的周密计划。这天儿子走后，本家叔叔在家坐卧不宁，凶吉难卜。晚上十点多，仍不见人回来，却接到医院打来电话，家中有人受伤被送在医院，速来预交手术费。本家叔叔顾不上多想赶到医院，当下被守候的警察控制了。警察开口就问双管猎枪的事，本家叔叔傻眼了，顿时软瘫在地，他做梦也没想到，儿子背着他把私藏的猎枪带去了，而且一群人对付不了一个人，反倒一个个被打伤了。

医院工作人员找他收缴手术预付款，他忍不住吞吞吐吐问，我儿子伤得咋样？还有我外甥……

都甚时候了，只关心你儿子你外甥？警察没好气地打断他，厉声训斥说，咋哈不问被你们打的人是死是活？人家要是哈不了手术台，我看你老汉，嘿，也少不了抵命。

本家叔叔羞愧难言，双眼滴血，萎缩一团，田永军在门口来回走过，他瞅见赶紧低下头。警察进来给他戴手铐时，他突然发疯似的喊叫着要见儿子外甥，死死扒着门框不走。

局长闻声出来，他痛哭流涕，苦苦哀求。局长摆手说，算了，算了，让他先去看看再带回局里。

本家叔叔看了自家伤员，仍然不肯离开医院，哀求警察让他见田永军一面。警察再训斥也没用，拖都拖不走，只好带他来手术室这边。本家叔叔一瞅见田永军，猛一下扑上前去，扑通跪在田永军面前，戴手铐的双手夹着头，在地上啄木鸟似的磕起来，都磕出血了。

田永军慌忙阻止说，叔，你这是作甚，我可受用不起。

本家叔叔完全情绪失控，精神崩溃了，嗷嗷哭叫着，连滚带爬向胡晓燕而去。胡晓燕起身就走。警察拽住本家叔叔打电话求援。

李兵拦住去路弯腰蹲下，拍着他肩膀冷冷地说，你这是何苦？进去了，慢慢忏悔么。

又有警察赶来帮忙，把本家叔叔抬起架着走了。田永军望着他的背影，唉声长叹，闭目深思。

第十八章

1

现代通讯传媒把偌大的世界压缩于手掌之中。老话说“好事不出门，坏事传千里”早过时了。西安宾馆服务员送来当日报纸，雷静扫了一眼，两条新民的消息，一好一坏，映入眼帘。

艾高原的名字上了胡润慈善榜。新民发生一起聚众报复行凶，持械恶意伤害案件。前者早有内幕传闻并不新鲜，后者却令她震惊不已，打手机向胡晓燕表示慰问，还说回新民一定去看望陈涛哥。事情已经过了几天，胡晓燕显得很平静，说是陈涛没事了，正住院治疗，感谢雷静的关心，也说等你回来姐妹们聚一聚。雷静有事汇报，又拨通艾高原手机。

人在北京的艾高原不提自己上了胡润慈善榜的事，开口先问，雷静你听说了没有？“永盛”陈涛被人打了。

雷静说，艾总消息这么灵通？你甚时回来？

正在去机场路上，中午就到，别的人直接回塞北了，就哦一个，把房子订好，艾高原喜呵呵地说。

知道了，等你回来再当面汇报。雷静挂了电话，下楼在前台给艾高原订好房间，直接出门去水利厅了。

雷静跟艾高原一起到的西安。艾高原有事去北京了，她留下跑引水工程项目的审批手续。还要参加应届高校毕业生招聘洽谈会，为“天府煤业”的煤化工项目引进人才。

对于雷静来说，省上跑手续轻车熟路。一方面她有省发改委的关系垫底，朋友熟人多；另一方面，这两年艾高原名气越来越大，结识了不少厅局领导甚至省上领导，一听是新民的慈善家艾高原老板，大都礼让三分给足面子。

雷静这会儿出门，就是要去水利厅拿审批文件的。“双百工程”实施之后，鲁家庄乡侯书记成了艾高原办公室常客，“团圆节”艾高原一句“黄河里有的是水”，被他刻到心里了，他凭着三寸不烂之舌，使劲煽惑艾高原上大项目，把绿色种养殖项目和生态建设扩展到全鲁家庄乡。

“天府”正在上煤化工大项目，艾高原投资的贯通鲁家庄乡三级公路也已开工，按说，艾高原手头并不宽裕。侯书记却不管这些。

你手底哈十几个煤矿，天天运钞车朝回运钱，这项目搁给你身上，还不是九牛一毛？

艾高原本是性情中豪爽之人，哪经得住侯书记“用企业家的激情，点燃农民心中的梦想”的倾情鼓动？艾高原决意引黄河水上原，为鲁家庄的家乡人点燃绿色梦想，可着手做项目可行性报告时才知道，黄河水归黄委会管，流域内各省用水实行配额制，不是说引就能引的。

前来搞规划设计的省上的水利工程师给艾高原点窍说，黄河滩地下也有水，打井引地下水，水质比黄河地表水更好，这样，审批手续容易多了。

项目设计紧锣密鼓，侯书记尽其所能全力配合，急着抱个金蛋蛋。艾高原的设想，明年开工建设，年底引水上原。他把跑审批手续交给了雷静。

这两年里，雷静以节节提升的总经理助理、董事会秘书、董事会办公室主任的特殊身份，在“天府”办的都是牛咬马的难缠事，立竿见影的紧火事，关乎全局的重要事。关键时刻艾高原一发话，看似“不管部长”的雷静赴汤蹈火，在所不辞。诸如商务谈判、合同纠纷、协调施工现场、考察重要设备之类，非雷静莫属。

起初也有人背地里说三道四，可雷静不改初衷，乐此不疲。久而久之，大家倒觉得雷静才高一筹，艾总知人善任。但凡大事难事，副总们建议让雷静参与其中，这次招聘人才是分管劳资人事副总的分内事，他却给艾总建议让雷静去，说甚招大学生，我个初中生压不住阵，咋哈也得去个高学历的。

艾高原不假思索回答说，成哩，刚好雷静熟悉煤化工项目情况，另外抽水工程的手续要她去办。

雷静开玩笑问，这不是人力资源部的事吗？为甚派我去？

艾高原答，你办事，哦放心。

我快成公司的万金油了，雷静怪嗔地说。

艾高原笑道，你是活雷锋，永不生锈的螺丝钉，哪哒需要拧在哪哒，机票都订好了，明儿一起走。

雷静第一回跟艾高原一起远门出差。此前，雷静只跟艾高原一起去过塞北和鄂尔多斯。招聘大学生这差事，几次被招聘过的雷静做起来一样得心应手。人力资源部两人给当帮手，她连夜起草文稿准备照片，包括“天府”公司简介，慈善家艾高原的媒体报道文章，煤化工项目效果图等，找广告公司设计个主题鲜明的宣传展板，架在招聘会摊位前很是抢眼。

大学生们知道艾高原的人很多，对艾高原和他的“天府”企业兴趣浓厚，很愿意跟对这位谈吐不凡的女主管多聊几句，一听雷静的学历背景，不少人都愣住了，顿时肃然起敬，雷静滔滔不绝推介“天府煤业”的与众不同，优势多前景好，有意向与“天府煤业”签订就业合同的人还真不少。

其中两男一女三个研究生引起雷静的注意。这三人出于对艾高原的好奇才凑过来搭讪的。与他们一交谈，都来自她的母校西北大学，雷静觉得一见如故，很有亲近感。男生一个学经济管理，一个学化学工程，女生学环境工程。大家既是校友也是同龄人，短暂逗留，谈得十分投缘，相互留了手机号，不过，三人没有应聘的意思，只是出于对艾高原这富有传奇色彩的农民企业家、大名鼎鼎的慈善家的好奇。本科毕业生招聘圆满告罄，两个助手走了。雷静留下继续跑审批手续，总觉得心里缺点什么。有天下午，她打电话约那几个校友吃饭聊聊天。

三人按时赴约，他们从网上得知艾高原上了胡润慈善榜，也搜索到艾高原与“天府煤业”更多信息，就想见一见艾高原本人。

两个男生好酒，雷静说，等艾总从北京回来，我安排你们见面，别让艾总把你俩给灌醉了。雷静辞了省上公务员去县上民营企业，他们表示难以理解。雷静照实一说，三人都觉得她十分超脱，与众不同。

学经济的男生感慨道，与学姐相比，我们这些人太凡夫俗子了。雷静有意识把话题引向深入，探讨人生、理想、追求、财富观。那女生对陕北很好奇，诸如自然环境、风土人情的，问了很多。

雷静一一作了介绍，开玩笑试探着问，是不是想到我们那儿去发展？三人没回答，她便说，随便问问，你们是高学历有大志向，只可惜我们那儿庙太小了。

学经济的男生谦虚地说，小巫见大巫，哪能跟北大出国深造的学姐你比呢？

雷静认真地说，其实，我们那儿最需要你们这样的人才。

那个学化工的男生也说，你们兴建中的合成氨尿素煤化企业，跟我专业很对口，不过……说到这儿，他看了那女生一眼。

雷静就此打住说，我也是这样过来的，毕业求职，权衡各种利弊，面临艰难抉择，有更好的去处自然优先考虑。各人的情况不同，先与艾总见个面，大家交个朋友，去不去“天府煤业”，是另一码事。

再次见面时间充裕，大家无话不谈，雷静对他们多了一层了解，两个男生是内蒙老乡，家在四川的女生正跟学化工的男生热恋之中。男生跟自己有相似之处，要么文科转理科读研，要么理科转文科读研，读研前都有社会实践经历。雷静求贤若渴，“天府煤业”最缺这种高学位专业人才，尤其是这俩男生，去了就能适应工作，很快可以独当一面。雷静一心想促成此事，急着给艾高原汇报。

“天府”办事机构不在市中心。为办事方便，艾高原来西安只用车辆，很少去那里住。

艾高原一下飞机，在省上开会的刘大地打电话问他，下午五点钟有啥安排没有？

艾高原反问说，领导有甚指示？

刘大地说，你要没事，一起去看个病人。

艾高原问，看谁？

刘大地说，去了你就知道了。

艾高原说，那哦让雷静先买些东西，后晌一起去接你。

艾高原来到宾馆，雷静安顿他住下，汇报了招聘情况，详细说了三个研究生的事，艾高原喜出望外。

他急忙问，男的女的？

雷静笑着问，两男一女，艾总想要男的，还是女的？

艾高原说，是人才男女都要，人家愿意去？

雷静说，说不准，他们崇拜你想见你，见面后咱再做工作。三人经济管理、化学工程、环境工程都有，专业十分对口，感觉人也不错。

艾高原说，只要你选上了，工资待遇不是问题，三千元嫌少，就给四五千，尔格哦不怕花钱，最怕不花钱。

雷静不满地说，艾总整天财大气粗的，俗不俗，我要是你，越想挣大钱的人，越不欢迎。

艾高原问，为甚？我更看重有奉献精神事业型的人才。

艾高原理亏词穷，憨憨一笑，忽然问，两个男的中，有没有你相中的？

雷静不高兴了，我是来招聘还是来相亲？

艾高原嬉皮笑脸地说，真有你相中的，何不一举两得？

你这甚意思，该不是赶我走？

哦是怕你走，你的婚姻问题解决了，哦用着更踏实了，说真的，有没有相中的？哦在西安送套房给你当嫁妆。

雷静真生气了，不耐烦地说了句，不跟你说了，扭身走了。

本来打算让雷静去买东西，人家生气走了，艾高原只好把在大厅里休息等候的司机叫上来交代一番。他有点莫名其妙，平时雷静对他敬重有加，不管甚场合，在他跟前，说话举止都十分得体。这女子，一提这事咋哈生气了？

其实，平时大大咧咧的艾高原，并不知道雷静为这事最近有点烦。父母为这事来找过她几次，还托人给她介绍对象。雷静已经置身艾高原事业发展的核心层，成了"天府煤业"一张亮丽的形象牌。从内心讲，艾高原离不开也有点儿舍不得她走了。尤其是雷静不计个人得失，一心回报帮扶之恩，她的思想主见、为人处事，令他很是敬佩。

雷静刚出现时，公司有人说闲话，他婆姨也听到了。艾高原拍胸膛振振有词，社会社会，男女搭配，连寺院都是和尚尼姑，念经不累。哦走得端行得正，哦怕甚？

话说得干梆硬正，行动上却小心翼翼。艾高原对雷静有话说在明处，有事办在当面，绝不给人留下猜想空间，从不单独与她进入休闲娱乐场合，从不当众跟她开玩笑讲荤话，几乎没有单独带她出过远门。

艾高原坚持维系公开透明的工作关系。他越这么做，雷静越觉得心目中的艾高原，更像一位豁达敦厚的娘家长兄。雷静父母背着她也给艾高原托说过她的婚姻大事。

雷静母亲说，女子跟着你，就当亲妹子多操些心，有合适的人就给娃介绍一个么。

艾高原这才意识到雷静已经是二十好几的大姑娘，早该谈婚论嫁了。他即刻给马文慧打电话托说了，也旁敲侧击问过雷静，雷静如封似闭，一笑了之。他又让马文慧打探雷静的心事，雷静告诉马文慧说，这要看缘分，缘分不到，急也没用。艾高原对这事一直很上心，听了雷静的汇报萌生这种念头，也在情理之中。

一起去接刘大地路上，雷静赌气一言不发。司机在场，艾高原不好直问她还生不生气，没话找话，雷静神情淡然，不多答一句。

刘大地上车就问，老高庙的兰炭厂咋回事？这么大的事瞒我？

艾高原拿着明白装糊涂说，具体的哦也说不清，你问雷静。

雷静说，这是公平交易，各取所需，很正常啊。雷静只字不提马文慧，避重就轻把情况一说，刘大地不吭声了。

艾高原嘿嘿一笑，又问，领导这次开甚会？

刘大地说，“新民现象”与扶贫开发研讨会，省委和省政府两家政研室联合召开的。

刘县长，看到今儿的报纸了没有？雷静又问。

看到了，报道新民的两条消息，好的坏的，都与扶贫有关联，这就是“新民现象”，刘大地自嘲似的回答。

艾高原急着问究竟，雷静回答后，他不解摇头，背塬洼那事与扶贫有关？

刘大地说，我跟田永军通过电话了，没想到胡晓燕扶贫动作大，激化了“永盛”的内部矛盾。

艾高原说，胡晓燕得罪了本家，却赢得了背塬洼人心，可见，还是领导你包村帮扶这一招高明。

化解村企矛盾，咋就激化了内部矛盾，还差点出了人命？真是令人震惊，刘大地百思不得其解。

说话间到医院下了车，刘大地吩咐雷静再去买个花篮，艾高原这才想起了，稀里糊涂地跟领导，去看谁？

刘大地故意说，老熟人。见艾高原一副急不可待的样子，刘大地才说，尤乃生，尤老板。

那天背塬洼一出事，在市上的刘大地就接到潘劲的电话。市上会完了接着去省里开会，刘大地便给李兵和田永军打了个电话，询问详细情况。

李兵心里清楚，书记担心背塬洼项目建设受影响，按计划，年底第一条生产线要建成试产的。他给刘大地打包票说，陈涛人没事，最近我守在现场盯着，老丈人去西安看病住院了，我顾不上去了，已经让婆姨请假去陪爸。李兵顺口说了，刘大地也顺便问了尤乃生的病情和住院地点，打算到西安一定去看望尤乃生。

艾高原恍然大悟，尤老板病了？哦以为是甚大领导哩。

刘大地感慨地说，说心里话，你们这些为新民作贡献的老板们，在我心目中有着特殊的位置哩。

躺在病床上的尤乃生正跟侄儿尤喜来拉话，瞅见刘大地他们走进病房，又惊又喜，赶紧招呼大家坐下，让侄儿沏茶倒水。

刘大地看尤喜来有点儿面熟，尤喜来赶紧说，刘县长，你忘了？硅钙协会成立时去请过你。

尤乃生接着介绍，这是我侄子，尤喜来。

刘大地想起来了，县上成立硅钙协会他去了，这后生是协会秘书长。

尤乃生精神状态不错，他有点受宠若惊，刘县长百忙中来看我，我都不知道说甚好。

你侄子也来看你？刘大地问。

尤乃生说，我女子有事，他专门来招呼几天，我正给他讲“富贵”二字，我说，光有钱是富人，受人尊敬是贵人，有钱人多做善事，受人爱戴，才称得上“富贵”。艾老板，你可是咱新民“富贵”第一人。

艾高原打趣说，先有庙，后有路，你是第一，你是第一。哦们煤老板狂钱多，你挣钱不容易，你掏一个子，跟哦掏十个子是一样的。

刘大地关心地问及病情。艾高原忍不住插嘴说，事是干出了的，病是吃出来的，尤老板满肚子的山珍海味，能不得病？

尤乃生乐呵呵地说，我没事，专家们会诊了再会诊，像癌又不像癌，把专家难住了，不哈结论，我只好安心活着，我命硬得很。最近感觉不太好，来这哒一检查，医生又说没甚事。

艾高原跟尤乃生继续抬杠斗嘴，雷静在一旁看热闹。刘大地与尤喜来顺便聊起硅钙产业，他告诫说，硅钙产业是咱污染治理的最后一个堡垒，抓紧“关小上大”，落实产业升级，走园区化之路。

尤喜来回答说，尔格几十家厂厂全停着，正在按照兰炭产业的模式重组整合，符合产业政策的炉型也正在联系，准备去考察，刘县长你放心，我们协会掌控着局面，绝不会给县上添乱。医院通知缴费，尤喜来去了。

艾高原问，带硅钙厂出走“天源”的是这个侄子？

尤乃生坦诚地说，是呀，我这侄儿也犯过浑，人非圣贤，孰能无过？社会在变，人都会变的。

刘大地起身安慰尤乃生好好养病，尤乃生不无乐观地说，请刘县长放心，我没甚事，河滨公园，还有李兵背圪洼项目竣工了，我还等着回去看热闹哩。

艾高原要请刘大地一起吃饭，刘大地说他约了人。正说着，随同他一起来的县委办主任来电话了。艾高原让司机直接送刘县长，自己跟雷静打的回宾馆。雷静成事心切，车上就打电话约好三个研究生跟艾高原见面，回宾馆就订好了包间。

雷静回到房间，非要让艾高原换上西服打领带刮胡子。

艾高原不满地说，这是作甚，又不是哦去相亲。

雷静说，也不是我去相亲，要变一变你不修边幅的形象，人家慕名而来，起码要有礼贤下士的姿态。

艾高原说，成哩成哩，今儿哦听你的，还有甚？

雷静又叮咛说，今儿你可是“天府煤业”的金字招牌，这次要是招聘成了，往后还会有人来投奔你，咱要的不止一个两个，而是专业人才团队，去了少说些段子顺口溜，注意身份。

艾高原喜滋滋地说，哦知道，以诚相待。

这晚酒桌上，艾高原起初有点拘谨，研究生们想了解他的身世与创业史，艾高原一一照实说了。

人家问他为什么热衷慈善事时，艾高原说，哦原先少吃缺穿，人家帮过哦，哦一辈子记着人家的好。哦最能体会没钱人的难处，帮助没钱人的好处，尔格哦有能力了，就应当拉扯跟哦原先一样的穷苦人。

人家问他，你已经是成功企业家了，还投资十几个亿搞大煤化项目，还想挣更多的钱？艾高原答，老板还有嫌钱多的么？对哦来说，有了更多的钱，才能帮更多的人。

艾高原的话朴实真诚，听者很是感动。男生们频频向他敬酒。艾高原来者不拒，兴致大发，人家要他唱他就唱，先唱了一段“对面面的圪梁梁上”，女生还要听，艾高原说，那哦就唱个酸曲《大红果果剥皮皮》，开口唱道：

大红果果剥皮皮，
人家都说哦（我）和你，
其实哦（我）俩没关系，依儿哟！
好人落哈（下）个赖名誉……

大家拍手叫好，还要他再来一个。艾高原直摇头，就会这几句，唱哦（我）再不会了，哦给大家讲个段子，艾高原说着看了雷静一眼。

雷静知道他正在兴头上，便说，我们艾总就喜欢说段子顺口溜。

艾高原清清嗓子说，哦先说个《贪官四知》，“开甚会不知道，坐的座位知道；跟谁睡不知道，睡了干甚知道；谁做工作不知道，提拔谁知道；谁来看他不知道，谁没来看他知道。”说完又说，“喝酒是享受，喝醉了难受；当官是享受，当上了难受，挣钱是享受，分配难受”，后两句是说哦婆姨的，“跟上哦是享受，生娃难受”……

艾高原说得收不住了，雷静见状端酒杯扭转话题。

艾高原举杯了还在滔滔不绝，董事长是吹牛的，企业是一流的，欢迎你们加盟“天府”，说哈的不算，亲自去看。雷静，明儿派车拉他们去新民看一看，工资待遇从优，哈一步公司在西安建基地盖房子，将来就在西安安家。将来干得好了，有突出贡献的，奖房奖车。说哈的不算，到时候兑现。

研究生们被煽惑热了，情绪亢奋，男的拼命跟艾高原飙酒，女的也不时举杯……客人们一走，艾高原醉得不省人事。雷静扶他回房间，他哼着大红……果果……剥……皮皮……突然喊，快拿盆子，张嘴要吐，雷静忙扶他去卫生间也来不及了，一时浊物四溅，酒臭熏天……她帮他收拾干净，扶他上床，顷刻鼾声震天。

艾高原一觉醒来天快亮了。雷静在沙发上打盹，艾高原慌忙下床。

雷静醒了问，艾总你好点了？

艾高原面红耳赤，低下头嘟囔说，喝高了，丢人了，丢人了。

雷静心里真想问，喝醉酒回家先喊“快拿盆子”，叫婆姨伺候惯了？可嘴里只说了句，我去睡了，起身出门。

艾高原在床边傻傻发呆，拼命回忆昨晚发生的事，顿时脸色通红。

2

年关临近了，戴玉骨伤痊愈扔掉了双拐。她第一天去环保大楼上班，楼上楼下把所有办公室转了一遍。到处焕然一新，应有尽有，在线监测控制室的大屏幕，重点企业的污染源动态尽收眼里，戴玉感觉好极了。女同事们说她白了嫩了，年轻漂亮了。

男同事见面就说，哟呵，戴大队，看你养得胖成甚了。

戴玉不恼，胖了再减肥，再去蹦迪么，说着朗然一笑。

杜牧在办公室听见楼道里戴玉的朗朗笑声，开门招呼她进来说，戴玉急着来上班？

戴玉说，在家快把人憋疯了。

走两步，我看看。戴玉走了几步说，你看，都好利索了。

杜牧故意说，咋哈一边高，一边低。

戴玉愣了一下说，开甚玩笑？你学赵本山卖拐哩。

杜牧哈哈大笑，看样子能喝酒了？

戴玉说，几个月滴酒不沾，都忘了酒是甚味了。

那就今晚喝一场？杜牧说。

戴玉赶忙说，今儿不成，改天。

杜牧说，改天我设局你埋单。

这是为甚？戴玉问。

大难不死，必有后福，杜牧懒洋洋地答。

戴玉不解，杜局你这是甚意思？

杜牧卖关子说，你有好事了，江局找你有事，一起去。

两人来到江山办公室，江山一边笑着问候，一边拿出份省厅文件递给戴玉。戴玉一看，自己榜上有名，被评上省上表彰的先进个人了，高兴地说，谢谢江局，听说是你亲自给我整理材料的。

江山说，主要是你工作出色，连高局长都打电话问候你。

戴玉赶紧说，也谢谢人家高局长关怀。

江山接着说，国家环保总局年前在京召开基层优秀环保工作者座谈会，高局长一心想推荐你，问你伤好了没有。

戴玉乐得合不拢嘴，好了好了，今儿都上班了，那哒甚时开会呀？我正好打算最近去北京，公私兼顾，再好不过了。

戴玉说了赵娜结婚，她跟罗萍要去。江山二话没说，便给省局打电话落实了戴玉参会事宜。

杜牧说，你看看，好事临门，今儿就请客。

戴玉连忙说，今儿不成，跟一帮女士们约好了。

江山也说，下午下班，我也要去看尤老板，他从西安住院回来了，也说要一起吃饭的。

戴玉说，明儿是周末，我请二位局长跟大家一起喝酒。

戴玉喜气洋洋回到办公室，先给赵娜打了电话。赵娜的婚礼跟北京座谈会时间，一前一后，都在年前，戴玉心里踏实了，赶紧把这个消息告诉了罗萍。

戴玉一瘸一拐跟罗萍去医院看望陈涛之后，就再没见过胡晓燕。两天前接到胡姐电话，说要约姐妹们坐一坐，让她帮忙联系。

戴玉照办，齐海红去省里参加陕北民歌大奖赛了，不在新民，阎香草、雷静和罗萍都约好了。下午下班后，戴玉直接去了恒源大酒店，胡晓燕看上去气色不错，正跟阎香草在包厢里拉话。

戴玉刚坐定，雷静也推门进来。戴玉便打电话催罗萍。背塬洼出事后，只有雷静没见胡晓燕，见面关切地问长问短。戴玉与阎香草仍在说写酒曲词的事。

等罗萍一到，姐妹们围着上桌子，胡晓燕开场白说，这些日子发生了很多事，先是戴玉妹子受伤，接着陈涛被打，姐妹们相互关照，也让我度过了最艰难的时刻，今儿大家难得一聚，就这，还缺少海红妹子。先告诉大家，我跟陈涛把证领了，打算举行婚礼。

甚时候？大家异口同声地问。

胡晓燕说，具体日子没定哈来，也就是春节前后。

戴玉急忙说，最好在春节后。

雷静戏弄说，胡姐婚事你喊得最响，咋这会儿还挑三拣四的？

不是，不是，节前我跟罗姐要去北京，两边都是婚礼，都不想错过。戴玉仔细解释一番，罗萍也随声附和，雷静这才作罢。

胡晓燕笑着说，婚礼要等背圪洼项目竣工之后，看样子咋哈也到年后了。

桌上凉菜齐了，戴玉兴致勃勃，站起来提议说，黎明前的黑暗过去了，我和陈涛的伤都好了，胡姐他们很快要举行婚礼，可谓喜事连连，咱们今儿不喝红酒，喝白酒，成不成？

胡晓燕第一个响应说，成哩，今儿大家放开尽兴喝白的，说完，就给司机打电话吩咐从车上拿酒进来。

雷静罗萍都不反对，阎香草左右一瞅笑了。

茅台酒打开后，大家温雅咂酒，拉话叙旧，首先说到背圪洼事件的后续上来。本家叔叔为儿子外甥侄儿开脱，大包大揽背上主谋罪责，故意伤害加上私藏枪支罪，被判了五年。

胡晓燕透露说，就这，还是田永军私下里做了工作，从轻量刑的。

戴玉举杯提议，大家连喝三杯。

阎香草问起老田总身体状况，胡晓燕说，都让戴玉的乌鸦嘴给言中了，尔格患上老年痴呆症，整天咧嘴傻笑。

大家一番议论，感叹命运作弄人。胡晓燕说，陈涛出院后，我带他和孩子一起看望，老头儿谁也认不得，连他孙子也认不得。听得大家心里怪凄凉的。

戴玉说，不管咋说，这也为胡姐的婚事扫清了障碍，这不是幸灾乐祸，这怕是长贵爷整天说的福兮祸兮，祸兮福兮么。

话题沉重，弄得大家心情有些郁闷，胡晓燕感慨说，这几年经历的事太多了，大风大浪，不堪回首，想平平常常活个人真不容易。

阎香草安慰说，这不都过去了？唉，有钱没钱，都要过年。人呀，最怕想不开。你公公还有你那个叔叔，都是把钱看得太重了，咱新民我最佩服一个人，一觉醒了开窍了……

你说的是乃生叔，戴玉抢着说。

阎香草点头称是。

李兵碰上了胡晓燕司机，便得知胡晓燕也在恒源大酒店。就在大家郁郁寡欢之时，李兵尤乃生江山三人突然推门而人。

李兵进来就跟胡晓燕开玩笑，独自赴宴，也不把人家陈总带上？

胡晓燕回应说，你把他撇在工地上，在这哒吃香的喝辣的，也没他的份？

尤乃生一看酒瓶子，哟呵，国宴酒都上了，有甚喜事？戴玉，听说你当了省上先进了，是不是大家祝贺你？

戴玉说，哪里话，几个姐妹没事聚一聚。

江山问胡晓燕甚时举行婚礼。李兵邀请罗萍去背塬洼帮忙指导。阎香草问候尤乃生身体。戴玉忙着给大家敬酒，雷静跑到一边去接电话。他们一走，包厢里气氛像是被人引爆的烟花筒，连文气的雷静也来者不拒。

阎香草有点纳闷，今儿咋哈都馋酒了？殊不知，除她以外，人人各怀心思。

戴玉人逢喜事见酒就狂，一展豪女风采。

胡晓燕感叹人生苦短，借酒言真一吐为快。

近来为自己陷入困惑，从不沾白酒的罗萍也借酒浇愁，真想破天荒地醉一回。

雷静最近有点烦。三个研究生签约“天府”，毕业前这半年在就公司工作实习，那个学经济的曹宇对她有点意思，艾高原看出来了，热心充当月下老，对雷静好言劝导，鼓捣后生加油。

艾高原越是这样，雷静越是反感。刚才，接完曹宇电话还没坐安生，对方的短信又来了，她又好气又好笑。戴玉在一旁要看，雷静不让，索性关了手机，只得喝酒妥协，心里乱成一团麻。

不料戴玉还是当众宣布说，姐妹们，雷静有情况了，哈一个该轮到喝她的喜酒了。

雷静满脸通红说，大家别听戴玉姐胡说八道，大家还是应该多关心罗萍姐么。

罗萍不胜酒力，已经喝得晕晕乎乎，没听清雷静说她什么，舌根僵硬了，还一个劲地追问。

胡晓燕说，大家关心你的个人问题，商量着咋哈给你介绍对象哩。

罗萍似乎听明白了，凄惨一笑，连连摆手说，这种事……不要……拉扯我了，说罢，端起酒杯自斟自饮，接二连三，戴玉过来拦都拦不住，她嘴里含含糊糊念叨，戴玉……姐像浮萍……无根无基……飘忽不定，说着又喝了一杯。咱……说好了……下辈子……你要娶我吗？说完，一头伏在桌上，竟然呜呜哭了。

罗萍哭得伤心透顶，仿佛刻意用泪水洗涤内心的忧伤苦愁，大家上前安抚，她已经醉得不省人事。众人一片惊异，不知所措。

戴玉悔怨不已，没见过罗姐喝白酒的，今儿到底有甚心事？

胡晓燕醉醺醺地说，我有预感，罗萍心里的苦楚不比我少！

罗萍有生头一回醉了，一醉解千愁。天亮醒来万念俱空，她感觉心情轻松了许多。戴玉钻在她被窝还架过来一条腿。她红着脸挪开她，悄然下床洗漱完毕，到孩子们房间看了看。

学校已经放寒假了，豆豆蛋蛋正在熟睡之中，她叫上小芹回了石板台。半道上，她接到戴玉的电话。

罗姐，给你说，昨儿做了个不好的梦。

梦见什么了？罗萍问。

梦见你不辞而别，我拼命地找啊找的。醒来睁开眼，你真的不见影了？

罗萍心里空灵灵地说，梦是相反的，我咋会不辞而别呢？你睡得正香，我没叫醒你，急着回石板台了。

戴玉疑虑地说，日有所思，夜有所梦，昨儿你喝得烂醉如泥，痛哭流涕的，把大家吓了一大跳，你心里到底有甚难受之事？

我没事，大概是醉酒失态了，罗萍掩饰着把话岔开说，你还在被窝？快起来，把孩子们安顿好，还要上班哩。

最近的确有好几件事令罗萍焦虑不安。那次从梁有恒厂子回来后心情郁闷，跟梁有岗闹了点小别扭。那天她又是发短信又是关手机的，梁有岗见她情绪低落，心事重重，回厂里后，几次接近她问她究竟，她不冷不热地躲躲闪闪。

梁有岗猜出肯定是嫂子说了甚话，而且与董芸有关。过了几天，罗萍气消了。有天晚上在她的办公室里，跟梁有岗郑重其事地谈了一回。她要他多关心董芸和孩子，多为家里操些心，梁有岗却不以为然，辩解说他跟婆姨儿子之间没甚问题，反倒埋怨起董芸跟马翠凤来了。

罗萍有点生气地说，明摆着，你在我身上分心了，要怨也只能怨我，从一开始都是我的错。

梁有岗连忙说，萍姐，这事咋哈能怨你。

罗萍唉了一声，有岗兄弟，我从内心感激你为我做的一切，可是，我一听见董芸的名字，一看见你嫂子的眼神，由不得感觉羞愧内疚，我越来越承受不了这种道德的谴责，灵魂的煎熬，往后别在我身上心思太重了，说不准哪天带着豆豆会离你而去的。

此话冷不丁一出，梁有岗惊呆了，猛地扑过来把罗萍死死抱住，急得眼泪都流了出来。

萍姐，你要走带我一起走，天涯海角，哪哒都成，尔格我甚也不稀罕了，我就要你，就要你在一起。

罗萍推开他，难堪地说，我总觉得，扒在别人碗沿上气短不光彩。

梁有岗断然表态说，我早都想过了，我离婚，明媒正娶，跟你过。

罗萍毫不犹豫地说，我可不愿意再在新民背上骂名，你要走这一步，我明天就离开新民。

梁有岗扑通一声跪在罗萍面前，呼哧呼哧抱头哭了。

罗萍无可奈何地抚摸着他的头，一边说男儿膝下有黄金，一边把他搀起来。

两人抱着痛哭一场，哭完，接吻抚摸，相拥着上床，男欢女爱耕耘一番。完事，搂得紧紧地说话到半夜才睡了。罗萍答应不再提分手的话，梁有岗保证善待董芸，以避免后院起火，两人言归于好。

罗萍自叹苦命，只能得过且过。谁知闹心事接连出现。吉林老家兄长打电话，卖妻抵债的缺德丈夫上她娘家打听她的消息，被只知他欠了赌资离家出走的哥哥奚落了一顿，留下一封给她的信走了。

罗萍不由得怨恨再起，非要哥哥烧了它。哥哥觉得不合适，说事情总归要有个了结，坚持要给她寄来。罗萍不依，答应哥哥今年在老家过春节，等回去了再说。罗萍也想虽然遥远却饱含养育之恩的家了。

为了那负心汉，罗萍闷在心里难受了好几天，不料一波未平一波又起，“东北人”的阴影又显现了。“天意”为石板台村里资助安装了闭路电视之后，厂里的电视随之能收到全国各省市的电视节目。

那天，罗萍在辽宁台看到报道关于“打黑”的消息，审判的黑社会团伙犯罪嫌疑人中，有两个“东北人”的死党。当年她被“东北人”逼得跳河自杀、跟踪尾随发现后救她，软禁时守在门外、天天不离左右的，就是这两个爪牙。

罗萍在反抗中骂过唾过他们，挠破了其中一个的脸；绝食用饭碗砸过他们，烫伤了其中一个的胳膊。后来她屈从就范了，这两人才从她眼前消失了。罗萍一辈子忘不了这两副可恶且可怜的面孔，这是她耻辱的符号之一。不过，他们落入法网，看来“东北人”犯的事尚未平息，罗萍猛地一惊，心差点儿要蹦出来，她连忙打开电脑，从网上在当地报纸里查找到有关报道，果然有“东北人”潜逃在外的文字。

罗萍惶恐不安，一夜未眠，次日就把这消息告诉梁有岗了。

梁有岗憨憨地说，咱是受害者，咱怕甚？就算是公安找上门来，咱也是受害人身份。

罗萍瞪了他一眼说，一团乱麻理不顺，只能剪断，你也不想一想，孩子都给人家生了，同流合污之嫌，我咋能说得清？再说，让豆豆一辈子都罩着父亲恶名的阴影？

梁有岗想想也是，安慰罗萍说，会有办法解决的。

梁有岗好言相劝，却也无计可施，私下里急得像热锅上的蚂蚁。他找孟青山商量对策，没想到孟青山几句话就让他心里石头落了地。

孟青山神秘地说，这事田永军田总肯定办得到。梁有岗不解，孟青山说，“东北人”在新民都是田永福打的场子。田永福杀狗洒血惹民愤，为甚不了了之？“东北人”暴死，为甚不找田永福查个水落石出？田永军叔叔犯案，为甚能从轻发落？这说明老田家在公安部门水深得很。

梁有岗觉得有道理。孟青山进而分析道，尔格罗萍急于撇清跟“东北人”的关系，新民与“东北人”有牵连的谁不想撇清？

梁有岗忧心地说，罗总的底细你知我知，求助于田永军，就等于新民又多了个知情人，罗总肯定有所顾忌。

孟青山说，替人消灾，眼前当紧，再说，田总这人值得信赖。梁有岗觉得也是。

有一天，梁有岗跟孟青山背着罗萍，把田永军约在“鄂尔多斯大酒店”，两人一唱一和，该说的一一细说，不该说的滴水不漏。

田永军听着大吃一惊，就像是黑社会题材的港台警匪片的情节，觉得不可思议，可他俩说得有眉有眼。他的第一感受就是罗萍的遭遇简直太离奇太悲惨了。

梁有岗要田永军绝对保密，孟青山也说，我们可是背着罗总找你帮忙的。

田永军满口答应说，我以人格担保，罗总在这哈比你们谁都重要。

他想了想说，既然在逃通缉，公安内部的追逃网上肯定有记录，他记下“东北人”的真实姓名，当晚就回城去了。

没过几天，田永军告诉梁有岗，追逃网已删除有关信息资料，这事一笔勾销过去了。

罗萍接戴玉电话的工夫，已经到了石板台。梁有岗笑眯眯在她办公室外等着，见面就说，“东北人”的事情摆平了。

罗萍连忙追问，咋样摆平的？

梁有岗说，这你就不用管了，沈阳警方已经得知“东北人”死在新民了，这根线线掐断了。

罗萍将信将疑，梁有岗说，我甚时骗过你了？千真万确。俩人没说几句，田永军急火火来了，进门先问最近销售和明年订货情况。

罗萍拿出一份她才做的销售分析表说，最近销售越来越不好，出货量下降了三成，镁锭、硅铁、电石还有煤焦油的价格呈下滑趋势，我正准备开会商量这事呢。明年的订货情况也不理想，具体情况孟总最清楚。

田永军一边仔细看材料，一边叫孟青山来问话。

孟青山眉头皱成疙瘩，怪尿事，好好的市场咋哈说不行就不行了？

田永军的语气沉重，看来美国的金融风暴已经刮过来了，山西内蒙那边有一些兰炭铁合金厂厂停产了，市场将会越来越疲软，大家要有充分的心理准备么。

罗萍说，在这边一大一小两个厂子，得益于综合利用成本相对低，目前问题不大，真要来了金融危机，我最担心那些在建的大兰炭项目。田永军也说是。

梁有岗犯愁了，他瞅着田永军说，你接哈那条生产线项目肯定受影响了。

田永军说，在建的关键是资金，我的那条问题不大，倒是其他那些建成的、在建的项目肯定受打击了。罗总，你把这边紧火事处理了，集团公司马上召开会，给大家鼓鼓劲。罗萍答应了。

这天大家都很郁闷。罗萍觉得田永军看她的眼神有点异样。

3

这一年的春节，梁有岗过得索然无味。“煤化”集团的会议刚结束，罗萍跟戴玉带着孩子们去北京了，他的魂也跟着走了。

厂子里放了假，梁有岗留下看守一直呆到腊月二十八，被于强接替后才回的家。

他问婆姨说，都要买些甚？我去买。

董芸说，年货都买齐了。

他又问婆姨，我帮你做些甚？

董芸摇摇头说，打扫房子擦窗户洗窗帘被单，该做的都做了，厨房里东西也做好了，没甚。

梁有岗屋里转了转无事可做，懒洋洋坐在沙发上看电视。儿子回来闹着要花炮，他这才带他一起下楼去了。等他们回来，饭菜都端上桌，酒也给他倒好了。

梁有岗闷闷不乐，自斟自饮。

儿子问，爸呀，过年了咋哈不高兴？

梁有岗怏怏地答，没有甚不高兴的。董芸看了他一眼，却没吭声。梁有岗借口说，金融危机来了，厂子快不景气了，心里着急哩。

儿子问，甚是金融危机？

他不耐烦地说，小娃娃问这作甚？

董芸冷不丁冒出一句，你爸魂都丢了，你搭理他作甚。

梁有岗听出话中有话，尴尬一笑说，有甚晚上说，陪我喝酒。

晚上一关灯，梁有岗把董芸搂在怀里，一个劲问，想老公不？董芸一言不发半推半就，该干的事也干了。次日，梁有岗独自上街，为董芸买了件像胡晓燕那样的貂皮大衣。

董芸一脸惊奇，哟呵，日头从西边出来了？

大年初一回王家峁时，他非要董芸穿上。马翠凤瞅得羡慕不已，你哥从来都舍不得给我件这样的好衣服么。

董芸怏怏地说，还不是哄我高兴哩。

马翠凤白了她一眼，能把你哄睡着也是好事，日子就是要哄着耍着过哩。

董芸说，这我知道，家庭团团圆圆，我就知足了。

饭桌上两兄弟拉话，说到了近来市场疲软、金融危机的话题。梁有恒忧心自己的大项目面临资金短缺，只能靠民间借贷了。

董芸听了这话有些释怀，一正月沉浸在人见人夸的貂皮大衣喜悦之中。梁有岗却眼巴巴盼着罗萍早点回来。

腊月三十，戴玉带蛋蛋从北京回来，他也收到罗萍回了老家的短信，不免有些失望。除了出门走亲戚拜年，梁有岗守在家里，不是电视机前摆弄遥控器，就是大白天蒙头酣睡，整日焦虑不安，度日如年，一副魂不守舍的样子。董芸惦记着金融危机，而非家庭危机，并不在意老公做甚说甚，反倒对他多了些许关心。

董芸对梁有岗的婚外情始终一无所知，远在北京的戴玉却一夜之间清楚了一切。戴玉她们的北京之行，可谓一帆风顺。去的那天，《中华环境导报》报社派车接机，入住西城区阜成门内西四路口附近的一家宾馆后，报社总编设宴接风，戴巡视亲自出席招待她们。

戴玉出席了国家环保总局的座谈会，隔了两天，又跟罗萍参加了赵娜的婚礼。尽管年关逼近，李杰仍开着私家车全程陪同，天安门看升旗，八达岭登长城，游故宫天坛动物园清华园，远远近近的著名景点都去了

新婚燕尔的赵娜特意抽空陪她们进了回洋酒吧。李杰要带她们蹦迪，戴玉说骨伤初愈谢绝了。豆豆蛋蛋显得格外开心，戴玉更不用说。相比之下，满腹心事的罗萍郁郁寡欢，说了打算回老家，临订机票又犹豫不决。按说从北京回吉林顺理成章，罗萍想回老家，却不想看见那个负心汉的信，再加上“东北人”的事是否真的摆平让她忧心不已，还有与梁有岗的感情纠葛令她不知进退，三个男人的烦心事纠缠一起，搅乱了罗萍在北京的好心情。

罗萍的反常举动，戴玉看在眼里，急在心里，她几次问她有甚心事，罗萍借口累了身体不适，敷衍搪塞。这天中午饭后，罗萍说要自己出去走走，戴玉非要陪她去，孩子们玩累了，她让李杰照顾他们。

罗萍出了门，直奔附近的广济寺，广济寺又称“弘慈广济寺”，京城佛教著名古刹之一。李杰介绍过，说是离住处最近的名胜古迹，有时间可以去看看。戴玉对看庙拜神不甚感兴趣，罗萍却记在心里了。

戴玉忍不住说，没看出罗姐还有这雅兴。

罗萍说，我只想去烧一炷香。

两人走进大雄宝殿，罗萍闭目祈祷，无比虔诚地长跪不起，戴玉在身后傻傻站着。

等起身出门时，戴玉发现她眼角挂着两行泪痕。罗姐，你到底有甚

心事？就对妹子说呀。那次有意醉酒，我就感觉你心里憋着不一般的难受事。

话音未落，罗萍顷刻泪如泉涌，她拉着戴玉手哽咽着说，戴玉妹子，这世上你是我唯一最亲的人了。我早想对你说，可我怕说了……

戴玉急了，佛祖在这哒作证，你就是我亲姐姐。

说完，拉着罗萍返回大殿，两人拈香拜佛，结为姊妹。罗萍不想对情同姊妹的戴玉隐瞒了，但她说，我说的这些事见不得阳光。

晚上，罗萍把自己的一切都告诉了戴玉。戴玉闻之大惊，半晌无语，感叹万端，苦命的罗姐，无助的弱女子，世道险恶毁人一生。两人抱着痛哭一场。

次日，戴玉说，罗姐，今儿就给你买长春的机票，把前头事做个了断。新民是你命运转折点，往后就在新民落脚，咱姊妹永不分离。后头日子长着哩，至于你跟有岗的事，我说不清，走一步看一步，兴许有人在前头等着你。

春节这些天，戴玉无时无刻不牵挂着罗萍，天天短信联系，情况略知一二：那男人留下一封忏悔信和离婚协议，罗萍看都没咋看就烧了信，在协议书签了字，留给兄嫂善后。罗萍想在老家多呆些日子，调整一下心情。那边豆豆闹着要回家，这边蛋蛋盼星星盼月亮，田永军也打电话问她甚时回来，梁有岗更不用说了，发短信、打电话，甚至想飞过来接她回去。

罗萍不为所动，推说暂时回不来。没过几天，戴玉电话里告诉她，胡晓燕婚礼定在正月十二。

戴玉说，赶紧买机票回来，胡姐非要让你当伴娘哩。

罗萍回来时，戴玉领着蛋蛋坐小芹的车去塞北机场把她娘俩接了回来。俩孩子见她俩亲热拥抱，也跟着亲热拥抱。

戴玉郑重叮咛说，罗姐你记住，无论是过去现在和将来，你在新民是受人尊敬的罗萍工程师，我的亲姐姐，蛋蛋的亲姨妈，谁要对你说三道四，在你妹子手里都翻不过去。

罗萍心里热乎乎的，有一种前所未有的踏实感，一路上，瞅着山山峁峁熟悉而亲切。回到新民，戴玉让小芹直接开车去恒源大酒店，原来田永军备好了酒席等着给她接风，梁有岗孟青山胡晓燕陈涛还有李兵都来了。梁有岗显得十分兴奋。

大家问候拜年，给孩子发压岁钱，把酒叙旧，气氛温馨至极，令罗萍好不感动。

田永军对罗萍说，我担心你不回来了，新民煤化集团可不能没有你。

罗萍问，有什么紧急事吗？

田永军点头说，回头咱再说。

罗萍对胡晓燕说，胡姐，我当伴娘不合适，还是……

有甚不合适的？戴玉打断说，人家胡姐就想要你呀。

胡晓燕也诚恳地说，你就陪陪我。罗萍不言语了。

戴玉忽然问，那谁当伴郎？

胡晓燕说，有岗兄弟。

罗萍猛地一紧张，目光与梁有岗对视瞬间，梁有岗脸红了，他连连摆手说，我不成，我可上不了这种场面。

戴玉有意无意地说，你还不想干？你不干还有更合适的人。

胡晓燕疑惑不解问，谁呀？

戴玉说，我家郝翔，人老实又体面。孟青山也随声附和。

李兵说，婚礼是我操办的，伴娘伴郎就定哈罗总跟郝翔了。戴玉为罗萍他们的尴尬解了围，又怕梁有岗多想，有意邀请梁有岗一起给罗萍敬酒，梁有岗迟疑不定。

戴玉说，咋哈磨磨蹭蹭？没有罗姐，能有“天意”的今儿？能有你的今儿？

梁有岗赶忙说，那是，那是。

散席后，孟青山神道道地问梁有岗，我感觉戴玉好像知道甚？

梁有岗茫然摇头说，我也说不清。

回到家，罗萍也忧心地问戴玉，我感觉田永军好像知道些什么？

戴玉理直气壮地说，管他哩，你是堂堂正正的总工程师，是他田永军手下不可或缺的专业人才，这一点，就足够了。

戴玉把罗萍的隐秘禁锢在心里，连郝翔也没透露一个字。胡晓燕婚礼的前一天晚上，戴玉跟罗萍和孩子们上街看社火、转九曲。

从东北回来，罗萍心情好多了。今年“天意”社火队由孟青山负责，巡游彩车从他们身边驶过，身着蒙古服装的孟青山和乌云其格正在车上引吭高歌，瞅见罗萍，挥手致意。

于强齐海红小两口在“永盛”的彩车上，豆豆蛋蛋看见了，仰头兴奋地喊叫于叔叔，于强笑着撇下一束鲜花给豆豆。

阎香草今年被梁有岗早早请去了，罗萍举起相机，专门拍下她站在“鑫兴”彩车上演唱的情景。

为了表达对社火演出的迎送之情，街面上家家门前架起熊熊燃烧的火塔，也就是大块炭垒起火堆。罗萍觉得很稀奇，锣鼓声太吵，戴玉费了好大声才给她解释清楚。她俩说说笑笑，孩子们蹦蹦跳跳，朝黄河边另一场热闹场地而来。

新的转九曲场地移在新落成的河滨公园，场面比原先壮观多了。公园里正举办迎春开园灯展，到处五光十色，一片灯火辉煌，游人如潮，热闹非凡。

罗萍对河滨公园的建设感叹不已，戴玉开导说，罗姐，新民揭开了新的一页，你也一样。日子一天天过去了，豆豆蛋蛋一天天长大了，新民的环境一天天变好了，等到他们长大的时候，这哒会变得更好。

次日，罗萍与郝翔陪伴胡晓燕跟陈涛步入婚姻殿堂。罗萍的优雅气质，得体举止，显得格外引人注目。

作为证婚人的刘大地在台上、在酒桌上与罗萍多有互动，让戴玉倍感欣慰和轻松。又一次让她强烈感觉新民告别过去的是，身穿唐装坐着轮椅的田生财现身胡晓燕婚礼现场。这是所有人都没有料到的。

田生财咧嘴傻笑，接受胡晓燕跟陈涛行礼时，微微抬胳膊摆摆手，既像是给新婚夫妇招手致意，又像是给到场所有人招手致意。

田生财恍若隔世的举动，令现场人惊异不已，有人解读说田生财认识转变，同意胡晓燕婚事了。有人也说，傻乎乎的老年痴呆了，还能分出甚是是非非？

戴玉心里却想，这明明给新民难堪的过去画上句号了。

仪式结束，喜宴开席，田永军陪同刘大地走到田生财跟前，特意给老爷子介绍，这是咱县委刘大地副书记，也是咱的好县长。

刘大地上前握手敬酒问候，田生财咧嘴笑着支支吾吾，突然晃动着点点头，像是心里一清二白，竭力表现出被人高抬的受宠若惊，又像是老年痴呆本能的痴笑傻笑。

刘大地小声问田永军说，看样子老爷病情好转，有些明白事理了。

田永军说，是呀，我去看他，不管他海哈海不哈，把背熗洼的事情一五一十都说了，也提到晓燕他们要举行婚礼，老爷子似乎海哈了，比比画画，像是说他们结婚时他要去。晓燕带着陈涛看他，说他们要结婚，老爷子也比画着，像是说要参加婚礼。所以才让他来了。

刘大地感叹地说，这个结局最好，喝酒喝酒，来来来，大家共同干一杯。在座的潘劲、马向前和江山无一例外地积极响应。

元宵节后，罗萍便去了石板台。戴玉也忙着上班了。不日，一场沙尘暴突然席卷新民，天地间扬沙浮尘昏黄一片，寒潮四起，气温骤降。最要命的是，金融危机的冲击越发显现出来，春节过后，产品滞销，价格猛跌，就连煤炭市场也开始疲软了。

天灾人祸接踵而来，“天意”停产了，“天美”两条线只有一条线生产。“煤化集团”好几条建成的大兰炭生产线都没有投产。

田永军为公司定下调子：集团公司一盘棋，抱着团过冬，市场萧条，先抓建设，蓄力待发。田永军亲自带孟青山等人为其他在建项目筹措资金去了。他安排罗萍驻守现场，招呼他的那条六十万吨生产线项目建设。梁有岗留守石板台，全面主持“天美”工作。

两个人拉话话容易见面面难，一时半会儿顾不上儿女情长了。胡晓燕的蜜月，牛郎织女难相会。背塆洼项目一条生产线试生产了一阵子，也停下了，陈涛住在现场负责另一条生产线的建设，李兵也在为建设资金缺口而四处奔走。

孟支书张罗给刘大地送牌匾的事半途搁浅了。李兵忙得顾不上，孟支书和艾二能兴冲冲去天赐湾找文长贵题字。

文长贵一听要给刘县长题字送金匾，摇头直呼，不妥，不妥，笑呵呵地回绝了。

两个村支书丈二和尚摸不着头脑，文长贵说，你们的心情我能理解，事是大家干的，他个县长，就是个领头的，岂能贪天之功为己有？这些吃公家饭的人，都不容易，弄不好帮倒忙了。

二人面面相觑。艾二能出门嘟囔说，这老汉怪神的，咋哈一副敢在县长跟前高高在上口气？

孟支书说，人家句句在理么。

照这么说，我这酒曲也当面唱不成了？

孟支书略显谋思地说，当面不唱了，赶场子唱。我看文老先生说得好，听说有甚金融危机了，大形势不好，刘县长心思都操在危机上了。

还有，刘县长主持县委工作少说也大半年了，眼看就要当书记了，咱搞不好真的帮倒忙了。

孟支书的话“两会”上得到证实。仍然以县长身份作《政府工作报告》的刘大地在“两会”上重点讲如何应对金融危机，提出大抓生态环境建设，大抓基础设施建设，大抓大项目建设，旨在扩大内需，激活市场的2008年总体工作思路。

刘大地感慨万千地说，环境改善了，社会在进步，连田生财这样的病榻老人都跟着时代变了，新民还有什么过不去的坎？田永军提出“煤化集团”抱着团过冬，这个提法好。我认为，面对金融海啸，我们就是要举全县之力，抱团过冬，共克时艰，化危机为机遇，真抓实干，迎接新民更加美好的明天！

刘大地话音刚落，艾二能齐树茂孟支书三人带头鼓掌，台下台上的顿时掌声响起来了。河滨公园的大屏幕上同时出现了大会场景，鼓掌声与黄河涛声融汇一团，噼噼啪啪，哗哗啦啦，奔向远方……

尾　声

2008年年底，新民县被评为全国环境综合治理先进县，刘大地县长赴北京出席颁奖仪式之前，已经被任命为县委书记，潘劲被任命为代县长。与此同时，新民内出现了几起令人欢欣鼓舞的重大事件。也发生了一起叫人意外悲伤的事情。

县委县政府决策加大对基础教育、医疗卫生等社会公益事业的投资力度，在新区建设全新的新民中学和县医院等。资金缺口大，煤炭协会把全县煤老板请来，开会动员募捐，常务副县长马向前主持，潘劲县长讲话，希望能得到煤老板们的解囊相助。艾高原第一个表态，一张口承诺捐三个亿，"天府煤业"出两个亿，他个人出一个亿。潘劲代县长一听当下愣住了，随即给予首肯，关键是新民老板们乐善好施、回报社会的风气形成了。煤老板们纷纷发言表态，为捐款铆上劲了，你三千万，我五千万的，一个个生怕落后被人小瞧，就连仅有一家煤矿、以经营煤化企业为主、一直利用民间信贷为新项目筹资的梁有恒也报了几百万。会议结束，整个承诺募集资助近十三个亿，一下子成了省市县三级媒体报道的特大新闻，在社会上引起强烈反响。

那天，新民县上空首次出现实施飞播作业的运五型飞机。飞机从天赐湾上空盘旋掠过，文长贵老汉眯着眼仰头张望的时候，郝翔带人在山梁上为飞机进行人工导航作业，裹着柠条沙打旺种子的丸衣从天而降，有村民忍不住捡起一粒草种丸衣，左看右看，惊喜不已。

郝翔告诉他们，这里头东西可多了，有根瘤菌（豆科）、肥料、生长素、保水剂、灭鼠灭虫药等，赶明儿大家赶上牛羊，把咱们飞播过的地方，齐齐地踩一遍，这叫踩耕，为的是把种子踩到土里边。

陪在文长贵身边的郝天仁说，尔格连植树种草都用上飞机了。甚时候我也坐上飞机兜一圈？

文长贵笑着说，这还不容易？我跟郝翔说，叫他给你买机票。

郝天仁说，不用不用，长贵叔，甚时咱俩一起坐回飞机，我叫郝翔掏钱。

文长贵摇摇头说，别说飞机，汽车我也不想坐，要不是郝翔跟香草鼓动我，明儿出远门去佳临，我都不想动哩。

这回是马文慧张罗给公公刘老大过七十大寿。文长贵有点犟，一辈子不肯让晚辈张罗给他过生日。马文慧几次问他，想给他过寿。

文长贵总是说，免了，免了，生日也叫“好日子”，年年都过着哩，村里年年的“好日子”，就等于我老汉的过生日哩。

欣欣考上大学，临走前，马文慧一人带女儿回佳临看望二老，提出明年给公公过寿，刘老大很高兴，满口答应了。

马文慧问公公有甚要求，刘老大说，一是把你舅父舅母接来，我们多年没见面了。二是想听听二人台山曲儿。

两件事马文慧都痛快应承了。

马文慧最担心到时候了刘大地因事耽误，没料到他果然有事，而且是大事。2008 年新民县实现了万元 GDP 能耗下降十二个百分点，污染物排放量下降六十个百分点的环境综合治理目标，而且，全县 GDP 和财政收入分别实现年均百分之三十和百分之八十的增长速度，使得县域经济综合实力有一个质的飞跃，首次进入西部百强县。

戴巡视和高局长以新民实施“环境立县”，通过环境保护优化经济发展为由，力荐新民县为环境综合治理先进县，最终如愿以偿，刘大地自然要去北京参加颁奖仪式。

马文慧托付给郝翔两口子陪送文长贵老两口去佳临，唱曲的事与阎香草定了，再三叮咛他们，这事千万不要张扬，你们知道就成了。

这天，提前回来的马文慧在芦花村主事。她主张低调随意，不肆张扬，请的大都是刘家的亲戚，还有村里的左邻右舍。先是郝翔和戴玉陪同小芹开车，文长贵老两口来了，不一会儿，梁有岗开车，拉着阎香草罗萍和齐海红来了。这些人，马文慧没感到意外，意外的是随后又有几辆小车鱼贯而入，艾高原的车带着文天佑夫妇来了，陈涛开车带着胡晓燕和“三结义”村支书们来了，最后一辆是中巴，车上是于强带着乐队，还有厨子等人，一帮人下车张罗着架幕帐安喇叭，接电源，进厨房。

马文慧急眼了，把戴玉阎香草拉到一边，悄悄抱怨说，说好了不要张扬，这要让大地知道了，又要埋怨我了。

戴玉乐呵呵地解释说，没法子，我知道了，罗萍姐也知道了，罗姐知道了，梁有岗他们免不了知道么。香草姐也一样，她要来，乐队也得来。

马文慧指了指三个村支书，他们是谁呀？

阎香草笑着说，都是村支书，一个来唱曲，另外两个非得跟上来。

艾高原走过来打趣说，唱曲的是哦叔，哦都来了，他能不来？

阎香草接着介绍了齐树茂和孟支书。

艾高原乐哈哈地说，大妹子，恭喜恭喜，刘县长当成了刘书记，，还到北京领了一回奖。

马文慧笑骂道，艾老板，总是没正性。

艾高原咧嘴笑道，中南海里也举行寿宴。你怕甚？大家心盛盛的来了，“来的都是客，全凭嘴一张，你演阿庆嫂，铜壶煮三江”，快招呼客人去。

马文慧没辙了，只好声明说，戴玉你告诉大家，只请客不收礼。

戴玉说，我知道了，转身问艾高原，咋哈不见雷静妹子来？

艾高原快快地答，她有事，来不了么。

戴玉忍不住问，雷静妹子该不是对上象了？

艾高原嘟囔道，她要对上象，哦偷着笑哩，说完扭身走了。

戴玉瞅着他的背影，一脸疑惑。

马文慧没想着大动干戈，肉菜蛋鱼烟酒糖都准备得不够数，刘大地的弟弟跟村里人忙着去张罗了。戴玉跟罗萍一起上手帮忙，当服务员端盘子擦桌子，招呼大家吃好喝好，她编的词，艾二能台上唱的甚，却一句也没听下。不过，看见长贵爷跟老寿星坐在一起看得津津有味，乐得合不拢嘴，戴玉开心极了。

就在新民人自发为刘老大祝寿一团红火的同时，“天源学校”校园里，一群少先队员簇拥着尤乃生。尤乃生受邀参加少先队“绿色家园”主题队会活动，还给孩子们讲了一通环境保护的大道理，少先队员们叫着“尤爷爷”向他献花敬少先队礼的时候，尤乃生突然倒地，含着微笑，撒手而去。

远在北京正接受李杰他们采访的刘大地，突然接到潘劲县长的电话，尤乃生逝世了。他深感震惊，电话里对李兵节哀顺变安慰一番，提前订机票赶回新民。

与此同时，戴玉他们陪同文长贵返回新民路上，噩耗传来。文长贵一路闭目无语，突然从嘴里蹦出“善终”两个字。

郝翔闷声问，长贵爷，你说甚？

文长贵说，我说你乃生叔是善终，占尽五福，一生圆满。

这时，戴玉在车上也接到蛋蛋的电话，蛋蛋在电话里凄凄惨惨说，我们学校的尤爷爷去世了。说完，蛋蛋哭了，豆豆也哭了。

电话里听得清清楚楚，戴玉忍不住哭了。文长贵顷刻老泪横流，嘴里喃喃自语，老天有眼，咋哈不叫人高寿些么！

图书在版编目（CIP）数据

天地之间/钟平著. －北京：作家出版社，2011.9
ISBN 978－7－5063－6009－8

Ⅰ.①天… Ⅱ.①钟… Ⅲ.①长篇小说－中国－当代
Ⅳ.①I247.5

中国版本图书馆 CIP 数据核字（2011）第166902号

天地之间

作　　者：钟　平
责任编辑：袁艺方
装帧设计：回归线视觉传达
出版发行：作家出版社
社址：北京农展馆南里10号　　**邮编**：100125
电话传真：86－10－65930756（出版发行部）
86－10－65004079（总编室）
86－10－65015116（邮购部）
E－mail：zuojia@zuojia.net.cn
http://www.haozuojia.com（作家在线）
印刷：北京谊兴印刷有限公司
成品尺寸：152×230
印张：25.5
版次：2011年9月第1版
印次：2011年9月第1次印刷
ISBN 978－7－5063－6009－8
定价：35.00元